Simone Soltani

Cross the Line

SIMONE SOLTANI

CROSS THE LINE

Roman

Aus dem amerikanischen Englisch
von Bettina Hengesbach

everlove by PIPER

Mehr über unsere Autorinnen, Autoren und Bücher:
www.everlove-verlag.de

Wenn dir dieser Roman gefallen hat, schreib uns unter Nennung des Titels »Cross the Line« an *empfehlungen@piper.de*, und wir empfehlen dir gerne vergleichbare Bücher.

Unser Versprechen für mehr Nachhaltigkeit
Klimaneutrales Produkt
FSC®-zertifiziertes Papier
Hergestellt in Europa

FSC
www.fsc.org
MIX
Papier | Fördert gute Waldnutzung
FSC® C083411

ISBN 978-3-492-06651-8

Titel der amerikanischen Originalausgabe: »Cross the Line«,
2024 erschienen bei Pan, einem Imprint von Pan Macmillan,
Macmillan Publishers International Limited

Redaktion: Melike Karamustafa
Satz: Satz für Satz, Wangen im Allgäu
Gesetzt aus der Dolly Pro
Druck und Bindung: CPI Books GmbH, Leck
Printed in the EU

Für alle, die sich an jedem einzelnen Tag
durch den Schmerz kämpfen.

Und für Mom J.
Dieses hätte ich dich lesen lassen.

Formel-1-Rennplan

~~*Bahrain • 03.–05. März*~~
~~*Saudi-Arabien • 17.–19. März*~~
~~*Australien • 31. März–02. April*~~
~~*Aserbaidschan • 28.–30. April*~~
~~*USA (Miami) • 05.–07. März*~~
~~*Italien (Imola) • 19.–21. Mai*~~
Monaco • 26.–28. Mai
Spanien • 02.–04. Juni
Kanada • 16.–18. Juni
Österreich • 30. Juni–02. Juli
Großbritannien • 07.–09. Juli
Ungarn • 21.–23. Juli
Belgien • 28.–30. Juli

Sommerpause

Niederlande • 25.–27. August
Italien (Monza) • 01.–03. September
Singapur • 15.–17. September
Japan • 22.–24. September
Katar • 06.–08. Oktober
USA (Austin) • 20.–22. Oktober
Mexiko • 27.–29. Oktober
Brasilien • 03.–05. November
USA (Las Vegas) • 16.–18. November
Abu Dhabi • 24.–26. November

Prolog

Dev

Oktober – Austin, Texas

Ich hab's vermasselt. Oje, und *wie* ich es vermasselt habe.

Mein Renningenieur ertönt in meinem Ohr und stellt mir Fragen wie »Was ist passiert?« und »Alles okay?« und – am wichtigsten: »Wie groß ist der Schaden am Wagen?«. Ich muss ihm antworten, muss ihm und dem Team versichern, dass ich bei Bewusstsein bin, nachdem ich über den Schotter geschlittert bin und mit fast hundertsechzig Stundenkilometern eine Absperrung gerammt habe.

Für den Moment müssen sie sich auf die Computerbildschirme an der Boxenmauer verlassen, die meinen Pulsschlag anzeigen, denn ich kann keine Worte formen, um es ihnen mitzuteilen. Nicht weil körperlich irgendetwas mit mir nicht stimmt. Mein Gehirn ist einfach … nicht präsent. Es nimmt sich einen Tag frei. Ist gerade beim Lunch. Und das liegt nicht am Unfall.

»Dev?«, durchbricht Brannys Stimme, die selbst über den Funk ernsthaft besorgt klingt, den Nebel. »Kannst du mich hören? Bist du okay? Ich wiederhole: Bist du okay?«

»Mir geht's gut«, presse ich hervor, wobei ich noch immer das Lenkrad umklammere. Wahrscheinlich sind meine Fingerknöchel unter den Handschuhen weiß. »Aber der Wagen ist hinüber. Tut mir leid, Leute. Das geht auf meine Kappe.«

Wie jeder gute Ingenieur wird er wissen wollen, wo das Problem lag, aber ihm ist klar, dass es besser ist, mich nicht über den Boxenfunk zu fragen, wo es alle Welt hören kann. Die Unterhaltung muss bis zum Debriefing warten, bei dem ich von unserem Geschäftsführer, unserem Teamchef und meinem leitenden Mechaniker einen Einlauf bekommen werde. Den habe ich auch verdient, denn es war tatsächlich meine Schuld.

Es lag nicht am Wagen, am Belag der Rennstrecke, an einem anderen Fahrer oder an den Wetterverhältnissen. Nein, ich habe hinter dem Steuer eine Todsünde begangen.

Ich war abgelenkt.

Es hätte nicht passieren dürfen. Das ist in all meinen Jahren als Rennfahrer bisher nicht einmal vorgekommen, und ganz bestimmt nicht in meinen letzten fünf Jahren als Formel-1-Fahrer. Noch nie bin ich mit den Gedanken derart abgeschweift, dass der hintere Teil des Wagens unkontrolliert ausgeschert ist. Ich hatte kaum Zeit, zu reagieren, ehe ich mit voller Wucht gegen die Absperrung geprallt bin.

»Stell den Motor ab und komm zurück in die Box«, weist mich Branny an.

Bevor ich noch mehr Fehler mache, gehorche ich. Schon jetzt kann ich mir vorstellen, was die TV-Kommentatoren über die möglichen Gründe meines Unfalls zu sagen haben.

Ich kann sie förmlich hören: *Es ist zwar wahnsinnig enttäuschend, aber das Wichtigste ist, dass es ihm gut geht.*

Doch es geht mir nicht gut. Davon bin ich weit entfernt. Ich habe es gehörig vermasselt – und damit meine ich nicht den Unfall.

Selbst während ich aus dem geschrotteten Wagen klettere und mich von dem millionenschweren Schaden entferne, kann ich nicht aufhören, daran zu denken. Wenn ich ehrlich zu mir bin, kommen die Dinge vielleicht nie wieder in Ordnung.

Denn ich habe gestern Abend Willow Williams geküsst. Ich bin ein toter Mann.

Kapitel 1
Willow

Sieben Monate später, Mai – New York City

Fast hätte ich meine Wohnung in Brand gesetzt. Schon wieder.

Macarons zu machen, sollte nicht derart schwer sein. Sie sind klein und niedlich, und laut Rezept werden ausgesprochen simple Zutaten benötigt – lediglich Eiweiß, Mandelmehl und Zucker. Also warum, oh *warum*, kann ich nicht mal *ein* Blech zubereiten, ohne die Sache vollkommen in den Sand zu setzen?

»O nein, o Shit«, murmele ich, während ich nach dem Ofenhandschuh auf der Arbeitsplatte greife und das mittlerweile qualmende Gebäck heraushole. Laut Timer sollten die Macarons erst in fünf Minuten fertig sein, dennoch sind sie jetzt schon fast vollkommen verkohlt. Entweder war im Rezept die falsche Temperatur angegeben, oder mein Ofen stammt geradewegs aus der Hölle. Ich tippe auf Letzteres.

Ich will unbedingt die berühmten klassischen Macarons aus *Stella Margaux' Bakery* nachbacken, da die einzige Filiale in New York City schon seit einem Monat wegen Renovierungsarbeiten geschlossen hat und ich ohne das Gebäck nicht leben kann. Die Nachricht über die Schließung hat ausgereicht, um mich erwägen zu lassen, zurück an die Westküste zu ziehen, wo es praktisch an jeder Ecke ein *Stella's* gibt. Aber wenn ich in den nächsten zwei Monaten keinen Job finde, bleibt mir vielleicht ohnehin nichts anderes übrig, als nach San Diego zurückzukehren und wieder bei meiner Familie zu wohnen.

Ich kam vor vier Jahren nach New York, um ans College zu gehen, eigentlich mit dem Vorhaben, vielleicht für den Rest meines Lebens hierzubleiben. Das Studium haben mir meine wundervollen Eltern unter der Bedingung finanziert, dass ich nach dem Abschluss mein eigenes Geld verdiene. Sie hätten zwar in Wahrheit kein Problem damit, mich auch weiterhin zu unterstützen, und könnten es sich auch leisten, aber mir geht es ums Prinzip. Ich habe ein Versprechen gegeben und vor, es zu halten, nur habe ich nicht damit gerechnet, dass es so schwer sein würde.

Am College riss ich mir den Allerwertesten auf, studierte als Hauptfächer Kommunikationswesen und Sportmarketing, als Nebenfach Englisch und machte jedes Semester ein neues Praktikum. Bei all der Erfahrung, dachte ich, würde es ein Leichtes sein, einen Vollzeitjob in der Marketingabteilung eines professionellen Sportvereins zu finden – mein absoluter Traumjob. Doch nach Dutzenden Bewerbungen, auf die ich keine Antwort erhielt, nach Vorstellungsgesprächen, die mich nie in die zweite Runde brachten, und niemals enden wollenden »Wir melden uns«-Lügen bin ich immer noch arbeitslos. Es wäre weitaus schlimmer, wenn ich bereits vor Jahren meinen Uniabschluss gemacht hätte und nicht erst letzte Woche, aber ich bewerbe mich schon seit Monaten auf Stellen, in der Hoffnung, längst Arbeit zu haben, wenn mir mein Diplom überreicht wird.

Ha. Der Schuss ging nach hinten los, denn nun stehe ich ohne Job, mit einer dahinschwindenden Summe auf meinem Bankkonto und einer zweistündigen Fahrt bis zur nächsten *Stella-Margaux*-Filiale da. Ich führe also nicht das Leben, das ich mir erträumt hatte. Aber wenigstens habe ich bisher nicht aufgegeben.

»Was verbrennt denn hier?«, fragt Chantal, die im Türrahmen steht und angesichts des Gestanks das Gesicht verzieht.

Seufzend setze ich mich in Bewegung, um das Fenster zu öffnen, wobei ich meiner Mitbewohnerin über die Schulter einen Blick zuwerfe. »Meine Hoffnungen und Träume.«

»Hab ich mir schon gedacht. Riecht fürchterlich.«

Das kann ich nicht bestreiten.

»Ist schon der vierte Versuch, den ich heute in den Sand setze«, beklage ich mich, während ich zu ihr schlurfe. Da ich Trost brauche, lege ich meine Schläfe an ihren Oberarm – nicht an ihre Schulter, da ich nur eins zweiundfünfzig bin und sie ein ein Meter fünfundachtzig großer Engel ist. »Die erste Ladung war nicht süß genug. Die zweite war so platt wie Crêpes. Die dritte war nicht gar, und diese hier …«

»Steht in Flammen.«

»Ist *angebrannt*«, korrigiere ich, löse mich von ihr und bedenke sie mit einem warnenden Blick. Allerdings kann ich ihr nicht allzu böse sein, denn kurzzeitig brannten sie tatsächlich. »Ich bekomme es einfach nicht hin, aber weiß nicht, was ich falsch mache.«

»Gönn dir eine Pause«, befiehlt Chantal. Ihr Tonfall ist entschieden, doch es schwingt auch Fürsorge darin mit. »Du kannst es morgen noch mal probieren.«

Natürlich hat sie recht, also werde ich mich zusammenreißen, mich aufraffen und einen neuen Versuch wagen, genau wie ich es immer tue. Doch ihr ist klar, dass mein Frust nicht nur etwas mit den Macarons zu tun hat. Sie weiß, wie sehr ich mir ein perfektes Leben wünsche und wie schwer es mir zusetzt, dass ich Schwierigkeiten habe, dieses Ziel zu erreichen. Da sie schon seit unserem Freshman-Jahr am College meine Mitbewohnerin ist, hat sie viele Höhen und Tiefen miterlebt und weiß alles über meine Hoffnungen und Träume. Ich kann von Glück reden, dass sie ihr Traumjob als Finanzanalystin – das muss man sich mal vorstellen – in New York hält, denn ich weiß nicht, was ich ohne sie tun würde.

»Ich bestell uns was zu essen, damit niemand dieses Katastrophengebiet betreten muss«, verkündet sie nun und zieht ihr Telefon aus der hinteren Tasche ihrer Jeansshorts, die ihre langen dunkelbraunen Beine zur Schau stellt. »Und jetzt guck endlich mal auf dein Handy, okay? Es vibriert ununterbrochen in deinem Zimmer und treibt mich in den Wahnsinn.«

Ich schenke ihr ein verlegenes Lächeln. »Sorry. Ich wollte mich nicht ablenken lassen, deshalb hab ich es nicht mit in die Küche genommen.«

Verschmitzt zieht sie eine Augenbraue hoch. »Du meinst,

du wolltest nicht riskieren, es noch mal in die Teigmischung fallen zu lassen.«

Mein Gesicht brennt angesichts der Erinnerung an den erwähnten Backversuch. »Das ist nur einmal passiert!«

Sie wirft sich ihre Braids über die Schulter, während sie aus der Küche schlendert, wobei die kleinen Perlen an den Haarspitzen klickend aneinanderstoßen. Letzte Woche habe ich ihr dabei geholfen, sie auszuwählen; das Gold und das kräftige Azurblau passen perfekt zum wärmer werdenden Wetter und sind außerdem ihre letzte Chance, ein paar auffälligere Töne zu tragen, bevor sie ihren neuen Job antritt und sich eine »professionell« wirkende Frisur zulegen muss. Es wäre toll, wenn die Welt endlich damit aufhören könnte, uns Schwarzen Frauen zu erzählen, was in Bezug auf unser Haar angemessen ist, aber dieser Tag ist noch nicht gekommen.

Seufzend löse ich meine Schürze und hänge sie an den Haken neben dem Fenster. Die pastellrosa Baumwolle flattert in der warmen Brise und verspottet mich und mein Versagen. Ich würdige die verkohlten Macarons keines weiteren Blickes, als ich die Küche verlasse und durch den schmalen Flur zu meinem Zimmer tapse.

Als ich an Grace' offener Tür vorbeikomme, höre ich Gesprächsfetzen ihres Telefonats. Das gelegentliche Ächzen und die (sehr wenigen) Worte auf Kantonesisch, die ich dank dem, was sie mir über die Jahre beigebracht hat, verstehe, verraten mir, dass sie mit ihrer Mutter spricht. Wahrscheinlich versichert sie ihr, dass sie morgen nicht ihren Flug nach Hongkong verpassen wird, so wie es ihr bereits zweimal passiert ist.

Sie winkt mir mit den Fingern zu, als ich vorbeigehe, und ich schenke ihr einen Luftkuss, ehe ich in mein Zimmer nebenan husche. Die Sonne scheint durch meine Gardinen herein und wirft Schatten auf meinen Schreibtisch. Darauf liegt mein Handy eingekeilt zwischen ein paar Hautpflegeprodukten und einem Becher voller Glitzergelstifte. Das Display ist dunkel, aber als ich es hochhebe, sehe ich eine Reihe von Nachrichten und verpassten Anrufen, alle von meinem Bruder.

Die meisten Leute würden davon ausgehen, dass es irgendeinen Notfall gibt, aber für Oakley ist das nicht ungewöhnlich. Wenn er mich – oder irgendeine andere Person – beim ersten Versuch nicht erreicht, ruft er so lange an und schickt Nachrichten, bis ich drangehe. Diese Art von Aufdringlichkeit ist bei ihm Standard.

Ich mache mir gar nicht erst die Mühe, eine der zwanzig Nachrichten zu lesen. Wahrscheinlich handelt es sich ohnehin nur um Emojis und die wiederholte Aufforderung: *Geh ran!!!!* Stattdessen tippe ich seinen Namen an, halte mir das Telefon ans Ohr und lasse mich auf meine zerknitterte Bettdecke fallen, wobei ich durch das Fenster zu dem Backsteingebäude auf der anderen Straßenseite schaue.

»Das hat aber lange gedauert«, murrt Oakley, als er drangeht.

»Ich war beschäftigt«, sage ich ausweichend. Wenn ich ihm mein Backdesaster gestehe, wird er mich ewig damit aufziehen. »Was gibt's?«

»Willst du nach Monaco?«

Noch etwas, das typisch für meinen Bruder ist – er redet nicht um den heißen Brei herum.

Obwohl ich daran gewöhnt bin, bringt mich die Frage aus dem Konzept. »Monaco?«, wiederhole ich. »Das Land?«

»*Ja*, Willow, das Land«, antwortet er ironisch. »Sei nicht so schwer von Begriff.«

Ich verdrehe die Augen und zeige ihm innerlich den Mittelfinger. »Gott, ich hab ja nur nachgefragt.«

»Also?« Ich kann mir ausmalen, wie er dabei ungeduldig mit der Hand eine kreisende Bewegung in der Luft vollführt. »Hast du Interesse oder nicht?«

»Ich meine, ja«, erwidere ich, obwohl ich dem Angebot nicht ganz traue. »Wer hätte das nicht? Aber warum fragst du überhaupt?«

»Weil ich nächste Woche hinfliege und dachte, dass du mich vielleicht begleiten willst. Außerdem ist es ein Rennwochenende und …«

Ich unterbreche ihn mit einem Schnauben. »Ich hätte wissen müssen, dass es um Motorsport geht.«

Als Teenager drehte sich das ganze Leben meines Bruders um Kartsport, was zu einer erfolgreichen, aber kurzen Karriere in der Formel 3 führte. Am Ende gab er das Fahren auf, um ein »normales« Leben zu führen und ans College zu gehen. Ich persönlich hätte mir die Chance, professionelle Sportlerin zu werden, niemals entgehen lassen, aber das ist der Unterschied zwischen Oakley und mir – er hatte Optionen im Leben. Ich nicht.

»*Und*«, fährt Oakley fort, »meine Firma organisiert ein riesiges Event. Da dachte ich mir, du willst dich vielleicht ein bisschen mit den Fahrern unterhalten und dir dann das Rennen vom Fahrerlager aus ansehen. Dank SecDark hab ich Tickets.«

Unter »normal« verstand Oakley, am College Cybersecurity zu studieren. Während des Herbstsemesters seines Senior-Jahres wurde er von einem der führenden Unternehmen der Branche, SecDark Solutions, rekrutiert und arbeitet seitdem dort. Das Unternehmen läuft so gut, dass es seit Kurzem auch diverse Sportmannschaften und Athleten sponsert, darunter ein Formel-1-Team, was auch die Party und die Fahrerlagerpässe erklärt. Wäre ich nicht so stolz auf meinen Bruder, weil er sich in einem aufsteigenden Unternehmen derart hochgearbeitet hat, wäre ich höllisch neidisch. Doch da sein Erfolg auch mir Vorteile verschafft, kann ich mich nicht darüber beschweren, dass er besser ist als ich.

»Ich weiß, dass du Probleme hast, einen Job zu finden«, sagt er, ehe ich weitere Fragen zu dem Event stellen kann, »aber es könnte eine gute Gelegenheit für dich sein, ein paar Kontakte zu knüpfen. Du hast deinen Sportmarketing-Traum doch noch nicht aufgegeben, oder?«

Ich drehe mich auf die Seite und ziehe meine Knie an die Brust. Oakleys Behutsamkeit beschämt mich mehr, als wenn er sich darüber lustig machen würde, dass ich immer noch arbeitslos bin.

Eine Karriere in der Sportbranche war schon immer mein Traum. Als Kind mochte ich Baseball und Basketball, liebte es, mit Oakley und unserem Vater zu Spielen zu gehen, liebte die elektrisierende Energie der Menge, die für ihre Mannschaft jubelte. Ich war von der Sekunde an begeistert, in der mein Dad mich an die Hand nahm und zum ersten Mal in ein Stadion führte. Danach gab es kein Zurück mehr. Ich wollte wie die Leute auf dem Spielfeld sein, wollte zu den Bases rennen und Halbfeldwürfe versenken. Ich wollte, dass die Menschen auf den Tribünen meinen Namen sangen, wollte, dass er durch das Stadion schallte und in den Herzen der Fans pochte.

Leider hielt mich mein Körper davon ab, diesen Traum Realität werden zu lassen. Obwohl es Jahre und unzählige Arztuntersuchungen dauerte, um die Diagnose Hypermobilität zu erhalten, wusste ich schon früh, dass ich anders war als die meisten Kinder. Meine Baseball-Karriere endete, nachdem ich mir bei meinem ersten Training die Schulter auskugelte, und Basketball stand sowieso vollkommen außer Frage, da meine schwachen Kniegelenke den Sprints und Stoppbewegungen nicht standhielten. Sportlerin zu werden, war für mich einfach keine Option.

Nachdem ich also jahrelang zugesehen und gelernt hatte, kam ich zu dem Schluss, dass Sportmarketing das Beste für mich wäre. Auf diese Weise könnte ich immer noch in die Welt eintauchen, die mir Freude bereitete, und diese Freude auch mit anderen teilen. Zumindest wenn ich einen Job finden würde.

»Nein, ich habe nicht aufgegeben«, antworte ich seufzend. »Ich warte noch auf Rückmeldung von ein paar Firmen.«

»Dann kannst du in der Zwischenzeit mit nach Monaco kommen«, drängt er weiter. »Wie gesagt, das Event ist perfekt für Networking. Oder meinetwegen kannst du es auch einfach als Urlaub auf meine Kosten betrachten. Eine Kombination aus Abschluss- und verfrühtem Geburtstagsgeschenk.«

»Alles in einem?«, frage ich gedehnt. »Wow, du bist *zu* gütig.«

»Okay, um ehrlich zu sein, biete ich es dir an, weil Mom mich beschwatzt hat.«

»Also sollte ich eigentlich ihr danken statt dir?«

»Auslegungssache«, erwidert er geringschätzig. Dann macht er weiter mit seinen Überredungsversuchen. »Denk doch mal darüber nach, welche Leute du da kennenlernen wirst. Weißt du, wie viele Fahrer mit ihren Teams auf der Party sein werden? Wenn du bis zum Ende des Abends kein Jobangebot hast, mache ich einen Kopfsprung von den Klippen ins Meer.«

Ich kichere. »Das tust du auch, *wenn* ich ein Jobangebot bekomme.« Wir beide haben das Adrenalin-Junkie-Gen geerbt, doch ich bin so schlau, diese Veranlagung nicht auszuleben.

»Wahrscheinlich«, stimmt er mir zu. »Aber mal im Ernst, Wills. Es ist eine tolle Chance. Und du musst keinen Finger krumm machen. Ich regele alles.«

Ich drehe mich auf den Rücken und studiere die Zimmerdecke, wobei ich den Saum meines Sommerkleides zwischen zwei Fingern zwirbele. »Du versprichst mir, dass es sich lohnt?«, hake ich nach, obwohl längst Aufregung in meiner Brust flattert. »Ich will nicht zu lange weg sein und ein mögliches Vorstellungsgespräch verpassen.«

»Ich verspreche es. Du kannst am Mittwoch kommen und am Montagmorgen wieder zurückfliegen.«

Langsam stoße ich die Luft aus und denke darüber nach. Er hat recht – es könnte eine ausgezeichnete Gelegenheit sein, Kontakte zu knüpfen. Und wer würde nicht gern ein paar Tage an einem der coolsten Orte der Welt verbringen? Wie käme ich dazu, eine kostenlose Reise abzulehnen?

»Okay, na schön«, platze ich heraus, ehe ich es mir anders überlegen kann. »Ich komme mit nach Monaco.«

Kapitel 2

Dev

Monaco

Ich bin mir ziemlich sicher, dass alle auf der Party denken, ich hätte eine Geschlechtskrankheit.

Um das klarzustellen: Die habe ich nicht, und ich habe auch noch nie eine gehabt, ungeachtet meiner Ausschweifungen, über die die Presse so gern berichtet. Das Gerücht habe ich meiner Social-Media-Managerin – mittlerweile *Ex*-Social-Media-Managerin – zu verdanken, die ihren Job gekündigt hat, indem sie der Welt auf all meinen Online-Plattformen verkündete, dass ich das neue Gesicht des Schnelltest-Kits für Geschlechtskrankheiten der Marke IYK Quick Results sei. Dazu schrieb sie in meinem Namen, dass ich ohne den Test niemals so schnell herausgefunden hätte, dass ich Chlamydien habe, dass sich aber niemand Sorgen machen müsse, da ich nun in Behandlung sei, auch wenn ich leider eine Variante erwischt hätte, die resistent gegen Antibiotika ist. Manche Menschen hätten nun mal einfach Pech.

Die Posts haben der Firma geholfen, aber was mich betrifft … Ich hatte seit sechs Wochen keinen Sex mehr, und die meisten hier anwesenden Frauen schauen mich nicht mal an. Es ist ein gottverdammtes Desaster.

Ich weiß, dass ich sie wegen Rufmord verklagen könnte, aber der Schaden lässt sich ohnehin nicht rückgängig machen, und ich habe kein Interesse daran, Jani aus Rache zu verletzen. Nach vorn zu blicken, scheint mir momentan das Beste zu sein. Und wenn ich ehrlich zu mir selbst bin, *könnte* es durchaus sein, dass ich ihre Aktion verdient hatte, nach allem, was sie durchmachen musste, während sie für mich arbeitete. Ich war nicht der einfachste Kunde, aber wer zur Hölle will schon, dass die ganze Welt jedes Detail seines Lebens mitansieht? Dennoch bestand Jani jeden Tag aufs Neue darauf, bis ich schließlich ausgetickt bin. Leider brachte dies im Gegenzug *sie* zum Austicken. Nun ist mein Ruf ruiniert, mein Team zeigt mir die kalte Schulter, und es wird gemunkelt, dass meine Sponsoren der Ansicht sind, ich sei nicht mehr die richtige Person, um sie zu repräsentieren. Aber ich darf sie – und das Geld – nicht verlieren, denn sonst verliere ich meinen Job bei Argonaut Racing.

»Gott, nun guck doch nicht so. Du vergraulst ja alle Frauen.« Mark nippt neben mir unschuldig an seinem Champagner.

Sein Smoking passt ihm kaum noch, obwohl ich versucht habe, ihn zu überreden, sich einen neuen zu kaufen. Die Nähte seines Jacketts spannen an den Schultern, und die Knöpfe dehnen sich über seinen Brustmuskeln. Sie könnten jeden Moment abspringen und Menschen innerhalb der Gefahrenzone erblinden lassen. Man erkennt auf den ersten Blick, dass der Typ in der Fitnessbranche arbeitet, und er genießt es eindeutig, seinen Körper zur Schau zu stellen. Wäre er nicht mein Perfomance Coach und bester Freund seit dem Kindergarten, würde ich ihn für einen Arsch halten.

»Wie gucke ich denn?«, frage ich herausfordernd und hebe mein eigenes Champagnerglas, um es in einem Zug zu leeren. Ich wische mir mit dem Handrücken über den Mund, ehe ich fortfahre. »So als ob meine Karriere auf dem Spiel steht und mich niemand flachlegen will?« Denn danach fühlt es sich an.

Ich habe zu hart dafür gearbeitet, an den Punkt zu gelangen, an dem ich mich aktuell befinde, und ich will die Formel 1 nicht verlassen, ehe ich selbst dazu bereit bin. Ist Argonaut Racing der beste Rennstall? Wohl kaum. Aber wenn ich es aus dem Mittelfeld hinausschaffen und Teil eines der besten Teams werden will, bleibt mir für den Moment nichts anderes übrig.

Jeder Fahrer wünscht sich, eine Weltmeisterschaft zu gewinnen, und meine Chance, dies jemals zu erreichen, hängt von der Leistung ab, die ich jetzt erbringe. Ich war schon in jungen Jahren im Jugendförderprogramm von Argonaut, und da ich noch nie für einen anderen Rennstall gefahren bin, bin ich ihnen weitgehend treu; doch ich kann nicht für immer bei ihnen bleiben, wenn ich jemals gewinnen will. Und ja, es ist optimistisch, an einen Titel zu denken, obwohl ich noch kein einziges Formel-1-Rennen gewonnen habe, aber ich bin nun mal ein Dummkopf mit großen Träumen.

Das Problem ist, dass diese Träume scheinbar mit jedem Tag mehr außer Reichweite rücken. Wenn nicht gerade die NASA beginnt, die Boliden für Argonaut zu entwerfen, werde ich niemals einen Titel holen – und ganz gewiss nicht, solange Zaid Yousef und Axel Bergmüller weiter um den Sieg kämpfen, ganz egal, welchen Wagen ich fahre. Ehrlich gesagt wäre ich bei meinem aktuellen Team sogar schon froh darüber, Dritter oder Vierter zu werden, aber das ist vermutlich ebenso wahrscheinlich, wie dass morgen die Sonne explodiert.

Für den Moment ist meine Priorität, in der Formel 1 zu bleiben, bis ich beweisen kann, dass ich in die oberen, *oberen* Ränge dieses Elitesports gehöre. Ich muss nur Ruhe bewahren und so gute Leistungen erbringen, dass die Bosse der besten Rennställe auf mich aufmerksam werden. Zaid sollte innerhalb der nächsten zwei Jahre seine Karriere beenden, also muss sich Mascort Gedanken um einen Ersatz machen. Oder vielleicht entscheiden auch Specter Energy, dass sie einen zweiten Fahrer brauchen, der Axel unterstützt, und wenn dem so ist, will ich ihr Mann sein. Das wird mir zwar nicht den Titel einbringen, hinter dem ich her bin, aber ich werde meinem Ziel einen Schritt näher kommen.

Nichts von alledem wird jedoch geschehen, wenn ich meine Sponsoren verliere und Argonaut meinen Vertrag verkürzt – was ich Janis Abschiedsgeschenk zu verdanken hätte. Mein Team mag sich vielleicht nicht hauptsächlich auf das Geld verlassen, das ich einbringe, aber niemand will einen Fahrer, der nicht mehr als Talent mitbringt. Das ist zwar eindeutig scheiße, aber so funktioniert unsere kleine Welt nun mal.

Nach dieser Saison stehe ich noch ein weiteres Jahr unter Vertrag, und wenn ich ihre Erwartungen nicht erfülle – oder sogar übertreffe ... Verdammt, wenn ich zu lange darüber nachdenke, verkrieche ich mich vielleicht noch im nächstbesten Loch und komme nie wieder heraus.

»Du wirst schon wieder flachgelegt werden, Dev, das verspreche ich dir«, versichert mir Mark. »Aber nur, wenn du endlich aufhörst rumzuheulen.«

Mir entgeht nicht, dass er den ersten Teil meiner Aussage unkommentiert lässt. Ich bin nicht der Einzige, der sich Sorgen um meine Zukunft in der Formel 1 macht.

»Ich heule nicht rum«, murmele ich. Doch er hat natürlich recht. Ich heule sehr wohl rum. Eigentlich bin ich – und war schon immer – der Typ mit dem Dauerlächeln, nicht der Mürrische. Es sieht mir nicht ähnlich. »Ich bin einfach gestresst, okay? Es ist ein wichtiger Abend.«

Oder besser gesagt eine wichtige Woche. Heute Abend muss ich unter Beweis stellen, dass ich eine Bereicherung für die Welt der Autorennen darstelle, kein Risiko. Morgen muss ich den ganzen Tag für die Presse grinsen und so tun, als würde ich meinen Teamkollegen nicht hassen. Dann muss ich beim Freitagstraining eine gute Zeit machen, am Samstag besser als P10 abschließen – sonst hole ich auf einer Strecke wie in Monaco, auf der es fast unmöglich ist, zu überholen, auf keinen Fall Punkte – und so fahren, als würde mein Leben davon abhängen.

Und das tut es in gewisser Weise auch.

»Du wirst die Sache schon durchstehen.« Mark klingt zwar überzeugt, doch ich weiß, dass auch er seine Zweifel hat. »Und wenn du mir nicht glaubst«, er deutet mit dem Kopf zum anderen Ende des Raumes, »frag Oakley. Du weißt ja, dass er immer Klartext spricht.«

Ich folge Marks Blick und entdecke unseren Freund am

Eingang des Ballsaals, wo er Hände schüttelt und auf Schultern klopft.

Dem Himmel sei Dank. Es kommt mir vor, als hätte ich Jahre darauf gewartet, dass dieser Spinner endlich auftaucht, um mich davor zu bewahren, mich auf diesem steifen Sponsoren-Event zu Tode zu langweilen.

Oakley kenne ich bereits mein ganzes Leben. Unsere Familien waren schon Nachbarn, bevor ich auf die Welt kam, und wir beide haben früher zusammen Kartsport betrieben. Wir sind die Gründungsmitglieder des *Awkward White Dads Club*, denn seine Mutter ist Schwarz, meine ist Inderin, und unsere Weißen Väter haben sich deshalb so gut verstanden, weil ihre Söhne aufgrund ihrer Hautfarbe nie richtig in die Welt des Motorsports passten. Außerdem sind unsere Väter die unbeholfensten Menschen der Welt. Beide sind Nerds, aber wenn man bedenkt, welchen Job Oakley mittlerweile ausübt, rangiert er selbst ziemlich weit oben auf der Nerd-Skala.

Ich muss also nicht erwähnen, dass wir schon seit Ewigkeiten befreundet sind. Und das alles habe ich letztes Jahr beinahe von jetzt auf gleich zunichtegemacht, indem ich seine Schwester geküsst habe.

Eilig verdränge ich die Erinnerung aus meinem Kopf, damit sie sich nicht erneut dort einnisten und Wurzeln schlagen kann. Ich weiß, dass ich ihr nicht wieder nachhängen darf – denn das habe ich bereits getan und teuer dafür bezahlt. Auf keinen Fall will ich zulassen, dass meine Freundschaft mit Oakley darunter leidet; es war ein einmaliger Fehler, der sich niemals wiederholen darf. Mittlerweile bin ich schlauer.

Ehe ich mich in Oakleys Richtung in Bewegung setzen kann, stellt sich mir mein Agent in den Weg. Grandios.

Mark, dieser Idiot, schafft es, an dem finster dreinblickenden Mann vorbeizutreten, grinst mich schadenfroh an und hebt in einer ironischen Geste sein leeres Champagnerglas. »Bis später, Kumpel«, ruft er mir zu, bevor er davonschlendert.

Ein paar Schritte hinter meinem Agenten steht ein genervter Chava, die Hände an beiden Seiten zu einer »Ich hab's versucht«-Geste erhoben. Gewiss hat mein Assistent sein Bestes gegeben, aber Howard Featherstone ist nicht aufzuhalten, wenn seine Mission darin besteht, mir das Leben zur Hölle zu machen.

»Howard!«, rufe ich, wobei ich mein Markenzeichen-Lächeln aufsetze und Begeisterung vortäusche. Ich wusste, dass er heute Abend kommen würde, hatte allerdings gehofft, dass ich ihn noch ein wenig länger meiden könnte. »Wie geht's dir, verdammt?«

»Mir ging es schon besser, Dev«, erwidert er tonlos und mustert mich aus seinen kalten grauen Augen. »Aber ich glaube, das weißt du.«

Am liebsten würde ich mir die Finger in die Ohren stecken, um ihn zu ärgern, aber ich muss mir in Erinnerung rufen, dass ich ein fünfundzwanzigjähriger Mann bin – die angemessene Reaktion in meinem Alter wäre, ihm zu sagen, dass er zur Hölle fahren soll.

Zum Glück habe ich genügend Übung im Umgang mit der Presse, dass ich in der Öffentlichkeit von beiden Möglichkeiten absehe, mich stattdessen um eine verständnisvolle Miene bemühe und ernst nicke.

»Verständlich«, sage ich. »Die letzte Zeit war hart.«

Er beäugt mich misstrauisch, wahrscheinlich, weil er merkt, dass ich ihm etwas vorspiele. Doch er wird es mir nicht vorhalten, denn das könnte uns vom Thema abbringen. »In der Tat. Und es wird höchste Zeit, die Sache wieder geradezubiegen. Damit hätten wir längst beginnen können, wenn du meine Anrufe nicht ignoriert hättest.«

Ich lache und fahre mir in einer gespielt verlegenen Geste durch das Haar, obwohl ich nicht widerstehen kann, meinen Mittelfinger ein wenig zu heben, als ich die Hand wieder an meine Seite fallen lasse. Ich wollte nicht mit ihm reden, weil ich wusste, was er sagen würde. *Du musst die Sache geradebiegen, Dev. Engagier jemanden, der dein Image wiederherstellt. Beauftrage ein ganzes PR-Team. Lass dich von ihnen in einen Roboter verwandeln. Lass dir von ihnen das Leben aussaugen.*

»Tut mir leid«, erwidere ich unaufrichtig. »Die letzten Wochen waren verrückt, weißt du? Hey, warst du eigentlich beim Rennen in Aserbaidschan? Da hab ich es doch tatsächlich bis Q3 geschafft …«

»Spar dir das.«

Angesichts seines barschen Tonfalls zucke ich ein wenig zusammen. Wow, ich stecke echt in Schwierigkeiten.

»*Niemand* ist gerade zufrieden mit dir«, fährt Howard fort. »Weder dein Team noch deine Sponsoren. Ich ganz bestimmt auch nicht. Und alle anderen lachen über dich.«

»Ich meine, ich bin es gewohnt, dass die Leute über mich lachen.« Ich zucke mit den Schultern. »Ich bin eben ein witziger Kerl.«

Offenbar ist dies nicht der richtige Zeitpunkt für Scherze,

denn ehe ich es mich versehe, ist er mir so nahe, dass sich unsere Nasen fast berühren und ich nur noch seine Altersflecken und seine pulsierende Ader auf der Stirn sehe.

»Wenn du so weitermachst, bist du geliefert«, warnt er. »Selbst bei der NASCAR wird dich niemand wollen.«

Wut steigt angesichts dieser Beleidigung in mir auf, und erst recht widerstrebt mir, wie nahe er mir ist. »Ich würde dir raten, einen Schritt zurückzutreten, Howard«, murmele ich. »Du kannst hier keine Szene machen.« Und ich habe *wirklich* keine Lust, mich mit einem sechzigjährigen Mann zu prügeln, der glaubt, seine größer werdende Glatze kaschieren zu können, indem er sein Haar darüber kämmt.

Als würde ihm mit einem Mal wieder einfallen, wo er ist, blinzelt Howard seine Wut weg und macht taumelnd einen Schritt nach hinten, ehe er sich schnaubend das Jackett seines Smokings glatt streicht. Dann schaut er sich prüfend um, ob sein Ausbruch Aufmerksamkeit erregt hat, doch wie es scheint, ist Chava der Einzige, der uns mit gequälter Miene beobachtet.

»Du musst es endlich in deinen Kopf bekommen«, sagt er, nachdem er sich gesammelt hat, und achtet darauf, mit leiser Stimme zu sprechen. »Deine Karriere steht auf dem Spiel, und ich kann sie nicht retten, wenn du es mich nicht versuchen lässt.«

Ich stoße die Luft aus. An seiner logischen Schlussfolgerung – die er mir schon viele Male präsentiert hat – bin ich nicht interessiert. »Pass auf, wenn Axel sich davon erholen kann, dabei gefilmt worden zu sein, wie er mehrmals das N-Wort brüllt, während er zu einem Song mitrappt, sollte meine erfundene Geschlechtskrankheit kein Problem darstellen.«

Howard schüttelt den Kopf, als könne er nicht glauben, wie dumm ich bin. »Du solltest besser wissen als jeder andere, dass die Leute Rassismus schneller verzeihen als einen Sexskandal.«

Ich klappe meinen Mund zu, denn sosehr es mir auch widerstrebt, es zuzugeben, hat er recht. So funktioniert die Welt, in der wir leben, nun mal leider.

Er nutzt mein Schweigen aus, indem er meine Schulter drückt und meinen Blick festhält. »Lass mich die Sache regeln, Dev.«

Das Schlimmste ist, zu wissen, dass er das tatsächlich kann. Er kann Leute engagieren, die alles unter den Teppich kehren und mich wie den absoluten Vorzeigesportler im Fahrerlager darstellen. Es wäre so einfach.

Aber das habe ich schon mal getan – ich habe anderen die Kontrolle über mein Image gegeben und zugelassen, dass die Welt glaubt, ich hätte das Wesen eines Pappkartons. Ich durfte über nichts reden, was auch nur annähernd etwas mit Politik zu tun hatte oder »kontrovers« war; selbst wenn es ein Problem gab, das ich ansprechen wollte, weil ich oder Leute, die mir wichtig waren, darunter litten. Meine Meinungen und ehrlichen Gedanken durfte ich nicht teilen. Ich musste der Posterboy sein, mit dem sich alle identifizieren konnten. Und das habe ich gehasst. Mitgespielt habe ich trotzdem, weil alle behaupteten, es sei das Beste für mich.

Ist klar.

Jani sollte der Kompromiss sein. Statt eines ganzen Teams wurde *sie* eingestellt, um sich um meine gesponserten Social-Media-Posts und alles, was mit Argonaut zu tun hatte, zu kümmern. Die Facetten meiner Persönlichkeit sollten nur oberflächlich dargestellt werden, um die Fans bei Laune zu halten. Aber sie ging einen Schritt zu weit, indem sie versuchte, sich in mein Privatleben einzumischen und es im Internet zu posten. Und nachdem sie mich einmal zu oft dazu gedrängt hatte, etwas Persönliches über mich zu teilen, hatte ich genug.

Deshalb bin ich nicht daran interessiert, mein Image Menschen zu überlassen, denen ich nicht einmal annähernd vertraue.

»Ich kann es selbst wieder geradebiegen«, erkläre ich, obwohl meine Stimme fremd klingt. »Gib mir einfach Zeit.«

»Dir bleibt aber nicht viel Zeit, ehe die Leute dich aufgeben.« Er atmet durch und strafft die Schultern. »Ich hole mir ein Glas Champagner. Wenn ich zurückkomme, drehen wir eine Runde zusammen und rufen allen in Erinnerung, warum es so toll ist, dich im Fahrerlager und auf Werbeplakaten zu haben. Verstanden?«

»Yes, Sir.« Ich kann mich gerade noch davon abhalten, zu salutieren.

Als würde er es spüren, funkelt mich Howard an und marschiert dann davon.

Ich bleibe zurück und begegne Chavas Blick.

»Nun ...« Mein Assistent schnaubt, als er sich mir nähert. Seine Haut hat fast den gleichen hellbraunen Ton wie meine, dennoch ist die Röte zu sehen, die an seinem Hals heraufgekrochen ist. Er hasst Howard ebenso sehr wie ich. »Was für ein Schlamassel.«

»Was du nicht sagst«, murre ich und wünsche mir, ich hätte einen ganzen Eimer Champagner, den ich herunterstürzen könnte. »Ich muss es wieder in Ordnung bringen.«

»Hast du eine Idee, wie? Abgesehen davon, ein PR-Team zu engagieren?«

Ich schüttele den Kopf. »Noch nicht.« Ich stoße die Luft aus und lege meinen Ellbogen auf seiner Schulter ab, denn mit einem Mal bin ich erschöpft. »Ich habe momentan zu viele Probleme, die ich lösen muss.«

»Unter anderem, dass alle hier anwesenden Frauen dich anschauen, als wärst du ansteckend«, erwidert Chava trocken, als drei Damen in teuren Kleidern vorbeikommen und mir misstrauische Seitenblicke zuwerfen, während sie einen großen Bogen um uns machen. »Und mich auch, weil ich mit dir zusammen hier bin. Verdammt, Dev.«

»Es ist nicht meine Schuld«, ächze ich und lege meinen Kopf in den Nacken. »Aber ich brauche Sex. Wenigstens *dieses* Problem muss ich heute Abend lösen.«

Die Chancen, hier eine Frau zu finden, die nicht glaubt, ich hätte eine Geschlechtskrankheit, und die bereit ist, mit mir nach Hause zu gehen, sind gering, aber ich muss es wenigstens versuchen. Es müsste mir nur eine Frau lange genug zuhören, damit ich ihr alles erklären kann. Ich muss es abtun und darüber lachen, denn es ist schließlich tatsächlich ein Witz. Ein äußerst grausamer Witz.

Es sollte einfach sein. Beim Rennen muss ich mir jeden Tag komplexere Strategien ausdenken. Das hier ist nichts dagegen.

Ich straffe die Schultern, gebe Chava mein Champagnerglas und streiche mir die Haare aus der Stirn. Ich bin ein gut aussehender Typ und noch dazu verdammt charmant, also sollte es ein Leichtes werden. In den letzten sechs Wochen habe ich mich einfach nur nicht ausreichend angestrengt. Jetzt werde ich mir das holen, was ich will.

Doch meine Pläne sind mit einem Mal vergessen, als Willow Williams den Saal betritt.

Kapitel 3
Willow

Es spielt keine Rolle, dass ich ein Outfit trage, das mehr gekostet hat als eine Monatsmiete; ich fühle mich trotzdem underdressed unter diesen Menschen.

Mir ist bewusst, dass ich mit dem hellblauen Seidenkleid und den Zehn-Zentimeter-Absätzen toll aussehe – selbst wenn ich das Schicksal *und* meine Knöchel herausfordere, indem ich sie trage –, aber ich fühle mich dennoch fehl am Platz. Wenn es irgendeinen Ort gibt, an dem ich mir vorkomme, als würde ich nicht dazugehören, dann ist es eine protzige Party in Monaco.

Monaco. Allein der Gedanke an den Namen bringt mich fast dazu, ungläubig den Kopf zu schütteln. Denn ganz im Ernst, wer rechnet schon damit, kurzfristig an einen Ort eingeladen zu werden, der ein Synonym für Reichtum und schnelle Autos ist? Gewiss nicht ich und mein kaum genutzter Reisepass.

Nachdem ich heute Nachmittag in Nizza gelandet war, wurde ich von einem Fahrer abgeholt, den Oakley geschickt hatte. Auf dem Weg an der Küste entlang nach Monaco hielt ich meinen Blick die ganze Zeit aus dem Fenster gerichtet und bewunderte das schöne blaue Wasser, das üppige Grün und die atemberaubenden Klippen.

Selbst wenn mein Bruder nichts von dem Rennen an diesem Wochenende erwähnt hätte, hätte ich es mir aufgrund der vielen gesperrten Straßen und der aneinandergedrängten millionenschweren Jachten im Hafen denken können. Es herrschte kontrolliertes Chaos. Die Vorfreude auf das Wochenende war fast greifbar in der warmen Frühlingsluft.

Ich rief Grace und Chantal über Videocall an, um ihnen während der Fahrt die Aussicht zu zeigen, doch als wir am Hotel ankamen, verschlug es mir beinahe die Sprache.

Luxus ist mir nicht fremd. Meine Eltern sind sehr erfolgreich, und Mom ist dafür bekannt, einen teuren Geschmack zu haben, aber ich habe noch nie etwas derart Extravagantes gesehen wie dieses Hotel. Das Gebäude versprüht mit seinen Säulen und der bejahrten Fassade, an der sich in symmetrischen Mustern violette und gelbe Blumen hochranken und vom Säulenvorbau hinabhängen, einen Alte-Welt-Charme. Die Lobby mit ihrer hohen Decke und der Kunst aus dem achtzehnten Jahrhundert könnte ebenso gut Teil eines Filmsets sein. Beinahe hätte ich gekichert, als mich ein Portier mit kastanienbrauner Uniform und kleinem Hut auf Englisch fragte, ob er mein Gepäck tragen dürfe. Es war perfekt. Die Suite, die Oakley für mich reserviert hat, ist genauso unglaublich – ein toller Ausblick auf das Meer, eine riesige Badewanne und ein Bett, das so groß ist, dass zehn Personen darin Platz hätten. Es ist ein überaus großzügiges Abschluss-Schrägstrich-Geburtstagsgeschenk von Oakley. Oder seine Firma hat die Kosten übernommen.

Bisher hatte ich allerdings noch keine Gelegenheit, mich bei ihm zu bedanken, weil von meinem Bruder schon den ganzen Tag jede Spur fehlt. Er hat mir geschrieben, dass er bis zum Beginn der Party beschäftigt sein würde, wir uns aber im Ballsaal des Hotels zum heutigen Event treffen.

Die letzten Stunden habe ich damit verbracht, mich fertig zu machen. Ich habe gebadet, mich geschrubbt und eingecremt, ehe ich in das Kleid geschlüpft bin, zu dem mich Grace überredet hat, obwohl ich beim Anblick des Preises fast einen Herzinfarkt bekommen hätte. Es ist aber in der Tat schön, und ich habe mich unglaublich hübsch gefühlt, sobald ich es anhatte … Bis jetzt.

Ich war schon immer ein kleines bisschen unsicher, was mein Aussehen angeht, und ein Blick durch den Saal bringt mich dazu, in mich zusammenzusacken. Jede Person, die an mir vorbeirauscht, ist schöner als die vorhergehende. Und mitten unter ihnen stehe ich – verdammt klein, mit Babygesicht und kaum Oberweite. Diese drei Faktoren führen oft dazu, dass ich gefragt werde, wo meine Eltern sind, wenn ich allein unterwegs bin. Ich bin neidisch auf Frauen wie Chantal mit ihren langen Beinen und Kurven. Im Gegensatz zu ihr bin ich der Überzeugung, dass man mich durch ein rechteckiges Stück Pappe mit einem Bild von meinem Gesicht ersetzen könnte, ohne dass jemand den Unterschied bemerken würde.

Doch jedes Mal, wenn dieses Gefühl in mir aufkeimt, erinnere ich mich an die Dinge, die ich an mir mag. Ich liebe meine strahlend bronzefarbene Haut, ungeachtet der Jahreszeit. Ich liebe meine Locken (obwohl ich sie heute Abend fast vollkommen geglättet habe). Und ja, an den meisten Tagen liebe ich die Tatsache, dass ich unter fast nichts einen BH tragen muss.

Nun straffe ich meine Schultern, hebe das Kinn und bin dankbar für die paar zusätzlichen Zentimeter, die mir meine Absätze verschaffen. Ohne sie könnte ich unter all den gut gekleideten Menschen nichts sehen.

Ich nehme mir einen Moment Zeit, um mir den Ballsaal genauer anzuschauen, von seiner hohen Decke mit dem verschnörkelten Stuck und der goldenen Verzierung bis hin zum glänzenden Holzfußboden. An einer Seite des Saales steht ein Formel-1-Wagen aus Eis, auf der anderen Seite performt gerade ein Feuerspucker. Es wurden eindeutig keine Kosten gescheut, aber das sollte mich nicht überraschen. In diesem Sport ging es schon immer um Geld, Geld und nochmals Geld.

»Wills!«

Angesichts der Stimme meines Bruders zucke ich zusammen und drehe mich in die Richtung um, aus der sie erklungen ist.

Er steht an der glänzenden Bar und winkt mir zu.

Erleichtert stoße ich die Luft aus und bahne mir einen Weg zu ihm. Wie immer auf Partys ist er von einer größeren Gruppe Leute umgeben, doch er entschuldigt sich schnell, um mir entgegenzukommen. Als er seine Arme ausbreitet, lehne ich mich an ihn und drücke ihn ein paar Sekunden lang fest.

Er tritt einen Schritt zurück und packt mich an den Schultern, um mich von oben bis unten zu mustern. »Bist du kleiner geworden?«

Ich rümpfe die Nase und schlage seine Hände weg. Der Moment der Geschwisterliebe ist eindeutig vorbei. »Hast du vergessen, dass ich die perfekte Größe habe, um deine Kniescheiben zu zerstören? Fordere mich nicht heraus.«

»Ja, das sollte ich wohl nicht, besonders wenn du solche Schuhe trägst.« Er schneidet eine Grimasse, als er zu meinen Stilettos hinabblickt. »Solltest du die tragen? Ich schwöre, wenn du dir irgendwas auskugelst, renke ich es nicht wieder ein.«

Ich verdrehe zwar die Augen, doch seine Sorge ist nicht ganz unbegründet, wenn man bedenkt, dass meine Gelenke nicht immer dort bleiben, wo sie hingehören. Vor langer Zeit habe ich gelernt, dass Absätze, ganz egal wie atemberaubend, nicht die beste Wahl für mich sind, auch wenn das an meiner Liebe zu ihnen nichts ändert. Manchmal muss man einfach am Limit leben. Oakley hat schnelle Autos – ich habe High Heels. Dennoch verbringe ich mindestens eine Stunde pro Tag im Fitnessstudio oder auf der Yogamatte und mache Kraftübungen, damit mein Körper alles dort halten kann, wo es hingehört. Dank Physiotherapie und ein paar Operationen mache ich mir heutzutage keine allzu großen Sorgen mehr um schwere Verletzungen, auch wenn ich immer vorsichtig sein werde. Deshalb musste ich auch zusehen, als Oakley wild herumrennen und seinen Traum, Sportler zu werden, ausleben konnte. Ich bemühe mich, deswegen nicht verbittert zu werden, mir nicht zu wünschen, ich wäre diejenige von uns beiden, die nicht mit chronischen Schmerzen und schwachem Bindegewebe zu kämpfen hat, aber manchmal spüre ich, wie mir dieses Gefühl in der Kehle heraufkriecht.

»Mach dich locker, ich hab mir schon seit einer Weile nichts mehr ausgekugelt. Aber gut zu wissen, dass du mir im Zweifelsfall nicht helfen würdest. Du bist echt fürchterlich.«

Er zuckt mit den Schultern. »Das wissen wir beide doch ohnehin schon.« Dann fasst er mich sanft am Ellbogen und dreht mich zur Bar um. »Lass uns Drinks holen und Dev suchen. Er muss hier irgendwo sein.«

Da ich mitten im Schritt stehen bleibe und mein Absatz in der Luft hängt, falle ich beinahe vornüber. Wenn Oakley mich nicht festhalten würde, wäre ich flach auf dem Gesicht gelandet – und all das nur wegen der Erwähnung eines Namens.

»Dev?«, wiederhole ich und verziehe das Gesicht, weil meine Stimme so schrill klingt. Eilig räuspere ich mich. »Dev Anderson? Er ist hier?«

Wenn Oakley mir seine Aufmerksamkeit schenken würde, statt eine hübsche Blondine anzustarren, hätte er meine Panik gewiss bemerkt.

Es ist sieben Monate her, seit ich den besten Freund meines Bruders zuletzt gesehen habe. Und damals … Nun, man könnte sagen, dass es anders gelaufen ist, als ich erwartet habe, was mich immer noch zutiefst beschämt.

»Ja, natürlich ist er hier«, antwortet Oakley, während wir uns durch die Menge zur Bar drängen. »SecDark ist ein Sponsor seines Rennstalls.«

»Ach ja.« Das wusste ich. Ich habe es nur … vergessen.

Und mit »vergessen« meine ich, dass ich tatsächlich keinen blassen Schimmer hatte. »Aber ich … ich dachte, ihr sponsert einen anderen Rennstall.« Es kann nicht sein, dass ich *derart* ahnungslos bin. Ich verfolge die Formel 1, wenn auch nicht so aufmerksam wie andere Sportarten, aber ich habe sie definitiv auf dem Schirm. Ebenso wie zu viele andere Dinge, die mit Dev zu tun haben, dem Jungen, in den ich den Großteil meiner Kindheit unsterblich verliebt war.

Oakley ächzt, als er eine Hand hebt, um den Barkeeper auf sich aufmerksam zu machen, was ich als Bestätigung deute. »Wir haben mit Deschamp angefangen, aber Argonaut hat die Geschäftsführung für sich gewonnen mit ihrem ›All-American, all the time‹-Gesäusel, wie der Slogan lautet. Also ja, letztes Jahr haben wir gewechselt. Auch wenn es Argonaut in dieser Saison noch nicht aufs Siegerpodest geschafft hat, also bleibt abzuwarten, ob es die bessere Kollaboration ist.«

Nickend versuche ich, alle Informationen zu verarbeiten, aber mein Gehirn hat auf Angstmodus umgeschaltet. Wie von selbst huscht mein Blick umher, um Dev in der Menschenmenge in dem riesigen Saal auszumachen. Ich wusste, dass eine kleine Chance besteht, ihn am Rennwochenende zu sehen, und habe mich mental darauf vorbereitet, aber dies fühlt sich an wie ein Überfall.

Oakley schwafelt noch immer von Rennstatistiken, aber ich schenke ihm kaum noch Aufmerksamkeit. Ich habe all das ohnehin schon unzählige Male gehört, denn mein Bruder könnte ununterbrochen davon reden. Normalerweise lausche ich ihm pflichtbewusst, weil ich so eine gute Schwester bin … und weil mich diese Themen interessieren, so ungern ich es ihm gegenüber auch zugebe. Diesmal tue ich allerdings nur so, als würde ich zuhören und murmele ab und zu etwas Zustimmendes, wenn es mir angemessen erscheint. Doch als mein Blick auf eine vertraute Person in der Menge fällt, kann ich das Schauspiel nicht länger aufrechterhalten.

Devs typisches Grinsen – das er sich nie scheut aufzusetzen – erhellt den Raum. Ich schwöre, sein Gesicht ist dafür geschaffen, zu lächeln, und zwar nur, um zu lächeln. Die dunklen Stoppeln an seinem markanten Kiefer betonen nur noch, wie gut er aussieht. Ich habe auf Social Media Videos gesehen, die ihm den Titel »bestes Lächeln im Fahrerlager« verleihen, und das kann ich nicht bestreiten. Niemand bei der Formel 1 – in der Vergangenheit, Gegenwart und vermutlich sogar Zukunft – hat einen so mitreißenden Humor wie Dev. Niemand kann auch nur annähernd mithalten.

Als Kind sah man ihn nur selten ohne sein breites Grinsen, und das hat sich bis heute nicht geändert. Sorgen scheinen an ihm abzuprallen. Es ist nicht so, als würde er nichts ernst nehmen – sonst hätte er nicht diese Karriere hingelegt –, aber Dev hat einfach die unheimliche Gabe, immer das Positive zu sehen, ganz egal, wie negativ die Dinge scheinen mögen. Ohne seine Frohnatur hätte ich es wahrscheinlich nicht durch die schwersten Zeiten meiner Teenagerjahre geschafft, als ich meinen Körper dafür gehasst habe, dass er mich von all den Dingen abhielt, die ich mir so sehr wünschte. Es sind große Worte, aber Dev und sein Lächeln und seine kleinen aufmunternden Bemerkungen haben einen riesigen Unterschied gemacht.

Mein Herz rast, so wie immer, wenn ich ihn sehe, aber heute Abend kommt eine nervöse Übelkeit hinzu. Er sieht ... gut aus. *Richtig* gut. Besser, als ich es in Erinnerung habe, obwohl meine Fantasie ihn stets ins beste Licht rückt.

Von hier aus habe ich den perfekten Blick auf sein Profil. Sein schwarzes Haar ist an den Seiten kürzer als oben auf dem Kopf. Die Strähnen locken sich und fallen ihm auf diese zerzauste Art in die Stirn, die wirkt, als hätte er sich absichtlich so gestylt, obwohl es wahrscheinlich eher daran liegt, dass er sich ständig mit den Fingern durch sein Haar fährt. Und dieser Smoking ... Kein Mann sollte in einem Pinguinanzug derart attraktiv sein, aber ich kenne eine Menge Leute – mich eingeschlossen –, die seine breiten Schultern dennoch lieber ohne Kleidung sehen würden.

Obwohl ich gehört habe, dass die Frauen derzeit nicht gerade bei ihm Schlange stehen, um dieses Privileg zu genießen – und auch ich sollte solchen Gedanken nicht nachhängen. Nicht wegen des Gerüchts, dass er eine Geschlechtskrankheit hat, sondern weil er für mich absolut tabu sein sollte. Unser Kuss ist ein Geheimnis, das ich mit ins Grab nehmen werde.

»Ah, da ist er ja.« Oakleys Stimme unterbricht meine Gedanken, ehe sie in eine nicht jugendfreie Richtung abdriften können, und lenkt meine Aufmerksamkeit wieder auf ihn. Aus dem Augenwinkel nehme ich wahr, dass er in die gleiche Richtung schaut wie ich. »Lass uns Hallo sagen.«

»Hä?«, frage ich abwesend.

»Du hast mir nicht zugehört, oder?« Er reicht mir ein

Champagnerglas, das wie von Zauberhand erschienen ist – ebenso wie der Old Fashioned, an dem er bereits nippt –, während ich seinen besten Freund angestarrt habe. »Ich hab Dev entdeckt. Ich möchte mit ihm sprechen, bevor mich meine Chefs belagern.«

Oakley packt meine Schulter und schiebt mich vor sich her, ehe ich Einwände erheben kann.

Aber wenn ich eines weiß, dann, dass ich absolut nicht bereit dazu bin, Dev Anderson wiederzusehen.

Kapitel 4

Dev

Ich stecke in Schwierigkeiten. In verdammt großen Schwierigkeiten. Es scheint mir zwar unmöglich, in *noch* größeren Schwierigkeiten zu stecken als vor fünf Minuten, aber es ist die Wahrheit.

Denn Willow ist hier, und ich bin absolut geliefert.

Ich muss die Party verlassen. Das ist meine einzige Option, denn wenn sie mich entdeckt, bevor ich meine Fassung wiedergewinne, werde ich ... Nun, ich weiß nicht, was ich dann tun werde, aber es wird definitiv nichts Gutes oder Schlaues oder Zuträgliches sein, um mein Image aufzupolieren.

Obwohl ich weiß, dass ich mich umdrehen und schnellen Schrittes den Saal verlassen muss, kann ich meinen Blick nicht von ihr abwenden. Sie schaut sich im Raum um, als würde sie in der Menge nach einem vertrauten Gesicht suchen, wobei sich ihre Schultern anspannen. Wenn ich mutiger wäre – ein witziger Gedanke vor dem Hintergrund, dass ich beruflich einen Wagen bei dreihundertzwanzig

Stundenkilometern über eine Rennstrecke lenke –, würde ich zu ihr gehen, sie begrüßen, ihr sagen, wie schön es ist, sie wiederzusehen, und ihr einen Drink anbieten. Doch in meinem aktuellen Zustand besteht das Risiko, dass meine Begrüßungsworte »Was zur Hölle tust du hier?« wären.

Zum Glück bin ich ein Feigling, sodass ich wie angewurzelt stehen bleibe und sie anstarre.

Sie trägt ein bodenlanges Kleid mit Trägern, die so schmal sind, dass man sie mühelos runterschieben könnte. Der leichte Wasserfallausschnitt betont die sanfte Wölbung ihrer Brüste, die ich geliebt habe, als ich das Privileg hatte, sie berühren zu dürfen. Ich lasse meinen Blick über die fließende blaue Seide wandern und betrachte die Rundung ihrer Hüften, wobei ich mir vorstelle, wie es sich anfühlen würde, wenn ich den Stoff bis zu ihrer Taille hochschieben würde, so wie beim letzten Mal, als wir …

Mist. Verdammter *Mist.* Ich darf im Augenblick nicht so an sie denken. Nein, ich darf *niemals* so an sie denken. Ich sollte es besser wissen. Wir alle sollten es besser wissen, denn es hat sich ja gezeigt, was beim letzten Mal passiert ist, als ein Freund von Oakley etwas mit Willow angefangen hat. Es war nicht schön.

Fast habe ich mich dazu durchgerungen, mich abzuwenden, als sich ihr Gesicht plötzlich erhellt. Ein Lächeln legt sich auf ihre Lippen und sorgt bei mir für den gleichen Adrenalinschub wie in den Momenten, in denen ich vor einem Rennen in meinen Wagen steige. Aber statt mich dazu zu bewegen, mich noch eiliger abzuwenden, sorgt es dafür, dass ich erstarre und ihren Anblick genieße.

Auf ihren Wangen zeichnen sich die tiefen Grübchen ab,

die immer dann zum Vorschein kommen, wenn sie lächelt oder lacht – oder versucht, *nicht* zu lächeln oder zu lachen. Sie zeigen sich auch, wenn sie die Lippen zusammenpresst oder einen Mundwinkel verzieht. Selbst wenn sie die Stirn runzelt, ist mindestens auf einer Wange ein Anflug der Vertiefung zu erkennen. In Momenten, in denen sie vollkommen unsichtbar sind, schläft sie oder langweilt sich zu Tode. Und verdammt, mir widerstrebt es, dass ich das weiß.

Ein Stein der Angst legt sich in meinen Magen, als ich sehe, wen sie anlächelt. Oakley zieht seine Schwester in eine Umarmung, und ich wende endlich – *endlich* – meinen Blick ab, weil ich schlau genug bin, um zu wissen, dass sich Fehler nicht wiederholen dürfen.

Und Willow Williams zu küssen, war der größte Fehler meines Lebens.

»Erde an Dev. Jemand zu Hause? Hallo? Bist du *tot*?«

Als ich mich blinzelnd umdrehe, sehe ich nur wenige Zentimeter von mir entfernt Chava.

Mark, der von seiner großen Auszeit zurückgekehrt ist, steht neben ihm und schaut mich an, als sei er kurz davor, den Teamarzt zu rufen. »Alles in Ordnung?«, fragt er und beugt sich mit verengten Augen vor, vermutlich, um meine Pupillen zu überprüfen.

Ich schiebe ihn weg, während Chava lacht. Die beiden haben sich wie immer gegen mich verschworen. Es ist, als hätten sie vergessen, wem sie ihr Gehalt zu verdanken haben.

»Mir geht's gut«, murmele ich und fahre mir mit einer Hand durchs Haar, wobei ich mich dabei ertappe, erneut nach Willow Ausschau zu halten.

Zum Glück hat sie ihrem Bruder nichts von unserem kleinen ... Vorfall erzählt. Wochenlang danach war ich überzeugt, dass Oakley jeden Moment bei mir auftauchen und mich eigenhändig ermorden würde. Wenn man bedenkt, dass er Jeremy für das, was er Willow angetan hat, beinahe umgebracht hätte, war meine Sorge nicht unbegründet.

Jeremy hatte es allerdings verdient, denn sein Verbrechen wog weitaus schwerer als ein heimlicher Kuss im Treppenhaus eines Hotels. Ich bin dagegen im Vergleich so gut wie unschuldig, trotzdem liegen mir die Schuldgefühle schwer im Magen.

»Wir haben uns darüber unterhalten, wie er heute Abend noch eine Frau aufreißen kann, aber dann hat er plötzlich abgeschaltet«, erklärt Chava Mark. »Wahrscheinlich betet er, dass er nach dieser langen Durststrecke mehr als einmal ran darf.«

Seine Bemerkung lässt mich unfreiwillig grinsen, denn ich liebe Witze auf meine Kosten. »Komm schon, zweimal sollte doch drin sein.«

»Da ist er ja wieder.« Chava zwickt mir in die Wange.

Wäre dieser Typ nicht einer meiner engsten Freunde und noch dazu der einzige Grund, warum ich pünktlich dort auftauche, wo ich auftauchen muss, hätte ich ihn längst gefeuert. »Sollen wir dir jetzt ein Mädel aussuchen, oder was?«

»Das ist der Plan«, erwidere ich. Ich kann nur hoffen, dass er dazu beiträgt, Willow aus meinem Kopf zu bekommen. »Aber zuerst brauche ich noch einen ...«

Ich breche ab, als Howard erneut an meiner Seite auftaucht, diesmal mit einem Champagnerglas, das er mir hinhält. Seinem Stirnrunzeln nach zu urteilen, ist es kein Friedensangebot.

»Du nimmst jetzt dieses Glas an dich und folgst mir«, weist er mich an. »Du hast schon genug Zeit verschwendet, und du hast eine Menge wiedergutzumachen.«

Klar, ich wollte noch einen Drink, aber nicht auf diese Art.

»Kannst du mir eine halbe Stunde geben?« Ich versuche, mir nicht anmerken zu lassen, wie genervt ich bin, denn ich habe es satt, dass er mir ständig in den Ohren liegt und mir die Stimmung vermiest. »Zuerst muss ich ein paar Leute begrüßen, dann verspreche ich dir, mit allen zu reden, mit denen ich reden soll.«

Howard drückt mir das Glas so energisch gegen die Brust, dass ein paar Tropfen der hellen Flüssigkeit auf meinem Hemd landen. »Eine Viertelstunde«, erwidert er, was in mir den Drang weckt, ihm einen Kinnhaken zu verpassen. »Aber ich behalte dich im Auge.«

Wieder keimt Wut in mir auf, denn dieser Mann ist das wandelnde Klischee eines Bösewichts. Ich weiß, dass er nur sicherstellen will, dass ich die besten Deals aushandele – und er seinen Anteil für diese Deals bekommt –, aber er sollte wirklich an seinen Manieren arbeiten.

Als er davonschlurft, stürze ich den (möglicherweise vergifteten) Champagner herunter und reiche das Glas einem vorbeikommenden Kellner, ehe ich abwechselnd Mark und Chava anschaue. »Meint ihr, ich kann mich durch die Hintertür rausschleichen?«

Mark schnaubt. »Keine Chance. Außerdem wird Oakley angepisst sein, wenn du abhaust, bevor er hier ist.«

Mein gesamter Körper verspannt sich, als mein Blick

wieder zu Willow und Oakley in der Menge huscht, doch ich muss feststellen, dass sie verschwunden sind. Stattdessen umgibt mich der vertraute Duft eines Vanilleparfüms, und ich weiß, dass es zu spät ist, um davonzulaufen.

Als die anderen beginnen, sich zu begrüßen, fehlen mir für einen Moment die Worte. Ich höre Ausrufe der Freude, Hände, die auf Rücken klopfen, und scherzhaftes Fluchen, aber ich muss erst die Tatsache verarbeiten, dass ich zum ersten Mal seit mehr als einem halben Jahr nur wenige Schritte von Willow entfernt stehe. Und offenbar habe ich keinen blassen Schimmer mehr, wie ich mich ihr gegenüber verhalten soll.

Komm schon, Mann. Bleib einfach cool. Verhalte dich normal. Ist doch kinderleicht.

Als ich an der Reihe bin, mich Oakley zuzuwenden, zwinge ich mich zu einem Lächeln und lasse mich von ihm in die Arme ziehen. Dabei hoffe ich inständig, dass er zwischenzeitlich nicht zufällig gelernt hat, Gedanken zu lesen.

»Schön, dich zu sehen, Arschloch«, raunt er mir ins Ohr und klopft mir so energisch auf den Rücken, dass ich schwören könnte, mein Herz gerät aus dem Takt.

Verdammt, vielleicht weiß er doch, was ich getan habe.

Aber in seinem Blick liegt nichts als Wärme, als er sich von mir löst und meine Schultern umfasst. Er ist immer noch mein bester Freund, der Kerl, mit dem ich über den Kartsport bis in die Formel 3 aufgestiegen bin. Wäre er nicht zu dem Schluss gekommen, dass es nicht mehr sein Traum war, Rennfahrer zu werden, wäre er sicherlich auch heute noch an meiner Seite.

In gewisser Hinsicht bin ich froh, dass dies nicht der Fall

ist, denn ich habe schon erlebt, dass Freundschaften am Konkurrenzkampf zerbrochen sind. Die meisten Fahrer, die ich kenne, stehen einander nicht sonderlich nahe, sie betrachten sich eher als Arbeitskollegen. Und das sind wir auch tatsächlich. Es gibt bei der Formel 1 keine Menschen, mit denen ich meine dunkelsten Geheimnisse teilen würde. Aber Oakley? Ihm vertraue ich alles an. Zumindest war das immer so, bis ich die eine Sache getan habe, von der ich ihm nicht erzählen kann.

Chava, der mein Geheimnis kennt, bedenkt mich mit einem wissenden Blick, als Oakley zur Seite tritt und mir so freie Sicht auf Willow gewährt.

Mark hat sie gerade umarmt, und jetzt wäre ich an der Reihe, aber ich kann meine Füße nicht vom Fleck bewegen. Ich weiß nicht, wie es mir am Ende doch gelingt, aber ich trete näher an sie heran, breite die Arme aus und ziehe sie an mich, während mein Gehirn immer noch Probleme hat, mitzuhalten.

Sie reicht mir kaum bis zur Schulter und ist so zierlich, dass es mich stets aufs Neue überrascht, wie fest ihre Umarmungen sind. Meiner Meinung nach war sie schon immer zart, weich und sanft. Aber auch wenn sie zerbrechlich *wirken* mag, habe ich erlebt, was sie im Fitnessstudio leistet. Wenn sie fest entschlossen wäre, könnte sie mich wahrscheinlich hochheben. Und sie ist immer fest entschlossen. Das soll nicht heißen, dass sie unbezwingbar ist, denn durch ihre Diagnose hat sie ein paar Einschränkungen mehr als der Durchschnittsmensch, dennoch wäre es ein Fehler, sie zu unterschätzen. Sie ist stärker, als die meisten glauben.

Ich schließe sie gerade lange genug in die Arme, um ihren süßen Duft einzuatmen und mir in Erinnerung zu rufen, dass meine Gefühle zu ihr rein platonischer Natur sind, weshalb der Kuss auch in so vielerlei Hinsicht unangemessen war.

Zumindest rede ich mir das ein.

Sie löst sich von mir und schenkt mir ein zaghaftes Lächeln, aber der Blick aus ihren dunklen Augen warnt mich eindeutig: *Sorg dafür, dass das hier nicht unangenehm wird.*

Nun, sie muss sich deswegen kaum Gedanken machen, denn die Situation ist auch ohne mein Zutun unangenehm. Allerdings werde ich uns nicht verraten, auch wenn das bedeutet, dass ich sie für den Rest des Abends ignorieren muss.

Wäre das unhöflich? Ja, natürlich, aber ein Mann muss tun, was er tun muss, um nicht von seinem besten Freund ermordet zu werden.

In diesem Moment schlingt mir Oakley grob einen Arm um den Hals und fragt, wie die Saison bisher gelaufen ist, sodass mir ein Gespräch mit Willow erspart bleibt. Ich hege keinen Zweifel daran, dass er sich, was meine Karriere betrifft, auf dem Laufenden gehalten hat, sodass ihm bekannt sein muss, dass ich in Aserbaidschan Achter geworden bin und es in Miami nicht ins Ziel geschafft habe – bisher der größte Erfolg und die größte Niederlage. Also senke ich meine Stimme. »Ich muss dir erzählen, was letzte Woche in Italien tatsächlich mit Nathaniel passiert ist.« Er wird den Gossip über meinen Teamkollegen zu schätzen wissen, und ich lästere gern über den Typen. »Spoiler: Sein Unfall hatte nichts mit einem Defekt am Wagen zu tun.«

Als Oakley mich drängt, weiterzuerzählen, kehre ich Willow den Rücken zu, was mir nur allzu recht ist, auch wenn ihr melodisches Lachen um uns herum durch die Luft schwirrt, als sie sich mit Chava und Mark unterhält. Ich bemühe mich, es zu ignorieren, und rede weiter, bis Oakley vor Lachen weint. Mir ist es genauso ergangen, als ich die Wahrheit erfahren habe.

Nathaniel hat sich dank der Magenverstimmung, von der er sich angeblich längst erholt hatte, in seinen Helm übergeben. Darüber war er selbst so überrascht, dass er für den Bruchteil einer Sekunde die Kontrolle verlor und gegen die Absperrung fuhr.

Oakley wischt sich immer noch über die Augen, als irgendetwas hinter mir seine Aufmerksamkeit erregt und sein Lächeln verblasst. »Scheiße, meine Chefs rufen mich.« Er hebt eine Hand, um ihnen zuzuwinken. »Hoffentlich dauert es nicht allzu lange.« Mit diesen Worten dreht er sich zu seiner Schwester um. »Du kommst allein zurecht, Wills?«

Obwohl ich immer noch mit dem Rücken zu ihr stehe, bin ich mir Willows Anwesenheit nur allzu bewusst.

»Ja, auf jeden Fall«, versichert sie ihm. »Geh ruhig.«

Oakley nickt und klopft mir auf die Schulter. »Habt nicht zu viel Spaß ohne mich.«

Als er davongeht, bleibt mir nichts anderes übrig, als mich zu Chava, Mark *und* Willow umzudrehen. Fast gerate ich in Versuchung, mich aus dem Staub zu machen und Howard zu suchen, aber das würde zu weit gehen, ganz egal, wie gern ich mich einem Gespräch mit ihr entziehen würde.

»Also«, setze ich an und schaue zwischen den drei hin und her. Meine Handflächen sind auf einmal so feucht, dass ich sie am liebsten an meiner Hose abwischen würde. »Was ist …«

»Wisst ihr was? Ich brauch noch einen Drink«, unterbricht mich Chava, ohne auf meinen Versuch, mich in die Unterhaltung einzubringen, einzugehen. »Mark, komm mit. Wir können Willow und Dev was zu trinken mitbringen, dann müssen sie sich nicht durch die Menge kämpfen.«

Mark betrachtet stirnrunzelnd sein halb volles Glas und scheint nicht zu begreifen, was Chavas Absicht ist. »Ich brauch keinen …«

»Lass uns *gehen.*« Obwohl ich ihm tödliche Blicke zuwerfe, umfasst Chava Marks kräftigen Oberarm und zieht ihn in Richtung Bar.

So gern ich mich auch entschuldigen und mit irgendeiner anderen beliebigen Person unterhalten würde, kann ich Willow nicht ignorieren. Was teils daran liegt, dass Oakley mir vorhalten würde, gemein zu seiner Schwester zu sein, aber hauptsächlich daran, dass ich erneut wie erstarrt bin, als ich zu ihr hinabschaue. So war ich sonst nie in ihrer Gegenwart – steif und stumm und … *unbeholfen.*

Es ist keineswegs das erste Mal, dass ich ihr allein gegenüberstehe. Ganz im Gegenteil, als Kinder waren wir häufiger zusammen als getrennt. Ich würde es nicht direkt als Freundschaft bezeichnen, aber unsere Leben waren stets miteinander verwoben. Wir unterhielten uns, während ich darauf wartete, dass Oakley sich fertig machte, um mit mir wegzugehen. Wir saßen in unserer Küche, wenn meine Mom Jalebi zubereitete und wir gierig jede neue Ladung vertilgten. Wir bewarfen einander mit Popcorn, wenn unsere Familien zusammen ins Kino gingen. Verdammt, einmal saß sie sogar stundenlang an meiner Seite, als ich eine Gehirnerschütterung hatte und niemand sonst da war, der mich im Auge behalten konnte. Noch nie war irgendetwas zwischen uns unangenehm.

Bis jetzt.

Sie sieht überall hin, außer zu mir, umklammert mit beiden Händen ihr noch fast volles Champagnerglas so fest, dass ihre Knöchel blass geworden sind. Das Wissen, dass es für sie genauso merkwürdig ist wie für mich, bewirkt zwar, dass ich mich ein wenig besser fühle, aber ich muss aufhören, mich wie ein verängstigter kleiner Junge aufzuführen, und das Beste aus dieser surrealen Situation machen.

Fest entschlossen räuspere ich mich. »Also, Willow«, setze ich an und möchte am liebsten eine Grimasse schneiden, da ich in meinem Versuch, gelassen zu wirken, eher angewidert klinge. Ich gebe es auf, denn ich weiß, dass es nicht funktionieren wird. Nicht bei ihr. »Wie läuft's bei dir?«

Endlich hebt sie den Blick aus ihren großen braunen Augen und lockert den Griff um ihr Glas ein wenig. »Es läuft gut«, antwortet sie, wobei sich angesichts ihrer leisen, rauen Stimme etwas in mir regt, das sich nicht regen sollte. »Und bei dir?«

Das Letzte, was ich will, ist, über mich selbst zu reden, also steuere ich das Gespräch in eine andere Richtung. »Du hast gerade deinen Abschluss gemacht, richtig? Sorry, dass ich kein Geschenk gesendet habe. Es wäre das Mindeste gewesen, was ich hätte tun können.«

»Du hattest viel zu tun.« Sie winkt ab. »Und diese Reise nach Monaco ist Oakleys Geschenk an mich. Du kannst deinen Namen daruntersetzen und aufhören, dir deswegen Gedanken zu machen.«

Angesichts ihres Witzes und der Tatsache, dass ein Lächeln an ihren vollen Lippen zupft, entspanne ich mich ein wenig, denn ich bin froh, dass unser Gespräch zumindest in gewisser Hinsicht normal verläuft, auch wenn die Situation noch so angespannt ist.

Ich lache. »Natürlich hab ich nichts dagegen, mich mit der Leistung anderer Leute zu brüsten.«

Nun grinst sie mich an, und ich spüre, dass sie einfach genauso froh ist wie ich, dass wir unsere Unbeholfenheit überwunden haben.

»Ruf deinen Boss an und frag, ob du dir noch eine weitere Woche freinehmen kannst«, schlage ich vor. »Oakley und ich können eine Jacht mieten.«

Ich mache Witze – oder vielleicht auch nicht; das mit der Jacht klingt tatsächlich verlockend, aber ich muss irgendetwas Falsches gesagt haben, denn ihr Lächeln verschwindet.

Mist. Was hab ich diesmal getan?

»Ich muss niemanden anrufen, denn ich hab keinen Job.« Sie senkt ihr Kinn, um meinem Blick auszuweichen. »Ich habe mehr Bewerbungen abgeschickt, als ich zählen kann, aber von den meisten Firmen habe ich nicht mal eine Antwort bekommen. Vielleicht muss ich mich auch außerhalb der Sportmarketingbranche umsehen.«

Großartig, jetzt fühlt sie sich wegen mir schlecht, weil ich sie an ihre erfolglose Jobsuche erinnert habe. Aber es sind seit ihrem Abschluss doch erst zwei Wochen vergangen? Nicht viele Leute haben das Glück, so schnell eine Anstellung zu finden. Zumindest glaube ich das. Nicht dass ich jemals Teil der richtigen Arbeitswelt war.

Mir ist bewusst, dass ich ein Arschloch sein kann, und für gewöhnlich bin ich das mit voller Absicht, aber diesmal nicht. »Ich bin mir sicher, dass du etwas findest.« Am liebsten würde ich mir selbst in den Hintern treten. »Mach dir keine Sorgen.«

»Mmh, ja. Okay.«

Als sie sich eine Strähne hinter das Ohr streicht, folge ich der Bewegung ihrer Fingerspitzen mit meinem Blick und denke daran zurück, dass sie genau das Gleiche getan hat, kurz bevor ich …

»Genug von mir«, unterbricht sie meine Gedanken, ehe ich der Erinnerung zu lange nachhängen kann. »Du standest in letzter Zeit oft in den Schlagzeilen. Ist alles okay?«

Jetzt ist es an mir, das Gesicht zu verziehen. Es gefällt mir gar nicht, dass nun auch noch sie mich auf meinen geschädigten Ruf ansprechen muss. Mir missfällt, dass sie überhaupt davon weiß. »Mhm. Na ja, es könnte besser laufen.«

Nun, da wir einander beide Salz in die Wunde gestreut haben, sind wir wohl quitt, aber Willow hat schon immer versucht, selbst in schweren Situationen das Positive zu sehen, also überrascht es mich nicht, dass sie grinst.

»Dann willst du mir also erzählen, dass IYK Quick Results dir keine Millionen zahlt, damit du Werbung für sie machst? Eine Unverschämtheit.«

Ihr Kommentar entlockt mir ein lautes, aufrichtiges Lachen. »Schon, oder? Dank mir haben die so viel Aufmerksamkeit bekommen, dass sie mich bezahlen *sollten*. Und ganz im Ernst, es ist ein tolles Produkt.«

Sie grinst immer noch, aber in ihren Augen zeichnet sich ein wenig Sorge ab. »Du hast es ausprobiert?«

O nein, jetzt glaubt sie, das Gerücht über meine Geschlechtskrankheit sei wahr. Kann ich denn heute gar nichts richtig machen?

»Ich meine, ganz allgemein«, schiebe ich eilig hinterher. »Schnelle und einfache Tests sind doch ein gutes Konzept, besonders an Orten wie diesem, wo die Leute oft nicht so vorsichtig sind, wie sie es sein sollten.« Mit einer weitgreifenden Geste schließe ich die Menge um uns herum ein, die aus Neureichen und Emporkömmlingen besteht. »Besser, man schützt sich, ehe es beim Pinkeln plötzlich brennt.«

Sie schließt die Augen, als könnte sie nicht glauben, was ich da gerade gesagt habe, und schüttelt dabei kaum merklich den Kopf. »O … mein Gott.«

Ich zucke mit den Schultern. Kondome bieten keinen hundertprozentigen Schutz, und was ist so falsch daran, vorsichtig zu sein? Ich fand es schon immer schlimm, wenn Menschen wegen sexuell übertragbaren Krankheiten ausgegrenzt wurden, und jetzt, wo ich selbst das Opfer bin, hat sich meine Meinung nur noch gefestigt. Vielleicht wäre das Unternehmen tatsächlich der perfekte Sponsor.

Willow atmet tief durch und strafft die Schultern, ehe sie ihren Blick wieder auf mich richtet, diesmal mit einem wissenden Funkeln in den Augen. Es ist schon eine Weile her, seit sie meinem Humor ausgesetzt war, aber sie reagiert noch genauso darauf wie damals – ohne zu lachen, auch wenn es ihr noch so schwerfällt. Sie findet mich witzig, will es aber nicht zugeben.

»Wie kam es überhaupt zu diesen Posts?«, fragt sie, als sie sich wieder gefangen hat. »Wurde dein Account gehackt?«

Ich stoße die Luft aus und zupfe an meiner Fliege. »Kurz gesagt hatte meine Social-Media-Managerin Jani meine Faxen satt und hat gekündigt. Die Posts waren ihr Abschiedsgeschenk.«

»Um ehrlich zu sein, habe ich nicht alles gelesen; nur kleine Ausschnitte, die Leute, denen ich folge, geteilt haben.« Sie schmunzelt, und ich muss mich bemühen, zu ignorieren, wie sehr mir dieser Anblick gefällt. »Du bist wohl ein Celebrity, schätze ich.«

»Jepp. Schön, dass du es endlich bemerkt hast.« Ich hole mein Handy hervor, um mein Instagram-Archiv zu öffnen. »Und jetzt halt dich fest.« Meine schwieligen Finger streifen ihre pink lackierten Nägel, als ich ihr das Smartphone reiche.

Langsam scrollt sie nach unten und liest sich die lange Caption, die Jani geschrieben hat, durch. Ich kann den Blick nicht abwenden, als sich Willows soeben noch entspannte Miene innerhalb von einer Sekunde verzieht. Zumindest bekomme ich so ihre Grübchen zu sehen.

»Wow, du musst die Frau echt verärgert haben.« In ihrem Blick zeichnet sich eine Mischung aus Mitleid und Belustigung ab.

Ich nehme ihr mein Handy ab, wobei sich unsere Finger erneut streifen. »Das gebe ich zu, ich hab sie mir wirklich zur Feindin gemacht.«

Willow sieht mich forschend an, wobei ihre Belustigung schnell Besorgnis weicht. »Was hast du getan?«

Zwar sind mir einige kleine Fehler unterlaufen, aber ich beschließe, ihr den größten zu verraten. »Ich … hab nach dem Grand Prix ihren Flug von Australien gecancelt, sodass sie festsaß.«

»Nein.«

Ich hebe beschwichtigend die Hände. »Zu meiner Verteidigung, sie hatte mich den ganzen Tag damit genervt, dass ich ein Video mit dem sexy Baby-Filter hochladen soll – du weißt schon, den gerade alle verwenden. Und dann hat sie mich nicht mal nach einer schlechten Trainingssession in Ruhe gelassen, und … jepp. Daraufhin hab ich kurz entschlossen ihren Flug gecancelt. Ohne es ihr zu sagen.«

Willow schlägt mir mit dem Handrücken gegen die Brust. »Du bist so ein Arsch!«

»Ich hab auch nie das Gegenteil behauptet.«

Sie stößt genervt die Luft aus, bevor sie mich schweigend mustert, als würde sie in meiner Miene nach irgendetwas suchen. Schließlich stellt sie mir zögerlich eine Frage. »Du hast seitdem nichts mehr gepostet?«

»Nope. Ich hab kein Interesse daran, mich selbst um meine sozialen Medien zu kümmern, schließlich habe ich eine Million andere Dinge zu tun.« Zum Beispiel einen schnellen Wagen fahren, ohne Unfälle zu bauen.

»Du lässt dir eine unglaublich große Chance entgehen, dein Image wiederherzustellen.« Sie runzelt die Stirn, denn sie betrachtet die Sache eindeutig aus einer Marketingperspektive, was natürlich Sinn ergibt, wenn man bedenkt, was sie studiert hat. »Dieser Post hat offenbar großen Schaden angerichtet. Warum lässt du die Sache nicht von eurem Medienteam wieder geradebiegen? Oder du stellst externe PR-Leute ein.«

Ich verziehe das Gesicht. »Man merkt sofort, wenn jemand mit so einem Team arbeitet – die Posts wirken total abgedroschen. Null Individualität.« Meine wahren Gründe muss ich ihr nicht nennen. »Und ich vertraue nicht darauf, dass Argonaut mich nicht schlecht darstellen würde.«

»Komm schon, das kann nicht stimmen«, erwidert sie. »Sie haben doch auch etwas davon, wenn sie dir helfen.«

Ich schnaube. »Da wär ich mir nicht so sicher. Sie konzentrieren sich gerade derart auf meinen Teamkollegen, dass sie mich nicht mal richtig auf dem Schirm haben. Alles, was ich nach dem Vorfall bekommen habe, war ein fünfminütiger Vortrag vom Teamchef. Seit mein Teamkollege und sein Vater mit einer gehörigen Menge Geld auf der Bildfläche erschienen sind, werde ich ignoriert.«

Als sich ihre Lippen vor Überraschung teilen, fällt mein Blick darauf. Sie sind voll und weich, und die Unterlippe ist ein wenig größer als die Oberlippe, so als würde sie ständig einen Schmollmund machen. Es ist höllisch sexy. Und *das* ist schon wieder etwas, das ich nicht denken darf.

»Ernsthaft?«, fragt sie.

»Ernsthaft«, bestätige ich und zwinge mich dazu, ihr wieder in die Augen zu schauen. »Sie kümmern sich nicht um mich, sondern warten nur darauf, dass mein Vertrag ausläuft, weil sie zu geizig sind, um mich auszuzahlen.«

»Das ist schrecklich.«

Das ist es wirklich, besonders weil ich ihr favorisierter

Fahrer sein sollte, immerhin stamme ich aus ihrer Fahrerakademie. Ich bin derjenige, der immer wieder Punkte holt, während mein Teamkollege bei jedem zweiten Rennen die rote Flagge bekommt. Ich bin die Nummer dreizehn unter den Fahrern und der einzige Grund, aus dem wir nicht die Letzten bei der Konstrukteurswertung sind. Aber wenn meine Leistung nicht ausreicht, um ihre volle Unterstützung zu erhalten, dann weiß ich nicht, was ich sonst noch tun soll. Und da mein Vertrag noch lange nicht ausläuft, bleibt mir für den Moment nichts anderes übrig als Daumendrehen. Irgendwann werde ich die Chance haben, einem anderen Rennstall beizutreten.

Vielleicht. Gott, ich hoffe es wirklich.

Doch wer wird mich wollen, wenn ich meinen Wert nicht unter Beweis stellen kann?

Statt Willow in meine Gedanken einzuweihen, zucke ich nur mit den Schultern und spiele es runter – wie immer, wenn mich etwas quält. »So ist es nun mal.«

Doch Willow ist nicht bereit, irgendetwas abzutun. Die Rädchen in ihrem Kopf drehen sich bereits. »So muss es aber nicht sein«, verkündet sie. Obwohl Leidenschaft in ihrer Bemerkung mitschwingt, spüre ich, dass sie sich zurückhält, denn wenn sie sich wirklich einer Sache verschrieben hat, bebt ihre Stimme ein wenig. Was sie hasst, da sie der Ansicht ist, dass sie dadurch zu emotional klingt. Ich bin anderer Meinung. Mir zeigt es nur, dass ihr etwas wichtig ist.

Und wieder einmal offenbart sich, dass ich diese Frau viel zu gut kenne.

»Du kannst ihre Aufmerksamkeit wecken, Dev.« Sie umklammert ihr Champagnerglas nun wieder mit beiden Händen, diesmal allerdings vor Begeisterung, nicht vor Nervosität. »Du musst dein Netzwerk erweitern und aus deinem Schneckenhaus rauskommen. Such dir neue Sponsoren und Fans, die bereit sind, Geld für Merchandise-Produkte deines Rennstalls auszugeben. Wir wissen doch beide, dass Geld Macht ist. Wenn du plötzlich eine Menge davon an Land ziehst, können sie dich nicht mehr ignorieren.«

Beeindruckt – und ein wenig eingeschüchtert – von Willows Fähigkeit, innerhalb von fünf Sekunden einen Schlachtplan auszuklügeln, verschränke ich die Arme. Ich begreife nicht, warum sie noch keinen Job gefunden hat, denn sie ist eindeutig hartnäckig und zielorientiert. Genau die Person, die man einstellen möchte. Wenn ich könnte, würde ich sie engagieren, um die Sache wieder geradezubiegen.

Sie redet immer noch mit einem Leuchten in den Augen von ihrem Plan, aber ich höre nicht mehr zu, denn auf einmal kommt mir eine Idee, dir mir schon viel früher hätte einfallen sollen.

Ich könnte Willow einstellen, um meinen geschädigten Ruf zu reparieren. Es ist brillant. Ich meine, Oakley wird vielleicht nicht allzu begeistert sein, aber immerhin wäre es ein rein professionelles Arbeitsverhältnis. Er hat ohnehin keinen Grund, zu glauben, dass irgendetwas Unangemessenes zwischen Willow und mir passieren könnte, und wir beide sind mittlerweile vernünftig. Mit ihrer Hilfe könnte ich schon bald auf dem besten Weg sein, Argonauts Starfahrer zu werden. Und möglicherweise kurz- bis mittelfristig einem anderen Rennstall angehören. Willow könnte es schaffen, denn sie ist eindeutig Expertin auf ihrem Gebiet. Und – was noch wichtiger ist – sie wünscht mir Erfolg. Diese Frau hat mich und Oakley schon beim Kartfahren von der Tribüne aus angefeuert, und das tut sie auch jetzt noch. Was könnte ich mehr wollen?

Sie spricht zwar noch immer, aber ich unterbreche sie, ehe ich mich davon abhalten kann. »Ich glaube, ich weiß, wie sich die Sache wieder in Ordnung bringen lässt.«

Sie hält inne und zieht die Augenbrauen zusammen. »Und wie?«

Ich atme tief durch – jetzt oder nie. »Mit dir, Willow. Ich brauche *dich*.«

Kapitel 5

Willow

Mit dir, Willow. Ich brauche dich.

Die Gedanken, die mir nach Devs Worten durch den Kopf schießen, sind alles andere als angemessen für die Art der Beziehung, in der wir zueinander stehen, und für den Ort, an dem wir uns befinden. Ich kann nur hoffen, dass er nicht ahnt, warum ich von Kopf bis Fuß erröte, und die Hitze nicht spürt, die von mir ausgeht, denn mein Körper hat mit einem Mal die Temperatur der Sonne angenommen.

Ich hatte so große Mühe, mich zusammenzureißen, seit Chava und Mark uns allein gelassen haben, dass ich mich darauf konzentriert habe, von Marketing und Image-Rettung zu sprechen, um ein unbehagliches Schweigen zu vermeiden, aber dann hat er auf einmal behauptet, dass er mich *braucht.*

Ich glaube, ich werde ohnmächtig. Oder muss mich übergeben. Vielleicht auch beides? O Gott, ich weiß es nicht.

Er mustert mich erwartungsvoll, seine braunen Augen groß, seine Miene hoffnungsvoll.

Alles, was ich zustande bringe, ist, ihn mit offenem Mund anzustarren. »Kannst du … das noch mal wiederholen?« Ich bin selbst überrascht, dass ich einen zusammenhängenden Satz herausbekomme.

Ich erwarte, dass er es diesmal anders formuliert und sein Blick an Intensität verliert, aber er sieht mich immer noch unverwandt an, als lägen alle Antworten auf die großen Fragen des Universums in meinem Gesicht. Und ehe ich mich versehe, tritt er noch näher an mich heran und legt mir seine Hände auf die Schultern. Aus dieser Nähe nehme ich sein Parfüm wahr und einen Duft, der nur ihm anhaftet.

»Du bist genau das, was ich brauche, Willow.«

Mein vierzehnjähriges Ich wäre angesichts einer solchen Offenbarung von Dev durchgedreht und zu einer Pfütze dahingeschmolzen. Mein einundzwanzigjähriges Ich tritt einen Schritt zurück und hebt die Hände. Mir gefällt nicht, welche Richtung dieses Gespräch eingeschlagen hat. Wir haben schon einen Fehler begangen, das genügt.

»Du musst mir deinen Gedankengang genauer erläutern«, erwidere ich langsam. »Denn für mich ergibt er keinen Sinn.«

Nun blinzelt er, und ein wenig von der Ehrfurcht verschwindet aus seinen Augen. Einen Moment später nimmt er die Hände von meinen Schultern und tritt ebenfalls einen Schritt zurück. »Oh, Scheiße. Sorry«, platzt er heraus und schaut sich um, vermutlich um zu sehen, ob jemand unsere Interaktion beobachtet hat. »Ich bin wohl etwas übermütig geworden.«

»M-hm.« Die Wärme seiner Berührung verbleibt auf meiner Haut, aber ich bemühe mich, der Empfindung keine Beachtung zu schenken. »Also … erklär es mir bitte.«

»Ja. Richtig. Okay.« Er atmet tief ein, hebt die Hände und presst die Handflächen aneinander, als würde er im nächsten Moment betteln oder beten. »Willow … Ich glaube, du kannst die Sache in Ordnung bringen. Du kannst mein Image wiederherstellen. Dafür würde ich dich gerne einstellen.«

Wieder fehlen mir die Worte, denn mein Gehirn hat Probleme, das zu verarbeiten, was er gerade gesagt hat. Er will … mich einstellen? Um sein Image zu retten?

»Ist das ein Witz?« Ich lehne mich zur Seite, um an ihm vorbeizuschauen – vielleicht sehe ich ja jeden Moment ein Kamerateam oder irgendeinen Typen mit Handy, der ruft *»Reingelegt«*. »Hat Oakley dich dazu angestiftet?«

Dev zieht die Augenbrauen zusammen und lässt die Hände an seine Seiten fallen. »Was? Nein. Ich bin ungelogen während unseres Gesprächs auf die Idee gekommen.« Er befeuchtet seine Lippen und schaut mich an, als würde er nach den richtigen Worten suchen.

Und ich würde ihm raten, sie genau abzuwägen, denn ich kann keine weiteren vagen Aussagen mehr darüber ertragen, dass ich gebraucht werde.

»Ich möchte, dass du all deine eben genannten Vorschläge umsetzt, um die Sache wieder zu richten. Du bist die perfekte Person dafür.«

O Gott, noch mehr Komplimente, die mein Herz zum Rasen bringen.

»Du weißt eindeutig, wie man in Situationen wie diesen agieren sollte, und ich könnte mich glücklich schätzen, wenn du dich auf eine Zusammenarbeit mit mir einlässt. Also, was sagst du?«

Einige Sekunden lang kann ich gar nichts sagen.

»Warum ich?«, bringe ich schließlich heraus. »Ja, ich weiß, wovon ich spreche. Halbwegs zumindest. Aber willst du keine erfahrenere Person? Jemanden mit Referenzen? Jemanden, der tatsächlich schon mal in diesem Job gearbeitet hat?«

Dev schüttelt den Kopf. »So jemanden hatte ich schon, und es hat nicht funktioniert. Außerdem …« Er atmet tief durch und wendet kurz den Blick ab. Als er mich wieder ansieht, überrascht mich die Verletzlichkeit in seinen Augen. »Ich vertraue momentan nicht vielen Menschen, okay? Der Gedanke daran, mich in die Hände einer beliebigen Person zu begeben, macht mir Angst.«

»Und *mir* vertraust du?« Ich schnaube.

Als sich seine Mundwinkel ein wenig senken, fühle ich mich schlecht, aber er muss die Situation realistisch betrachten.

»Komm schon«, fahre ich fort. »Ich kenne dich, seit wir Kinder waren. Ich weiß, was du und mein Bruder alles angestellt habt. Das, was deine ehemalige Social-Media-Managerin getan hat, könnte ich zehnfach überbieten. Wir wissen beide, dass ich mehr Erpressungsmaterial in der Hinterhand habe als die meisten.«

»Aber das würdest du niemals ausnutzen. So bist du nicht.«

Ich runzele die Stirn. »Das weißt du nicht.«

»O doch, das tue ich«, erwidert er, als kenne er mich wirklich auf einer tieferen Ebene. Und er mag daran glauben, aber in den letzten Jahren haben wir nicht viel Zeit miteinander verbracht. Und ich habe mich verändert.

»Wenn du deinen Eltern nie verraten hast, was Oak und ich alles ausgeheckt haben, dann wirst du es wohl kaum der ganzen Welt erzählen.«

»Okay, aber was, wenn du mich auf die Palme bringst? Was, wenn ich dann eine ähnliche Aktion plane wie Jani?«

»Wie gesagt, so bist du nicht.«

Gott, dieser Mann ist unmöglich. Ich lasse mir nicht gern sagen, wer und wozu ich in der Lage bin, aber er hat recht. Ich glaube, ich könnte niemals eine Person in den Dreck ziehen, ganz egal, was sie mir angetan hat. Nachdem ich es nicht mal getan habe, als ich meinen Ex-Freund mit einer anderen Frau im Bett erwischt habe, müsste Dev schon etwas besonders Schlimmes tun, damit ich einen Racheplan in Erwägung ziehe.

Nun legt er wieder die Hände zusammen. »Ich zahle dir jede Summe«, drängt er. »Nenn mir einen Betrag – du bekommst ihn.«

Mein Magen zieht sich zusammen. Langsam erscheint mir das Ganze eher wie Bestechung als wie ein Jobangebot.

»Ich weiß, dass dich deine Eltern und dein Bruder finanziell unterstützen können, also ist es vielleicht nicht der größte Anreiz, aber es wäre wirklich das Beste für uns beide. Du müsstest nur für zwei Monate mit mir um die Welt reisen, was sich bestimmt gut in deinem Lebenslauf macht. Anschließend würdest du nicht nur über Arbeitserfahrung verfügen, sondern du könntest auch damit angeben, dass du mein Image gerettet hast. Es ist also eine Win-win-Situation. Und hey, du musst ja nicht ewig für mich arbeiten. Nur bis mein Ruf kein Trümmerhaufen mehr ist.«

»Social-Media-Management von Einzelpersonen ist aber nicht mein Metier.« Ich schüttele den Kopf. »All meine Praktika habe ich bei Marken und Mannschaften gemacht. Ich kann nicht …«

»Doch, kannst du.« Er sieht mir fest in die Augen. »Ich will dir keinen Honig ums Maul schmieren, wenn ich sage, dass du die beste Person für den Job bist. Du kennst mich, du kennst den Sport, und du weißt, wie man dieses Chaos beseitigen kann. Betrachte mich als Marke, aber als eine, die etwas … menschlicher ist. Der Image-Wandel muss so authentisch wie möglich wirken. Als würde ich tatsächlich alles allein antreiben, auch wenn ich das in Wahrheit natürlich niemals könnte.«

Ich betrachte ihn schweigend und ziehe die Unterlippe zwischen meine Zähne. Eigentlich will ich sein Angebot nicht mal in Erwägung ziehen, aber ich … glaube, das tue ich. Das Funkeln in seinen Augen und sein Vertrauen in meine Fähigkeiten – obwohl er nicht wissen kann, ob ich zu dem, worum er mich bittet, imstande bin – erschweren es mir, Nein zu sagen. Niemand sonst hat bisher solch ein Vertrauen in mich gesetzt, zumindest niemand, der die Möglichkeit gehabt hätte, mich einzustellen.

»Wills, bitte«, bettelt er, wobei seine Stimme sanfter wird.

Sein Tonfall lässt nicht nur meine Knie weich werden, sondern bringt auch meine Entschlossenheit ins Wanken. Außerdem ergibt alles, was er sagt, Sinn. Es wäre tatsächlich gut für meinen Lebenslauf. Hervorragend sogar. Ich könnte in ein paar Monaten in mein altes Leben in New York zurückkehren und hätte bis dahin hoffentlich einen Job gefunden. Diese Möglichkeit könnte mir den Erfolg verschaffen, den ich mir wünsche. Zudem würde ich währenddessen auch noch Geld verdienen, sodass ich nicht wieder zurück zu meinen Eltern nach San Diego ziehen müsste.

Ich habe mir in den Kopf gesetzt, auf eigenen Beinen zu stehen, und dies ist die perfekte Chance, allen zu beweisen, dass ich es kann.

»Was sagst du?«, drängt Dev. Er ist mir so nahe, dass ich nur ihn sehe, während der Rest der Menge in den Hintergrund gerückt ist. »Wir können uns gerne schon jetzt auf eine befristete Zeitspanne verständigen. Vielleicht bis zu Alishas Hochzeit?«

Seine Schwester heiratet im August, nun haben wir fast Juni – es wäre also eine zweieinhalbmonatige Anstellung, sozusagen ein Sommerjob. Davon hatte ich in der Vergangenheit viele, also kommt es auf einen mehr oder weniger auch nicht mehr an. Doch diesmal würde ich das tun, was ich liebe, statt Eis zu verkaufen oder zu kellnern.

Ich leere mein Champagnerglas und lasse es mir von Dev abnehmen, der es wie von Zauberhand verschwinden lässt. Im Moment fühlt sich alles um mich herum an wie eine Illusion, aber ich werde mich auf etwas einlassen, das nur allzu real ist.

»Abgemacht«, sage ich, ehe ich es mir anders überlegen kann. »Ich mach's.«

Devs Miene erhellt sich so sehr, dass ich blinzele, als würde ich in die Sonne schauen. »Oh, danke ...«

»*Aber*«, unterbreche ich ihn, ehe ich mich in seinem Lächeln verlieren kann, »nur wenn es Oakley recht ist.«

Sein Lächeln gerät ins Wanken, obwohl es immer noch blendend ist. Ich spüre jetzt schon, dass ich es erwidere, denn es ist dermaßen ansteckend, dass ich nicht anders kann.

»Abgemacht.« Sein Blick fällt auf irgendetwas hinter mir. »Aber erzähl es Oakley nicht vor morgen Abend, okay? Ich möchte heute Spaß haben, ohne darüber nachdenken zu müssen, wie er reagieren wird.«

Ich sollte mir keine Sorgen wegen der Meinung meines Bruders machen, aber nach dem, was mit Jeremy passiert ist, bin ich es ihm schuldig, erst mit ihm zu sprechen. Die Trennung war nicht meine Schuld, das ist mir bewusst, aber ich habe immer noch ein schlechtes Gewissen, weil ich zu den Spannungen unter Oakleys Freunden beigetragen habe. Daher möchte ich unbedingt mit ihm reden, ehe ich mich auf irgendetwas einlasse, das mit seinen Freunden zu tun hat, und dazu zählt auch ein Jobangebot.

Dev scheint das einzusehen, denn er war ebenfalls involviert. Er, Chava und Mark haben nach der Trennung zu mir gehalten, während sich zwei andere Freunde auf Jeremys Seite geschlagen haben. Der Streit, der daraus resultierte, war fürchterlich.

»Ja, ich kann warten«, pflichte ich ihm bei, als ein Ellbogen auf meiner Schulter landet. Mein Bruder benutzt mich oft als Armstütze.

»Dev, dein Agent sieht aus, als würde er sich jeden Moment vor Angst in die Hose machen«, verkündet Oakley, doch zum Glück scheint es nicht so, als habe er unser Gespräch mitbekommen. »Tu, was er sagt, damit wir endlich abhauen und in einen Club gehen können.«

Ich ducke mich, um mich von Oakley zu lösen, und schüttele den Kopf. »Da bin ich raus«, verkünde ich, als Mark und Chava mit den versprochenen Drinks zurückkehren. »Ich hab einen Jetlag und will morgen erholt sein.«

Chava reicht mir ein frisches Glas Champagner und dann seine Hand. »Du kannst uns meinetwegen heute im Stich lassen, aber nur, wenn du jetzt mit mir tanzt. Okay?«

Mir entgeht nicht, dass die Frage an Oakley gerichtet ist, der nickt.

Sie glauben, dass es mir nicht auffällt, aber sie sind nun vorsichtig in meiner Gegenwart. Wenn ich mich nicht noch immer schämen würde, würde ich es ihnen vorhalten, aber für den Moment beschließe ich, nicht darauf einzugehen. Dennoch hoffe ich, dass Oakley nichts dagegen hat, dass ich für Dev arbeite, denn je mehr ich darüber nachdenke, desto mehr will ich es. Ich will diese Chance. Und um die Welt zu reisen und spannende Sport-Events zu verfolgen, klingt auch nicht schlecht. Er hat keinen Grund, es mir nicht zu gönnen. Die Sache würde vielleicht anders aussehen, wenn er von dem Vorfall zwischen Dev und mir im letzten Jahr wüsste, aber wir scheinen uns beide einig zu sein, dass wir es niemandem verraten werden.

Ich greife nach Chavas ausgestreckter Hand und schaue mich zu Oakley und Dev um. Im Moment habe ich keine Ahnung, wie Oakley auf Devs Vorschlag reagieren wird.

Aber schon morgen werde ich wissen, was auf mich zukommt.

Kapitel 6

Dev

Nachdem ich mich eine Stunde lang an Howards Seite bei allen möglichen Leuten eingeschleimt habe, täusche ich Kopfschmerzen vor und erzähle Mark, Chava und Oakley, dass ich sie nicht in den Club begleiten werde.

Mark schickt mich mit zwei Paracetamol, einem Elektrolyt-Drink, einem Kühlpack und dem Ratschlag, eine geführte Meditation zu machen, in mein Apartment. Ich habe Mühe, ihn, den stets bemühten Trainer und die Mutterglucke, davon zu überzeugen, mich allein zu lassen, aber schließlich habe ich endlich einen Moment für mich und kann in Ruhe darüber nachdenken, was ich getan habe.

Positiv: Ich habe jemanden engagiert, der mein Image reparieren kann. Negativ: Dabei handelt es sich um die kleine Schwester meines besten Freundes.

Willow muss sich vor ihrem Bruder nicht für ihre Entscheidungen rechtfertigen, aber Oakley würde niemals zulassen, dass sie sich auf etwas einlässt, bei dem sie am Ende verletzt werden könnte, ob nun körperlich oder auf andere Art. Und nach allem, was sie durchgemacht hat, würde es mich nicht überraschen, wenn er sich entschieden gegen meine Idee aussprechen würde.

Sollte das eintreten, werde ich das Angebot zurückziehen, ohne zu lamentieren. Es ist das Beste, was ich tun kann, weil Willow sich mit Oakley in die Haare kriegen wird, wenn er Nein sagt und sie glaubt, der Job wäre immer noch eine Option. Ich werde mich nicht zwischen Geschwister stellen, denn das führt nur zu einem Drama, auf das niemand von uns Lust hat.

Wahrscheinlich hätte ich sie gar nicht erst fragen sollen, aber ich glaube wirklich, dass sie es schaffen kann, mich zu rehabilitieren. Sie kennt nicht nur ihr Fachgebiet gut, sondern sie kennt auch *mich* – und meine Grenzen. Außerdem ist sie mit dem Sport, mit dem sie sozusagen aufgewachsen ist, vertraut. Daher kennt sie auch meine Geschichte und muss mich nicht um Erklärungen bitten. Es ist die perfekte Lösung.

Ohne mir die Mühe zu machen, das Licht einzuschalten, kicke ich im Flur meines Apartments die unbequemen eleganten Schuhe von den Füßen. Dann steuere ich mein Schlafzimmer an, wobei ich mich vom sanften Schein der Stadt vor den Fenstern leiten lasse, fest entschlossen, nicht noch mehr über die Sache nachzudenken, als ich es ohnehin schon getan habe. Am besten schlafe ich eine Nacht darüber und schaue morgen früh, wie ich in Bezug darauf empfinde. Nach so viel Champagner habe ich nie die besten Entscheidungen getroffen. Sobald ich einen klaren Kopf habe, werde ich die Sache noch einmal überdenken, aber bereits jetzt finde ich, dass sich schon lange nichts mehr so richtig angefühlt hat.

Willow kann mich retten. Ich weiß, dass sie es kann.

Ich träume wieder von jenem Abend im letzten Jahr, der zu meiner schlechtesten Entscheidung geführt hat. Vielleicht ist es ein Albtraum. Ich weiß es immer noch nicht.

Willow und ich sind beide betrunken. Sie lehnt neben mir an der Wand, während Oakley sich hinter der Tür zu unserer Linken die Seele aus dem Leib kotzt. Er würgt und ächzt und schwört, für den Rest seines Lebens nie wieder Alkohol anzurühren, obwohl er morgen schon wieder trinken wird.

Willow und ich haben ihn gerade noch rechtzeitig bis zur Toilette des Clubs befördern können, ehe er sich übergab, aber wir haben ihn nicht hinein begleitet. Stattdessen warten wir hier draußen, bis er fertig ist, damit wir ihn zurück zum Hotel schleppen können, wo er den Rest seines Geburtstags im Bett verbringen wird. Ich könnte mich allein um ihn kümmern, aber Willow, stets die gute Schwester, will sichergehen, dass er okay ist.

»Nur weil unsere Mom mich umbringen würde, wenn ihm etwas zustößt«, ruft sie mir in Erinnerung.

Auch wenn sie noch so sehr darauf beharrt, kenne ich die Wahrheit. Sie würde es nie zugeben, aber ihr Bruder liegt ihr tatsächlich am Herzen. Es ist verrückt. Absolut abgefahren.

Etwas Derartiges würde ich in Bezug auf meine Schwester niemals zugeben (obwohl es ebenfalls der Wahrheit entspricht).

Alisha ist zusammen mit ihrem Verlobten und unseren restlichen Freundinnen und Freunden irgendwo auf der Hauptebene des Clubs, um Oakley zu feiern. Unglaublicherweise habe ich es geschafft, sie alle für die Party nach Texas zu kriegen, da ich aufgrund des Rennens diese Woche in Austin sein muss. Doch wenn wir alle zusammen sind, endet das immer in einem Chaos der bestmöglichen Art, ganz egal, wo wir uns aufhalten.

Ich lehne mich an die Wand aus Hohlblockstein und schließe die Augen, als sich die Welt um mich herum zu drehen beginnt. Vielleicht kann ich mein Abendessen derzeit noch drin behalten, aber ich habe genauso viele Shots getrunken wie Oakley. Ich öffne die Augen erst wieder, als Willow zu stammeln beginnt.

»Nein, danke. Ich ... Ich bin mit meinem Freund hier.«

Es dauert einen Moment, bis ich begreife, was vor sich geht: Willow hat sich gegen die Wand gedrückt und mit angespannten Schultern halb von dem Typen weggedreht, der aussieht wie ein arschiger Verbindungsbruder und ihr viel zu nahe kommt.

Er mustert mich kurz aus glasigen Augen von oben bis unten, als würde er versuchen, mich einzuschätzen, ehe er ihr wieder seine Aufmerksamkeit schenkt.

Freund. Willow hat einen Freund erwähnt. Erst jetzt wird mir klar, dass sie sich damit auf mich bezogen hat. Ein Trick, um diesen Spinner loszuwerden, denn soweit ich weiß, ist sie aktuell mit niemandem zusammen – und falls doch, ist diese Person heute definitiv nicht hier.

Mich ärgert, dass sie nicht einfach »Nein!« oder »Ich bin nicht interessiert« sagen kann, damit der Kerl von ihr ablässt, aber Typen wie er haben nicht den gleichen Respekt für Frauen wie für andere Männer. Allerdings scheint mir, dieser Kerl respektiert niemanden, denn die Erwähnung eines angeblichen Freundes kümmert ihn offenbar nicht. Ebenso wenig wie meine Anwesenheit, denn nun lehnt er sich näher zu ihr heran und flüstert ihr etwas ins Ohr, angesichts dessen sie angewidert den Kopf abwendet.

Mehr muss ich nicht sehen.

Ich habe wirklich keine Lust, mich heute Abend mit jemandem anzulegen, denn ich brauche meine gesamte geistige Kraft für das Rennen am Wochenende. Aber mit diesem Typen und seinem verdammten hochgestellten Kragen kann ich es mühelos aufnehmen, wenn es sein muss.

Ich zögere keine Sekunde länger, ehe ich Willow am Ellbogen packe und sie hinter mich ziehe. Dabei grinse ich breit, um meinen Zorn zu verbergen, als ich ihm direkt gegenüberstehe. »Ich bin mit ihr zusammen«, verkünde ich. »Und du musst meine Freundin jetzt endlich in Ruhe lassen.«

Willows Hände liegen an meiner Hüfte, wobei sie versucht, mich aus dem Weg zu schieben, damit sie die Angelegenheit selbst in die Hand nehmen kann. Aber Oakley würde mir den Kopf abreißen, wenn ich nicht einschreiten und sie beschützen würde. Und ich bin lieber Willows Zorn ausgesetzt als dem ihres Bruders. Außerdem könnte ich nicht einfach danebenstehen und mitansehen, wie der Kerl irgendeine Frau belästigt, erst recht keine, die mir am Herzen liegt.

Endlich hat er den Anstand, einen Schritt nach hinten zu treten. Er schwankt zwar leicht, aber seine Hände hat er an den Seiten zu Fäusten geballt. »Was zur Hölle bildest du dir ein …« Beinahe im selben Moment fällt ihm die Kinnlade runter, und seine Augen weiten sich. Dies ist der Moment. Der Moment, in dem er mich erkennt und mit dem die Auseinandersetzung umgehend beendet sein wird. »Oh, Scheiße! Du bist Dev Anderson!«, lallt er und wirft aufgeregt die Hände in die Luft. Arschloch. Aber zumindest verpasst er mir keinen Kinnhaken. »Alter, ganz im Ernst, es tut mir leid. Ich wusste nicht, dass sie deine …«

»Schon in Ordnung«, presse ich hervor, auch wenn es das nicht ist, doch ich weiß, dass ich keine Szene machen sollte. Sonst steht es morgen in allen Zeitungen. Und das bedeutet, dass ich den Typen hinausbefördern muss, ehe ich noch etwas Unüberlegtes tue, zum Beispiel mir meine Hand verletzen, indem ich ihm die Nase breche. »Schönen Abend noch, Mann.«

Nachdem er mich noch ein paar weitere Sekunden mit offenem Mund angestarrt hat, taumelt er endlich davon.

Willow hat ihre Versuche, mich beiseite zu schieben, noch immer nicht aufgegeben. Ich hole tief Luft, drehe mich zu ihr um und ergreife hastig das Wort, ehe sie die Chance dazu hat. »Bevor du mich anschreist …« Ich hebe verteidigend beide Hände. »Mir ist klar, dass das nicht in Ordnung war, und wenn ich in der Öffentlichkeit nicht aufpassen müsste, was ich tue, hätte ich diesem Arsch eine verpasst.«

Aber statt sich zu beschweren, grinst Willow. *»Eigentlich«*, sagt sie, wobei sich die Grübchen auf ihren Wangen abzeichnen, »wollte ich Danke sagen, aber gut zu wissen.«

Ich blinzele. Einmal, dann noch einmal und schließlich noch zwei weitere Male. Ich bin zu betrunken, um ihre Antwort zu begreifen. »Du bist … nicht sauer?« Das kann nicht sein. Sie muss sauer sein. Hasst sie es nicht, wenn andere Leute ihre Kämpfe austragen? Ist die echte Willow von Aliens entführt und durch diesen mysteriösen, verständnisvollen Engel ersetzt worden?

Sie kichert. »Nein, ich bin nicht sauer.«

Erst jetzt wird mir bewusst, wie nahe wir uns sind. Fast berühren wir einander an der Brust. Der Geruch ihres Parfüms hüllt mich ein. Wenn ich nicht schon betrunken wäre, wäre ich spätestens jetzt benebelt.

»Der Typ hätte mich niemals in Ruhe gelassen. Und ganz ehrlich – was du getan hast, war irgendwie heiß.«

Ein kurzer Moment des Schweigens entsteht. Dann presst sie sich eine Hand auf den Mund, als versuche sie, die Worte wieder hineinzuschieben. Doch ich habe sie gehört. Und offenbar auch mein Schwanz, denn er zuckt hinter dem Reißverschluss, genauso wie vorhin, als ich sie zum ersten Mal am heutigen Abend gesehen habe.

Sie trägt das winzigste Kleid der Welt, ein figurbetontes Stück Stoff, das kaum etwas der Fantasie überlässt. Es ist schwarz und aufreizend und in ihrem Nacken zu einer hübschen kleinen Schleife gebunden, die förmlich danach schreit, geöffnet zu werden. Oakley hat versucht, sie dazu zu überreden, zurück ins Hotel zu gehen und sich umzuziehen. Er hat sogar mich Hilfe suchend angesehen, damit ich ihm zustimme, aber ich habe den Mund gehalten und mich stattdessen unseren anderen Freundinnen und Freunden zugewandt. Wie hätte ich etwas dazu sagen können, wenn ich mir längst vorstellte, wie das Kleid auf meinem Schlafzimmerboden lag?

Willow ist eine wunderschöne Frau, das kann ich zugeben. Ebenfalls kann ich zugeben, dass ich das schon eine ganze Weile denke. Doch nichts davon spielt eine Rolle, da sie unerreichbar für mich ist. So war es schon immer. Der einzige Ort, an dem ich meine Grenzen austesten kann, ist die Rennstrecke. Das heißt allerdings noch lange nicht, dass ich nicht in Versuchung gerate.

»Oh, Mist.« Sie kichert nun unkontrolliert. »Tut mir leid. Das hätte ich nicht ... Das hätte ich nicht sagen sollen. Ich will nicht, dass es unangenehm zwischen uns wird.«

Ich schüttele den Kopf, hauptsächlich, um die Gedanken zu vertreiben, die ich nicht haben sollte. »Nein, alles gut. Ich spiele jederzeit mit Begeisterung deinen Freund.« Vielleicht wäre ich der sogar gern in echt.

Immer noch lachend lässt sie den Kopf nach hinten gegen die Wand sinken, wobei ihr die Korkenzieherlocken um die Schultern fallen. Ja, sie ist betrunken, genau wie ich, denn ich kann nur daran denken, wie hübsch sie unter diesen scheußlichen Neonleuchtstoffröhren aussieht.

»Gott, bin ich froh, dass du so was nicht schon vor Jahren gesagt hast«, murmelt sie und richtet ihren Blick an die Decke.

Ich runzele die Stirn. »Warum?«

Sie schüttelt den Kopf, immer noch ohne mich anzusehen, als wollte sie es abtun.

»Im Ernst, verrate es mir«, dränge ich. »Hab ich damals irgendwas falsch gemacht?«

Erst jetzt hebt sie den Kopf und begegnet meinem Blick.

Ihre Augen sind so dunkel, dass ich mich darin spiegele. Aber ihre rechte Iris ist zu einem Viertel von einem karamellfarbenen Klecks ausgefüllt. Es ist ein voller, goldener Farbton. Manche würden es vielleicht als Makel bezeichnen, als etwas, das von der Norm abweicht, aber für mich ist es einfach … Willow.

»Du weißt es nicht?«, fragt sie.

»Was weiß ich nicht?«

Und dann gesteht sie mir etwas, das den Verlauf des restlichen Abends verändert. Vielleicht sogar mein Leben. »Dass ich total in dich verknallt war.«

Die Welt um mich herum beginnt, sich zu drehen, und das kann ich nicht nur auf die sieben Tequilas schieben.

»Wirklich?«

»Ja, aber das ist *ewig* her.« Sie winkt so vehement ab, dass sie sich beinahe selbst ins Gesicht schlägt. »Kinderkram. Es hatte nichts zu bedeuten. Ich dachte wirklich, du wüsstest es.« Sie kichert erneut, so süß und unschuldig. »Es war beschämend offensichtlich.«

»Ehrlich, ich hatte keine Ahnung.« Ich bin längst dabei, jede Interaktion aus der Vergangenheit mit ihr noch einmal durchzugehen. Was zur Hölle habe ich verpasst? Wie konnte mir das entgehen? Und wenn es anders gewesen wäre, würden die Dinge auch *jetzt* anders stehen? »Warum hast du nicht … Warum hast du es mir nicht gesagt?«

Sie schnaubt, doch ihr schiefes Grinsen verschwindet nicht. »Es war nur eine unbedeutende Schwärmerei. Und du hattest ohnehin nie Interesse. Und dann hat mich Jeremy um ein Date gebeten, also …«

Jeremy. Verfluchter *Jeremy*. Die menschliche Verkörperung eines Stücks Scheiße. Ein Betrüger, Lügner und rundum schlechter Mensch. Der Gedanke, dass wir ihn so lange als Freund betrachtet haben, weil wir mit ihm aufgewachsen sind, bringt mich um. Die Warnsignale waren da, aber wir haben sie einfach ignoriert. Hatten Scheuklappen auf. Haben uns eingeredet, dass die Witze und fast frauenfeindlichen Kommentare und die Art, wie er mit Frauen sprach, in Ordnung wären, dass es nichts zu bedeuten hätte. Er war ein netter Kerl. Genau wie wir alle. Aber vielleicht waren wir das doch nicht, denn immerhin haben wir ihn vor den Konsequenzen geschützt. Wir haben ihm geglaubt, wenn er uns schwor, dass die Frauen, mit denen er zusammen war, psychotische Bitches waren, die zu viel von ihm erwarteten. Wir haben ihn verteidigt, wenn er des Fremdgehens bezichtigt wurde. Das Mädel hätte eindeutig die Bedeutung von »nichts Festes« nicht begriffen. Wir haben sogar gelacht, wenn er uns berichtet hat, was diese unverschämten Stalkerinnen taten, um seine Aufmerksamkeit zu erregen.

Als er mit Willow zusammenkam, war das für alle okay, sogar für Oakley. Beide waren in New York am College – Jeremy in seinem Senior-, Willow in ihrem Freshman-Jahr. Es war perfekt. Er konnte auf sie aufpassen und war für sie ein vertrautes Gesicht im Tumult der neuen Stadt. Wir scherzten sogar, dass es Schicksal sei, dass sie füreinander bestimmt seien.

»Wir alle wissen, wie das geendet hat.« Willow zuckt mit den Schultern, und mit einem Mal ist ihr Lächeln etwas weniger strahlend.

Ja, es endete damit, dass sie weinend ihren Bruder anrief und er sich in den nächsten Flieger nach New York setzte.

Es endete damit, dass Jeremy im Krankenhaus landete und damit drohte, Anzeige zu erstatten, und dass sich unsere Freundesgruppe teilte. Zum Glück wurde kein Gerichtsfall daraus, dennoch war es anschließend nie wieder so wie zuvor.

Doch nun frage ich mich, was passiert wäre, wenn ich Jeremy zuvorgekommen wäre. Wie anders wäre es gelaufen, wenn ich derjenige gewesen wäre, der sie um ein Date gebeten hätte?

»Wenn ich es gewusst hätte, dann hätte ich …« Ich breche ab, denn ich weiß nicht mal selbst, was ich in dem Fall getan hätte.

Verdränge ich schon eine Weile, dass ich mich zu ihr hingezogen fühle? Verdammt, ja, besonders seit ich Oakley vor zwei Jahren begleitet habe, als er sie am College besucht hat. Aber ich dachte immer, ich würde eine Grenze überschreiten, wenn ich mit ihr zusammenkomme – eine, von der es kein Zurück mehr gäbe. Oakley hätte vielleicht kein Problem damit gehabt, genauso wie zu Beginn bei Jeremy, aber es kam mir dennoch … falsch vor. Wie ein Betrug an meinem besten Freund, auch wenn ich es noch so sehr wollte. Auch wenn ich *sie* noch so sehr wollte.

»Was hättest du getan, Dev?«, hakt Willow nach, als ich meinen Satz nicht beende. Sie sieht mich aufmerksam an, ihre rot geschminkten Lippen sind leicht geteilt.

Ich weiß es nicht. Ich habe verdammt noch mal keine Ahnung, was ich damals getan hätte, aber im Moment bin ich versucht, die verlorene Zeit aufzuholen, vollkommen ungeachtet der Konsequenzen.

Mir fällt erst auf, dass meine Hände an ihren Hüften

ruhen, als sie ihre sanft und warm darauf legt. Ich rechne damit, dass sie mich wegschiebt, aber sie streicht mit den Fingerspitzen langsam und vorsichtig an meinen Armen hinauf, bis ihre Hände auf meinen Ellbogen ruhen. Dort übt sie leichten Druck aus, eine Einladung an mich, sie näher heranzuziehen, was ich tue, ohne nachzudenken – bis neben uns abrupt eine Tür auffliegt.

Ich springe zur Seite, als Oakley, der immer noch ein wenig grün im Gesicht wirkt, aus der Toilette taumelt. »Lass uns gehen«, ächzt er, wobei sein Blick erst auf mich und dann auf Willow fällt. Zwar bin ich einen Schritt von ihr weggetreten, aber das genügt offenbar nicht, denn demnach zu urteilen, wie sich Oakleys Augen verengen, muss mir das schlechte Gewissen ins Gesicht geschrieben stehen. »Moment … was zur Hölle tut ihr zwei hier?«

»Nichts«, antwortet Willow eilig. Während man mir ansieht, dass ich mich ertappt fühle, verrät sich Willow eher durch ihre Stimme. Sie macht einen Schritt nach vorn und packt ihren Bruder mit gesenktem Kopf am Arm. »Ja, lass uns abhauen.«

»Nein, wartet.« Oakley hebt eine Hand und schaut aus glasigen Augen zwischen uns hin und her. Trotz seines betrunkenen Zustands ist er offenbar in der Lage, eins und eins zusammenzuzählen. »Lüg mich nicht an, verdammt. Was macht ihr hier?«

Willow versucht, ihn mitzuzerren. »Ganz im Ernst, es ist nichts passiert, Oak. Wir haben nur auf dich gewartet.«

Doch er rührt sich nicht vom Fleck. Seine Miene verfinstert sich, während er Willow seinen Arm entzieht. Dann richtet er seine Aufmerksamkeit auf mich und bohrt mir einen Finger in die Brust. »Hast du gerade meine Schwester geküsst?«

»Was? *Nein.* Verdammt, nein. Natürlich nicht.« Wollte ich es tun? Eindeutig.

Ich traue mich nicht, Willow anzusehen. Hoffentlich fasst sie es nicht falsch auf.

Was nicht der Fall zu sein scheint, denn sie packt Oakley erneut am Arm und zwingt ihn dazu, sie anzuschauen. »Ich trage roten Lippenstift«, erinnert sie ihn und deutet mit einer dramatischen Geste auf ihren perfekten Mund. »Wenn wir uns geküsst hätten, wäre Devs Gesicht beschmiert, du Dummkopf.«

»Jepp, ich würde aussehen wie ein Clown«, füge ich zu meiner Verteidigung hinzu. »Und nichts für ungut, Wills, aber das ist so oder so nicht der richtige Rotton für mich.«

Sie verdreht die Augen, während Oakley in sich zusammensinkt.

»Oh«, murmelt er. Mit einem Mal weicht sein Zorn einem leeren, betrunkenen Blick. »Alles klar. Gut. Jepp.« Er reibt sich die Stirn mit dem Handrücken und lässt den Arm dann an seine Seite fallen. »Und das lässt du auch in Zukunft schön bleiben.«

Nass geschwitzt wache ich auf, die Laken um meine Beine verheddert. Ich schiebe sie weg, quäle mich aus dem Bett und greife nach meinem Handy, ehe ich die Küche ansteuere und blindlings nach einem Glas im Schrank taste. Mit einer Hand fülle ich es mit Wasser aus dem Kühlschrank, mit der anderen rufe ich Marks Nummer auf. Ich zittere.

Er geht sofort dran. »Wenn du anrufst, um zu fragen, ob ich heil angekommen bin, dann ja, Mom, das bin ich. Du kannst jetzt schlafen.«

Ohne darauf einzugehen, schalte ich den Lautsprecher ein und lege mein Handy auf die Arbeitsplatte. »Mark, ich glaub, ich hab einen Fehler begangen.«

Er ächzt. »Wenn du dich verletzt hast, weil du irgendwas Dummes getan hast, bin ich echt angepisst. Ich kann dich nicht für zwei Sekunden aus den Augen –«

»Es ist kein körperlicher Schaden.«

»Okay … Was ist dann passiert?«

Ich fahre mir mit den Fingern durchs Haar, immer noch aufgewühlt von dem Traum und von Oakleys Warnung – eine Warnung, die ich gleich am Wochenende darauf über Bord geworfen habe. »Ich habe eine Social-Media-Managerin engagiert.«

Einen Moment schweigt Mark, dann fragt er: »Inwiefern soll das ein Fehler sein? Du brauchst doch ohnehin eine. Es sei denn … Oh, Scheiße, sag mir nicht, du hast Jani den Job zurückgegeben.«

»Noch schlimmer.« Ich lasse mich auf einen der Barhocker an der Kücheninsel aus Marmor plumpsen. »Ich hab Willow eingestellt.«

Die Stille, die nun am anderen Ende der Leitung entsteht, knistert förmlich vor Spannung. Marks Schock ist laut und deutlich zu hören. »Nein, hast du nicht.«

Ich schließe die Augen und lasse mein Kinn auf die Brust sinken. »Doch, hab ich.«

»Du musst sie entlassen. Sofort.«

»Das geht nicht«, erwidere ich mit einem Seufzen. »Ich bin derjenige, der ihr den Job angeboten hat, denn ich brauche ihre Hilfe.«

»Dann hast du tatsächlich einen Fehler begangen. Muss ich dich daran erinnern, was beim letzten Mal passiert ist, als du ihr zu nahe gekommen bist?«

Das muss er definitiv nicht. Ich werde nie vergessen, wie ich in Austin in Runde siebenunddreißig gegen die Absperrung geprallt bin, weil ich Willow und unseren Kuss nicht aus dem Kopf bekam. Als ich es auf einem Scooter, mit dem ich beschämt hinter einem schwatzhaften Marshal hergefahren war, endlich wieder zurück in die Boxengasse geschafft hatte, musste ich meinem Teamchef gestehen, dass ich einen blöden Anfängerfehler begangen hatte, indem ich die Hinterreifen zum Blockieren gebracht hatte. Doch alles, was es bedurfte, um mir ein volles Geständnis zu entlocken, war ein strenger Blick von Mark.

»Du hast auf deiner Heimatstrecke einen Unfall gebaut, Dev«, tadelt er. »Auf deiner Heimatstrecke!«

»Ja, danke. Das weiß ich selbst«, murmele ich und reibe mir die Augen, als könnte das die Bilder von Willows Gesicht und meinem geschrotteten Wagen vertreiben. »Und streng genommen ist Vegas meine …«

»*Halt die Klappe*«, unterbricht er mich. »Es ist eine schlechte Idee, und das weißt du. Sie lenkt dich ab. Und nicht nur das, wir wissen auch, dass Oakley dir die Eier abreißen wird, wenn du was bei ihr versuchst. Erinnerst du dich, wie er mir gedroht hat, als ich mir rausgenommen habe, anzumerken, dass sie gut aussieht?«

O ja, Oakley war nach dem Jeremy-Drama überempfindlich. Wir konnten Willow kaum ansehen, ohne uns böse Blicke von ihm einzuhandeln. Mit der Zeit wurde er zwar etwas entspannter, aber seine Warnung im letzten Oktober hat mich erneut daran erinnert, wie weit er gehen würde, um seine Schwester zu schützen.

»Ja, weil er weiß, was für ein schlimmer Finger du bist«, scherze ich in einem Versuch, die schlechte Stimmung aufzuhellen.

Mark schnaubt. »Als wärst du besser. Muss ich dich an Monza vor zwei Jahren erinnern?«

»Das war eine einmalige Sache«, verteidige ich mich. »Wie kannst du nach meinem ersten Besuch auf dem Siegerpodest von mir erwarten, nicht mit fünf Frauen im Bett zu landen?«

»Du hast es ganz knapp auf den dritten Platz geschafft, und zwar nur, weil vier andere Fahrer Penaltys bekommen hatten.«

»Das ändert aber nichts an meiner Platzierung, Baby. Man muss die Feste feiern, wie sie fallen.«

Mark schnaubt. »Der springende Punkt ist doch, dass Oakley niemals zulassen wird, dass einer von uns Willow zu nahekommt nach dem, was ...«

»Ich weiß«, unterbreche ich leise und resigniert. Ich halte mir das Glas an die Stirn und hoffe, dass die Kälte dazu führt, dass ich wieder klar denken kann.

»Und kannst du es ihm verübeln? Jeremy hat sie vollkommen fertiggemacht.« Er stößt schwer die Luft aus. »Und sie ist der Grund dafür, dass *du* vollkommen fertig warst.«

»Ach, halt's Maul.«

»Ich meine es ernst.« Marks Tonfall lässt keinen Zweifel daran. »Du darfst nicht zulassen, dass dich die Frau noch mal aus dem Konzept bringt, Dev. Wenn du Erfolg haben willst, musst du wirklich professionell bleiben – um deiner selbst willen und für deine Freundschaft mit Oakley.«

Schuldgefühle keimen in meiner Brust auf. Er hat recht, ich muss mich von Willow fernhalten, ob sie nun für mich arbeitet oder nicht. Aber nachdem ich sie heute Abend gesehen habe – nachdem ich von den Worten geträumt habe, die sie letztes Jahr im betrunkenen Zustand zu mir gesagt hat –, ist das leichter gesagt als getan.

Denn Willow bringt mich vollkommen aus dem Konzept, und ich habe keine Ahnung, wie ich sie aus dem Kopf bekommen soll.

Kapitel 7
Willow

Zum Glück habe ich einen Jetlag, sonst hätte ich die ganze Nacht nicht geschlafen.

Dev und sein Jobangebot sind das Erste, woran ich denke, als ich aufwache, wobei sich mein Magen verknotet und mein Kopf benebelt anfühlt. Ehe sich der Nebel lichtet, frage ich mich, ob der gestrige Abend nur ein Traum war. Doch der funkelnde Hafen von Monaco vor meinen Balkontüren beweist das Gegenteil. Ebenso wie mein Kleid, das ich über den Stuhl in der Ecke geworfen habe. Und auch die sechs Nachrichten von Oakley, in denen er mir mitteilt, dass er auf dem Weg zu mir nach oben ist, sprechen dafür, dass ich wirklich hier bin. Dev hat mich tatsächlich eingestellt, damit ich sein problematisches Image bereinige.

Ächzend quäle ich mich aus dem Bett und schlurfe zur Tür, als Oakleys kompliziertes Klopfzeichen erklingt. Es stammt aus den Zeiten, in denen wir *Herrscher des Schlosses* in unserem Baumhaus gespielt haben. Damals durfte niemand herein, der das geheime Zeichen nicht kannte, und noch heute setzen wir es ein, um den anderen darüber in Kenntnis zu setzen, dass wir es sind.

Ohne durch den Spion zu schauen, drücke ich die Klinke runter und öffne die schwere Tür, wobei ich darauf achte, dass ich meine Hüfte nicht zur Seite schwinge, um mehr Hebelkraft zu erzeugen. Ich habe auf die harte Art gelernt, dass es besser ist, stattdessen die eingeschränkte Kraft meines Oberkörpers einzusetzen. Ich habe keine Lust, mir noch einmal die Hüfte auszukugeln und Stunden in einem Krankenhaus in Monaco zu verbringen, um sie wieder einrenken zu lassen.

»Was wollen wir heute unternehmen?«, fragt Oakley, als er eintritt. Es ist kaum neun Uhr, aber er ist bereits geduscht und angezogen.

Ich dagegen trage noch meinen Pyjama – zwar einen hübschen pinken mit langen Ärmeln aus Leinen, aber dennoch einen Pyjama –, und mein Haar ist vollkommen durcheinander, da ich es gestern Abend nicht hochgebunden habe, ganz zu schweigen davon, mir ein Tuch um den Kopf zu wickeln.

»Wir könnten in ein Casino gehen, shoppen oder uns auf einer Jacht betrinken«, schlägt er vor. »Es liegt ganz bei dir.«

Ich bin mir nicht sicher, ob ich irgendetwas davon tun will, ich weiß nur, dass ich mit Dev darüber sprechen muss, wie wir beginnen sollen. Denn je länger ich darüber nachdenke, desto klarer wird mir, was für ein großer Job das ist, was mir ein wenig Panik bereitet. Was, wenn ich ihn enttäusche? Doch er hätte mich nicht so enthusiastisch überredet, wäre er nicht der Ansicht, dass ich dazu in der Lage bin, oder? Er glaubt an mich, auch wenn ich mir noch unsicher bin.

Heute wäre der perfekte Tag für einen Crashkurs in dem, was er sich vorstellt. Donnerstags vor dem Rennwochenende sind für Fahrer und Sponsoren immer Interviews, Fotoshootings und andere Medientermine angesagt. Ich könnte zusehen, und er könnte mir alles erklären.

Doch als Erstes ... muss ich mit meinem Bruder reden.

Oakley wirft sich aufs Bett, wobei er die Beine über die Kante hängen und die Füße auf dem Boden stehen lässt, und schaut mich erwartungsvoll an.

Ich wünschte wirklich, ich hätte Zeit für einen Kaffee, ehe ich das Thema anschneide, aber ich will das Gespräch nicht länger aufschieben.

Nachdem ich mich auf den Stuhl gesetzt habe, auf dem gestern Abend mein Kleid gelandet ist, schiebe ich die Hände zwischen meine Knie, um sie ruhig zu halten. »Mir ist alles recht«, antworte ich in möglichst leichtherzigem Tonfall. »Aber ... kann ich zuerst mit dir reden?«

Verblüfft beschreibt Oakley mit der Hand Kreise in der Luft, um mir zu verstehen zu geben, dass ich mit der Sprache rausrücken soll.

Ich atme tief ein und langsam wieder aus. »Du hattest recht, als du prophezeit hast, ich würde auf der Party ein Jobangebot bekommen.«

Mit einer unglaublich geschmeidigen Bewegung, zu der ich nicht mal in der Lage wäre, wenn ich meine Tiefenmuskulatur noch mehr trainiere, setzt er sich auf. »Wirklich?«

Ich nicke.

Als er grinst, beginnen seine dunklen Augen zu funkeln, und mein Magen zieht sich noch mehr zusammen. »Wills, das ist fantastisch. Ich wusste es. Für wen wirst du arbeiten?«

O Mist, der Moment der Wahrheit. »Du musst mir versprechen, dass du nicht wütend wirst oder mir einredest, dass ich es nicht kann, okay?«, drohe ich schwach. Er wird ohnehin tun, was er will.

Oakley schnaubt. »Was, hast du dich bereit erklärt, die professionelle Freundin von einem der alten Teamchefs zu werden?«

»Igitt, nein.« Ich werfe mir mein zerzaustes Haar über die Schulter. »Aber danke, dass du mich hübsch genug für diesen Job findest.«

Er wirft mit einem Kissen nach mir, das ich jedoch auffange, ehe es in meinem Gesicht landet. »Mal im Ernst, was ist es denn? Hör auf mit der Geheimniskrämerei, ich hasse so was.«

Ich umklammere das Kissen und drücke es an meine Brust, als könnte es mich vor seiner Missbilligung schützen. »Dev möchte, dass ich kurzzeitig als seine Social-Media-Managerin arbeite«, gestehe ich hastig. »Nur so lange, bis sein Image nach der Sache mit Jani wieder in Ordnung gebracht ist, ohne eine große PR-Firma zu engagieren.«

Oakley starrt mich blinzelnd und mit nicht zu deutender Miene an.

O nein, jetzt kommt's. Er wird mir sagen, dass ich es nicht tun soll. Und selbst wenn ich nicht auf ihn höre, weiß ich, dass Dev einen Rückzieher machen wird, sollte mein Bruder nicht einverstanden sein.

Aber zu meiner Überraschung bedenkt mich Oakley nun mit einem verwirrten Blick. »Warum sollte ich deswegen wütend sein?« Er rutscht ein wenig näher zur Bettkante. »Das ist eine tolle Chance, um Kontakte zu knüpfen. Und denk doch mal darüber nach, wie toll sich das in deinem Lebenslauf machen wird.« Er schaut sich mit einem nachdenklichen Stirnrunzeln im Zimmer um. »Ich weiß nicht, warum ich nicht selbst darauf gekommen bin. Es ist einfach perfekt.«

Mir fällt die Kinnlade herunter. »Du bist ernsthaft einverstanden?« Kann es wirklich so einfach sein, ihn zu überzeugen? Ich hatte mit theatralischen Einwänden und Drohungen, mich mit dem nächsten Flieger zurück nach New York zu schicken, gerechnet. Vielleicht wollte ich das sogar. Vielleicht wollte ich es mir ausreden lassen. Dieser Gedankengang ist natürlich meinen Nerven geschuldet, das weiß ich, aber ich hatte beinahe gehofft, jemand würde mir die Nachteile auflisten, die ich noch nicht bedacht habe. Es muss irgendetwas geben, das ich übersehen habe.

Oakley zuckt mit den Schultern. »Natürlich bin ich das.«

»Und es macht dir nichts aus, dass ich für einen deiner engsten Freunde arbeite?«, hake ich nach.

»Nein.« Einen Moment lang sieht er mich an, dann weiten sich seine Augen. »Pass auf, ich weiß, ich habe dir gesagt, dass du dich nicht noch mal auf einen meiner Freunde einlassen sollst, aber das ist eine professionelle Vereinbarung. Keine … persönliche.«

Da hat er recht, und vielleicht habe ich seine Fähigkeit unterschätzt, zwischen Dev und Jeremy zu unterscheiden. Außerdem weiß er ja nichts von dem Kuss.

Dennoch vertreibt das nicht meine eigenen Sorgen, ganz gleich, wie sehr ich den Job will.

»Was, wenn Dev mich feuert und in Australien sitzen lässt so wie Jani? Was würdest du dann tun?«

Oakley hebt einen Finger. »Erstens war der Große Preis von Australien schon, also ist das nicht möglich.« Er hebt einen weiteren Finger. »Und zweitens würde er dich niemals irgendwo sitzen lassen. Aber wenn du die Sache versemmelst und gefeuert wirst, dann ist das dein Problem.« Er lässt den ersten Finger wieder sinken, jedoch nicht den Mittelfinger. Dann grinst er. »Also versemmele es nicht.«

Nun werfe ich das Kissen nach ihm und lache erfreut auf, als ich sein Gesicht treffe. Offensichtlich hat er seit seiner Zeit als Kartfahrer an Reaktionsschnelligkeit eingebüßt.

»Ich bin froh, dass du bald wieder fliegst«, murrt er und wirft das Kissen zur Seite. »Dann kann sich Dev um dich kümmern.«

»Du siehst mich doch ohnehin so gut wie nie. Dafür bist du in Chicago viel zu beschäftigt.« Langsam erhebe ich mich von meinem Stuhl. Es fühlt sich an, als wäre ein Gewicht von meinen Schultern abgefallen. Wenn Oakley keine Nachteile sieht, treffe ich vielleicht tatsächlich die richtige Entscheidung. »Und es ist auch nur für zwei Monate. Bis zu Alishas Hochzeit.«

So wie schon seit Jahren, wenn ich Devs ältere Schwester erwähne, tritt ein wehmütiger Ausdruck in Oakleys Augen, aber er blinzelt eilig und winkt ab. »Wie auch immer. Jetzt zieh dich endlich an, damit wir loskönnen. Ich will mich mit dir am helllichten Tag betrinken und meine Millionen verspielen.«

Ich schnaube, trete aber dennoch zu meinem Koffer, um mir ein Outfit auszusuchen. »Ich glaube, du überschätzt die Anzahl der Nullen auf deinem Bankkonto.«

»Das weißt du doch gar nicht.« Er schürzt die Lippen und mustert mich. »Hey, musst du erst mit Dev sprechen? Wann fängst du offiziell an?«

»Keine Ahnung«, gestehe ich, während ich Sommerkleider und Cardigans durchsehe und ignoriere, wie schnell mein Herz mit einem Mal hämmert. »Ich wollte dein Okay einholen, ehe ich mich darauf einlasse.«

Oakley murrt irgendetwas, das ich nicht verstehen kann. »Na schön, ruf ihn an und sag ihm, dass es dem großen, bösen Bruder egal ist, was du treibst. Mach die Sache nur nicht noch schlimmer für ihn. Es sieht ohnehin schon übel für ihn aus.«

Ich verdrehe die Augen, während ich mir ein Sommerkleid mit winzigen rosa Blumen aussuche und ein Paar weiße Sneakers. Meine Gelenke würden einen Spaziergang durch die Stadt in hohen Schuhen nicht überleben, auch wenn meine Riemensandalen noch so schön sind.

»Ruf du ihn an«, erwidere ich. »Ich hab nicht mal seine Nummer, und er würde es wahrscheinlich ohnehin lieber von dir hören.«

Der erste Teil ist eine Lüge, denn ich habe sehr wohl Devs Nummer, falls er sie innerhalb der letzten sieben Monate nicht geändert hat. Und ob er es tatsächlich lieber von Oakley hören möchte? Nun, das ist nicht *wirklich* eine Lüge. Ich bin nur zu nervös, um mit ihm zu reden. Das ist gewiss kein gutes Omen für unsere Zusammenarbeit, aber hoffentlich pflegen wir bald schon wieder den gleichen kumpelhaften Umgang miteinander wie früher.

O Gott, ich weiß nicht, wie ich für ihn arbeiten soll, wenn ich mich nicht mal dazu durchringen kann, mit ihm zu sprechen.

Oakley grunzt unwillig, holt aber das Handy aus seiner Tasche und tippt ein paarmal auf das Display, ehe er es neben sich auf dem Bett ablegt.

Devs Stimme klingt heiser, als er drangeht, sodass ich mich frage, was er gestern Abend nach der Party noch gemacht hat. »Was geht?«

»Hey, bist du an der Rennstrecke?« Obwohl Oakleys Frage ihm gilt, ist sein Blick auf mich gerichtet, als wollte er meine Reaktion abschätzen.

Das leise Rascheln im Hintergrund klingt wie Bettlaken. Mit einem Mal habe ich ein Bild von Dev vor mir, nackt, wie sich seine braune Haut von der weißen Bettwäsche abhebt, die gerade das Nötigste bedeckt. Es kommt plötzlich und unerwartet, aber es gefällt mir besser, als es das tun sollte.

»Nee, hab meine Wohnung noch nicht verlassen«, antwortet er. »Warum?«

»Hol auf dem Weg deine neueste Mitarbeiterin ab.«

Am anderen Ende der Leitung ist ein knisterndes Geräusch zu hören. »Ernsthaft?«, fragt er schließlich.

»Hi, Dev«, quietsche ich.

»Willow. Hi.« Er räuspert sich, sodass die Heiserkeit aus seiner Stimme verschwindet. »Oak, ist das in Ordnung für dich?«

»Ja«, antwortet mein Bruder. »Ich ärgere mich nur, dass nicht *ich* diese Idee hatte.«

»Okay. Wow. Alles klar. Dann komme ich gleich vorbei und hole dich ab, Wills.«

Ehe ich aufgrund der Aussicht darauf, mit Dev allein zu sein, in Panik geraten kann, fügt Oakley hinzu: »Wir können zusammen rübergehen. Ich möchte auch die gesamte Backstage-Tour erhalten.«

»Du kennst doch schon alles«, gebe ich zu bedenken, in Wahrheit dankbar, dass er als seelische Unterstützung dabei sein wird – und als Erinnerung daran, warum ich keine Gedanken dieser Art an Dev verschwenden darf. »Du warst schon auf so vielen Rennen. Und du bist sogar selbst gefahren.«

»Nicht in der Formel 1. Und Dev ist immer zu beschäftigt, mir alles zu zeigen, dieser Arsch.«

Dev stößt genervt den Atem aus. »Na schön, dann gehen wir zusammen hin.«

»Wie eine große, glückliche Familie«, scherzt Oakley.

Ja. So könnte man es auch nennen …

»Also, Willow«, sagt Dev, während ich auf das Handy neben dem Bein meines Bruders starre. »Willkommen bei Argonaut Racing. Ich hoffe, dir gefallen die Farben Rot, Weiß und Blau.«

Was die Farben angeht, hat Dev offenbar keine Witze gemacht. Es sieht aus, als hätte sich die amerikanische Flagge auf neunundneunzig Prozent aller Anwesenden übergeben.

Der Slogan »All-American, all the time« ist hier tatsächlich Programm. Jede Person, mit der wir in der Hospitality-Suite des Konstrukteurs gesprochen haben, hat einen amerikanischen Akzent, und die offiziellen Team-Outfits mit ihren marineblauen Shorts und den rot-weiß gestreiften Polohemden zeugen von Patriotismus. Oder angsteinflößendem Nationalismus.

Eine heimliche Suche auf dem Handy, während wir auf unseren Kaffee warten, ergibt, dass Argonaut sich damit brüstet, nur Leute einzustellen, die in den USA leben – von den Fabrikmitarbeitenden bis hin zu den Fahrern. Der Teameigentümer Buck Decker ist ein Ölmillionär aus Texas, der vor zwei Jahren den Rennstall übernommen und die »All-American«-Regel eingeführt hat – im gleichen Zug hat er auch seinen Sohn Nathaniel neben Dev als Fahrer eingesetzt. Vorher war das Team ein wenig internationaler, auch wenn Argonaut immer ein amerikanischer Konstrukteur war.

Als Oakley mir meinen dampfenden Vanilla Latte – mein Lieblingskaffee – reicht, schiebe ich das Handy wieder in meine Handtasche. Wenigstens muss ich mir keine Sorgen darüber machen, ob ich genügend Koffein bekomme, während ich mit Dev unterwegs bin. Die in einem Motorhome untergebrachte Hospitality-Suite sieht aus wie die Lobby eines Luxushotels, nicht wie etwas, das jedes Wochenende abmontiert und an einem neuen Ort der Welt wieder aufgebaut wird.

Eine glänzende, kantige Bar bildet die Mitte des Raumes, darum verteilt stehen hohe Tische. Überall an den Wänden sind Fernseher angebracht, und es gibt Automaten mit

Getränken von dem Unternehmen, das das Team sponsert, ebenso wie Snack-Stationen, an denen man sich bedienen kann, und etwas, das aussieht wie ein Fotoautomat. Sogar Hängepflanzen wurden verteilt, sodass der Raum etwas grüner wirkt.

Der einzige Störfaktor sind die Teamoutfits. Selbst Dev, der gut in allem aussieht, wirkt ein wenig albern darin. Wie ein Kind, das von seiner Mom gezwungen wurde, für die Parade am vierten Juli ein bestimmtes Outfit zu tragen. Nicht dass *seine* Mom das jemals getan hätte; Neha Aunty hatte noch nie einen Hang zum Kitsch. Und dennoch, obwohl etwas albern, sieht er immer noch besser aus als alle anderen. Die Ärmel seines Polohemdes spannen um seine muskulösen Oberarme, und die Knopfreihe am Kragen ist gerade so weit geöffnet, dass ein bisschen Haut darunter hervorblitzt. Wenn seine Shorts auch nur ein kleines Stück kürzer wäre, könnte man sie fast als obszön bezeichnen, aber so gibt sie nichts als seine festen Oberschenkel preis. Außerdem könnte ich schwören, die Ecke eines schwarzen Tattoos unter dem Saum hervorblitzen zu sehen, doch schon im nächsten Moment bewegt sich Dev, sodass es verschwindet.

Als ich aufschaue, hege ich nicht die Absicht, Blickkontakt mit ihm aufzunehmen, trotzdem sehe ich, dass er mich eine Sekunde zu lange mustert. Als könnte er meine nicht ganz jugendfreien Gedanken lesen und würde versuchen, sie aus meinem Kopf zu vertreiben. Doch als ich genauer hinschaue, erkenne ich nichts als Erstaunen, als würde er nicht glauben, dass ich tatsächlich hier bin. Dass es wirklich passiert. Und mir geht es genauso.

Endlich schaut er weg und deutet mit dem Kopf in Richtung des hinteren Treppenhauses. »Folgt mir.«

Ich seufze erleichtert, als er sich umdreht und uns durch die Menge führt, als sei er hier zu Hause. Im Vorbeigehen begrüßt er mehrere Leute, ist vollkommen in seinem Element, und das finde ich viel attraktiver, als gut für mich ist.

»Bevor wir irgendetwas anderes tun, müssen wir der wichtigsten Person Hallo sagen«, verkündet Dev über die Schulter. »Patsy Beedle, unsere Leitung der Kommunikation.«

Oakley und ich gehen ihm hinterher, und als wir die Büros im hinteren Ende des Motorhomes ansteuern, schließt sich Chava an. Auch er hat das schreckliche Outfit an, was mich nichts Gutes ahnen lässt, denn schließlich arbeite ich bald ebenfalls offiziell für das Team; und es sieht so aus, als würden alle dazu gezwungen, die gleiche Kleidung zu tragen.

»Wie ich höre, hast du dich Team Dev angeschlossen.« Chava schenkt mir ein schiefes Grinsen. »Ich helfe dir dabei, dich zurechtzufinden, und kann dir Hotels buchen, wenn wir reisen.«

Ich lächele ihn dankbar an, froh darüber, dass ich einen weiteren Verbündeten hier habe. »Danke. Es ging alles ziemlich ... schnell. Ich habe gestern Abend nicht damit gerechnet, ein Jobangebot zu bekommen.«

»Wir haben auch nicht damit gerechnet«, mischt sich jemand ein.

Als ich über die Schulter schaue, erkenne ich, dass es Mark ist, der zu uns aufschließt. Obwohl er lächelt, wirkt es nicht so echt wie sein typisches Grinsen, das ich schon Tausende Male an ihm gesehen habe. Ich persönlich hatte nie ein Problem mit ihm, aber er scheint mich nicht sonderlich zu mögen. Und das kann ich ihm nicht verdenken. Wenn ich mich nicht mit Jeremy eingelassen hätte, wäre er nicht gezwungen gewesen, sich auf eine Seite zu schlagen, und hätte nicht mehrere Freunde dadurch verloren.

Ich erwidere sein Lächeln in der Hoffnung, dass meins aufrichtiger wirkt. Als Devs Performance-Coach ist Mark immer bei ihm, und wenn ich mich um Devs Social-Media-Kanäle kümmern muss, werde ich ebenfalls oft in seiner Nähe sein. Wir werden einander nicht aus dem Weg gehen können, also hoffe ich, dass wir trotz allem gut miteinander auskommen werden.

Vor mir bleibt Dev plötzlich abrupt stehen. Als ich an ihm vorbeispähe, sehe ich eine zierliche rothaarige Frau mittleren Alters, die ebenfalls die Argonaut-Kleidung trägt, obwohl sie statt einer Shorts einen marineblauen Bleistiftrock trägt und einen Schal mit Sternen um den Hals gewickelt hat. Ihr Lächeln wirkt, als würde sie jeden Moment einen selbst gebackenen Apfelkuchen servieren, doch in ihren Augen ist zu erkennen, dass er vielleicht mit Arsen getränkt ist.

»Da sind Sie ja«, sagt sie strahlend zu Dev.

Er legt ihr, ohne zu zögern, einen Arm um die schmalen Schultern und dreht sich zusammen mit ihr zu Oakley und mir um. »Das ist Patsy. Sie folgt mir auf Schritt und Tritt und achtet darauf, dass ich nichts Falsches zur Presse sage und das Team in Schwierigkeiten bringe.«

Die Frau seufzt schwer. »Das ist nicht meine Aufgabe, Mr Anderson.« Ihre lang gezogenen Vokale und ihr Singsang verraten, dass sie aus dem tiefsten Süden kommen muss. Sie könnte meine gesamte Familie beleidigen und würde nach wie vor charmant klingen.

Dev zuckt mit den Schultern. »Aber nah dran, oder?«

Patsy macht den Mund auf, als wollte sie protestieren, doch schließt ihn dann wieder und nickt. »Ehrlich gesagt, ja«, gibt sie zu und schüttelt den Kopf, ehe sie stirnrunzelnd zu ihm aufschaut. »Was machen Sie eigentlich so früh hier? Normalerweise muss ich donnerstags jemanden schicken, der Sie aus dem Bett zerrt.«

»Das stimmt nicht«, sagt Dev überheblich grinsend zu Oakley und mir.

Alles klar.

»Ich bin immer pünktlich.« Er räuspert sich, als wollte er die Lüge überspielen. »Wie dem auch sei. Patsy, ich möchte Ihnen meine neue Social-Media-Managerin Willow Williams vorstellen.«

Ich strecke meine Hand aus, die sie fest drückt. Allerdings runzelt sie dabei verwirrt die Stirn. »Schön, Sie kennenzulernen.« Nun lässt sie meine Hand los und schaut wieder Dev an. »Nur sie?«

»Nur sie«, bestätigt er in einem leicht herausfordernden Tonfall.

Obwohl ich die Frau noch nicht mal eine Minute kenne, bin ich mir sicher, dass sie ihn *tatsächlich* herausfordern würde. »Dev, das haben wir doch besprochen. Sie brauchen ein ganzes …«

»Ich weiß, was ich brauche, Patsy, und zwar, dass Sie mit Ihrem Mann Urlaub in der Toskana machen«, unterbricht er geschmeidig und mit einem breiten Grinsen, als würde er ihr aus reiner Nettigkeit anbieten, sich freizunehmen, nicht etwa, damit sie ihn nicht weiter nerven kann. »Ich versichere Ihnen, dass Willow die Beste für den Job ist. Sie wird alles mit einem Fingerschnippen wieder geradebiegen«, erklärt er und macht dazu die entsprechende Geste.

Patsy kauft ihm die Lüge eindeutig nicht ab, dennoch bringt sie mir die nötige Höflichkeit entgegen. »Nun, Ms Williams, ich freue mich, Sie an Bord zu haben. Wir zwei werden eng zusammenarbeiten, um sicherzustellen, dass diesem Burschen nicht noch mehr ... Fehltritte unterlaufen.«

»Darauf freue ich mich schon«, erwidere ich ernst.

Wie häufig im Motorsport sind auch bei Argonaut die Frauen in der Minderheit, also wird es toll sein, mit einer ehrgeizigen Frau zu arbeiten, die Devs Faxen eindeutig nicht duldet.

»Lassen Sie sich von einem der Jungs meine Nummer geben und zögern Sie nicht, sich zu melden, falls Sie Fragen haben.« Patsy dreht sich erneut zu Dev um und windet sich unter seinem Arm weg. »Kommen Sie in einer Stunde wieder, um Fahrerkarten zu signieren und ein bisschen mehr zu filmen. Und jetzt gehen Sie andere Leute terrorisieren.« Sie scheucht uns mit einer Handbewegung aus dem Weg und schlendert davon.

Ich fühle mich zwar ein wenig eingeschüchtert von ihr, bin aber gleichzeitig schwer beeindruckt und freue mich darauf, mit ihr zu arbeiten.

»Und das war die Frau meiner Träume«, sagt Dev schwermütig, während er ihr nachsieht. »Ich hab fast genauso große Angst vor ihr wie vor meiner Mutter.«

Oakley schnaubt. »Ich bin mir sicher, das würde Neha Aunty gern hören.« Er schaut sich ungeduldig um, als könne er es nicht erwarten, endlich die Autos zu sehen. »Gehen wir jetzt in die Werkstatt?«

Mit einem Wink gibt Dev Oakley zu verstehen, dass er vorangehen soll. »Dann mal los.«

Im nächsten Moment bahnt sich mein Bruder einen Weg durch die Gruppen von Menschen. Mark folgt ihm, genau wie ich, aber als ich eine leichte Berührung am Arm spüre, bleibe ich stehen. Ich schaue mich über die Schulter um und sehe, dass Dev gerade seine Hand wegzieht.

Um mich davon abzulenken, wie sehr ich mir wünsche, er hätte sie an Ort und Stelle gelassen, trinke ich einen so großen Schluck Latte, dass ich mir fast den Mund verbrühe. Gott, ich muss mich zusammenreißen.

»Alles klar bis jetzt?« Er sieht mich forschend an. Als ich nicke, fährt er fort. »Patsy ist angsteinflößend, aber sie wird dir wirklich helfen. Lillie und Ransom sind die Social-Media-Administratoren des Teams, und Konrad ist unser Hauptfotograf. Wenn du also mal Content vom Team brauchst, kannst du dich an sie wenden.«

Mit einem weiteren Nicken greife ich in meine Tasche, um ein kleines Notizbuch und meinen pinken Lieblingsstift herauszuholen. Ebenso gut könnte ich die Informationen in mein Handy eintippen, aber ich kann mir Dinge besser merken, wenn ich sie aufschreibe. Außerdem verliere ich sie nicht so leicht wie in dem technologischen Chaos, das auf meinem Handy herrscht.

Ich klemme mir den Becher unter den Arm, um mir die Namen und Aufgaben der Personen zu notieren. Als ich wieder aufschaue, sehe ich, dass Dev lächelt. Es ist nicht sein typisches breites Grinsen, sondern weniger auffällig, aber dafür intimer. Es ist das gleiche Lächeln, das er mir gestern Abend geschenkt hat. Als sei er von mir beeindruckt. Ich muss mich zwingen, nicht mehr hineinzuinterpretieren.

»Du musst dieses Wochenende nicht arbeiten«, fährt er fort. »Gewöhn dich erst ein wenig ein; auf dem Heimweg am Montag kannst du einen Stopp in der Zentrale in Dallas einlegen. Streng genommen bin ich dein Boss, aber du bist auch bei Argonaut angestellt, also solltest du dich um den Papierkram kümmern. Ich sorge dafür, dass Chava dir bis heute Abend deinen Vertrag zusendet, dann kannst du ihn dir in Ruhe durchlesen.«

Erst als ich aus dem Augenwinkel sehe, wie Chava salutiert, fällt mir wieder ein, dass er immer noch hier ist. »Nenn mir auch deine Kleidergröße, dann beschaffe ich dir ein Exemplar dieses wunderschönen Outfits.«

Ich kann nicht verhindern, dass ich unwillkürlich eine Grimasse schneide, woraufhin beide in Gelächter ausbrechen. Gut zu wissen, welch eine Freude es ihnen bereitet, dass ich bald die gleiche fürchterliche Kleidung tragen werde wie sie.

»Die Garderobe ist nicht gerade toll, aber die Vorteile bei Argonaut sind wirklich erstklassig.« Chava deutet mit dem Kinn auf meinen Latte, der zugegeben einer der besten ist, die ich je getrunken habe. »Warte nur bis zum Lunch. Der ist echt sternewürdig.«

»*Du* kannst so was vielleicht essen«, murrt Dev. »Mark wird mir in den Hintern treten, wenn ich was anderes zu mir nehme als Hühnerbrust und gegrilltes Gemüse.«

Chava verdreht die Augen. »Wenigstens konntest du den Koch dazu überreden, die geheime Würzmischung deiner Mom zu verwenden.«

Die kleine Erinnerung an zu Hause hilft bestimmt, aber ich weiß, dass es eine Herausforderung für Dev sein muss, dass ihm vorgeschrieben wird, was er essen kann. Er muss aufpassen, dass er nicht zunimmt, weil jedes Kilogramm im Wagen zählt und die Leistung beeinflussen kann. Er sprintet zwar über keine Laufbahnen oder wirft Bälle, aber er ist dennoch ein professioneller Sportler.

Die Sache mit dem Essen war einer der Gründe, weshalb Oakley den Rennsport hinter sich gelassen hat. Er hatte keine Lust, jede Kalorie zu zählen. Heute weiß ich, dass er unglücklich war, aber damals war ich neidisch, weil er die Möglichkeit hatte, seine Träume wahr zu machen. Manchmal glaube ich, dass ich das immer noch bin.

Eilig verdränge ich den Gedanken, immerhin bin ich gerade ebenfalls dabei, meine Träume zu verwirklichen. Eine abgewandelte Form davon, aber dennoch – ich stehe im Motorhome eines Formel-1-Teams und rede über Verträge und die Vorteile der Branche. Ich bin dabei, mir eine Karriere aufzubauen, und zwar an der Seite von Menschen, die ich schon mein ganzes Leben kenne. Und das habe ich Dev zu verdanken.

Ich schaue zu ihm auf und beobachte, wie er gelassen mit Chava scherzt. Eine Hand hat er in die Tasche seiner Shorts geschoben, seine Schultern sind entspannt, und er strahlt Selbstvertrauen aus. Mein Herz gerät bei diesem Anblick aus dem Takt, aber ich bin mir sicher, dass es nur am Koffein liegt.

»Es passiert tatsächlich«, murmele ich leise.

Dev scheint es trotzdem zu hören, denn er dreht sich zu mir um und sieht mich an, während sich Chava entfernt und auf seinem Handy herumtippt.

»Ja«, erwidert er. »Es passiert tatsächlich.«

Wahrscheinlich haben wir beide die gleichen Gedanken: *Wir ziehen die Sache durch. Wir helfen einander. Wir machen das Beste aus zwei verzwickten Situationen, damit wir am Ende gestärkt daraus hervorgehen können.*

Und wir werden vorsichtig sein müssen, damit wir nicht noch einen weiteren Fehler begehen.

Kapitel 8

Dev

Anders als erwartet, schneide ich im Qualifying doch nicht als Zehnter ab. Auch nicht als Neunter. Oder als Achter. Heute bin ich die Nummer sieben in der Startaufstellung.

Vielleicht bringt mir Willow Glück, denn ich hätte mir nie träumen lassen, dass ich so weit vorn sein würde, besonders nicht in einem Wagen von Argonaut. Nathaniel habe ich um Längen übertroffen, er ist Dreizehnter. Das ist nicht schlecht, wenn man bedenkt, dass wir beide für gewöhnlich auf den hinteren Plätzen des Mittelfeldes landen, aber sein Vater schäumt gewiss vor Wut über meine Leistung. Doch das interessiert mich nicht. Buck kann so wütend sein, wie er will, denn ich bin nicht hier, um Nathaniels Ego aufzupolieren, sondern um Punkte für das Team zu holen und darauf hinzuarbeiten, die rot-weiß-blaue Hölle hinter mir zu lassen.

Allerdings habe ich Willow, obwohl sie mir Glück bringen mag, seit Donnerstag kaum gesehen. Heute Morgen habe ich kurz mit ihr und Oakley gefrühstückt, und ich habe den ein oder anderen Blick in der Boxengasse auf die beiden erhaschen können, als das Chaos des Renntages begann. Sie hat erst ein paar Fotos von mir und dann von dem Wagen gemacht – jedoch nur in den Momenten, bevor ich eingestiegen bin. Offenbar hat sie sich den Ratschlag, den ich ihr am Donnerstag auf unserer Tour gegeben habe, zu Herzen genommen.

»An ein paar Dinge solltest du denken, wenn du hier Fotos schießt«, sagte ich zu ihr, als wir durch die Werkstatt gingen. Oakley unterhielt sich gerade auf der anderen Seite des Raumes mit einem meiner Mechaniker und war außer Hörweite. »Erstens, poste keine Bilder, auf denen ein Computerbildschirm zu sehen ist. Zweitens, mach nie ein Foto von einem Wagen, wenn die Reifen entfernt wurden oder irgendwelche inneren Komponenten freiliegen. Und drittens, mach generell nicht zu viele Aufnahmen von der Hinterseite des Boliden. Unsere Konkurrenz soll diesen Teil nicht aus der Nähe sehen.«

»Keine Ass-Shots.« Sie nickte nachdenklich, während sie etwas in das kleine Notizbuch kritzelte, das sie aus ihrer Tasche gezogen hatte. »Verstanden.«

»Willow Williams!« Empört schnappte ich nach Luft und taumelte beinahe rückwärts, aufrichtig erfreut über ihren schmutzigen Humor. Sonst mimte sie stets das unschuldige Mädchen. »Seit wann bist du so verdorben?« Vielleicht lehnte ich mich zu weit aus dem Fenster. Ich hätte einfach darüber lachen und es abtun sollen, statt auch noch darauf einzugehen, um mehr von diesem Humor aus ihr herauszukitzeln. Doch ihr kleiner Witz hatte das Bedürfnis danach in mir geweckt.

Sie hob ihre Hand und beschrieb mit dem Stift Kreise in der Luft. Ihr Nasenrücken wurde ein wenig rot, aber ansonsten blieb sie gelassen, auch wenn sie meinem Blick auswich. »Nun haben wir einmal über den Witz gelacht, und jetzt kann es weitergehen.«

»Du hast eindeutig schon zu viel Zeit in meiner Gegenwart verbracht«, neckte ich sie und ignorierte, wie sich mein Magen zusammenzog. »Ich hab einen schlechten Einfluss auf dich. Warten wir mal ab, wie du dich bis zur Sommerpause verändert hast.«

Nun sah sie mich doch an. Ihre dunklen Augen funkelten, obwohl der Rest ihrer Miene ernst war. Dann wandte sie sich ab und betrachtete die Arbeitsnischen mit den Werkzeugen und den Ersatzteilen. »Ich bin kein Kind mehr, Dev. Ich kann mit den großen Jungs abhängen.«

Und genau das ist mein Problem. Sie ist tatsächlich erwachsen geworden, und ich kann mich nicht mehr auf meine bewährten Abwehrmechanismen verlassen, um mich nicht zu stark zu ihr hingezogen zu fühlen. Ich wusste schon in der Sekunde, in der ich sie am Mittwochabend beim SecDark-Event gesehen habe, dass ich in Schwierigkeiten stecke, aber dieses Unbehagen hat sich seitdem verzehnfacht. Besonders weil ich sie seither – wenn auch nur kurz – jeden Tag zu Gesicht bekommen habe. Wie zur Hölle soll ich die nächsten paar Monate überstehen, ohne meine Vorsätze in den Wind zu schlagen und etwas zu tun, das Howard als »unüberlegt« bezeichnen würde?

Doch im Moment kann ich nicht an sie denken, denn ich befinde mich bei der Startaufstellung, kurz davor, für die Testrunde in meinen Wagen zu steigen. Sobald ich sitze, muss ich einen klaren Kopf haben und meine Aufmerksamkeit auf die Strecke richten. Alles andere kann warten.

Denn das hier ist Monaco, Baby. Und ich werde eine Show hinlegen.

Okay, wohl eher eine *Shitshow*.

Das Schwierige daran, wenn man sich so hoch positioniert hat, ist, diese Position auch zu halten. Seit das Rennen vor dreiundfünfzig Runden begonnen hat, setze ich alles daran, und da noch fünfundzwanzig Runden vor mir liegen, besteht das Risiko, dass ich das Rennen nicht einmal beenden werde. Schon jetzt ist der Bolide nicht mehr so verlässlich, und die Bremsen nutzen sich mit jeder Kurve stärker ab. Sechs Runden zuvor habe ich fast meinen Frontflügel verloren, als mich ein Omega Siluro in der Haarnadelkurve geschnitten hat. Auch meine Hinterreifen fühlen sich nicht mehr ganz frisch an. Das einzig Positive ist, dass ich den Boxenstopp in weniger als drei Sekunden geschafft habe. Allein das hat mich davor gerettet, so weit zurückzufallen, dass ich die kleine Verzögerung nicht wieder hätte aufholen können. Solange ich durchhalten kann, werde ich auf P7 gelangen. Damit schaffe ich es zwar nicht auf das Siegerpodest, und ja, es ist vielleicht zu optimistisch, zu denken, dass der Deschamp-Wagen, der derzeit meine Dirty Air vor sich hat, mich nicht überholen wird, aber ich bleibe hoffnungsvoll.

»Gib weiter Gas«, weist mich Branny über den Boxenfunk an. »Dein Abstand zu Kivinen beträgt 2,6.«

So etwas höre ich nicht oft. Sonst befinde ich mich nur dann in der Nähe von Otto Kivinen oder den anderen Mascort-Wagen, wenn man mir die blaue Flagge zeigt, damit ich ihnen Platz mache. Otto und Zaid sind mir in der Regel stets – wortwörtlich – meilenweit voraus, daher freue ich mich besonders. Ich bezweifele, dass ich auch nur die geringste Chance habe, Otto zu überholen, aber mein Renningenieur scheint darauf zu hoffen. Das muss bedeuten, dass Otto Probleme hat, was Branny mir bestätigt. Mascorts zweiter Fahrer hat mit irgendetwas zu kämpfen. Es könnte ein Vorteil für mich sein, mir aber auch zum Verhängnis werden, wenn ich übermütig werde und die Reifen nicht bis zum Ende des Rennens durchhalten.

»Wenn du das Tempo beibehältst, hast du Kivinen in drei Runden überholt. Ich wiederhole, in drei Runden.«

Fuck, okay, alles klar. Otto wird seinen Platz nicht einfach aufgeben, selbst wenn er Probleme hat, was bedeutet, dass wir um den sechsten Platz kämpfen müssen. Falls es hart auf hart kommt, werde ich mit dem Benzin auskommen und trotz der abgenutzten Reifen durchhalten können? Es ist eine Gratwanderung, dafür zu sorgen, dass der Wagen nicht schlapp macht, und ihn gleichzeitig an seine Grenzen zu bringen.

Ehe ich weiter darüber nachdenken kann, sehe ich schon Kivinens Heckflügel. Ich will nach links ausscheren, um zu überholen, doch er rechnet mit meinem Manöver und versperrt mir den Weg. Bei einem Mann, der seit zehn Jahren in der Formel 1 fährt, ist das keine große Überraschung – er kennt alle Tricks.

Aber auch ich bin kein blutiger Anfänger mehr, sondern

habe in meinen ersten Saisons eine Menge gelernt. Also beschließe ich, ihn zu verwirren, indem ich nach links, nach rechts, nach links und schließlich ein letztes Mal nach rechts ausschere. Als er mir auf dieser Seite den Weg versperren will, reiße ich das Steuer nach links herum. Zu dem Zeitpunkt, zu dem er mein Vorhaben durchschaut, bleibt ihm keine Zeit mehr, um zu blocken, denn unsere Reifen sind bereits auf derselben Höhe. In der nächsten Kurve gelingt es mir, ihn zu überholen, und ehe ich es mich versehe, bin ich vor Otto Kivinen.

»Gute Arbeit«, lobt mich Branny. »Halte das Tempo.«

Schneller als jetzt kann ich nicht mehr werden, aber als Sechster ins Ziel zu fahren, fühlt sich an wie ein Sieg. Abgesehen von Miami, wo ich wegen eines technischen Fehlers das Rennen nicht beenden konnte, habe ich bei jedem Rennen Punkte geholt. Nathaniel ist das nur bei zwei von sechs Großen Preisen gelungen – ab heute sind es sieben. Laut Branny hat er es nur auf P15 geschafft, was heißt, dass er sogar zwei Plätze zurückgefallen ist. Wenn das kein Argument ist, mich zum ersten Fahrer des Teams zu machen, was soll es dann sein?

Natürlich würde Argonaut der Presse erzählen, dass es in unserem Team keine Nummer eins und Nummer zwei gibt und kein Fahrer die oberste Priorität darstellt. Das wäre skandalös, denn immerhin ist uns der ach so amerikanische Grundsatz der *Gleichberechtigung* unglaublich wichtig. Doch intern gibt es sehr wohl Unterschiede zwischen uns. Nathaniel wird dank Daddys Milliarden immer an erster Stelle stehen. So kann es allerdings nicht bleiben, wenn ich dauerhaft bessere Leistungen erbringe als er.

Ich bahne mir meinen Weg zum Parc Fermé und stelle den Motor ab, während meine Seite der Werkstatt über den Boxenfunk jubelt. Als ich bei ihnen ankomme, werde ich in Dutzende Arme geschlossen und gefühlt eine Million Hände klopfen mir auf den Rücken. Ich habe es nicht mal auf das Siegerpodest geschafft, aber für Argonaut ist es eine grandiose Leistung.

Leider sind die Leute aus meinem Team jedoch nicht diejenigen, mit denen ich als Erstes feiern möchte.

Ich danke allen, die mich unterstützt haben, während ich gleichzeitig zu dem abgesperrten Bereich rüberspähe, von dem aus Freunde, Familie und VIP-Gäste das Rennen verfolgen. Es lässt sich nicht bestreiten – ich halte Ausschau nach Willow. Aber Oakley entdecke ich zuerst.

»Super Rennen, Alter«, lobt er, als ich zu ihm gehe. Grinsend zieht er mich an sich. »Fast bereue ich, den Sport aufgegeben zu haben.«

»Es ist besser für uns alle, wenn du nur zusiehst«, scherze ich, während er mir kräftig auf den Rücken klopft.

Das bringt mir ein lautes Lachen und einen weiteren beherzten Schlag ein, ehe er von mir ablässt.

Ich streiche mir das verschwitzte Haar aus der Stirn und schaue mich immer noch nach Willow um. Endlich schließen sich schmale Finger um mein Handgelenk, und als ich hinabblicke, sehe ich in Willows strahlendes Gesicht.

»Das war unglaublich!«, ruft sie gegen den Lärm der Menge an, die draußen am Siegerpodest jubelt.

Ich lache, als sie beginnt, trotz des mangelnden Platzes herumzuhüpfen. Selbst auf Zehenspitzen ist sie noch die Kleinste weit und breit. Auch ich bin nicht gerade ein

Riese – größer oder breiter zu sein, würde mich bei Autorennen nur einschränken –, aber so bewundernd, wie Willow mich anschaut, fühle ich mich, als wäre ich ein paar Zentimeter gewachsen.

Ohne darüber nachzudenken, ziehe ich sie an mich und lege ihr meine Arme um die Schultern, sodass sie quietscht und sich darüber beschwert, wie eklig ich bin, trotzdem erwidert sie beherzt meine Umarmung. Einen Moment lang vergessen wir, wo wir sind und wer uns zusieht, sodass ich meinen Kopf senke und mit der Wange über ihr Haar gleite. Unwillkürlich atme ich ein, denn ich möchte nur einmal ihren süßen Vanilleduft riechen. Bis zu diesem Moment war mir nicht bewusst, wie sehr ich mich danach gesehnt habe. Es ist lächerlich, dass ich an den Haaren einer Frau schnüffele, weil ich dadurch an einen Moment erinnert werde, in dem ich sie überall am Körper berührt habe.

Ich ziehe mich zurück und umfasse ihr Gesicht, damit sie mir in die Augen sehen muss. »Willst du es immer noch tun? Kannst du für eine Weile mit diesem Trubel leben?«

»Nichts lieber als das.« Das Leuchten in ihren Augen bringt mich fast dazu, mich weiter vorzubeugen, um sie aus der Nähe zu betrachten.

Ich grinse noch breiter – falls das überhaupt möglich ist – und zwinkere ihr zu, ehe ich sie loslasse und mich den Leuten zuwende, die um meine Aufmerksamkeit buhlen, bereit für eine weitere Runde Umarmungen und Schulterklopfen. Denn wenn ich sie noch länger angeschaut hätte, hätte ich etwas getan, woran ich nicht einmal denken sollte, besonders nicht, wenn ihr Bruder neben uns steht.

Doch bald wird Oakley fort sein, und der Einzige, der mich von etwas »Unüberlegtem« abhalten kann, bin ich selbst. Und ich war noch nie bekannt für meine Selbstbeherrschung.

Kapitel 9
Willow

Als ich an diesem Abend ins Bett klettere, fühle ich mich immer noch high von dem Adrenalinschub, den mir das Rennen beschert hat.

Ein Großer Preis der Formel 1 ist eine Klasse für sich – die Leidenschaft der Fahrer und Fans trägt zu einer ganz besonderen Atmosphäre bei. Davon mitgerissen zu werden, fühlte sich an wie ein besonderes Privileg. Selbst auf der Party nach dem Rennen, die auch wieder von SecDark organisiert worden war, war die knisternde Energie des Tages noch zu spüren – was sich bis zu dem Zeitpunkt, zu dem ich gegangen bin, nicht geändert hat. Müsste ich morgen keinen frühen Flug in Nizza erwischen und würden meine Beine nicht vom vielen Stehen schmerzen, wäre ich noch länger geblieben. Aber zumindest habe ich einen guten Einblick bekommen, wie die Elite feiert, ehe ich mich verabschieden musste.

Ich bin fasziniert, daran besteht kein Zweifel, und nun kann ich es nicht erwarten, mehr davon zu bekommen.

Noch immer kann ich nicht glauben, dass es mir vergönnt ist, in den nächsten Wochen an dieser Welt teilzuhaben. Zwar wird es gewiss harte Arbeit sein, und ein Termin wird auf den anderen folgen, aber ich bin bereit für diese Herausforderung. So sehr, dass ich mich ein wenig darüber ärgere, dass ich morgen in die Staaten zurückfliegen muss und den Großen Preis von Spanien verpasse. Wenigstens fliege ich direkt nach Texas, um die Zentrale von Argonaut Racing zu besuchen, sodass ich mir ansehen kann, wo der Ursprung des ganzen Zaubers liegt.

Da ich nach dem aufwühlenden Tag meine Gedanken nicht abschalten kann, wälze ich mich hellwach im Bett herum. Es liegt allerdings nicht *nur* an der Aufregung und Freude darüber, dass ich das Rennen aus dem VIP-Bereich verfolgen konnte. *Vielleicht* liegt es an einer bestimmten Erinnerung, die mir immer wieder durch den Kopf geht – an Dev nach dem Rennen, als er mich zu einer unglaublich verschwitzten, heißen (auf die Temperatur bezogen), engen Umarmung an sich gezogen und mein Gesicht umfasst hat, als sei es die natürlichste Geste der Welt. Er hat sich nicht darum geschert, wer uns zusieht. Als wäre ich die einzige Person in der gesamten Werkstatt. Jepp. Das ist definitiv Teil meines aktuellen Problems.

Im Grunde war es ganz unschuldig; nicht einmal Oakley hat eine Bemerkung darüber gemacht. Aber es fühlte sich nach so viel mehr an. Es fühlte sich an wie der Moment im Treppenhaus, ein paar Abende nachdem ich das peinlichste betrunkene Geständnis meines Lebens abgelegt hatte – dass ich in meiner Kindheit und Jugend in Dev verknallt war.

Um ehrlich zu sein, bin ich immer noch in ihn verknallt, so als hätten die Gefühle für ihn ständig in den hintersten Winkeln meines Herzens gelauert. Für eine Weile sind sie in den Hintergrund getreten, aber sie sind nach wie vor da. Sie waren weggesperrt, als ich mit Jeremy zusammen war, als ich mich in einen Mann verliebte, von dem ich geglaubt hatte, er würde mich gut behandeln. Aber als mir das Herz gebrochen wurde, kämpften sie sich wieder ans Licht.

In dieser Zeit war Oakley für mich da und hat mir geholfen, die Scherben zusammenzukehren, nachdem ich betrogen und hintergangen worden war. Aber auch Dev war da. Nicht so oft wie mein Bruder und definitiv nicht so intensiv – er war nicht derjenige, wegen dem Jeremy mit einer gebrochenen Nase ins Krankenhaus musste –, aber in Form von kleinen Gesten, die einen riesigen Unterschied machten. Er schickte mir Fotos von den Orten der Welt, die er gerade besuchte, und Rezepte, die er beim Scrollen entdeckt hatte, per E-Mail, da er wusste, dass mir Backen hilft, wenn ich Stress habe. Sogar eine Dartscheibe mit Jeremys Gesicht bekam ich von ihm. Es war albern und absolute Geldverschwendung, aber brachte mich zum Lachen, besonders, als ich Dartpfeile direkt in »Jeremys« Augen warf.

Jetzt, wo wir zusammenarbeiten, ist es an der Zeit, die alten Gefühle wieder in die Dunkelheit zurückzuschieben. Vielleicht sogar mit einem Schloss zu verriegeln. Ich darf mich nicht ablenken lassen. Nichts tun, was meinen professionellen Ruf schädigen könnte. Dies ist meine Chance, mich zu beweisen.

Apropos Arbeit: Chava hat mir bereits die Log-in-Informationen für Devs Social-Media-Accounts zukommen lassen, und da ich nicht in den Schlaf finde, kann ich ebenso gut durch seinen Content scrollen. Obwohl ich den *unter Umständen* schon kenne. Zumindest habe ich alles gesehen, was er bis zu Oakleys Geburtstag im letzten Jahr gepostet hat, denn danach bin ich ihm aus Scham auf allen Plattformen entweder entfolgt oder habe ihn auf stumm geschaltet. Deshalb habe ich erst verspätet von dem IYK-Skandal erfahren, doch ich bin in gewisser Weise froh, dass ich das verpasst habe.

Ich nehme meinen Laptop vom Nachttisch und platziere ihn auf meinem Bauch, wobei ich gegen das grelle blaue Licht anblinzele. Nachdem ich ein neues Fenster im Browser geöffnet habe, beginne ich mit Instagram. Mit einer Hand tippe ich Devs E-Mail und Passwort ein, zögere jedoch, bevor ich auf den Log-in klicke. Als ich es schließlich getan habe, warte ich mit angehaltener Luft darauf, dass die Seite lädt, und atme ächzend aus, als rote Benachrichtigungspunkte neben fast jedem Icon erscheinen.

Sein Instagram-Profil ist jedoch leer. Nach Janis berüchtigtem Post muss er alles gelöscht haben. Allein das wird mir Stunden an Arbeit ersparen, denn ich muss mich nicht durch Tausende wahrscheinlich schreckliche Kommentare kämpfen. Seine Privatnachrichten sind allerdings vermutlich furchtbar. Ehe ich mich ihnen widme, öffne ich sein Archiv. Janis Abschiedsgeschenk ist noch dort, genau wie an dem Abend, an dem Dev mir den Post gezeigt hat. Ebenso wie Hunderte alte Posts. Sie sind nicht öffentlich, dennoch schaue ich mir jeden einzelnen an, wobei ich die Bilder, auf denen er grinst, länger betrachte, als ich sollte. Sein Lachen ist so ansteckend, dass ich selbst bei einem Bild von ihm gegen ein Kichern und ein Kribbeln in meiner Brust ankämpfen muss.

Es lässt sich nicht bestreiten – Dev ist heißer als die Hölle, und der Anblick von ihm im Fahrerraum, mit vor Schweiß glänzendem freiem Oberkörper und den scharf definierten Bauchmuskeln hilft nicht gerade dabei, meine Gefühle für ihn zu verdrängen. *Eigentlich* sollte ich mir seinen Account aus einem professionellen Blickwinkel anschauen. *Eigentlich* sollte ich mir überlegen, wie ich Elemente seines alten Feeds in etwas Neues verwandeln kann, und mir einen kreativen Stil für seine zukünftigen Posts ausdenken. Und *eigentlich* sollte ich mir Notizen dazu machen, wie ich all das umsetzen kann. Stattdessen stelle ich mir vor, wie ich mit den Fingern durch seine weichen Locken gleite und meine Lippen auf seinen stoppeligen Kiefer drücke, ehe ich mir einen Weg nach unten bahne, immer tiefer und tiefer und …

Hastig klappe ich meinen Laptop zu, sodass es vollkommen dunkel im Zimmer wird. Ab jetzt sind Gedanken dieser Art verboten. Strengstens. Ich kann all die Komplikationen, die ein Crush mit sich bringt, nicht gebrauchen, denn ich muss die Aufgaben erledigen, für die er mich eingestellt hat.

Außerdem haben wir uns nach dem Vorfall im letzten Jahr darauf geeinigt, dass wir nach vorn blicken, und bisher haben wir das auch geschafft. Solange ich mich von Tequila fernhalte und von allem anderen, was mich unüberlegte Entscheidungen treffen lassen könnte, wird alles gut. Ich muss mir um nichts Sorgen machen.

Als ich am Mittwochnachmittag unsere Wohnung betrete, wartet Chantal bereits auf mich und ist mir mit den Koffern behilflich. Ja, Plural. Ich musste mir einen zweiten Koffer kaufen, nachdem ich die Zentrale von Argonaut mit meiner neuen Arbeitskleidung verlassen habe.

»Ich hoffe, du hast mir ein Geschenk mitgebracht.« Über die Schulter schenkt sie mir ein schiefes Grinsen, während sie das Gepäck in mein Zimmer trägt.

Ich ziehe meine vollkommen überladene Handtasche höher auf die Schulter und schlurfe ihr hinterher. »Ich bin in Monaco extra zu Starbucks gegangen, um dir deine Tasse zu kaufen, so wie gewünscht.«

Sie stößt ein erfreutes Quietschen aus, als sie mein Zimmer betritt, wo sie sich auf das Bett plumpsen lässt und mich erwartungsvoll anschaut.

Ich lasse meine Tasche neben die Koffer fallen und sinke auf den Fußboden, denn nachdem ich eine Woche lang in Hotelzimmern und diversen Fliegern geschlafen habe, tut mir alles weh. Ich sehne mich danach, mindestens zwei Nächte in meinem eigenen Bett zu verbringen, denn schon bald werde ich für eine Weile nur noch in Hotelzimmern und Flugzeugen schlafen. Selbst die Sommerpause wird keine große Erleichterung darstellen, da ich zu Alishas Hochzeit nach Kalifornien fliegen werde. Mein Körper wird demnach einigen Strapazen ausgesetzt sein.

»*Also*«, sagt Chantal bedeutungsschwer und reißt mich damit aus meinen Gedanken. Sie hat die Ellbogen aufgestützt und das Kinn in ihre Hände, sodass ihr Gesicht am Rand der Matratze über mir schwebt. »Erzähl mir alles. Nein, warte.« Sie dreht sich auf die Seite und zieht ihr

Handy aus der Tasche ihrer Shorts. »Lass mich erst Grace über FaceTime anrufen. Sie bringt mich um, wenn sie das verpasst.«

»In Hongkong ist es gerade drei Uhr morgens«, erinnere ich sie und öffne den Reißverschluss meines ersten Koffers. Wenn ich nicht jetzt auspacke und meine Sachen sortiere, komme ich nie dazu und muss mich am Ende nur abhetzen, wenn ich für meine nächste Reise waschen und neu packen muss.

»Sie meinte, das sei egal.« Chantal winkt ab, als der vertraute Klingelton bereits durch mein Zimmer schallt. »Das Mädel ist doch ohnehin eine Nachteule.«

Das stimmt. Wenn ich nicht gerade so wie dieses Wochenende einen Jetlag habe, bin ich ein Morgenmensch. Grace und ich sind uns schon mehrmals um fünf Uhr morgens über den Weg gelaufen, wenn ich aufstand, um ins Fitnessstudio zu gehen, und sie auf dem Weg ins Bett war. An solchen Tagen sitzen wir zusammen über dampfenden Tassen in der Küche – starker Kaffee für mich und Schlaftee für Grace. Bei dem Gedanken daran verspüre ich einen kleinen Stich ins Herz, denn ich werde sie und Chantal die nächsten zwei Monate nicht sehen.

Grace geht schnell dran und verlangt, dass Chantal die Kamera umdreht, damit sie mich sehen kann. »Spuck's aus, Bitch!«, ruft sie und hält sich das Handy nahe ans Gesicht. Ihre dunklen Augen funkeln, neugierig auf den neuesten Gossip. »Und lass kein Detail aus.«

Ich berichte, was in den letzten hektischen Tagen passiert ist, wobei ich versuche, mich kurzzufassen, obwohl mich die beiden immer wieder unterbrechen. Als ich sie auf den neuesten Stand gebracht habe, ist meine Wäsche nach Farben sortiert und Grace' Aufregung ist durch das Telefon förmlich greifbar.

»Wie kann ein Mensch nur dermaßen viel Glück haben?« Sie hüpft so begeistert auf und ab, dass ihr Bild auf dem Display verwackelt. »Ich würde morden, um zu diesen Rennen zu gehen, und du kannst einfach so da reinspazieren.«

»Ja, weil ich dort *arbeite*«, betone ich und greife nach dem Koffer mit der Kleidung von Argonaut. »Und ich muss das hier tragen.« Ich hole das rot-weiß gestreifte Polohemd mit den aufgestickten Namen der Sponsoren heraus und halte es in die Kamera. »Jeden Tag.«

Meine Freundinnen verziehen das Gesicht, wobei Chantal sogar würgt. »Okay, das ist ... nicht hübsch.«

»Diese Farben sollten nirgendwo zu sehen sein, außer auf einer Flagge oder einem Eis am Stiel«, pflichtet Grace ihr bei. »Aber wie dem auch sei, du wirst das Outfit schon rocken. Und Dev würde dich sowieso in allem heiß finden.«

Ich funkele sie warnend an, doch in Wahrheit hoffe ich tatsächlich, dass ihm gefallen wird, was er sieht. Natürlich wird nichts zwischen uns passieren, trotzdem kann es nicht schaden, wenn er mich attraktiv findet ... richtig?

»Hört auf mit diesem Thema.«

Chantal dreht das Handy um, sodass sie und Grace einen bedeutsamen Blick wechseln können, ehe sie die Kamera wieder mir zuwendet.

»Du hättest uns wohl direkt von deinem betrunkenen Geständnis und dem Kuss im letzten Jahr erzählen sollen, wenn du nicht wolltest, dass wir versuchen, euch zu verkuppeln«, erwidert Grace. »Denn ich finde, dass ihr beide super zusammenpasst.«

»Hör auf«, tadele ich und werfe das Polohemd zurück in den Koffer. Ich würde ihr ja zustimmen, doch Dev und mir stehen zu viele Hindernisse im Weg. Zum Beispiel mein Bruder. Außerdem weiß ich nicht mal, ob er mehr als eine Freundschaft mit mir will. Und das ausschlaggebendste Gegenargument: Dev ist bald offiziell mein Boss. »Ich möchte, dass unser Arbeitsverhältnis rein professionell bleibt.«

»M-hmmm«, macht Chantal, die eindeutig nicht glaubt, was ich da behaupte. »Gracie, Babe, wie lange, meinst du, wird es dauern, bis sie miteinander im Bett landen?«

»Höchstens drei Wochen«, antwortet sie, ohne zu zögern.

Hitze kriecht an meinem Hals herauf, und ich zeige ihnen meine beiden Mittelfinger. Die Geste bringt mir ein Surround-Sound-Lachen ein. Eilig bücke ich mich, um ein paar Shirts, Röcke und Hosen aus dem Koffer zu nehmen und sie zu einem Berg aus Patriotismus aufzuschichten, der in der Wäsche hoffentlich nicht abfärbt.

»Hast du deinem Bruder erzählt, was letztes Jahr mit Dev passiert ist?«, fragt Grace. »Ist das der Grund, warum du die Sache unbedingt platonisch halten willst? Hat er dich vor dem Typen gewarnt?«

Abrupt hebe ich den Kopf. »Nein, ich habe es ihm *nicht* erzählt. Und das werde ich auch nicht tun, weil es keine große Sache ist. Es war ein einmaliger Ausrutscher, und ich denke gar nicht mehr daran.« Meistens zumindest. In gewisser Weise. Okay, eigentlich denke ich andauernd daran, aber was soll's.

Chantal zieht scharf die Luft durch die Zähne ein. »Mädel, ich bitte dich – du wirst mit einem Typen, auf den du schon seit einer Ewigkeit stehst, um die Welt jetten. Glaubst du ernsthaft, euer Verhältnis wird rein professionell bleiben?«

Ich atme tief durch und werfe mir nervös meine Locken über die Schulter. »Das muss es. Ich werde nicht meine Karriere zerstören, bevor sie überhaupt begonnen hat, indem ich mit einem Mann rummache, der streng genommen mein Boss ist. So verantwortungslos bin ich nicht.«

»Für einen Mann, der so heiß ist wie Dev, wäre ich liebend gern verantwortungslos«, flötet Grace und fächelt sich mit einer Hand Luft zu. »Er weiß doch, dass du auf ihn stehst, also kannst du es ebenso gut laufen lassen und austesten, ob er genauso empfindet.«

»*Früher* stand ich auf ihn«, korrigiere ich, doch mein Gesicht wird angesichts der Lüge noch heißer. »Jetzt nicht mehr.«

»Jepp, alles klar«, erwidert Chantal trocken. »Du stehst immer noch auf den Typen. Und das kann ich dir nicht verdenken – er ist ein absoluter Traummann.«

»Na schön, sagen wir, ich stehe nach wie vor auf ihn.« Resigniert werfe ich die Hände in die Luft. Ganz egal, wie vehement ich es abstreite, sie werden mich durchschauen. »Selbst wenn ich noch Gefühle für ihn habe, ist es schließlich nicht so, als könnte ich irgendetwas unternehmen. Außerdem …« Ich stoße die Luft aus und senke mein Kinn. »Wisst ihr noch, was mit Jeremy passiert ist?«

Nun schweigen die beiden, denn *das* verstehen sie.

Ich werde auf keinen Fall weitere Freundschaften meines

Bruders in Gefahr bringen. Als ich ihm von den Ereignissen mit Jeremy erzählt habe, hat er mein Verhalten kein einziges Mal infrage gestellt, sondern hat mich verteidigt, weil ich ihn brauchte. Ich kann ihm niemals genug für seine Loyalität und sein Vertrauen in mich danken. Wie würde es aussehen, wenn ich nun etwas mit einem weiteren Freund von ihm anfange, ganz egal, wie lange ich schon Gefühle für ihn habe?

»Na gut«, sagt Chantal. »Vielleicht solltest du nicht mit ihm zusammenkommen, aber im Geheimen was Lockeres mit ihm anzufangen, kann doch nicht schaden.«

»Chantal.«

»Komm schon, es wäre perfekt. Ihr reist zusammen und übernachtet in den gleichen Hotels. Es wäre total einfach, sich ins Zimmer des anderen zu schleichen und ...«

»Das wird nicht passieren.«

Sie wirft ihre Braids über die Schulter und sieht mich eindringlich an. »Vielleicht sollte es das aber. Du hast dir in letzter Zeit eindeutig zu viele Orgasmen verwehrt, so reizbar, wie du bist.«

Ich ziehe scharf die Luft ein, doch ehe ich ihr sagen kann, dass sie sich um ihre eigenen Angelegenheiten kümmern soll – und dass ich mich nicht mal daran erinnere, wann ich mir das letzte Mal einen Orgasmus gegönnt habe –, seufzt Grace verträumt.

»Der Sommer ist die perfekte Jahreszeit, um sich zu verlieben, Willow.« Sie lenkt meine Aufmerksamkeit wieder auf das Handy. »Warum bist du nicht einfach offen dafür?«

»Nicht mit ihm.« Ich muss das Thema beenden, ehe die

beiden auf weitere verrückte Ideen kommen. »Hört mir zu: Nichts wird passieren. Es *darf* nichts passieren.«

Chantal dreht die Kamera wieder zu sich um, aber ich weiß auch so, dass Grace die Augen ebenso verdreht wie sie.

»Ihr habt ja keine Ahnung, wovon ihr sprecht«, murre ich.

Grace' Lachen schallt durch mein Zimmer, als wäre sie bei uns. »Sag, was du willst, Schätzchen, aber niemand kennt dich so gut wie wir.«

Nachdem ich mich ein paar Tage lang zu Hause erholt habe, streame ich die Pre-Show des Großen Preises von Spanien auf meinem Laptop und sehe meine Kleidung durch, um zu planen, was ich für die nächsten Monate auf meinen Reisen brauchen werde. An Rennwochenenden werde ich das hässliche Arbeitsoutfit tragen müssen, aber an den meisten Wochentagen sollte ich selbst entscheiden dürfen. Dennoch habe ich Schwierigkeiten, mir die perfekten Sachen rauszusuchen. Abgesehen von Montreal werden alle bevorstehenden Rennen innerhalb Europas stattfinden, sodass ich mir zumindest keine Gedanken über dramatische klimatische Unterschiede machen muss, wenn ich an neue Orte fliege. Doch laut Chava möchte Dev, dass ich vor dem Großen Preis von Kanada in zwei Wochen zu ihm nach San Diego komme.

Eigentlich möchte ich nicht nach Hause. Ich habe meine Eltern gesehen, als sie anlässlich meines Abschlusses nach

New York gekommen sind, und ich bin nicht sonderlich scharf darauf, in meinem alten Kinderzimmer zu schlafen. Aber Chava hat berichtet, dass Dev darauf besteht. Also bleibt mir nichts anderes übrig, als nach Kalifornien zurückzukehren.

»Alles in Ordnung?«, fragt Chantal, die sich an meinen Türrahmen lehnt. »Du starrst schon eine ganze Weile diesen Berg aus Flaggenkleidung an.«

Ich stelle meinen Laptop leiser, aus dem die Stimme des Kommentators dringt. »Ich überlege, was ich packen soll, damit ich für alle Länder, die wir besuchen, das Passende dabeihabe.«

»So viele neue Stempel im Pass, Baby.« Sie seufzt wehmütig. »Ich bin total neidisch. Ich muss hierbleiben und in einem *Büro* arbeiten. Abartig.«

»Du solltest auch neidisch sein«, necke ich sie. »Aber vielleicht … O Mist, mein Pass.«

Chantal lacht, als ich aufspringe und nach der Handtasche auf der Kommode greife, die ich mit in Monaco hatte. Als ich meine Finger nach einigem Herumkramen endlich um den blauen Reisepass schließe, sacken meine Schultern vor Erleichterung eine Etage tiefer. Ohne den komme ich nirgendwohin.

»Bist du dir sicher, dass du das durchziehen willst?«, fragt sie, während ich meinen Pass mit Bedacht auf der Kommode ablege, damit ich ihn immer im Blick habe. »Es ist eine tolle Chance, versteh mich nicht falsch, aber es wird sicherlich auch … turbulent.«

»Definitiv«, pflichte ich ihr bei und lasse mich erneut auf den Fußboden sinken. Dann schlage ich mein kleines

Notizbuch auf, um einen Blick auf die Packliste zu werfen. »Aber ja, ich bin mir sicher. Ich will es wirklich.«

Ein besorgniserregendes Schmunzeln tritt auf ihr Gesicht. »Du meinst, du willst mit Dev …«

»Sag es nicht!«, quietsche ich und werfe meinen Stift nach ihr.

Sie weicht mühelos aus. »Wir beide wissen, dass du es willst«, flötet sie, kommt ins Zimmer und tippt mit ihren pink lackierten Zehen meinen Kulturbeutel an. »Aber okay, ich lasse das Thema ruhen. Für den Moment jedenfalls.«

»Wow, danke«, murre ich und greife nach dem Karton zu meiner Linken. »Wie gütig von dir.«

Chantal geht neben mir in die Hocke. »Ist das die Riesenpillenbox?«

Ich halte den mit Glitzeraufklebern versehenen Karton in die Höhe und schüttele ihn leicht, was die Fläschchen mit den Entzündungshemmern, Gelenkvitaminen und Notfall-Schmerztabletten zum Rasseln bringt. Früher war es mir peinlich, mit so vielen Medikamenten zu reisen, ebenso wie mit dem Gelenktape; doch mittlerweile ist es mir wichtiger, beweglich und schmerzfrei zu sein, sodass die Riesenpillenbox, wie wir sie liebevoll getauft haben, ganz selbstverständlich zu meinem Leben dazugehört. Warum sollte ich mich für etwas schämen, das ich nicht ändern kann?

»Jepp, frisch aufgefüllt«, antworte ich und schiebe sie in meinen Handgepäckkoffer. Dieses wertvolle Gut kann ich auf keinen Fall am Schalter aufgeben.

»Gibt es eigentlich Fitnessstudios in all diesen Hotels?«

Ich halte meine Terrabänder in die Höhe, ehe ich sie

ebenfalls in den kleinen Koffer werfe. »Da bin ich mir ziemlich sicher, aber ich bin so oder so vorbereitet.«

»Dann hältst du deine Gelenke also in Form. Und sei vorsichtig, okay?«

»Ich weiß nicht, wie viel Vorsicht du von mir erwartest, wenn du gleichzeitig willst, dass ich wilden Sex habe«, schieße ich zurück.

Chantal lacht überrascht auf und lässt sich auf ihr üppiges Hinterteil plumpsen. Ich verdrehe die Augen und unterdrücke ein Schmunzeln, als sie sich gackernd den Bauch hält. »Gott, ich liebe diese Seite an dir«, bringt sie schließlich atemlos hervor. »Du warst so unschuldig, als wir uns kennenlernten, und jetzt bist du ein Monster!«

Kichernd versetze ich ihr mit dem Handrücken einen Schlag auf den Arm. »Das ist dein Einfluss.«

Ich werde nicht zugeben, dass mich in letzter Zeit auch Dev beeinflusst hat. Es ist schwer, mir diese Art von Bemerkungen zu verkneifen, wenn ich seinem schmutzigen Humor ausgesetzt bin. Außerdem will ich ihn wissen lassen, dass ich kein schüchternes kleines Mädchen mehr bin, das ständig errötet. Vielleicht war ich das noch, als ich mit Jeremy zusammen war und sogar eine Weile danach, während ich mich von dem Herzschmerz erholte, aber nun beginnt für mich ein neuer Lebensabschnitt, und ich will nicht, dass mir mein alter Ruf folgt.

»Ich habe dich verdorben.« Chantal wischt sich eine unsichtbare Träne weg, ehe sie die Arme um mich schlingt und so tut, als würde sie weinen. »Mein Baby ist erwachsen geworden. Gott, ich werde dich so sehr vermissen.«

»Ich fliege doch erst in zwei Tagen«, beschwere ich mich,

aber lasse mich dennoch von ihr in den Armen wiegen. »Wenn du mich weiter nervst, werde ich dich kein bisschen vermissen.«

»Du bist so was von bösartig.« Sie drückt meinen Kopf an ihre Brust. »Mein süßer kleiner Dämon.«

»Du bist echt schlimm«, murmele ich, als ich im Hintergrund die Formel-1-Musik höre. Sie erinnert mich daran, wo ich in den nächsten paar Monaten sein werde – eingetaucht in die Welt der Autorennen, kilometerweit außerhalb meiner normalen Komfortzone und getrennt von meinen Freundinnen.

Also lasse ich mich von Chantal halten wie eine Puppe, während die Gesichter der Fahrer über den Bildschirm blitzen. Mir stockt der Atem, als Dev erscheint und direkt in die Kamera blickt. Es spielt keine Rolle, dass die anderen Männer das Gleiche getan haben, denn sie wecken nicht dieses Gefühl in mir. Als würden sie mich geradewegs ansehen. Das tut nur Dev. Und mit einem Mal bin ich mir nicht mehr so sicher, ob unsere Freundschaft tatsächlich platonisch bleiben wird.

Kapitel 10

Dev

Ich habe die Tage bis zu Willows Ankunft gezählt.

Eigentlich sollte sie erst nächste Woche in Kanada dazustoßen, aber ich habe Chava damit beauftragt, ihr einen Flug nach San Diego zu buchen. Wir müssen so bald wie möglich gemeinsam damit beginnen, mein Image aufzupolieren, denn uns bleibt nicht viel Zeit; und nach dem letzten Rennwochenende könnte ich ein wenig Aufheiterung gebrauchen.

Wenn mein sechster Platz in Monaco nicht genug war, um zu beweisen, dass sie mir Glück bringt, dann sollte es spätestens nach dem absoluten Blutbad beim Großen Preis von Spanien klar sein. Anders lässt es sich nicht beschreiben, wenn man bedenkt, dass ich schon fünf Sekunden, nachdem die erste Runde begonnen hatte, einen so schweren Unfall hatte, dass ich wegen des Schadens an meinem Wagen abbrechen musste.

Auch drei andere Fahrer waren involviert. Die verdammte FIA bezeichnete die Sache als »Rennvorfall«, obwohl Lorenzo Castelluccis offensichtliche Rücksichtslosigkeit zu dem Unfall geführt hat. Ihm hätte man Penaltys und Geldstrafen und Warnungen entgegenschleudern sollen, denn dieser Typ wird eines Tages noch jemanden umbringen.

»Bist du dir sicher, dass du keine Gehirnerschütterung hast?« Chavas Stimme dringt über die Lautsprecher in mein Auto, oder besser gesagt in das Auto meiner Mutter, das ich mir heute geliehen habe. »Du hasst es doch, Leute vom Flughafen abzuholen. Und ich bin dein Assistent. Gehört das nicht zu meinem Job?«

»Es geht mir gut. Genieß den freien Tag mit deiner Familie, du Wichser«, erwidere ich, während ich auf die Spur biege, die zur Ankunftshalle am Flughafen führt. »Und wenn du heute Tres Leches machst, bewahre mir auf jeden Fall was auf.«

Ehe er mein Assistent wurde, besuchte Chava eine Kochschule, brach seine Ausbildung allerdings ab, als ihm klar wurde, dass ihm Kochen nur Freude bereitet, wenn es ein Hobby ist und kein Job. Anschließend sollte er nur temporär für mich arbeiten, damit seine Eltern nicht allzu enttäuscht sein würden, aber nun ist der Kerl schon vier Jahre an meiner Seite. Es ist ein Verlust für die Restaurantwelt, aber ein Gewinn für mich.

Chava seufzt. »Du weißt, dass Mark dich umbringt, wenn du …«

Der Rest der Warnung bezüglich meines Essverhaltens bleibt mir erspart, denn Chavas Mom ruft *»¡Salvador, ven acá!«* im Hintergrund.

»Klingt, als würde Mama dich brauchen.« Ich grinse in

mich hinein. »Und bring mir Kuchen! Den habe ich verdient, nachdem mich Castellucci fast umgebracht hat.«

Chava bedenkt mich zum Abschied mit einem Fluch auf Spanisch, der so beleidigend und kreativ ist, dass ich grinsen muss. Ich verdiene wirklich eine Aufheiterung nach dem letzten Wochenende und hege keinen Zweifel daran, dass er später mit einer Tupperdose voller Kuchen und einem Gruß von seiner Mutter bei mir vor der Tür stehen wird.

Jedes Mal, wenn ich in den Wagen steige, gehe ich ein Risiko ein. Die Chance, dass ich nicht unversehrt davonkomme, besteht immer. Zwar hat mir die moderne Sicherheitstechnologie schon mehrfach das Leben gerettet, aber Fahrer wie Lorenzo stellen diese technischen Errungenschaften jedes Mal auf die Probe, sobald die fünf roten Ampeln ausgehen.

Ich kann von Glück reden, dass er meist von einer höheren Startposition aus antritt als ich. Er ist fast immer in der Nähe der Wagen von Mascort und Specter Energy, doch seine letzte rasende Runde in Q3 des Qualifyings am Samstag wurde mit einer roten Flagge abgebrochen. So ging er auf Position zehn an den Start und war mir auf der zwölften Position viel zu nahe. Ich hätte ahnen müssen, dass er versuchen würde, sich einen Weg an die Spitze zu bahnen. Dabei streifte er einen anderen Wagen, sodass beide ins Schleudern gerieten und alle Boliden in ihrer Nähe rammten.

Es ist mir ein Rätsel, warum D'Ambrosi ihn weiter fahren lässt, wenn man bedenkt, dass er ihnen immer wieder jegliche Chancen raubt, eine Weltmeisterschaft zu gewinnen.

Scuderia ist ein legendärer Rennstall, dessen Name mittlerweile zum Synonym für die Formel 1 geworden ist. Seine Fanbase reicht Generationen zurück. Abgesehen von seinem aggressiven Fahrstil ist Lorenzo ihr Posterboy. Er ist der italienische Hengst, der Stolz des Fahrerlagers und der Sohn eines viermaligen früheren Weltmeisters. Wenn er keine Unfälle baut, ist er unglaublich, das muss ich ihm lassen, aber er ist rücksichtslos – zu jung und zu arrogant, um irgendeine Art von Furcht zu verspüren. Auch ich bin mit meinen fünfundzwanzig Jahren noch relativ jung, selbst in der Rennsportwelt, aber neben dem Einundzwanzigjährigen fühle ich mich wie ein alter, mürrischer Mann, wenn ich mich über ihn beschwere.

Lautes Hupen reißt mich aus meinen Gedanken über Castellucci, als ich vor dem Flughafenterminal anhalte. Es spielt keine Rolle, dass ich beruflich Auto fahre, denn in der wahren Welt unterwegs zu sein, ist ein verdammter Albtraum. Auf der Rennstrecke muss ich mir wenigstens nur um neunzehn andere Idioten Gedanken machen, nicht um Tausende. Ich parke an der Bordsteinkante und schalte die Warnblinker ein, ehe ich die Lautstärke meiner Playlist hochdrehe, um die Hintergrundgeräusche auszublenden, während ich warte. Laut Flugtracker ist Willows Maschine vor zwanzig Minuten gelandet, also müsste sie jeden Moment rauskommen, wenn das nicht schon längst geschehen ist.

Ich suche die Menge ab, während der Titelsong eines Bollywood-Films der späten Neunziger aus den Lautsprechern tönt. Der Mann besingt auf poetische Art das Lächeln einer Frau, das etwas mit seinem Herzen macht. Der Song ist so verflucht schnulzig, dass ich niemals zugeben würde, dass ich ihn mir regelmäßig anhöre. Aber er bringt alte Erinnerungen daran zurück, wie ich auf dem Wohnzimmerboden lag und mit Autos spielte, während Mom ihre Filme schaute und sich am Telefon laut mit ihrer Familie in Indien unterhielt. Ich würde auch niemals zugeben, dass der Songtext auf Hindi plötzlich noch mehr Sinn ergibt, als Willow durch die Tür gerauscht kommt und sich ein überraschtes Lächeln auf ihr Gesicht legt, als sie sieht, wie ich aus dem Wagen steige. Genau wie im Lied passiert definitiv *irgendetwas* mit mir ... Es ist nur weniger keusch.

»Hi«, begrüßt sie mich atemlos, als ich neben sie trete. Sie hat zwei Koffer dabei, ihre Locken sind vom Wind zerzaust, und ihr blassgrünes Sommerkleid flattert, als sie mit den Händen über ihre Hüften streicht. »Sorry, ich ... ich hab nicht mit dir gerechnet. Chava hat gesagt, er würde mich abholen.«

Um mich davon abzuhalten, meine Arme um ihre Taille zu schlingen, greife ich nach den Koffern. Jedes Mal, wenn ich sie sehe, nimmt meine Reaktion extremere Formen an, was es mir mit Sicherheit erschweren wird, ein rein professionelles Arbeitsverhältnis zu ihr aufzubauen.

»Chava musste etwas erledigen.« Ich ziehe die Koffer hinter den schwarzen SUV. »Also bin ich heute dein Chauffeur. Steig ein.«

Sie drückt sich ihre Handtasche an den Bauch, als sie auf die Beifahrerseite geht, wodurch ich die Chance bekomme, mich einen Moment zu sammeln, ehe ich mit ihr auf so beengtem Raum zusammensitzen muss. Als ich Chava verkündet habe, dass ich Willow vom Flughafen abholen könnte – na schön, als ich darauf *bestanden* habe, es zu tun –, hatte ich nur im Sinn, mich endlich meinem Auftritt in den sozialen Medien zu widmen. Ich habe nicht damit gerechnet, dass ihr Lächeln mein Herz derart zum Rasen bringen würde oder dass ich gegen eine Erektion würde ankämpfen müssen, weil sich ihr kurzes Sommerkleid so sexy an ihre Oberschenkel schmiegt. Und nun stehe ich hier und muss meinen Schwanz in der Jeans zurechtrücken, nachdem ich ihr Gepäck in den Kofferraum gehievt habe. Nervosität und Schuldgefühle setzen sich in meinem Bauch fest. Gott, ich könnte jetzt wirklich den Kuchen gebrauchen. Oder einen Schlag in die Magengrube.

Nachdem ich den Kofferraum geschlossen habe, setze ich mich zu ihr ins Auto. Hitze schießt mir ins Gesicht, als mir bewusst wird, dass nach wie vor das peinliche Liebeslied durch den Wagen schallt, was mich dazu veranlasst, die Lautstärke komplett runterzudrehen. Allerdings bin ich mir nicht sicher, was schlimmer ist – Udit Narayans schmachtender Gesang oder die angespannte Stille, die ihn nun ersetzt.

»Können wir fahren?«, frage ich und beschließe, die verkrampfte Stimmung zu ignorieren.

Willow nickt und schnallt sich an. »Danke, dass du mich abholst. Das wär wirklich nicht nötig gewesen.«

»Kein Problem.« Ich schalte die Warnblinker aus, tippe auf die Navigationsanzeige und lege den Gang ein. Mit einem Blick in den Rückspiegel lenke ich den riesigen SUV zurück zwischen die anderen Wagen, die das Flughafengelände verlassen. »So denke ich wenigstens nicht andauernd darüber nach, wie beschissen mein Wochenende war.«

»Ja, ich hab das Rennen gesehen. Sah echt nach einem schlimmen Unfall aus.«

Ich schnaube. »Könnte man so sagen. Gut, dass du wieder hier bist. Ich bin nämlich zu dem Schluss gekommen, dass du mir Glück bringst.«

Als sie ächzt, schaue ich sie kurz an. »Bürde mir das nicht auf. Das ist zu viel Druck.«

»Zu spät. Also enttäusch mich besser nicht«, necke ich sie. »Ich hab vor, es nächsten Sonntag aufs Siegerpodest zu schaffen.«

»Okay, da hast du dir ja einiges vorgenommen.« Sie kichert.

Ich folge derweil den Anweisungen der Stimme, die mich anleitet, an der belebten Kreuzung nach links abzubiegen.

»Wenn ich dir Glück bringe, was machst du dann, wenn ich wieder weg bin?«

Ich konzentriere mich auf das Abbiegen und fahre vorsichtig, damit die Idioten um mich herum mich nicht rammen – davon hatte ich in letzter Zeit genug. »Wer sagt, dass ich dich jemals gehen lasse?« Die Worte kommen mir über die Lippen, ehe ich darüber nachdenken kann, wie sie klingen könnten.

Willow, die schnaubt und laut auflacht, fasst sie offenbar glücklicherweise als Witz auf. »Willst du mich etwa zu deiner Geisel machen?«

Ich senke meine Stimme zu einem leisen, übertrieben düsteren Ton, doch bin mir in dem Moment selbst nicht mehr sicher, ob ich scherze. »Sag deiner Familie, ich verlange eine Million Dollar Lösegeld, dann denke ich darüber nach, dich gehen zu lassen.«

Sie grinst, als ich sie anschaue, so breit, dass ihre Grübchen ganz tief sind und ihre Augen fast geschlossen. »Ein armes, unschuldiges Mädchen festzuhalten? Das wird deinem Image nicht gerade guttun.«

Ich gebe Gas und biege nach links ab, als die Ampel über uns auf Gelb umspringt. »Ich glaube nicht, dass du so unschuldig bist.«

Mit einem Mal verändert sich die Atmosphäre im Wagen. Verdammt, ich hätte meine Gedanken für mich behalten sollen. Mom bezeichnet meine Unfähigkeit, dies zu tun, als Fluch, und in diesem Moment bin ich der Ansicht, dass sie recht hat.

Willow zieht die Luft ein. »Okay, ich … ich glaube, wir müssen über den Elefanten im Raum sprechen.«

»Ich hab dir doch gesagt, du sollst die Größe meiner Nase nicht zur Sprache bringen«, scherze ich, denn ich will mit allen Mitteln vermeiden, das Gespräch zu führen, das sie im Sinn hat. Im Moment kann ich das nicht. Vielleicht sogar nie. Dadurch gerate ich nur in Schwierigkeiten. »Du *weißt* doch, dass ich mit Unsicherheiten zu kämpfen habe, Willow.«

Das entlockt ihr ein weiteres Lachen, woraufhin ich triumphierend grinse, obwohl sie sich schnell wieder fängt. »Dev, ich meine es ernst.« Ihr Grinsen und anschließendes Lachen deuten allerdings auf das Gegenteil hin. »Und ich dachte, du würdest dich nicht von eurozentristischen Schönheitsidealen beeinflussen lassen. Schande über dich.«

Diese Bemerkung bringt wiederum mich zum Lachen. Es überrascht mich immer noch, wie trocken ihr Humor ist.

Sie war auch als Kind schon so, konnte immer problemlos mit Oakley und mir mithalten, aber je älter sie wurde, desto mehr verlor sie diese Seite. Als würde sie sich in ein Schneckenhaus zurückziehen, anstatt sich zu öffnen. Sie wurde … still. Reserviert. Als hätte man ihr die Freude genommen. Zu dem Zeitpunkt, zu dem ich mit achtzehn nach Europa gegangen bin, um Rennen zu fahren, sprachen wir kaum noch miteinander. Und das änderte sich auch in den nächsten Jahren nicht. Erst nach dem Drama mit Jeremy nahm ich wieder gezielt Kontakt zu ihr auf, denn ich wollte sicherstellen, dass das strahlende Mädchen, mit dem ich aufgewachsen war, nicht daran zugrunde ging. Zuerst war es meine Absicht, Oakley damit einen Gefallen zu tun, denn er wollte unbedingt wissen, wie es seiner Schwester wirklich ging. Doch irgendwann entwickelte ich auch persönliches Interesse daran, ebendies zu erfahren. Es war jedoch nur oberflächlich – wir führten keine tiefgehenden Gespräche, sondern schrieben einander alle zwei Wochen Nachrichten. Dennoch öffnete sie sich dadurch, auch wenn es ein langsamer Prozess war.

Deshalb war ich auch so vollkommen überrascht, als sie mir geradeheraus gestand, dass sie früher in mich verliebt war. Es war mutig und nichts, was die verschlossene Willow getan hätte, egal, ob sie Alkohol getrunken hatte oder nicht. Es war, als würde ich einen Blick auf die alte Willow erhaschen. Auf das furchtlose Mädchen, das ich so lange kannte. Diejenige, die genauso gut austeilen wie einstecken konnte. Die Gefühle in mir weckt, die ich nicht haben sollte.

»Okay«, presse ich hervor. »Lass uns darüber reden.«

Als wir an einer roten Ampel anhalten müssen, habe ich endlich die Chance, sie erneut anzusehen. Wenn es das ist, was sie will, dann werde ich sie die Unterhaltung lenken lassen, um nicht zu riskieren, dass ich in irgendwelche Fettnäpfchen trete. Ich bewege mich ohnehin schon auf dünnem Eis.

Sie fährt sich mit den Zähnen über die Unterlippe und beobachtet den Verkehr durch die Windschutzscheibe. »Was letztes Jahr an dem Wochenende passiert ist, an dem Oakley seinen Geburtstag gefeiert hat ...« Sie windet die Finger in ihrem Schoß. »Ich ... Ich bereue es nicht, okay? Ich werde dir nicht erzählen, dass ich gelogen habe, was meine Gefühle betrifft, oder dass mir das, was passiert ist, zuwider war. Aber ich denke, wir wissen beide, dass es ein Fehler war.«

Ohne den Mund zu öffnen, nicke ich. Sie hat recht – es war tatsächlich ein Fehler. Und es war ein Fehler, die Sache unter den Teppich zu kehren, so wie sie es an jenem Abend tun wollte, obwohl es mir nicht recht war. Es ist mir immer noch nicht recht, aber die Entscheidung liegt nicht bei mir.

»Es fühlt sich an, als würde diese Sache ständig über uns schweben«, fährt sie hastig fort. Sie schaut weiter aus dem Fenster, und ich sehe, wie sich ihre Wangen leicht röten. »Ich will einfach nach vorn blicken und eine Freundschaft aufbauen – ohne dass es unangenehm oder flirty wird. Das können wir doch, oder? Alles hinter uns lassen und locker bleiben?«

Wenn es das ist, was sie will, dann werde ich mich bemühen, es ihr recht zu machen, ganz gleich, wie schwierig es sein mag.

»Das können wir.« Ich gebe Gas, als die Ampel grün wird. »Tut mir leid, wenn du dich wegen mir nicht wohlgefühlt hast.«

»Nein, so war es nicht«, erwidert sie eilig und wendet sich mir endlich zu. Sie hat ein Bein auf den Sitz gezogen, sodass ihr Kleid ein Stück nach oben gerutscht ist.

Es bedarf all meiner Willenskraft, meinen Blick von ihrer warmen braunen Haut abzuwenden und ihn wieder auf die Straße zu richten.

»Zwischen uns ist alles in Ordnung, das schwöre ich«, fährt sie fort. »Und ich freue mich, dass wir zusammenarbeiten.«

Ich ergreife die Gelegenheit, das Gespräch in eine andere Richtung zu lenken, bevor ich noch rechts ranfahre und meine Hände unter ihr Kleid gleiten lasse. »Deshalb habe ich dich auch eine Woche vor Rennbeginn hierher eingeladen. Ich wollte so schnell wie möglich loslegen.«

Angesichts dieses ungefährlichen Themas blüht sie regelrecht auf. »Dann lass es uns tun. Ich habe darüber nachgedacht, wie wir deine Rückkehr in die sozialen Medien gestalten können. Du brauchst einen Neustart, der die Leute deine Vergangenheit vergessen lässt.« Sie schaut nach draußen auf die vorbeiziehenden Palmen, ehe sie mich wieder ansieht. »Hast du Lust, heute zu surfen?«

Ich werfe ihr einen belustigten Blick zu. »Ist die Frage ernst gemeint?« Ich würde mir niemals eine Chance entgehen lassen, im Wasser zu sein. Surfen liebe ich fast genauso sehr wie Autorennen.

»Okay, gut, denn ich habe eine Idee. Für unseren ersten Post hatte ich an ein paar Bilder gedacht, wie du aus dem

Wasser kommst. Denk an *Die Geburt der Venus* – nur wirst *du* diesmal wiedergeboren. Ein vollkommen neuer Dev.«

»Du willst mich also nackt sehen, Willow?«, scherze ich, als ich in die Siedlung unserer Eltern einbiege. »Du hättest nur fragen müssen.«

»Dev.« Sie lässt sich in ihren Sitz zurückfallen. »Was hab ich *gerade* gesagt?«

Ich ächze. Die zweideutigen Kommentare kommen mir wie von selbst über die Lippen, besonders bei ihr. »Kein Flirten. Okay, kapiert. Du musst allerdings zugeben, dass du die perfekte Vorlage geliefert hast.«

»Das stimmt. Aber damit ist jetzt Schluss, alles klar?«

Will sie mit diesen Regeln mich schützen oder sich selbst? Zu wissen, dass sie das, was zwischen uns passiert ist, nicht bereut, ist die Art von Information, die ich nicht gebrauchen kann. Weil es so nämlich noch schwieriger ist, das anhaltende Engegefühl in meiner Brust und die Stimme in meinem Kopf zu verdrängen, die mir immer wieder rät, mich um nichts anderes zu scheren und auf Teufel komm raus mit ihr zu flirten.

Endlich biege ich in die gemeinsame Einfahrt unserer Eltern ein und parke den SUV hinter dem Midlife-Crisis-Mobil meines Vaters – ein Mascort 241. Wegen dem mich Argonaut fast verklagt hätte, nachdem ich neben ihm für ein Foto posiert hatte. Aber ich liebe mein Team mitsamt seinem zerbrechlichen Ego.

»Lass mich nur schnell meine Sachen holen«, sage ich zu Willow, als wir beide aus dem Auto steigen. »Triff mich in zwanzig Minuten wieder hier, dann zeige ich dir meinen Lieblingsort.«

Ohne ein weiteres Wort hebe ich ihre Koffer aus dem Wagen und ziehe sie bis vor die Tür ihres Elternhauses. Dann drehe ich mich zu dem Haus meiner Familie um, doch sie legt mir eine Hand auf den Arm, um mich aufzuhalten.

»Wir werden die Sache wieder in Ordnung bringen«, sagt sie mit sanfter Stimme. »Das verspreche ich dir.«

Meint sie damit die Anspannung zwischen uns oder meinen Ruf?

Ich nicke nur, denn ausnahmsweise fehlen mir die Worte. Das ist noch etwas, für das Willow Anerkennung verdient: Sie bringt mir nicht nur Glück, sondern sie ist auch die einzige Person, die mich sprachlos machen kann.

Kapitel 11
Willow

Devs goldene Haut schimmert im Licht, als wären die Sonnenstrahlen nur dafür gemacht, auf ihn hinab zu scheinen.

Ich schäme mich, weil ich ihn derart intensiv anstarre, und wenn ich »anstarren« sage, meine ich »anglotzen«. Ich sabbere fast. Die Sache ist mir so peinlich, dass ich in Erwägung ziehe, mich in den Ozean zu stürzen und nie wieder herauszukommen, aber wenigstens kann ich es auf meinen Job schieben, dass ich ihm die letzten zwei Stunden so viel Aufmerksamkeit geschenkt habe.

»Wie wäre es mit ein paar Aufnahmen, auf denen du dir den Neoprenanzug bis zu den Hüften runterziehst?«, rufe ich gegen das Rauschen der Wellen an. Gott, ich hoffe, dass ich so viel Sonne abbekommen habe, dass er meine Verlegenheitsröte nicht bemerkt.

Dev schüttelt so vehement den Kopf, dass Wassertropfen aus seinem dunklen Haar fliegen. »Was habe ich vorhin dazu gesagt, dass du mich nackt sehen willst, Willow?«, ruft er zurück, befreit aber bereits seine Arme aus dem Anzug, während er aus dem Wasser watet.

Ohne auf seinen Kommentar einzugehen, hebe ich die Kamera und schieße ein Bild nach dem anderen, wie er aus dem Wasser kommt, wobei mit jeder Aufnahme mehr Haut zu sehen ist. Ich bin nicht die beste Fotografin, aber ich habe am College ein paar Seminare belegt, sodass ich mit einer digitalen Spiegelreflexkamera umgehen kann. Heute ist es mein Ziel, Devs Persönlichkeit einzufangen. Die Leute sollen sein wahres Ich kennenlernen, jedoch nur so tiefe Einblicke erhalten, wie er geben möchte. Wenn ich zu sehr in seine Privatsphäre eindringe, ist das eher schädlich als zuträglich.

»Gut so?«, fragt er, als er sich den Neoprenanzug bis zu den Hüften runtergeschoben hat. Die v-förmige Vertiefung seiner Muskeln ist so definiert, dass sie wie ein Pfeil wirkt, der auf einen verborgenen Schatz deutet. Ein Schatz, der unter dem engen Material streng genommen gar nicht allzu gut verborgen ist. »Oder soll ich das Ding ganz ausziehen?«

»Nein, alles wunderbar so!« Ich halte mir eisern die Kamera vors Gesicht, damit mich meine Miene nicht verrät. »Kannst du dich umdrehen und aufs Meer hinausschauen?«

Er gehorcht, aber der Anblick seines Rückens trägt nicht dazu bei, meine Hormone zu beruhigen. Der Typ ist einfach so … durchtrainiert. Von Kopf bis Fuß. Und ich komme mir vor wie ein Creep, weil ich ihn dermaßen eingehend mustere.

Ich habe ihn schon Hunderte Male mit nacktem Oberkörper gesehen, aber ich kann nicht leugnen, dass es die letzten paar Jahre unfassbar gut mit ihm gemeint haben.

Vielleicht hat Chantal doch recht, und es kann nicht schaden, mich auf eine geheime Affäre mit ihm einzulassen. Denn welche Person, die bei klarem Verstand ist, könnte ihm schon widerstehen?

Ich schüttele den Gedanken ebenso schnell ab, wie er gekommen ist, denn er ist einfach falsch. Ich habe Dev bereits erklärt, dass nichts zwischen uns passieren darf, aber ein paar seiner Bemerkungen im Auto ließen vermuten, dass ich nicht die Einzige bin, die mehr als Freundschaft möchte. Dies verschafft mir zwar einen Ego-Boost, lässt aber auch alle Alarmglocken läuten. Sollte er sich ebenfalls zu mir hingezogen fühlen, wird es noch schwieriger werden, zu widerstehen.

»Okay, ich hab, was ich brauche!« Ich lasse die Kamera an meine Brust sinken und winke ihn ans Ufer zurück. »Willst du die Bilder sehen?«

Als er neben mir steht, scrolle ich durch die Kachelansicht auf dem Kameradisplay. Ich kichere, und er lacht laut auf, als wir ein paar der weniger schmeichelhaften Action-Shots sehen. Es fühlt sich natürlich an, Schulter an Schulter mit ihm am Strand zu stehen, und ich kann nur hoffen, dass wir diese entspannte Haltung auch für den Rest der Zeit beibehalten, in der wir zusammenarbeiten.

»Sie sind toll«, verkündet Dev schließlich, lässt sich neben seinem Surfbrett in den Sand sinken und stützt sich mit den Händen hinter seinem Körper ab. »Du kannst posten, was du willst – ich vertraue darauf, dass du mich ins beste Licht rückst.«

»Waghalsige Worte.« Ich streiche mir das Kleid an den Rückseiten meiner Oberschenkel glatt, ehe ich mich neben ihn setze und die Wellen bewundere. Ursprünglich wollte ich nicht herkommen, aber nun kann ich nicht leugnen, dass ich den Strand vermisst habe, obwohl ich mittlerweile ein Stadtmensch bin. »Ich werde zu den Bildern etwas über einen Neustart schreiben und darüber, wie man schwere Zeiten übersteht. Anschließend posten wir Fotos von den Rennwochenenden und Produkten deiner Sponsoren, aber wir werden auch diese etwas bodenständigeren Beiträge beibehalten.« Ich schaue ihn an, denn ich bin mir nicht sicher, wie er auf meine nächste Frage reagieren wird. »Würdest du dich damit wohlfühlen, auch etwas über die Hochzeit deiner Schwester zu teilen? Es muss nicht um sie gehen, sondern ich hatte an Bilder von dir gedacht, um die Stimmung einzufangen. Etwas, das zeigt, wie nahe du deiner Familie stehst. Das würden deine Sponsoren lieben.«

Dev legt den Kopf in den Nacken und grinst. »Gib es zu – du willst nur Fotos von mir, auf denen ich mit Haldi bedeckt bin, damit du mich erpressen kannst.«

»Bring mich nicht auf Ideen«, warne ich. »Das lässt sich ganz einfach bewerkstelligen.«

»Ich glaube, mir gefällt es, wenn du mir drohst.« Sein Grinsen wird ein wenig breiter. »Und das war kein Flirten. Nur eine Tatsache.«

Ich schüttele den Kopf und versuche, ein Grinsen zu unterdrücken. Die Schmetterlinge, die ich in seiner Gegenwart schon früher so oft im Bauch hatte, kehren mit voller Wucht zurück. »Du bist einfach unerträglich.«

»Aber eine Weile wirst du mich ertragen müssen, denn so schnell wirst du mich nicht los.«

Ich könnte mir durchaus schlimmere Arten vorstellen, meine Zeit zu verbringen.

»Komm schon.« Er springt auf und hält mir seine Hand hin, wobei die obere Hälfte seines Neoprenanzugs immer noch von seinen Hüften hinab baumelt. »Jetzt darfst *du* mal ins Wasser.«

»Nein, danke.« Ich kralle die Finger in den warmen Sand. »Mir gefällt es hier an Land besser.«

»Ich lasse dich auch auf meinem Board paddeln«, lockt er. »Weißt du noch, wie du früher Oak angebettelt hast, dir das zu erlauben?«

Natürlich erinnere ich mich noch. Ganz egal, was mein Bruder tat, ich wollte es auch – von Fußball über Kartsport bis hin zum Surfen. Aber im Gegensatz zu Oakley verletzte ich mich oft dabei, denn fast jegliche Art von Bewegung stellte für mich ein Gesundheitsrisiko dar. Als ich älter wurde, zog ich mich deshalb zurück, probierte weniger neue Dinge aus und redete mir ein, dass es mir gut ging in meiner kleinen Blase. Denn dort war ich sicher.

Aber Dev hat mich nie behandelt wie eine Porzellanfigur. Während Oakley mir aus Sorge nicht erlaubte, bei irgendetwas mitzumachen, überzeugte ihn Dev beinahe jedes Mal, es mich wenigstens ausprobieren zu lassen. Natürlich kannte ich meine eigenen Grenzen, aber zu sehen, wie er sich immer wieder für mich einsetzte, brachte jedes Mal mein Herz zum Schmelzen.

»Das Wasser ist zu kalt«, protestiere ich. Trotzdem weiß ich das Angebot zu schätzen, da es beweist, dass er sich an dieses kleine, aber wichtige Detail erinnert. »Ich hab keinen Neoprenanzug dabei.«

Er zeigt auf mich und sieht mich eindringlich an. »Ich bekomme dich schon ins Wasser.«

»M-hm, ist klar.« Ich greife nach meiner Umhängetasche, um die Uhrzeit zu checken, vergesse mein Vorhaben jedoch, als ich auf dem Handydisplay mehrfach den Namen meines Bruders lese.

Oakley: Ich hoffe, du bist noch nicht gefeuert worden!!!! (Nur ein Witz, ich weiß, dass du nicht gefeuert wurdest – das hätte Chava mir längst erzählt.)

Oakley: Aber er meinte, ihr seid diese Woche wieder in der Heimat. Grüß Mom und Dad von mir.

Oakley: Und sag Mom, sie soll aufhören, mir all diese Rezepte zu schicken. Sie glaubt wohl, ich würde mich nur von Fast Food ernähren.

Oakley: Wage es bloß nicht, ihr zu verraten, dass ich das tatsächlich tue.

Oakley: Aber mit Dev läuft es gut? Geht es dir gut?

Da ich seine Nachrichten lese, kurz nachdem ich eindeutig mit Dev geflirtet habe, fühle ich mich ertappt. Ganz zu schweigen von den Stunden, die ich ihn sabbernd beobachtet habe, was ich mir niemals hätte leisten können, wenn

Oakley hier wäre. Auch wenn sich meine Brust vor Angst zusammenzieht, sind die Nachrichten meines Bruders genau das, was ich gebraucht habe, um mich daran zu erinnern, dass ich meine Gefühle unterdrücken muss.

Willow: Alles gut, bin noch nicht gefeuert worden!! Hab bald genug Material zusammen, um etwas zu posten. Du darfst gespannt bleiben.

Nachdem ich die Nachricht abgeschickt habe, räuspere ich mich und versuche, mich zu sammeln, ehe ich wieder zu Dev aufschaue. »Wahrscheinlich sollten wir nach Hause fahren.« Ich lasse das Handy wieder in meine Tasche gleiten. »Ich möchte damit beginnen, die Fotos zu bearbeiten, damit wir den ersten Post teilen können.«

Kurz stutzt er, als würde er spüren, dass sich irgendetwas in mir verändert hat, doch dann nickt er und hält mir wieder seine Hand hin, um mir aufzuhelfen.

Diesmal ergreife ich sie. Sobald wir uns berühren, schießt mir Hitze den Arm hinauf.

Er ist vorsichtig, als er mir hochhilft, und schließt seine andere Hand um meinen Ellbogen, um zu vermeiden, dass er zu fest an meinem Handgelenk zieht. Das ist ein Trick, den ich ihm schon vor langer Zeit gezeigt habe und der nötig ist, um zu verhindern, dass ich mir Gelenke auskugele.

Es sind Dinge wie diese – Kleinigkeiten, an die er sich nach all den Jahren noch erinnert –, die meinen Vorsatz, unsere Beziehung rein platonisch zu halten, schwächen. Wenn ich mich schon nach drei Stunden mit ihm so fühle, wie wird es dann erst nach drei Tagen oder nach drei *Wochen* sein?

Hastig bedanke ich mich bei ihm und entziehe ihm meinen Arm, damit ich meine Kamera wieder heben kann. »Macht es dir was aus, wenn ich noch ein paar Fotos von dir im Weggehen schieße?« Ich brauche einen Moment, um mich wieder zu fangen. »Sozusagen als ›Ich bin zurück, also nehmt euch in Acht‹-Ansage.«

Dev schmunzelt, aber hebt sein Surfbrett auf und entfernt sich von mir. »Ich weiß, dass du es hasst, mich gehen zu sehen, aber ich weiß auch, dass du es liebst, mich von hinten zu sehen«, ruft er über die Schulter zurück.

Kurze Zeit später sitzen wir wieder im SUV von Devs Mom. Er hat sich eine Shorts und ein T-Shirt angezogen – die Art von Outfit, die ich von ihm gewohnt bin. Dev im Smoking ist ein Wunder, und Dev im Rennanzug ist beeindruckend, aber Dev in legerer Kleidung? Das ist meine Lieblingsversion.

»Können wir auf dem Heimweg einen Zwischenstopp einlegen?«, frage ich, als wir auf die Straße einbiegen.

»Klar.« Er wirkt entspannt auf seinem Sitz, seine Hände ruhen im unteren Bereich des Lenkrads, als würde es ihm keinerlei Anstrengung bereiten, einen drei Tonnen schweren Geländewagen zu fahren. Und das ist heißer, als ich mir eingestehen will. »Wo denn?«

»Bei Stella Margaux«, antworte ich und senke beschämt

das Kinn. Ich brauche unbedingt etwas Süßes, wenn ich für den Rest des Abends die Fotos bearbeite.

Mit gerunzelter Stirn sieht er mich an. »Wo es die Macarons gibt?«

»Genau.«

»Hm.« Er schaut wieder auf die Straße. »Ich wusste nicht, dass du die magst.«

»Wahrscheinlich sogar zu sehr«, gestehe ich. »Die Filiale in New York ist wegen Renovierungsarbeiten geschlossen, also habe ich sie schon eine Weile nicht mehr gegessen. Ich habe versucht, sie selbst zu backen, aber das ist nicht sonderlich gut gelaufen.«

»Dient Backen bei dir nicht der Stressbewältigung?«

»Aber ich habe nie behauptet, dass ich gut darin bin.«

Wieder runzelt er für eine Sekunde nachdenklich die Stirn, dann heben sich seine Mundwinkel zu einem kleinen Lächeln, als würde er sich ausmalen, wie ich Macarons anbrennen lasse. »Stimmt auch wieder.«

Die nächsten fünf Minuten, bevor wir vor dem fliederfarbenen Gebäude vorfahren, schweigen wir.

Der Name steht in schöner geschwungener Schrift am Fenster. Stella Margaux ist ein schrulliger pastellfarbener Traum – von der Auslage, in der die Macarons wirken, als würden sie auf Wolken schweben, bis hin zu der Deckenmalerei, die an Michelangelos Werke erinnert. Laut Berichten im Internet stammen die Bilder von marginalisierten Künstlerinnen und Künstlern aus der Gegend, und ein Anteil des Umsatzes der Läden fördert die Kunsterziehung an öffentlichen Schulen. Stella Margaux macht nicht nur die besten Macarons der Welt, sondern ist auch eine äußerst liebenswürdige Frau – genau die Art von Person, die ich gerne sein möchte.

Schade, dass ich nie so gut backen werde wie sie.

»Welche Geschmacksrichtung magst du am liebsten?«, fragt Dev, als er mir die Tür zum Geschäft aufhält.

»Ich liebe Pfirsich und Vanille.« Schon jetzt steigt mir der süße Duft in die Nase. Der Laden ist mein Happy Place. »Aber auch Lavendel und Honig ist köstlich. Und all die klassischen Geschmacksrichtungen. Ich hol dir Pistazie, damit du es probieren kannst. Du wirst es lieben.«

Doch ehe ich mir meinen Weg zur Theke bahnen kann, um zu bestellen, schiebt mich Dev sanft mit der Schulter aus dem Weg und lächelt die Frau in dem rosa Kleid mit den Puffärmeln hinter dem Tresen an.

Sie blinzelt hektisch und streicht sich hastig das ohnehin schon perfekte Haar glatt. Ich kann ihr nicht verdenken, dass sie so auf Dev reagiert.

»Ja, hi«, begrüßt er sie und betrachtet die Auslage, ehe er sich wieder auf sie konzentriert. »Kann ich zehn von jeder Sorte bekommen?«

»Dev.« Erschrocken blinzele ich ihn an. »Das sind ungefähr zweihundert Macarons.« Ich behaupte nicht, dass ich mir die gesamte Karte, die saisonale Auswahl inklusive, eingeprägt habe, aber … ich *habe* mir die gesamte Auswahl eingeprägt, und das sind eine Menge Macarons.

»Gibt es irgendwelche Verpackungen, die Ihnen besonders gefallen?«, fragt die Frau, ohne zu zögern. Mit einer eleganten Geste zeigt sie auf die hübschen Pappbehälter vor uns.

Devs Lächeln wird breiter, und ich könnte schwören,

dass sich der Blick der Verkäuferin verklärt. »Überraschen Sie mich.«

»Dev«, sage ich erneut und packe ihn am Ellbogen. »Was hast du vor?«

Er zuckt mit den Schultern, holt sein Portemonnaie hervor und zieht eine Kreditkarte heraus. »Geschäftliche Ausgaben. Schließlich arbeitest du heute, und außerdem will ich testen, ob der Laden den Hype wert ist. Ich hab die Filialen schon überall auf der Welt gesehen, aber noch nie eine betreten.«

»Aber die können wir doch gar nicht alle essen!«

»Wir teilen sie mit deiner Familie.« Er zuckt erneut mit den Schultern. »Und wenn Mark fragt, was ich diese Woche gegessen habe, lügen wir. Du verrätst mich doch nicht, oder?«

»Natürlich nicht.« Das habe ich noch nie getan. Dennoch schnaube ich. »Du bist absolut durchgeknallt.«

»Hey, du hast doch gesagt, du liebst die Macarons, richtig? Warum sollte ich nicht etwas tun, das dich glücklich macht?« Er fährt sich mit einer Hand durchs Haar, ohne den Blick von mir abzuwenden. »Du tust mir einen Riesengefallen, das hier ist nichts im Vergleich.«

Was um alles in der Welt soll ich darauf erwidern? Eine andere Frau, die hinter der Kasse steht, tippt bereits unsere Bestellung ein, also presse ich die Lippen zusammen und sehe zu, wie er ihr seine Karte reicht und ein lockeres Gespräch mit den Angestellten beginnt. Derweil verknotet und windet sich mein Magen in dem Versuch, gegen die Schmetterlinge anzukämpfen.

Ein paar Minuten später werden mir zahllose Tüten

überreicht, von rosa bis butterblumengelb, gefüllt mit Kartons meines Lieblingsdesserts. Ich muss zugeben, dass ich einmal fünfzehn Macarons hintereinander gegessen habe – ein Rekord, von dem ich stundenlang einen Zuckerrausch hatte –, aber das hier ist mehr als verschwenderisch.

Auch auf dem Weg nach draußen hält mir Dev die Tür auf, dann hilft er mir, die Tragetaschen vorsichtig auf den Rücksitz des Wagens zu stellen.

»Ich sollte ein Bild machen und es Mark schicken«, drohe ich schwach, aber mein Gehirn ist zu sehr damit beschäftigt, immer wieder das Gleiche zu denken. *Er hat zweihundert Macarons gekauft, weil er weiß, dass du sie magst.*

Lachend öffnet mir Dev die Beifahrertür, allerdings erst, nachdem er eine Box aus einer der Tüten geholt hat. »Nur zu. Er wird dich dafür anschreien, dass du mich mit hierhergenommen hast.«

»Okay, na schön. Es bleibt unser Geheimnis«, erwidere ich, als ich in den Wagen steige. Peinlicherweise weht in diesem Augenblick der Wind den Saum meines winzigen Kleides hoch, ehe ich es richtig auf den Sitz schaffe. Als ich mir ausmale, was Dev alles gesehen haben könnte, erröte ich. Zum Glück trage ich wenigstens eine Bikinihose für den Fall, dass ich ins Wasser gemusst hätte, aber dieses Wissen vertreibt meine Scham nicht.

Seine Miene bleibt jedoch ungerührt und verrät nichts, als er die orangefarbene Box hochhält und eine Augenbraue hebt. »Möchtest du die mit mir essen? Oder möchtest du mich verpetzen? Denn Petzen bekommen keine Macarons.«

Ich halte ihm meine Hand hin. »Ich verspreche, nicht zu petzen.«

Unsere Blicke treffen sich. Als sich unsere Hände berühren, sprühen dermaßen die Funken zwischen uns, dass mir die Luft wegbleibt. Es fühlt sich gefährlich an, wie ein Warnschuss, dem ich Beachtung schenken muss. Doch ich finde den Schuss aufregend, anstatt mich davon abschrecken zu lassen. Er bewirkt, dass ich mich an Dev schmiegen und Grenzen austesten will. Dass ich mein Versprechen, vorsichtig zu sein, über Bord werfen und etwas Unüberlegtes tun möchte.

Doch dann lässt er meine Hand los, sodass die Welle der Begierde abebbt und mich wieder zur Vernunft kommen lässt. Ich weiß es besser. Und dem wachsamen Blick seiner onyxfarbenen Augen nach zu urteilen, tut er das auch.

»Komm, wir machen uns über unsere Beute her.« In seiner Stimme schwingt ein Hauch von Anspannung mit. Als würde er die Worte, die er wirklich sagen will, zurückhalten.

Ich nicke und lasse ihn die Tür schließen, um kurz durchzuatmen.

Reiß dich zusammen, warnt die kleine Stimme in meinem Kopf. Zu schade, dass sie von der Erinnerung an Chantals wissendes Lachen übertönt wird.

Kapitel 12

Dev

Wäre es möglich, an unterdrückter Begierde zu sterben, wäre ich längst tot.

Wenn man bedenkt, dass ich schon seit Langem von Willow bezaubert bin und ihre großen braunen Augen mir Dinge mitteilen, die sie sich weigert auszusprechen, bin ich mir ziemlich sicher, dass mein Schwanz jeden Moment um Hilfe rufen wird. Natürlich könnte ich etwas dagegen unternehmen, denn die meisten Leute in dieser Gegend – um ehrlich zu sein, die meisten Leute in ganz Amerika – wissen nicht, wer ich bin, also ist es unwahrscheinlich, dass das Gerücht, das mir nachhängt, ein Problem darstellen wird. Ich könnte also in irgendeine Bar gehen, eine Frau anmachen und sie mit nach Hause nehmen. Doch bei meinem Glück würde mir das zum Verhängnis werden, und am Ende würde mir ein neuer Skandal anhaften. Etwas Neues, das Argonaut verärgern und meine Karriere beenden könnte.

Natürlich habe ich auch genügend Geld und Einfluss, um die Nummer eines Services zu bekommen, der mir eine hübsche Frau nach Hause schickt, aber für Sex zu bezahlen, ist nicht mein Ding. Sexarbeiterinnen verdienen definitiv mehr Anerkennung, aber ich glaube nicht, dass ich jemals ihre Dienste in Anspruch nehmen werde – auch wenn ich weiß, dass es diverse Männer aus dem Fahrerlager tun.

Mir bleibt also nur die Option und die Inspiration, auf die ich mich schon seit jenem Abend in Austin verlasse: meine Hand in der Hose und Willow in meinen Gedanken. Und nach dem heutigen Tag habe ich neues Material für meine Fantasie – der Wind, der ihr Kleid hochweht und die geblümte Bikinihose freigibt, die ihren perfekten Pfirsichpo kaum bedeckt.

Als es passiert ist, habe ich mich verhalten wie ein Gentleman, indem ich so getan habe, als wäre es mir nicht aufgefallen. Aber jetzt geht mir nichts als schmutzige Gedanken durch den Kopf, als sie ihr Haus betritt und sich umdreht, um die Tür zu schließen, wobei sie mir ein kleines Lächeln schenkt.

Ich steuere mein Haus an und laufe sofort nach oben in mein Zimmer beziehungsweise das angrenzende Bad. Meine Eltern sind heute zum Glück in Malibu, um sich Alishas Hochzeitslocation anzusehen. Denn nach meinem Nachmittag mit Willow habe ich die größte Erektion aller Zeiten. Ich kann von Glück reden, dass ich mich hinter den Tüten mit den Macarons verstecken konnte, sonst hätte ich Willow wahrscheinlich für immer verschreckt.

Innerhalb kürzester Zeit bin ich nackt und unter der Dusche, den Kopf an die kühlen Kacheln gepresst, und umfasse meinen Schwanz, während das Wasser auf mich herabrieselt. Als Erstes kommt mir ihr Lächeln in den Sinn.

Volle Lippen, eine pinke Zunge, die hervorschießt, um sie zu befeuchten. Dann stelle ich mir ihren schlanken Hals vor, die Rundungen ihrer Brüste, die von der dünnen Baumwolle ihres Sommerkleides bedeckt werden, und wie der Wind den Saum anhebt. Blasse Dehnungsstreifen zieren ihre Hüften und ihren Hintern, bringen mich in Versuchung, jeden einzelnen davon nachzufahren, zwischen ihre Schenkel zu gleiten und ihr ein leises Stöhnen zu entlocken. Spüren zu wollen, wie sie sich um mich herum verengt. Sie so zu erregen, dass sie meinen Namen schreit und unter meiner Berührung explodiert.

Ich komme in Rekordzeit, die Augen zusammengekniffen und mit einem Unterarm an der Wand abgestützt. Es wäre fürchterlich peinlich, wenn mir das mit einer Frau passiert wäre, aber was soll's. All das liegt nur an Willow und meinem durch den Skandal ausgelösten Zölibat. Ich fühle mich wieder wie ein Teenager.

Nachdem ich zu Ende geduscht habe, wickele ich mir ein Handtuch um die Hüften und greife nach einem weiteren, um meine Haare abzutrocknen. Ein Muskel in meiner Schulter zuckt, als ich meinen Arm hebe. Verdammt. Es ist eine Weile her, seit ich so von den Wellen herumgeworfen wurde. Da ich Mark diese Woche freigegeben habe, gibt es niemanden, der mich wieder einrenken könnte, wenn es zu schlimm werden sollte. Also ziehe ich mir eine Schwimmshorts an, um den Whirlpool im Garten zu nutzen – mein Ersatzphysiotherapeut.

Die Sonne ist fast untergegangen, und während der Himmel immer dunkler wird, flammen über mir die funkelnden Lichter auf, die Dad installiert hat. Der Whirlpool befindet sich zwei Stufen niedriger im unteren Bereich der Terrasse, sodass man ihn vom Haus aus kaum sehen kann. Der hohe Zaun zu meiner Linken trennt unseren Garten vom Grundstück der Williams'. Die kleine Öffnung, die Oakley und ich ganz hinten hineingesägt haben, ist immer noch da, obwohl heutzutage keiner von uns mehr durchpasst. Nur Herman, der Bernhardiner seiner Familie, benutzt sie noch, und selbst für ihn ist sie knapp bemessen.

Nachdem ich die Abdeckung vom Whirlpool entfernt habe, gleite ich erst mit einem, dann mit dem anderen Fuß ins Wasser, ehe ich mich auf einen der Lounge-Sitze sinken lasse. Ich lehne den Kopf zurück und ächze, als sich meine Muskeln ein wenig entspannen. Mithilfe eines Schalters starte ich die Düsen und lasse mich zwischen den Schulterblättern massieren; doch das angenehme Gefühl ist vergessen, als plötzlich ein flackerndes Licht meine Aufmerksamkeit erregt.

Von hier aus kann ich die erste Etage des Nachbarhauses sehen, und das Licht kommt aus Willows Zimmer. Die Jalousien sind geöffnet, und dort steht sie, eine orangefarbene Box in der einen, ein Macaron in der anderen Hand. Sie nimmt einen Bissen und lässt beim Kauen genussvoll den Kopf in den Nacken sinken, wobei ihr die schwarzen Locken über den Rücken fallen. Als hätte sie jemand gerufen, schaut sie im nächsten Moment über die Schulter und bewegt ihre Lippen. Dann geht sie zum Fenster.

Ich halte den Atem an, während ich darauf warte, dass sie mich dabei erwischt, wie ich sie beobachte, aber ihr Blick bleibt auf die Tür gerichtet, während sie das Rollo schließt und mir jegliche weitere Einblicke in ihr Leben verwehrt.

Langsam wird mir bewusst, dass es mir nicht einmal mehr genügt, stundenlang am Stück mit ihr zusammen zu sein. Ich weiß nicht, wie ich es nach der schlechten Entscheidung, die wir getroffen haben – okay, die *ich* getroffen habe –, monatelang ohne sie ausgehalten habe. Aber nun, da sie wieder in meinem Leben ist ... Jepp, ich bin geliefert.

Absolut geliefert.

Also tue ich das Einzige, was ich tun kann. Ich schließe die Augen und verliere mich in der Erinnerung an jenen Abend, der erneut alles veränderte.

Es ist Samstagabend – *der Abend* – in Austin, und ich muss endlich einschlafen.

Mark hat sich bereits meiner Schultern und meines Nackens angenommen, damit ich morgen, wenn ich in den Wagen steige, nicht zu steif bin. Chava ist mit mir die Reisepläne für Mexiko nächste Woche durchgegangen. Jani hat es mit ihren kleinen Videos geschafft, mich über die Maßen zu verärgern. Und vor einer halben Stunde hat Oakley nach stundenlangen gemeinsamen Videospielen mein Zimmer verlassen, damit ich schlafen kann.

Aber das gelingt mir nicht. Und zwar nur, weil ich nicht aufhören kann, an Willow zu denken.

Sie geht mir schon seit Mittwochabend, als wir uns an Oakleys Geburtstag betrunken haben, nicht mehr aus dem Kopf. Sie in dem winzigen Kleid, die Locken offen und zerzaust, so sexy, dass ich meinen Blick kaum abwenden konnte. Normalerweise wirkt sie auf mich eher wie das süße Mädchen von nebenan, aber bei so viel nackter Haut und ihren heißen Blicken … Verdammt, sie war wie eine wahr gewordene Fantasie.

Ich kann immer noch die Wärme ihrer Haut, ihrer weichen Hüften unter meinen Handflächen, ihrer Hände auf meinen spüren. Ich kann sie murmeln hören: *»Was hättest du getan, Dev?«*

Das ist es ja. Ich weiß immer noch nicht, was ich getan hätte, wenn ich schon früher gewusst hätte, dass sie Gefühle für mich hatte. Seitdem sie mir die Frage gestellt hat, kann ich nicht aufhören, darüber nachzudenken, und gehe immer wieder jede Begegnung der letzten Jahre mit ihr durch, wobei ich überlege, ob es Momente gab, in denen ich einen Annäherungsversuch hätte unternehmen können.

Aber wenn ihre Gefühle für mich offensichtlich waren, wie konnte es mir dann entgehen? Wie konnte ich so lange übersehen, dass ich all das hätte haben können, wonach ich mich sehne? War ich so blind?

Die Antwort ist eine aufgerissene Toilettentür und Oakleys Vorwurf, ich hätte seine Schwester geküsst. Oakley. *Oakley* ist der Grund, aus dem ich jeden Hinweis und jedes blinkende Leuchtschild übersehen habe, das Willow mir vor die Nase gehalten hat. Denn er hat sich uns immer wieder in den Weg gestellt. Er hat mir Scheuklappen aufgesetzt und mich dazu gezwungen, Willow zu betrachten wie ein Familienmitglied – wie ein nerviges Anhängsel und nicht mehr.

Aber Willow ist kein Familienmitglied, nicht meine kleine Schwester und kein nerviges Anhängsel. Nicht für mich. Das war sie noch nie. Dennoch habe ich mich stets von ihr ferngehalten und den Blick abgewandt. Habe mir eingeredet, dass sie ein Teil von Oakley sei, obwohl sie die ganze Zeit eine eigenständige Person war. Und das wird mir jetzt erst bewusst.

Ich vergrabe mein Gesicht im Kissen und muss mich zwingen, einen wütenden Schrei zu unterdrücken. Die Götter, die für mein Schicksal verantwortlich sind, haben ihren Spaß daran, mich zu ärgern. Sonst würde ich mich nicht fühlen, als würde ich von einer Welle aus Emotionen überrollt, nur weil eine Frau mir gestanden hat, dass sie mich mag. Oder mich früher mochte. Doch demnach zu urteilen, wie sie auf mich reagiert hat, würde ich darauf wetten, dass sie immer noch Gefühle für mich hat.

Ich bin nicht so anmaßend, zu glauben, dass ich jede Frau der Welt haben könnte, aber ich fahre schnelle Rennwagen, verdiene Millionen und bin mit einem Lächeln und einem Aussehen gesegnet, das alle schwach macht. Mütter und Töchter lieben mich gleichermaßen. Ich bin ein frecher Typ mit einer Vorliebe für unverfängliche Flirts und zweideutige Scherze in Interviews. Außerdem bin ich unfassbar liebenswürdig, und das lassen mich Frauen immer wieder wissen – in der Regel ohne Worte.

Also sind mir Geständnisse, dass man sich in mich verliebt hat, sowie heiße Blicke nicht fremd. In Momenten der Leidenschaft kann ich mit Liebesbekundungen und den Tränen, wenn ich ihnen mitteile, dass ich nicht die gleichen Gefühle hege, umgehen. Ich weiß, wie ich Verwicklungen vermeide, die in einem Drama enden, und wie ich mich aus brenzligen Situationen herauswinde.

Doch Willow weckt in mir das Bedürfnis, mich Hals

über Kopf hineinzustürzen. Ich überlege tatsächlich, ob ich mich aus dem Bett erheben und zu ihr gehen soll. Denn dann hätte ich vielleicht die Chance, heute Nacht doch noch Schlaf zu finden.

Wäre ich nicht so vernarrt in sie, würde ich sie dafür hassen, dass sie meinen Ritualen am Rennwochenende in die Quere kommt – und wenn ich nicht so sehr damit beschäftigt wäre, an bedeutungsschwere Worte und eine alles andere als unschuldige Berührung zurückzudenken. Verflucht, ich muss mich am Riemen reißen.

Was mich am meisten aus der Bahn wirft, ist die Tatsache, wie sehr wir die Kontrolle verloren haben. Nachdem Oakley mir einmal gesagt hatte, ich solle mich von seiner Schwester fernhalten, habe ich das Thema bei ihr nie wieder zur Sprache gebracht. Nicht am nächsten Tag beim Frühstück, als wir beide fürchterlich verkatert waren. Nicht am Freitag, als sie im Fahrerlager vorbeigeschaut hat, ehe sie den Tag mit ihren Freundinnen in Austin verbrachte. Und auch nicht heute, als sie mir nach dem Qualifying zu P12 gratuliert hat und ich beim Dinner in ihrer Nähe saß, sodass ich sie mühelos um eine Unterhaltung unter vier Augen hätte bitten können, ohne dass ihr Bruder misstrauisch geworden wäre.

Wir tun beide so, als wäre nichts passiert, als wären ihr die alles entscheidenden Worte niemals über die schönen Lippen gekommen. Aber ich kann mich nicht mehr länger verstellen, sondern muss …

Ein leises Klopfen an der Tür lenkt mich von meinem unausgegorenen Plan ab, zu ihrem Zimmer zu gehen und ihr zu verkünden, dass sie mich in den Wahnsinn treibt. Ich stoße die Luft aus, erhebe mich aus dem Bett und ziehe T-Shirt und Jogginghose an. Ich werde die Tür gewiss nicht in Boxershorts öffnen, auch wenn es vermutlich jemand ist, der mich über die Jahre schon in weitaus weniger gesehen hat. Ich glaube, ich war in Marks Anwesenheit häufiger nackt als in der jeder Frau, mit der ich je geschlafen habe.

Doch es ist nicht Mark oder Chava oder Oakley. Es sind nicht mal Jani oder Patsy, die gekommen sind, um mich zu quälen.

Es ist die Frau, die mich derzeit vom Schlafen abhält.

»Hey«, begrüße ich Willow und blinzele überrascht. Mist, habe ich sie etwa heraufbeschworen? Konnte sie über mehrere Etagen hinweg spüren, dass ich an sie denke? Werde ich gleich herausfinden, dass ich in Wahrheit ein Zauberer bin? »Was machst du hier oben?«

Obwohl sie vom Teppich aufschaut, sieht sie mir nicht lange in die Augen; ihr Blick huscht von meinem Gesicht über meine Schulter und wieder zurück. »Ich suche Oak«, erklärt sie und windet ihre Finger vor dem Bauch. »Ich hab mich ausgesperrt, als ich zum Automaten gegangen bin, und dachte, er sei vielleicht hier und kann mir den Schlüssel geben.«

Ich schüttele den Kopf, hauptsächlich um meine Gedanken von soeben zu vertreiben. Auch wenn es unmöglich ist, dass ich sie heraufbeschworen habe, sieht es aus, als würde das Schicksal irgendetwas mit uns im Schilde führen. Die Frage ist nur, ob es positiv oder negativ für mich ist.

»Er ist vor ungefähr einer Stunde gegangen.« Wahrscheinlich ist er in der Hotelbar und flirtet mit drei unterschiedlichen Frauen. »Wenn du möchtest, kann ich dich zur Rezeption begleiten, damit du eine neue Karte bekommst.«

Da sich ihre Wangen röten, rechne ich fast damit, dass sie ablehnen und gehen wird, doch stattdessen nickt sie und stößt erleichtert die Luft aus. »Das würde dir nichts ausmachen?«

Das tut es nicht, erst recht nicht, nachdem das Schicksal sie vor meine Tür gelockt hat. In dem Fall kann ich die Gelegenheit ebenso gut nutzen.

»Nein, überhaupt nicht.« Ich klopfe die Taschen meiner Jogginghose ab, um mich zu vergewissern, dass ich meinen eigenen Schlüssel dabeihabe. »Das Zimmer läuft ohnehin auf meinen Namen, also ist es einfacher so.«

»Danke.« Sie tritt zurück, damit ich aus dem Raum kommen kann, nachdem ich mir die Sneakers angezogen habe. »Es war so blöd von mir – ich hab den Schlüssel tatsächlich auf der Kommode liegen lassen.«

»Das kann doch jedem mal passieren«, beruhige ich sie und strecke meinen Arm aus, um ihr zu signalisieren, dass sie zu den Fahrstühlen vorangehen soll.

»Ist es in Ordnung, wenn wir die Treppe nehmen?«

Ich schmunzele. »Du magst immer noch keine Aufzüge?«

Während ich neben ihr hergehe, reckt sie das Kinn, empört darüber, dass ich sie aufziehe. Was ich aber trotzdem tue. »Ich meide sie, wenn ich kann.«

»Du bist *ein* einziges Mal stecken geblieben, Wills.« Ich kann mir ein Lachen nicht verkneifen. »Und das nur fünf Minuten lang.«

»Einmal war genug.« Sie schnaubt und funkelt mich an.

»Wenn ich gestresst bin, habe ich wiederkehrende Albträume, dass ich in einem Fahrstuhl festsitze, der wie aus dem Nichts auftaucht. Meine Knie würden einen Lift bevorzugen, aber meine Angst tut das nicht.«

»Okay, okay, verstanden. Wir nehmen die Treppe.«

Ich öffne die Brandschutztür zum Treppenhaus und halte sie ihr auf, damit sie hindurchgehen kann. Da sich mein Zimmer auf der neunten Etage befindet, wird es eine Weile dauern, aber das ist wohl zu meinem Vorteil. So habe ich Zeit, ihr das zu sagen, was ich ihr sagen will, und kann mich mit den Konsequenzen auseinandersetzen.

Willow, in Sneakers und weißem Sommerkleid, klammert sich am Geländer zu unserer Linken fest und nimmt jede Stufe so vorsichtig, als hätte sie Angst, sie zu verfehlen. Ich kann ihre Umsicht verstehen, denn jeder kleine Fehler kann für sie schlimme Folgen haben. Ich kenne das Gefühl.

Als wir den Treppenabsatz der achten Etage erreichen, räuspere ich mich in der Hoffnung, dass ich damit mein rasendes Herz beruhigen kann. Ich bin nicht nervös, also weiß ich nicht, wo das Problem liegt. Nein, kein bisschen nervös ...

»Willow, wegen neulich ...«, setze ich an. »Ich ...«

»Wir müssen nicht darüber sprechen«, unterbricht sie mich, den Blick starr auf die Stufen gerichtet, als wir weitergehen und die nächste Treppe in Angriff nehmen.

Gut, dass wir noch sieben Etagen vor uns haben. Es wird eindeutig kein einfaches Gespräch werden. »Doch, ich glaube, das müssen wir.«

Sie stößt die Luft aus, hält Kopf und Blick gesenkt. »Können wir es nicht einfach auf sich beruhen lassen? Ich hab ein paar Dinge gesagt, die ich nicht hätte sagen sollen, und habe dich damit in eine unangenehme Situation gebracht. Es tut mir leid, okay? Lass es uns einfach vergessen und nach vorn blicken.«

Überrascht von ihrer Entschuldigung, blinzele ich. »Dir muss nichts leidtun.«

»Doch. Ich habe dafür gesorgt, dass es zwischen uns merkwürdig geworden ist.«

»Nein, hast du nicht.« Ich befeuchte meine Lippen, während ich mir zurechtlege, was ich erwidern kann. »Du hast dafür gesorgt, dass mir ein paar Dinge klar geworden sind.«

Nun schaut sie auf. Große Augen mit einem nervösen, aber auch verhalten hoffnungsvollen Ausdruck darin schauen mich an. Und dann stolpert sie.

Aufgrund meines Berufs habe ich eine fast übermenschlich gute Reaktionsfähigkeit, die ich in Tausenden Stunden Training perfektioniert habe, also denke ich kaum darüber nach, was ich tue, als ich einen Arm ausstrecke, um sie abzufangen. Ich schlinge ihn um ihre Taille und ziehe sie so schwungvoll an meine Brust, dass ich sie fast vom Boden reiße.

Sie hält den Atem an, klammert sich an meinem Arm fest und presst sich an mich, als würde ihr Leben davon abhängen.

Mir gefällt das Gefühl besser, als ich mir eingestehen möchte.

»O mein Gott«, haucht sie, während sie sich langsam sammelt und das Gleichgewicht wiederfindet, ehe sie ihre

Finger von meinem Unterarm löst. »Danke, dass du mich davor gerettet hast, mir alle Knochen zu brechen. Das war knapp.«

Ich würde niemals zulassen, dass sie sich verletzt. Das habe ich noch nie getan, und das wird auch nie passieren – besonders jetzt, wo ich mich langsam damit abfinde, was sie in mir zum Leben erweckt hat.

Mein Herz hämmert heftig in meiner Brust, was sie gewiss spüren kann. »Alles in Ordnung?«

Sie nickt, was bedeutet, dass ich sie nun loslassen sollte, aber ich kann mich nicht dazu durchringen. Ihr Körper fühlt sich warm und weich an meinem an, und ihr süßes Parfüm flutet meine Sinne. Schlagartig kommt mir der Gedanke, dass ich sie schon vor Jahren so hätte halten können, wenn ich nur etwas aufmerksamer gewesen wäre.

»Alles in Ordnung.« Ihre Stimme ist beinahe ein Flüstern. »Du kannst mich jetzt loslassen.«

»Ich glaube, das will ich nicht.«

Das ist mein Geständnis. Es kommt ihrem zwar nicht einmal nahe, aber sie lacht dennoch atemlos, als wäre es ein Witz, und legt den Kopf in den Nacken, um mich anzusehen.

»Ich kann allein stehen.« Ihre Grübchen werden sichtbar, als sie grinst. »Du musst dir keine Sorgen machen, dass ich noch mal stolpere. Ich werde ab jetzt vorsichtiger sein.«

»Das meine ich nicht, Willow.«

Sie erstarrt. Ihr Lächeln ist verschwunden. Ihr ungläubiger Blick lässt vermuten, dass sie mich nicht um eine Erklärung bitten wird. Aber das ist in Ordnung, denn sie wird es ohnehin verstehen, selbst wenn dies nicht der romantischste Ort für ein Geständnis ist. Wenigstens aber ein erinnerungswürdiger.

»Was du im Club zu mir gesagt hast ...«, murmele ich und lockere meinen Griff, damit ich sie an meine Seite ziehen kann. Ich will ihre Miene sehen. »Ich kann nicht aufhören, daran zu denken. An dich zu denken.«

»Dev, nicht«, flüstert sie, entzieht sich mir und drückt sich rücklings an das Geländer, das sie links und rechts von ihren Hüften umklammert. »Du musst das nicht tun.« Ihr Hals bewegt sich, als sie schwer schluckt, und ihr Tonfall klingt ein wenig schroffer, als sie wieder spricht. »Du musst mich nicht beschwichtigen. Es geht mir gut. Ich bin darüber hinweg.«

»Dich beschwichtigen?« Beinahe schnaube ich ungläubig. »Du glaubst, dass ich das vorhabe?«

»Natürlich.« Sie macht einen seitlichen Schritt die Treppe hinunter, ohne das Geländer loszulassen, und ich folge ihr. »Du willst die Leute immer beruhigen, wenn sie einen Fehler gemacht haben. Das ist typisch für dich. So bist du nun mal.«

Ihre Bemerkung bringt mich aus dem Konzept und lässt mich innehalten. Es stimmt, dass ich gern Frieden stifte und so wenig Chaos in meinem Leben haben möchte wie möglich, aber das heißt noch lange nicht, dass ich den Leuten in meinem Umfeld ständig nach dem Mund rede. Oder? Glaubt Willow das? Tue ich es etwa jetzt gerade?

Verdammt, nein. Ich sage nichts von alledem, damit sie sich nach ihrem Geständnis besser fühlt, sondern weil ich so angetan von dieser Frau bin, dass ich nicht schlafen kann. Und ich bin dermaßen auf sie fokussiert, dass es mich kaum interessiert, dass ich morgen ein Rennen fahren muss – noch dazu eins, für das ich viel zu unvorbereitet bin. Ihre Worte im Club haben meinen verdrängten Gefühlen Tür und Tor geöffnet, und jetzt bin ich so egoistisch, dass ich sie mit hineinziehen will.

»Das tue ich nicht.«

Sie geht eine weitere Stufe nach unten und betritt schließlich den nächsten Treppenabsatz, zu dem ich ihr folge. Dabei drückt sie ihren Rücken gegen die Betonwand, doch ihr Kinn ist trotzig gehoben.

»Und außerdem hast du nichts falsch gemacht. Du hast mir nur erzählt, was du fühlst.«

Sie schnaubt. »Ja, und ich war betrunken.«

Mit einem weiteren Schritt stehe ich vor ihr. Ganz dicht. »Was soll das heißen? Dass es nicht wahr ist?«

Sie begegnet meinem Blick und hält ihn fest. Ihre Mundwinkel ziehen sich nach unten, während sie mich forschend betrachtet, obwohl ich nicht weiß, wonach sie sucht. »Warum ist das wichtig?«

»Weil ich nicht aufhören kann, an dich zu denken.« Ich lege meine Hände an ihre Taille, was sie dazu bringt, scharf die Luft einzuziehen. »Weil ich nicht aufhören kann, darüber nachzudenken, was passiert wäre, wenn Oakley uns nicht unterbrochen hätte.« Ich spreize meine Finger an ihrem Rücken und übe leichten Druck aus, um sie näher an mich heranzuziehen. »Was ich mir gewünscht hätte.«

»Was du dir …« Sie bricht ab, öffnet den Mund und schließt ihn wieder, wobei sie blinzelt, als könnte sie nicht glauben, was ich sage. Schnaufend streicht sie sich eine

Locke hinter das Ohr und ignoriert sie, als sie wieder nach vorn hüpft. »Willst du mich verarschen?«

Die saloppe Frage, die ihr über die Lippen kommt, bringt mich fast zum Lachen, aber der Impuls verschwindet, als ich ihren verletzlichen Gesichtsausdruck sehe. Sie glaubt mir wirklich nicht. Obwohl ich sie an mich gezogen habe. Obwohl ich ihr gestanden habe, dass ich nicht aufhören kann, an sie zu denken.

»Natürlich nicht.« Meine Stimme ist leise, als würde ich mit einem verschreckten Tier sprechen, das kurz davor ist, zu flüchten. »Es mag überraschend kommen, und vielleicht ist es das auch, ich weiß es nicht. Aber Willow, was du gesagt hast, hat mich erkennen lassen …« Auf einmal kann ich vor Nervosität nicht mehr weitersprechen. Aber Worte haben in einer solchen Situation ohnehin keine Bedeutung, also ist es vielleicht an der Zeit für eine neue Strategie. »Weißt du was? Scheiß drauf.«

Und endlich tue ich das, wonach ich mich schon seit Tagen sehne. Ich lasse meine Finger in das seidige Haar gleiten, das ihr über die Schultern fällt, ziehe ihren Kopf zurück und schaue sie an.

Ihre Lippen sind geteilt, die Augen groß, als würde sie auf etwas warten. Aber sie versucht nicht, sich mir zu entziehen, sodass ich meine andere Hand wieder an ihre Taille lege.

Wir sind einander so nahe, dass ich die goldenen Sprenkel in ihrer karamellbraunen Iris zählen könnte. Fast bin ich versucht, es tatsächlich zu tun, doch es gibt etwas, das ich noch mehr will.

»Dev«, haucht sie und atmet so tief ein, dass ich spüren

kann, wie sich ihr Brustkorb hebt. Doch es ist keine Warnung, sondern eine Einladung.

Die Welt verschwimmt um mich herum, als unsere Lippen endlich aufeinandertreffen. Ich wünschte fast, es wäre anders, es würde sich so falsch anfühlen, dass ich mich zurückziehen und den Kuss vergessen will, ehe er richtig begonnen hat.

Aber das kann ich nicht. Ich kann nichts tun, außer sie näher zu mir heranzuziehen und ihre Wärme zu genießen. Ich kann nur meine Hand in ihre Locken gleiten lassen und mit der Zunge über ihre Lippen fahren. Ich kann nur fest die Augen schließen und mich in ihr verlieren.

Sie öffnet sich mir, indem sie meinen Kuss erwidert und mir das gibt, was ich will. Mich all das zum Ausdruck bringen lässt, was ich nicht in Worte fassen kann. Doch sie muss genau wissen, was ich ihr mitteilen will, denn sie drückt ihre Handflächen gegen meine Brust und streicht hinauf, um sich an meinen Schultern festzuhalten, mich an sich zu ziehen, mir mehr zu geben.

Und ich nehme es mir nur allzu gern. Meine Adern stehen in Flammen, ein Feuer brennt in meinem Inneren. Und Willow schürt es mit ihren kleinen, genussvollen Lauten und dem leisen Stöhnen. Es ist besser als alles, wovon ich jemals geträumt habe.

Sie schnappt überrascht nach Luft, als ich sie fester umfasse und sie hochhebe. Dann schlingt sie die Beine um mich, gleitet mit den Fingern in mein Haar und hält mich an sich gedrückt, als wollte sie mich nie wieder loslassen. Und ich hoffe, dass sie das tatsächlich nicht tut; sie kann mich so lange für sich behalten, wie sie will.

Da ihr Rücken an der Wand ruht, kann ich meine Hände zu ihren Oberschenkeln wandern lassen, zum Saum ihres Kleides, und es bis zu ihrer Taille hochschieben. Die Hitze ihrer Mitte drückt sich an meinen Bauch, sodass ich mich traue, meine Finger bis zum Rand ihres Baumwollslips und unter das elastische Bündchen an ihrer Hüfte gleiten zu lassen.

Ich könnte es tun. Ich *will* es tun. Es wäre so einfach, und ich sehne mich so sehr danach, mehr von ihr zu spüren. Ihre weichen Schenkel sind bereits verlockend genug, und die Art, wie sie mir ihre Hüften entgegenschiebt, ist pure Provokation. Es besteht kein Zweifel daran, dass sie spürt, wie sehr ich sie will. Doch wir müssen aufhören, ehe es aus dem Ruder laufen kann. Ich muss erst sicher wissen, ob wir das Gleiche wollen.

»Fuck, Willow«, murmele ich und ziehe mich zurück, um Luft zu holen. Als ich meine Stirn an ihre presse, fühlt es sich an, als würde ich aus einem Traum gerissen. »Verstehst du, was ich sagen will?«

Sie hechelt, als wäre sie eine Meile gerannt, ihr Blick, den sie auf meine Lippen gerichtet hat, wirkt trüb, doch sie nickt.

Ich kann meine Hände, die sich immer noch unter ihrem Kleid befinden, nicht davon abhalten, über ihre Hüften zu streichen. »Du bist nicht die Einzige, die etwas fühlt, okay? Es tut mir leid, dass ich so lange gebraucht habe, um das zu erkennen.«

Gerade, als sie den Mund aufmacht, um etwas zu erwidern, fällt irgendwo unter uns eine Tür zu, was sie zusammenfahren und aus ihrer Trance erwachen lässt. Ein halbes

Dutzend Mal blinzelt sie hastig, ehe sie ihren erschrockenen Blick auf mich richtet. Eilig zieht sie die Hände zurück, um sie wieder an meine Brust zu legen, aber anstatt sich mir erneut zu nähern, schiebt sie mich weg.

Obwohl es mir widerstrebt, umfasse ich ihre Taille, trete einen Schritt zurück und setze sie auf dem Boden ab.

»Weißt du … Weißt du was?«, stammelt sie. Sie fährt sich hastig mit den Händen über ihre untere Körperhälfte, um ihr Kleid zu glätten. »Ich kann allein zur Rezeption gehen.«

Ich brauche ein paar Sekunden, um die Bedeutung ihrer Worte zu begreifen. Das … war's? Will sie wirklich so tun, als wäre all das nicht passiert?

»Wir müssen immer noch darüber reden, dass …«

Sie hebt eine Hand und schließt die Augen. Dann atmet sie ein, hält kurz die Luft an und schaut mich wieder an. »Es hätte nicht passieren dürfen.« Ihre Worte fühlen sich an, als hätte sie mir ein Messer in die Brust gerammt. »Und es wird nicht noch einmal passieren. Das darf es nicht. Wir wissen beide, warum.«

Das Messer dreht sich, denn ich weiß, dass sie recht hat. »Pass auf, wir sollten …«

»Nein, Dev«, unterbricht sie mich mit fester Stimme. »Hör auf. Lass es uns einfach vergessen.«

Das Problem ist, dass ich das nicht kann und es wahrscheinlich nie tun werde. Jetzt, wo ich weiß, wie sie schmeckt – nach Zucker und der süßesten Sünde –, werde ich sie nicht mehr aus dem Sinn bekommen.

Wasser spritzt mir ins Gesicht, und setze mich prustend auf. Mein Herz rast immer noch von der Erinnerung, als ich zurück in die Realität geholt werde. Kerzengerade schaue ich mich im Garten nach dem Übeltäter um. Als ich Chava auf der Terrasse stehen sehe, ächze ich und lehne mich wieder zurück. Wenigstens versucht niemand, mich umzubringen.

»Alter, wie lange bist du schon im Wasser?« Er betrachtet mich besorgt. »Du bist röter als Mark, wenn wir ihn länger als fünf Minuten in der Sonne lassen.«

Unser armer blasser Freund nimmt die Farbe einer Erdbeere an, wenn er nicht aufpasst. Dieses Pech hatte ich – Melanin sei Dank – noch nie, aber offenbar hat heißes Wasser bei mir den gleichen optischen Effekt.

»Bin eingeschlafen«, lüge ich und reibe mir übers Gesicht. »Danke, dass du mich gerettet hast, bevor ich ertrunken bin.«

»So könntest du wenigstens deinen Vertrag beenden«, flötet er. Dann hält er einen Plastikbehälter hoch. »Ich hab Kuchen mitgebracht.«

»Ich wusste, es lohnt sich, dich weiterhin zu beschäftigen.«

Ich stemme mich auf den Rand des Whirlpools, wobei ich die Füße im Wasser lasse, während Chava seine Schuhe auszieht, dann in der gleichen Position gegenüber von mir Platz nimmt und den Behälter neben sich abstellt.

»Was hast du heute so gemacht?« Er bewegt langsam die Beine im Wasser. »Ich hab dein Surfbrett draußen gesehen. Warst du am Strand?«

Ich nicke und fahre mir mit einer Hand durch die Haare.

Noch immer habe ich Mühe, wieder in der Gegenwart anzukommen, obwohl die Nachtluft meinen Körper abkühlt. »Ja, Willow wollte ein paar Fotos von mir beim Surfen machen, also waren wir ein paar Stunden dort.«

»Oh, *Willow* wollte also Zeit mit dir verbringen, ja?«

Ich beuge mich vor und spritze ihn nass, woraufhin er flucht und sich das Gesicht abwischt. »Es war rein professionell, du Wichser.«

»M-hm, klar. Wann gibst du endlich zu, dass du auf sie stehst?«

Ich schaue zum Haus der Williams' und wieder zu ihm. Es ist so gut wie unmöglich, dass uns jemand belauscht, dennoch senke ich meine Stimme. »Wenn ich mir sicher sein kann, dass Oakley mich nicht ermorden wird.«

»Ah, also wenn die Hölle zufriert.« Chava nickt ernst. »Aber mal im Ernst, Alter. Ich würde sagen, mach's einfach und setz dich anschließend mit den Konsequenzen auseinander.«

»Das liegt daran, dass du unverschämt und lebensmüde bist.«

Er schnaubt. »Du tust jeden Tag gefährliche Dinge.« Dann bedenkt er mich mit einem Blick, der mich erneut ins Grübeln bringt. »Auf ein weiteres Risiko kommt es auch nicht mehr an.«

Kapitel 13

Willow

Ich wache auf, weil Herman mir laut ins Gesicht atmet.

Mit einem Ächzen vergrabe ich meine Hände in dem Fell des Bernhardiners und drücke fest gegen seine Brust. Natürlich rührt er sich kein Stück. Er wiegt mehr als ich, und meine Stärke ist nichts im Vergleich zu der Liebe, die er für mich empfindet.

»Herman«, krächze ich mit einem geöffneten Auge. »Kumpel, du musst dich bewegen. Ich liebe dich, wirklich, aber könntest du mir ein bisschen Freiraum geben?«

Er schnauft heiß und laut, gehorcht jedoch, indem er sich neben mich plumpsen lässt.

Ich tätschele ihm den großen Kopf und streiche über seine Ohren, ehe ich mich im Bett aufrichte. Einen Moment bleibe ich sitzen, um sicherzustellen, dass mir nicht schwindelig wird, dann stehe ich auf und stelle dankbar fest, dass ich keine schwarzen Punkte im Gesichtsfeld sehe. Laut der Uhr auf dem Nachttisch ist es kurz nach sieben, obwohl ich kürzlich in so vielen unterschiedlichen

Zeitzonen war, dass sich Zeit für mich nicht mehr real anfühlt.

Mein Laptop steht geöffnet neben einer Ansammlung von Stofftieren und unter einem Poster der K-Pop-Gruppe, auf die ich in der Highschool stand, auf meinem Nachttisch. Der Bildschirm ist dunkel, aber eine Berührung der mit Macaronkrümeln bedeckten Tastatur würde Photoshop und das Word-Dokument sichtbar werden lassen, in das ich ein paar Formulierungen für die Caption für Devs Posts getippt habe. Um drei Uhr morgens fand ich sie ziemlich genial – bleibt abzuwarten, ob ich das auch bei helllichtem Tag noch so sehe.

Doch das kann warten, bis ich Dev wiedersehe – was ich gerne so lange hinauszögern möchte, wie ich es aushalten kann. Ich war gestern zu kurz davor, schlechte Entscheidungen zu treffen, und brauche Abstand, um mich gegen seinen Charme zu wappnen. Manchmal bin ich mir nicht sicher, ob ihm bewusst ist, wie intensiv er flirtet, ganz egal, mit wem er spricht. Dann denke ich wieder, dass er genau weiß, was er tut und welche Wirkung es hat. Besonders auf mich.

Aber ich habe Jahre damit verbracht, meine Gefühle für ihn zu verdrängen. Als ich ihm im angetrunkenen Zustand offenbart habe, was ich für ihn empfinde, habe ich nichts erwartet; verdammt, ich habe sogar versucht, die Sache abzutun. *Er* war derjenige, der den ersten Schritt gemacht hat. Er war derjenige, der mich gegen die Wand gedrückt, mein Kleid hochgeschoben hat und mich Teile von ihm hat spüren lassen, von denen ich niemals geglaubt hätte, ihnen einmal so nahe zu kommen. Aber ich habe nicht Nein gesagt, habe ihm keinen Einhalt geboten, bis er sich von allein zurückgezogen hat. Und selbst dann wollte ich nicht, dass es endet, doch meine plötzliche Angst hat mich dazu bewegt, sieben Stockwerke nach unten zu flitzen wie eine olympische Sprinterin.

An manchen Tagen wünsche ich mir, ich wäre nicht davongelaufen, sondern hätte weiter mit dem Rücken an der Wand gelehnt, meine Beine um Devs Hüften geschlungen. Wer weiß, wohin das geführt hätte, aber wenigstens wären wir jetzt nicht gefangen in dem merkwürdigen Stadium der anhaltenden Anziehung, der wir nicht nachgeben dürfen. Ich würde alles geben, um die Zeit zurückzudrehen, damit es wieder so ist, wie es vor dem Moment war, in dem ich alles ruiniert habe.

Doch nun ist es zu spät, so viel steht fest.

Ächzend lasse ich mich auf die Yogamatte unter meinem Fenster sinken, um meinen Tag mit ein paar Kraftübungen zu beginnen. Mein unterer Rücken schmerzt von dem gestrigen Flug, und es wird nur noch schlimmer werden, weil mir so viele Reisen bevorstehen. Allerdings werde ich mich nicht beschweren. Ich will den Job in Devs Team, und ich werde alles daransetzen, mir von den Schmerzen keinen Strich durch die Rechnung machen zu lassen.

Herman beobachtet mich vom Bett aus und hebt nur den Kopf, als mein Handy auf dem Nachttisch vibriert. Er schaut von dem Gerät zu mir, als wollte er mir zu verstehen geben, dass ich meinen Hintern bewegen soll.

»Du könntest es mir bringen«, schlage ich vor, aber er schnauft nur und legt seinen Kopf wieder ab.

Ich raffe mich auf und greife nach dem Handy. Als ich

eine Nachricht auf dem Display entdecke, beginnt mein Herz zu rasen.

> **Dev:** Meine Mom möchte, dass du zum Frühstück vorbeikommst.

Mein Plan, ihm aus dem Weg zu gehen, könnte schwieriger umzusetzen sein als gedacht.

Der Duft von Masala-Chai hüllt mich ein, als ich das Haus der Andersons durch die unverschlossene Tür betrete – ich kann mich nicht erinnern, wann ich das letzte Mal angeklopft habe – und meine Schuhe von den Füßen kicke, wobei ich Devs Namen rufe.

»Willow!«, antwortet stattdessen seine Mutter, deren singender Tonfall mich ins Wohnzimmer lockt. »Komm her! Ich möchte dir peinliche Fotos von Dev zeigen.«

»Ma«, beschwert der sich, als ich eintrete. Er sitzt auf dem Boden vor dem Couchtisch, auf dem seine Mom mehrere Bilder ausgebreitet hat. »Sie kannte mich doch als Kind und hat alle peinlichen Momente miterlebt.«

»Nicht alle.« Sie winkt mich heran und schenkt mir das breite Grinsen, das ihr Sohn geerbt hat. Ihre Haut ist ein paar Töne dunkler als seine, und ihr schwarzer Bob ist von grauen Strähnen durchzogen, aber sie ähneln sich dennoch stark. Es besteht kein Zweifel, dass Dev sein gutes Aussehen von ihr hat. »Ich brauche deine Hilfe, denn ich suche ein paar Fotos für die Slideshow auf der Hochzeit.«

»Wie peinlich soll es denn werden?« Ich setze mich neben Dev auf den Boden und betrachte die Bilder, wobei ich mich bemühe, seinen auf mich gerichteten Blick zu ignorieren. »Ich könnte Erpressungsmaterial gebrauchen.«

Dev funkelt mich an, während Neha lacht und mir eins von Dev als Baby reicht, auf dem er mit einer Gummiente auf dem Kopf in der Badewanne sitzt. »Wie wär's hiermit?«, fragt sie.

Ich bin schon dabei, mein Handy herauszuholen, um ein Bild davon zu machen. »Besser als in meinen wildesten Träumen.«

Dev wirft seine Hände in die Luft, doch scheint schlau genug zu sein, um zu wissen, dass er sich nicht einmischen sollte.

In den nächsten zwanzig Minuten helfe ich seiner Mutter dabei, Kinderfotos von Dev und Alisha herauszusuchen, ehe sie in die Hände klatscht und mich in die Küche schiebt.

Bald darauf stellt sie ein Glas Chai, einen Teller Khaman Dhokla mit mehreren Chutneys *und* ein Omelette vor mir ab. Während ich alles bis auf den letzten Krümel aufesse, beobachtet sie mich mit Adleraugen.

»Also«, sagt sie, als ich fast platze. »Du arbeitest für Dev, ja?«

Ich durchbohre ihn über den Tisch hinweg mit meinem Blick.

Er fährt gerade mit dem Finger durch den letzten Rest Koriander-Chutney auf seinem Teller, doch bevor er sich ihn in den Mund schiebt, muss ich wegschauen.

Ich darf meinen unzüchtigen Gedanken, die dieser Anblick hervorrufen würde, auf keinen Fall freien Lauf lassen, während seine Mom mich beobachtet.

»Das stimmt«, antworte ich und halte mir das warme Chai-Glas an die Brust. »Er glaubt, ich kann seine Social-Media-Kanäle wieder aufleben lassen, und ich bin verrückt genug, um es zu versuchen.«

Sie brummt zufrieden und nickt. »Das ist schön. Er braucht viel Hilfe, um seinen schlechten Ruf zu reparieren.« Bei diesen Worten wirft sie ihrem Sohn einen missbilligenden Blick zu, aber er verschwindet, als sie mich wieder ansieht. »Außerdem fand ich schon immer, dass ihr beide ein gutes Paar abgebt.«

Hätte ich in dem Moment einen Schluck Tee getrunken, hätte ich mich zweifellos daran verschluckt.

Dev hat weniger Glück, denn er hustet und schlägt sich mit der Faust gegen die Brust, ehe er sich seiner Mutter zuwendet und in schneidendem Tonfall etwas auf Gujarati sagt, das ich nicht verstehe.

Trotz seiner offensichtlichen Verärgerung wirft sie ihren Kopf zurück und lacht.

Devs schmale Augen verraten mir, dass dies nicht die Reaktion ist, auf die er gehofft hat.

Er drückt sich vom Tisch ab, wobei ein Muskel in seinem Kiefer zuckt. »Willow, willst du mir zeigen, woran du bisher gearbeitet hast?«

Er ist eindeutig darauf erpicht, das Thema zu wechseln. Und ... *errötet* er etwa?

Nach kurzem Zögern nicke ich und stelle mein Glas ab. »Ich hab alles auf meinem Laptop, hab ihn aber nicht dabei.«

»Kein Problem.« Er ist schon an der Tür. »Wir gehen einfach rüber zu dir. Komm mit.«

Nun, das wäre dann wohl unsere Fluchtmöglichkeit. Ich schenke seiner Mom ein Lächeln, erhebe mich und bedanke mich für das Frühstück.

»Bis später, Willow«, erwidert sie warmherzig, wobei sie meine Hand ergreift und drückt, ehe ich gehen kann. »Komm zum Abendessen wieder. Ich bin mir sicher, das würde Dev *sehr* freuen.«

Mit einem verkrampften Lachen erwidere ich ihren Händedruck und gehe zu Dev, der an der Haustür steht und ungeduldig mit dem Daumen an die Seite seines Handys tippt. Ich schlüpfe schnell in meine Schuhe, und schon schiebt er mich nach draußen. Am liebsten würde ich fragen, was mit ihm los ist, aber die Tatsache, dass er meinem Blick ausweicht, hält mich davon ab.

»Ich fliege morgen nach Dallas«, verkündet er, als wir die Einfahrt, die sich unsere Familien teilen, überqueren. »Ich muss in der Zentrale ein wenig an den Simulatoren üben.«

Schockiert sehe ich ihn an. Er hat darauf bestanden, dass ich die lange Strecke in unsere Heimat fliege, und jetzt lässt er mich hier sitzen?

»Oh. Ich dachte, wir würden beide hierbleiben, bis wir nach Kanada reisen.«

»Du kannst ruhig zugeben, dass du mich vermissen wirst, Willow. Das ist okay.«

Gerade als ich ihn wütend anfunkeln will, sehe ich sein Grinsen, also ramme ich ihm stattdessen meinen Ellbogen in die Rippen. »Halt die Klappe.« Das heißt wahrscheinlich, dass er vergessen hat, wie wütend er auf seine Mom war.

»Ich dachte nur, du willst noch an mehr Content mit mir arbeiten. Nun bin ich umsonst hergekommen.«

»Sorry.« Es klingt kein bisschen so, als würde es ihm tatsächlich leidtun. »Ich wusste bis gestern Abend nicht, dass mich das Team dort braucht.« Sein gelassener Tonfall wird im nächsten Moment verbittert. »Ich schätze, sie machen sich Sorgen um meine Leistung, obwohl Nathaniel derjenige ist, der die letzten beiden Male, als wir dort waren, einen Unfall hatte.«

Der angespannte Zug um seine Augen ist nicht zu übersehen. »Ich meine, herauszuhören, dass ihr zwei nicht gerade die besten Freunde seid.«

Dev schnaubt, während wir die Stufen zur Haustür hinaufgehen. »Kann man so sagen.«

Als er nichts Weiteres dazu sagt, betrete ich unser Haus und winke meinem Dad, der in seinem Arbeitszimmer sitzt, das vom Eingangsbereich abgeht. Mit seiner schlaksigen Gestalt beugt er sich auf dem ergonomischen Stuhl über den Schreibtisch, auf dem vier Computerbildschirme stehen. Bevor Oakley mit den Autorennen begonnen hat, war Dad Software-Ingenieur, und da er meinen Bruder nun nicht mehr managen muss, ist er in seine alte Branche zurückgekehrt. Mom ist eine der besten Herzchirurginnen, also muss er eigentlich nicht arbeiten, aber ich vermute, dass er es tut, um sich zu beschäftigen. Ich weiß, dass er die Zeit vermisst, in der Oakley noch Rennen gefahren ist.

Nun winkt er uns begeistert zu, doch wird schnell wieder von irgendetwas abgelenkt, das auf seinen Bildschirmen passiert. Als er sich abwendet, schmunzele ich und gehe mit Dev im Schlepptau die Treppe hinauf.

»Dann treffen wir uns also in Montreal?«, frage ich ihn, als wir oben angekommen sind. Ich bin enttäuscht, dass wir eine knappe Woche getrennt sein werden, aber wenigstens haben wir jetzt noch ein bisschen Zeit zusammen. Rein geschäftlich natürlich.

»Wenn das okay ist«, antwortet er.

Nickend betrete ich mein Zimmer. »Jepp, das ist in Ordnung. Ich hab genug Content für tägliche Posts und Storys, bis wir wieder zusammen sind. Aber wenn es dir nichts ausmacht, mir ein paar Schnappschüsse zu senden, während du weg bist, wäre ich sehr dankbar.«

»Für dich tue ich alles.« Es dauert eine Sekunde, doch dann treffen mich die Worte und ihre potenzielle Bedeutung mitten ins Herz. Als ich mich ihm zuwende, scheint Dev die gleiche Erkenntnis zu haben, denn er spricht eilig weiter. »Ich meine alles, was du für den Job brauchst.«

Nach dem, was er gestern gesagt und was immer er seiner Mutter heute Morgen offenbart hat, kaufe ich es ihm nicht wirklich ab. Dennoch zwinge ich mich dazu, denn die Alternative wäre eine weitere Unterhaltung darüber, warum wir nichts miteinander anfangen dürfen.

»Danke.« Ich schenke ihm ein verkrampftes Lächeln, dann gehe ich zu meinem Bett, um den Laptop zu holen und auf meinen Schreibtisch zu stellen. »Gib mir eine Sekunde, um alles zu öffnen«, bitte ich, als ich ihn aufklappe.

Dev brummt zustimmend, während ich die Fotos durchforste und die aufrufe, die ich ihm zeigen möchte. Ich habe alle schwarz-weiß bearbeitet, abgesehen von dem letzten, das ich für die Slides verwenden möchte. Es ist Dev mit seinem Surfbrett unter dem Arm. Er entfernt sich, doch hat sich so weit umgedreht, dass sein typisches Grinsen sichtbar ist. Es ist ein wenig schief, und er blinzelt gegen die Sonne an, aber er sieht … glücklich aus. Es ist der Dev, den ich schon mein ganzes Leben kenne. Der Dev, den die ganze Welt kennenlernen soll.

»O mein Gott. Den hast du noch?«, fragt er lachend hinter mir.

Ich erstarre, denn wer weiß, was er entdeckt hat. Mein Zimmer ist voller alter Erinnerungen an meine Kindheit. Als ich mich umdrehe, hält er einen kleinen Plüschelefanten in die Höhe, der, so lange ich denken kann, auf meinem Nachttisch steht. Ellie hat schon seit so vielen Jahren diesen Platz, dass ich sie kaum noch wahrnehme, doch mit einem Mal erinnere ich mich daran, dass Dev sie mir damals geschenkt hat.

Er hat sie für mich auf dem Jahrmarkt gewonnen. Unsere Eltern hatten ihn und Oakley damit beauftragt, auf mich aufzupassen, und als ich den Elefanten an einem der Spielstände entdeckte, weigerte ich mich, weiterzugehen. Während Oakley mir damit drohte, Mom zu holen, zuckte Dev nur mit den Schultern und verkündete, dass er einen für mich gewinnen würde, wenn es mir so wichtig sei. Und das hat er auch getan.

Mit zwölf hatte er bereits eine bessere Augen-Hand-Koordination als die meisten Erwachsenen, sodass die Frau am Stand ihm schon knappe fünf Minuten später das Stofftier überreichte. Dev hielt den Elefanten einen Moment lang in den Händen, dann gab er ihn mir. Wenn ich einen Augenblick bestimmen müsste, in dem ich mich in ihn verliebt habe, würde ich diesen nennen.

Ich schnappe nach Luft, springe von meinem Stuhl auf und eile zu ihm. »Stell sie wieder hin!«

Dev hält Ellie über meinem Kopf in die Höhe und blickt zu ihr hinauf. »Ich kann nicht glauben, dass du das Ding noch hast.«

»Natürlich hab ich sie noch.« Ich funkele ihn an und versuche, nach dem Elefanten zu greifen, doch er hält ihn weiter außer Reichweite. »Ellie ist zu süß zum Entsorgen.«

»Ellie?« Er lacht. »Ellie, der Elefant?«

»Ich war *neun*, Dev. Kinder sind nicht gerade dafür bekannt, sich die kreativsten Namen auszudenken. Und jetzt gib sie wieder her.«

Ich springe in die Höhe, drücke mich an ihn, um eine bessere Chance zu haben, aber Dev schlingt einen Arm um meine Taille und hebt mich hoch. Dann lässt er mich ohne Umschweife aufs Bett fallen, wobei er jedoch so sanft ist, dass es nicht wehtut – nur meinem Ego.

Dennoch beginne ich sofort, ihn zu beschimpfen. »Oh, du Arsch!« Aber heilige Scheiße, die Berührung hat etwas in mir entfacht.

Zärtlich betrachtet er Ellie, ohne mir Beachtung zu schenken. »Du bist tatsächlich schon seit einer Ewigkeit hin und weg von mir.«

Ich bin dermaßen verblüfft, dass er dies so unumwunden sagt, dass mir die Kinnlade herunterfällt. Hätte ich an jenem Abend doch nur nicht so viel Tequila getrunken, dann wäre mir das verhängnisvolle Geständnis nie über die Lippen gekommen. Vielleicht müssen wir *tatsächlich* noch eine Unterhaltung darüber führen, denn wenn es so weitergeht, komme ich vor Scham um, ehe ich die Chance habe, seinen Ruf wiederherzustellen.

Doch gerade als ich mich weiter beschweren will, kommt Dev mir zuvor. »Zum Glück beruht das auf Gegenseitigkeit.«

Aus irgendeinem Grund ist das schlimmer als alles andere, was er in dem Moment hätte von sich geben können.

Noch immer liege ich mit ausgestreckten Gliedern und sprachlos auf meinem Bett, als er Ellie liebevoll absetzt und zu meinem Schreibtisch schlendert, als hätte er nicht gerade meine Welt auf den Kopf gestellt. Vor einer Minute ist er noch zurückgerudert, damit ich nicht zu viel in seine Worte hineininterpretiere, und jetzt ... sagt er so was. Wegen eines alten Kuscheltieres hat sich alles verändert.

»Willst du mir jetzt die Bilder zeigen?«, fragt er, viel gelassener, als ich es in diesem Moment sein kann.

Es verstreicht ein Moment, ehe es mir gelingt, mich vom Bett zu erheben. Wenn Dev mich so leicht aus der Bahn werfen kann, stecke ich wirklich in Schwierigkeiten.

»Klar.« Meine Stimme bebt, und ich räuspere mich, um es zu verbergen.

Dann gehe ich zu ihm, und als er zur Seite tritt, lasse ich mich auf meinen Stuhl sinken. Langsam sehe ich die Bilder durch und halte den Atem an, als er sich mit einer Hand auf dem Schreibtisch abstützt und sich weiter nach vorn lehnt. Sein Parfüm und die Gewürze des Frühstücks, das seine Mutter heute für uns gemacht hat, hüllen mich ein, was sowohl beruhigend ist als auch dazu führt, dass mein Herz schneller schlägt. Als er mit der Brust meine Schulter streift, bin ich kurz davor, in Flammen aufzugehen.

Schließlich nickt er zustimmend und weicht ein Stück

nach hinten, obwohl er mir immer noch wahnsinnig nahe ist.

Ich hebe einen Finger, um ihm zu signalisieren, dass ich ihm noch mehr zu zeigen habe, dann öffne ich das Word-Dokument mit der Caption, die ich für den Post verfasst habe.

Aus dem Augenwinkel beobachte ich, wie er den Text überfliegt. Um ehrlich zu sein, ist er mit seinen zweitausendzweihundert Wörtern eher ein Aufsatz als eine Caption. Ein Aufsatz, in dem ich beschreibe, warum Dev von der Bildfläche verschwunden war – dass er einen Fehler gemacht und eine Person verletzt hat, die sich im Anschluss an ihm gerächt hat – und was in seinem Leben vor sich ging (voll des Lobes für Argonaut). Ein paar optimistische Zeilen über einen Neuanfang bilden den Schluss. Ich hoffe, die Caption kommt genauso natürlich und aufrichtig rüber, wie intendiert, aber nicht zu emotional. So als hätte Dev die Worte selbst geschrieben.

Als er fertig mit Lesen ist, löst er die Hände von meinem Schreibtisch und tritt zurück, sodass ich mich auf meinem Stuhl umdrehen muss, um ihn anzuschauen. Angst rauscht mir durch die Adern aus Sorge, ihm könnte mein Text nicht zusagen. Mir macht es nichts aus, noch mal von vorn zu beginnen, und sein Feedback wird es mir erleichtern, etwas Neues zu verfassen, aber …

»Es ist perfekt.«

Die Angst verfliegt, und ich stoße ein überraschtes Lachen aus. »Echt?«

»Ja, wirklich.« Er lässt sich auf meine Bettkante sinken, spreizt die Knie und stützt sich mit den Ellbogen auf seine muskulösen Oberschenkel. Dann beugt er sich vor, ohne mich aus den Augen zu lassen. Auf seiner Miene zeichnet sich kein Lächeln ab. Kein Humor. Er meint es ernst, die Worte gefallen ihm. »Ich liebe es. Ich hätte dich schon früher einstellen sollen.«

Obwohl ich versuche, mir von meiner Freude nichts anmerken zu lassen, wärmt mich das Gefühl von innen. »Mein Abschluss in Englisch kommt mir also zugute«, scherze ich, doch als er nicht lacht, räuspere ich mich erneut. »Bist du bereit, den Post zu veröffentlichen?«

Er nickt. »Lass es uns tun.«

Mit ein paar Klicks und letzten Abwandlungen wird der Post auf allen relevanten Plattformen hochgeladen. Nun muss ich nur noch auf *Teilen* klicken.

»Hier.« Ich greife nach meinem Laptop. »Das kannst du übernehmen. Es ist schließlich dein Ruf.«

Doch er nimmt den Computer nicht entgegen. »Du bist aber diejenige, die die ganze Arbeit gemacht hat.«

Ich setze den Laptop wieder auf meinem Schoß ab und sehe ihn stirnrunzelnd an. »Bist du dir sicher?«

»Wie gesagt: Ich vertraue dir.«

»Okay. Na schön.« Mein Herzschlag hat nach wie vor nicht zu seinem alten Rhythmus zurückgefunden, aber ich werde es tun.

Überraschenderweise zittert meine Hand nicht, als ich den Cursor über das Icon bewege und noch ein letztes Mal zu Dev aufschaue.

Er will es. Ich will es. Und wir sind fest entschlossen, die Sache wieder geradezubiegen. Gemeinsam.

Ich klicke auf den Button.

Kapitel 14

Dev

Fantastische Neuigkeiten: Nur noch *manche* Leute glauben, ich hätte eine Geschlechtskrankheit.

Willow hat in der vergangenen Woche hart gearbeitet und jeden Tag auf allen Social-Media-Plattformen gepostet, auf denen ich einen Account habe – ebenso wie auf allen, von deren Existenz ich nicht einmal wusste –, um meinen Ruf wiederherzustellen. Und den ausgewählten Kommentaren nach zu urteilen, die sie mir seitdem täglich sendet, läuft es ziemlich gut.

Seit heute sind wir endlich wiedervereint. Wir sitzen in Montreal im Motorhome von Argonaut und unterhalten uns beim Frühstück. Bald muss ich zum Track Walk, einem Meet & Greet und einer Strategiebesprechung aufbrechen, aber ich genieße den Moment mit ihr. Es ist ein typischer Donnerstag mit viel Programm, und zu allem Überfluss muss ich heute Abend auch noch einem Dinner für einen unserer Sponsoren beiwohnen. Leider ist mir bisher noch keine Ausrede eingefallen.

»Was sagen die Leute heute so?«, frage ich Willow, während ich in dem Rührei herumstochere, das Mark vor mir abgestellt hat.

Mit gesenktem Kopf scrollt sie auf ihrem Handy herum, wobei sich ein Schmunzeln auf ihren vom Lipgloss glänzenden Lippen abzeichnet. »Dass dein Lächeln das achte Weltwunder ist.«

»Klingt super.«

Ich hätte sie nicht derart vermissen sollen, aber die Woche ohne sie fühlte sich an wie ein Monat. Und zugegeben so, als würde ein kleiner Teil von mir die ganze Zeit fehlen. Sie ist erst seit ein paar Wochen wieder zurück in meinem Leben, und schon hat sie es geschafft, sich in jeden meiner Gedanken einzunisten. Ich mache mir Sorgen, dass sie mich bis zum Ende des Sommers, wenn wir wieder getrennte Wege gehen, komplett für sich eingenommen hat.

Was ein Grund dafür ist, weshalb ich San Diego früher verlassen habe als geplant. Klar, ich musste tatsächlich am Simulator trainieren und mit der Crew in der Fabrik in Dallas sprechen, aber es war nicht so dringend, wie ich es dargestellt habe. Ich hätte getrost noch ein paar weitere Tage in unserem Heimatort verbringen können, aber ich wollte weg – besonders nachdem meine Mutter mir ins Gesicht gelacht hatte, als ich behauptete, zwischen Willow und mir würde niemals etwas passieren. Dann habe ich alles noch schlimmer gemacht, als ich das Kuscheltier entdeckt habe, das ich als Kind für Willow gewonnen habe.

Der Gedanke, dass sie den Elefanten – *Ellie* – so lange neben ihrem Bett stehen hatte, eine visuelle Bestätigung, dass sie seit Jahren auf mich steht, hat einen Schalter in mir umgelegt. Und als sie sich an mich gedrückt hat, um mir das Tier abzunehmen … Verdammt, es ist ein Wunder, dass ich es geschafft habe, sie nur auf das Bett zu werfen und herauszuposaunen, dass ihre Zuneigung nicht einseitig ist, denn in Wahrheit hätte ich sie am liebsten an mich gezogen und so lange geküsst, bis sie um mehr gebettelt hätte.

Anschließend habe ich versucht, es runterzuspielen und mich wieder dem wichtigeren Thema – ihrer Arbeit für mich – zu widmen, aber ich hatte mich längst schon nicht mehr an unsere Absprache gehalten. Willow ist zum Glück nicht darauf eingegangen. Was hätte sie auch sagen sollen? Ich kannte die Regeln und habe sie einfach ignoriert. Mich dafür zu tadeln, sie gebrochen zu haben, hätte ohnehin nichts geändert.

Heute lachen wir wieder ungezwungen miteinander, so als wäre alles, was letzte Woche vorgefallen ist, vergessen. Es hilft, dass wir nicht allein sind. Chava sitzt uns gegenüber, scrollt ebenfalls durch Social Media und liest seine Lieblingskommentare laut vor.

Selbst Mark beteiligt sich an der Unterhaltung. Er nimmt Chava das Handy ab und rezitiert lachend: »Chlamydien hin oder her, ich würde ihn trotzdem reiten wie diese Wellen.« Sein Blick huscht zu mir. »Es scheint doch noch Hoffnung für dich zu geben. Vielleicht wirst du endlich wieder flachgelegt.«

Ich bemühe mich, Willows Blick auszuweichen, während ich gezwungen auflache. »Meine Chancen stehen vielleicht besser, wenn die Leute mich und Geschlechtskrankheiten nicht mehr im selben Satz erwähnen.«

»An den Punkt kommen wir schon noch«, verspricht Willow, und ich traue mich nun endlich, sie anzusehen. Sie wirkt vollkommen ruhig, als hätte Marks Kommentar sie kein bisschen aus der Fassung gebracht – im Gegensatz zu mir. »Um einen der Kommentare von vorhin zu zitieren: Du wirst bald wieder in Pussys baden.«

Orangensaft spritzt aus Chavas Mund und auf den Tisch.

Mit einer Grimasse greife ich nach meiner Serviette, um mir ein paar Tropfen vom Arm zu wischen.

»Heilige Scheiße, Willow.« Sein Ausruf ist eine Mischung aus Husten und Lachen. »Ich wusste nicht mal, dass du dieses Wort kennst.«

Sie zuckt mit den Schultern und erwidert sein Grinsen. Angesichts des Funkelns in ihren dunklen Augen fühlt sich meine Shorts mit einem Mal enger an.

»Ich kenne viele Wörter.«

Da gehe ich jede Wette ein. Und verflucht, obwohl ich von Leuten umgeben bin, überkommen mich Fantasien, wie sie die Beine um meine Hüften schlingt und mir all diese Wörter ins Ohr flüstert.

Abrupt erhebe ich mich und wende mich leicht ab, sodass hoffentlich niemandem die leichte Beule in meiner Hose auffällt. »Ich hab die Zeit vergessen«, erkläre ich, als mich die anderen verwirrt ansehen. »Ich muss noch kurz zu Patsy und nachfragen, ob sie mich endlich für die Pressekonferenz der Fahrer eingeteilt hat. Vielleicht erlaubt sie mir ja heute, der Presse zu erzählen, was Nathaniel für ein Wichs…« Ich breche ab, als mir einfällt, wo ich bin und wer zuhören könnte. »Was für ein lieber, netter Junge er ist und wie sehr ich ihn respektiere.«

»M-hm«, macht Chava, während Mark schnaubt.

Willow runzelt die Stirn, während sie von mir zu Mark, zu Chava und wieder zu mir schaut. Wahrscheinlich ist es besser, dass sie nicht erfährt, wie groß mein Hass auf meinen Teamkollegen tatsächlich ist. Es wäre nicht gut, wenn von dieser Meinung ungewollt etwas in ihre Posts einfließen würde. In ihren Augen bin ich weiterhin gern der optimistische Dev. Sie muss nicht die verborgene Dunkelheit und Unzufriedenheit sehen, die in mir schlummert. Ich will ihr die rosarote Brille noch nicht von der hübschen Nase ziehen.

Doch wenn Argonaut so weitermacht, werden sie und der Rest der Welt mehr zu sehen bekommen, als sie jemals erwartet haben.

Wer immer behauptet, die Welt der Formel 1 bedeute dauerhaften Nervenkitzel und Unterhaltung, der lügt.

»Sollte ich einschlafen, sorg dafür, dass ich meinen Champagner nicht fallen lasse«, flüstere ich Mark zu, wobei ich mich davon abhalten muss, mich gegen den kleinen Tisch, neben dem ich stehe, zu lehnen. Einige Sponsoren-Events sind unterhaltsam, aber der heutige Abend ist einschläfernd. Wer hätte gedacht, dass Schweizer Uhrmacher so langweilig sind?

Mark ist meine Begleitung. Wenn nicht beide Lust haben, dabei zu sein, wechseln sich er und Chava ab, obwohl ich in Erwägung ziehe, auch Willow für derartige Veranstaltungen ins Boot zu holen. Ist es ein verzweifelter Versuch, mehr Zeit mit ihr zu verbringen? Definitiv. Schert mich das? Kein bisschen.

Mark bedenkt mich mit einem amüsierten Blick. »Solange du das funkelnde Ding an deinem Handgelenk weiterhin ordentlich präsentierst, wird die Sauerei vermutlich niemanden interessieren.«

Wahrscheinlich hat er recht. Ich schüttele mein Handgelenk, damit mein Hemdsärmel ein wenig hochrutscht und alle die teure Uhr sehen können. Ich muss zugeben, dass mein Beruf einige Vorteile mit sich bringt. Wahrscheinlich muss ich mir nie wieder selbst eine Uhr kaufen.

Ein Nachteil meines Jobs nähert sich mir allerdings leider gerade.

»Aufgepasst«, zischt Mark. »Tu jetzt nichts Unüberlegtes.«

Mein Blick fällt auf Buck und Nathaniel Decker, wobei ich mich zu einem Grinsen zwinge. Es wirkt angestrengter, als es sollte. »Das würde mir im Traum nicht einfallen.«

Mark stößt ein Seufzen aus, richtet sich auf und strafft die Schultern. Er ist größer als die meisten Männer im Raum, sodass es wirklich nicht nötig ist, aber ich bin dankbar, dass er für mich den Bodyguard mimt. Nicht dass *ich* Schutz bräuchte. Nein, ich brauche eher jemanden, der mich zurückhält, wenn Buck mal wieder eine seiner herablassenden Bemerkungen macht.

»Buck«, begrüße ich ihn nun mit gespielter Freundlichkeit. »Wie schön, dich zu sehen.«

Der Inhaber von Argonaut, ausgestattet mit Cowboystiefeln und einem Stetson-Hut, schenkt mir ein Lächeln, das nicht einmal annähernd bis zu seinen kalten Augen reicht.

Er hasst mich abgrundtief, aber er hat mich nach meinem Skandal nicht umgehend aus dem Team geworfen. Was bedeutet, er braucht mich so sehr, dass er seinen Hass verdrängen kann. Leider weiß ich nicht, wie lange mir dieses Glück noch zuteilwird – laut Vertrag kann er mich jederzeit mit einer Abfindung feuern. Also bemühe ich mich weiterhin, ihn nicht allzu sehr zu verärgern.

»Dev«, erwidert er und neigt den Kopf so, dass sein Hut kurz seine Augen verbirgt. »Schön, dass du zu *diesem* Event gekommen bist.«

Ich war nur auf *einer* Sponsoren-Party im letzten Jahr nicht anwesend, weil ich eine so starke Grippe hatte, dass ich nicht aus dem Bett kam, und das hält er mir immer noch vor. Jedes Mal, wenn ich ihn sehe – was zum Glück nicht oft vorkommt, da er zu sehr damit beschäftigt ist, über sein verwerfliches Imperium zu herrschen, um zu allen Rennen zu kommen –, liefert er mir einen weiteren Grund, seinen Hass zu erwidern.

»Das würde ich mir doch niemals entgehen lassen.« Ich lenke meine Aufmerksamkeit auf Nathaniel, der wahnsinnig gelangweilt wirkt, was ich ihm nicht verdenken kann. »Wie geht's, Nate?«

Nur gewisse Leute dürfen ihn mit seinem Spitznamen anreden, und ich gehöre dazu. Deshalb verwende ich ihn absichtlich, sooft ich kann.

Er hebt sein markantes Kinn. »Mir geht's gut«, erwidert er in seinem gedehnten texanischen Akzent, der fast so ausgeprägt ist wie der seines Vaters. »Freu mich aufs Wochenende.«

Da bin ich mir ganz sicher. Das Team wird alles daransetzen, es ihm recht zu machen, daher kann ich mir schon vorstellen, wie schwer sie mir im Gegenzug das Leben machen werden. »Sollte ein gutes Rennen werden, wenn das Wetter so bleibt.«

Nathaniels Augen funkeln auf einmal, als hätte er noch mehr zu sagen, doch sein Vater kommt ihm zuvor.

»Wir sehen uns morgen früh im Fahrerlager«, sagt Buck. Es ist Verabschiedung, Versprechen und Drohung zugleich. »Misch dich heute Abend unbedingt unter die Leute. Alle sollen sehen, dass du tatsächlich aufgetaucht bist. Ehrlich gesagt bin ich überrascht, dass du es rechtzeitig hierhergeschafft hast. Leute wie du sind nicht gerade bekannt für ihre Pünktlichkeit.«

Ich nicke und verkneife mir ein »Fick dich«. »Ja, Sir.«

Er wirft einen Blick in Marks Richtung, ignoriert meinen Trainer jedoch ansonsten vollkommen. Dann legt er die Hände hinter seinem Rücken zusammen und schlendert davon, woraufhin ihm Nathaniel widerwillig folgt. Ausnahmsweise empfinde ich Mitleid mit meinem Teamkollegen, denn bei einem Vater wie Buck ist es kein Wunder, dass er so geworden ist.

Als sie in der Menge verschwunden sind, drehe ich mich zu Mark um und lasse mein Lächeln verschwinden. »Wenn der Typ mich unter Vertrag behält, bis er abgelaufen ist, bin ich schockiert.«

»Als würde er Geld für eine Abfindung verschwenden.« Mark schnaubt, aber in seiner Miene sind Zweifel zu erkennen. »Das Team würde ganz unten auf der Liste stehen, wenn du keine Punkte mehr holst. Er braucht dich.«

Nur bis er jemanden findet, den er für besser hält. Doch

außerhalb der besten drei Rennställe gibt es nur wenige Fahrer, die besser sind als ich. Nein, in den übrigen vierzehn Teams gibt es *niemanden*, der besser ist als ich. Wenn ich nur ein besseres Auto und die Unterstützung meines Teams hätte, um es zu beweisen.

»Schauen wir mal, wie lange«, murmele ich.

In dem Moment vibriert das Handy in meiner Tasche.

Als ich es hervorhole, sehe ich eine Benachrichtigung. *Dev Anderson hat ein neues Foto hochgeladen.* Ich folge meinem offiziellen Account mit meinem Fake-Profil, das ich angelegt habe, nachdem sich Jani an mir gerächt hatte – hauptsächlich um mich darüber auf dem Laufenden zu halten, was die Leute über mich schrieben, nachdem ich mich aus der Öffentlichkeit zurückgezogen hatte. Spoiler: Es war nichts Gutes. Nach zwei fürchterlichen Tagen bin ich mir entfolgt.

Sieht aus, als würde Willow einen guten Job machen, auch wenn es ein bisschen spät ist für einen Post. Wahrscheinlich ist sie in ihrem Hotelzimmer, ein paar Türen von meinem entfernt, und liegt bereits im Pyjama im Bett. Das war zumindest ihr Plan, als ich vorhin mit ihr gesprochen habe. Und die Vorstellung gefällt mir viel besser, als gut für mich ist.

»Warum grinst du so bescheuert?«

Ich blinzele die Fantasie weg und schaue Mark an. »Wie bitte?«

»Du bist ja immer albern, aber das …«, er wedelt mit der Hand vor meinem Gesicht herum, »ist noch mal 'ne ganz andere Nummer.«

Ich sperre mein Handy und lasse es wieder in meine

Tasche gleiten, ohne nachzusehen, was Willow gepostet hat. Mit dem Mann, der neben mir steht, teile ich so gut wie alles, aber das möchte ich noch eine Weile für mich behalten. Ich kann sein Urteil nicht gebrauchen. »Ist nicht so wichtig.«

Aber Mark kennt mich zu gut. »Geht es um Willow?«

Ich nehme einen tiefen Atemzug. »Sie hat etwas gepostet. Ich hab mir nur die Benachrichtigung angesehen.«

Ich bin mir sicher, er kauft es mir nicht ab. Er hat soeben meine viel zu begeisterte Reaktion auf eine Benachrichtigung mitbekommen, die nicht mehr als einen flüchtigen Blick verdient hätte.

»Alles klar«, erwidert er langsam. »Ich hab mitgekriegt, wie du sie vorhin angeschaut hast.«

Ich erstarre unter seinem prüfenden Blick und beiße die Zähne zusammen, um nicht noch mehr preiszugeben.

»Du weißt, dass nichts passieren darf«, warnt er, senkt die Stimme und schlägt einen belehrenden Tonfall an. Ich kann den Vortrag nur über mich ergehen lassen. »Hör auf, dir irgendetwas anderes auszumalen.« Er hebt eine Hand und schließt mit einer Bewegung den gesamten Raum ein. »Such dir irgendeine Frau aus. Hab endlich wieder Sex. Du denkst nur an sie, weil dein Schwanz auf Entzug ist. Ich verspreche dir, wenn du einmal mit einer anderen im Bett warst, wirst du sie vergessen.«

Das kann er sich ruhig einreden, aber heute Abend hat keine einzige Frau meine Aufmerksamkeit geweckt. Wenn das nicht beweist, dass er sich täuscht, was dann?

Ich zwinge mich zu einem schiefen Grinsen, entschlossen, vom Thema abzulenken. »Du glaubst, mein Ruf hat sich schon so weit erholt, dass ich das schaffen kann?« Ich versuche, es wie einen Witz klingen zu lassen, obwohl ich spüre, dass mir kalter Schweiß die Wirbelsäule hinabläuft.

»Der einzige Grund, aus dem es noch nicht passiert ist, ist die Tatsache, dass du dir zu viele Gedanken machst.« Offenbar hat Mark meine Faxen satt. »Und jetzt benutzt du es als Ausrede, weil du jemanden willst, den du nicht haben kannst.«

Die Wahrheit fühlt sich an wie ein Schlag in die Magengrube. »Du weißt nicht, wovon du sprichst«, versetze ich.

»Oh, doch.« Er mustert mich ein weiteres Mal forschend, ohne seine Missbilligung zu verbergen. »Wenn die Aussicht darauf, unsere Freundschaft mit Oakley zu ruinieren, nicht genügt, um dich von Willow fernzuhalten, dann denk wenigstens daran, was es für sie bedeuten würde. Was es beruflich für sie heißen würde, wenn sie mit dir in Verbindung gebracht wird. Wenn ihr euch aufeinander einlasst und die Öffentlichkeit es rausfindet, wird sie niemand mehr einstellen, nachdem du mit ihr fertig bist. Sie werden denken, dass sie nur darauf aus ist, mit Sportlern ins Bett zu gehen, um ihre Karriere voranzutreiben. Willst du ihr das wirklich antun?«

Eis breitet sich in meinen Adern aus und lässt mich erstarren. Mit einem Mal bin ich sprachlos. Natürlich will ich das nicht. Sie verdient nur das Allerbeste, und das ist mit ein Grund, weshalb ich ihr den Job angeboten habe – um sicherzustellen, dass sie auch in Zukunft Erfolg haben wird. Das Letzte, was ich will, ist, das alles aufs Spiel zu setzen.

»Tu es nicht, Dev«, murmelt Mark. »Ruinier es nicht für uns alle.«

Ich gehe allein ins Bett.

Nach dem heutigen Abend zu urteilen, hat sich mein Ruf bei den Frauen ein wenig erholt. Anders als in den letzten paar Monaten haben sich ein paar von ihnen getraut, mich anzusprechen, und ich habe nicht gezögert, meinen Charme spielen zu lassen. Doch nachdem ich mich kurz entschuldigt habe, um mir noch einen Drink zu holen und mir die Benachrichtigung auf meinem Handy anzusehen, war meine Lust, mit irgendeiner anderen zu schlafen, verschwunden.

Willow hat ein Foto vom Meet & Greet gepostet. Darauf werfe ich vor Lachen den Kopf in den Nacken, während eine Gruppe von Desi-Frauen ein mit Photoshop bearbeitetes Banner hochhält, auf dem ich als Bollywood-Held mit wehendem Hemd zu sehen bin. Die anderen Fahrer im Hintergrund sind meine Tänzer. Mir war nicht aufgefallen, dass Willow diesen Moment festgehalten hat. Unter dem Foto steht: *Wenn es mit der Rennkarriere doch nicht klappen sollte …* Genau die Worte, die ich zu den Frauen gesagt habe. Doch in dem Lärm der Menge und bei dem Abstand zwischen uns kann Willow mich auf keinen Fall gehört haben. Jani hätte definitiv etwas Kitschiges unter den Post geschrieben – etwas, das ich niemals von mir geben würde. Aber Willow versteht meinen Humor und weiß, was zu mir als Marke passt.

Sie kennt mich.

Kurz danach verließ ich die Party, denn ich hatte keine Lust mehr, mit Frauen zu flirten. Mark warf mir einen enttäuschten Blick zu, als ich mich verabschiedete, aber das war mir egal. Warum sollte ich meine Energie auf etwas verschwenden, das ich nicht wirklich wollte?

Doch seine Warnung ist mir im Gedächtnis geblieben. Ich möchte Willows Karriere nicht ruinieren, bevor sie überhaupt richtig begonnen hat. Die Welt ist zu Frauen auf eine Art grausam, die ich niemals richtig verstehen werde, aber wenn sie sich mit mir einlässt, würde es sie für den Rest ihres Lebens verfolgen. Das darf ich nicht riskieren, ganz gleich, wie sehr ich sie will. Oakleys Meinung allein genügt nicht, um mich aufzuhalten, aber das Risiko, Willows Karriere zu zerstören, kombiniert mit den anderen Konsequenzen – dem Ende unserer Freundschaft –, reicht.

Vielleicht. Verdammt, oder doch nicht?

Es ist nicht so, als hätte ich vor, Willow das Herz zu brechen, wenn wir zusammenkämen, aber ich kann nicht in die Zukunft blicken. Wenn ich mich allerdings entscheiden müsste, sie entweder zu verletzen oder niemals wieder Rennen zu fahren, würde ich der Formel 1, ohne zu zögern, den Rücken kehren.

Ich schneide eine Grimasse und drücke mir ein Kissen aufs Gesicht in der Hoffnung, dass mir der Sauerstoffmangel diese Gedanken austreibt, doch ich atme immer noch, und alles, was ich sehen kann, ist Willows schüchternes Lächeln von heute Morgen. Meine nicht ganz so unschuldige Willow.

Ich weiß schon seit Oakleys Geburtstagsparty im letzten

Jahr, dass ich in Schwierigkeiten stecke – aber jetzt? Jetzt stecke ich tiefer drin, als ich es jemals für möglich gehalten hätte.

Die Quittung für meine schlaflose Nacht bekomme ich bei meiner Trainingseinheit, die denkbar schlecht läuft. Und auch am Samstag hält meine Pechsträhne an, denn ich erreiche im Qualifying nur Platz dreizehn. Es ist nicht so, als wäre das noch nie passiert, aber Nathaniel hat es mit einer zweitausendstel Sekunde Vorsprung auf Platz zwölf geschafft, und das wurmt mich.

Buck ist glücklich, und die gesamte Werkstatt hat ein erleichtertes Seufzen ausgestoßen. Und ich? Ich versuche, kein schlechter Verlierer zu sein, bevor das Rennen überhaupt begonnen hat.

In meinem Fahrerraum macht Mark mit mir Reaktionsübungen, während Chava und Willow auf dem kleinen Sofa sitzen und beide auf unterschiedliche Weise daran arbeiten, dass mein Leben reibungslos verläuft.

»Reid hat noch Platz an Bord seines Jets, falls du morgen privat fliegen möchtest«, sagt Chava, sobald ich das letzte blinkende Licht angetippt habe. »Er hat gesagt, er kann uns alle mitnehmen; er reist diese Woche nach Hause, also fliegt er ohnehin nach Dallas.«

Reid Coleman ist der dritte amerikanische Fahrer in der Startaufstellung. Wenn Scuderia D'Ambrosi ihn nicht zuerst in der Formel 2 entdeckt hätte, hätte ihn garantiert Argonaut gewollt. Er ist der perfekte All-American-Boy –

goldblondes Haar, blaue Augen, Elfenbeinhaut. Obwohl mir in letzter Zeit eine Sonnenbräune an ihm aufgefallen ist, die darauf hindeutet, dass er den Winter an einem warmen Ort verbracht hat.

Er ist ganz anders als ich. Manchmal bin ich mir sicher, dass Argonaut mich nur ins Team geholt hat, weil sie in Sachen Diversität punkten wollten, aber das ist eine Theorie, die ich niemals laut aussprechen werde.

Reid und ich haben uns eine Wohnung geteilt, als wir gerade unsere Verträge bei unseren Teams unterschrieben hatten. Damals waren wir junge Männer, die erst vor Kurzem das Teenageralter hinter sich gelassen hatten und auf einmal professionelle Rennfahrer geworden waren. In jenem ersten Jahr war es definitiv Reid, der mich bei Verstand gehalten hat. Ohne ihn wäre ich vielleicht unter dem Druck zerbrochen. Seitdem haben wir uns zwar ein wenig auseinandergelebt, aber das ist wohl nur natürlich, wenn man für unterschiedliche Rennställe fährt. Dennoch halten wir einander stets den Rücken frei.

Ich nicke und zupfe den Rennanzug zurecht, der nur bis zu meinen Hüften hochgezogen ist. »Ich bin dabei. Mit dem Team würde ich nur ungern noch mal fliegen.« Besonders nach der heutigen Niederlage. Wie immer versuche ich, das Positive zu sehen, aber Argonaut erschwert mir das mit jedem Tag mehr.

Willow räuspert sich. »Wenn du sagst, wir können alle mitkommen«, setzt sie mit hochgezogenen Augenbrauen an, »meinst du damit auch mich?«

Chava legt ihr einen Arm um den Nacken, zieht sie an seine Seite und hebt die andere Hand, um ihr das Haar zu zerzausen, so wie er es schon getan hat, als wir noch Kinder waren – doch im letzten Moment überlegt er es sich anders. Und das war eindeutig die richtige Entscheidung, denn ich glaube nicht, dass es Willow recht wäre, wenn er ihre Locken durcheinanderbringt.

Ein unerwarteter Anflug von Eifersucht fährt mir in die Brust, als ich sehe, wie die beiden Seite an Seite aneinandergepresst sind. Der lockere Griff, mit dem er sie festhält, wirkt eher wie die Geste eines großen Bruders, und sie hat nur eine Hand an seine Brust gelegt, um ihn davon abzuhalten, sie fester zu umklammern. Dennoch rauscht mit einem Mal Adrenalin durch meine Adern, obwohl ich ruhig bleiben sollte.

»Klar bist auch du damit gemeint.« Chava blickt grinsend zu ihr runter, ohne dass ihm auffällt, wie sehr er mich aus der Fassung gebracht hat. »Du bist jetzt eine von uns.«

Jeder Instinkt in mir schreit danach, ihn von ihr wegzureißen und ihm zu sagen, er soll die Hände von ihr lassen. Aber ehe ich dem Drang erliegen kann, wirft mir Mark einen warnenden Blick aus seinen blauen Augen zu. Also atme ich tief ein, um mich zu beruhigen und meinen Herzschlag zu verlangsamen. Scheiße. Ich kann nicht riskieren, gestresst zu sein, bevor ich mich in den Wagen setze. Mit Wut zu fahren, bringt mich nirgendwohin – außer mit voller Wucht in die Absperrungen.

Ich bemühe mich, Chavas und Willows Gespräch keine weitere Beachtung zu schenken, und bedeute Mark, nach dem Folterinstrument zu greifen, das wir für das Nackentraining verwenden. Aber ihr Kichern, als Chava ihr von den Vorteilen von Privatjets erzählt, kommt mir vor, als würde sie mir einen Schlag nach dem anderen versetzen.

Fast bricht mir Mark das Genick, als er die Bänder stramm zieht, obwohl ich nicht bereit bin. Zum Glück gelingt es mir, mich aus den Kopfbändern zu befreien, ehe er Schäden anrichten kann. Eilig tastet er meinen Kopf und meine Schultern ab, um mich auf Verletzungen zu untersuchen, aber ich ducke mich unter seinen Händen weg und wende mich dem Sofa zu.

»Macht es euch was aus, in die Werkstatt zu gehen?« Ich hoffe, sie können die Anspannung in meiner Stimme nicht hören. »Mark muss sich noch meinem unteren Rücken widmen, und ihr sollt mich schließlich nicht in meiner feuerfesten Unterwäsche sehen. Ein bisschen Privatsphäre wäre also schön.«

Sie nicken und stoßen zustimmende Laute aus, sammeln ihre Sachen zusammen und gehen in Richtung Tür, doch Chava wirft mir noch einen letzten fragenden Blick zu.

Als sie gegangen sind, runzelt Mark missbilligend die Stirn. »Du bist abgelenkt.«

Ich greife nach dem Trainingsgerät und ziehe es wieder an. »Alles in Ordnung. Ich schwöre es dir. Es herrschte nur zu viel Trubel.« Ich deute auf das Band. »Willst du mich nun quälen oder nicht? Ich weiß, dass du gerne zusiehst, wie ich leide, Baby.«

Er geht nicht auf meinen Witz ein, was schmerzt. »Du lässt dich von ihr zu sehr aus der Bahn werfen.«

»Halt die Fresse«, kommt mir über die Lippen, ehe ich mich zurückhalten kann, aber ich habe es satt, mich von ihm zurechtweisen zu lassen.

Ich atme tief durch und schließe die Augen, um mich zu erden, ehe ich sie wieder öffne.

Mark steht neben mir. Ich weiß, dass er sich nur Sorgen macht.

»Tut mir leid. Das hätte ich nicht sagen sollen.«

Mit einem Nicken akzeptiert er meine Entschuldigung. »Schon in Ordnung. Ich versteh dich ja.« Er hält inne und schaut mir in die Augen. »Aber du musst sie dir aus dem Kopf schlagen.«

Ich weiß nicht, ob ich das kann.

»Lass uns weitermachen.« Ich reiche ihm wieder das Band. »Ich hab einen Teamkollegen, dem ich in den Hintern treten muss.«

Als ich auf meiner Seite der Werkstatt bin, fühle ich mich endlich wieder wie ich selbst.

Das Heulen von Motoren und der Geruch von Öl beruhigen mich irgendwie immer. Das Adrenalin, das mir durch die Adern rauscht, ist mittlerweile zum Glück nur noch dem bevorstehenden Rennen zuzuschreiben und nichts anderem.

Ich wippe auf den Füßen auf und ab, während ich ein letztes Strategiegespräch mit Branny und Sturgill, unserem Teamchef, führe. Sturgill ist kein schlechter Kerl, aber er ist Bucks Lakai. Und auch wenn unsere oberste Priorität darin bestehen sollte, Punkte für das Team zu sammeln, ganz gleich, welcher Fahrer sie holt, hat er nie einen Hehl daraus gemacht, dass *seine* Priorität ist, es Buck recht zu machen. Dennoch hat er sich in der Vergangenheit auch schon aktiv für mich eingesetzt, wofür ich ihn respektiere. Es ist nur schade, dass er es nicht öfter tun kann.

Als wir fertig sind, gehe ich zu Chava, der Willow dabei hilft, ihr Headset zurechtzurücken.

Sie strahlt so sehr, dass ich beinahe den Blick abwenden muss. Sie ist der reinste Sonnenschein, der alles und jeden um sie herum erhellt, und zieht mich an wie eine Flamme die Motten.

»Ich sah nie besser aus«, verkündet sie und rahmt ihr Gesicht mit den Händen ein, um das knallrote Headset zur Geltung zu bringen. Ihre Nägel hat sie passend dazu lackiert, ihre Ringfinger zusätzlich mit Glitzer. Sie ist die Einzige hier, der die Arbeitskleidung von Argonaut steht. Ihr enger marineblauer Rock schmiegt sich an ihre Hüften, und ihr gestreiftes Polohemd hat sie sich vorn lose in den Bund gesteckt. Ihre Locken sind mit einem Sternenband zurückgebunden, was sie sportlich und gleichzeitig erschreckend sexy wirken lässt.

Ein Blick genügt, und schon weiß ich, dass ich in Schwierigkeiten stecke. Aber ich habe nicht mal Interesse daran, diese aus dem Weg zu räumen. Wie kann ich sie mir aus dem Kopf schlagen, so wie Mark es mir geraten hat, wenn sie aussieht wie ein Engel und noch dazu so brillant ist?

Als sie bemerkt, dass ich mich nähere, vertiefen sich ihre Grübchen. »Viel Glück heute.«

»Das brauche ich nicht«, scherze ich und erwidere ihr Grinsen. »Ich hab schließlich dich.«

Das entlockt ihr ein Ächzen, und sie lässt den Kopf nach

hinten fallen. »Ich hab dir doch gesagt, dass du mir diese Bürde nicht auferlegen sollst.«

»Heute schaffe ich es aufs Siegerpodest, und zwar nur, weil du hier bist.«

»Du bist echt schlimm.« Sie seufzt und gibt mir dann mit einer Handbewegung zu verstehen, dass ich ihr Platz machen soll. »Ich muss Konrad suchen. Er hat gestern ein paar Fotos gemacht, die ich für deine Accounts verwenden will.«

Ich trete zur Seite und denke an den letzten Post. Alles, was sie bisher getan hat, war perfekt und hat den Fans die Einblicke in mein Leben gewährt, nach denen sie sich gesehnt haben, doch nie so, dass es mir unangenehm gewesen wäre. Willow hält die perfekte Balance zwischen persönlich und professionell. Gestern hat sie sogar eine Reihe von Posts vorgeschlagen, die sich auf meine Beziehung zu den anderen Teammitgliedern fokussiert, mit denen ich eng zusammenarbeite – um zum Ausdruck zu bringen, dass ich dankbar für das bin, was sie für mich tun. Jani dagegen hat hauptsächlich Fotos von mir mit nacktem Oberkörper im Fitnessstudio gepostet. Es wirkte, als bestehe ihre Strategie darin, mich darzustellen wie einen selbstverliebten Arsch.

Als Willow sich entfernt hat, wende ich mich Chava zu und verdrehe angesichts seines wissenden Blickes die Augen. Dank seines bedeutsamen Schmunzelns und Marks Bemerkungen fühle ich mich, als hätte ich einen Engel und einen Teufel auf den Schultern sitzen. Ich weiß nur nicht genau, wer wer ist.

»Sag nichts«, warne ich.

»Das wollte ich auch gar nicht.«

»Aber du hast etwas gedacht.«

Ein schelmisches Grinsen legt sich auf sein Gesicht. »Schuldig im Sinne der Anklage.«

Ich seufze und greife an ihm vorbei, um meinen Helm aus dem Regal zu nehmen. »Ich hab keine Zeit für so was.«

Chava legt seine Hände hinter dem Rücken zusammen und wippt auf seinen Fersen zurück. *»Viel Glück heute«*, imitiert er Willows Stimme.

»Ich bringe dich um.«

»Da musst du dich hinten anstellen.«

Als ich im Auto sitze, vergesse ich meine Wut. Der Motor vibriert hinter mir, der Helm schränkt meine Sicht ein, sodass ich nur den Asphalt und die Wagen vor mir sehe – und Nathaniel auf der Position rechts vor mir. Sein Anblick erfüllt mich mit Ehrgeiz. Ziel Nummer eins heute: ihn so schnell wie möglich überholen. Das ist allerdings nur möglich, wenn der Omega Siluro in der Startaufstellung direkt vor mir nicht im Weg ist.

Doch das ist mir offenbar nicht vergönnt.

Er startet langsam, sodass ich rechts überholen kann, aber Nathaniel ist längst davongerast, sodass ich die Position hinter ihm einnehmen muss. Ich rücke ihm während der ersten Runde dicht auf die Pelle, auch wenn seine Dirty Air mich in jeder Kurve langsamer macht. Doch der Windschatten auf den geraden Strecken ist nicht zu verachten. Zu dem Zeitpunkt, zu dem der bewegliche Heckflügel zum

Einsatz kommt, hege ich keinen Zweifel mehr daran, dass ich ihn überholen kann.

Ich lasse mir noch ein paar Runden Zeit, wärme meine Reifen weiter auf, bis sich der Wagen unter mir angenehm anfühlt. Ich weiß, dass ich schneller fahren kann.

Es gibt nur ein Problem – mein Teamkollege bewegt sich nicht aus dem Weg. Er verteidigt seine Position, als würde sein Leben davon abhängen, was seinen Reifen nicht guttun kann, besonders so früh im Rennen. Sein Renningenieur rät ihm wahrscheinlich, dass er die Sache locker angehen soll, damit sie bei den geplanten zwei Boxenstopps bleiben können, um die Reifen zu wechseln, aber er hat offenbar einen anderen Plan.

»Ich muss an ihm vorbei«, sage ich über das Teamradio zu Branny, ohne auf seine Warnungen einzugehen, nicht zu nahe aufzufahren. »Ich bin mit Sicherheit eine halbe Sekunde schneller.«

Ein kurzer Moment der Stille entsteht, ehe Branny wieder spricht. »Negativ. Du hast keine Erlaubnis, zu überholen.«

Ich bin vollkommen verblüfft. So wie es im Moment aussieht, holt keiner von uns Punkte. Um das zu ändern, muss ich entweder meinen Teamkollegen überholen oder ein paar Leute vor uns müssen erhebliche Probleme bekommen. Warum lassen sie mich also nicht das tun, was uns in der Konstrukteurswertung am weitesten bringt?

Im Grunde ist das eine dumme Frage, denn ich weiß, warum.

»Dann erteile eine Teamanweisung«, fordere ich. »Sag ihm, dass er mich überholen lassen soll.«

»Negativ«, erwidert Branny sofort, ohne auch nur eine Sekunde darüber nachzudenken. »Bleib, wo du bist, und verteidige deine Position.«

Was für ein *Schwachsinn*. Selbst die Kommentatoren müssen erkennen, dass ich schneller bin als Nathaniel. Wenn er mich vorbeilassen würde, hätte ich locker mehrere Sekunden Vorsprung und somit die Chance, bis zu dem McMorris auf Platz zehn aufzuholen. Aber nein, mir bleibt nichts anderes übrig, als meinem arschigen Teamkollegen den Rücken freizuhalten, obwohl der nur weiß, wie man in den Rückspiegel schaut, wenn ich hinter ihm bin.

Sechzig weitere Runden koche ich vor Wut, verfluche in Gedanken Nathaniel und Buck und alle, die ihnen ihren Mist durchgehen lassen, bis ich das Ziel erreiche.

Wenn ich vorher noch nicht entschlossen genug war, dann bin ich es jetzt. Ich muss das Team verlassen.

Kapitel 15

Willow

»Sieht aus, als sei ich doch nicht deine Glücksbringerin.«

In einer abgeschirmten Ecke der Argonaut-Werkstatt rubbelt sich Dev mit einem Handtuch die schweißnassen Haare ab. Er streicht sich ein paar Locken aus dem Gesicht, ohne sich darum zu scheren, wie sie fallen. Selbst nach einem anstrengenden Rennen, in dem er seinem Teamkollegen die ganze Zeit den Rücken freigehalten hat, sieht er so gut wie perfekt aus.

Trotzdem ist der Dev, der nun vor mir steht, ein Mann, den ich kaum wiedererkenne. Seine Schultern hängen herab, und um seinen Mund hat sich ein verbitterter Zug gelegt. Er ist unglücklich, so viel steht fest, und er hat sich in diese Ecke zurückgezogen, damit ihn niemand so sieht. Auch vor mir wollte er es verbergen, aber ich wusste, dass sein halbherziges Lächeln, das er auf den Lippen trug, als er in die Boxengasse schlurfte, aufgesetzt war; also bin ich ihm hierher gefolgt, nachdem Chava ihm wortlos eine Wasserflasche und ein Handtuch überreicht hatte. Denn auch er wusste eindeutig besser als ich, dass man Dev in so einem Moment nicht stören sollte. Als er merkte, dass ich ihm hinterherging, versuchte er, Einwände zu erheben, schloss den Mund nach meiner Bemerkung über das fehlende Glück jedoch wieder.

Bisher hat Dev noch kein Wort gesagt, also bleibt mir nichts anderes übrig, als ihn zu beobachten und mir den Kopf darüber zu zerbrechen, wie ich die Stimmung aufheitern könnte.

Ich habe mitbekommen, was über den Boxenfunk kommuniziert wurde, habe gehört, dass sein Renningenieur ihm verboten hat, seinen Teamkollegen zu überholen. Am Ende ist Dev auf dem zwölften Platz gelandet und Nathaniel auf dem elften. Keiner von beiden hat Punkte geholt. Kein Wunder, dass er enttäuscht und erschöpft ist. All das harte Training für nichts.

Ich mag neu in der Welt der Formel 1 sein, aber die Spannungen zwischen Devs und Nathaniels Seiten der Werkstatt sind nicht zu übersehen. Offensichtlich ist auch, wer priorisiert wird, was definitiv mit dem Besitzer des Teams zu tun hat. Ich weiß nicht genau, warum Dev Nathaniel so sehr hasst, aber früher oder später werde ich die ganze Geschichte aus ihm herausbekommen. Im Moment genügt es mir, mitzuerleben, wie das Team Dev behandelt, denn das erklärt einiges.

Seit ich meinen Job als Social-Media-Managerin begonnen habe, ist es mein Ziel, die Aufmerksamkeit der höhergestellten Mitarbeitenden von Argonaut zu wecken, um ihnen Devs Wert begreiflich zu machen. Aber vielleicht bin ich die Sache falsch angegangen. Möglicherweise brauche ich einen neuen Plan, denn soweit ich es beurteilen kann, wird diese Gruppe niemals in seinem besten Interesse handeln, solange Buck Decker verantwortlich ist.

»Wenn du mit den Interviews und dem Debriefing fertig bist«, sage ich, »komm zu mir ins Hotel, okay?«

Es entsteht eine lange Pause.

»Okay«, antwortet er schließlich schroff.

Obwohl mir bewusst ist, dass ich damit eine Grenze überschreite, die wir festgesteckt haben, stelle ich mich auf die Zehenspitzen und streiche ihm eine Locke aus dem Gesicht, die ihm in die Stirn gefallen ist. Seine überraschte Miene entgeht mir nicht, aber ich beschließe, es zu ignorieren.

»So«, verkünde ich und lächele ihn an, wobei mein Herz ein wenig schneller schlägt. »Jetzt bist du bereit für die Kameras.«

Als es an meiner Tür klopft, ist es bereits nach elf.

Ich erhebe mich aus dem Bett, tapse durch das Zimmer und lege meine Fingerspitzen an die glatte Oberfläche der Tür, um durch den Spion zu blicken. Ich kann das Gesicht des Mannes, der auf dem Flur steht, nicht erkennen. Sein Arm ist ausgestreckt, um sich am Türrahmen abzustützen, und sein Kinn hat er auf die Brust gesenkt, dennoch besteht kein Zweifel, dass es sich um Dev handelt.

Als ich die Tür öffne, hebt er den Kopf. Er hat geduscht und sich umgezogen, aber seine Miene ist genauso finster wie zu dem Zeitpunkt, als ich ihn nach dem Rennen in der

Garage zurückgelassen habe. Zu meiner Überraschung trägt er ein marineblaues T-Shirt mit dem Argonaut-Logo und dazu eine Jeans. Nach dem heutigen Tag hätte ich eher vermutet, er würde auf Kleidung mit dem Rennstall-Logo verzichten. Aber ich vermute, dass ihm – genau wie heute beim Rennen – die Entscheidung abgenommen wurde.

»Hey.« Seine Stimme klingt tief und rau.

»Hey.« Ich trete zur Seite und bedeute ihm mit einer Geste, reinzukommen.

Einen Moment betrachtet er mich, ehe er die Hand vom Türrahmen nimmt und das Zimmer betritt. Direkt im Eingangsbereich entledigt er sich seiner Schuhe und steuert anschließend den Sessel in der Ecke an, auf den er sich seufzend fallen lässt. Er lehnt den Kopf gegen das Polster, spreizt die Knie und lässt die Arme über die Lehnen hängen. Seine Haltung wirkt offen, aber erschöpft.

Mit einem Mal stelle ich mir vor, wie ich mich zwischen seine Beine knie, die Hände auf seine Oberschenkel lege …

Lieber Gott, Mädel. Reiß dich zusammen.

Ich stehe noch eine Sekunde an der Tür, um mich zu sammeln, ehe ich mich umdrehe und zum Bett gehe. Dort lasse ich mich ihm gegenüber auf dem Rand der Matratze nieder und betrachte ihn.

»Geht es dir gut?«, frage ich schließlich, obwohl die Antwort auf diese Frage offensichtlich ist.

Er schließt die Augen, sodass seine Wimpern für ein paar Sekunden auf seinen Wangen ruhen. Als er die Lider wieder hebt, sieht er mir fest ins Gesicht. »Bald wird es mir wieder gut gehen.«

Mit anderen Worten ist dies momentan *nicht* der Fall.

Nicht dass er dies jemals zugeben würde. Nicht der stets zufriedene Dev.

»Willst du darüber reden?«

»Nicht wirklich.«

Ich nicke und lasse die Stille zwischen uns im Raum schweben.

Als ich ihn gebeten habe, zu mir ins Hotel zu kommen, hatte ich die Absicht, über Strategien zu sprechen, um andere Teams auf ihn aufmerksam zu machen, aber jetzt ist eindeutig nicht der richtige Zeitpunkt, das zur Sprache zu bringen. Er ist nicht gut drauf und trägt einen inneren Kampf aus, der mir verborgen bleibt. Vielleicht wird er mir nie offenbaren, was in ihm vorgeht.

Doch auch wenn ich davon absehen möchte, über Strategien zu sprechen oder ihn zu drängen, sich mir anzuvertrauen, will ich nicht, dass er zurück in sein Zimmer geht, wo er einsam und traurig ist. Natürlich könnte er sich auch an Chava oder Mark wenden, aber ich bezweifele, dass er das tun würde; in all den Jahren, die ich ihn schon kenne, habe ich an ihm noch nie diese Art von Verletzlichkeit wahrgenommen. Ich habe Glück, dass er überhaupt hier aufgetaucht ist. Und ich will dafür sorgen, dass er bleibt.

Ich stemme mich vom Bett hoch, womit ich ihn zu erschrecken scheine. Doch sein Blick wirkt jetzt etwas weniger distanziert.

»Lass uns einen Film schauen.« Ich werfe ihm einen flüchtigen Blick zu, ehe ich die Fernbedienung vom Nachttisch nehme.

In meinen Netflix-Account habe ich mich bereits eingeloggt, denn ich habe eine Folge meiner Lieblings-Comedyserie laufen lassen, während ich mit Chantal über FaceTime telefoniert habe. Als ich den Fernseher einschalte und der Bildschirm aufleuchtet, werden mein Profil und eine Reihe von Vorschlägen für romantische Komödien sichtbar. Heute Abend werde ich mir aber keine davon ansehen.

»Stehst du immer noch auf Horrorfilme?«, frage ich und schaue ihn an.

Sein Stirnrunzeln ist nicht mehr so extrem wie zuvor, aber angesichts der Frage zieht er die Augenbrauen zusammen. »Daran erinnerst du dich?«

Ich schnaube und springe zur nächste Reihe mit Filmvorschlägen. »Du meinst, ob ich mich daran erinnere, dass ich Todesangst hatte, wenn du mit Oakley Horrorfilmmarathons veranstaltet hast? Äh, ja, ich erinnere mich.«

Das entlockt ihm ein Lachen. Es klingt heiser, fast so, als hätte er vergessen, wie es geht. »Ich bin immer noch ein Fan, aber ich werde dich garantiert nicht zwingen, dir meinen Lieblingshorrorfilm anzusehen.«

Ich unterdrücke ein Grinsen. Wenigstens scheint er bereit zu sein, hierzubleiben. Wenn ich damit erreichen kann, ihn abzulenken und daran zu erinnern, dass es im Leben mehr gibt als Autorennen und die Politik, die damit einhergeht, dann würde ich das als vollen Erfolg verbuchen. Für gewöhnlich ist er derjenige, der gute Laune verbreitet und die Leute in seinem engeren Umfeld aufheitert. Er verdient das Gleiche, wenn er ausnahmsweise einmal selbst ein bisschen Zuwendung braucht.

»Können wir aber gerne tun.« Ich setze mich wieder aufs Bett, wobei ich darauf achte, genügend Platz zu lassen, dass er sich neben mich legen kann. »Was willst du stattdessen sehen?«

Während er sich langsam erhebt, sieht er mich forschend an. »Ich hätte da eine Idee. Aber du musst mir versprechen, niemandem davon zu erzählen. Besonders nicht Chava. Er wird sich sonst bis an mein Lebensende über mich lustig machen.«

Wie ein Bösewicht reibe ich mir genüsslich die Hände und grinse. »Ooh, etwas, das Chava nicht weiß? Erzähl mir mehr.«

Er stößt ein Lachen aus, schüttelt den Kopf und wendet seinen Blick ab, als könnte er mir nicht in die Augen schauen, während er sein Geständnis ablegt. »Wenn ich einen richtig schlechten Tag habe, dann ... dann gucke ich mir einen Bollywood-Film an.«

Blinzelnd warte ich auf die Pointe. Als er jedoch nichts weiter hinzufügt, runzele ich die Stirn. »Okay ...? Du tust so, als wüsste ich nicht, dass du mit elf Playback-Sänger werden wolltest.«

Abrupt reißt er den Kopf hoch und richtet drohend einen Finger auf mich. »Das nimmst du besser mit ins Grab.«

»Ich verspreche es hoch und heilig.« Während meines Schwures muss ich mich zusammenreißen, um nicht zu lachen. »Aber mal im Ernst, ich bin nicht schockiert darüber, dass dies dein Trost an schlechten Tagen ist. Wer wünscht sich in solchen Momenten keine übertriebenen Dramen und gute Tanzchoreografien?«

»Es ist etwas ... spezifischer als das.« Er atmet tief ein und stößt die Luft schnell wieder aus. »Ich schaue meistens *Kal Ho Naa Ho*.«

Ich bin keine Expertin für indisches Kino, aber ich habe dank Neha Aunty als Kind *Unmengen* von Bollywood-Filmen gesehen. Im Laufe ihrer Nachbarschaft hat sie meiner Mom mit Sicherheit jede einzelne DVD aus ihrer Sammlung ausgeliehen. Daraus stach ein Film ganz besonders hervor, nach dem ich stundenlang geweint habe.

»Moment mal«, sage ich langsam und ungläubig. »*Kal Ho Naa Ho* ist dein Trostfilm? Im Ernst?«

Dev wirft resigniert eine Hand in die Luft, wobei er erneut meinen Blick meidet. »Ich meine ... ja. Es geht schließlich darum, auf das stolz zu sein, was man ist – auf seinen Hintergrund und seine Herkunft –, und darum, sein Leben in vollen Zügen zu genießen, selbst wenn man jeden Moment sterben könnte. Wenn das nicht zu mir passt ...« Er zuckt mit den Schultern.

Okay, jetzt begreife ich, auch wenn ich niemals mit einer solchen Antwort gerechnet hätte. »Ich versteh dich ja, aber der Film hat mich zum Weinen gebracht, danach habe ich ihn mir nie wieder angesehen – also möchte ich ihn auf keinen Fall heute Abend schauen. Gib mir eine andere Option.«

Er presst die Lippen zusammen und schaut sich im Zimmer um, ehe er seine Aufmerksamkeit wieder auf mich lenkt und Hoffnung in seinen Augen aufblitzt. »*Devdas?*«

Beinahe verschlucke ich mich. »Du hast den Verstand verloren.«

»*Dil Se?*«

»*Willst* du traurig sein?«

Er lacht erneut, aber diesmal ist es der warme Klang, an den ich gewöhnt bin. »Schon gut, schon gut. Wie wär's mit *Om Shanti Om?*«

»Ah, ich verstehe.« Ich nicke ernst, während ich die Puzzleteile seiner filmischen Auswahl zusammensetze. »Das Motto lautet nicht ›deprimierend‹, sondern Shah Rukh Khan.«

Und da ist es, das Grinsen, das mein Herz einen Schlag aussetzen lässt, obwohl ich es besser wissen müsste. »Du hast mich ertappt. Mit King Khan ist man nie schief gewickelt.«

»Mit *Om Shanti Om* kann ich leben.« Ich greife nach der Fernbedienung und tippe den Titel ins Suchfeld ein. Als ich das Bild sehe, auf dem eine bekannte Szene des Filmes gezeigt wird, versuche ich mein Glück und klopfe einladend auf die leere Stelle neben mir im Bett. »Komm her. Ich will nicht, dass du dir den Hals verrenken musst, um den Bildschirm zu sehen. Mark bringt mich um, wenn du dir einen Muskel zerrst.«

Die Bemerkung ist beiläufig, aber wir beide wissen, dass ich die Grenzen unserer Freundschaft fast sprenge, selbst mit viel Platz und einem Berg aus Kissen zwischen uns.

Da ich mir sicher bin, dass er ablehnen und stattdessen den Sessel verrücken wird, muss ich meine Überraschung verbergen, als er sich erhebt und tatsächlich zum Bett kommt. Vorsichtig klettert er auf die Matratze, erst ein Knie und dann das andere, greift nach einem der vielen Kissen, legt es neben uns ab und stützt einen Ellbogen darauf, als wäre es eine Armlehne. Dann lehnt er sich gegen das Kopfteil.

Ich kann nicht zählen, wie oft wir uns in den letzten paar Tagen umarmt, ein High Five gegeben haben oder Schulter an Schulter zusammen in Meetings saßen, also sollte ich angesichts des Gedankens, dass uns lediglich ein halber Meter trennt, nicht ins Schwitzen geraten. Es fühlt sich jedoch intim an. Wir sind allein, und wir sind zusammen im Bett, selbst wenn wir uns nicht einmal annähernd berühren. Das Zimmer wird von der Nachttischlampe nur schwach beleuchtet, und das leise Summen der Klimaanlage ist das einzige Geräusch.

Als er es sich bequem gemacht hat, stoße ich den Atem aus und lehne mich auf meiner Seite des Bettes zurück. Ich werde so tun, als wäre die Situation vollkommen normal, selbst wenn sie alles andere als das ist.

»Bereit?«, frage ich und hebe die Fernbedienung. Doch ehe ich auf *Play* drücken kann, lasse ich den Arm wieder sinken und setze mich aufrecht hin. »Warte.« Ich werfe ihm die Fernbedienung zu und gehe zu meinem Snackvorrat auf der Kommode. »Hab heute ein paar leckere Dinge eingekauft.« Ich halte zwei Tüten Chips in die Höhe. »Man kann nicht nach Kanada fliegen, ohne All-dressed- und Ketchup-Chips zu essen. Such dir eine Geschmacksrichtung aus.«

Er tippt sich mit einem Finger an die Lippen und betrachtet erst die eine, dann die andere Tüte. »Hälfte-Hälfte?«

»Guter Plan.«

Als Erstes reiche ich ihm die Ketchup-Chips und gehe wieder auf meine Seite des Bettes.

Dev startet den Film, während ich meine Tüte aufreiße und zufrieden seufze, als ich den ersten salzigen Bissen nehme. Nach dem Vorspann habe ich bereits ein paar Chips gegessen und brauche einen Moment, um zu registrieren, dass ich kein Wort verstehe.

»Dev, ich brauche Untertitel«, erinnere ich ihn und schaue zu ihm rüber.

Er hat es sich nun vollkommen bequem gemacht, Chips und Fernbedienung auf seinem Bauch abgelegt. »Oh, Mist. Ja klar.« Er beeilt sich, die Untertitel einzuschalten, und schenkt mir ein schiefes, entschuldigendes Lächeln. »Hab vergessen, dass nicht alle gezwungen wurden, zur Hindi-Schule zu gehen.«

»Dir mag es nicht gefallen haben, aber ich bin neidisch, dass du drei Sprachen beherrschst«, murre ich und schiebe meine Hand erneut in die Chipstüte.

»Eigentlich sogar fünf«, erwidert er beiläufig, den Blick auf den Fernseher gerichtet, während Shah Rukh Khan ins Bild kommt. »Als ich nach Europa gezogen bin, hab ich Französisch und Italienisch gelernt. So war es einfacher, im Fahrerlager zu kommunizieren. Irgendwie nervig, dass man immer von allen erwartet, perfektes Englisch zu sprechen.«

Ich schaue ihn an und verpasse die Untertitel auf dem Bildschirm. Wenn ich geglaubt habe, ich könnte nicht beeindruckter von Dev Anderson sein, so hat er mir gerade bewiesen, dass ich mich getäuscht habe. Und mit einem Mal habe ich wieder Schmetterlinge im Bauch.

»Ich hasse dich«, scherze ich. »Hör auf, gut in so vielen Dingen zu sein. Ein paar beeindruckende Talente kannst du ruhig uns anderen überlassen.«

Dev lacht. Der Klang ist vertraut und natürlich und kommt ihm so mühelos über die Lippen, dass ich mich frage, ob der Mann, der vorhin zur Tür hereinspaziert ist, die gleiche Person war.

»Du bist auch in vielen Dingen gut. Das weißt du doch.« Über die uns trennenden Kissen hinweg sieht er mich an. »Verkauf dich niemals unter Wert, Willow.«

Während der Pause – Bollywood muss man einfach lieben – stehe ich auf, um mich zu dehnen, während Dev uns Getränke vom Automaten am Ende des Ganges holt.

Die anfänglich angespannte Stimmung ist mittlerweile wie weggeblasen, und es fühlt sich wieder an wie in alten Zeiten. Ich habe ihn mit Gummibärchen beworfen, als er laut zu *Ajab Si* mitgesungen hat, als wäre ich diejenige, der er seine Liebe gesteht. Jedes Mal, wenn Mukesh erschien, haben wir gemeinsam Buhrufe von uns gegeben. Dev hat sogar versprochen, alle Kostüme, die Deepika Padukone getragen hat, für mich nachschneidern zu lassen, weil ich von jedem so begeistert bin – vermutlich nur, um mich zum Schweigen zu bringen. Wir sind in unserer eigenen kleinen Welt, in der nichts außerhalb dieses Hotelzimmers und dieses filmischen Meisterwerks zählt.

Ich hoffe, ich konnte ihn aufheitern, sodass er eine Chance hat, abzuschalten und all die Probleme zu vergessen, die diese Woche mit sich gebracht hat. Denn morgen ist ein neuer Tag, und ich möchte nicht, dass ihm die Sorgen folgen. Zwar kann ich sie nicht alle vertreiben, aber ich kann es ein wenig einfacher für ihn machen, selbst wenn es nur ein Film ist, der ihm dabei hilft, oder ein paar Snacks, die er wahrscheinlich nicht essen sollte.

Das Türschloss klickt. Dev ist zurück. Doch anstatt seine

Schuhe auszuziehen und wieder ins Bett zu kommen, setzt er das Wasser und meine Schlüsselkarte auf dem kleinen Beistelltisch ab und fährt sich mit einer Hand durch sein Haar.

»Mir ist gerade bewusst geworden, wie spät es ist.« Er hat das Kinn gesenkt, und seine Miene wirkt nicht mehr so entspannt wie zuvor.

Ich gehe zur Tür, die er mit dem Fuß offen hält, und bleibe vor ihm stehen.

»Ich sollte wahrscheinlich schlafen gehen. Wir müssen morgen ziemlich früh raus.«

»Oh.« Ich will nicht enttäuscht klingen, doch es gelingt mir nicht. Kopfschüttelnd fahre ich in einem fröhlicheren Tonfall fort. »Ja, du hast recht. Und ich muss auch noch packen, also …«

»Wir schauen den Film ein andermal weiter.« Sein Lächeln verrät mir, dass es ein Versprechen ist. »Bist du dir sicher, dass du in der Woche, bevor wir nach Österreich fliegen, mit nach Dallas kommen willst? Wenn du lieber zurück nach New York möchtest, kann Chava deinen Flug umbuchen.«

Ich schüttele den Kopf. Wir müssen in einer Woche für das nächste Rennen in Europa sein, und wenn Dev vorhat, die Zeit bis dahin in der Zentrale zu verbringen, dann begleite ich ihn. Solange wir an unterschiedlichen Orten sind, kann ich keinen neuen Content kreieren, und da wir in der Fabrik sein werden, bekomme ich die Gelegenheit, dort mit den Angestellten von Argonaut zu sprechen. Es ist die perfekte Chance, Devs engste Vertraute aus dem Team vorzustellen, was so oder so gut sein wird – egal, für welche neue Strategie wir uns entscheiden.

»Ich komme mit«, versichere ich ihm. »Dann sehen wir uns morgen früh?«

Er nickt, hält die Tür nun mit der Hand auf und weicht langsam nach hinten. »Der Wagen zum Flughafen kommt um neun.«

»Klingt gut.«

Es folgt ein kurzer Moment der Stille, als wisse keiner von uns beiden, wie wir die Unterhaltung beenden sollen. Ich will nicht, dass er geht. Ob er genauso empfindet?

»Alles klar«, sagt er schließlich und macht einen entschlossenen Schritt nach hinten.

Ich trete vor, um die Tür aufzuhalten, während er mein Zimmer verlässt, und um mich an die letzten paar Sekunden mit ihm zu klammern. Wir sehen uns zwar schon morgen früh wieder, aber ich will diesen Moment nicht loslassen.

Dev hat sich schon halb von mir abgewandt, als er sich abrupt zu mir umsieht, wobei seine Augen leuchten. »Eine Sache noch.«

Die Schmetterlinge sind zurück. »Ja?«

»Wessen Bauchmuskeln sind besser – meine oder die von SRK in *Dard-E-Disco?*«

Die Frage kommt so unerwartet, dass mir ein Lachen entfährt. Ich kann nicht mal so tun, als würde ich es nicht witzig finden. »Hör auf, mir Komplimente zu entlocken«, tadele ich. Denn Devs Bauchmuskeln sind in der Tat besser. Und das will etwas heißen.

Sein Grinsen nimmt sein gesamtes Gesicht ein. »Gute Nacht, Willow.«

»Gute Nacht, Dev.«

Er schiebt die Hände in seine Jeanstaschen und schlendert davon, die Schultern gestrafft und das Kinn gehoben.

Das ist der Dev, den ich kenne – selbstbewusst und zufrieden. Die Niedergeschlagenheit von vorhin ist verschwunden.

Kurz bevor ich die Tür schließe, weckt eine Bewegung im Flur meine Aufmerksamkeit. Es ist Mark, der sich in sein Zimmer schleicht, jedoch nicht ohne zuvor dem Mann, der sich ihm nähert, einen bedeutsamen Blick zuzuwerfen.

Dev grüßt ihn nicht, aber ich runzele die Stirn. Denn ich habe den Verdacht, dass dies der Grund ist, aus dem Dev gehen musste.

Kapitel 16

Dev

Reid Coleman hat mein Mädel verzaubert.

Streng genommen ist Willow nicht mein Mädel. Und okay, ja, Reid hat im Flieger mit seinen Abenteuergeschichten und seinem Südstaatenakzent *alle* verzaubert. Aber das ändert nichts an den Fakten. Ich verabscheue den Typen, bis die Herzen aus Willows Augen verschwinden.

Die drückende texanische Hitze hilft nicht gerade dabei, meine Eifersucht zu vergessen, als Chava, Mark, Willow und ich über die Rollbahn zum wartenden SUV gehen.

Mark lässt sich neben mir etwas zurückfallen, während Chava und Willow vorangehen und sich über Reids Fallschirmsprunggeschichte austauschen, wobei sie sich aufführen wie besessene Fangirls.

»Hast du mir mittlerweile verziehen?«

Ich schaue Mark an und schiebe meine Reisetasche auf der Schulter höher. »Es gibt nichts zu verzeihen.«

»Wir wissen beide, dass das nicht stimmt.«

»Wir können aber so tun.«

Er stößt die Luft aus und senkt die Stimme. »Ich versuche nur, dafür zu sorgen, dass du dich konzentrierst.«

»Ich bin nicht abgelenkt.«

Meine Aussage kann Marks Stirnrunzeln nicht vertreiben. Er macht sich Sorgen um mich; das ist sein Job. Aber er ist auch ein guter Freund von mir. Normalerweise macht es mir nichts aus, denn in neunundneunzig Prozent der Fälle hat er recht, und er muss mich wieder auf den richtigen Pfad lenken. Aber dass er mich vor Willow gewarnt und mich gestern Abend förmlich von ihr weggelotst hat, stimmt mich nicht gerade froh.

»Pass auf, es war ein harter Tag. Sie wollte mich nur aufheitern«, erkläre ich. Im selben Moment wird mir klar, dass ich die Worte nicht so stehen lassen kann, da man so einiges in sie hineininterpretieren könnte. »Wir haben einen Film geschaut. Und ganz ehrlich, es hat geholfen. Sie …« Ich breche ab, denn ich finde nicht die richtigen Worte, um ihm zu vermitteln, welch eine Leichtigkeit Willow in mein Leben bringt. Wie sie die dunklen Wolken vertreibt, die über meinem Kopf schweben, und durch puren Sonnenschein ersetzt. »Sie hat alles besser gemacht.«

Mark verengt warnend die Augen. »Das ist eine Menge Anerkennung, die du einer einzigen Person zuteilwerden lässt.«

Mag sein. Vielleicht reicht sie aber auch nicht aus. Denn Willow hat mich vor der Dunkelheit bewahrt, in die ich gestern Abend hätte abdriften können, und ihre Anwesenheit hält mich auch jetzt davon ab, darüber nachzudenken, wie gefangen ich mich bei Argonaut fühle. Wir sind kurz davor, die Zentrale meines Teams zu betreten, aber da ich weiß, dass sie dabei ist, verspüre ich keine Angst.

Als mich der Klang ihres Lachens einhüllt, bleibt mein Blick an ihren hüpfenden Locken hängen. »Die hat sie auch verdient.«

Die Woche in Dallas vergeht bei all den Meetings, den besonders langen Trainingseinheiten im Fitnessstudio und den Stunden im Simulator wie im Flug. Zu dem Zeitpunkt, als wir im Flieger nach Österreich sitzen, bin ich mir sicher, ich könnte die Rennstrecke sogar mit geschlossenen Augen fahren. Ich bin wieder bereit, zu kämpfen.

Ob mir Argonaut das gestattet, bleibt abzuwarten.

»Okay, Zeit für dein wöchentliches Update«, verkündet Willow, als das Flugzeug die nötige Höhe erreicht hat, um unsere elektronischen Geräte wieder einschalten zu können. Dann holt sie den Laptop aus der Tasche zu ihren Füßen und klappt ihn auf. Als sich der Bildschirm erhellt, erscheint eine Slideshow. Die Frau ist vorbereitet.

In den letzten Tagen haben wir abgesehen von den Mahlzeiten nicht viel Zeit miteinander verbracht, denn wir waren zu beschäftigt, um mehr zu tun, als uns flüchtig zu begrüßen und zwischen Tür und Angel Fotos zu machen. Dass ich nun in der ersten Klasse neben ihr sitze, fühlt sich an wie ein gestohlener Moment. Aber Marks Warnung, mich von ihr fernzuhalten, kommt mir wieder in den Sinn, als sie sich räuspert und bereit macht, mit ihrer Präsentation zu beginnen.

Willow hätte es verdient, ihre Expertise auf einer größeren Plattform zu zeigen und für ein Team zu arbeiten, das ihre Hingabe und ihr Talent zu schätzen weiß. Dabei will ich ihr nicht im Weg sein. Anstatt mich also zu ihr zu lehnen, wie ich es eigentlich will, nicke ich nur und warte darauf, dass sie den Bildschirm in meine Richtung dreht.

»Du hast auf allen Profilen im Durchschnitt neun Prozent an Followern dazugewonnen«, setzt sie an. Die erste Slideshow zeigt Diagramme mit Followern und den Anstieg von Interaktionen.

Nachdem ich es mir angeschaut habe, klickt sie zur nächsten Seite, die voller Logos von Firmen ist, mit denen ich gerne arbeiten würde. »Howard hat zwei neue Marken-Deals für dich in Aussicht. Ich habe das Wichtigste über beide zusammengefasst, wenn du sie dir später ansehen möchtest. Wir sollten sicherstellen, dass sie gut zu dir passen.«

»Wie unerträglich war mein Agent, als du mit ihm gesprochen hast?«, frage ich trocken.

Sie bedenkt mich mit einem wissenden Blick. »Wahnsinnig unerträglich.«

»Klingt wie immer.« Ich zeige auf den Computerbildschirm, um ihr zu verstehen zu geben, dass sie fortfahren kann.

»Okay, du hast natürlich das Recht, die Idee abzulehnen, wenn du meinst, es ist noch zu früh, aber die Gastgeberinnen dieses Podcasts wollen ein Interview mit dir führen. Ich hab mir so gut wie jede Folge angehört, die bisher erschienen ist, und diese Frauen kennen sich wirklich aus. Außerdem sind sie witzig und haben riesigen Erfolg.«

Überrascht hebe ich eine Augenbraue. All das hat sie auf sich genommen, bevor sie überhaupt wusste, ob ich Interesse habe? »Du hast dir jede Folge angehört?«

»Fast«, korrigiert sie mich. »Ohne Fleiß kein Preis. Und ich hab mir noch ein paar andere Podcasts reingezogen, in denen es um Formel 1 geht, um zu sehen, ob sie vielleicht besser zu dir passen. Aber ich glaube, das hier ist die beste Option.«

»Gott, ich bin so was von beeindruckt von dir.« Die Worte kommen mir über die Lippen, ehe ich sie aufhalten kann, aber selbst als ihr die Röte am Hals hinaufkriecht, nehme ich sie nicht zurück. Willow verdient Lob und noch viel mehr.

»Danke«, murmelt sie, den Blick fest auf den Laptop gerichtet, während sie die nächste Seite aufruft. »Jedenfalls kann ich Chava damit beauftragen, alle Termine zu planen. Dann wäre da noch …«

Während sie fortfährt, versuche ich mich auf den Bildschirm zu konzentrieren und nicht auf ihr hübsches, gerötetes Gesicht. Jedes Mal, wenn sie einen Vorschlag macht, erkläre ich mich einverstanden, denn schließlich ist sie die Expertin. Das ist offensichtlich. Und ich bin der Mitläufer.

»Okay, lass mich alles mit den anderen koordinieren und in den Kalender eintragen.« Sie strahlt, als sie bei der letzten Seite angekommen ist.

Ich muss mich zusammennehmen, um nicht die Kurve ihrer lächelnden Lippen nachzufahren, denn so etwas sollte ein Vorgesetzter *niemals* tun. Die Versuchung ist allerdings groß, und je mehr Zeit ich mit ihr verbringe, desto schwerer wird es. Vielleicht hat Mark recht. Vielleicht sollte ich sie mir aus dem Kopf schlagen. Um meinen Verstand nicht zu verlieren und ihren Ruf nicht zu ruinieren.

Doch dieser Vorsatz verpufft, als sie meine Hand drückt und ihre Freude greifbar ist. Es ist nur eine kurze, vollkommen unschuldige Berührung. Nur ein Zeichen, wie sehr sie sich freut, dass sie an all den spannenden Dingen arbeiten darf. Ich bezweifele, dass sie überhaupt bewusst darüber nachgedacht hat.

Mit noch immer zufriedener Miene verstaut sie ihren Laptop wieder und holt ihr kleines Notizbuch hervor, ehe sie es sich in dem riesigen Sitz bequem macht. Sie kritzelt etwas auf die Seite, wobei sie sich konzentriert auf die Unterlippe beißt.

In dem Moment wird mir bewusst, dass ich ihr vollkommen verfallen bin. Ich werde sie mir auf keinen Fall aus dem Kopf schlagen, sondern dafür sorgen, dass sie an meiner Seite bleibt.

Zumindest bis der Sommer und unsere gemeinsame Zeit vorbei ist. Auch wenn ich nicht weiß, wie ich sie jemals gehen lassen soll.

Der Sonntag beschert uns blauen Himmel und Sonnenschein, so strahlend wie meine Laune. Wieder einmal fühle ich mich, als könnte mich nichts dort draußen aufhalten. Es ist eine willkommene Ablenkung von dem Gewicht, das sich auf meine Schultern gelegt hat.

Das Training am Freitag verlief ohne Zwischenfälle, und gestern bin ich beim Qualifying Elfter geworden. Was zu meiner guten Stimmung beiträgt, ist die Tatsache, dass es Nathaniel nur auf Platz siebzehn geschafft hat. Also ist es unwahrscheinlich, dass mir die Anweisungen des Teams einen Strich durch die Rechnung machen können. Niemand kann mir vorschreiben, hinter ihm zu bleiben, wenn ich ihm bereits um Längen voraus bin.

Ich meide ihn, als sich alle Fahrer auf dem umgebauten Pritschenwagen eines Sattelzugs versammeln, auf dem wir während der Fahrerparade stehen werden. Ich begrüße Thomas Maxwell-Brown mit einem Grinsen und einem Schulterklopfen, wobei ich ihn mit den protzigen Jachtfotos aufziehe, die er letzte Woche gepostet hat. Der Typ wirkt adliger als die britische Königsfamilie ... Was tatsächlich der Fall sein könnte, wenn man seinen Stammbaum weit genug zurückverfolgen würde.

Ich bin gerade auf den Truck geklettert, als Zaid Yousef das Kinn hebt und mich auffordert, mich neben ihn an die Balustrade zu stellen – weitab von den Reporterinnen und Reportern. Eine Sekunde erstarre ich, ehe ich meine Füße zwinge, sich zu bewegen. Es ist albern, aber ich werde noch immer unsicher, wenn ich Zaid sehe, weil er so berühmt ist.

In Wahrheit ist er ein ganz gewöhnlicher Typ, mit dem ich außerdem schon seit Jahren Rennen fahre, aber ich betrachte ihn schon seit meiner Kindheit als eine Art Gott. Mit sieben Weltmeisterschaftstiteln und unzähligen Rekorden ist er der Größte aller Zeiten. Und da er genau wie ich of colour ist – seine Vorfahren stammen aus dem Nahen Osten –, hat er mir gezeigt, dass Menschen, die aussehen wie wir, ebenfalls die höchste Liga des Motorsports erreichen können.

»Alles klar?«, fragt er mich, nachdem wir uns mit einem Handschlag begrüßt haben. Sein britischer Akzent ähnelt eher dem der Arbeiterklasse, als es bei Thomas, der ebenfalls aus England stammt, der Fall ist.

»Kann nicht klagen.« Ich versuche, mich cool zu geben, was mir definitiv nicht gelingt.

»Wie geht es deiner Mum?«

Das ist typisch für Zaid – er erinnert sich stets an alle Einzelheiten. Er hat sich *einmal* mit meiner Mutter unterhalten und erkundigt sich trotzdem jedes Mal nach ihr.

»Ihr geht es gut. Ich kann sie immer noch nicht dazu überreden, sich zur Ruhe zu setzen, obwohl sie nicht mehr arbeiten müsste.«

Zaid schenkt mir ein warmherziges, wissendes Lächeln. »Meine Mutter ist genauso. Sie würde lieber tot umfallen, als eine andere Person unseren Familienladen führen zu lassen.«

Während der Truck eine Runde auf der Rennstrecke dreht, damit die Fans uns sehen können, unterhalten wir uns weiter; doch als die Reporter kommen, um Zaid zu fragen, welche Chancen er sich auf einen achten Titel ausrechnet, werde ich zur Seite gedrängt.

Neben Reid ist Platz, also stelle ich mich neben ihn. »Danke noch mal für den Flug nach Dallas«, sage ich. »Wie war die Zeit in deiner Heimat?«

»Es war schön.« Er stützt einen Ellbogen auf meine Schulter, während er der Menge zuwinkt. »Auch wenn meine Großmutter mir die ganze Woche in den Ohren lag, dass ich nicht oft genug nach Hause komme.«

Ich lache und winke ebenfalls, genieße die Begeisterung

der Menge. »Richte Dottie aus, ich vermisse ihren Apfelkuchen.«

»Mach ich.« Er schnaubt. »Apropos Texas und Apfelkuchen, hast du Pläne für den vierten Juli?«

»Wahrscheinlich werde ich das tun, was Argonaut für mich vorgesehen hat.« Ich werde zu dem Anlass nicht nach Hause fliegen, denn der vierte ist schon in zwei Tagen, und der nächste Große Preis in Silverstone steht kurz danach an. »Ich fliege an dem Morgen früh nach London, um mich vorzubereiten. Und du?«

»Dann kommst du also zu dem Dinner?«, fragt er. »Ich überlege noch, ob ich mutig genug bin, mich dort blicken zu lassen, aber ich will es auf keinen Fall allein tun.«

»Ach, du meinst die protzige Party, die Argonaut schmeißt?« Allein bei dem Gedanken würde ich am liebsten die Augen verdrehen. Es wird eine Anti-England Party ... mitten in London. »Ja, sie köpfen mich, wenn ich nicht hingehe. Bitte komm auch und leide mit mir zusammen.«

Reid schüttelt den Kopf, ohne den Blick von der Menge abzuwenden. »Nein, ich meine das Dinner vorher mit Buck. Es ist was Kleines, richtig? Er meinte, es kommen nur die wichtigsten Leute, aber ich weiß nicht, ob ich mehr Zeit mit dem Typen verbringen will als unbedingt nötig.«

Mein Magen zieht sich zusammen, während ich stirnrunzelnd sein Profil betrachte. »Wovon sprichst du?«

Reid hält inne und sieht mich mit zusammengezogenen Augenbrauen an. Die Kameras fangen alles ein, aber wenigstens kann niemand hören, was wir sagen. »Du weißt nichts davon?«

»Nein.«

Ich bin nicht überrascht, dass Buck zu einem zusätzlichen Event einlädt, allerdings schockiert mich, dass ich noch nichts davon gehört habe – und dass er einen Konkurrenten eingeladen hat.

Mittlerweile ist mir übel. Es ist offensichtlich, dass Buck mich loswerden will, aber ich bezweifle, dass Reid mich ersetzen würde. Ich kann mir nicht vorstellen, dass er D'Ambrosi verlassen wird. Er ist glücklich bei Scuderia und kämpft schon das ganze Jahr um den dritten Platz auf dem Siegerpodest. Das würde er nicht aufgeben, um für ein mittelmäßiges Team zu fahren, das seit Ewigkeiten nicht mehr gewonnen hat. Aber wenn Buck ihm genügend Geld bietet, bin ich geliefert, denn Reid ist der typisch amerikanische Fahrer, den Argonaut immer wollte.

Ich muss mich zwingen, weiterzulächeln, damit die Kameras meinen inneren Aufruhr nicht einfangen. Und Reid soll auch nichts davon mitbekommen. »Du bist wegen des Technik-Deals eingeladen worden, richtig?«, scherze ich. »Ich bin mir sicher, D'Ambrosi denkt, du musst zu all unseren Partys kommen, weil ihr unsere Motoren herstellt.«

»Richtig«, erwidert Reid, was mich allerdings nicht beruhigt. »Ich bin mir sicher, daran liegt's.«

Mein Magen dreht sich um, als ich meinen Platz in der Startaufstellung einnehme, aber die Übelkeit ist nun vermischt mit brennender Wut.

Der Motor vibriert, als ich meine Finger um das Lenkrad

schließe. Ich habe mich im Hintergrund gehalten und alle außer meine Ingenieure gemieden, nachdem die Fahrerparade vorbei war, denn ich wollte das tosende Feuer in meiner Brust nicht verlieren. Es brennt auch jetzt noch.

Mein Herz beruhigt sich, während die roten Ampeln eine nach der anderen aufleuchten, und setzt einen Schlag aus, sobald sie alle ausgehen. Sofort überhole ich zwei Wagen, und als ich die erste Kurve erreiche, bin ich Neunter. Ich klemme mich hinter einen McMorris und fahre dicht auf seinen Heckflügel auf. Die Lücke vergrößert sich ein wenig, während wir unsere Runden fahren, aber schon bald wird es mir gelingen, zu überholen, wenn ich mich nur bemühe.

Branny ist wie eine Mücke, die in meinem Ohr summt. Ich blende alles außer den wichtigen Dingen aus und gebe nur dann knappe Antworten, wenn es nötig ist. Normalerweise haben wir eine gute Beziehung zueinander, aber nicht heute. Nicht, nachdem ich herausgefunden habe, dass es ein Komplott gibt, um mich loszuwerden.

Als Runde dreiundzwanzig beginnt, habe ich den McMorris überholt, und der Wagen fühlt sich sicher unter mir an. Die Reifen halten, die Balance ist so gut, wie es nur geht, und ich nutze meine kompletten Pferdestärken aus. Ich fahre, um etwas zu beweisen. Ob nun Argonaut oder einem anderen Team, ich will ihnen zeigen, was ich draufhabe, warum ich hierhergehöre. Ich war in meiner ersten Saison schließlich nicht grundlos Rookie des Jahres. Und ich habe auf meinem Weg in die Formel 1 nicht grund los Hunderte anderer Fahrer hinter mir gelassen. Ich bin hier, weil ich darum gekämpft habe. Und ich werde weiterkämpfen.

Ich gebe gnadenlos Gas, fest entschlossen, den Abstand zwischen dem Wagen vor mir und meinem zu schließen. Gerade als ich Branny fragen will, wie groß der Vorsprung ist, höre ich seine Stimme über den Boxenfunk.

»Irgendwas stimmt mit dem Wagen nicht. Wir müssen nachsehen. Fahr langsam und komm in die Box. Ich wiederhole, fahr langsam und komm in die Box.«

Ich bin so verblüfft, dass mir zunächst die Worte fehlen. Der Wagen fühlt sich in Ordnung an. »Was ist denn los? Ich spüre keinen Fehler.«

»Es gibt ein Problem.« Er nennt keine Details. Vielleicht will er nicht, dass unsere Konkurrenz sie erfährt, aber ich bin derjenige, der den verdammten Wagen lenkt. Zumindest könnte er mir einen Hinweis geben, damit ich die Situation selbst einschätzen kann.

»Sag schon«, presse ich hervor.

»Wir können es nicht riskieren«, erwidert er. »Komm in die Box.«

Mir ist es egal, dass mich die ganze Welt über das Teamradio fluchen hören kann oder dass ich mich nicht an die Geschwindigkeitsbegrenzung der Boxengasse halte, als ich in sie einbiege. Ich schere mich nicht darum, dass mein Helm mit einem besorgniserregenden Knacken auf dem Betonboden der Werkstatt landet, während Ingenieure und Mechaniker herbeieilen.

Kochend vor Wut knirsche ich mit den Zähnen, um mich davon abzuhalten, jemanden zu beleidigen. Mit gesenktem Kopf stoße ich andere aus dem Weg, die versuchen, mich aufzuhalten und mit mir zu reden. Im Moment kann ich das nicht. Ich will mir die Ausreden nicht anhören.

Doch Sturgill, der Teamchef, stellt sich mir in den Weg, ehe ich den Flur betreten kann, der aus der Werkstatt hinausführt. Ich wappne mich dafür, mich an ihm vorbeizudrängen und seinem Blick sowie all dem Bullshit auszuweichen, den er mir auftischen will, aber als ich ihn erreiche, packt er mich am Arm.

Ich will ihn gerade anknurren, dass er mich loslassen soll, als ich angesichts seiner Miene stutzig werde und innehalte. In seinen Zügen liegt Wachsamkeit. Und tiefe Sorge. Also lasse ich mich zu ihm heranziehen.

Er beugt sich dicht an mein Ohr, damit uns niemand hört. Sein Atem ist heiß auf meiner Haut, aber bei seinen Worten gefriert mir das Blut in den Adern.

»Es gab kein Problem mit dem Wagen«, flüstert er. »Die Anweisung kam von Buck.«

Kapitel 17
Willow

Noch im selben Moment, in dem Dev in die Werkstatt stürmt, laufe ich auf ihn zu. Ich reiße mir das Headset vom Kopf, werfe es auf die nächstbeste Oberfläche und nähere mich ihm. Nicht einmal der Schmerz in meinen steifen Hüften vom stundenlangen Sitzen auf harten Stühlen und Herumstehen kann mich aufhalten. Mark versucht es dennoch, indem er mich am Oberarm packt, sodass ich stolpernd stehen bleibe.

Ich straffe die Schultern, hebe den Kopf und bedenke ihn mit einem wütenden Blick. Wir haben beide Glück, dass er nicht fest genug gezogen hat, um Schaden anzurichten.

Ehe ich auch nur den Mund aufmachen kann, um mich zu beschweren, schüttelt er den Kopf. »Lass ihn allein.« Die Worte sind leise, aber entschlossen, und lassen wenig Raum für Widerspruch. Doch das ist mir egal.

»Ich glaube, ich werde es riskieren.«

Ich spreche mit ebenso fester Stimme und schaue ihm dabei in die Augen, bis er seinen Griff lockert. Er mustert mich einen Moment forschend, bevor er widerwillig von mir ablässt.

Ich ignoriere, dass er mir eine Warnung hinterherruft, als ich davonmarschiere und auf die Tür zuhalte, durch die Dev die Werkstatt verlassen hat. Ich bin zwar nicht schnell genug, um ihn einzuholen, aber glaube zu wissen, wo er hinwill.

Die Tür zu Devs Fahrerraum ist geschlossen, als ich sie erreiche. Ich klopfe an, warte jedoch nicht auf eine Antwort, ehe ich hineinhusche und sie hinter mir schließe.

Dev geht am anderen Ende des kleinen Raumes auf und ab, den Kopf gesenkt, die Finger in seinem Haar vergraben. Seine Schultern wirken angespannt unter dem Brandschutz-Shirt, als müsste er sich zusammenreißen, nicht auf etwas einzuschlagen. Den Reißverschluss seines Rennanzugs hat er geöffnet, sodass er um seine Hüften fliegt, als er angesichts des Geräusches der sich öffnenden Tür herumwirbelt.

Angesichts des Schmerzes in seiner Miene bricht es mir fast das Herz. Ich bleibe, wo ich bin, und wenn er mich bittet, zu gehen, werde ich es ohne Widerrede tun. Doch er sollte in dieser Situation nicht allein sein. Niemand bricht gern vorzeitig ein Rennen ab, aber seiner Reaktion nach zu urteilen, steckt mehr dahinter.

»Ich muss das Team verlassen.« Beim letzten Wort versagt ihm die Stimme. Endlich lässt er seine Hände sinken und ballt sie an den Seiten zu Fäusten; seine Haare sind mittlerweile zerzaust. Die Hitze seines Zorns hat sich in Kälte verwandelt. »Ich kann nicht bleiben, wenn sie mich immer wieder sabotieren. So ruiniere ich meine Karriere.«

Ich schweige, denn er muss alles loswerden, ehe es ihn innerlich zerfrisst. Dev ist stets ein Optimist gewesen, sagt immer zu allem Ja, aber ausnahmsweise lässt er nun seine Frustration heraus.

»Es gab kein Problem mit dem Wagen«, presst er eilig hervor. »Sturgill sagt, der Befehl kam direkt von Buck. Er hat mich reingelegt. Dieser Arsch hat mich zurückgepfiffen, damit ich aufhöre, seinen Sohn zu blamieren – und damit ich weniger verlockend für jedes andere Team wirke, das mich vielleicht unter Vertrag nehmen könnte.« Er schnaubt angewidert und schüttelt den Kopf, sodass ihm sein feuchtes Haar in die Stirn fällt. »Ich muss hier weg. Ehe sie die Chance haben, mich zu feuern.«

Warum sollten sie ihm das antun? Es ergibt keinen Sinn. Dev ist ein herausragender Fahrer, holt ständig Punkte und bewahrt das Team davor, vollkommen aus der Konstrukteurswertung zu fallen. Warum sollten sie also verhindern, dass er Erfolg hat?

»Stehst du nicht noch ein Jahr bei ihnen unter Vertrag?«, frage ich. »Müssen sie sich nicht daran halten?«

Dev schnaubt und schüttelt den Kopf, geht nun wieder auf und ab. »Der Vertrag hat nichts zu bedeuten. Ich hab schon Typen gesehen, die ausgezahlt wurden und nie wieder gefahren sind. Ich will nicht, dass mir das passiert. Das werde ich nicht zulassen.«

Er wirkt angespannt wie ein Tiger, der in einem zu kleinen Käfig gefangen ist. Argonaut hält ihn zurück, und es ist das erste Mal, dass ich erlebe, wie er deswegen wütend wird. Aber ich bin mir sicher, dass es nicht zum ersten Mal passiert. Bisher haben wir noch nie über einen Plan B gesprochen. Aber falls er Argonaut verlässt, braucht er in Sachen Image jede Hilfe, die er bekommen kann, um ein neues Team zu finden und in der Formel 1 zu bleiben.

»Wenn sie mir einen Strich durch die Rechnung machen wollen, sollte ich vielleicht das Gleiche tun.« Dev bleibt nun wieder in der Mitte des Raumes stehen und starrt mich an, auch wenn es wirkt, als würde er geradewegs durch mich hindurchsehen. »Ich könnte in jedem Training, bei jedem Qualifying und jedem Rennen einen Unfall bauen, damit sie eine hohe Summe ausgeben müssen, um den Wagen zu reparieren. Dann würden wir ständig Strafen bekommen, weil wir so viele Modifikationen vornehmen müssten. Es wäre ein Desaster für alle, nicht nur für mich.«

Darüber nachzudenken, alles zu sabotieren, wofür er gearbeitet hat, ist extrem, aber er ist wütend, was ich ihm nicht verdenken kann. Ich wünschte, ich könnte mehr für ihn tun.

»Das wirst du nicht machen, Dev.«

Er blinzelt eilig, als würde ihm jetzt erst bewusst werden, dass ich hier bin. Dann lässt er die Schultern sinken und schließt die Augen, als müsste er sich beruhigen. Als er sie wieder öffnet, ist die Wut verflogen. Mein Dev ist zurück, auch wenn ihm die strahlende Leichtigkeit fehlt.

»Willow«, haucht er und öffnet die Fäuste. »Es tut mir leid. Ich hätte nichts von alldem sagen sollen. Es war nicht ernst gemeint. Ich bin nur ...« Er fährt sich mit einer Hand durch sein Haar und schüttelt dann mit einem kurzen, traurigen Lachen den Kopf. »Fuck, ich weiß nicht, was ich noch tun soll.«

Ich beiße mir auf die Unterlippe und wünsche mir, ich hätte eine Lösung parat.

»Wenn die Teams mich weiterhin als Risiko betrachten«, fährt Dev resigniert fort, »wird mich niemand haben wollen.«

Schmerz keimt in meiner Brust auf. Es kann nicht sein, dass keins der Teams Dev haben möchte. Vielleicht ist sein Ruf derzeit nicht gerade spektakulär – selbst wenn er sich täglich mehr erholt –, aber seine Fahrkünste sprechen für sich. Er hat für jeden einzelnen Punkt, den er bei Argonaut geholt hat, gekämpft. Und man muss kein Ingenieur oder Physiker sein, um zu wissen, dass das System, dem er angehört, nicht mal annähernd so gut funktioniert wie Mascorts oder Specter Energys; aber seine Zeiten beim Qualifying weichen selten mehr als eine Sekunde von den Schnellsten ab. Und neun von zehn Male ist er besser als sein Teamkollege, der nur dank seines Vaters auf die Rennstrecke gelassen wird. Devs Hingabe ist offensichtlich, und niemandem kann entgehen, dass er hungrig auf mehr ist. Er hat das Zeug zum Champion, nur fehlt ihm ein Team, das ihn zu einem machen kann – oder will. Von seinem Rennstall fühlt er sich zurückgewiesen, aber ich wünschte, ich könnte ihm begreiflich machen, wie begeistert seine Familie und Freunde von ihm sind. Wie begeistert *ich* von ihm bin.

»Wir biegen die Sache wieder gerade«, verkünde ich. Am liebsten würde ich ihn an den Schultern packen und ihm meine Sichtweise eintrichtern. Aber das tue ich nicht. Es ist besser, wenn ich Abstand halte, solange so viele Emotionen im Spiel sind. »Dein Ruf hat sich schon stark erholt. Weiß Howard, dass du das Team verlassen willst?«

Dev nickt und holt kontrolliert Luft, als würde er seine Gefühle unterdrücken, damit er sich auf die Fakten konzentrieren kann. »Ich hab ihn schon gebeten, seine Fühler auszustrecken, aber bisher hatte er noch keine guten Neuigkeiten für mich. Er sagt mir immer wieder, ich solle auch das zweite Jahr absitzen, damit ich bessere Karrierechancen habe, wenn mein Vertrag abgelaufen ist. Aber wie soll das gehen, wenn Argonaut mich nicht mal fahren lässt?«

Nun verliert er wieder die Beherrschung, und in seiner Miene zeichnen sich Wut und Trauer ab. Argonaut hält seine Träume in den Händen und kann sie jederzeit zerplatzen lassen. Was vielleicht tatsächlich bald geschehen wird.

Nun kann ich mich nicht länger zurückhalten. Ich mache ein paar schnelle Schritte auf ihn zu und bleibe erst stehen, als wir einander so nahe sind, dass ich die Hände an seine Brust legen kann. Sein Herz hämmert heftig gegen seine Rippen. Ich überschreite eine Grenze, aber er muss wissen, dass er die Sache durchstehen wird. Und dass ich auf seiner Seite bin.

»Hey«, sage ich bestimmt und sehe ihm fest in die Augen, worauf sich sein Groll ein wenig abzuschwächen scheint. »Alles wird gut. Wir sorgen dafür, dass du unversehrt aus der Nummer rauskommst. Und dann wirst du einen Vertrag bei einem Team unterzeichnen, das dich zu schätzen weiß. Es mag nicht morgen geschehen, und vielleicht auch nicht nächsten Monat oder am Ende der Saison, aber du wirst kriegen, was du willst.« Ich schlucke gegen die Emotionen an, die in mir aufkeimen. »Okay? Das weiß ich. Und ich werde alles dafür tun, damit es tatsächlich dazu kommt.«

Ich lege meine Hände an seinen Rücken, lasse sie bis zu seinen Schulterblättern hinaufgleiten und rücke noch dichter an ihn heran, um ihn fest zu umarmen, wobei ich meine Wange an seine Brust presse. Er fühlt sich steif an, seine Arme hängen nach wie vor schlaff herab. Einen Moment lang gerate ich in Panik und befürchte, das Falsche getan zu haben. Ich teste die Grenzen unserer Freundschaft aus, aber wie soll ich ihn nicht trösten, wenn so deutlich ist, dass er Trost braucht?

Gerade als ich meinen Griff lockere und bereit bin, mich von ihm zu lösen, legt er sanft die Arme um meine Schultern. Er schmiegt die Stirn an meinen Kopf und umschlingt mich mit einem Mal vollkommen. Ich habe Dev schon unzählige Male umarmt, aber die Art, wie er mich jetzt hält, ist so anders – als würde er zerbrechen, wenn er loslässt.

Ich erwidere seine Umarmung ebenso fest, schließe die Augen und atme ihn ein. Mir ist egal, dass er verschwitzt ist und leicht nach Benzin riecht; ich will mich noch enger an ihn schmiegen und für immer so verharren. Unsere Körper fügen sich perfekt zusammen, als wären wir dazu bestimmt, einander einzuhüllen.

Er seufzt schwer in mein Haar. »Es tut mir leid«, murmelt er, ohne den Kopf zu heben. »Ich weiß, dass du etwas anderes erwartet hast, als du den Job angetreten hast. Du solltest eigentlich nur alberne Bilder von mir posten, anstatt mich davon abzuhalten, etwas Unüberlegtes zu tun.«

»Das macht mir nichts.« Meine Stimme wird von seinem Shirt gedämpft. »Es ist dein Recht, wütend zu sein, denn was passiert ist, war richtig scheiße.«

Seine Brust vibriert unter meiner Wange, als er lacht. »Dich fluchen zu hören, ist immer noch aufregend.«

»Halt die Klappe.« Für eine weitere Sekunde drücke ich ihn fester an mich, ehe ich mich dazu zwinge, von ihm abzulassen. Ich befürchte, dass ich es sonst nie tun werde.

Als ich so weit zurückgewichen bin, dass ich zu ihm aufschauen kann, liegt ein erschöpftes Lächeln auf seinen Lippen. Ich lasse meine Hände weiter auf seinen Brustmuskeln ruhen und genieße seine Wärme. Nachdem ich einmal tief durchgeatmet habe, löse ich mich vollkommen von ihm.

»Danke, dass ich Dampf bei dir ablassen durfte«, sagt er. »Und dass du mir ausgeredet hast, einen sauteuren Wagen zu Schrott zu fahren.«

Lachend schüttele ich den Kopf, doch insgeheim muss ich gegen den größten Schwarm von Schmetterlingen ankämpfen, der je in meinem Bauch getobt hat. »Ich kann nicht glauben, dass du mir eine Seite von dir zeigst, die nicht perfekt ist.«

»Kommt manchmal vor.«

Seine Stimme ist warm, aber die Intensität des Ausdrucks in seinen Augen erfüllt mich mit Hitze. Ich muss den Blick abwenden, sonst laufe ich Gefahr, einen weiteren Fehler zu begehen.

»Sollen wir heute Abend *Om Shanti Om* zu Ende schauen?«, fragt er und wendet sich ab, um ein Handtuch aus dem Regal zu nehmen. Er trocknet damit sein Gesicht ab, und als es wieder zum Vorschein kommt, ist der Ausdruck aus seinen Augen verschwunden. »Ich muss mal wieder lachen. Und mich in den Dramen anderer Menschen verlieren.«

Ich würde liebend gern Zeit mit ihm verbringen, aber mir fällt wieder ein, wie unser letzter Filmabend geendet hat. »Wird dich Mark wieder weglotsen?«, frage ich trocken.

Er wirft das Handtuch zur Seite und schnaubt, womit er meinen Verdacht bestätigt. Mark war also tatsächlich der Grund, warum Dev letzte Woche so eilig mein Zimmer verlassen hat.

»Wir werden sehen.« Er nimmt eine Flasche Wasser vom Tisch und öffnet sie. »Vielleicht lässt er mich so spät abends nicht einmal mehr raus.«

Ich beiße mir von innen auf die Wange, um mich von dem kleinen Anflug von Schmerz abzulenken. Dann steuere ich das Sofa an, setze mich hin und ziehe die Knie an meine Brust.

»Ich weiß, dass Mark mich nicht sonderlich gut leiden kann«, sage ich. Das habe ich immer für mich behalten, aber wenn Dev mir heute eines gezeigt hat, dann, dass man seine Frustration rauslassen sollte. »Und ich verstehe auch, warum.«

»Was?« Er sieht mich ungläubig an. »Das stimmt nicht.«

Ich schüttele den Kopf und wende meinen Blick ab. »Du musst mir nichts vormachen. Es ist eindeutig, dass er mich nicht gern dabeihat. Wahrscheinlich rufe ich ihm in Erinnerung, was mit Jeremy passiert ist. Dass ich eure Freundschaft zu ihm und den anderen Jungs kaputt gemacht habe.«

»Du hast nichts falsch gemacht.« Seine Stimme klingt rau, sein Tonfall entschlossen. »Das weißt du, oder?«

»Ja, natürlich.« Ich winke ab, obwohl meine Antwort eine Lüge ist. »Es ist nur ...«

»Nein, im Ernst.« Er stellt die Wasserflasche zurück auf den Tisch, kommt auf mich zu und bleibt vor mir stehen. »Nichts von alledem war deine Schuld. Jeremy war ein absolutes Arschloch. Das ist der Grund, aus dem wir ihm die Freundschaft gekündigt haben. Und die Typen, die sich auf seine Seite geschlagen haben, sind ebenfalls Arschlöcher. Wir sind zusammen aufgewachsen, klar, aber das heißt noch lange nicht, dass wir für immer befreundet bleiben müssen. Ich bin nicht interessiert daran, Zeit an Menschen zu verschwenden, die glauben, es wäre okay, andere so zu behandeln, wie Jeremy dich behandelt hat.«

Seine Worte treffen mich wie eine Welle der Erleichterung, von der ich nicht einmal wusste, dass ich sie brauche. Aber nichts davon erklärt, warum Mark gegen mich ist.

»Warum hasst mich Mark dann?«

Sobald mir die Worte über die Lippen gekommen sind, wünsche ich mir, ich könnte sie zurücknehmen. Ich ecke nur ungern an, stattdessen mache ich den Leuten lieber alles recht. Schon immer war es mir viel zu wichtig, was andere über mich denken. Ich habe mich in den letzten Jahren zwar gebessert, was ich gewiss Chantals und Grace' Einfluss zu verdanken habe. Ihre gelassene Art hat auf mich abgefärbt. Aber das Bedürfnis, die Leute in meinem Umfeld glücklich zu machen und von meinen Mitmenschen gemocht zu werden, steckt so in mir drin, dass es möglicherweise nie ganz verschwinden wird. Und deshalb nagt meine erfolglose Jobsuche auch so an mir – niemand fand mich gut genug, um mich einzustellen. Das ist auch der Grund, weshalb Devs Kommentar darüber, nicht geschätzt zu werden, noch immer in mir nachhallt. Denn ich weiß, wie sich das anfühlt. Als erfolglose Arbeitssuchende, als Jeremys Freundin, als die jüngere Schwester mit den schwachen Gelenken, die nichts tun konnte, ohne sich zu verletzen. Ich weiß, wie es ist, aus dem Weg gedrängt zu werden.

Devs Miene wird sanfter, als er sich vor mir hinhockt und die Hände an den Außenseiten meiner Knöchel ruhen lässt. »Mark hasst dich nicht«, murmelt er. »Das versichere ich dir.«

Ich schlucke schwer und wünsche mir, dass ich mich nicht darum scheren würde. »Er will mich aber nie bei irgendetwas dabeihaben. Und er möchte nicht, dass ich in deiner Nähe bin.«

Die Art, wie Devs Mundwinkel sich zu einem wissenden Lächeln heben, lässt mein Herz schneller schlagen und mich gleichzeitig die Stirn runzeln. »Ich glaube, du weißt genau, woran das liegt.«

Mit angehaltenem Atem beobachte ich ihn.

Er streicht mit den Daumen sanft über die Haut meiner Knöchel, direkt über meinen Socken, und der warme Ausdruck in seinen braunen Augen bringt mich zum Schmelzen.

»Ich weiß nicht, was du meinst«, lüge ich, wobei meine Stimme bricht.

Dev erklärt es mir dennoch. »Er hat Angst, dass ich die Vereinbarung vergesse, die du und ich getroffen haben. Er glaubt, ich könnte einen Annäherungsversuch unternehmen.«

»Das wird nicht geschehen.« Ich will resolut klingen, aber der Satz ist eher ein Flüstern. »Er muss sich keine Sorgen machen.«

»Er glaubt schon. Und ich weiß nicht, ob er damit unrecht hat.«

Das Herz schlägt mir nun bis zum Hals. »Dev …«

Ich bin mir nicht sicher, ob das Universum versucht, mir zu helfen, oder sich gegen mich verschworen hat, aber ein Klopfen an der Tür lässt mich in diesem Moment zusammenzucken, sodass ich mich Devs Händen unbewusst entziehe.

»Die Ingenieure sind bereit für ein Gespräch«, ruft eine tiefe Stimme von draußen. »Kannst du in fünf Minuten runterkommen?«

Dev macht eine finstere Miene, und sein Kehlkopf zuckt, als er schluckt. »Ja«, ruft er zurück, wobei er ein wenig gequält klingt. »Ich komme gleich.« Eine Sekunde verstreicht, ehe er seinen Blick wieder mir zuwendet und dabei weniger offen wirkt als noch vor wenigen Momenten. »Ich muss mich wohl mit den Verrätern auseinandersetzen.«

Ich bin mir nicht sicher, was ich darauf erwidern soll. Ich könnte einfach dort weitermachen, wo wir aufgehört haben, und direkt alles klären, doch ich habe Angst vor dem, was mir in dem Gespräch herausrutschen könnte. Ich befürchte, dass ich ihm dann gestehe, dass ich Marks Sorge ebenfalls nicht für unbegründet halte.

»Und denk dran, nichts zu demolieren«, scherze ich also stattdessen.

Und da ist es, das einnehmende Grinsen, für das er bekannt ist. Strahlend weiße Zähne und ein Anflug des vertrauten schelmischen Funkelns in seinen Augen. »Ich kann nichts versprechen.«

Er verlagert das Gewicht auf seine Fersen und stützt die

Hände auf die Knie, bevor er sich hochdrückt und über mir aufragt.

Ich schaue weg, denn ich weiß, dass ich in die Werkstatt und zu meinen Sachen muss, die ich dort zurückgelassen habe. Doch ehe ich aufstehen kann, legt Dev die Fingerspitzen unter mein Kinn und hebt meinen Kopf an.

»Danke«, sagt er und sieht mir fest in die Augen. »Ernsthaft. Das habe ich gebraucht. Ich habe dich gebraucht.«

Meine Kehle ist mit einem Mal so eng, dass ich nicht sprechen kann. Er macht all diese Bemerkungen so leichtfertig, wirft sie mir entgegen, als würde er ständig derartige Sätze von sich geben, doch jeder einzelne trifft mich wie ein elektrischer Schlag. Begreift er nicht, dass er so etwas nicht sagen kann? Er darf mir nicht das Gefühl vermitteln, ich sei der Mittelpunkt seiner Welt, obwohl ich eigentlich nur eine Randfigur bleiben sollte.

»Ich bin immer für dich da«, presse ich schließlich hervor. Denn ich bin auch nicht besser. Ich mag zu weit gegangen sein, aber ich werde ihn nicht anlügen. Und wie es scheint, hat er den gleichen Entschluss gefasst.

Er legt für einen Moment eine Hand an meine Wange, ehe er sie sinken lässt. Dabei lächelt er mich so zärtlich an, so intim, dass es seine Aussage nur noch untermauert.

Wir wissen beide, was wir wollen. Was wir brauchen. Die Frage ist nur, ob wir unbesonnen genug sind, es uns zu nehmen.

Kapitel 18

Dev

Nichts schreit *I love America* mehr als eine dementsprechende Mottoparty in London. Abgesehen von der Location ist jedes Detail in diesem Club perfekt darauf abgestimmt. Erst gerade ist mir fast eine Adler-Piñata ins Gesicht geflogen, und ich bin mir ziemlich sicher, dass George Washington Jell-O-Shots an der Bar runterstürzt. Jeden Moment beginnt die Menge sicherlich, »*USA! USA!*« zu brüllen.

Neben mir schaut Chava sabbernd der Kellnerin hinterher, die nichts weiter trägt als eine rot-weiß gestreifte Bikinihose und zwei Glitzersterne auf den Brustwarzen. Ich gebe zu, dass ich auch einen Blick in ihre Richtung geworfen habe, jedoch nur, um mich zu vergewissern, dass ich nicht halluziniere. Bucks Partys anlässlich des vierten Julis waren schon immer protzig und wild, aber heute haben sie ein neues Level erreicht.

»Ich glaub, ich bin overdressed«, merkt Willow an und berührt den Saum ihres kurzen Kleides. Es ist rot und seidig und hat überkreuzte Träger am Rücken. Seit dem Moment, in dem sie aus dem Hotel gekommen ist, male ich mir aus, wie ich an einem dieser dünnen Bänder zupfe und sie in mein Hotelzimmer ziehe.

Es ist zwei Tage her, seitdem Buck mich aufgrund seines aufgeblasenen Egos während des Rennens frühzeitig zurückgepfiffen hat. Und zwei Tage, seitdem ich Willow mehr oder weniger zu verstehen gegeben habe, dass ich unsere Abmachung, rein professionell zu bleiben, über Bord werfen will. Sie hat begriffen, was ich meinte, trotzdem hat sie es nicht zur Sprache gebracht, wozu ich sie auch bewusst nicht gedrängt habe. Aber ich weiß nicht, wie lange ich noch vorgeben kann, ich wäre ihr nicht hoffnungslos verfallen.

»Du siehst perfekt aus«, erwidere ich. Dann senke ich die Stimme. »Nicht dass es mir was ausmachen würde, dich mit diesen Glitzersternen zu sehen.«

»Dev.« Sie schnappt erschrocken nach Luft und schaut abrupt zu mir auf. Doch auch wenn ihre Miene schockiert wirkt, liegt ein Funkeln in ihren Augen, das mein Blut in Wallung bringt.

»Ich bin nur ehrlich.« Mittlerweile habe ich keine Lust mehr, subtil zu sein. Während ich mit einer Hand ihren Ellbogen umfasse, lege ich die andere auf Chavas Schulter und schiebe sie vorwärts. »Kommt mit, es gibt eine Taco-Bar.«

Chava stößt einen verträumten Laut aus und löst endlich seinen Blick von der Kellnerin. »Es gibt nichts Amerikanischeres als mexikanisches Essen.«

»Und es ist wahrscheinlich das beste, das wir in diesem Land bekommen. Also los.«

Chava löst sich von mir, als wir uns der Warteschlange

nähern, greift nach einem Teller und wartet ungeduldig darauf, endlich an die Reihe zu kommen.

Ich lasse mich ein wenig zurückfallen, ohne Willows Ellbogen loszulassen. Sollte sie die Notwendigkeit meiner Berührung infrage stellen, werde ich behaupten, verhindern zu wollen, dass sie in ihren hohen Plateauschuhen hinfällt – auch wenn sie bisher kein einziges Mal gestolpert oder umgeknickt ist. Falls sie seit Beginn unserer Reise Gelenkprobleme oder Schmerzen gehabt haben sollte, hat sie es zumindest nicht erwähnt. Entweder geht es ihr mittlerweile besser, oder sie verheimlicht es vor mir.

»Geht es dir gut?«, frage ich über den Lärm der Gespräche und des AC/DC-Songs hinweg.

Sie nickt und lehnt sich näher zu mir heran, was mein Herz zum Rasen bringt. Ich bin mir nicht sicher, ob sie es bewusst tut oder ob sie instinktiv meine Nähe sucht, aber es lässt eine Hoffnung in mir aufkeimen, die ich nicht hegen sollte.

»Bin nur ein bisschen müde«, gesteht sie mit einem sanften Lächeln, das zeigt, dass sie meine Bemerkung über die Sterne offenbar vergessen hat. »Ich weiß nicht, wie du so viel reisen kannst und es trotzdem noch schaffst, Rennen zu fahren. Mir wird es so schon fast zu viel.«

Während ich über meine Antwort nachdenke, wende ich mich ihr zu, doch sie bewegt sich mit mir. Dabei lehnt sie sich nicht nur an mich, sondern verlagert das gesamte Gewicht ihres Körpers nach rechts, sodass ich sie regelrecht stütze. Die linke Hüfte hat sie zur Seite geschoben, als würde sie versuchen, sie nicht zu belasten. Sie hat eindeutig Schmerzen, wahrscheinlich sogar starke.

»Komm, ich bringe dich zurück zum Hotel.« Kurz lasse ich meinen Blick über sie gleiten, um nach weiteren Hinweisen darauf zu suchen, was ihr Qualen bereiten könnte. »Du musst nicht hier sein, wenn du Schmerzen hast.«

Mit gerunzelter Stirn schaut sie zu mir auf und stellt sich etwas aufrechter hin. »Ich hab gesagt, ich bin müde, nicht, dass ich Schmerzen habe.«

»Wills.« Ich schaue sie streng an. »Dir geht es eindeutig nicht gut. Wir können sofort abhauen. Auf dem Weg ruf ich Mark an, dann kann er sich dir direkt widmen ...«

»Mir geht es gut«, unterbricht sie mich und entzieht mir ihren Ellbogen, sodass sie sich allein auf ihren lächerlich hohen Absätzen hält. »Ich hab ein entzündungshemmendes Medikament genommen, bevor ich los bin, das sollte gleich wirken. Und falls ich trotzdem gehen muss, schaffe ich das auch allein.«

Da täuscht sie sich. Ich werde sie auf keinen Fall allein eine steile Treppe hinaufsteigen und auf die Straßen von London hinaustreten lassen. Stattdessen werde ich sie im Auge behalten, um sicherzustellen, dass es ihr gut geht.

Allerdings komme ich nicht dazu, ihr das mitzuteilen.

»Du musst heute so lange bleiben wie möglich«, rät sie mir und schaut sich in der Menge um, ehe ihr Blick an irgendetwas hinter mir haften bleibt. Wahrscheinlich Buck und seine Texas-Clique. »Ich kann immer noch nicht glauben, dass er dich nicht zu diesem Dinner eingeladen hat.«

Im Flugzeug gestern habe ich ihr von Reids Bemerkung erzählt. Da ich am Abend zuvor nach meinem Meeting mit den Ingenieuren so müde gewesen war, dass ich tot ins Bett gefallen war, hatten wir erst auf der Reise hierher Zeit, uns auf den neuesten Stand zu bringen. Es war allerdings ein Segen, dass ich sie nicht mehr in ihrem Hotelzimmer besucht habe, denn danach hätte sie garantiert nicht mehr friedlich schlafen können. Wütend beschreibt ihre Reaktion auf das, was ich ihr berichtet habe, nicht einmal annähernd. Wenn sie vorher nicht verstanden hat, warum ich Argonaut verlassen will, so tut sie es jetzt. Und sie ist ganz meiner Meinung. Ich muss ein Team finden, das mich unter Vertrag nimmt, denn die Uhr tickt. Wenn ich nicht aufpasse, kann ich in der nächsten Saison vielleicht nicht mehr in der Formel 1 fahren.

Es wäre nicht zwingend ein Todesurteil, denn es gibt viele Fahrer, die für ein, zwei oder sogar drei Jahre verschwunden sind und ein erfolgreiches Comeback gefeiert haben, aber dieses Risiko will ich nicht eingehen. Ich will nicht in Vergessenheit geraten. Bisher habe ich in diesem Sport noch nicht genügend geleistet, um lange in Erinnerung zu bleiben. Ich muss Eindruck schinden.

Ich muss gewinnen.

»Da kann man nichts machen.« Ich greife nach einem Teller und reiche ihn ihr. »Gleich gehe ich Reid suchen und quetsche ihn aus.«

»Glaubst du, er ist tatsächlich zu dem Dinner gegangen?«

Schulterzuckend greife ich nach der Zange am Büfett. »Kein Plan. Aber es ist nicht einfach, Nein zu Buck zu sagen, selbst wenn man nicht an dem interessiert ist, was er zu melden hat.«

Willow senkt die Stimme, als ich Essen auf ihren Teller lade, und schaut mich fest an. »Und du glaubst, er will dich durch Reid ersetzen?«

»Nathaniel wird er wohl kaum rauswerfen.«

Sie schürzt die roten Lippen und erhebt nicht einmal Einwände, als ich fünf Tacos auf ihren Teller lade. Zwar erwarte ich nicht, dass sie alle isst, und das tut sie auch nicht, aber sie überrascht mich, indem sie dreieinhalb davon verdrückt, sobald wir einen Tisch gefunden haben. Doch während des Essens schweigt sie die ganze Zeit über nachdenklich.

Ich reiße sie nicht aus ihren Gedanken, und da sich Chava aus dem Staub gemacht hat, um mit einer Gruppe Mechaniker zu essen, bin auch ich still, bis sie ihren Teller wegschiebt und mich ansieht.

»Es ist an der Zeit, die Sache zu beschleunigen«, verkündet sie mit vor Entschlossenheit funkelnden Augen.

Ich schmunzele, doch mein Puls beschleunigt sich. Sie ist sexy, wenn sie geheime Pläne schmiedet. »Ich glaube, davon verstehe ich eine Menge.«

Sie lehnt sich zu mir vor, ihre Schultern gestrafft, als habe sie keine Schmerzen mehr. Die Medikamente scheinen mittlerweile Wirkung zu zeigen, und Sitzen hilft vermutlich. Hinzu kommt, dass sie abgelenkt ist, weil sie ein Problem zu lösen hat.

»Nun wird es aber Zeit, dich ein bisschen unter die Leute zu mischen«, rät sie mir. »Sprich mit Buck und allen, mit denen er zusammen ist. Rede mit jeder Person, die auch nur annähernd wichtig aussieht, selbst wenn du sie nicht kennst. *Besonders,* wenn du sie nicht kennst. Du hast lange genug im Schatten gestanden und dich im Hintergrund gehalten. Der Skandal ist ausgestanden; wir haben große Fortschritte gemacht, was deinen Ruf betrifft. Es wird Zeit für eine Charme-Offensive – hol die Leute wieder auf deine Seite.«

Mein Schmunzeln verwandelt sich in ein Grinsen. Ich liebe es, zuzusehen, wenn es in ihr rattert. Sie ist ein Genie auf ihrem Gebiet. Und verdammt, ich finde es sogar erregend, dass sie so viel Leidenschaft in Bezug auf unseren Plan an den Tag legt. In Bezug auf mich.

»Das ist nur der erste Schritt«, verkündet sie. »Mach dich bereit, dich noch gezielter zu präsentieren. Dazu gehören auch Pressekonferenzen.«

Argonaut hat mich seit Janis Post zu keiner einzigen Pressekonferenz geschickt, obwohl die Fahrer eines Teams sich eigentlich abwechseln sollten. Sie hatten unterschiedliche Ausreden, weshalb ich nicht teilnehmen konnte, zum Beispiel dass ich angeblich an einer Ohrentzündung litt oder nach einem Meet & Greet keine Stimme mehr hatte. Mich würde es nicht mal überraschen, wenn sie der Presse erzählen würden, ein riesiger Wal sei aus dem Meer gekommen und hätte mich verschluckt – aber keine Sorge, bis zum Rennen sollte ich wieder fit sein.

Ich habe mich nicht beschwert, denn nach Janis Post kann ich mir Schöneres vorstellen, als mich neugierigen Fragen auszusetzen. Davon bekomme ich schon genügend nach den Rennen im Medienzelt gestellt, obwohl ich mich meist darauf verlassen kann, dass Patsy mich weglotst, ehe es aus dem Ruder läuft. Doch wenn es nach Willow geht, muss ich mich diesen Fragen stellen.

»Du musst der Welt endlich verkünden, dass Dev Anderson zurück ist«, sagt sie abschließend mit einem langsamen, entschlossenen Nicken.

»Nein, nicht, dass ich zurück bin«, korrigiere ich und streiche ihr eine Strähne hinter das Ohr, denn ich kann nicht widerstehen, diese Quelle der Brillanz zu berühren. Vielleicht färbt ja ein bisschen davon auf mich ab. »Sie sollen wissen, dass ich nie weg war.«

Ihre Augen funkeln, und ihr Lächeln ist strahlend. Ich glaube, ich habe mich nie mehr danach gesehnt, sie zu küssen.

»Das stimmt. Du warst nie weg.«

Willow hat nicht gescherzt, als sie verkündet hat, Bewegung in die Sache bringen zu wollen. Es gibt wieder mehr Interaktionen auf meinen Social-Media-Accounts, ich verhandele gerade mit einer großen Firma für Fitnesstechnologie über einen neuen Werbedeal, und ein paar Mainstream-Medienplattformen haben Howard wegen Interviews kontaktiert. Ich bin mir nicht sicher, welche Art von Zauber Willow in den letzten zwei Tagen angewandt hat, aber er wirkt. Mein Name ist wieder in aller Munde, und nichts von dem Gerede ist negativ.

Doch heute liegt es an mir, meinen Teil beizutragen. Ich warte in Silverstone darauf, dass die Pressekonferenz beginnt.

In ein paar Minuten werde ich mit Zaid Yousef, Thomas Maxwell-Brown, Axel Bergmüller und Reid Coleman auf dem Sofa sitzen. Zaid und Axel liefern sich derzeit einen erbitterten Kampf um den Titel, also werden die meisten Fragen wohl ihnen gelten. Und ich bin genauso gespannt darauf wie der Rest der Welt, die beiden Rivalen Seite an Seite zu erleben.

Als Reid auftaucht, schütteln wir einander die Hand und klopfen uns gegenseitig auf den Rücken. Dabei nickt er pflichtbewusst der Frau zu, die neben mir steht. Unsere Kommunikationsleiterin lächelt nur dann, wenn ihr Lieblingsjunge aus Texas in der Nähe ist.

»Hallo, Ms Patsy.« Reids Akzent ist ein wenig ausgeprägter, wenn er mit einer anderen Person aus den Südstaaten spricht. »Geht's Ihnen gut?«

Patsy strahlt ihn an und tätschelt seinen Arm. »Mir geht's blendend, Schätzchen. Passen Sie gut auf sich auf?«

»Yes, Ma'am. So gut ich kann.«

Nach ein oder zwei Minuten Small Talk zwischen den beiden bekommen wir das Okay, den Pressekonferenzraum zu betreten. Zu dem Zeitpunkt bin ich mehr als nervös. Allein nach diesem Gespräch zu urteilen, würde Patsy viel lieber Reid als mich unter ihre Fittiche nehmen.

Ich muss ihn anschließend unbedingt allein erwischen und herausfinden, ob er zu dem Dinner mit Buck gegangen ist, da ich ihn auf der anschließenden Party nicht gesehen habe. Wenn meine Zeit bei Argonaut ohnehin schon so gut wie beendet ist, dann muss ich es wissen.

Reid und ich sind die Ersten auf der Couch und warten auf die Fahrer, die es sich leisten können, zu spät zu erscheinen.

Thomas kommt als Nächster herein und begrüßt freundlich die Reporterinnen und Reporter, ehe er zu uns auf die Bühne tritt und uns mit einem so typisch britischen Hallo begrüßt, dass es witzig ist. Nachdem er neben Reid Platz genommen hat, unterhalten sich die beiden leise, während ich meinen Blick über die versammelte Presselandschaft wandern lasse.

Patsy steht hinten im Raum Wache, das Smartphone in der Hand, um die Pressekonferenz aufzunehmen, damit sie anschließend jedes Wort, das ich von mir gegeben habe, kritisch auseinandernehmen kann.

Doch die Person, nach der ich Ausschau halte, steht neben Patsy. Das kleine rosa Notizbuch an die Brust gedrückt, schaut sie sich mit großen Augen im Saal um.

Willow hat ihre Locken nicht zurückgebunden, so wie sie es normalerweise tut, wenn sie ihr Argonaut-Arbeitsoutfit trägt. Heute fallen sie ihr offen über die Schultern. Am liebsten würde ich mir eine Strähne um den Finger wickeln, während sie auf meinem Schoß sitzt. Mir wäre es sogar recht, wenn dies gleich hier auf dieser unbequemen Couch passieren würde. Jeden Tag komme ich mehr zu der Erkenntnis, dass ich überall und jederzeit alles mit ihr tun würde, solange ich sie nur in meiner Nähe haben kann.

Ich werde aus meinen Gedanken gerissen, als eine weitere Person den Raum betritt.

Zaid. Er winkt und entschuldigt sich leise für die Verspätung, ehe er die Bühne betritt. Dann nickt er uns anderen zu und nimmt neben Thomas Platz. Er ist der Einzige auf der Couch, der weder eine knallige Farbe noch ein auffälliges Muster trägt. Sein T-Shirt von Mascort ist schwarz-silber, und die dezenten Töne stehen ihm.

Eine Sekunde lang gestatte ich mir, davon zu träumen, wie es wäre, sie selbst zu tragen, für einen der besten Rennställe zu fahren, tatsächlich Chancen auf einen Sieg zu haben. Verdammt, dafür würde ich mich sogar in britisches Renn-Grün kleiden, so wie Thomas und das Team von McMorris, die derzeit auf dem vierten Platz der Konstrukteurswertung stehen. Und wenn Scuderia D'Ambrosi mich nähme, würde ich nur allzu gern mein Rot, Weiß und Blau gegen reines Rot tauschen. Falls Bucks Angebot so gut war, dass er Reid von einem Wechsel überzeugen konnte, können wir vielleicht tauschen. Aber das ist nur Wunschdenken.

Mit Axel treten die Siegerfarben – Marineblau und Neongelb – von Specter Energy ein.

Der Mann würdigt uns kaum eines Blickes, als er sich auf meiner Seite des Sofas niederlässt und mir mit einem Nicken zu verstehen gibt, dass ich rutschen soll. Zwar gibt es noch genügend Platz am anderen Ende, aber er wird wohl kaum neben Zaid sitzen wollen. Da die beiden in der Vergangenheit Probleme miteinander hatten, gehen sie sich aus dem Weg, es sei denn, sie müssen nebeneinander auf dem Siegerpodest stehen, wo sie sich mit dem ersten und zweiten Platz regelmäßig abwechseln.

In den letzten vier Jahren haben beide die Weltmeisterschaft gewonnen. Letztes Jahr war Axel der Sieger, nachdem sie sich die gesamte Saison ein Kopf-an-Kopf-Rennen geliefert hatten. In dieser Saison führt Zaid, aber nur mit geringem Vorsprung. Wieder einmal ist noch offen, wer von beiden am Ende siegen wird, doch wie immer hoffe ich auf Zaid.

Wenigstens bedankt sich Axel, nachdem ich ihm Platz gemacht habe, während er sich setzt und zu Thomas rüberrutscht. So etwas hätte er niemals getan, als er noch jünger und tatsächlich ein noch größeres selbstgefälliges Arschloch war. Da wir gemeinsam im Rennsport aufgestiegen sind, kenne ich ihn besser, als mir lieb ist. Und auch Reid und Thomas sind schon lange dabei. Wir vier kamen in derselben Saison als Rookies in die Formel 1, aber während wir anderen drei uns gut verstanden, hat sich Axel stets abgesondert. Das kann ich ihm nicht ankreiden, denn es gibt keine Regel, die uns vorschreibt, dass wir mehr sein müssen als Kollegen. Wir zwei sind keine Freunde, das waren wir noch nie, und ich bezweifele, dass wir es jemals sein werden. Sein Verhalten außerhalb der Rennstrecke ist nicht gerade das eines Menschen, mit dem ich mich umgeben möchte. Rassistische Liedtexte soll er bitte weit entfernt von mir mitgrölen.

Steven Watters, der uns interviewt, sitzt geduldig vor der Couch und wartet darauf, dass wir es uns bequem machen. Jetzt, da wir alle anwesend sind, dreht er sich zu Kameras und Publikum um und stellt uns vor.

Wie zu erwarten war, gehen die meisten Fragen an Zaid und Axel. Die Atmosphäre ist angespannt, denn sie beide mussten das letzte Rennen wegen eines kühnen Manövers von Axel frühzeitig abbrechen. Sie hatten Glück, dass sie unbeschadet davongekommen sind, aber wenn es noch hitziger wird, könnte sich das bald ändern.

»Dev, nun habe ich eine Frage an Sie«, spricht mich Steven ein paar Minuten später an.

Mit plötzlich rasendem Herzen greife ich nach dem Mikrofon, das ich bisher noch nicht angerührt habe.

»Wir haben alle den … *Skandal* nach dem Großen Preis von Australien mitbekommen. Im Anschluss haben Sie ein

Statement abgegeben, mit dem Sie alle Behauptungen von sich wiesen, und Ihre Social-Media-Accounts deaktiviert. Eine Weile war es also ruhig um Sie, aber nun sind Sie zurück.«

Er redet also nicht um den heißen Brei herum, doch die gestelzte Art, wie er das Wort *Skandal* ausgesprochen hat, ist beinahe lächerlich. Wäre der Kerl nicht so verkrampft, müsste ich mich vermutlich mit einer direkteren Frage auseinandersetzen.

»Das ist richtig.« Ich lasse mich entspannt auf der Couch zurücksinken und lege einen Arm auf der Rückenlehne ab. »Das Leben wäre doch langweilig, wenn man auf der Toilette nichts zum Scrollen hätte.«

Die Reporterinnen und Reporter im Publikum lachen, ebenso wie die Team-Mitarbeitenden, während Steven sich räuspert und leicht unangenehm berührt wirkt.

»Okay. Nun ja. Was hat Sie denn dazu bewegt, zurückzukehren?«, fragt er und lenkt den Fokus damit wieder auf das eigentliche Thema.

Ich werfe Willow und Patsy einen Blick zu und nehme mir vor, mich an unsere Absprache zu halten. Patsy jagt mir an den meisten Tagen zwar eine Heidenangst ein, aber ich mache mir mehr Sorgen darüber, Willow zu enttäuschen.

Als sich die Menge und die lachenden Fahrer neben mir beruhigt haben, räuspere ich mich. »Es war an der Zeit«, sage ich gelassen, achte jedoch darauf, nicht flapsig zu klingen. »Ich teile gern ein paar Dinge aus meinem Leben mit Fans und Menschen, die mich unterstützen. Dank der sozialen Medien ist das ein Leichtes, und ohne meine Accounts habe ich mich abgeschirmt gefühlt. Als würde mir eine wichtige Verbindung fehlen.« Ich atme durch und betrachte das Publikum. »Ich weiß, dass es im Internet oft zügellos zugeht. Manche Leute warten nur darauf, andere mobben und niedermachen zu können. Aber es gibt auch viele Menschen dort draußen, die mir eine große Stütze sind. Und das sind diejenigen, die mich dazu antreiben, immer mein Bestes zu geben. Ich will sie nicht enttäuschen, denn ich wäre nicht hier und würde meinen Traum leben, wenn ich sie nicht auf meiner Seite hätte. Für sie will ich kämpfen und zeigen, was in mir steckt.«

Zu dieser Gruppe zählt auch die Frau im hinteren Teil des Raumes, die ein Lächeln auf den Lippen trägt, das ihr gesamtes Gesicht erhellt, und die mir nun ein Daumen-hoch-Zeichen gibt. Mir ist unbegreiflich, wie Menschen bei diesem – *ihrem* – Anblick nicht dahinschmelzen können. Am liebsten würde ich damit herausplatzen, dass sie der Grund dafür ist, dass ich auf dieser Couch sitzen kann, ohne mich vor Nervosität zu übergeben. Das Thema, über das ich befragt werde, ist nicht das einfachste, aber ich spreche trotzdem darüber, weil sie der Ansicht ist, es sei das Beste.

Und sie hat recht. Wenn sie mir keinen Mut zugesprochen hätte, würde ich mich immer noch vor der Welt verstecken.

»Also ja«, zwinge ich mich zu sagen, ehe ich tatsächlich aus Versehen etwas von mir gebe, das ich nicht zurücknehmen kann. »Machen Sie sich bereit, bald genervt von mir zu sein.«

Erneut erklingt Gelächter, aber meine Aufmerksamkeit ist auf Willow und die Art gerichtet, wie sie eine Hand an ihre Lippen hebt, um ihr Lachen zu verbergen.

Ich wende den Blick nicht von ihr ab, als Steven zu Reid übergeht, und nehme nur am Rande war, dass er ihn fragt, wie seiner Meinung nach D'Ambrosi an diesem Wochenende abschneiden wird.

Willow sieht mich unverwandt an, eine Frage in den Augen, die es mir unmöglich macht, mich auf irgendetwas anderes zu konzentrieren. Ich reagiere mit einem Zwinkern und bemerke ein Blitzlichtgewitter – gewiss gibt es bald einen Videoclip von mir im Internet. Aber das ist schon okay. Sollen sich ruhig alle fragen, wen ich versuche zu bezaubern. Alles, was zählt, ist, dass sie es weiß.

Und dass sie versteht, dass ich mich nicht mehr länger zurückhalte.

»Reid. Warte.«

Er dreht sich um und tritt im Flur zur Seite, damit ich zu ihm aufschließen kann. Obwohl wir zur Autogrammstunde müssen, bedeutet er seinem Kommunikationskoordinator, uns allein zu lassen, damit wir ungestört reden können.

»Ich bin erstaunt, dass Steven uns beiden überhaupt Fragen gestellt hat«, sagt er, als ich mich neben ihn an die Wand lehne. »Sie hätten heute nur Zaid und Axel interviewen sollen, dann hätten wir diesen ganzen Mist bezüglich ihrer Rivalität nicht über uns ergehen lassen müssen.«

»Find ich auch.« Ich beuge mich näher an ihn heran und senke die Stimme. »Hey, ich wollte dich noch fragen … Bist du zu Bucks Dinner gegangen?«

Reid schüttelt den Kopf, was mich gleichermaßen erleichtert und enttäuscht. »Nope, mir ist was dazwischengekommen. Ich war auch nicht auf der Party.«

Ich stoße die Luft aus. »Okay. Verstanden.«

»Dev.« Er legt mir eine Hand auf die Schulter und drückt sie leicht. »Ich hab kein Interesse daran, zu Argonaut zu wechseln, ganz egal, was Buck mir bietet. Ich bin glücklich, wo ich bin, und ...«, er schaut erst über meine und dann über seine eigene Schulter, »unter uns gesagt, werde ich einen neuen Vertrag mit D'Ambrosi unterzeichnen. Für drei weitere Jahre.«

»Wow.« Ich stoße überrascht den Atem aus. »Das ist toll, Alter. Glückwunsch.«

Er drückt erneut meine Schulter und bedenkt mich mit einem durchdringenden Blick. »Wenn du irgendjemandem auch nur ein Sterbenswörtchen davon verrätst, werde ich das, was Jani getan hat, aussehen lassen wie einen Kinderstreich.«

»Dein Geheimnis ist bei mir gut aufgehoben.«

Als wir uns ein paar Minuten später voneinander verabschieden, rasen meine Gedanken. Wenigstens muss ich mir keine Sorgen darum machen, dass Reid mir meinen Platz bei Argonaut streitig machen könnte. Buck wird sich also etwas anderes einfallen lassen müssen, wenn er sich einen amerikanischen Fahrer suchen will, was mir ein wenig Zeit verschafft. Das vertreibt zwar nicht meine Ängste, aber für den Moment habe ich eine Verschnaufpause. Ich kann durchatmen, wenn auch wahrscheinlich nicht lange.

Einen besonders tiefen Atemzug nehme ich, als sich eine andere Hand auf meine Schulter legt.

»Können wir gehen?«, fragt Willow und lächelt mich an. »Du warst toll dort oben.«

Ich entspanne mich unter ihrer Berührung, denn allein diese genügt, um das Chaos in meinem Kopf für den Moment ruhen zu lassen. »Waren meine Antworten zu deiner Zufriedenheit?«

»Die meisten«, neckt sie mich, doch wird dann schnell wieder ernst und sieht mich mit sanfter Miene an. »Ich bin wirklich stolz auf dich. Es war in letzter Zeit nicht einfach für dich, aber nun stellst du dich deinen Problemen, und du wirst am Ende stärker aus der Sache hervorgehen.«

»*Und* ich werde die Leute, die für mich arbeiten, besser behandeln. Glaub mir, ich will nicht, dass das jemals wieder passiert.«

»Du bist doch ohnehin nett.« Sie klingt so aufrichtig, dass sich meine Brust zusammenzieht. »Schließlich bist du auch nur ein Mensch. Jeder hat gute und schlechte Tage. Wir ertragen so viel, wie wir können, bis es nicht mehr geht, und manchmal reagieren wir dann nicht gerade vorbildlich.« Sie lässt ihre Hand in meine gleiten. »Aber du lernst daraus, es besser zu machen und Geschehenes hinter dir zu lassen. Deshalb bin ich stolz auf dich.«

Wäre sie immer noch stolz auf mich, wenn ich mich zu ihr runterbeugen und sie gleich hier und jetzt küssen würde?

Denn das ist alles, was ich will. Ich will die Worte auf ihren Lippen schmecken, weil ich weiß, sie wären süßer als Honig, so wie alles an ihr. Diese Süße bahnt sich ihren Weg in meine Adern und untermauert die Wahrheit, die sie soeben ausgesprochen hat. Ich will unbedingt derjenige sein, als den sie mich beschreibt.

»Danke«, bringe ich hervor. Es gibt so vieles mehr, was ich ihr sagen möchte. Doch dies ist weder der richtige Zeitpunkt noch der richtige Ort für ein Geständnis. Auch wenn bisher all unsere großen Momente an unromantischen Orten – zum Beispiel auf der Hintertreppe von zwielichtigen Clubs und in Hoteltreppenhäusern – stattgefunden haben. »Kommst du auch zur Autogrammstunde?«, wechsele ich das Thema, denn wenn sie auch nur ein weiteres Wort sagt, verliere ich vielleicht das letzte bisschen Selbstbeherrschung.

Sie nickt. »Ich werde ein paar Videos aufnehmen. Wenn wir unsere Post-Reihe beendet haben, in der wir alle wichtigen Menschen in deinem Berufsalltag vorstellen, möchte ich mich auf die Fans konzentrieren. Ich versuche heute, ein paar kurze Interviews mit einigen von ihnen zu führen.« Sie zuckt gelassen mit den Schultern, eindeutig in ihrem Element. »Wer weiß, am Ende bekommen wir vielleicht gutes Material.«

Allein zu wissen, dass sie da sein, mir zuschauen und mich unterstützen wird, genügt, um die Anspannung aus meinen Schultern zu vertreiben. Solange sie an mich glaubt, kann ich mich allem stellen.

»Was immer du planst, ich bin dabei«, versichere ich ihr.

Nun strahlt sie mich an, und mein Herz beginnt zu rasen. Ich stecke viel zu tief in der Sache drin.

Kapitel 19

Willow

Statt in der einwöchigen Pause zwischen den Rennen zurück nach Amerika zu fliegen, verbringe ich die Zeit vor Ungarn in Monaco – mit Dev. Wenn wir an unserem Plan festhalten wollen, anderen Teams zu zeigen, dass sie sich glücklich schätzen könnten, ihn an Bord zu haben, müssen wir zusammen sein. Zumindest in körperlicher Form. Nun, nicht *diese* Art von körperlich, aber wir müssen am gleichen Ort sein. Jepp. Das meine ich.

Zum Glück hat er mir ein Hotelzimmer gebucht, statt darauf zu bestehen, dass ich in seiner Wohnung übernachte. Mit Sicherheit war er versucht, mir dies vorzuschlagen, doch er war schlau genug, am Ende doch darauf zu verzichten.

In den letzten paar Tagen ist die Spannung zwischen uns größer geworden, und ich habe den Eindruck, dass bald der Zenit erreicht ist. Ich habe so viel Abstand gehalten wie möglich, wobei ich trotzdem meinen Job gemacht habe, ganz egal, wie schwer es mittlerweile ist. Schwer ist noch eine Untertreibung.

Das Rennen am letzten Wochenende in Silverstone hat er auf Platz acht begonnen und auf dem gleichen Platz beendet. Nathaniel dagegen war wegen eines Getriebewechsels gezwungen, von der Boxengasse aus zu starten, sodass Argonaut Dev nicht zwingen konnte, sich zurückzuhalten, um Nathaniel besser dastehen zu lassen. Dennoch war Dev immer noch so wütend wegen der Ereignisse des letzten Rennens, dass er besonders erbittert gekämpft hat, und das hat auch mich dazu angetrieben, noch gründlicher zu arbeiten. Ich bin fest entschlossen, dafür zu sorgen, dass er in ein Team kommt, das sein Talent tatsächlich verdient hat.

Das bedeutet allerdings, dass ich mehr Zeit mit ihm verbringen muss, was wiederum dazu führt, dass sich meine Gefühle für ihn nicht gerade abkühlen. Ich hätte nicht gedacht, dass diese nach der Party am vierten Juli und nach Devs Zwinkern während der Pressekonferenz noch intensiver werden könnten, aber mein Herz schwoll vor Glück an, als er gegenüber seinen Fans erwähnte, dass ich hinter den von ihnen gelikten Videos stecke. Vor dem Team-Meeting am Samstag hat er mir sogar einen Vanilla Latte gebracht, weil ich spät dran war und keine Zeit mehr hatte, mir selbst einen zu besorgen.

Ich habe mich streng ermahnt, meine Gefühle als *Crush* zu betrachten, um irgendwelche anderen, tiefgründigeren Bezeichnungen zu vermeiden. Das Wort »verliebt« muss unter allen Umständen vermieden werden, auch wenn es das, was ich empfinde, vielleicht besser beschreiben würde. So ernst darf ich es nicht werden lassen.

Zum Glück hat er darauf bestanden, dass ich mir ein paar Tage freinehme, sodass ich meine Gefühle in den Griff bekommen kann – was sich zufällig perfekt mit Grace' Last-Minute-Entscheidung ausging, mich zu besuchen. Am Freitagabend hat sie mich angerufen, um mich zu fragen, wo ich in der Welt als Nächstes sein würde; schließlich hat sie den Sommer frei und genügend Geld, um mich zu besuchen.

Als sie mich nun an sich zieht, bleibt mir die Luft weg. Ich bin mir nicht sicher, ob sie mich umarmt oder vorhat, mich umzubringen.

»Ich hab dich so vermisst«, flötet Grace und schafft es irgendwie, mich noch fester an sich zu drücken. »Mir war so was von langweilig. Ich musste unbedingt an einen spannenderen Ort.«

»Du warst doch in Hongkong«, gebe ich zu bedenken, als ich es endlich schaffe, einen kleinen Atemzug zu nehmen. »Einer der coolsten Orte der Welt.«

Sie winkt ab und löst sich von mir. »Jaja. Es ist ein netter Heimatort, aber nichtsdestotrotz nur ein Heimatort. Das hier dagegen …«, mit einer Armbewegung schließt sie das Hotel ein, vor dem wir stehen, »*das* ist der Urlaub, den ich brauche.«

»Freu dich nicht zu früh«, warne ich sie, als wir die Lobby ansteuern.

Hinter uns lädt ein Hotelangestellter ihr Gepäck auf einen Trolley. Sie bleibt zwar nur eine Woche, doch das hat sie nicht davon abgehalten, sechs Taschen zu packen.

»Ich bin nicht direkt eine High-Rollerin, wenn es um Glücksspiel geht, und ich hab auch nicht das nötige Kleingeld, um mich länger als fünf Sekunden auf einer Jacht aufzuhalten«, verkünde ich.

Auf der anderen Seite ist das Gehalt, das mir Dev und Argonaut zahlen, schwindelerregend hoch. Es genügt, um das nächste Jahr sorglos in New York zu leben, selbst wenn ich keinen Job finde.

Als mir wieder einfällt, dass Dev und ich Ende August, also in nur einem Monat, wieder getrennte Wege gehen werden, wird mein Herz schwer. Die letzten Wochen waren die besten und aufregendsten meines Lebens, und ich werde die Spannung und das schnelle Tempo des Sports vermissen – ebenso wie Dev. Allein bei dem Gedanken, dass ich ihn erst am Ende dieser Woche wiedersehen werde, überkommt mich ein Anflug von Enttäuschung. Grace' Anwesenheit heitert mich zwar auf, aber ... ich vermisse ihn trotzdem.

»Und, habt ihr zwei schon gevögelt?«

Erst blinzele ich überrascht, dann sehe ich Grace streng an. Sie hat eine ihrer schwarzen Augenbrauen gehoben, und ihr Schmunzeln verrät mir, dass sie mich durchschaut hat.

»*Wie* bitte?«, frage ich empört.

Sie hebt einen perfekt manikürten Finger und beschreibt damit Kreise vor meinem Gesicht. »Dieser Blick. Du hast an Dev gedacht.«

»Hab ich nicht.« Ich habe mich zu schnell verteidigt, um glaubwürdig zu klingen.

»Ooooh, doch.« Sie tippt mir mit dem Finger an die Stirn und grinst, als ich ihre Hand wegschlage. »Ich kenne diesen Blick. Du hast an einen Typen gedacht, und der einzige Typ, an dem du interessiert bist, ist Dev. Daher meine Frage: Habt ihr schon gevögelt?«

Erschrocken lege ich mir einen Finger an die Lippen und schaue nervös in alle Richtungen, um mich zu vergewissern, dass niemand sie gehört hat. »Sprich leiser«, zische ich, packe sie am Arm und ziehe sie in die Lobby.

»Was denn?«, protestiert sie und folgt mir nur widerwillig. »Ist doch 'ne berechtigte Frage. Ich muss wissen, ob ich die Wette mit Chantal gewonnen habe.«

Ich muss mich bemühen, nicht laut aufzustöhnen. »Ihr seid schrecklich. Und keine von euch gewinnt.«

»Willst du damit sagen, dass du keinen Sex mit ihm willst?«

Diesmal huschen ein paar Blicke in unsere Richtung, woraufhin ich sie schnell in eine Nische in der Nähe der Fahrstühle bugsiere.

»Was ich will oder nicht will, spielt keine Rolle.« Meine Stimme klingt fest, aber mein Herz hämmert. »Wir arbeiten zusammen und können diese Art von Komplikation nicht gebrauchen, ganz egal, was wir füreinander empfinden.«

Mit schief gelegtem Kopf studiert sie mich. »Also beruht es auf Gegenseitigkeit?«

Devs Stimme hallt in meinem Kopf nach. Auf der Party hat er mir verkündet, er würde mich gern mit den Glitzersternen sehen, die die Kellnerin trug und die gerade das Nötigste bedeckten. Damals war ich schockiert, doch gleichzeitig habe ich überlegt, ob man uns vermissen würde, wenn ich ihn in die nächstbeste dunkle Ecke zerren würde.

Als ich nicht sofort antworte, fährt Grace fort, wobei sie sich eine Strähne ihres schwarzen Haares um die Finger dreht. »Ich frag nur, weil gerade dieser Clip von ihm im Internet kursiert. Er zwinkert jemandem in der Menge zu, und alle Mädels flippen deswegen total aus. Du weißt nicht zufällig, wem das Zwinkern gegolten hat, oder?«

Die Frage klingt täuschend unschuldig, aber ich weiß, was sie im Schilde führt, und ich werde auf keinen Fall zugeben, dass ich diejenige war, die er angesehen hat. »Nein, leider nicht.«

»Hm. Schockierend.«

Ich verdrehe die Augen, denn ich will mich im Moment nicht auf ihre Spielchen einlassen – und ehrlich gesagt auch später nicht.

»Komm schon«, murre ich und packe sie am Arm, um sie zum Fahrstuhl zu ziehen. »Du musst raus aus der Öffentlichkeit.«

Sie kichert, folgt mir aber bereitwillig und beschwingten Schrittes. »Ich hoffe, ich werde Brautjungfer auf eurer Hochzeit.«

Ein paar Tage später gibt es vermutlich keine einzige Straße mehr in Monaco, die ich nicht kenne.

Obwohl Grace nicht von hier ist, ist sie die perfekte Fremdenführerin, und ich bin beeindruckt von dem Plan, den sie extra angefertigt hat, damit wir auch bloß nichts verpassen. Wir haben uns schon fast alles angesehen, aber ein paar Orte auf unserer Liste fehlen noch.

Während sie mir erklärt, was heute ansteht, trage ich Mascara auf, wobei ich auf der Ablage neben dem Waschbecken knie, um mich im Spiegel sehen zu können. Dieses Hotel ist eindeutig nicht für Menschen gemacht, die seit der fünften Klasse nicht mehr gewachsen sind.

»Anschließend können wir noch zum …« Grace bricht mitten im Satz ab und schaut sich stirnrunzelnd um. »Ich glaub, dein Handy klingelt.«

Ich blicke neben mich und versuche, mein Telefon zwischen den Schminkutensilien ausfindig zu machen. Ich könnte schwören, dass ich es mit ins Bad genommen habe, doch kann es nirgends entdecken. Schließlich stelle ich mich wieder auf den Boden und husche an Grace vorbei, die im Türrahmen des Badezimmers steht. Als ich zum Bett eile, stelle ich fest, dass mein Handy tatsächlich aufleuchtet und vibriert.

»Ist wahrscheinlich nur Oakley.« Ich greife nach dem Smartphone. Gestern haben wir einander lächerliche Formel-1-Memes geschickt, was in letzter Zeit unsere gängigste Art der Kommunikation ist. Mithilfe von Thomas Maxwell-Browns unfassbar ausdrucksstarker Miene kann man eine Menge rüberbringen.

Doch überraschenderweise ist es nicht Oakley, der anruft.

Mein Herz schlägt mir bis zum Hals, als ich Devs Namen auf dem Display lese. Eine Sekunde zögere ich, ehe ich den Anruf mit einer Wischbewegung meines Daumens annehme und mich mit einem beschämend gehauchten »Hey« melde.

»Hey. Sorry, dass ich dich am frühen Morgen störe, aber ich brauche dich.«

Wieder einmal halte ich angesichts Devs Wortwahl den

Atem an und bin für einen Moment sprachlos. Zum Glück wartet er nicht auf eine Antwort, sondern fährt umgehend fort.

»Ich weiß, ich hab behauptet, ich kann mich allein darum kümmern, aber ich benötige vielleicht Hilfe bei dem Podcast.«

Ich stoße leise die Luft aus.

»Bei Interviews steht Patsy normalerweise einen Meter entfernt von mir und sorgt dafür, dass ich nichts Falsches von mir gebe. Wir beide wissen, dass ich oft keinen Filter habe; also ist es vielleicht eine gute Idee, jemanden in meiner Nähe zu haben, der mir sagt, wann ich die Klappe halten soll. Und da dachte ich mir ... Würde es dir was ausmachen, heute meine Patsy zu spielen?« Er macht eine kurze Pause, ehe er hastig weiterspricht. »Ich meine, vorausgesetzt, du hast keine Pläne. Ich weiß, du hast heute frei, also ...«

»Ich springe gern für Patsy ein«, unterbreche ich ihn lachend. »Aber nur kurz am Rande – eine meiner Freundinnen besucht mich gerade hier, und ...«

»Oh, Mist, tut mir leid. Vergiss, dass ich gefragt habe, Wills. Viel Spaß euch beiden.«

»Nein, nein, schon in Ordnung.« Ich betrachte Grace, die mich mit einer neugierig erhobenen Augenbraue beobachtet. »Ich wollte nur fragen, ob es okay ist, wenn sie mitkommt.«

»Je mehr Leute mich davon abhalten, etwas Dummes zu sagen, desto besser.«

Ich versuche, ein Grinsen zu unterdrücken, damit Grace nicht wieder anfängt, mich wegen Dev auszuquetschen.

Doch ich kann es mir nicht verkneifen. Sobald ich aufgelegt habe, wird sie mich garantiert mit zweideutigen Bemerkungen bombadieren.

»Super, dann sehen wir uns später«, sage ich zum Abschied.

Ich habe den Anruf kaum beendet, da wirft sich Grace schon neben mich auf die Matratze. »Werde ich etwa Dev kennenlernen?« In ihren dunklen Augen liegt ein Funkeln, das mir ganz und gar nicht gefällt.

Ich drücke mich vom Bett hoch und packe meine Handtasche für den Tag. »Wenn du mich vor ihm blamierst, werde ich dir niemals verzeihen. Versprich mir, dass du dich gut benimmst.«

Ihr Grinsen ist verdächtig breit. »Aber *klar* doch.«

Eine halbe Stunde später stehe ich mit Grace an meiner Seite vor Devs Wohnungstür, meine schweißnasse Hand zum Klopfen erhoben. Doch ehe meine Faust auf das Holz treffen oder Grace mich erneut drängen kann, mich zu beeilen, wird die Tür so schwungvoll geöffnet, dass uns ein Lufthauch entgegenschlägt. In der nächsten Sekunde schenkt er mir sein strahlendes Lächeln.

»Ich bin ja so was von froh, dass du hier bist.« Er schaut mich dankbar aus seinen braunen Augen an.

Ich hoffe, dass ich etwas Verständliches von mir gebe, aber mein Gehirn hat bei seinem Anblick einen Kurzschluss erlitten.

Grace stößt mich zur Seite und streckt ihre Hand aus.

»Ich bin Grace.« Sie ist vollkommen aus dem Häuschen. »Es ist ja so schön, dich *endlich* kennenzulernen.«

Ich habe den Eindruck, dass sich Devs Lächeln ein wenig verändert, als er seine Aufmerksamkeit auf Grace lenkt. Es wird nicht schwächer oder weniger breit, aber es ist ein Lächeln, das für Freunde, Kollegen und Familienmitglieder bestimmt ist. Wenn er mich ansieht, lächelt er anders.

Ich bin zu sehr damit beschäftigt, zu analysieren, was das bedeutet, um ihrem Gespräch zu folgen, bis wir die Wohnung betreten und Grace verkündet: »Willow war in den letzten paar Tagen ohne dich total lost.«

Erschrocken drehe ich meinen Kopf in ihre Richtung und versuche eilig, irgendeine Entschuldigung zu stammeln, doch sie redet bereits weiter.

»Ganz im Ernst, das Mädel ist ein Workaholic. Sie weiß nicht, wie man sich entspannt.«

Die Erklärung beruhigt mich zwar ein wenig, aber ich erröte dennoch. »Ja.« Ich stoße ein ersticktes Lachen aus. »Ich hab an ein paar Dingen gearbeitet, weil ich nicht anders konnte.«

»Siehst du? Sie würde sich nicht mal eine Pause gönnen, wenn ihr Leben davon abhinge«, wirft Grace ein. Danach wird sie jedoch schnell von dem Rennsimulator in der Ecke des Wohnzimmers abgelenkt. »Ooh, den *muss* ich ausprobieren.«

Als sie ihn ansteuert und sich auf den niedrigen Sitz sinken lässt, wende ich mich Dev zu und verziehe entschuldigend das Gesicht. »Tut mir leid. Sie hat keinen Filter.«

Dev lacht leise und schiebt die Hände in seine Jeanstaschen. »Du musst dich nicht entschuldigen.« Er schaut zwar in meine Richtung, scheint aber irgendetwas hinter mir zu fixieren. »Ich weiß ihre Ehrlichkeit zu schätzen.«

Ich kann zwischen den Zeilen lesen. Wir beide sind derzeit nicht sonderlich ehrlich zueinander, denn wir tänzeln immer noch um den Elefanten im Raum herum, der mit jeder Minute größer wird. Bald werden wir entweder dazu stehen müssen, was wir fühlen, oder der Elefant wird uns niedertrampeln.

»Übrigens will ich nicht, dass du dich übernimmst.« Endlich sieht er mich an, wobei sich leichte Sorge in seinem Blick abzeichnet. »Ich habe ein schlechtes Gewissen, weil ich dich an deinem freien Tag hergebeten habe.«

Ich schüttele den Kopf, aber ich weiß seine Worte zu schätzen. »Schon in Ordnung – ich freue mich, hier zu sein.«

Das ist die Wahrheit. In den paar Tagen ohne ihn habe ich ihn mehr vermisst, als ich jemals für möglich gehalten hätte. Ich habe zwar versucht, jeglichen Gedanken an ihn zu verdrängen und meine Zeit mit Grace zu genießen, aber es war schwer. Im Moment dreht sich ein so großer Teil meines Lebens um ihn, dass es fast unmöglich ist, nicht an ihn zu denken. Mein Handy ist voller Fotos von ihm, überall in der Stadt wird mit Plakaten für die Formel 1 geworben, und am liebsten würde ich mich wieder neben ihn ins Bett kuscheln und einen schnulzigen Bollywood-Film schauen. Ich fühle mich wie ein alberner Teenager.

Um mich zu erden, nehme ich einen tiefen Atemzug und deute mit dem Kinn zu seinem Laptop auf dem Couchtisch. »Bist du bereit?«

Das freche Grinsen ist zurück – das nur für mich reserviert ist. »Bist du bereit, mich davon abzuhalten, etwas zu sagen, das meinen Ruf noch mehr ruiniert?«

Ich stoße die Luft aus. »Lass uns schauen, was sich machen lässt.«

Als das Interview zwei Stunden später vorbei ist, hat Grace ungefähr sechzig Unfälle mit dem Rennsimulator gebaut und mein Make-up ist fast vollkommen verschwunden, weil ich so oft über Devs pointierte, aber nie beleidigende Antworten Tränen gelacht habe. Er hat es natürlich geschafft, die australischen Gastgeberinnen zu verzaubern. Dank seiner Witze kam es mir vor, als ob das Interview Minuten, nicht Stunden gedauert hätte. Zeitweise habe ich sogar vergessen, dass ich nur da war, um ihn von unüberlegten Antworten abzuhalten, dabei hat er mich am Ende doch nicht gebraucht. Er hat ein umfassendes Medientraining erhalten und genügend Interviews geführt, um zu wissen, was er zu tun und zu lassen hat. So war ich nur eine Zuschauerin, was mir allerdings nichts ausgemacht hat, denn es hat wieder einmal bestätigt, dass meine Gefühle für ihn gerechtfertigt sind. Dev hat all meine Bewunderung verdient.

»Das war gar nicht so schlimm, wie ich dachte«, verkündet er, nachdem er seinen Laptop zugeklappt hat. Dann reckt er die Arme in die Höhe, um sich zu dehnen, und lässt sich nach hinten in die Couchkissen sinken.

Es ist eine Herausforderung, nicht die Haut anzustarren, die dabei über dem Bund seiner Jeans entblößt wird, ebenso wie seine Muskeln, die den Ärmel seines schwarzen T-Shirts dehnen. Gott, er sieht umwerfend aus. Und ist sich meiner Aufmerksamkeit offenbar und zum Glück nicht bewusst.

Leider trifft das nicht auf Grace zu, denn ihr Grinsen verrät mir, dass sie mich darauf ansprechen wird, sobald wir Devs Wohnung verlassen haben.

»Du warst richtig gut«, lobe ich ihn und ignoriere Grace, während ich mein Notizbuch und mein Handy zurück in die Handtasche schiebe. Ich habe ein paar Bilder von ihm gemacht, die ich schon gepostet habe, und mir einige seiner Antworten notiert, damit ich die entsprechenden Clips aus dem Podcast heraussuchen kann, sobald er online ist. »Sie müssen wahrscheinlich mein Lachen im Hintergrund rausschneiden. Aber das bedeutet nur, dass die Leute dich lieben werden.«

Dev erwidert mein Grinsen und verfolgt jede meiner Bewegungen, als ich mich erhebe und das Sommerkleid an meinen Hüften glatt streiche. »Solange ich dich zum Lachen gebracht habe«, beginnt er und lässt seine Arme langsam wieder sinken, »ist mir alles andere egal.«

Grace stößt einen leisen, erstickten Laut aus, aber ich weigere mich, in ihre Richtung zu sehen.

Dev ist es entweder nicht aufgefallen, oder er hat sich ebenfalls entschieden, sie zu ignorieren. Doch wenn man bedenkt, dass er mich ansieht, als wäre ich die einzige andere Person im Raum, tippe ich auf Ersteres.

Es ist aufregend und angsteinflößend und bringt mich dazu, eilig meine Siebensachen zusammenzusuchen und eine Restaurantreservierung zum Lunch zu erfinden, zu der

Grace und ich angeblich spät dran sind. Wenn ich nicht sofort fliehe, tue ich vielleicht noch etwas Dummes, wie auf seinen Schoß zu klettern oder meine Arme um seinen Hals zu schlingen und davon zu schwärmen, wie toll er ist. Das braucht sein Ego nicht, und ich brauche gewiss nicht die Schmetterlinge, die in meinem Bauch umherflattern. Also packe ich Grace am Arm und winke Dev zum Abschied zu, bevor ich sie aus seiner Wohnung ziehe.

Wir schaffen es gerade noch in den Aufzug, ehe sie sich vor mir aufbaut und die Hände in die Hüften stemmt. »Mädel«, sagt sie. Und dann noch einmal betonter: *»Mädel.«*

Ich stoße die Luft aus und lasse mich mit dem Rücken gegen die Metallverkleidung hinter mir sinken. Für dieses Gespräch brauche ich eine Stütze. »Ja?«

»Dir ist klar, dass er eigentlich keine Hilfe gebraucht hat, oder?« Sie betrachtet mich eingehend. »Er wollte dich sehen. Und dich zum Lachen bringen.«

Sie hat recht, aber wenn ich das zugebe, wird sie es mir ewig vorhalten. »Ich bin mir sicher, das stimmt nicht.«

»Willow.« Nun klingt sie vollkommen ernst. »Die Art, auf die dich der Typ angeschaut hat, als er die Tür geöffnet hat? Ich hab noch nie jemanden so strahlen sehen.«

Schon wieder hat sie recht, es bringt nichts, das abzustreiten. Aber es laut auszusprechen, würde bedeuten, dass es nicht mehr länger nur eine Fantasie ist. Grace ist es aufgefallen, was bedeutet, dass ich es mir nicht einbilde – und das wiederum bedeutet, dass ich mit meinen Gefühlen für Dev nicht länger hinterm Berg halten kann.

Scheiße, ich stecke in Schwierigkeiten.

»So ist er nun mal«, argumentiere ich schwach. »Er ist dafür bekannt, das beste Lächeln der Welt zu haben.«

»Ich rede nicht von seinem Lächeln. Ich rede von seiner gesamten Reaktion, als er dich gesehen hat. Einfach die Art, wie er …« Sie schüttelt den Kopf und sieht mich dann streng an. »Ich verstehe, dass du professionell bleiben willst. Und ich verstehe, dass wir Frauen oft Anfeindungen ausgesetzt sind, wenn wir uns mit Männern in Machtpositionen einlassen. Ich verstehe sogar, dass du die Freundschaft deines Bruders mit Dev nicht aufs Spiel setzen willst. Aber Willow, wenn du den Typen entwischen lässt … dann bist du echt feige.«

Als wollte er ihre Worte untermauern, hält der Aufzug in dem Moment ruckelnd im Erdgeschoss. Ich fühle mich, als sei meine Welt erschüttert worden.

»Nimm dir das, was du willst«, rät mir Grace abschließend. »Damit du es später nicht bereust.«

Kapitel 20

Dev

Es regnet.

Nein, es regnet nicht nur, es gießt wie aus Kübeln. Im Moment gleicht die Rennstrecke in Ungarn einem flachen See. Wenn es bald aufklart, besteht die Chance, dass wir fahren können, aber im Moment bleibt uns nichts anderes übrig, als darauf zu warten, dass es aufhört, zu schütten.

»Mau-Mau.«

»Fuck!«

Ich lache in meiner stillen Ecke und senke mein Kinn auf die Brust, um keine Aufmerksamkeit auf mich zu lenken, während die gelangweilte Crew der Boxengasse sich mitten in der Werkstatt mit Kinderkartenspielen die Zeit vertreibt. Ich habe beschlossen, in dieser Runde auszusetzen, aber das heißt nicht, dass ich die UNO-Partie, die wir vorher gespielt haben, nicht dominiert habe.

Nathaniel hat sich irgendwohin verdrückt und meidet wie immer alle, womit er sich nicht gerade Freunde macht. Zum Glück muss er das aber auch nicht, denn solange sein Vater verantwortlich ist, ist sein Platz im Team gesichert.

Im Gegensatz zu meinem.

Ich will nicht mehr länger um meinen Platz bei Argonaut kämpfen, aber ich werde trotzdem hart arbeiten, um mich weiterhin mit einem Großteil des Teams gut zu verstehen. So viele von ihnen haben mir wirklich geholfen – meine Mechaniker und Ingenieure, das Organisationsteam und sogar Konrad, der mir gerade seine Kamera vor die Nase hält. Und diese Menschen werde ich nicht enttäuschen.

Apropos Menschen, die ich nicht enttäuschen will: In diesem Moment betritt Willow mit Patsy an ihrer Seite die Werkstatt. Ausnahmsweise lächelt Patsy und legt Willow eine Hand auf die Schulter, als würde sie sie loben. Worum auch immer es geht, sie hat es verdient.

Die Podcast-Folge, die Willow mir vermittelt hat, ist vor drei Tagen online gegangen, und den Ausschnitten und Kommentaren nach zu urteilen, die ich gesehen habe, ist sie wahnsinnig gut angekommen. Es scheint, als würden mich die Leute tatsächlich wieder *mögen*. Nicht dass sie damit überhaupt erst hätten aufhören sollen, aber Willow hat mich gerettet, und mit einem Mal stehe ich in den Augen der Öffentlichkeit wieder gut da. Es ist ein Wunder.

Nein, das ist nicht richtig. Es ist ein übernatürliches Phänomen. Und das habe ich Willow und ihrer Scharfsinnigkeit zu verdanken. Das Lob, das sie nun bekommt, ist nur ein winziger Teil der Anerkennung, die ihr gebührt. Aber ich will derjenige sein, der sie ihr zollt. Wenn sie es zulässt.

Und das ist das Problem. Ich weiß nicht, ob sie das tun wird.

»Was ist mit deinem Gesicht?«, fragt mich Konrad leicht angewidert, als er mich über die Kamera hinweg anschaut. »Warum siehst du aus, als würdest du dich jeden Moment übergeben?«

Alles klar, super, dann sehe ich also tatsächlich nicht nur liebeskrank, sondern *krank* aus, wenn ich mir ausmale, dass Willow meine Gefühle vielleicht nicht erwidern könnte. Gut zu wissen.

Konrad entfernt sich, als ich ihm keine Antwort gebe. Hoffentlich geht er einfach davon aus, dass ich nervös wegen des Rennens bin. Der Regen macht mir ehrlich gesagt nichts aus, denn ich gehe ohnehin jedes Mal, wenn ich in den Wagen steige, ein hohes Risiko ein. Auf einer nassen Rennstrecke zu fahren – auch wenn es objektiv betrachtet gefährlicher ist, als wenn es trocken ist –, macht mich also nicht einmal annähernd so nervös, wie zu sehen, dass Willow auf mich zukommt.

Der Duft von reiner Vanille steigt mir in die Nase, als sie vor mir stehen bleibt und den Rest der Werkstatt sowie die Boxengasse vor der Tür betrachtet. Zwischen ihren Augenbrauen hat sich eine leichte Falte gebildet, und ihre dunkelbraunen Augen sind ein wenig größer als sonst, als sie mich anschaut.

»Meinst du, das Rennen wird abgesagt?«, fragt sie.

Ich brauche eine Sekunde, um ihre Worte zu verarbeiten, denn ich bin zu abgelenkt von ihrem Anblick und der Tatsache, dass mein Herz mit einem Mal hämmert. Selbst die fürchterliche Argonaut-Kleidung kann nicht verbergen, wie umwerfend sie aussieht, aber ihr scheinen die vielen Blicke, die ihr folgen, nie aufzufallen. Ich habe schon oft

Mechaniker dabei erwischt, wie sie ihr hinterherstarren, wenn sie vorbeigeht, obwohl ein bedeutsamer Blick von mir sie meist dazu bewegt, sich wieder auf ihre Arbeit zu konzentrieren. Alle wissen, dass sie bei ihr keine Annäherungsversuche unternehmen dürfen, und wahrscheinlich gibt es mittlerweile Gerüchte darüber, warum das der Fall ist. Solange dabei weder ihr noch mein Ruf geschädigt wird, kann ich jedoch damit leben. Ich hoffe nur, sie kann es auch.

Nun schaue ich zu den Ingenieuren, die den Wetterradar auf ihren Bildschirmen verfolgen. Ich bin kein Meteorologe, aber die Wolken scheinen sich zu entfernen. »Sieht nicht so aus.«

Wie auf Kommando marschiert Sturgill in dem Moment durch die Werkstatt und ruft den anderen Befehle zu, ehe er wieder auf seinen Platz zurückkehrt. In der nächsten Sekunde erscheint eine Nachricht von der Rennleitung auf dem Bildschirm eines Ingenieurs, der laut vorliest, dass es in einer Viertelstunde losgehen soll.

Es wird also Zeit, mich vorzubereiten.

Ehe ich Willow Bescheid geben kann, legt sie mir eine Hand auf die Schulter und drückt sie leicht. »Sei vorsichtig da draußen, okay?«

In ihren Augen blitzt Sorge auf, aber diese wird fast überschattet von Hoffnung und Ehrfurcht. Sie versteht und respektiert das Risiko, das ich eingehe, und macht sich Sorgen um meine Sicherheit, aber in ihrer Miene ist auch Vertrauen in meine Fähigkeiten zu erkennen. Sie glaubt, dass ich dort rausgehen und unbeschadet wieder zu ihr zurückkehren kann, weil ich gut in dem bin, was ich tue.

»Ich bin immer vorsichtig«, scherze ich, aber werde schnell wieder ernst und lege meine Hand auf ihre, um meine nächsten Worte zu untermauern. »Ich verspreche es dir. Außerdem bringst du mir doch Glück.«

Sie schüttelt den Kopf, schnalzt mit der Zunge und zieht ihre Hand weg, wobei sie mich aus Rache für meinen Scherz leicht kneift. »Bisher hab ich dir nicht viel Glück gebracht, aber okay.« Sie klingt resigniert. »Zeig's ihnen.«

Es wird chaotisch zugehen.

Das ist nach einer Einführungsrunde und nachdem ich fünf Sekunden in meiner Grid Box gewartet habe, offensichtlich. Zwei Wagen sind auf dem Weg zur Startaufstellung ins Schleudern geraten. Einer davon musste das Rennen beenden, noch ehe es begonnen hat. Den anderen Wagen hat es nicht so schlimm erwischt, obwohl ein solcher Vorfall selbst den selbstbewusstesten Fahrer verunsichern würde. Er wird nicht in der Lage sein, Risiken einzugehen, und vermutlich am Ende der ersten Runde ganz hinten liegen.

Ich muss mich an sieben anderen Boliden vorbeikämpfen und habe nicht vor, mich zurückzuhalten. Das Positive daran, für ein Team zu fahren, das seinen Wagen so gut wie nie verändert, ist, dass ich seine Grenzen kenne. Ich weiß, was ich wagen kann und was nicht, wenn die Strecke nass ist. Und wenn es eine Sache gibt, für die Carbonfaser gemacht ist, dann ist diese, bei Nässe zu fahren.

Ich festige meinen Griff um das Lenkrad und sehe zu, wie

die roten Ampeln über mir eine nach der anderen angehen, ehe sie dunkel werden.

Sofort gebe ich Gas, schieße aus meiner Box und folge der Strecke, während andere Wagen sich ein- und ausfädeln. Ein Omega Siluro wird vor mir langsamer, was mich zwingt, in die Lücke auszuweichen, die sich wie durch ein Wunder zu meiner Linken auftut, als ich sie brauche.

In dem Moment kommt es zum Unglück. Allerdings nicht für mich, denn heute ist eindeutig mein Tag.

Das Chaos, das ich vorhergesehen habe, ereignet sich schon jetzt, jedoch schlimmer als erwartet. Innerhalb einer Sekunde rammt ein Mascort einen McMorris, dann reißt ein Specter Energy einen D'Ambrosi auf dem Weg in die Auslaufzone mit.

Ich schaffe es, auszuweichen, meinen Wagen um die anderen herum zu lenken, und dann ...

Nein. Was zur Hölle? Was zur *Hölle?*

Ich bin Zweiter.

Nur Zaid ist vor mir, dessen Sprühnebel noch so weit entfernt ist, dass er meine Sicht nicht einschränkt. Offenbar ist er der Einzige unter den besten sechs Fahrern, der dem Unfall entgehen konnte. In den Rückspiegeln kann ich nicht viel erkennen, aber ich sehe, dass hinter mir ein Kampf um die beste Position stattfindet, wobei zeitgleich Wagenteile durch die Luft fliegen. Mist, wenn ich in meiner nächsten Runde wieder dort ankomme, muss ich den herumliegenden Teilen ausweichen, um meine Reifen nicht zu ruinieren.

»Gleich könnte ein Safety-Car zum Einsatz kommen«, warnt Branny über den Boxenfunk. Fünf Sekunden später fährt er fort: »Nein, doch nicht. Achte auf deine Geschwindigkeit. Du bist auf P2. Super, dass du ausweichen konntest.«

Er war noch nie ein Typ, der enthusiastisches Lob verteilt, aber ich nehme, was ich kriegen kann.

»Kannst du mir ein Update zu den Wagen hinter mir geben?« Ich muss wissen, gegen wen ich kämpfen werde, um meine Position zu halten, denn jetzt, wo ich es einmal hierhergeschafft habe, werde ich sie nicht wieder aufgeben.

Er nennt mir die nächsten fünf Wagen, aber Reid, Otto, Thomas, Lorenzo und Axel zählen nicht dazu. Verdammt! Sämtliche Topfahrer, abgesehen von Zaid, sind nicht mehr im Rennen. Natürlich besteht die Möglichkeit, dass einige von ihnen gleich wieder auf die Strecke zurückkehren, aber das ist meine Chance. Wenn ich mich jetzt konzentriere, schaffe ich es vielleicht auf das Siegerpodest.

Das Safety-Car wird mir das allerdings erschweren. Die verringerte Geschwindigkeit wird den Fahrern hinter mir die Möglichkeit geben, aufzuholen. Und wenn die rote Flagge erscheint …

»Und hier kommt die rote Flagge«, verkündet Branny. »Boxenstopp. Sofort. Fädele dich in die Boxengasse ein.«

Mein Herz wird schwer. Wenn es zu einem Neustart kommt, könnte ich wieder ins Mittelfeld zurückfallen und meine Chance auf einen der ersten Plätze verlieren. »Verstanden.«

Ich halte mich an Brannys Anweisung und folge Zaid in die Boxengasse, wobei ich beobachte, wie die Mechaniker mit Reifendecken herbeigeeilt kommen.

»Ich steige aus, wenn das in Ordnung ist.«

Branny gibt mir das Okay und weist mich an, in der Nähe zu bleiben.

Vor dem Start werden wir benachrichtigt werden, aber bis dahin muss ich meinen Adrenalinspiegel senken.

Einer der Mechaniker hilft mir aus dem Wagen, während mir ein anderer einen Regenschirm bringt, obwohl ich längst durchnässt bin.

Ich ziehe mir Helm und Balaklavamütze aus. Soweit ich es erkennen kann, hat es so gut wie aufgehört zu regnen, und da es heute heiß ist, wird die Strecke selbst nach einem Wolkenbruch wie diesem schnell trocknen. Was bedeutet, dass wir die langsamen Reifen loswerden müssen, die für Nässe geeignet sind, um sie gegen schnellere auszutauschen.

Ich bleibe an der Boxenmauer stehen, um mir die Wettermonitore anzusehen und Branny und den Renningenieuren meine Gedanken mitzuteilen, ehe ich auf der Suche nach einer bestimmten Person die Werkstatt betrete.

Mark versucht, mich aufzuhalten, als ich reinkomme, aber ich winke ab.

Ein Teil der Anspannung weicht aus meinen Schultern, als ich sie entdecke, und ich könnte schwören, dass sie genauso erleichtert wirkt, mich zu sehen. Ich muss mich zusammennehmen, um sie nicht in meine Arme zu schließen, obwohl ich dem Drang, mit einer Hand an ihrem Arm hinabzustreichen und sie ein wenig näher zu mir heranzuziehen, nicht widerstehen kann. Ich beuge mich zu ihrem Ohr runter, als würde ich versuchen, ihr etwas zuzuflüstern. Überall um uns herum sind Kameras, wenn wir also gefilmt werden sollten, wird es vollkommen unschuldig aussehen. Was es auch ist … Selbst wenn an den Gefühlen, die in mir aufkeimen, wenn ich ihr so nahe bin, absolut nichts unschuldig ist.

In Wahrheit gibt es nichts, worüber ich mit ihr sprechen muss; ich möchte nur ihre Nähe genießen, um die Enttäuschung darüber zu vergessen, dass ich P2 wahrscheinlich nicht lange halten werde. Ich brauche eine Erinnerung, dass ich es schaffen kann, selbst wenn alles gegen mich spricht. Dafür benötige ich von ihr nicht mehr als einen Blick und ein Lächeln, und schon ist mein Selbstbewusstsein wiederhergestellt.

Der Blick, mit dem sie mich anschaut, ist genau das, wonach ich mich gesehnt habe und was ich mehr vermissen werde, als ich je für möglich gehalten hätte, wenn unsere gemeinsame Zeit vorüber ist. In ihren großen braunen Augen liegt keinerlei Zweifel. Sie glaubt, dass ich es schaffe. Dass ich *alles* schaffen kann. Und das motiviert mich. Überzeugt mich davon, dass sie recht hat und ich dieses Rennen tatsächlich gewinnen kann, selbst wenn ich einen siebenfachen Weltmeister vor mir habe.

»Kannst du mich bitte aufbauen?« Dabei ist das eigentlich gar nicht mehr nötig. Ihr Lachen lässt mein Herz rasen, und ein Grinsen breitet sich auf meinem Gesicht aus. Ich würde alles dafür tun, diesen Klang immer wieder zu hören.

»Okay, lass mich sehen, was ich tun kann.« Sie holt tief Luft und legt los. »Ich hab dich und Oakley bei einem Kartrennen beobachtet, als ihr vierzehn wart. Es hat geregnet, und ich war wütend, weil mich mein Dad an dem Wochenende mitgeschleppt hatte und ich die ganze Zeit einen hässlichen Regenponcho tragen musste, der mein Outfit verdeckte. Ich hatte es extra ausgesucht für den Fall, dass ich dir auffallen würde.«

Angesichts ihres Geständnisses blinzele ich und weiche ein Stück zurück, damit ich ihr in die Augen schauen kann, aber sie umfasst meinen Arm und hält mich fest.

»Doch das ist nie passiert«, fährt sie belustigt fort. Am liebsten würde ich ihr Gesicht sehen, doch sie lockert ihren Griff nicht. »Das spielt aber keine Rolle. Viel wichtiger ist, dass ich mein Outfit und meine vom Regen krausen Haare vergessen habe, sobald du gestartet bist, als wäre die Strecke vollkommen trocken. Du hattest keine Angst. Oakley dagegen ist auf Nummer sicher gegangen. Er wurde Vierter, du hast gewonnen.«

Ganz im Gegenteil, ich hatte die ganze Zeit über sogar riesige Angst, aber davon habe ich mich nicht aufhalten lassen. Ich habe schon in jungen Jahren gelernt, dass ich Angst verspüren und trotzdem Gas geben kann.

»Ich weiß, dass du immer noch dieser furchtlose Vierzehnjährige bist«, fährt Willow überzeugt fort. »Also geh da raus und fahr genau wie damals. Hol dir den Sieg.«

Endlich löst sie die Hand von meinem Arm, sodass ich zurückweichen kann. Ich studiere ihre Miene; auf beiden Wangen sind Grübchen zu sehen, obwohl ihr Lächeln zurückhaltend wirkt. Ihr sonnengeküsstes Gesicht ist an den Wangenknochen leicht gerötet, aber ihre Augen strahlen. In ihnen liegt kein Anflug von Scham. Ihr ist bewusst, dass sie mit ihrer Geschichte zugibt, dass sie damals in mich verliebt war, und ich muss mich zusammennehmen, um sie nicht zu küssen und ihr zu zeigen, dass ich ihre Gefühle erwidere.

»Verdammt, das war der beste Pep-Talk, den ich je bekommen habe.« Meine Stimme klingt ein wenig heiser.

Sie vollführt einen scherzhaften Knicks, und ihre Grübchen werden tiefer, als sie grinst. »Jederzeit gerne wieder.«

Ich hoffe, dass sie das ernst meint, denn ich glaube nicht, dass ich ohne ihre motivierenden Worte leben kann. Ich glaube nicht, dass ich ohne *sie* leben kann.

»Neustart in fünfzehn Minuten!«, ertönt eine Stimme hinter mir und befördert mich in die Realität zurück. »Standing start!«

Ich atme aus, denn ich weiß, dass ich mich wieder auf das Rennen konzentrieren muss. In diesem Moment habe ich so großes Vertrauen in mich selbst wie schon seit Jahren nicht mehr.

»Dann geh ich wohl mal da raus.« Ich halte noch immer ihren Arm fest.

Willow nickt, macht jedoch keine Anstalten, sich aus meinem Griff zu lösen. »Ja, das solltest du.«

»Sagst du mir diesmal nicht, dass ich vorsichtig sein soll?«

Sie kräuselt ihre Nase, und verdammt, jetzt will ich meine Lippen noch mehr auf ihre pressen. »Nein. Du weißt, was du tust.«

»Ja, das würde ich auch behaupten.«

Ein kurzer Moment des Schweigens entsteht zwischen uns, als ich versuche, mich zum Gehen zu bewegen, doch es ist kein bisschen merkwürdig oder unangenehm. Schließlich zwinkere ich ihr zu und mache einen Schritt nach hinten.

Und schon bin ich wieder bereit, habe neuen Mut und den Blick fest auf das Ziel gerichtet.

Zurück in der Boxengasse betrachte ich stirnrunzelnd die mittelharten Reifen am Wagen. Sie sind zwar weitaus besser als die Nässereifen, aber nicht das, worum ich gebeten habe.

»Ich hab gesagt, ich will Slicks«, rufe ich, als ich die Boxenmauer erreicht habe.

Einer der Strategen schüttelt den Kopf und dreht sich auf seinem Platz zu mir um. »Dev, das ist nicht …«

»Gib mir die Slick-Reifen.« Es ist ein Befehl. Auf keinen Fall werde ich mir von diesen Leuten meine Chancen ruinieren lassen. Nicht noch einmal. »Ich kenne diese Strecke, und die Sonne scheint mittlerweile wieder. Wenn wir bei unserer Boxenstoppstrategie bleiben und P2 halten wollen, müsst ihr *jetzt* zu Slicks wechseln, statt zu warten.«

»Mascort schickt Zaid mit Intermediate-Reifen raus«, gibt er zu bedenken. »Die Einzigen, die mit Slicks starten, sind diejenigen, die nichts zu verlieren haben und bereit sind, ein Risiko einzugehen.«

»Was auf mich zutrifft.«

Er hält inne und studiert mich eingehend.

Mein Kinn ist entschlossen vorgeschoben, und meine Hände habe ich in die Hüften gestemmt. Ich werde nicht nachgeben. Er kann dagegenhalten, aber im Grunde weiß er, dass ich recht habe. Das wissen alle. Nun fragt sich nur, ob sie bereit sind, das Risiko mit mir einzugehen.

»Na schön.« Der Stratege seufzt und bedenkt mich mit einem missmutigen Blick. »Aber wenn du einen Unfall baust, liegt die Schuld allein bei dir. Sei also vorsichtig.«

Auf P2 zu starten, kommt mir unwirklich vor. Ich kann mich kaum noch daran erinnern, wie es sich anfühlt, so weit vorn zu sein. Wie es ist, freie Sicht zu haben. Doch an eines erinnere ich mich definitiv. Ich mag zwar noch keine Formel-1-Weltmeisterschaft gewonnen haben, nicht einmal ein Rennen, aber in der F3 und F2 war ich ein Sieger. Und Sieger vergessen niemals, wie es sich anfühlt, zu gewinnen.

Ich hatte recht, was die Rennstrecke angeht. Die nassen dunklen Flecken auf dem Boden schrumpfen vor meinen Augen, während ich darauf warte, dass die anderen Fahrer ihre Einführungsrunde beenden. Natürlich besteht das Risiko, dass ich auf einer dieser nassen Flächen ins Schleudern gerate, besonders mit den aktuellen Reifen. Zaid zu überholen, wird die größte Herausforderung meines Lebens werden, aber er startet mit Intermediate-Reifen, die nicht lange halten, sodass er zweifellos recht früh einen Boxenstopp einlegen muss. Die einzige Frage ist, ob ich weit genug vor ihm sein werde, um P1 zu halten, wenn er auf die Strecke zurückkehrt.

Wieder gehen die Lichter aus, und ich lege beinahe einen schnelleren Start hin als Zaid, doch er beschleunigt rasch, und ich muss in der ersten Kurve ein wenig abbremsen. Danach sind wir beide ungefähr gleich schnell und kämpfen um P1, während ich gleichzeitig darauf achten muss, die anderen Wagen nicht überholen zu lassen. Als die Strecke wieder gerade wird, überhole ich ihn ohne die Hilfe des DRS, sondern ausschließlich aufgrund meiner Reifen.

Ich bin soeben an Zaid Yousef vorbeigerauscht, meinem Idol und dem Mann, den ich in jeglicher Hinsicht bewundere. Er ist jedoch nicht grundlos siebenfacher Champion. Trotz der schlechten Reifen hat er immer noch mehr Talent, mehr Erfahrung und einen besseren Wagen, sodass er mir dicht auf den Fersen bleibt. Dennoch ist die Fahrbahn zu trocken für Intermediates, sodass er in der nächsten Kurve ein wenig zurückfällt. Bald wird er einen Boxenstopp einlegen müssen, um die Reifen zu wechseln, was ihn Zeit kosten wird. Wahrscheinlich wird er hinter ein paar andere Wagen zurückfallen, vielleicht sogar Letzter sein. Er wird sich anstrengen müssen, um wieder aufzuholen, und wenn ich mehr Abstand zwischen uns bringen kann, könnte ich möglicherweise das Rennen gewinnen.

Wie erwartet, fährt Zaid bei der nächsten Gelegenheit in die Boxengasse, und mein nächster Konkurrent ist weit davon entfernt, mich zu überholen, was vermutlich ebenfalls an seinen schlechten Reifen liegt.

»Okay, Dev, du bist Erster«, ertönt Brannys Stimme in meinem Ohr, ein wenig höher als sonst, als könnte er nicht richtig glauben, was er da sagt.

Und das kann ich ihm nicht verdenken, denn das letzte Mal, als ich niemanden vor mir hatte, war, als ich meine letzte F2-Meisterschaft gewonnen habe. Aber Erster in einem Großen Preis der Formel 1 zu sein? Gott, ich hoffe, man hört mich über den Boxenfunk nicht lachen.

Konzentriert senke ich den Kopf und gebe Gas. Während ich weiterrase, kommt Zaid zurück auf die Strecke.

In Runde siebenunddreißig lege ich einen Boxenstopp ein, eine Runde nach Reid, der mir zuvor dicht auf den Fersen war. Der Reifenwechsel geht rasant über die Bühne, und zurück auf der Rennstrecke liege ich erneut vor Reid, obwohl ich hinter einem McMorris feststecke, der seinen Boxenstopp noch vor sich hat. Zwei Runden später biegt er in die Gasse ab, sodass ich das Rennen endlich wieder anführe.

Zum Glück ist es auf dieser Strecke schwierig, zu überholen. Und deshalb habe ich tatsächlich die Chance auf einen Sieg. Ich muss nur den Abstand zwischen Reid und mir vergrößern und meine Position verteidigen wie noch nie, wenn Zaid aufholt, was garantiert passieren wird.

Ich kann es schaffen. Ich kann gewinnen.

Branny hält mich über die Positionen und Rundenzeiten der anderen Fahrer auf dem Laufenden und lenkt mich durch das Rennen. Alles läuft perfekt – selbst wenn Argonaut dies nie im Sinn hatte. Ein Sieg mag für das Team nicht viel verändern, für mich schon.

Meine Zukunft ist aussichtsreicher als jemals zuvor.

Die Momente, nachdem ich ins Ziel gefahren bin, bekomme ich kaum bewusst mit. Über das Teamradio höre ich Glückwünsche, während ich mir meinen Weg in den Parc Fermé bahne und neben dem Schild für den ersten Platz zum Stehen komme, von dem ich geglaubt habe, ich würde nie wieder Bekanntschaft mit ihm machen.

Meine Teammitglieder warten an der Absperrung, klopfen mir auf den Rücken und umarmen mich überschwänglich, als ich mich nähere. In der Menge erhasche ich einen Blick auf Willows Locken, aber ich kann sie nicht erreichen, egal, wie sehr ich mich bemühe.

Als Nächstes werde ich weggeführt, um mich auf die Waage zu stellen und im Anschluss Interviews zu führen. Ich bedanke mich bei meinem Team und meiner Familie und bin mir ziemlich sicher, dass ich keine unangemessenen Worte von mir gebe, aber ich muss mir die Aufzeichnung später ansehen, um mich daran zu erinnern, was ich gesagt habe. Anschließend treffe ich mich mit Zaid und Reid im Cooldown-Raum, wo sie mir die Hand schütteln und mir gratulieren, doch ich bekomme kaum mit, was sie sagen. Erst auf dem Siegerpodest nehme ich wieder alles um mich herum wahr.

Ich habe es geschafft. Fünf Jahre in der Formel 1, mehr als hundert Rennen, und endlich stehe ich hier oben. Die amerikanische Nationalhymne wird für mich und Argonaut gespielt, und nie habe ich das Lied mehr geliebt. Als Reid und Zaid ihre Flaschen öffnen und mich mit Champagner bespritzen, tue ich es ihnen gleich, wobei ich so herzhaft lache, dass ich nicht mehr weiß, ob mein Gesicht vom Champagner oder meinen eigenen Tränen nass ist. Das ist es. Das ist es, wofür ich so hart gearbeitet habe. Und jetzt, da ich Blut geleckt habe, will ich mehr. Doch für den Moment muss es genügen.

Als die Flaschen leer sind, posieren wir für Fotos, dann werde ich vom Siegerpodest geführt, damit ich mich frisch machen kann, bevor die Interviews losgehen. Ich kann nicht aufhören, zu grinsen – nicht, dass ich das überhaupt will –, als ich durch die Korridore in Richtung Motorhome gehe, wo mir alle, denen ich begegne, zujubeln.

Ich wünsche mir, dass Willow unter ihnen ist, kann sie aber nicht entdecken. Sie ist die erste Person, die ich aufsuchen werde, wenn sich alles ein wenig beruhigt hat. Dies ist auch ihr Sieg.

Mein Adrenalinspiegel sinkt langsam, als ich die Stufen zum Fahrerraum hinaufgehe. Mark eilt mir hinterher. Nachdem ich ihn fest umarmt habe, verspreche ich ihm, dass wir uns später unterhalten, denn jetzt will ich mich einfach hinsetzen und den Moment allein genießen.

Ich habe es geschafft. Ich habe es tatsächlich geschafft.

Als Mark sich entfernt, öffne ich die Tür zu meinem Zimmer – und erstarre.

Die Bilder springen mir als Erstes ins Auge. An der gegenüberliegenden Wand befindet sich eine Fotocollage. Ich sehe mich selbst, Fans, die meine Nummer tragen, und meine Familie auf Kartrennen, als ich noch ein Kind war. Außerdem entdecke ich Briefe und Plakate, alle handbeschrieben von Menschen, die an mich glauben. Es gibt sogar ein modernes Porträt in knalligen Farben von mir, auf dem mein Lächeln das auffälligste Merkmal ist. Davor kniet Willow, noch immer dabei, die Wände zu bekleben, und mit einem Mal schlägt mein Herz schneller, als ich es jemals für möglich gehalten hätte.

Als sie sich umdreht, schnappt sie leise nach Luft und reißt die Augen auf. Das Foto in ihrer Hand fällt zu Boden, wobei sie sich an dem Tisch neben ihr festhält. Dann windet sie ihre Finger nervös ineinander.

»Ich dachte, du würdest länger weg sein.« Ihre Stimme zittert, und sie lächelt nervös. »Es ist noch nicht fertig. Ich … Ich wollte dich überraschen.«

Meine Kehle verengt sich, sodass ich die Worte, die ich aussprechen möchte, nicht über die Lippen bekomme. Ich habe Durst, und mir ist heiß, aber das ist es nicht, was meinen Hals so trocken macht. Es liegt an Willow.

»All das hast du für mich getan?«, presse ich schließlich hervor und schaue mich im Raum um, ehe ich meinen Blick wieder auf ihr ruhen lasse. »Was, wenn ich nicht gewonnen hätte?«

»Ich plane das schon eine ganze Weile.« Sie knetet nach wie vor ihre Finger, aber ihr Lächeln wird breiter. »Es geht nicht um deinen Sieg. Ich wollte dir zeigen, dass dich unglaublich viele Menschen bewundern, und dich daran erinnern, warum du weiterhin für deine Ziele kämpfen solltest.«

Das weiß ich zu schätzen, doch der Grund, aus dem ich weiterhin für meine Ziele kämpfe, steht vor mir.

Vielleicht liegt es am Adrenalin, vielleicht an ihrem Anblick, aber schon im nächsten Moment marschiere ich auf sie zu, ehe ich es mir anders überlegen kann. Erst als wir ganz dicht voreinander stehen, halte ich inne.

Sie muss den Kopf heben, um mich anschauen zu können. Ihr Blick wirkt unsicher, aber hoffnungsvoll, als würde sie sich wappnen, enttäuscht zu werden, und sich gleichzeitig nach mehr sehnen.

Ich werde ihr geben, was immer sie will.

»Ich liebe es«, sage ich, wobei mir fast *dich* statt *es* herausrutscht. »Es ist perfekt.«

Sie stößt zittrig die Luft aus, macht den Mund auf, als wollte sie etwas sagen, schließt ihn jedoch wieder, als ich meine Hand in ihren Nacken lege.

»Du bist perfekt«, murmele ich.

Mein Blick huscht zu ihrem Mund, ehe ich ihr erneut in die Augen sehe. Mit einem Mal wirkt sie erwartungsvoll.

Ich will keine Zeit mehr verschwenden, denn das habe ich schon lange genug getan.

Endlich küsse ich sie.

Kapitel 21

Willow

Devs Lippen auf meinen zu spüren, fühlt sich ebenfalls an wie ein Sieg. Er hat die harte Arbeit geleistet, dennoch bin ich diejenige, die dafür belohnt wird. Und mit diesem Preis habe ich eindeutig nicht gerechnet, obwohl ich mich schon so lange danach sehne.

Also erwidere ich seinen Kuss.

Als seine Zunge meine berührt, erwacht mein Körper zum Leben. Er schmeckt süß, nach dem Elektrolyt-Drink, den er nach jedem Rennen trinkt – ein Hauch Kirsche und etwas anderes, das ich nicht einordnen kann. Es ist eine Erinnerung an den Triumph, den er soeben erzielt hat, und eine neue Welle der Euphorie überkommt mich. Er hat es geschafft. Er hat gewonnen. Und noch dazu mit einem wenig verlässlichen Wagen und einem Team, das ihn nicht ausreichend unterstützt. Es ist ein Sieg, den er feiern muss, und wenn er ihn mit mir feiern will …

Seine Bartstoppeln kratzen über meine Wange, und ich lasse meine Finger in sein schweißnasses Haar gleiten, um ihn näher zu mir heranzuziehen. Ein Ächzen entfährt ihm, während er mich an sich drückt, die Hände fest und besitzergreifend an meiner Taille.

Ich halte ihn fest, ebenfalls besitzergreifend, denn ich will diesen Moment nicht verstreichen lassen. Doch ich weiß, dass er nicht ewig andauern kann. Wir sind nicht füreinander bestimmt, wie das nahende Ende unseres Arbeitsvertrags unterstreicht. Und vielleicht gehört dies einfach dazu – eine nette Abwechslung im Arbeitsalltag, die enden wird, wenn wir wieder getrennte Wege gehen.

Oder wahrscheinlich wird es sogar enden, wenn einer von uns diesen Raum verlässt.

Ich verdränge die Gedanken und konzentriere mich auf die Gegenwart – auf seinen Mund, der mich gierig küsst. Einladend neige ich meinen Kopf und schmiege mich an ihn. Ich erzittere, als seine Hände von meiner Taille aus höher bis unter meine Brüste wandern und dann an meine Seiten gleiten. Als er über meine Schlüsselbeine und meinen Nacken streicht, bekomme ich eine Gänsehaut. Schließlich legt er die Hände so sanft an mein Gesicht, dass mir ein leises Seufzen entfährt.

Es ist sowohl Dank für seine Zärtlichkeit als auch ein Flehen nach mehr. Er weiß, wie er mich berühren muss, was mir gefällt. Und er scheint sogar zu wissen, dass ich nicht widerstehen kann, wenn dieser Moment noch länger andauert, denn nun wird er in seinen Bewegungen langsamer. Bei seinem letzten Kuss lässt er die Lippen länger auf meinen ruhen, streichelt meine Wangenknochen mit den Daumen und wartet darauf, dass ich die Augen öffne.

»Das wollte ich schon seit letztem Jahr unbedingt noch

einmal tun«, flüstert er, nachdem er seine Lippen von meinen gelöst hat.

Ich lege meine Hände an seine Brust. Mir ist noch immer schwindelig von unserem Kuss. »Warum hast du es dann nicht getan?«

Sein rechter Mundwinkel hebt sich. »Ich bin mir ziemlich sicher, wir haben gemeinsam beschlossen, dass das keine gute Idee ist.«

Ich schlucke schwer, lasse ihn jedoch nicht los, obwohl sich die Realität langsam wieder einschleicht. »Du hast recht. Das haben wir.«

Mein Herz wird immer schwerer, denn das Ende naht bereits jetzt. Wir werden uns voneinander lösen und wieder einmal darauf einigen, dass es nicht mehr vorkommen darf. Dass es nichts bedeutet hat. Obwohl wir beide wissen, dass es eine Lüge ist.

Doch Devs Hände umschließen nach wie vor mein Gesicht, und das Funkeln in seinen Augen verrät mir, dass er diesmal nicht lügen wird.

»Wenn das so eine schlechte Idee ist«, presst er hervor, »dann verrate mir, warum ich dich noch mal küssen will. Warum ich nicht aufhören kann, an dich zu denken. Warum ich es nicht ertrage, dich mit einem anderen Mann zu sehen. Verrate es mir, Willow. Warum empfinde ich so?«

Meine Kehle verengt sich. Angesichts der brennenden Leidenschaft in seinem Blick würde ich mich am liebsten auf die Zehenspitzen stellen und unseren Kuss fortsetzen. Er darf mich nicht so ansehen, sonst treffen wir Entscheidungen, die sich nicht rückgängig machen lassen.

Stattdessen kann ich nur flüstern: »Ich weiß es nicht.«

Er stößt schwer den Atem aus. Kurz lässt er den Kopf hängen, ehe er ihn wieder hebt, doch er macht keinen Schritt nach hinten, sondern legt die Hände an meine Hüften. Seine Botschaft ist klar. Er will mich nicht gehen lassen.

Und auch ich bin nicht bereit, es enden zu lassen.

»Verrate mir, was *du* empfindest.« Sein Tonfall klingt leicht bedrückt. »Sag mir, dass ich nicht der Einzige bin, der durchdreht.«

Er muss wissen, wie ich fühle. Vielleicht müssen wir es beide noch einmal hören, um es zu glauben. »Mir geht es genauso wie dir.«

Nun legt er seine Stirn an meine und schüttelt sacht den Kopf, als könne er nicht glauben, dass wir in diese Situation geraten sind. Obwohl er derjenige war, der den ersten Schritt gemacht hat. Derjenige, der alles zwischen uns verändert hat. »Verdammt, Willow.«

»Ich weiß«, flüstere ich und umarme ihn fester.

Sein Kiefer arbeitet, während er mehrmals durchatmet und die Finger in meinen Rücken gräbt. Der Druck erdet mich in einem Moment, in dem ich Gefahr laufe, einfach davonzudriften.

»Ich weiß, es ... es ist alles zu viel«, sagt er schließlich. »Aber ich will nicht, dass du später zu dem Schluss kommst, dass es ein Fehler war. Denn für mich war es das nicht. Und beim letzten Mal auch nicht.«

Ich bereue nicht, dass ich es einen Fehler genannt habe, denn damals war es das Vernünftigste, doch jetzt ist es etwas vollkommen anderes.

»Es ist kein Fehler.« Was der Wahrheit entspricht. Dennoch, so einfach ist das nicht. »Ich weiß allerdings trotzdem nicht, was das alles zu bedeuten hat.«

Wir können uns endlich alles gestehen, doch das hat keine Bedeutung, solange wir nicht wissen, wie es weitergehen soll.

Dev weicht so weit zurück, dass er mir in die Augen schauen kann. »Es bedeutet, ich will nicht vorgeben, dass es einfach für mich ist, mich von dir fernzuhalten. Ich habe es satt, so zu tun, als wollte ich nicht jede Sekunde in deiner Nähe sein.« Er streicht mir das Haar über die Schulter und lässt die Hand in meinem Nacken ruhen. »Ich mag dich, Willow. Manchmal so sehr, dass ich vergesse, was uns trennt.«

Vergessen – ein Luxus, den ich mir nicht leisten kann, denn dafür steht zu viel auf dem Spiel. Mein Job, die Freundschaft zwischen ihm und meinem Bruder … Dennoch hält es mich nicht davon ab, ebenfalls ein Geständnis abzulegen. »Ich mag dich auch. Sehr sogar.«

Sein Lächeln wird auf scherzhafte Art selbstgefällig, aber ich kann seine aufrichtige Freude angesichts meiner Worte regelrecht spüren. »Jepp, das hab ich mir schon gedacht. Ich meine, du hast mir deine Gefühle ohnehin schon gestanden, als du betrunken warst.«

Ich unterdrücke ein Lachen. »Halt die Klappe!«

Dass er die Sache mit Humor betrachtet, lässt einen Teil meiner Sorge verschwinden. Endlich sind wir wieder ganz die Alten. Dev und Willow, der Klassenclown und das Mädchen, das versucht, nicht über seine Witze zu lachen.

Er wickelt sich eine Haarsträhne von mir um den Finger, immer noch grinsend, doch sein Blick wird weicher. »Hm, dann kann ich dir wohl doch nicht verraten, wie sehr ich es bereue, dich damals einfach gehen gelassen zu haben. Ich hätte dir hinterherrennen sollen.«

»Ich hätte ohnehin nicht auf dich gehört, dafür hab ich mich zu sehr geschämt.«

»Und wie ist es jetzt?« Er mustert mich eingehend. »Schämst du dich immer noch zu sehr?«

»Nein. Ganz und gar nicht.«

Er kommt wieder näher, und diesmal bin ich auf seinen Kuss vorbereitet. Also schließe ich die Augen, lege den Kopf in den Nacken und warte darauf, seine Lippen zu spüren.

Ein lautes Klopfen an der Tür lässt mich jedoch zurückweichen.

Dev hält mich allerdings fest, legt einen Arm um meine Taille und zieht mich an sich. Als würde er sich keine Sorgen darüber machen, dass die Person auf der anderen Seite der Tür hereinplatzen und uns erwischen könnte.

Zum Glück kommt die Person tatsächlich nicht herein, sondern informiert Dev lediglich darüber, dass er zu den Interviews erwartet wird.

Über meinen Kopf hinweg ruft er eine Antwort, eher er mich wieder ansieht. »Wir werden einfach immer unterbrochen, was?«

Ich wende den Blick ab und zwinge mich zu einem Lachen, obwohl ich es in Wahrheit alles andere als lustig finde, unterbrochen zu werden.

Dev legt eine Hand an meinen Kiefer und zwingt mich damit sanft, zu ihm aufzuschauen. »Hey«, sagt er zärtlich und nun wieder ernst. »Wir sprechen später darüber, okay?« Er wartet, bis ich nicke, bevor er fortfährt. »Ich muss zum

Team zurück, aber ich verlasse dich nicht. Zwischen uns ist ganz eindeutig irgendetwas. Wir müssen herausfinden, wie wir ab jetzt weitermachen.«

Ich nicke und schlucke schwer. »Das müssen wir.«

»Und das werden wir.« Ein letztes Mal finden seine Lippen meine, für einen Abschiedskuss, bei dem mir die Luft wegbleibt. »Geh wieder ins Hotel.« Er weicht gerade weit genug zurück, um die Worte aussprechen zu können. »Zieh dich um. Heute Abend gehen wir aus.«

»Ich hab das Rennen gesehen!«, ruft Chantal, als sie meinen Anruf entgegennimmt. »Ich kann nicht glauben, dass er gewonnen hat!«

Ich lache auf und stelle mir vor, wie sie in unserer Wohnung auf und ab hüpft, während ich mich allein in einem weiteren Hotel fertig mache, das aussieht wie alle anderen. Nun, da ich ihr etwas Spannendes zu berichten habe, vermisse ich sie noch mehr.

»Ja, was für eine Überraschung.« Ich klemme mir das Handy zwischen Ohr und Schulter, während ich meinen Koffer nach einem Outfit für heute Abend durchforste. »Hey, bist du … bist du gerade beschäftigt? Ich kann dich später noch mal anrufen.«

»Pff, als hätte ich was Besseres zu tun.« Im Hintergrund raschelt etwas, das verdächtig nach einer Chipstüte klingt. Wahrscheinlich macht sie es sich gerade bequem, um *Love Island* zu schauen. Normalerweise würde ich jetzt neben ihr sitzen. »Schieß los. Was gibt's?«

Ich will ihr schon von der Sache mit Dev erzählen, seit er nach dem Kuss das Zimmer verlassen hat und ich verwirrt zurückblieb, die Finger auf meine geschwollenen Lippen gepresst. Es war … unglaublich. Fantastisch. Ich habe mich gefühlt wie ein verliebtes Schulmädchen. Aber das, was nun folgen wird, macht mir Angst. Deshalb brauche ich dringend eine zweite Meinung. Wahrscheinlich werde ich auch Grace dazu zwingen, alles noch einmal mit mir durchzukauen, sobald sie meine Nachrichten beantwortet.

»Ich …« Wie zur Hölle beginne ich dieses Gespräch? »Dev … Er …« Ich hole zittrig Atem. Was soll's, ich muss es einfach aussprechen. »Dev und ich haben uns heute geküsst.«

Sie schnappt erst nach Luft, dann folgt eine Stille, die so lange anhält, dass ich schon glaube, die Verbindung sei unterbrochen worden. Aber nein, sie ist immer noch dran, als ich auf das Display schaue, um mich zu vergewissern. Und ich bin froh, dass ich das Handy in dem Moment nicht an mein Ohr halte, denn das Kreischen, das sie in der nächsten Sekunde ausstößt, hätte mein Trommelfell unter Umständen bersten lassen.

»Ich *wusste*, dass es passieren würde!«

Einen Moment warte ich noch, dann stelle ich sie auf laut, lege mein Handy neben den Koffer und setze mich im Schneidersitz davor. »Ich hätte wahrscheinlich schon früher auf euch hören sollen.«

Dann wären mir einige schlaflose Nächte und Tage der Sehnsucht erspart geblieben. Stattdessen war ich fest entschlossen, die Sache rein platonisch zu halten. Dennoch bereue ich es nicht, denn so hatten wir beide genügend Zeit, um darüber nachzudenken. Um unsere Gefühle wachsen zu lassen, ohne Druck zu verspüren. Wir haben einen guten Weg gewählt, der uns an diesen Punkt gebracht hat. Denn so haben wir zueinandergefunden. Es fühlt sich richtig an, selbst wenn wir uns mit unzähligen Details auseinandersetzen müssen.

»Ich verzeihe dir deinen Fehltritt«, neckt mich Chantal. »Hört ihr jetzt endlich auf, so zu tun, als wärt ihr nicht ineinander verliebt?«

Mein Gesicht brennt, und meine Hand erstarrt über dem Berg aus Kleidern. »So ... So weit würde ich nicht gehen«, stammele ich. »Aber ... ich glaube nicht mehr, dass wir nur Freunde sind.«

»Das seid ihr schon eine ganze Weile nicht mehr, Schätzchen«, erwidert sie, nun etwas sanfter.

Sie hat nicht unrecht. Wir versuchen schon lange, unsere Gefühle füreinander unter Verschluss zu halten. Bin ich nun bereit, mich der Anziehungskraft hinzugeben?

»Ich weiß nicht mal, was ich von ihm will«, gestehe ich. »Eine schnelle Nummer, damit sich die sexuelle Spannung endlich auflöst? Eine Freundschaft mit gewissen Vorzügen? Eine richtige Beziehung?« Als ich die Optionen laut ausspreche, klingt jede davon ein bisschen zu real. Meine Angst wird wieder größer. »Vielleicht ist eine schnelle Nummer alles, was drin ist. Wenn mein Vertrag endet, wird er weiter um die Welt reisen, während ich in New York wohne. Vielleicht sehe ich ihn mehrere Monate nicht. Wie sollen wir da eine Beziehung führen?«

»Es gibt viele Fahrer, die Beziehungen und eine Familie haben«, merkt Chantal an. »Bei denen scheint es auch zu funktionieren. Warum sollte es bei dir und Dev anders sein?«

Auf einmal fallen mir keine Gründe mehr ein, aber ich bin mir sicher, dass sie uns bald alle schmerzhaft vor Augen geführt werden. Möchte ich das riskieren? Kann ich meine Angst überwinden und mich ernsthaft auf ihn einlassen?

»Ganz egal, was wir tun, es wird nicht einfach werden«, sage ich schließlich. Das ist der einzige Schluss, den ich im Moment aus alldem ziehen kann, denn der Gedanke, ohne ihn zu sein, erscheint mir ebenso trostlos.

»Einfach ist überbewertet. Was wirklich zählt, ist, was euch glücklich macht.«

Und genau da liegt das Problem – ich weiß nicht, wie das gehen soll. Im Moment weiß ich nur eins. »Ich hab Angst, Chantal«, flüstere ich.

Mit Dev zusammen zu sein – egal, auf welche Art – bedeutet, dass ich mich öffnen und mich dem Risiko aussetzen muss, dass mir das Herz gebrochen wird. Zwar kann ich mir nicht vorstellen, dass er mich jemals betrügen wird, so wie Jeremy es getan hat, aber ich kann mir genauso wenig vorstellen, dass ich für immer seine erste Wahl sein werde. Nun, da sein Ruf wiederhergestellt ist, kann er jede Frau haben. Warum sollte er sich ausgerechnet für mich entscheiden?

Ich bin zerbrechlich und schwach, komme oft nur mit Medikamenten durch den Tag und kann häufig nicht mit der halsbrecherischen Geschwindigkeit mithalten, mit der das Team von Argonaut um die Welt jettet. Es ist ein Wunder, dass mir bisher nichts Schlimmes passiert ist. Ich sollte mir einen Sticker mit der Aufschrift *Vorsicht, zerbrechlich* auf die Stirn kleben. Hätte er wirklich Lust darauf, ständig Rücksicht zu nehmen? Und falls ja, wie lange?

Außerdem gibt es da noch meinen Bruder. Ich habe Oakleys Freundeskreis schon einmal gesprengt und will nicht dafür verantwortlich sein, dass es ein zweites Mal passiert. Wenn Dev und ich uns trennen würden, ganz egal, wie freundschaftlich, wäre es für immer unangenehm zwischen uns, was sich gewiss auch auf seine Freundschaft mit Oakley auswirken würde. Und selbst wenn es nicht zu einer Trennung kommen sollte, wenn wir stattdessen heirateten und Kinder bekämen, würde sich ihre Freundschaft trotzdem verändern. Könnte ich damit klarkommen? Wäre ich zufrieden mit meiner Entscheidung, obwohl ich wüsste, dass ich damit auch Oakleys Leben verändert hätte?

»Ich glaube einfach nicht, dass es eine gute Idee wäre, eine Beziehung mit ihm anzufangen«, sage ich zu Chantal.

»Das kannst du nicht ernst meinen.«

Nein, tue ich nicht, aber es ist die Angst, die aus mir spricht. Im Moment brennt nichts als Panik in meinen Adern und weckt in mir den Fluchtinstinkt.

Doch ich will der Angst keinen Raum geben, will mir von ihr nicht mein Glück mit Dev rauben lassen, selbst wenn es nur von kurzer Dauer sein sollte. Selbst wenn ich meine Furcht nicht gänzlich verdrängen kann, weigere ich mich, mich von ihr leiten zu lassen. Ich werde nicht zulassen, dass ich wegen ihr wieder lethargisch werde, so wie schon einmal. Ich werde mir von ihr nicht das Selbstbewusstsein rauben lassen, das ich mir mühselig wieder aufgebaut habe.

Mir bleiben also nur zwei Optionen. Ich kann egoistisch sein, mich auf mich selbst fokussieren und mich ins Ungewisse stürzen. Oder ich kann an andere denken und die Sache beenden, ohne dass bisher Schaden angerichtet wurde.

Ich muss meine Wahl treffen.

»Ich hab nur Angst, dass ich etwas aufgeben muss, um mit ihm zusammen zu sein.«

Sie schweigt einige Sekunden, während derer sie über meine Worte nachzudenken scheint. Natürlich versteht sie meine Sorge, auch wenn ich meinen Gedankengang nicht detailliert dargelegt habe. Sie kennt meine Grübeleien und meine Selbstzweifel, denn sie hat sämtliche Versionen von mir gesehen – von dem unschuldigen jungen Mädchen, das ans College kam, über die Frau mit dem gebrochenen Herzen nach Jeremy, bis hin zu derjenigen, die ich jetzt bin. In all diesen Lebenslagen waren sie und Grace an meiner Seite und haben mich unterstützt.

»Das verstehe ich«, erwidert sie. »Es ist tatsächlich nicht einfach. Aber Willow ...« Sie atmet tief durch, und als sie weiterspricht, klingt sie sanft, aber entschlossen. »Er könnte der Richtige für dich sein. Bitte lass die Angst nicht gewinnen.«

Kapitel 22

Dev

Seit Ende des Rennens klingelt mein Handy ununterbrochen. Ebenso wie das von Chava und Mark. Ich glaube, ich habe noch nie in meinem Leben so viele Anrufe bekommen wie heute. Verdammt, ich wusste nicht mal, dass ich so viele Leute kenne.

Ich sitze in meinem Hotelzimmer und führe einen Videocall mit meiner Mom, meinem Dad, meiner Schwester und ein paar Freundinnen und Freunden, die mit ihnen zusammen das Rennen angeschaut haben. In einer Mischung aus Englisch und Gujarati höre ich laute Glückwünsche, obwohl ich die Hälfte davon nicht verstehe, weil alle durcheinandersprechen.

»Du warst toll, Beta«, sagt Mom zum gefühlt tausendsten Mal, aber ich werde es nie leid sein. Lob von ihr ist wie Gold. »Bring den Pokal mit nach Hause, ich will ihn aus der Nähe sehen.«

»Hätte ich gewusst, dass du vorhast zu gewinnen, wäre ich gekommen!«, ruft Dad, der die Arme um Moms

Schultern geschlungen hat. »Ich bin so stolz auf dich, Kiddo.«

»Na, du bist ja doch gar nicht so schlecht, wie ich gedacht hab«, ärgert mich Alisha. »Genieß die Aufmerksamkeit, solange du kannst, denn nächsten Monat wird sich alles um mich drehen.«

Ihr Verlobter lacht und stupst sie leicht unter dem Kinn an. »Ach ja, nur um dich. Ist ja nicht so, als wäre es *unsere* Hochzeit.« Sein Blick verrät, wie verliebt er in Alisha ist.

Ob ich Willow genauso ansehe? Falls ja, ist es ein Wunder, dass es noch niemandem aufgefallen ist. Und es ist ein Wunder, dass ich bis heute durchgehalten habe, ehe ich sie wieder geküsst habe. Als ich sie in meinem Zimmer sah, wie sie ihre Überraschung vorbereitete, die mich daran erinnern sollte, wie sehr ich geliebt werde, konnte ich mich nicht mehr zurückhalten. Ich musste sie wissen lassen, was ich für sie empfinde.

Nun haben wir zwei allerdings eine Menge zu besprechen. Die Unterhaltung ist eigentlich schon länger fällig, aber nach meinem Kuss ist sie nicht mehr hinauszuzögern. Und für mich ist klar, dass wir nicht weitermachen können wie bisher. Ich will mehr, doch wie weit sie gehen möchte, ist allein ihre Entscheidung. Sie geht ein viel höheres Risiko ein als ich.

Nachdem ich versprochen habe, morgen noch einmal anzurufen, beende ich den Videocall und widme meine Aufmerksamkeit wieder Chava, der auch gerade sein Handy ablegt.

»Ich hab mit Oakley gesprochen.« Auf einmal habe ich

Blei im Magen. »Er meinte, du musst nicht zurückrufen, er wollte dir nur gratulieren.«

Fuck. Oakley hatte ich vollkommen verdrängt, und nachdem ich noch vor ein paar Stunden seine jüngere Schwester geküsst habe, habe ich auch jetzt keine Lust, an ihn zu denken. So vernünftig er sein mag, würde er vermutlich dennoch nicht gelassen darauf reagieren, wie nahe ich ihr gekommen bin. Besonders dann nicht, wenn er wüsste, dass dies nicht das erste Mal war. Willow kann ihre eigenen Entscheidungen treffen, denn sie ist eine erwachsene Frau. Ich weiß nur nicht, ob diese dazu führen werden, dass noch mehr Freundschaften in die Brüche gehen. Um das herauszufinden, bleibt mir wohl nichts anderes übrig, als abzuwarten.

»Lass uns von hier verschwinden«, sagt Mark nun am anderen Ende des Zimmers und schiebt das Handy in seine Hosentasche. »Heute Abend lasse ich dir deine Freiheit, Dev. Mach das Beste draus.«

»Oh, darauf kannst du dich verlassen.« Ich unterdrücke die aufsteigenden Schuldgefühle und öffne den obersten Knopf meines Hemdes, als würde das helfen.

Das entlockt Chava jedoch nur einen Pfiff, denn er scheint zu denken, dass ich bereit bin, einen draufzumachen, statt die Geste als Nervosität zu deuten. Er legt mir einen Arm um den Nacken und nimmt mich in den Schwitzkasten. »Heute wirst du also endlich wieder flachgelegt, Alter. Jede will mit dem Sieger ins Bett«, verkündet er und zieht mich in Richtung Tür.

Die Bemerkung entlockt mir ein Lachen und vertreibt einen Teil meiner Schuldgefühle. Wenn er ahnen würde, dass ich mit keiner dieser Frauen ins Bett gehen möchte, würde er nicht mehr aufhören, mich zu nerven.

»Wir müssen Willow abholen«, erinnere ich ihn und Mark, als wir auf den Flur hinaustreten, wo auch gerade ein paar weitere Leute von Argonaut aus ihren Zimmern kommen.

Heute Abend wird das absolute Chaos herrschen – auf die beste Art. Es ist ein verdammt gutes Gefühl, zu wissen, dass ich der Grund dafür bin, dass alle glücklich sind, und ich nehme mir schon jetzt vor, erneut dafür zu sorgen. Doch das wird mir nur gelingen, wenn Buck mich noch mal damit durchkommen lässt.

Chava geht voran zu Willows Zimmer am Ende des Flures, hämmert gegen die Tür und ruft ihren Namen, während Mark und ich uns ebenfalls nähern. Ich mache den Mund auf, um ihm zu sagen, dass er damit aufhören soll, doch als die Tür aufgeht, verschlägt es mir die Sprache.

Falls ich noch Zweifel hatte, ob ich wirklich eine Beziehung mit Willow eingehen will, so verpuffen diese von einer Sekunde auf die andere. Denn alles, was ich brauche, steht direkt vor mir.

»Bereit, feiern zu gehen?«, fragt Chava, als sie ihr Zimmer verlässt. Im Gegensatz zu mir gelingt es ihm tatsächlich, seinen Blick nicht von oben bis unten über sie wandern zu lassen.

Sie sieht in allem gut aus. Aber in dem kleinen Schwarzen mit dem tiefen Ausschnitt, das sie heute zu wahnsinnig sexy Pumps trägt, wird es unmöglich sein, meine Hände bei mir zu behalten. Vielleicht war genau das ihre Absicht. Mittlerweile muss sie wissen, was sie mit mir anstellt.

Ihre rot geschminkten Lippen krümmen sich zu einem Lächeln, als sie Chava ansieht. Ich bin nur ein kleines bisschen eifersüchtig, weil das Funkeln in ihren Augen nicht mir gilt. Okay, ich bin verdammt eifersüchtig. So sollte sie *mich* anschauen.

»Wohin gehen wir?«, fragt sie, als sie die Tür hinter sich zuzieht. »Ich bin für alles offen, aber es wär schön, zu wissen, was der Plan ist.«

Chavas Antwort höre ich kaum, als sie weiter auf den Flur hinaustritt, denn ich kann meinen Blick nicht von ihr abwenden. Ich habe Willow schon immer sehr bewusst wahrgenommen – wie sie sich im Raum bewegt, wie sie spricht, wie sie reagiert –, aber nun ist es anders. Es fühlt sich an, als wären wir über einen unsichtbaren Faden miteinander verbunden, der mich näher zu ihr zieht.

Erst als sie mich ansieht, fällt mir auf, dass ich bis zu diesem Moment den Atem angehalten habe, und nun steigt mir ihr warmer Vanilleduft in die Nase.

Während Chava und Mark vorausgehen, Ersterer immer noch fröhlich schwatzend, tritt sie neben mich. Und endlich schenkt sie mir das Lächeln, auf das ich gewartet habe – den Blick voller Bewunderung, mit dem sie mich vor dem Rennen bedacht hat. Und mit einem Mal ist ein Feuer in mir entfacht.

»Hey, Champion.« Sie klimpert übertrieben mit den Wimpern. »Freust du dich auf heute Abend?«

Ich nicke, doch ich will nicht über mich selbst reden. »Du siehst toll aus«, raune ich, froh darüber, dass sich die anderen außer Hörweite befinden. Es ist ein einfallsloses Kompliment, aber für den Moment muss es genügen. Die Poesie und die Hindi-Film-Sprüche spare ich mir für später auf, wenn ich sie auf die Art vergöttern kann, die sie verdient hat.

Schmunzelnd lässt sie ihren Blick über mich gleiten. »Du siehst auch nicht schlecht aus.«

Verdammt. Ich bin dieser Frau hoffnungslos verfallen.

»Geht's dir gut?« Ich brauche eine Ablenkung, damit ich nicht auf dumme Ideen komme – zum Beispiel, sie vor all diesen Leuten in mein Zimmer zu ziehen.

»Ja.« Ihr Handrücken streift meinen, während wir langsam auf den Fahrstuhl zugehen.

Ich betrachte ihr Profil. Nun hatten wir beide ein wenig Zeit, das, was vorhin zwischen uns passiert ist, zu reflektieren, und ich will mich vergewissern, dass wir nach wie vor gleich darüber denken. »Wirklich?«

»Wirklich.«

Das Gespräch, das wir eigentlich führen sollten, muss warten, bis wir uns davonschleichen können. Ob uns das heute Abend gelingen wird, bleibt abzuwarten, aber ich kann mich kaum noch gedulden. Ich möchte endlich Klartext reden. Entscheidungen treffen.

Entscheidungen, die alles für uns verändern könnten.

Der Club ist laut und heiß und – wenn man bedenkt, dass wir in Ungarn sind – mit einer erstaunlichen Menge amerikanischer Flaggen dekoriert. Der Champagner fließt, die Musik ist laut, und die Leute, die sich versammelt haben, um zu feiern, sind gut drauf. Dass es so überfüllt ist, macht mir nichts aus, denn das bedeutet, dass Willow schon seit einer Stunde dicht an mich gedrängt ist.

Auf Chavas Geheiß haben wir uns alle auf die Tanzfläche begeben, statt in den VIP-Bereich, was Mark sicherlich bevorzugt hätte. Willow steht in der Mitte unserer Gruppe und bewegt sich zwischen mir und Chava hin und her. Wir zwei liefern uns einen Konkurrenzkampf darum, wer sie mit seinen Tanz-Moves lauter zum Lachen bringen kann.

Ich bin kein schlechter Tänzer – sonst würde meine Mutter mich enterben –, aber ich führe mich nur allzu gern albern auf, wenn ich Willow damit ein Lächeln auf die Lippen zaubern kann. Solange ich zurückdenken kann, spiele ich schon den Clown, damit sie strahlt und ich die kleinen Grübchen zu sehen bekomme.

Im Moment bin ich an der Reihe. Ich habe meinen Arm um ihre Taille gelegt und beuge sie dramatisch nach hinten, was ihr ein süßes Lachen entlockt. Als ich sie noch tiefer sinken lasse, krallt sie sich an meinem Hemd fest. Ich würde sie niemals fallen lassen, aber ich ziehe sie auch nicht direkt wieder hoch. Mit klopfendem Herzen genieße ich die Tatsache, dass sie sich an mir festhält. Sie scheint immer noch die Abenteuerlust in sich zu tragen, die ein wenig verblasst ist, als sie älter wurde, denn nun erwacht sie wieder zum Leben – ihre Lust darauf, Grenzen auszutesten und Dinge auszuprobieren, von denen sie glaubte, sie seien für sie unmöglich. Und ich freue mich, sie dabei zu unterstützen.

Sie quiekt, als ich sie wieder hochziehe, und presst die Hände an meine Brust. Das Einzige, was uns noch voneinander trennt. Es wäre einfach, sie enger an mich zu ziehen, meinen Kopf zu senken und sie mitten auf der überfüllten Tanzfläche zu küssen. Und dem Funkeln in ihren Augen nach zu urteilen, würde sie es zulassen.

Doch ehe ich es ernsthaft in Erwägung ziehen kann, vibriert das Handy in meiner Hosentasche. Einen Arm noch immer um Willow gelegt, hole ich es heraus, bereit, einen weiteren Gratulanten an meine Mailbox zu verweisen.

Doch auf dem Display blinkt Howards Name.

Ich zögere, denn einerseits will ich weiter mit Willow tanzen, andererseits möchte ich wissen, was mein Agent von mir will. Er war noch nie der Typ, der Zeit mit Lob verschwendet hat, also gibt es wahrscheinlich einen anderen Grund für seinen Anruf.

Ich beuge mich zu Willow runter. »Sorry, ich muss drangehen!«, rufe ich ihr ins Ohr und gebe Chava zu verstehen, dass er näher kommen soll. »Hab ein Auge auf sie, okay? Bin gleich wieder da.«

Er nickt knapp. »Alles klar.«

Widerwillig löse ich mich von Willow, die mich enttäuscht ansieht, als wollte sie mich auch nicht loslassen. Doch Chava zieht sie schnell in seine Arme, was den erwarteten Anflug von Eifersucht in mir auslöst.

Ich bin derjenige, den sie will. Und Chava würde sich niemals herausnehmen, Willow in ihren Gefühlen zu beeinflussen – im Gegensatz zu Mark, der mir schon den ganzen Abend Blicke zuwirft, die ich nicht deuten kann. Als ich mich von der Gruppe entferne, bedenkt er mich mit einem weiteren.

Ich bahne mir einen Weg durch die Menge der Argonaut-Crew-Mitglieder, die mir zuprosten und auf die

Schulter klopfen, bis ich in einem ruhigeren Flur im rückwärtigen Teil des Gebäudes angekommen bin. Der wummernde Bass vibriert durch die Wände, aber wird genug gedämpft, dass mein Agent in der Lage sein sollte, mich zu hören.

»Rufst du an, um mir zu gratulieren, Howard?« Ich drücke mir das Handy fest ans Ohr und umschließe die untere Seite mit der anderen Hand. Auf einmal ist mir warm vom Champagner. »Die Leute behaupten, ich hätte heute das Rennen gewonnen.«

Wie erwartet, geht Howard nicht darauf ein. »Ich rufe an, weil es Gerüchte gibt, dass Otto Kivinen am Ende der Saison Mascort verlässt.«

Mit einem Mal bin ich nüchtern. Habe ich richtig gehört? Denn das kann nicht wahr sein.

»Du willst mich verarschen.«

Otto war schon bei Mascort, als ich zur Formel 1 gekommen bin. Er ist der perfekte zweite Fahrer. Genau die Art Mensch, die sich das Team als Unterstützung für seinen Champion wünscht, wenn dieser um seinen achten Titel kämpft. Er holt verlässlich Punkte und ist einer der besten Verteidiger im Grid. Wenn ich ein vielversprechender Fahrer wäre, würde ich mir einen wie ihn in meinem Team wünschen. Soweit ich weiß, steht Otto derzeit mit Mascort in Verhandlungen über seinen neuen Vertrag, aber falls die Gerüchte stimmen, können sie nicht gut laufen. Zaid hat immer wieder betont, wie sehr er Otto respektiert und wie froh er ist, ihn in seinem Team zu haben. Mascort hat ihn bisher gut behandelt und stets unterstützt, also muss Otto derjenige sein, der aussteigen will.

Nicht jeder möchte für immer nur der zweite Fahrer sein. Das Gefühl kenne ich.

»Wie gesagt, es sind nur Gerüchte«, fährt Howard fort. »Wenn auch laute. Und angeblich sucht Mascort schon nach einem Ersatz. Sie denken gerade über Optionen nach.«

Ich höre den Puls in meinen Ohren rasen, spüre, wie mir das Blut durch die Adern rauscht. Howard würde mir das alles nicht erzählen, wenn es nichts mit mir zu tun hätte.

»Bin ich eine der Optionen?«

»Nach deinem heutigen Sieg bist du mehr als nur eine Option. Und ich weiß aus sicherer Quelle, dass Argonaut bereit ist, dich für den richtigen Preis gehen zu lassen.«

Natürlich. Buck mag zwar Milliardär sein, aber er würde lieber Profit daraus schlagen, mich loszuwerden, als mich im Team zu behalten und Argonaut zum Sieg zu führen. Mir ist bewusst, dass er sich längst nach einem Ersatz für mich umschaut. Es bedeutet nur, dass er mir keine Abfindung zahlen muss.

»Du kannst von Glück reden, dass du es geschafft hast, das Ruder herumzureißen«, fährt Howard fort. »Die Leute erkennen langsam dein wahres Potenzial.«

»Es war kein Glück«, rutscht mir heraus. »Es lag an Willow.«

Sie ist die Erste, der ich diese Neuigkeiten unterbreiten will. Am liebsten möchte ich sofort zu ihr laufen, sie in meine Arme ziehen und an ihren Lippen flüstern, dass alles, worauf wir hingearbeitet haben, in Reichweite ist.

Howard schnaubt. »Was immer es war, mach weiter so.« Er legt eine kurze Pause ein, um mich die Nachricht verarbeiten zu lassen, mir auszumalen, was ich erreichen könnte.

»Glückwunsch zum Sieg heute, Anderson. Ich melde mich, sobald ich mehr weiß.«

Noch ehe er aufgelegt hat, habe ich mich in Bewegung gesetzt, verlasse den Flur und kämpfe mich wieder durch die Menge zu Willow.

In Windeseile stehe ich vor ihr. Da ich Chava instinktiv aus dem Weg stoße, handele ich mir diverse spanische Flüche ein, aber das kümmert mich nicht. Meine Hände finden Willows Taille, und ich senke den Kopf, damit sie mich verstehen kann. »Ich muss dir was erzählen.«

Sie schaut besorgt zu mir hoch. »Ist alles okay?«

»Es sind gute Neuigkeiten.« Ich drücke sie fester an mich und greife nach ihrer Hand. »Komm mit.«

Ich führe sie durch den Club und zurück in den Flur, aus dem ich gekommen bin. Ein paar Meter entfernt warten einige Leute vor den Toiletten, aber sie beachten uns nicht. Als ich mich so vor Willow platziere, dass sie mit dem Rücken an der Wand steht, lehnt sie sich bereitwillig zurück, als sei sie froh, eine Pause vom Tanzen und dem Gedränge zu bekommen. Ihre Haltung wirkt entspannt, ihr Blick dagegen aufgeregt und hoffnungsvoll.

»Also?« Sie drückt meine Hand. »Was gibt's?«

Ich atme durch, um mich zu sammeln. Kann ich es wirklich aussprechen? »Ich hab gerade mit Howard telefoniert. Er glaubt, ich hab eine Chance, nächstes Jahr zu Mascort zu wechseln.«

Einen Moment herrscht Stille, als müsste Willow die Information erst verarbeiten. Dann weiten sich ihre Augen, und sie schlägt sich eine Hand vor den Mund, um einen aufgeregten Schrei zu unterdrücken, ehe sie beide Hände an meine Brust legt. »Dev, o mein Gott! Das ist fantastisch!«

Ich lege meine Hand auf ihre, halte sie an meinem hämmernden Herzen fest. »Es ist noch nichts in trockenen Tüchern.« Ich will ebenso ihre wie meine Erwartungen dämpfen, trotzdem kann ich mir ein Grinsen nicht verkneifen. »Allerdings glaube ich, dass es gut für mich aussieht.«

»Ich freu mich total für dich.« Sie zieht ihre Hand unter meiner weg und schlingt die Arme um meinen Nacken. »Du wirst das bekommen, was du dir gewünscht hast. Das weiß ich.«

Ihr Griff zwingt mich dazu, mich zu ihr runterzubeugen, also lege ich meine Arme um ihre schmale Taille und ziehe sie an mich. Willows Umarmung ist fest. Sie scheint all ihre Liebe und Stärke, all ihren Glauben an mich hineinzulegen, als wisse sie, dass ich genau das für die Reise brauche, die ich bald antreten werde. Und damit hat sie recht. Denn sosehr ich mich auch darauf freue, bald vielleicht in meinem Traumteam zu fahren, ist es ein langer Weg bis dorthin.

Sie lockert ihren Griff gerade so weit, dass wir einander in die Augen schauen können. Wie immer spüre ich eine unterschwellige Energie zwischen uns, die nun jedoch knistert und droht, Feuer zu fangen, um sich in etwas Größeres zu verwandeln. In ein Inferno, das man nicht mehr ignorieren kann.

»Das kommt mir bekannt vor«, flüstert sie.

Mir auch. Wieder einmal stehen wir im Korridor eines Clubs, ein weiterer ungünstiger Ort für spontane Geständnisse – aber ich würde nichts daran ändern wollen.

»Sag mir nicht, dass gleich dein Bruder aus der Toilette kommt«, scherze ich.

Ihr Blick fällt auf meinen Mund, und ihre Finger krümmen sich in meinem Nacken, lassen keinen Zweifel an ihrer Intention. »An den will ich gerade nicht denken.«

»Ich auch nicht.«

Als wir uns diesmal einander nähern, gibt es keine Unterbrechung oder Störung. Ihr warmer, weicher Mund trifft auf meinen, und alles um mich herum verschwindet. Der ganze Stress. Alle Dramen. Alle Sorgen. Es gibt nur noch sie. Meinen Sonnenschein. Meinen Mond, der mich in der Dunkelheit leitet. Meine Willow.

Ich halte sie fest, als ich den Kuss vertiefe und in ihren Mund eindringe, um ihre Zunge zu liebkosen. Diesmal liegt keine Vorsicht, kein Zögern in ihren Bewegungen. Vorhin musste ich eine Sekunde warten, ehe sie sich dem Kuss hingegeben hat, und dieser kurze Moment hat mich gewiss einige Lebensjahre gekostet, die ich nun jedoch zurückgewonnen habe. Ich habe eine vollkommen neue Existenz gewonnen.

Als sie mit den Nägeln über meine Kopfhaut fährt, kommt mir ein leises Stöhnen über die Lippen. Meine Hände gleiten zu der üppigen Wölbung ihres Hinterns, um sie näher zu ziehen, während ich zeitgleich mein Knie zwischen ihre Oberschenkel und den Saum ihres ohnehin schon kurzen Kleides höher schiebe. Dass sie nach Luft schnappt, verrät mir, dass sie jeden einzelnen Zentimeter von mir spürt, der sich gegen meinen Reißverschluss drängt.

»Dev«, haucht sie zwischen zwei Küssen, ohne die Finger aus meinem Haar zu nehmen. »Was machen wir hier?«

»Feiern. Ist das nicht offensichtlich?«

Ihr Lachen ist rau und süß. Ich inhaliere es wie reinen Sauerstoff, ehe ich mich zu einem weiteren Kuss hinunterbeuge.

Sie schmiegt sich an mich, schiebt mir ihre Hüften entgegen, doch zieht sich dann abrupt zurück.

Und das ist gut so, denn nach Monaten ohne Sex würde ich wahrscheinlich auf der Stelle kommen, wenn sie sich weiter an mir riebe.

»Wir müssen reden«, haucht sie.

Ich fahre mit der Zunge über ihre Unterlippe, denn ich brauche mehr. »Ich weiß.«

»Das sollten wir jetzt tun.«

»Das sollten wir.« Ich küsse sie noch einmal.

»Du musst aufhören, mich zu küssen.«

»Ich will aber nicht.«

Mit einem erleichterten Seufzen lässt sie sich wieder gegen mich sinken. »Gut. Ich auch nicht.«

Die Art, auf die unsere Lippen diesmal aufeinandertreffen, ist nichts als stürmisch. Wie ein Blitz in einem Sommergewitter – heiß und hell –, der droht, uns niederzubrennen. Dies ist nicht der richtige Ort, um damit weiterzumachen, aber ich will nicht aufhören.

»Du fühlst dich so gut an«, flüstere ich. Endlich habe ich die Kraft gefunden, mich von ihr zu lösen, aber mein Mund ist ihrem noch ganz nahe. »So viele Wochen mit dir zusammen zu sein, ohne dich berühren zu können, hat mich in den Wahnsinn getrieben. Ich will nicht, dass wir wieder an diesen Punkt zurückkehren.«

Ihre Lippen sind geschwollen, ihre Locken liegen über

einer Schulter, und ihr Blick wirkt ein wenig benebelt, ruht aber auf mir. »Ich glaube auch nicht, dass ich das kann«, erwidert sie leise, aber deutlich. Sie meint es ernst.

»Aber ich möchte weder deine Karriere noch deinen Ruf gefährden.« Ich zwinge mich dazu, mich ein wenig weiter zurückzuziehen. Dann werfe ich einen Blick in beide Richtungen des Flures, doch die Leute, die vor der Toilette standen, sind fort. »Ich möchte nichts tun, womit du dich nicht wohlfühlst.«

Sie nickt, und mit einem Mal wird ihr Blick klarer – und gleichzeitig wachsamer. »Wir sollten nichts überstürzen.« Sie lässt ihre Finger an meinem Nacken hinabgleiten und auf meinen Schultern ruhen. »Selbst wenn es nur körperlicher Natur ist.«

Es ist keine Eile geboten. Ich kämpfe nun schon seit einem knappen Jahr mit meinen Gefühlen für sie, und in der Zeit, die wir zusammen verbracht haben, ist sie zu meiner Stütze geworden. Im Grunde war Willow immer auf meiner Seite. Es ist nichts Neues. Mittlerweile ist sie nur ständig da, und ich fürchte mich davor, jemals ohne sie zu sein. Und das verrät mir, dass es nicht nur etwas Körperliches ist. Dass ich mich nicht nur von ihren großen Augen, ihrem strahlenden Lächeln und den Kurven, von denen ich jeden Zentimeter nachfahren will, angezogen fühle.

Ich möchte mich nicht mehr gegen meine Gefühle wehren.

Wird das Konsequenzen haben? Mit Sicherheit. Aber ich bin bereit, mich ihnen zu stellen.

»Ich will nicht, dass es nur etwas Körperliches ist«, gestehe ich ihr. Es bringt nichts, sie anzulügen oder ihr die

Wahrheit zu verschweigen. »Ich will dich ganz, Willow. Schon eine ganze Weile. Und ich glaube nicht, dass ich mich mit weniger zufriedengeben könnte.«

Die Ader an ihrem Hals pocht sichtbar, während sie mein Gesicht studiert und vermutlich nach einem Anzeichen dafür sucht, dass ich lüge. Als sie nichts dergleichen findet, schaut sie mir wieder in die Augen, diesmal mit zögerlichem Vertrauen. Wenn sie nicht glauben kann, dass ich sie – mit Körper, Geist und Seele – will, muss ich mich mehr anstrengen, um es ihr zu beweisen.

Doch nun ist es an ihr, mir zu sagen, was sie sich wünscht. Sie weiß, was ich empfinde.

»Überlege dir, was du willst.« Ich lege die Hände an ihr Gesicht, damit sie nicht wegsehen kann und ihr die Bedeutung meiner Worte nicht entgeht. »Nimm dir so viel Zeit, wie du brauchst. Hetze dich nicht. Und zwinge dich zu nichts.« Mit den Daumen streiche ich über ihre Wangen und bete, dass dies nicht das letzte Mal ist, dass ich sie auf diese Art berühre. »Aber sei dir gewiss, dass ich auf dich warte, denn ich weiß genau, was ich will – und das bist du.«

Kapitel 23
Willow

Als ich mich am nächsten Morgen aus dem Bett quäle, fühle ich mich, als wäre ich von einem Lastwagen überrollt worden. Zwar habe ich gestern Abend kaum etwas getrunken, sodass ich keinen Kater habe, aber ich habe es in anderer Hinsicht übertrieben. Ich habe zu lange gestanden, zu wild getanzt und unbequeme Schuhe getragen, ohne mir Gedanken über die Konsequenzen zu machen. Jetzt bezahle ich den Preis dafür.

Das gerissene Labrum in meiner linken Hüfte, das die Ärzte schon dreimal repariert haben und nicht mehr anrühren wollen, verhakt sich im Gelenk, als ich einen vorsichtigen Schritt in Richtung Badezimmer mache. Fast knickt mein Bein unter mir weg. Der Schmerz ist stechend und intensiv, aber zum Glück nur von kurzer Dauer. Allerdings weiß ich, dass es noch mal passieren wird, wenn ich weitergehe.

Ich muss Wasser trinken, ein entzündungshemmendes Medikament nehmen und mich dringend dehnen. In letzter Zeit habe ich nicht ausreichend auf meinen Körper geachtet, und dafür bekomme ich jetzt die Quittung.

Doch wenn das meine Strafe für gestern Abend ist, nehme ich sie bereitwillig an.

Ich unterdrücke ein Lächeln, als ich daran zurückdenke, wie ich Dev in dem dunklen Flur geküsst habe. Klar, es war nicht der romantischste Ort, und ja, es war wieder einmal spontan, aber Gott – wenn meine Hüfte nicht so schmerzen würde, würde ich auf und ab springen wie ein aufgeregtes Kind.

Ich habe Dev versprochen, dass ich mit meiner Entscheidung nichts überstürzen werde, aber wenn er jetzt an meine Tür klopfen würde, würde ich mich wahrscheinlich auf ihn stürzen. Und das bedeutet, dass ich ihn meiden muss, bis ich die Chance hatte, Pro und Kontra abzuwägen und eine Entscheidung zu fällen. Mir zu überlegen, was ich wirklich will und ob ich mit den daraus resultierenden Konsequenzen zurechtkomme.

Ich schreibe Grace und Chantal, während ich auf meiner Yogamatte liege und mich mit gequälter Miene stretche. Der Schwall aus ungläubigen Antworten meiner Freundinnen ist eine willkommene Ablenkung von meinen Schmerzen. Zwanzig Minuten später habe ich sie auf den neuesten Stand gebracht, und auch wenn ich mich körperlich noch nicht viel besser fühle, sind meine Gedanken zumindest ein wenig geordnet. Meine beiden besten Freundinnen haben mich dazu ermutigt, auf mein Herz zu hören; und zu wissen, dass ich ihre volle Unterstützung habe, macht es einfacher – obwohl ich mir nie Sorgen darüber gemacht habe, dass sie mich verurteilen könnten.

Doch auf dem Weg nach unten zum Frühstück laufe ich einem meiner Probleme geradewegs in die Arme. Wortwörtlich.

Mark hält mich mit seinen starken Händen an den Schultern fest, damit ich nicht das Gleichgewicht verliere. Der Zusammenstoß ist meine Schuld, denn ich war dermaßen mit meiner mentalen Pro-und-Kontra-Liste beschäftigt, dass ich nicht bemerkt habe, wie er aus seinem Zimmer gekommen ist, ehe es schon zu spät war. Vielleicht ist es das Schicksal, das sich einschaltet und mich zwingt, mich meiner Angst zu stellen.

»Alles okay?« Er runzelt besorgt die Stirn, was berechtigt ist, wenn man bedenkt, dass er zwei Köpfe größer ist als ich. Er hätte mich mühelos umrennen können.

»Alles in Ordnung«, erwidere ich, obwohl bei dem abrupten Stopp mein Schmerz wieder aufgeflammt ist.

»Sieht aber nicht so aus.« Mark ist stets direkt.

Während ich mich vorsichtig von ihm löse, ziehe ich in Erwägung, noch einmal zu lügen, aber meine Schmerzen sind heute so akut, dass sie mir mit Sicherheit ins Gesicht geschrieben stehen. »Meine Hüfte macht Probleme«, erkläre ich. »Ist aber keine große Sache, ehrlich.«

Er tritt ein paar Schritte zurück, sodass er mindestens drei Meter Abstand zwischen uns schafft. Dann hebt er eine Hand und winkt mich heran. »Komm mir entgegen. Lass uns mal schauen, wie sehr es deinen Gang einschränkt.«

Überrascht blinzele ich. Er hat in den Physiotherapeutenmodus umgeschaltet und sieht mich nun erwartungsvoll an. Er ist gut in seinem Job und wird mich vermutlich bei Dev verpetzen, wenn ich nicht gehorche.

Als ich mich ihm nähere, vertieft sich sein Stirnrunzeln, und in dem Moment, in dem ich ihn erreiche, umfasst er meinen Ellbogen, um mich zu stützen. »Du musst dich ein bisschen schonen. Ich kann dir helfen. Gemeinsam können wir schauen, ob wir die Stellung deiner Hüfte im Gelenk ein wenig korrigieren können.«

Mir bleibt der Mund offen stehen. »Das würdest du für mich tun?«

»Klar.« Er schnaubt. »Hältst du mich wirklich für so ein Arschloch?«

»Nein.« Mein Gesicht brennt vor Scham. Ich hätte nicht damit gerechnet, dass er sich die Mühe machen würde, mir zu helfen. »Ich habe ... einfach nur gedacht, dass du für Dev und niemanden sonst hier bist.«

Er verdreht die Augen, festigt seinen Griff, um mich noch stärker zu stützen, und dreht mich zu den Aufzügen um. »Ich bin für die Leute hier, die mir wichtig sind, und zu denen gehörst auch du.« Sanft schiebt er mich zum Fahrstuhl und beobachtet jeden meiner Schritte. »Komm mit. Lass uns frühstücken, dann schauen wir mal, ob wir deine Schmerzen lindern können.«

Ich lasse mich von ihm führen, dankbar für die mentale und körperliche Stütze. »Danke.«

Ohne mich anzusehen, betätigt er die Aufzugtaste. »Ich helfe dir gern, Wills. Das solltest du wissen.«

Zumindest tue ich das jetzt.

Mark lässt mich selbst dann nicht los, als sich der Fahrstuhl in Bewegung gesetzt hat. Überraschenderweise ist die Stille kein bisschen unangenehm, dennoch muss ich sie durchbrechen. »Ich will nicht, dass Dev davon erfährt.«

Ich spüre Marks Blick auf mir ruhen, doch richte meinen eigenen weiterhin starr auf die Türen vor mir. Es geht nicht darum, Dev zu verschweigen, mit wem ich meine Zeit verbringe, aber ich möchte nicht, dass er weiß, wie stark meine Schmerzen sind. Ich will nicht, dass er sich Sorgen macht.

Zum Glück muss ich mich nicht erklären, Mark scheint es auch so zu begreifen. »Ich schicke ihn nach dem Frühstück ins Fitnessstudio«, erwidert er. »Er muss den Alkohol von gestern Abend ausschwitzen.«

Ich lache und schaue nun endlich zu ihm auf. »Du bist grausam. Das gefällt mir.«

Ein leichtes Schmunzeln legt sich auf seine Lippen. »Ich hab so ein Gefühl, du wirst deine Meinung bald ändern.«

Eine Stunde später liege ich auf der Massageliege, die Mark in seinem Zimmer aufgebaut hat, damit er jederzeit mit Dev arbeiten kann. Ich bin beeindruckt, dass er so gut vorbereitet ist, aber im Moment hasse ich ihn dafür.

»Heilige *Scheiße*«, presse ich hervor.

Angesichts Marks Grinsen frage ich mich, ob er ein Sadist ist. Er hat sich neben mich auf die Kante der Liege gesetzt, mein Knie über seine Schulter gelegt und umfasst meinen Oberschenkel in der Kompressionsshorts mit beiden Händen. Obwohl wir ineinander verschlungen sind, ist nichts an dieser Situation auch nur annähernd erotisch. Er hat Glück, dass ich ihm noch nicht ins Gesicht getreten habe.

»Ausatmen«, weist er mich ruhig an.

Gehorsam zwinge ich mich dazu, die Luft auszustoßen, während er vorsichtig an meinem Bein zieht.

Die Erleichterung tritt umgehend ein, als würde mein Hüftgelenk nicht mehr in der Pfanne festklemmen. Die schmerzhafte »Massage«, die er vorher an mir vorgenommen hat, hat sogar dazu geführt, dass sich die sonst verspannten Muskeln um das Gelenk herum gelockert haben. Ich bin im Himmel.

»Okay. Du und Dev also, hm?«

Mit einem Mal überkommt mich Panik, holt mich auf den Boden der Tatsachen zurück. »Ich … Ich weiß nicht …«

»Hör schon auf.« Er lässt seine Hände ein wenig an meinem Oberschenkel hinabgleiten, um ihn in einem anderen Winkel zu fassen. »Ich weiß es längst.«

Als er diesmal an meinem Bein zieht, stoße ich die Luft schärfer aus. Der Move ist fast noch besser als der vorhergehende.

»Hat er dir davon erzählt?« Marks Fragen zu entgehen, ist kaum möglich; ich bin ihm vollkommen ausgeliefert, also kann ich ebenso gut ehrlich sein.

Er schüttelt den Kopf. »Das musste er nicht. Ich hab gestern Abend gesehen, wie ihr euch geküsst habt.«

Mein Magen zieht sich zusammen. O nein. Wenn er uns gesehen hat, dann könnte es auch jeder andere getan haben. Wir waren unvorsichtig und haben uns von unseren Gefühlen treiben lassen, ohne an die Folgen zu denken. Dev hat mich zwar gebeten, über alles nachzudenken, aber wir haben ohnehin schon sämtliche Vorsicht über Bord geworfen. Und jetzt steht uns vielleicht ein Albtraum bevor.

»Meinst du, uns hat sonst noch jemand gesehen?« Angst nistet sich in meinem Magen ein.

»Nein.« Seine Antwort klingt überzeugt. »Aber selbst wenn – alle, die gestern dort waren, arbeiten für Argonaut, und wir haben Verschwiegenheitserklärungen unterschrieben. Nichts wird an die Öffentlichkeit gelangen.«

Die Angst wird schwächer, verschwindet aber nicht vollkommen. Wenn Dev und ich uns weiter so benehmen wie impulsive Teenager, können wir die Sache nicht mehr lange geheim halten, ganz egal, was es ist oder sein wird.

»Okay.« Was soll ich sonst sagen? Er kennt mein Geheimnis ohnehin schon.

Mark arbeitet schweigend an meiner Hüfte weiter, was mir die größte Schmerzlinderung seit Monaten verschafft. Erst als er mich bittet, mich auf den Bauch zu drehen, damit er sich meiner Kniesehne widmen kann, reden wir weiter.

»Du musst deinem Bruder davon erzählen, ehe er es von einer anderen Person erfährt.«

Da meine Wange auf meinen verschränkten Armen ruht, klingt meine Antwort gedämpft. »Es gibt noch nichts zu erzählen.«

Dev und ich haben uns lediglich ein paarmal heimlich geküsst. Mein Bruder, der, wie er selbst behauptet, ständig was mit neuen Frauen anfängt, hätte in dieser Diskussion keine Chance. Ein paarmal rumknutschen deutet noch lange nicht auf etwas Ernstes hin. Ich habe mich nicht auf eine Beziehung mit Dev eingelassen. Wir waren noch auf keinem offiziellen Date. Und wir haben uns bisher nur gestanden, dass wir Gefühle füreinander haben. Alles könnte ganz schnell wieder vorbei sein. Und es besteht nach wie vor eine geringe Chance, dass ich es tatsächlich ganz schnell wieder beenden werde.

»Das zwischen mir und Dev …« Meine Stimme verliert sich, und mein Herz bricht ein wenig angesichts der Worte, die mir auf der Zunge liegen. »Ich weiß nicht mal, ob es irgendwo hinführt. Ich weiß nicht, ob das geht.«

Abgesehen von dem Problem, das Oakley darstellt, muss ich auch an meinen professionellen Ruf denken. Ich möchte nicht, dass mir sexistische Stempel aufgedrückt werden oder dass die Leute behaupten, ich hätte mich hochgeschlafen. Ungeachtet der Wahrheit verkaufen sich skandalöse Gerüchte nun mal gut, und allein eines davon könnte meine Karriere zerstören, bevor sie überhaupt begonnen hat. Sosehr ich es mir auch wünschen würde, ich kann nichts daran ändern, wie Frauen betrachtet und behandelt werden. Und ich kann nicht auf mein Herz hören, wenn ich mir damit alles ruinieren würde, was ich mir aufgebaut habe.

Dennoch glaubt ein Teil von mir, dass Dev das Risiko wert ist.

»Es kann aber auch zu etwas Ernstem werden«, gibt Mark zu bedenken. »Und wenn ihr das wollt, wird es so kommen. Der Junge ist dir hoffnungslos verfallen, Willow.«

»Ich weiß«, flüstere ich und wünsche mir, ich könnte ebenso viel Vertrauen in meine Zukunft mit Dev haben. »Ich empfinde genauso für ihn.«

Es ist merkwürdig, dies einem der besten Freunde meines Bruders anzuvertrauen – einem von Devs besten Freunden. Mark und ich standen uns nie nahe. Wir haben uns immer gemieden, und dies ist eindeutig die längste Unterhaltung, die wir je miteinander geführt haben. Natürlich muss ich ihm all das nicht erzählen, aber es fühlt sich richtig an, ihm zu vertrauen.

»Ich möchte vollkommen ehrlich sein.« Mark gräbt seine Daumen in den Muskel meiner Kniekehle. »Mir hat es nicht gefallen, dass Dev dich eingestellt hat. Überhaupt nicht. Du hast ihn abgelenkt und von seinem Ziel abgebracht.« Er schiebt seine Daumen höher, wobei er definitiv vorsichtig mit mir umgeht. Seine Worte sind schmerzhaft genug. »Wusstest du, dass er letztes Jahr in Austin den Unfall gebaut hat, weil er an dich gedacht hat?«

Ich ziehe scharf die Luft ein und hebe abrupt den Kopf, um Mark über die Schulter anzuschauen. »*Nein.* Das kann nicht sein. Er meinte, es sei nur zu dem Unfall gekommen, weil …«

»Es war wegen dir.« Mark senkt das Kinn und fokussiert sich auf mein Bein. »Das hat er mir selbst gesagt.«

Ein paar Sekunden lang starre ich ihn ungläubig an, dann lasse ich die Stirn beschämt auf meine Arme sinken. »O mein Gott«, murmele ich. »Dann war es dein gutes Recht, mich nicht hierhaben zu wollen.« Vielleicht besteht immer noch das Risiko, dass ich ihn ablenke. Dass ich alles für ihn kaputt mache. »Vielleicht sollte ich die Sache abbrechen. Ich hab mir solche Sorgen um meine eigene Karriere gemacht, dass ich nicht mal an seine gedacht habe. Ich möchte nicht der Grund dafür sein, dass er das Ziel aus den Augen verliert, das kann ich nicht …«

»Das bist du nicht. Zumindest nicht mehr.« Er nimmt die Hände von meinem Bein und übt leichten Druck auf meine Schulter aus, um mir zu signalisieren, dass ich mich umdrehen soll. »Wenn du ihn jetzt verlässt, befürchte ich, dass er daran zerbrechen wird.«

Ich betrachte Mark, zerrissen zwischen seiner ersten Einschätzung der Situation und der Perspektive, die er nun darlegt. »Glaubst du das wirklich?«

»Dev hat versucht, seine Gefühle für dich zu verbergen, weil er weiß, dass ich nicht damit einverstanden bin. Oder war. Nach gestern habe ich eingesehen ...« Er atmet tief durch und lässt die Hand auf meinem angewinkelten Knie ruhen. »Willow, wegen dir will er besser sein. Weitermachen. Bevor du aufgetaucht bist, war er kurz davor, hinzuschmeißen. Er würde es nie zugeben, aber er hatte seine Motivation verloren. Zwar hat er ständig behauptet, er wolle Argonaut verlassen und darauf hinarbeiten, zu gewinnen, aber er hat nichts unternommen. Das hast du geändert.«

Ich bin sprachlos. Wären die Worte von einer anderen Person gekommen, hätte ich sie vielleicht nicht geglaubt, aber Mark ist nicht der Typ, der übertreibt oder Dinge beschönigt. Wenn er etwas sagt, dann meint er es auch so. Und er glaubt tatsächlich, dass Dev besser ist, wenn ich in seiner Nähe bin.

Also kann ich ebenso gut die Frage stellen, auf die alles hinausläuft. »Meinst du, ich sollte uns eine Chance geben?«

»Ja.«

Er übt so leichten Druck auf mein Knie aus, dass es kaum spürbar ist, doch die Berührung lässt einen Teil der Belastung, die diese Entscheidung mit sich bringt, von mir abfallen.

»Okay«, stoße ich aus. »Solange wir deine Zustimmung

haben. Wegen dir habe ich mir die größten Sorgen gemacht.«

Mark lacht, während er wieder mein Bein streckt und die Außenseite meines Oberschenkels knetet. »Mehr als wegen Oakley? Verdammt, bin ich echt so angsteinflößend?«

Ich bedenke ihn mit einem ironischen Blick und zähle meine Gründe an den Fingern auf. »Du bist ein Riese. Du siehst immer wütend aus. Ich habe jahrelang geglaubt, dass du mich hasst. *Und* du malträtierst gerade meine Oberschenkelmuskeln, was heißt, dass ich *unvorstellbare* Schmerzen habe. Also jepp. Das bist du.«

»Mein Fehler.« Mit einem neckischen Blick drückt er fester zu.

Ich stoße ein Quieken aus, aber der Druck verschafft mir plötzlich Erleichterung. Es ist schrecklich und wundervoll zugleich. »Gott, du bist so ein Arsch.«

Kopfschüttelnd versucht er, ein Schmunzeln zu unterdrücken, was ihm jedoch nicht gelingt. »Da ist sie ja. Die Nervensäge, an die ich mich erinnere.«

Ich lache. »Du wirst es wahrscheinlich noch bereuen, dass du mir dazu geraten hast, was Ernstes mit Dev anzufangen. Denn nun wirst du mich nicht mehr so schnell wieder los.«

»Wie schrecklich«, erwidert er trocken.

Vor diesem Gespräch hätte ich geglaubt, dass er es ernst meint, aber nun hat sich herausgestellt, dass Mark nicht mein Feind ist. Wenn überhaupt, ist er der beste Wingman der Welt.

Ich lasse mich noch weitere zehn Minuten quälen, bevor ich mir langsam von ihm hochhelfen lasse. Doch ehe ich von der Liege runterhüpfen kann, legt er mir eine Hand auf die Schulter und sieht mir fest in die Augen.

»Sprich mit deinem Bruder«, rät er mir. »Nach dem Debakel mit Jeremy habe ich keine Ahnung, wie offen er für solche Neuigkeiten sein wird. Er weiß, dass Dev dir nie absichtlich wehtun würde, aber er braucht vielleicht Zeit, um damit klarzukommen.«

Ich atme tief ein und stoße die Luft wieder aus. »Ich rede mit ihm«, verspreche ich. »Aber das muss ich von Angesicht zu Angesicht tun.«

Mark nickt und nimmt die Hand von meiner Schulter, um sie mir hinzuhalten und mir von der Liege zu helfen.

Als ich sicher auf dem Boden stehe, drücke ich seine Finger ganz fest. »Danke, Mark.« Ich bin froh, dass ich einen unerwarteten Freund in ihm gefunden habe. »Für beide Therapiesitzungen. Du könntest den doppelten Preis von mir verlangen.«

Das entlockt ihm das lauteste Lachen, das ich je von ihm gehört habe. Es ist vergleichsweise immer noch recht leise, aber ich nehme, was ich kriegen kann.

»Das geht aufs Haus. Aber nächstes Mal bezahlst du den vollen Preis.«

Am Montagnachmittag sitze ich mit Chava im Flieger nach Belgien, wo das letzte Rennen vor der Sommerpause stattfinden wird – und das letzte Rennen, bei dem ich dabei sein werde. Der Flug dauert nur knappe zwei Stunden, aber das ist immer noch zu lange, wenn ich neben Dev sitzen muss.

Am Dienstag und Mittwoch schlendere ich durch Spa und Francorchamps und mache Fotos für meine und Devs Accounts.

Am Donnerstag schaue ich aus den hinteren Reihen zu, wie Dev auf seine typisch charmante Art Interviewfragen beantwortet, sich mit Fans beim Meet & Greet unterhält, und schleiche mich dann davon, ehe er zu mir gelangen kann.

Am Freitag und Samstag verstecke ich mich in der Werkstatt hinter Mark und Chava und bemühe mich, die Wortwechsel mit Dev auf ein Minimum zu beschränken.

Andauernd versucht er, meinen Blick einzufangen, aber er scheint zu wissen, dass es besser ist, mich nicht direkt anzusprechen.

Mich von ihm fernzuhalten, ist die reinste Qual, aber ich brauche Abstand, damit ich mir überlegen kann, wie die Sache für uns weitergehen soll. Mein Geist ist benebelt, wenn er mir zu nahe ist, und jeglicher vernünftige Gedanke wie weggeblasen, sobald mir sein vertrautes Parfüm in die Nase steigt. Ganz zu schweigen davon, wenn er mir mit der Hand meine Locken über die Schulter streicht. In solchen Momenten schmelze ich dahin. Ich würde über mich lachen, wenn ich nicht wüsste, dass er meine Gefühle erwidert. Mein Eindruck ist sogar, dass er noch besessener von mir ist, als ich es von ihm bin – wenn auch nur geringfügig.

Ich will mit ihm zusammen sein. So viel steht fest. Ich muss mir allerdings noch überlegen, *wie* und *wo*. Wahrscheinlich wäre es das Beste, wenn wir uns zurückhalten, bis mein Vertrag mit ihm und Argonaut Ende August ausläuft. Ich glaube, wir könnten unsere Beziehung erst ein paar Monate danach öffentlich machen; zumindest nicht, bevor ich aus eigenen Kräften einen Job gefunden habe. Bis dahin zu warten, kommt mir fürchterlich lange vor. Aber wenn das der sicherste Weg ist, sollten wir uns vielleicht einfach damit abfinden.

Ich hoffe, dass ich meinem Vorsatz treu bleiben kann, während ich die Treppe zu Devs Fahrerraum hochgehe. Uns bleiben noch zwei Stunden bis zum Rennen, und ich muss ein paar Fotos von ihm schießen, während er sich fertig macht, da diese Bilder immer gut ankommen. Aus irgendeinem Grund scheinen die Leute ihn gern in seinem engen feuerfesten Anzug zu sehen ...

Chava und Mark sind bereits verschwunden, als ich noch meinen Latte getrunken habe, also sollten sie schon bei ihm sein. Zumindest nimmt das der Atmosphäre etwas von ihrer Anspannung. Bisher hat es gut funktioniert, besonders nach meinem Gespräch mit Mark. Er will, dass ich mir meiner Entscheidung sicher bin, also wird er mir so lange helfen und, wenn nötig, zwischen Dev und mir vermitteln. Selbst wenn das bedeutet, dass ich ihn aktuell nicht so oft sehen kann.

Doch als ich Devs Raum betrete und die Tür hinter mir schließe, sind die beiden nirgends zu sehen. Wir zwei sind vollkommen allein miteinander – und er ist halb nackt.

»*Oh*«, höre ich mich selbst sagen und verziehe sofort beschämt das Gesicht. Das hält mich allerdings nicht davon ab, ihn in seiner unglaublich engen Hose anzustarren, die nichts der Fantasie überlässt. »Sorry, ich kann ...«

»Gut, dass du hier bist.« Er nimmt das feuerfeste Oberteil von dem Ständer, neben dem er steht. »Willst du Fotos von mir machen? Sieht aus, als würde den Leuten mein Helm gefallen, den ich dieses Wochenende trage.«

Das neue Design seines Helms und die Tatsache, dass es den Leuten gefällt, interessieren mich im Moment kein bisschen, denn ich kann nur seine definierten Rückenmuskeln anstarren.

»M-hm.« Gott, ich muss mich zusammenreißen. Ich räuspere mich, als er endlich sein Oberteil anzieht. »Wo sind Chava und Mark?«

Als Devs Kopf aus dem Shirt rauskommt, steht sein Haar in alle Richtungen ab. »Mark musste noch was holen, und Chava telefonieren.« Er streicht sich die Haare zurück. »Sie sollten gleich wieder da sein.« Er dreht sich um und hebt herausfordernd eine Augenbraue. »Hast du mich jetzt lange genug gemieden?«

Ich war zwar nicht besonders unauffällig, trotzdem erfüllt es mich mit Wärme, dass er genau wusste, was ich tue. »Keine Ahnung, wovon du sprichst«, sage ich leichthin und sorge dafür, dass er mein Lächeln sehen kann.

Er lacht leise und greift nach seinem Rennanzug. »Wenn ich dir nicht gesagt hätte, dass du dir Zeit nehmen sollst, um dir zu überlegen, was du willst, wäre ich jetzt beleidigt.«

»Ja, du hast es dir quasi selbst eingebrockt.«

»Ich kann so tun, als wärst du nicht hier, wenn du dich dann besser fühlst.«

Nun kann ich ein Lachen nicht unterdrücken. »Schon okay. Ich glaube, wir können im selben Raum sein.«

Der Blick, den er mir zuwirft, verrät, dass er Zweifel daran hat, aber er nickt dennoch und deutet mit dem Kinn zum

Regal. »Mach ruhig ein paar Aufnahmen von meinem Helm.«

Ich bin froh, dass er mich nicht dazu zwingt, über meine Entscheidung zu reden. Aber so ein tiefgründiges Gespräch will er wahrscheinlich ohnehin nicht vor dem Rennen führen.

Ich gehe zum Regal, doch im selben Moment weckt eine kleine orangefarbene Box neben dem Helm meine Aufmerksamkeit. Sie ist von Stella Margaux. Grinsend greife ich danach. »Sind die Macarons dein Snack vor dem Rennen?«

Er kehrt mir den Rücken zu, während er in seinen Rennanzug steigt und ihn hochzieht. »Nein, die sind für dich.«

Ich blinzele verwirrt. »Für … mich?«

»Ja, ich weiß doch, wie gerne du sie isst.«

Meine Gedanken rasen, während ich versuche, mir in Erinnerung zu rufen, wo sich die nächste Stella-Margaux-Filiale befindet – nirgendwo in der Nähe. »Ich bin mir ziemlich sicher, der nächstgelegene Laden ist in Paris.«

»Jepp.« Den Rücken noch immer mir zugekehrt, schiebt er seine Arme in die Ärmel. »Hab sie heute Morgen einfliegen lassen.« Das sagt er so gelassen, als wäre es ein Leichtes gewesen.

»Was, wenn du mich heute Morgen nicht gesehen hättest?«, frage ich mit verengter Kehle. »Was, wenn ich dir weiterhin aus dem Weg gegangen wäre?«

Er zuckt mit den Schultern, und ich höre, wie er den Reißverschluss hochzieht. »Dann hätte ich sie dir von Chava bringen lassen. Ich dachte nur, du verdienst eine Belohnung.«

Meine Brust zieht sich zusammen, so wie es nur geschieht, wenn er in der Nähe ist, weil so viele Gefühle in mir aufkeimen. Es war gut, dass ich in den letzten Tagen auf Abstand gegangen bin, denn dieser Mann ... macht mich unbesonnen. Er bringt mich dazu, all meine Sorgen zu vergessen. Und dass es eine Welt um uns herum gibt.

»Dev.«

Endlich dreht er sich um und sieht mich an.

Mein Atem geht flach. Die Box mit den Macarons fällt zurück auf das Regalbrett. Ich setze mich in Bewegung. Noch ehe mir bewusst wird, was ich tue, stehe ich vor ihm, umfasse sein Gesicht und streiche mit den Daumen über seine Wangen. Ich ziehe seinen Kopf zu mir herunter und ignoriere die Überraschung, die in seinen Augen aufblitzt.

Und dann küsse ich ihn, als gäbe es kein Morgen mehr.

Trotz seines Schocks reagiert er beinahe sofort, legt die Arme um meine Taille und hebt mich hoch. Ich schlinge im Gegenzug die Beine um ihn, sodass der Rock an meinen Hüften hochrutscht. Ein Regal drückt sich in meinen Rücken, als er mich dagegen presst, aber ich fühle kaum etwas, außer seinen Lippen auf meinen. Ich neige den Kopf, um den Kuss zu vertiefen, denn ich will mehr von ihm. Alles von ihm. Ich habe meine Entscheidung gefällt. Scheiß auf die Logistik. Darüber machen wir uns Gedanken, wenn der Zeitpunkt gekommen ist.

In unserem Kuss liegt nichts Kontrolliertes oder Zärtliches, denn wir können die Sache nicht mehr langsam angehen. Er ist gierig und hungrig – eine Explosion der Emotionen, die wir tage- und wochenlang unterdrückt haben. Vielleicht sogar jahrelang. Unser Kuss ist verzweifelt, ein Flehen nach mehr und genau das, was ich will.

»Hast du dir die Sache nun durch den Kopf gehen lassen?«, stößt er hervor, als wir uns voneinander lösen, um Luft zu holen. »Hast du dich entschieden?«

Ich nicke, wobei ich mich am Regal stoße, aber das kümmert mich nicht. Dev ist bereit, mir sein Herz zu schenken, und ich bin bereit, es anzunehmen.

»Wenn du das hier willst, wenn du *mich* willst, dann werde ich dafür kämpfen. Ich werde für uns kämpfen.«

»Ja«, hauche ich und lasse meine Finger in sein Haar gleiten. »Ich will es.«

Die Art, wie er mich daraufhin anstrahlt, lässt mein Herz gegen die Rippen hämmern. Ich recke mich ihm entgegen, um ihn erneut zu küssen und unser Versprechen zu besiegeln.

Doch ehe mir das gelingt, fliegt die Tür auf.

Ich weiche so abrupt zurück, dass ich mir erneut den Kopf anschlage, diesmal schmerzhaft, und schneide eine Grimasse, als Mark und Chava eintreten.

Erst starren uns die beiden einen Moment lang an, dann flucht Chava auf Spanisch und holt sein Portemonnaie aus der Tasche seiner Shorts. »Echt jetzt?«, murrt er und drückt Mark zweihundert Euro in die Hand. »Ich dachte, sie warten zumindest bis nach dem Rennen.«

Mit offenem Mund sehe ich die beiden an. Sie haben eine Wette abgeschlossen? »Meint ihr das ernst?«

Dev muss offensichtlich ein Grinsen unterdrücken. »Das war nicht cool.« Ich kann deutlich erkennen, dass er in

Wahrheit anders denkt und sie nur tadelt, um mir den Rücken zu stärken.

Ich drücke gegen seine Brust, bis er mich auf dem Boden absetzt. Dann schiebe ich meinen Bleistiftrock wieder runter und funkele die beiden Männer an der Tür an. »Ich kann es nicht glauben.«

Mark hebt beschwichtigend die Hände, aber das Geld, das er darin hält, ist alles andere als besänftigend. »Hey, wenigstens hast du bekommen, was du wolltest, Wills. Da kannst du doch nicht sauer sein.«

Ich ziehe die Luft ein, bereit, etwas zu erwidern, doch mir fällt nichts ein. Denn er hat recht. Ich habe tatsächlich das bekommen, was ich wollte.

Wie um mich daran zu erinnern, streicht mir Dev federleicht mit den Fingerknöcheln über den Kiefer. Hitze kriecht an meinem Nacken herauf, und als ich ihn ansehe, werde ich wieder weich.

»Lass mich da rausgehen und ein weiteres Rennen gewinnen«, sagt er so leise, dass nur ich es hören kann. »Dann unterhalten wir uns. Okay?«

Ich schlucke schwer und ignoriere die Kussgeräusche, die Chava im Hintergrund macht. »Okay. Ich warte auf dich.«

Kapitel 24

Willow

Dev gewinnt nicht noch einmal. Aber der neunte Platz in diesem Traktor von Wagen ist dennoch beeindruckend, und ich bin ohnehin wahnsinnig stolz auf ihn. Hoffentlich genügt es, damit er weiterhin für Mascort interessant bleibt.

Nach dem Rennen kommt er in der Werkstatt zu mir. Sein feuchtes Haar streift meine Schläfe, als er sich zu mir runterbeugt. »Sturgill will unbedingt, dass ich sofort zum Debriefing erscheine. Wir müssen uns später im Hotel unterhalten. Bleib für mich wach, Baby.«

Das kleine Wort und die Aufforderung entfachen ein Feuer in mir.

Nun bin ich schon seit Stunden unruhig, gehe abwechselnd in meinem Hotelzimmer im Pyjama auf und ab, packe für meine morgige Heimreise und mache ein paar Kraftübungen, um meine nervöse Energie abzubauen. Obwohl es beinahe Mitternacht ist, bin ich so aufgedreht, dass ich einen Marathon laufen könnte – auch wenn mein Körper das natürlich niemals durchhalten würde.

Als es endlich an der Tür klopft, öffne ich sie und sehe, dass Dev, eine Hand am Türrahmen abgestützt, vor mir steht. Das schiefe Lächeln, das einen seiner Mundwinkel hebt, ist so schmerzhaft vertraut, dass sich meine Brust zusammenzieht.

»Hey«, begrüßt er mich. »Kann ich reinkommen?«

Noch ehe die Worte seinen Mund verlassen haben, trete ich zur Seite. Mein Herzschlag beschleunigt sich, als die Tür hinter ihm ins Schloss fällt.

Einen Moment lang schweigen wir beide und starren einander nur an, sodass das leise Summen der Klimaanlage das einzige Geräusch ist. Schon den ganzen Tag warte ich auf diesen Moment, und jetzt weiß ich nicht, was ich sagen soll.

Zum Glück scheint Dev es zu wissen. Er schließt den Abstand zwischen uns, streicht mir eine Locke hinter das Ohr und lässt anschließend die Hand an meinem Hals ruhen. Dann sieht er mir fest in die Augen. »Es tut mir leid, dass ich erst jetzt kommen konnte. Hast du immer noch Lust zu reden?«

Es gibt andere Dinge, auf die ich gerade viel größere Lust hätte. Trotzdem nicke ich, nehme seine Hand und ziehe ihn zum Bett. Wir sitzen einander so gegenüber, dass sich unsere Knie streifen, und obwohl es nur eine winzige Berührung ist, genügt sie für den Moment.

»Ich habe es ernst gemeint, als ich gesagt habe, dass ich das hier will«, setze ich an und höre meinen eigenen Pulsschlag in den Ohren. »Ich weiß nicht, was aus uns wird, aber ich will, dass es ein *Uns* gibt.«

»Das will ich auch.« Er schiebt seine Hand über die Bettdecke zu mir und verhakt seinen kleinen Finger mit meinem. »Wir müssen nicht alles jetzt beschließen. Im Grunde müssen wir gar nichts beschließen. Wir müssen nur ehrlich zueinander sein, was unsere Gefühle betrifft. Sonst wird es nicht funktionieren.«

»Ich bin überaus ehrlich zu dir«, erwidere ich. In meiner Brust befindet sich definitiv ein klaffendes Loch der Verletzlichkeit.

Er lacht. »Das weiß ich. Aber es wird nicht leicht werden, und du musst mir bitte sagen, wenn es dir auf einmal zu viel wird.«

Er hat recht – es kann nur funktionieren, wenn wir offen zueinander sind, denn es wird mehr als ein paar Hürden geben, wenn wir eine öffentliche Beziehung führen.

»Das verspreche ich.«

»Wir nehmen jeden Tag, wie er kommt, okay?«

»Ja«, hauche ich. Es fühlt sich so verdammt gut an, auf mein Herz zu hören, trotz aller Risiken.

»Zählt zu unserem Plan, jeden Tag zu nehmen, wie er kommt, auch, dass ich dich zu einem Date ausführen darf?« Seine Stimme klingt wachsam, als würde er sich Sorgen machen, dass ich Nein sagen könnte. »Ich will keine halben Sachen machen, Willow. Ich will dich daten – mit dir zusammen sein. Ich bin aufrichtig und voll bei der Sache.«

Ich nicke und drücke seine Finger. »Du darfst mich definitiv zu einem Date ausführen. Genau genommen bestehe ich sogar darauf.«

Erleichtert stößt er die Luft aus. »Gott sei Dank, verdammt. Ich weiß nicht, was ich getan hätte, wenn du Nein gesagt hättest.« Er nimmt meine Hand, hebt sie an seine

Lippen und presst ein paar schnelle Küsse auf meine Fingerknöchel. »Damit fangen wir also an. Ich verspreche dir, es wird das beste Date deines Lebens.«

»Das will ich auch hoffen.« Ich lache mit einer Leichtigkeit, die nur er in mir zum Vorschein bringt. »Viel Glück dabei, mich zu beeindrucken.«

»Keine Sorge, ich hab schon *Coole Date-Ideen in San Diego* gegoogelt.« Damit zieht er mich auf die Füße und geht rückwärts in Richtung Tür. »Nächstes Mal, wenn wir uns sehen, habe ich die beste Verabredung aller Zeiten geplant.«

Mein Herz wird schwer, als ich die Worte »nächstes Mal« höre. »Du willst gehen?«

Er bleibt in dem kleinen Flur stehen, und seine Miene wird weicher, als er meine Hand drückt. »Es war ein langer Tag«, sagt er sanft. »Ich bin mir sicher, du bist erschöpft.«

»So müde bin ich gar nicht«, antworte ich, ohne eine Sekunde zu zögern. Ich verschränke meine Finger mit seinen, schaue ihm in die Augen und ringe mich dazu durch, ihn um das zu bitten, was ich mir wünsche. Es bringt nichts, jetzt einen Rückzieher zu machen. »Geh nicht, Dev.«

Seine Atmung ist langsam und gemessen, während er mich schweigend betrachtet. »Bist du dir sicher?«, fragt er schließlich mit heiserer Stimme.

»Vollkommen.«

»Nur um nichts falsch zu verstehen: Bittest du mich darum, die Nacht hier zu verbringen?«

Ich drücke seine Hand ein wenig fester. »Ja.«

»Alles klar.« Für einen Moment wendet er den Blick ab, dann dreht er seinen Kopf wieder in meine Richtung und studiert meine Miene. »Jepp. Vielleicht können wir wieder einen Film gucken. Wie wäre es mit *Dilwale Dulhania Le Jayenge*? Das ist ein Klassiker.«

»Du bist besessen von Shah Rukh Khan.« Ich verdrehe übertrieben die Augen, doch werde schnell wieder ernst. »Aber nein. Ich will keinen Film gucken.«

Demnach zu urteilen, dass nun jeglicher Humor aus seinen Augen weicht und durch Hitze ersetzt wird, begreift er langsam.

»Möchtest du lieber Snacks essen und dich über unsere Celebrity-Crushes unterhalten?«, bietet er an und kommt einen Schritt näher.

»Nein, eigentlich auch nicht.«

Er zieht leise, aber dramatisch die Luft ein. »Sag mir nicht, du willst Flaschendrehen spielen.«

»Vielleicht lieber *Sieben Minuten im Himmel*«, schlage ich vor. »Wenn auch vorzugsweise länger als sieben Minuten.«

Er erstarrt und macht ein ernstes Gesicht. »Vorsicht, Willow.«

Dev kann mich warnen, so viel er will, ich weiß, was ich von dieser Nacht erwarte.

»Ich habe es satt, vorsichtig zu sein.« Es ist an der Zeit, die Vernunft zu vergessen, die mir ständig eingetrichtert wurde. Immer war ich die kleine Schwester, die Zerbrechliche, das Mädchen, dem das Herz gebrochen wurde, aber das heißt noch lange nicht, dass ich naiv bin. Das soll niemand von mir denken, besonders nicht Dev. »Verstehst du, was ich meine?«

Sein Adamsapfel hüpft. »Ich glaube, das tue ich langsam.«

Um meinen Punkt zu untermauern, fahre ich mit den Händen an seiner Brust hinauf. Dann lasse ich sie zu seinen

Bauchmuskeln wandern und werde langsamer, halte aber nicht inne, als ich den Bund seiner Jeans erreiche. Ich bin keine Jungfrau. Vielleicht war das einzig Gute an meinem Ex, dass er mir zumindest die Höhen aufgezeigt hat, die mein Körper erreichen kann. Jedoch habe ich im Gefühl, dass Dev diese Höhen noch toppen kann.

Als meine Finger seinen Jeansknopf streifen, hält er meine Handgelenke fest. Seine Miene ist so angespannt, dass ich kurz Angst habe, dass etwas nicht stimmt. Die Sorge verschwindet jedoch, als er mich fest an sich zieht. Dann lässt er seine Hände nach unten wandern, umfasst die Hinterseiten meiner Oberschenkel und hebt mich in einer geschmeidigen Bewegung hoch.

Instinktiv schlinge ich die Beine um seine Hüften, was mich an unsere Begegnung im Fahrerraum erinnert – doch heute wird uns niemand unterbrechen. Das werde ich nicht zulassen.

Im nächsten Moment sind wir wieder mitten im Zimmer, wo er sich auf den Sessel setzt und mich rittlings auf seinen Schoß zieht. Meine Schlafanzugshorts ist so dünn, dass ich ebenso gut nackt sein könnte. Da ich spüre, wie hart er unter mir wird, habe ich keinen Zweifel daran, dass er sich das Gleiche wünscht wie ich.

Er schaut zu mir hoch, lässt seine Hände auf meinen Hüften ruhen und atmet schwer. »Du bist alles, was ich will.« Seine Stimme klingt ehrfürchtig. »Kann ich dich wirklich haben?«

Ich streife seine Lippen mit meinen. »Ich gehöre dir längst.«

Nach diesem Geständnis wird unser Kuss noch leidenschaftlicher. Er schiebt beide Hände unter meinen Hintern, drückt leicht zu und zieht mich gleichzeitig noch näher an sich.

Ich lasse meine Hüften kreisen, woraufhin er seinen Kopf in den Nacken legt. »Fuck, Willow.«

Seine Lippen treffen erneut auf meine, und im nächsten Moment verschlingt er mich wieder.

Ich zerre an der weichen Baumwolle seines Argonaut-T-Shirts, als seine Zähne über meine Unterlippe fahren. Nichts an dieser Geste ist sanft, aber die Grobheit, die darin liegt, bringt mich dazu, mich ihm noch mehr entgegenzudrängen. Ich lasse meine Hände fallen und schiebe den Saum seines Shirts über die Konturen seiner Bauchmuskeln nach oben.

Als er begriffen hat, was ich vorhabe, zieht er es sich über den Kopf, wirft es auf den Boden und greift wieder nach mir. Aber ich presse die Hände fest gegen seine Brust, damit er mich nicht zu sich heranziehen kann, denn ich brauche einen Moment, um das Meisterwerk unter mir zu bestaunen. Zwar habe ich Dev schon unzählige Male mit nacktem Oberkörper gesehen, aber diesmal ist es anders. Diesmal kann ich ihn bewundern und alles berühren, wovon ich jahrelang nachts unter meiner Decke geträumt habe. »Du siehst unglaublich aus«, hauche ich und fahre mit den Fingern über die Wölbungen und Vertiefungen, während sich seine Muskeln unter meinen Berührungen anspannen. »Bist du im Labor hergestellt worden?«

Der Laut, den er ausstößt, ist eine Mischung aus Lachen und Ächzen. »Dann hätte ich mit Sicherheit darum gebeten, mich ein bisschen größer zu machen.«

Lachend lasse ich den Kopf sinken, finde seinen stoppeligen Kiefer mit den Lippen und erkunde seinen Körper weiter mit den Händen. »Ich mag dich genau so, wie du bist.« Er ist ohnehin ungefähr einen Kopf größer als ich; keiner von uns beiden muss den Nacken noch mehr verrenken, als wir es ohnehin schon tun. »Ich würde nichts ändern wollen.«

»Das beruht auf Gegenseitigkeit.« Er dreht die Finger im Saum meines Oberteils, eine Frage in seinen Augen, als ich nach hinten weiche. »Darf ich? Ich will dich sehen.«

Ein angenehmer Schauer läuft mir an der Wirbelsäule hinab. »Ja. Bitte.«

Er zieht es hoch und über meinen Kopf, ehe es zu Boden fällt, sodass ich nur noch im BH dasitze. Und genauso wie ich nimmt sich Dev nun einen Augenblick Zeit, um das, was er sieht, zu bewundern. Sein Atem stockt, und ich könnte schwören, er wird noch härter in seiner Jeans, während er mich betrachtet.

Normalerweise würde ich mir in einem solchen Augenblick Gedanken über all meine Makel machen – die verblassten Dehnungsstreifen an meinem Brustansatz und von meiner Taille bis unter den Hosenbund –, aber auch er hat mich bereits halb entkleidet gesehen.

Die Tatsache, dass wir uns schon unser ganzes Leben kennen, hat etwas Befreiendes. Er hat mich in jeder Phase des Aufwachsens begleitet – als Fünfjährige mit aufgeschlagenen Knien, als Vierzehnjährige mit Pickeln und als betrunken taumelnde Einundzwanzigjährige. Er hat mich am Strand gesehen, wie ich von den Wellen niedergerissen wurde, und hat mir Sand aus den Haaren gestrichen. Er hat mich zehn Sekunden nach dem Aufstehen gesehen, mit geschwollenen Augen und in der zu großen Jogginghose meines Bruders. Ich muss nichts vor ihm verbergen, denn er kennt ohnehin alles. Dennoch schaut er mich an, als sei ich der Mittelpunkt seines Universums.

»Du bist perfekt«, haucht er und schüttelt den Kopf, als könnte er sein Glück nicht fassen. Dann hebt er das Kinn und bekräftigt sein Kompliment mit einem sanften Kuss.

»Ich?«, murmele ich mit halb geschlossenen Augen, denn ich bin vollkommen berauscht von ihm. »Du bist derjenige, der perfekt ist.«

Er geht nicht auf meine Worte ein, als hätte er sie nicht einmal gehört, streicht nur weiter an meinem Rücken auf und ab, wobei seine Wärme in meine Haut eindringt. »Verdammt perfekt«, wiederholt er. »Gott, sieh dich nur an. Womit habe ich solch ein Glück verdient?«

Er fährt mit den Lippen an meinem Hals und über mein Schlüsselbein hinab, platziert sanfte Küsse zwischen meinen Brüsten und berührt mich, als wäre es die größte Ehre, dies tun zu dürfen. Derweil arbeite ich mich zum Bund seiner Jeans vor und suche den Knopf. Ich will mehr von ihm.

»Noch nicht«, hält er mich auf. »Ich will dich zuerst spüren.«

Er schiebt meine Finger weg und seine Hand zwischen uns, wobei er mit der Handfläche meine Mitte durch den dünnen Stoff meiner Shorts streift. Angesichts des Prickelns, das dabei in meinen Bauch schießt, schnappe ich nach Luft. Als er meine Shorts und Unterhose zur Seite schiebt und mit den Fingerspitzen meine sensible Haut streichelt, bleibt mir die Luft endgültig weg.

»Du bist so feucht«, murmelt er, während er mit einem Finger in mich eindringt.

Ich stöhne auf.

Als er einen zweiten Finger hinzunimmt und ihn an meiner empfindlichsten Stelle krümmt, lasse ich den Kopf nach hinten fallen und klammere mich an seinen Schultern fest. Ich habe Mühe, mich davon abzuhalten, ihm mein Becken entgegenzudrängen.

»Halt dich nicht zurück.« Er fährt mit den Zähnen über meinen Hals. »Beweg dich auf meinen Fingern.«

Ich schließe die Augen und beginne, die Hüften auf seinem Schoß zu bewegen. Seine Finger fallen in meinen Rhythmus ein, und als er seinen Daumen auf meiner Klitoris kreisen lässt, sehe ich Sterne. Wenn es mir nicht die Sprache verschlagen hätte, würde ich ihm sagen, wie verdammt gut sich das anfühlt.

»Genau so. Lass dich gehen.«

Trotz meiner Benommenheit kann ich hören, wie heiser seine Stimme klingt. Als es mir gelingt, die Augen zu öffnen, stelle ich fest, dass er mich beobachtet, sein Blick dunkel und eindringlich.

Ich schiebe meine Hüften noch weiter nach vorn, um mehr Reibung zu erzeugen, was ein Feuer in mir entfacht. Meine Atmung wird schneller, als gäbe es nicht genügend Sauerstoff im Raum, denn dieser scheint sich ausschließlich in meiner brennenden Mitte gesammelt zu haben. Dev bringt mich noch näher an den Abgrund, als er beginnt, mich zu küssen, und mir damit auch das letzte bisschen Luft raubt. Und als er den Daumen ein wenig schneller bewegt, bin ich angekommen, stürze kopfüber die

Klippe hinunter und habe keinerlei Absicht, mich abzufangen.

Keuchend lasse ich die Stirn an seine Schulter sinken und meine Hände kraftlos an seiner Brust ruhen, während er langsam seine Finger aus mir entfernt, bis ich spüre, wie mir Nässe an den Oberschenkeln hinabrinnt. Obwohl ich gerade gekommen bin, will ich immer noch mehr.

Aus dem Augenwinkel sehe ich, wie er die Finger zu seinem Mund führt, dann dringt ein zufriedenes Knurren aus seiner Kehle. »Du schmeckst genauso süß, wie ich es mir ausgemalt habe.«

Mehr bedarf es nicht, um neue Lust in mir zu entfachen. Noch immer schnell atmend, hebe ich den Kopf. »Ich will, dass du mich vögelst. Sofort.«

»Willow«, sagt er gespielt streng und grinst verschlagen. »Du bist ganz schön gierig.«

»Halt die Klappe.« Ich presse die Lippen auf seine und schmecke mich auf seiner Zunge. »Ich will dich in mir spüren.«

Er zieht scharf die Luft ein und wendet seinen Kopf ab, um unseren Kuss zu unterbrechen. »Willst du das wirklich?«

»Ja.« Ich halte sein Gesicht zwischen meinen Handflächen fest, damit er mich anschauen muss. Damit er sieht, wie sicher ich mir bin. »So sehr.«

Er schaut bewundernd zu mir hoch, aber dann blitzt Enttäuschung in seinen Augen auf. »Ich hab kein Kondom. Hierauf war ich nicht vorbereitet.«

Ich küsse ihn erneut, ohne sein Gesicht loszulassen. »Schon in Ordnung«, erwidere ich, nachdem ich mich gezwungen habe, mich von ihm zu lösen. »Ich verhüte und war schon seit … langer Zeit mit niemandem mehr zusammen.«

Auf einmal bewegen wir uns, seine Hände umfassen meinen Hintern, als er aufsteht und mich hochhebt. »Dass ich keine Geschlechtskrankheit habe, weißt du ja wahrscheinlich.«

Ich unterdrücke ein Lachen und schlinge die Arme um seinen Hals, während er mich durch das Zimmer trägt. »Ich weiß nicht recht. Vielleicht sollten wir einen dieser Tests von IYK Quick Results machen, nur um sicherzugehen. Wie ich höre, sind sie ziemlich verlässlich.«

»Du bist schlimm.« Er setzt mich auf dem Bett ab und kniet sich auf die Kante.

Ich schenke ihm ein selbstzufriedenes Grinsen. »Aber du liebst mich trotzdem.«

»Da hast du recht. Das tue ich.«

Mein Herz gerät ins Stocken, als mir die Bedeutung seiner Worte bewusst wird. Der Kommentar ist mir beiläufig über die Lippen gekommen, ohne dass ich darüber nachgedacht habe. Und schon gar nicht hätte ich mit dieser Antwort gerechnet.

»Dev …«, flüstere ich und gebe ihm die Chance, es wieder zurückzunehmen, falls er es nicht ernst gemeint hat.

Mir wird erst bewusst, dass ich zurückweiche, als er mich an den Waden packt, sodass ich ihm nicht entkommen kann. Er hält mich fest und beugt sich über mich, da er weiß, dass er mich besser nicht zu sich heranziehen sollte.

»Es war nicht geplant, dass es so rauskommt«, gibt er zu und lacht leise. »Aber das ist es, was ich empfinde, Willow.«

Er schließt mich in seine Arme, doch ich fühle mich weder von ihm noch von seinen Worten eingeengt, sondern … sicher. So war es schon immer, selbst als wir noch jünger waren und er mich dazu ermutigt hat, mich mehr zu trauen. Er hat stets darauf geachtet, dass ich mich nicht verletze, und das hat sich bis heute nicht geändert. Wie könnte ich ihn dafür nicht lieben?

»Du musst es nicht erwidern«, fährt er fort und streift meine Nase mit seiner. »Das erwarte ich nicht von dir. Mir ist klar, dass das eine große Sache ist, aber ich will, dass du es weißt.«

Ich schlucke den Kloß runter, der sich in meiner Kehle gebildet hat, und blinzele gegen das Brennen in meinen Augen an. »Okay«, presse ich hervor, aber schon im nächsten Moment sprudelt das aus mir heraus, was ich ihm wirklich sagen will. »Ich liebe dich aber auch.«

Nun erstarrt er, schaut mich forschend an, bevor er mit heiserer Stimme haucht: »Verdammt. Das hat sich sogar noch besser angefühlt, als ich gedacht habe.«

Ein Kichern kommt mir über die Lippen, und ein Rausch der Aufregung durchfährt mich. Dev liebt mich. Und ich liebe ihn. Wenn ich meinem dreizehnjährigen Ich erzählen könnte, dass wir eines Tages diesen Moment miteinander erleben werden, würde mir dieses Mädchen nicht glauben.

»Bedeutet das, dass du mich jetzt vögelst?«, frage ich halb scherzhaft, halb hoffnungsvoll.

Damit entlocke ich ihm ein Lachen, bei dem mein Herz einen Schlag aussetzt. »Was immer du willst, Jaanu.« Und mit diesen Worten küsst er jegliche Selbstkontrolle weg, die ich noch in mir hatte. »Ich gebe dir alles, was du dir wünschst.«

Ich atme schwer, während er nach hinten greift, um den Verschluss meines BHs zu öffnen. Als er die Träger an meinen Armen hinunterschiebt und meine Unterwäsche zu Boden fällt, sind meine Brustwarzen bereits aufgerichtet und sehnen sich danach, berührt zu werden.

Er nimmt sich noch einen Moment Zeit, um mich zu bewundern. »Wunderschön. Du bist so wunderschön«, wiederholt er.

Ich glaube, ich würde es nie leid werden, das zu hören.

Dann senkt er den Kopf, umschließt meinen Nippel mit seinem Mund und umkreist ihn mit der Zunge, was mich zittrig die Luft ausstoßen lässt. Als er sich zurückzieht und sich meiner anderen Brust widmet, legt er die Hand auf die erste, um sie vor der kalten Luft aus der Klimaanlage zu schützen. Es ist eine so aufmerksame Geste, dass ich weinen könnte. Dev erkundet meinen Körper weiter, drückt mir Küsse auf das Brustbein und auf meinen Bauch. Mein Herz rast, als er die Finger unter den Bund meiner Shorts und meines Slips schiebt und daran zieht. Es ist eine stumme Aufforderung, meine Hüften zu heben.

Ich weiß, dass ich jederzeit meine Meinung ändern könnte und er meine Entscheidung respektieren würde. Nicht dass ich wollte, dass es aufhört, aber … Verdammt, es geschieht wirklich. Ob die Realität tatsächlich so gut ist wie meine Fantasie, bleibt abzuwarten, aber bisher bin ich überaus zufrieden mit dieser Wendung.

Also hebe ich mein Becken an, und dann bin ich endlich vollkommen nackt.

Wieder nimmt er sich die Zeit, mich zu bewundern, und lässt den Blick über meinen Körper wandern, wobei er das Kinn entschlossen vorgeschoben hat, als müsste er sich zurückhalten, über mich herzufallen. Dann senkt er den Kopf und drückt mir Küsse auf die Hüftknochen.

Ich halte ihn mit einer zitternden Hand auf, als seine Lippen nur noch eine Haaresbreite von meiner empfindlichsten Stelle entfernt sind.

Fragend schaut er zu mir auf.

»Ein andermal.« Die Hitze in seinen Augen bringt mich fast dazu, meine Entscheidung zu bereuen. »Ich will dich in mir spüren.«

»Sei nicht so ungeduldig«, neckt er mich und bahnt sich einen Pfad aus Küssen an meinem Körper hinauf. »Aber in Ordnung, dann werde ich mir beim nächsten Mal die Zeit dafür nehmen.«

Beim nächsten Mal. Wir haben noch nicht mal miteinander geschlafen, und er spricht bereits davon, was er nächstes Mal mit mir tun will. Nachdem er mich allein mit seinen Fingern so schnell zum Orgasmus gebracht hat, kann ich mir gut vorstellen, wie es sich anfühlen wird, wenn er mich mit der Zunge liebkost.

»Zieh deine Jeans aus.« Auch ich will alles von ihm sehen. Wenn er jetzt schon glaubt, ich sei ungeduldig, werde ich ihn eines Besseren belehren. »Beeil dich.«

»Schon gut, schon gut.« Lachend erhebt er sich vom Bett und öffnet endlich den Knopf seiner Hose.

Wie gebannt schaue ich zu, während er den Reißverschluss öffnet, und betrachte seine schwarze, enge Boxershorts sowie die Beule, die sich darunter abzeichnet.

Als er die Jeans an seinen Oberschenkeln runterschiebt, schnappe ich nach Luft. »Du hast ein *Tattoo.*« Ich drücke mich auf die Ellbogen hoch, um seinen linken Oberschenkel besser sehen zu können, den ein Mosaik aus Blumen, einem brüllenden Tiger und Zeilen in unterschiedlichen Sprachen zieren, die ich nicht zuordnen kann. »Ich wusste es.«

Lachend steigt er aus seiner Hose und kniet sich erneut vor mir auf die Matratze. »Verrate es nicht meiner Mom.«

In dieser Position kann ich die Tätowierung besser erkennen – und ebenso alles andere. »Dein Geheimnis ist gut bei mir aufgehoben«, verspreche ich, aber mit einem Mal ist mein Mund ganz trocken.

Ich möchte mich zurücklehnen und ihn betrachten, gleichzeitig möchte ich ihn berühren. Also richte ich mich weiter auf und schiebe meine Finger unter den elastischen Bund seiner Boxershorts. Derweil lässt er die Arme hängen und mich das tun, was ich will. Als ich seine Unterwäsche runtergeschoben habe und sein Schwanz in die Freiheit springt, ziehe ich scharf die Luft ein.

»O mein Gott.« Mir ist nicht einmal bewusst, dass ich diese Worte laut ausgesprochen habe, bis er etwas erwidert.

»Keine Sorge, Baby.« Seine Stimme klingt heiser. »Ich werde dir nicht wehtun.«

Da bin ich mir nicht so sicher, aber ich bin bereit, es zu versuchen, besonders, weil ich so lange auf diesen Moment gewartet habe. Nun schließe ich meine Hand um ihn und stelle fest, dass sich meine Fingerspitzen nicht einmal annähernd berühren.

Sein Keuchen bekomme ich nur am Rande mit, denn ich bin zu fokussiert darauf, ihn anzustarren.

»Willst du auch etwas damit machen?«, fragt er schließlich und weckt damit meine Aufmerksamkeit. »Oder soll ich dir zeigen, was ich gern mit dir anstellen würde?«

Ich schlucke und versuche, mich wieder zu fangen. »Letzteres.«

»Das lässt sich einrichten.« Schon in der nächsten Sekunde liege ich flach auf dem Rücken, er ohne seine Boxershorts zwischen meinen Schenkeln. Nun trennt uns nichts mehr.

Bereitwillig spreize ich die Beine für ihn. Ich könnte sie zwar noch weiter öffnen, aber das sollte ich nicht tun, es sei denn, ich möchte in einer belgischen Notaufnahme landen, wo man mir die Hüfte wieder einrenkt. Meine Dehnungsstreifen und Operationsnarben machen mir nicht mehr viel aus, aber ich schäme mich immer noch, wenn ich gezielt eine bequemere Position einnehmen muss. Es sollte mir nicht unangenehm sein, das weiß ich, denn schließlich ist es eine Krankheit, über die ich keine Kontrolle habe. So wird es immer sein. Trotzdem erröte ich von Kopf bis Fuß, als ich Dev in die Augen schaue.

»Sei vorsichtig mit mir, ja?«, flüstere ich und lege die Hände in seinen Nacken, während er sich auf den Unterarmen abstützt.

Darum muss ich ihn eigentlich nicht bitten, denn er weiß, wie er mit mir umgehen muss. Er kennt mich schon mein ganzes Leben, dennoch sage ich die Worte, um mich selbst zu beruhigen.

»Ich weiß, dass du dein Bein hinter den Kopf bekommst, also hör auf, mir was vorzumachen.« Er begleitet den Witz mit einem sanften Kuss. Dann zieht er sich leicht zurück und schaut mir in die Augen. »Ich verspreche dir, dass ich dir niemals wehtun werde.«

Diesen Mann würde ich wahrscheinlich noch vergöttern, wenn er mich in zwei Hälften zerbrechen würde, aber wenn es zwischen uns klappen soll, müssen wir vorsichtig sein.

Unsere Lippen berühren und lösen sich voneinander, langsam und süß, doch unsere Atmung wird schwerer, und meine Ungeduld gewinnt wieder die Oberhand.

Als würde Dev es spüren, lässt er seine Hand an meinem Körper hinabwandern und dringt mit zwei Fingern in mich ein, was mir ein Stöhnen entlockt. »Bist du bereit?«

»Bitte«, presse ich hervor.

Er streicht mit dem Daumen über meine Klitoris, während er seine Finger aus mir herauszieht. An ihnen glitzert meine Feuchtigkeit, als er seinen Schwanz umfasst und ihn an meiner Öffnung ansetzt.

Seine Spitze gleitet in mich und stößt auf ein wenig Widerstand. Während er mir beruhigend ins Ohr flüstert, atme ich tief durch, und schon bald dränge ich ihm meine Hüften entgegen. Zentimeter um Zentimeter dringt er in mich ein, gibt mir Zeit, mich an das Gefühl zu gewöhnen, wie er mich dehnt und ausfüllt.

Ich habe mit Schmerz gerechnet oder zumindest mit einem unangenehmen Gefühl, denn schließlich ist es lange her, seit ich zuletzt Sex hatte, und es lässt sich nicht leugnen: Er ist riesig. Dev bewegt sich jedoch so geschmeidig und vorsichtig, dass ich überzeugt bin, wir sind wie füreinander geschaffen.

»Verdammt, du bist so eng«, ächzt er an meinem Hals. Er hebt den Kopf und sieht mich forschend an. »Ist das okay?«

Ich nicke; eigentlich will ich noch Ja sagen, doch alles, was mir über die Lippen kommt, ist ein kehliges Stöhnen.

Langsam bewegt er sich auf und ab, um mich ein wenig mehr zu dehnen, wobei seine Bewegungen sanft, aber sicher sind. Bald ist er vollständig in mich eingedrungen, sodass sich seine Hüften an meine pressen.

»Immer noch okay?«, fragt er leise.

»Gott, ja.« Diesmal fließen die Worte nur so aus mir heraus, als hätte er eine Wand in mir durchbrochen. »Hör nicht auf.« Das fordernde Pochen zwischen meinen Beinen kann nur gestillt werden, wenn er sich bewegt, und ich bin bereit, mich ihm hinzugeben.

Während er zustößt, zunächst noch langsam und nicht zu tief, umfasse ich seine Schultern. Nach und nach erhöht er das Tempo, lässt die Hüften kreisen und wagt sich weiter vor, jeder Stoß ein wenig härter als der letzte. Ich drücke den Rücken durch und ziehe ihn in mich. Mein Körper fleht nach mehr, denn die Reibung löst unglaubliche Gefühle in mir aus.

»Schneller«, flehe ich, als mein Instinkt die Oberhand gewinnt.

Er gehorcht und wirft jegliche Vorsicht über Bord.

Bald komme ich ihm bei jedem Stoß voller Verzweiflung entgegen. Meine verhärteten Nippel streifen seine Brust, und die Kombination aus Empfindungen bringt mich dazu, mich an ihn zu pressen, denn ich will unbedingt jeden Zentimeter seiner Haut an meiner spüren, während der Druck in mir zunimmt. Zum zweiten Mal heute stehe ich an der Klippe, bereit, hinabzufallen. Dazu brauche ich nur noch einen kleinen Stoß.

Den bekomme ich, als er eine Hand zwischen unsere Körper gleiten lässt und auf meinen Unterbauch drückt, während sein Daumen meine Klitoris findet. Auf einmal bin ich wie elektrisiert, jede Faser meines Körpers steht in Flammen, und ich stürze mit solcher Wucht über die Klippe, dass auch er laut aufstöhnt.

»Ja, Baby«, ächzt er und bewegt sich weiter, während ich mich um ihn herum verenge. »Lass dich fallen. Ich bin hier.«

Und das ist er. Deshalb schmiege ich mich an ihn und lasse mir von ihm mit einem weiteren leidenschaftlichen Kuss den Atem rauben. Ich möchte davonschweben und meine Augen schließen, mich in all den Empfindungen verlieren – doch er ist noch nicht fertig.

Dev bewegt sich jetzt langsamer, um mir die Chance zu geben, mich zu erholen, ehe er das Tempo erneut erhöht. Mir entfährt ein leiser Schrei, denn nun bin ich noch empfindsamer. Er hebt meine Beine, und ich verschränke meine Knöchel hinter seinem Rücken, um ihn in einem anderen Winkel aufzunehmen. Nun ist die Empfindung nicht so intensiv, sondern fühlt sich eher an wie ein Ziehen, das immer stärker wird, und schon bald bettele ich. Worum, weiß ich selbst nicht, aber ich flüstere immer wieder »Bitte, bitte, bitte«.

»Komm noch mal für mich«, flüstert er mir ins Ohr, wobei seine Bartstoppeln über meine Wange kratzen.

Bebend schüttele ich den Kopf. »Ich kann nicht«, stoße ich hervor und schließe fest die Augen.

Dev umfasst mein Kinn. »Sieh mich an.«

Ich zwinge mich, die Augen zu öffnen und seinem intensiven Blick zu begegnen. Er schaut mich eindringlich an, in seinen Liebkosungen liegt kein Zögern, als sei er fest entschlossen, sich das zu nehmen, was er will – und fest entschlossen, mir im Gegenzug ebenfalls alles zu geben.

Es genügt, um mich noch einmal zum Orgasmus zu bringen.

Er dämpft meine Schreie, indem er seinen Kopf senkt und mich küsst.

Eine Welle der Euphorie durchfährt mich, dermaßen heftig, dass mir schwindelig wird. Ich bin so benommen, dass ich es kaum bemerke, als seine Hüftbewegungen ins Stocken geraten, doch die ehrfürchtigen Worte, die er mir ins Ohr flüstert, dringen in mein Bewusstsein ein. Nicht alles ist auf Englisch, aber ich verstehe dennoch die Bedeutung.

Er ist so tief in mir, und ich stehe in Flammen. In meinem Kopf existieren keine zusammenhängenden Gedanken mehr. Nur noch er. Nur noch wir.

Und das soll für immer so bleiben.

Er vergräbt das Gesicht an meinem Hals, als er in mir explodiert, die Lippen auf meinen rasenden Puls gepresst, wobei seine Zähne meine Haut streifen.

Ich streichele seine Schultern, als ich spüre, dass er auf mir zusammensinkt, wobei er darauf achtet, dass er mir nicht wehtut. Er lässt gerade genügend Gewicht auf mir ruhen, um mich wissen zu lassen, dass er mich nicht gehen lassen will.

Und ich empfinde genauso. Ich könnte mich ewig an ihm festklammern, denn ab jetzt gibt es kein Zurück mehr.

Kapitel 25

Dev

Ich habe heute zwar nicht das Rennen gewonnen, aber Willow in meinen Armen zu halten, fühlt sich besser an als jeder Sieg.

Mittlerweile haben wir uns beide frisch gemacht, doch der Anblick ihrer nassen Oberschenkel, als sie aus dem Bett geklettert ist, hat mich fast dazu gebracht, sie wie ein Höhlenmensch wieder auf die Matratze zu werfen.

Ich habe es geschafft, zu widerstehen. Gerade so.

Ihr Gesicht zu beobachten, als sie zum Orgasmus kam … *Fuck*, ich habe noch nie etwas Schöneres gesehen. Ihre schnelle Atmung und ihr Stöhnen werden mir für immer in Erinnerung bleiben. Es ist erst fünf Minuten her, aber schon jetzt würde ich es am liebsten noch einmal hören.

Wieder und wieder und wieder.

Mein Liebesgeständnis mag mir als Reaktion auf ihre Neckerei rausgerutscht sein, aber es stimmt. Sie ist die Richtige für mich.

Ich wünschte nur, das hätte ich schon früher erkannt,

denn ganz egal, wie viel Zeit wir zusammen haben, sie wird niemals ausreichen.

Ich strecke einen Arm aus, damit sie ihren Kopf an meine Brust schmiegen kann, und sie nimmt das Angebot an, indem sie sich an meine Seite kuschelt und einen Oberschenkel über meine Beine legt.

So viele Nächte habe ich davon geträumt, und jetzt geschieht es tatsächlich. Verdammt, oder ist das hier vielleicht auch nur ein Traum?

»Musst du zurück in dein Zimmer?«, murmelt sie an meiner Brust und schaut aus ihren großen braunen Augen zu mir auf, die mir verraten, wie meine Antwort lauten sollte. »Wäre vermutlich besser, wenn du nicht dabei erwischt werden willst, wie du dich am Morgen rausschleichst.«

»Das ist mir egal.« Jeder auf dieser Etage, der mich sehen könnte, weiß, dass er den Mund halten muss. »Ich kann so lange bleiben, wie du willst.«

Sie schmiegt sich enger an mich und gibt einen zufriedenen Laut von sich. »Gut. Denn ich will nicht, dass diese Nacht endet.«

Das will ich auch nicht. Und ich hoffe, dass von nun an alle unsere Nächte so sein werden wie diese.

Ich drücke ihr einen Kuss auf die Stirn und dann ein paar weitere auf die Locken, bis sie kichert und mein Gesicht wegschiebt. Grinsend ziehe ich sie zu mir heran und presse sie auf das Kissen, um so viele Küsse zu stehlen, wie ich will, doch das gedämpfte Vibrieren meines Handys in meiner Hosentasche auf dem Fußboden lenkt mich ab.

Kurz überlege ich, ob ich es ignorieren soll, aber es könnte Howard sein, und ich will nicht den Anruf verpassen, der den weiteren Verlauf meines Lebens vollkommen verändern könnte.

»Ich bin noch nicht fertig mit dir«, verkünde ich und drücke einen weiteren festen Kuss auf ihre Lippen, ehe ich mich über die Bettkante beuge.

Doch es ist nicht Howards Name, der auf dem Display aufleuchtet, sondern Oakleys.

Willow legt eine Hand an meine Brust und zieht besorgt die Augenbrauen zusammen. »Wer ist es?«

Ich will sie nicht nervös machen, aber auch nicht unehrlich sein. »Oakley.«

Wie erwartet, versteift sie sich neben mir, zieht sich aber nicht zurück. »Geh ran.«

Ohne weiter darüber nachzudenken, wische ich über das Display. »Hey.«

Alles, was ich zunächst höre, ist das Rauschen von Luft, als würde er schnell mit geöffneten Fenstern fahren und hätte mich auf laut gestellt. »Wann kommst du morgen an?«, ruft Oakley über den Lärm hinweg.

Ich runzele die Stirn und schaue Willow an, die ihn wahrscheinlich auch verstehen kann.

»Bist du schon in San Diego?«, frage ich.

»Ich bin früher geflogen. Unsere Mütter haben mir schon an die sechs Mahlzeiten aufgezwungen. Ich musste raus und ein bisschen rumfahren, bevor sie noch mehr kochen.« Er schnaubt. »Gut, dass ich keine Rennen mehr fahre. Ich würde nicht mal in den Wagen passen.«

Ich zwinge mich zu einem Lachen. »Vielleicht fliege ich doch besser erst ein paar Tage später nach Hause. Das kann ich nicht riskieren.«

»Nee, scheiß drauf. Beweg deinen Hintern so schnell wie möglich her. Ohne dich ist es hier schrecklich langweilig, und Neha Aunty dreht langsam ein bisschen durch, was die Hochzeitsplanung angeht. Ich brauche Verstärkung. Was mich zu meiner ursprünglichen Frage zurückführt: Wann kommst du?«

Ich werfe einen Blick auf den Wecker auf dem Nachttisch. Es ist zwei Uhr morgens, was bedeutet, dass es siebzehn Uhr – *gestern* – in Kalifornien ist. Obwohl ich schon mein halbes Leben um die Welt reise, verwirren mich die unterschiedlichen Zeitzonen noch immer.

Heute ist streng genommen der erste Tag der Sommerpause. Ich habe Oakley und meiner Familie versprochen, dass ich, sobald ich kann, nach Hause komme, damit ich viel Zeit mit ihnen und zum Entspannen habe, bevor Alishas mehrtägige Hochzeitsfeierlichkeiten beginnen.

Irgendwann am heutigen Tag soll ich also zusammen mit Willow, Mark und Chava in einen Flieger steigen – aber im Moment fällt mir nicht ein, wann genau. Ich war zu beschäftigt damit, Sex zu haben, um mir die Flugzeit anzuschauen.

Ich kneife die Augen zusammen, ehe ich sie wieder öffne und Willows perfektes Gesicht betrachte.

»Ich weiß nicht«, murmele ich. »Frag Chava. Er ist derjenige, der mein Leben organisiert.«

»Ich hab's schon dreimal bei ihm versucht. Er geht nicht dran«, erwidert Oakley. »Vielleicht weiß Willow ja Bescheid. Sie ist ein durchorganisierter Kontrollfreak, wenn es um solche Dinge geht. Ich ruf sie jetzt an. Wir hören uns spä…«

»Nein!«, platze ich heraus, doch Willows Augen weiten sich vor Schreck. Mist, jetzt muss ich mir was einfallen lassen. »Hier ist es zwei Uhr morgens, Alter. Hör auf, Leute aufzuwecken. Ich schreib dir, sobald ich die Uhrzeit weiß.«

Oakley stößt ein leises Seufzen aus. »Na schön. Lass mich einfach nicht zu lange alleine hier. Ich vermisse dich, du Wichser.«

Obwohl sich mein Magen vor Schuldgefühlen umdreht, bringen mich seine Worte zum Grinsen. »Ich vermisse dich auch. Aber wir sehen uns ja schon sehr bald.«

Ich lege auf und werfe das Handy zurück auf den Boden, ehe ich mir ächzend das Gesicht reibe. Als ich die Augen wieder öffne, hat Willow ihr Kinn auf die Brust gesenkt und kaut auf ihrer Unterlippe herum.

Mit dem Anruf ist unsere kleine Blase offiziell geplatzt.

»Wie soll das funktionieren, Dev?«, fragt sie. Ihre Stimme klingt dünn. Verängstigt. »Wie sollen wir das schaffen?«

Ich fahre ihr mit einer Hand durch das Haar, um sie zu beruhigen, aber in Wahrheit fürchte ich mich genauso sehr. »Wie möchtest du die Sache angehen?«

»Keine Ahnung. Ich will mit dir zusammen sein. Ich *bin* mit dir zusammen. Aber ich hab Angst, Oakley von uns zu erzählen.« Sie atmet tief durch und hebt ihr Kinn, das ein wenig bebt. Im Moment ist sie so stark, wie sie nur sein kann. »Können wir es noch ein wenig länger für uns behalten? Ich will, dass wir uns – für uns allein – der Sache sicher sind, bevor wir anderen davon erzählen. Keine Ablenkungen. Keine Zweifel. Niemand, der versucht, uns etwas auszureden.«

Ich bin mir längst sicher, schon eine ganze Weile sogar, aber sie hat recht. Wir werden große Wellen schlagen, und einander zu lieben, genügt vielleicht nicht, um uns vor dem Ertrinken zu retten.

»Ich glaube, Chava und Mark wissen es unter Umständen schon«, scherze ich in einem Versuch, die mit einem Mal gedrückte Stimmung zu heben.

Das entlockt ihr ein leises Lachen. »Da könntest du recht haben.« Doch sie wird schnell wieder ernst. »Ich glaube nicht, dass ich es vor Grace und Chantal geheim halten kann. Sie werden mich superschnell durchschauen.«

»Dann wird Oakley also der Einzige sein, der es nicht erfährt.« Ich seufze. Das gefällt mir zwar nicht, aber ich verstehe es. Wenn es irgendjemanden gibt, der versuchen würde, uns von einer Beziehung miteinander abzuhalten, dann ist es Willows Bruder. Und diese Art von Beeinflussung können wir gerade in den Anfängen nicht gebrauchen.

»Ja.« Willow befeuchtet nachdenklich ihre Lippen. »Aber zu lange können wir ihm die Neuigkeiten nicht verheimlichen. Was, wenn … Was, wenn wir es ihm gleich nach Alishas Hochzeit sagen? Das wäre in zwei Wochen.« Sie macht eine kurze Pause, ehe sie fortfährt. »Wir können uns diese Zeit nehmen, um darüber nachzudenken, wie wir die Sache öffentlich machen. Außerdem endet dann auch mein Vertrag mit dir und Argonaut.«

Sie hat recht, aber ich will nicht darüber nachdenken, wie es sein wird, wenn sie nicht mehr ständig bei mir ist. Auf der anderen Seite ist sie ab dem Zeitpunkt nicht mehr meine Angestellte, was uns weniger angreifbar macht.

»Okay«, pflichte ich ihr bei und ziehe sie auf mich. »Sieht so aus, als würden wir uns noch eine Weile heimlich treffen müssen. Bist du bereit dafür?«

Sie stützt sich mit einer Hand auf meiner Brust ab. Selbst in dem schwachen Licht der Nachttischlampe sehe ich den karamellfarbenen Klecks in ihrem Auge. Ihr perfekter Makel.

»Wenn das bedeutet, dass ich mit dir zusammen sein kann«, sagt sie, »bin ich für alles offen.«

Ich streiche mit den Fingern an ihrem Hals hinauf und vergrabe sie am Hinterkopf in ihrem Haar. »Hey. Ich liebe dich.«

Auf ihrer Miene zeichnet sich Erleichterung ab. »Dann war der Sex also keine schnelle, spontane Nummer?«

»Nicht einmal annähernd. Und für dich?«

»Nope. Für mich war es ernst.« Sie schürzt die Lippen, als würde sie darüber nachdenken, ob sie mir ein Geheimnis verraten soll. »Ich glaube, ich bin schon fast mein ganzes Leben in dich verliebt.« Es ist ein Geständnis, das sie verletzlich macht, doch sie nimmt ihm die Schwere mit einem Witz. »Wurde Zeit, dass du nachziehst.«

Sie kann scherzen, so viel sie will, sie hat trotzdem recht. Ich habe zu lange gebraucht, um zu erkennen, was sich direkt vor meiner Nase befand. Aber wenigstens haben wir jetzt zueinander gefunden. Ich hoffe nur, dass es auch so bleiben kann.

Als ich aufwache, sind die ersten Dinge, die ich wahrnehme, noch bevor ich die Augen öffne, der süße Vanilleduft und die Wärme von Willows Körper.

Ich spüre, dass sie wach ist, obwohl sie mir den Rücken zugekehrt hat und versucht, sich so wenig wie möglich zu bewegen. Sie hatte schon immer einen unruhigen Schlaf. Ich erinnere mich noch, dass sie beim Campen mit unseren Familien morgens immer außerhalb ihres Schlafsacks oder am anderen Ende des Zeltes aufgewacht ist. Offenbar hat sich daran nichts geändert, obwohl ich mir Sorgen mache, dass es in diesem Moment daran liegen könnte, dass die Position unbequem für sie ist. Zu lange am Stück in einer Haltung zu verharren – besonders nach unserer wilden Nacht –, ist sicherlich nicht angenehm für sie.

»Ich weiß, dass du wach bist«, flüstere ich an ihrer nackten Schulter.

Sie erstarrt kurz und dreht ihren Kopf dann ein wenig nach hinten, obwohl sie mich nicht ansieht. »Ich wollte dich nicht wecken«, flüstert sie. »Tut mir leid.«

»Mmh, entschuldige dich nicht.« Ich streiche ihr Haar zur Seite und küsse ihren Nacken, was sie zum Zittern bringt. »Ich will keinen einzigen Moment mit dir verpassen.«

Sie dreht ihren Kopf ein Stück weiter, sodass ich ihr Lächeln sehen kann. »Legst du dir diese Sprüche immer schon am Abend vorher zurecht?«

Ich grinse an ihrer Haut. »Willst du noch einen hören?« Als sie nicht antwortet, flüstere ich: »Ich bin überzeugt, dass die Götter dich mir geradewegs vor die Füße geworfen haben.«

»Oh, das war ein guter.« Nun zeigt sie mir ihre Grübchen. »Aus welchem Bollywood-Film ist der?«

Ich lache und stelle fest, dass mein Gesicht vom vielen Grinsen bereits schmerzt. »Wenn du es rausfindest, sag mir Bescheid.« Ich küsse wieder ihren Nacken, was ihr ein wonniges Seufzen entlockt. »Aber ich meine es ernst. Ich glaube, es war schon immer vorherbestimmt.«

»Was, miteinander ins Bett zu springen?«, scherzt sie, dreht sich auf den Rücken und blinzelt verschlafen zu mir hoch.

»Und alles, was uns hierhergeführt hat.« Ich unterstreiche meine Worte mit einem Kuss auf ihren Kiefer. »Dass wir die Hilfe des anderen brauchten. Die Zeit, die wir deshalb zusammen verbracht haben.« Ich lasse meine Lippen zu ihrem Schlüsselbein wandern. »Dass wir deshalb die Gelegenheit hatten, einander näherzukommen, ohne dass man uns dafür in die Mangel genommen hätte.« Ich lasse meine Zunge über die pulsierende Ader an ihrem Hals gleiten. »Alles war perfekt. Als wäre es vorherbestimmt gewesen.«

»Vorherbestimmt, hm?«

»Schicksal.«

»Und daran glaubst du?«

»Wenn man bedenkt, dass du gerade in meinen Armen liegst, muss ich das.«

Sie vergräbt ihre Finger in meinem Haar. »Sprich weiter.«

Ich könnte den ganzen Morgen von ihr schwärmen, aber Willows piependes Handy auf dem Nachttisch unterbricht mich in meinem Vorhaben, ihr zu berichten, dass die indischen Astrologen, an die meine Mutter angeblich nicht glaubt, die sie aber trotzdem zurate zieht, nicht leugnen könnten, wie gut wir zusammenpassen.

Mit einem Schnauben löst sich Willow von mir und greift nach ihrem Telefon.

»Es ist Chava«, verkündet sie und liest sich die Nachricht durch. »Er will in einer Stunde zum Flughafen aufbrechen.«

Die Realität ruft, und es ist an der Zeit, uns ihr zu stellen.

»Alles klar.« Ich küsse ihren Mundwinkel in dem Wissen, dass ich dies erst wieder tun kann, wenn wir das nächste Mal allein sind. Und ich habe keine Ahnung, wann das sein wird. »Lass uns nach Hause fliegen, Jaanu.«

Kapitel 26

Willow

»Mir tut alles weh«, jammere ich leise, als wir in die Sonne hinaustreten. »Wie soll ich stundenlang im Flieger sitzen?« Bei der Vorstellung, heute von Brüssel nach San Diego fliegen zu müssen, zieht sich mein Magen zusammen. »Wie lang ist der Flug eigentlich?«

»Lang«, antwortet Dev, nimmt mir meinen Koffer ab und streift dabei meine Finger.

Ich genieße jede Berührung, die ich bekommen kann. Nun, da wir mein Hotelzimmer verlassen haben, müssen wir mit dem Versteckspiel beginnen. Wir sind getrennte Einheiten statt eines verbundenen Paares. Bei diesem Gedanken schmerzt meine Brust ein wenig. Es spielt keine Rolle, wie frisch die Sache zwischen uns ist – ich will mir nicht einmal vorstellen, nicht mit ihm zusammen zu sein. Wir haben uns darauf geeinigt, die Sache geheim zu halten, aber nun, da der Tag begonnen hat, erscheint mir das schwieriger als gedacht. Alles, was ich will, ist, seine Hand zu halten und der Welt zu verkünden, dass wir zusammen sind. Zumindest … glaube ich, dass wir das sind. Wir haben die Sache zwischen uns noch nicht näher definiert.

Und wie es aussieht, kann ich Dev auch nicht allzu bald danach fragen, denn auf unserem Weg zu dem wartenden SUV schließen sich uns Mark und Chava an. Auch wenn sie uns im Fahrerraum miteinander erwischt und sogar eine Wette in Bezug auf uns abgeschlossen haben, sollten wir sie nicht noch mehr in die Sache mit hineinziehen. Schließlich sind sie Oakleys Freunde, und wer weiß, ob sich einer von ihnen – okay, es wäre wahrscheinlich Chava – verplappert.

Und sie sind nicht die Einzigen, bei denen ich vorsichtig sein muss. Dev ist berühmt, ganz egal, wie schwer es mir fällt, mir das bewusst zu machen. Deswegen steht er unter ständiger Beobachtung, und das gilt damit auch für mich. Schon jetzt bin ich auf Fotos in mehreren Zeitungen aufgetaucht. Bisher waren es harmlose Bilder, auf denen ich neben Dev ins Fahrerlager gehe, aber mein Name ist bekannt. Alle wissen, dass ich seine Social-Media-Managerin bin – und für den Moment sollte das meine einzige Bezeichnung sein.

Als wir am Wagen ankommen, begegne ich zufällig Marks Blick – und jepp, er weiß *definitiv*, was Dev und ich letzte Nacht getan haben. Mein Gesicht wird heiß, als er mir zuzwinkert, aber zumindest unterstützt er unsere Beziehung.

Chava wirkt glücklicherweise ahnungslos, als ich an ihm vorbeihusche und mich in die dritte Reihe des SUV setze. Dev nimmt neben mir Platz und legt eine Hand auf meinen Oberschenkel, während die anderen beiden noch draußen auf dem Gehsteig stehen. Wir sind so ungestört, dass ich es zulasse, selbst als seine Finger unter den Saum meiner Shorts gleiten.

»Bevor wir die ganze Zeit mit unseren Familien zusammen sind«, murmelt er an meinem Ohr, »lass mich dich zu einem Date ausführen.«

Ich bedenke ihn mit einem Seitenblick und widerstehe dem Drang, meine Lippen auf seine zu pressen. »Wird es das beste Date aller Zeiten, das du mir versprochen hast?«

»Mist, jetzt stehe ich unter Druck, was?«

»Das hast du dir selbst eingebrockt, Kumpel.«

»Da hast du wohl recht.« Er stößt schwer die Luft aus, aber ich spüre, dass er mich neckt. Die Art, wie er seine Hand ein wenig höher gleiten lässt, verrät mir, dass er sich keine Sorgen macht. »Sobald wir landen, geht es los. Wir erzählen allen, unser Flug hätte Verspätung gehabt.«

Ich runzele die Stirn. »Chava und Mark sitzen im selben Flieger. Niemand wird uns das glauben, wenn sie zu Hause ankommen, aber wir nicht.«

»Sie werden uns decken, das kann ich dir versichern.«

In dem Moment bemerke ich Chava. Sein grinsendes Gesicht ist an die Scheibe gedrückt, die Hände schirmen ihn von der Sonne ab, damit er durch das getönte Glas schauen und uns beobachten kann, als wären wir Tiere im Zoo.

Es gibt eindeutig keine Geheimnisse mehr.

Ich seufze. »Na schön. Ist auch das Mindeste, was sie tun können.«

Sechzehn Stunden später ist mein Körper steif und schmerzt noch mehr. Ich könnte sofort ins Bett gehen, obwohl hier in Kalifornien erst Nachmittag ist. Ich bin nicht fit genug für ein Date, nicht mal fit genug, um anderen Menschen gegenüberzutreten.

Dennoch führt mich Dev zu einem weiteren wartenden SUV, nickt Mark und Chava zum Abschied zu und steigt vor mir ein. Ich versuche, ihnen dankend zuzuwinken, bin jedoch so erschöpft, dass meine Hand nur wackelt wie ein schlaffer Fisch.

»Ich glaube, ich bekomme nichts mehr auf die Reihe.«

»Doch, tust du, das verspreche ich dir.«

Da bin ich mir nicht sicher, aber bisher hat er mich noch nie enttäuscht, und immerhin soll es das beste Date aller Zeiten werden. Also werde ich mitspielen.

Doch je länger wir fahren, desto verwirrter werde ich. Wir bleiben in Küstennähe und steuern eine der schickeren Gegenden von San Diego an. Vielleicht besuchen wir ja einen privaten Strandabschnitt. Ein bisschen in der Sonne zu schlafen, würde mir nichts ausmachen, aber das könnten wir auch an jedem anderen Tag tun – es klingt also nicht gerade nach dem besten Date aller Zeiten.

Als wir in die Einfahrt eines Hauses einbiegen, das mindestens zehn Millionen Dollar wert ist, runzele ich die Stirn und sehe Dev fragend an. »Sag mir nicht, du hast für das Date eine komplette Villa gekauft.«

Schnaubend schnallt er erst sich und dann mich ab. »Ist nur gemietet, keine Sorge. Aber ein Haus würde ich auch noch kaufen, um dich zu beeindrucken. Allerdings in einer spannenderen Stadt als dieser.«

Ich muss lachen. »Das werde ich mir merken.«

Er steigt aus dem Wagen, hält mir die Tür auf, schließt kurz seine warmen Hände um meine und legt mir einen Arm um die Taille. Dann gehen wir zusammen den gepflasterten Weg zu der breiten Veranda hinauf, auf der sich Korbstühle und eine Schaukel befinden. Es sind allerdings die Tüten daneben, die meine Aufmerksamkeit erregen.

»Hast du was bestellt?«

Devs Grinsen ist schief, seine Augen funkeln. »Du hast dir fest vorgenommen, die Überraschung zu ruinieren, oder?« Er lässt seinen Arm von meiner Taille gleiten, um die Tüten aufzuheben, ehe er einen Code in das Bedienfeld neben der Haustür eintippt, um sie zu öffnen. »Ladies first«, sagt er und tritt zur Seite.

Ich drehe den Türknauf, aber nur, weil ich ihm genügend vertraue, um zu wissen, dass ich nicht in eine Falle gelockt werde, bei der mich im Inneren ein Axtmörder erwartet. Das ist der Vorteil daran, ihn schon mein ganzes Leben zu kennen.

Zum Glück sehe ich beim Eintreten tatsächlich keinen Serienkiller vor mir, sondern einen offenen Raum ohne teilende Wände oder Türen, mit einem Fußboden aus Kirschholz, Möbeln in gedeckten Farben und einer Küche, von der jeder Koch träumt. Das Beste ist jedoch der Ausblick. Eine Wand besteht komplett aus Fenstern, sodass man das Meer und die schmale Wendeltreppe sieht, die an den Klippen hinunter zum Strand führt. Am Rand des Abhangs gibt es eine weitere Veranda mit Korbmöbeln und einer Feuerstelle; sie liegt derart verborgen, dass uns niemand, der den schmalen Strandabschnitt entlangspaziert, sehen könnte.

Ich kicke meine Sneakers weg und tapse den Fenstern entgegen, um den Ausblick zu genießen, während Dev die Tüten auf der Kücheninsel abstellt. »Es ist traumhaft.« Ich atme aus und betrachte die dunkelblauen Wellen, die sich am Ufer brechen. »Und so ruhig.«

Sein Lachen schallt durch den offenen Raum. »Genau. Denn wenn wir erst einmal zu Hause sind, wird uns nicht mehr viel Ruhe vergönnt sein. Ich wollte ein letztes Mal ungestört mit dir sein, bevor das Hochzeitschaos beginnt.«

Ich kann mir vorstellen, dass Alishas Hochzeit der reinste Wahnsinn wird. Bei meinem letzten Besuch zu Hause habe ich ein paar ihrer Vision-Boards gesehen, und alles daran wirkte aufregend, opulent und verdammt teuer. Aber so grandios die dreitägige Feier auch werden wird, sie wird ebenso erschöpfend für alle Beteiligten sein.

»Komm, wir schauen uns oben um«, schlägt Dev vor, tritt neben mich und streckt eine Hand aus. In der anderen hält er eine kleine weiße Tüte.

Dann führt er mich die Treppe hinauf, vorbei an einer Reihe hübscher Schwarz-Weiß-Fotos an der Wand. Das Schlafzimmer hängt sozusagen über dem Meer und bietet einen noch spektakuläreren Ausblick. Sofort bin ich versucht, mich aufs Bett zu werfen und von dem Rauschen der Wellen in den Schlaf wiegen zu lassen.

»Wir sind fast da.« Dev tritt um die riesige Matratze herum und zieht mich zu einer weiteren Tür, die in ein in Marmor gehaltenes Badezimmer führt. Den Mittelpunkt des Raums bildet eine riesige Wanne mit Löwenfüßen vor einem großen Fenster. »Ta-da!« Dev lässt meine Hand los und dreht den Wasserhahn aus Chrom auf. »Ich hab mir gedacht, du könntest ein Bad gebrauchen, bevor wir mit unserem Date beginnen. Zieh dich aus.«

»Hey, kannst du mich bitte erst zum Dinner ausführen?«

Er lacht. »Das kommt als Nächstes. Wir starten mit einem Bad.« Er stellt die Tüte neben dem Waschbecken ab. Darin befindet sich Badesalz mit Lavendelduft. »Hoffentlich hilft das deinen Muskeln. Nach letzter Nacht und dem Flug muss dir alles wehtun.«

Meine Kehle verengt sich, und ich könnte schwören, dass mein Herz einen Schlag aussetzt. Niemand hat sich jemals so sehr an meinen Bedürfnissen orientiert. Niemand hat jemals so gut verstanden, wie ich mich fühle. »Danke.«

Er zwinkert mir zu, während er eine großzügige Menge des Badesalzes in das dampfende Wasser gibt. Sofort erfüllt der beruhigende Duft von Lavendel den Raum. »Komm runter, wenn du fertig bist.« Er drückt mir einen Kuss auf die Stirn und geht zur Tür. »Ich hab noch mehr Überraschungen.«

Als ich allein bin, grinse ich albern in mich hinein, während ich die Tränen wegblinzele, die drohen, aus meinen Augen zu treten. Wenn mein Herz fast vor Liebe zerspringt, weiß ich genau, wer die Schuld daran trägt.

Eilig entledige ich mich meiner Kleidung und binde mir die Locken auf dem Kopf zusammen, ehe ich mich ins Wasser gleiten lasse und wohlig aufstöhne, als die Hitze langsam meine verspannten Muskeln lockert. Ich bleibe in der Badewanne, bis meine Fingerspitzen schrumpelig werden, und als ich mich endlich dazu aufraffen kann, herauszusteigen, stelle ich fest, dass das fluffigste Handtuch der Welt für mich bereitliegt.

Nachdem ich mich abgetrocknet habe, gehe ich ins Schlafzimmer, wo mein Koffer neben dem Bett steht, aber auf der Matratze liegen meine Lieblings-Bodybutter mit Vanilleduft und ein brandneues Sommerkleid. Es ist weiß mit kleinen Veilchen darauf und von einer Marke, die nicht gerade preisgünstig ist. Selbst wenn es nicht das beste Date meines Lebens werden sollte, ist es definitiv das teuerste.

Nachdem ich mich eingecremt und angezogen habe, gehe ich wieder nach unten, wo Dev gerade mit einem Tablett mit Sandwiches und Limonade aus der Küche kommt. Darauf befinden sich auch Macarons, die aussehen, als würden sie von Stella Margaux stammen.

Er deutet mit dem Kinn zu der offenen Schiebetür, die auf die Veranda hinausführt. »Komm, wir machen ein Picknick.«

Ich folge ihm nach draußen und mache es mir auf einem der gepolsterten Zweisitzer bequem. Dann wende ich mein Gesicht der Sonne zu und lasse den Wind in die zerzausten Locken fahren, die sich aus meinem Dutt gelöst haben. Alles an diesem Moment ist perfekt.

Schweigend setzt Dev das Tablett ab und reicht mir ein Glas Limonade, ehe er neben mir Platz nimmt.

»Wie hast du das alles so kurzfristig planen können?«

Er legt den Arm um mich und drückt mir einen Finger an die Schulter. »Zum einen bin ich *sehr* reich. Die Summen, die ich bezahlen kann, machen fast alles möglich. Und zum anderen«, er presst einen weiteren Finger an meine Haut, »weiß ich, wie man im Internet Dinge bestellt.«

Ich hebe mein Glas an die Lippen, um mein Schmunzeln zu verbergen. »Wichser«, murmele ich in mein Getränk.

»Da hast du recht. Aber gefällt es dir hier?«

Ich schaue mich um, nippe an meiner Limonade und tue so, als müsste ich über meine Antwort nachdenken. »Hmm ... Das Date ist ganz okay.«

Er fährt mit den Lippen über meinen Kiefer und knabbert aus Rache an meiner Haut. Als ich den Kopf drehe, um meine Wange an seine zu schmiegen, spüre ich, dass er grinst.

»Du bist ganz schön fies«, murmelt er. »Übrigens gefällst du mir in dem Kleid. Ich finde, ich habe es gut ausgewählt.«

»Ich werde nicht fragen, woher du meine genaue Größe kennst.«

»Dann werde ich auch nicht zugeben, dass ich mir heimlich deine Kleidung angeschaut habe, als du heute Morgen geduscht hast.«

Lachend ziehe ich mich zurück, lege eine Hand an seine Wange und verliere mich in den dunklen Tiefen seiner Augen. »Ich weiß, ich habe es schon gesagt, aber danke. Es ist ... unglaublich. Es ist alles, was ich mir von einem Date erträumen könnte.« Denn alles, was ich wirklich brauche, ist er.

Sein Blick huscht über mein Gesicht, und seine Brauen ziehen sich leicht zusammen. »Du musst mir für so etwas niemals danken, Willow. Du verdienst es, auf diese Weise behandelt zu werden.«

Wieder brennen Tränen hinter meinen Lidern. Ich unterdrücke sie, indem ich ihm einen Kuss auf die Lippen gebe. Er ist keusch und unschuldig, aber schmerzhaft süß.

Dev zieht sich als Erster zurück und schaut mich einen

Moment lang forschend an. Dann senkt er mit einem leisen Lachen den Kopf und fährt sich wie ein beschämter Teenager, der gerade seinen ersten Kuss erlebt hat, durchs Haar. Diese Geste bei einem Mann zu beobachten, den ich so sexy finde, ist anbetungswürdig.

»Alles klar, genug davon.« Er nimmt einen Teller mit kleinen Sandwiches vom Tablett. »Iss.«

Dankbar greife ich zu und beiße in das weiche Brot mit Käse. »Bist du froh, dass du eine Pause von den Rennen bekommst?«, frage ich, als ich geschluckt habe.

Nickend greift er ebenfalls nach einem Sandwich. »So sehr ich den Sport auch liebe, ab und zu brauche ich eine Auszeit. Es ist schön, ein paar Wochen lang nicht von einem Ort zum nächsten hetzen zu müssen.«

Das kann ich gut nachvollziehen, nachdem ich mit ihm durch ganz Europa gereist bin. Aber in dem Moment wird mir bewusst, dass ich dies von nun an nicht mehr tun werde. Diese Zeit … ist vorbei. Ich werde keine Nachtflüge mehr erwischen oder mich in beengte Vans quetschen müssen, die uns zur Rennstrecke fahren. Malibu ist unser letzter Stopp auf diesem Abenteuer, und nach Alishas Hochzeit endet mein Vertrag mit Dev.

Traurigkeit trifft mich wie ein Faustschlag in die Brust und erschwert es mir, zu atmen. Ich will nicht, dass es endet, obwohl ich weiß, dass es uns auch ermöglicht, unsere Beziehung öffentlich zu machen. Seinen Ruf wiederherzustellen, war mir eine Ehre. Ich habe es geliebt, die Leute von Argonaut kennenzulernen – abgesehen von Buck und Nathaniel, mit denen ich kein einziges Wort gewechselt habe –, und ich habe es geliebt, ihnen über Devs Accounts für ihre harte Arbeit zu danken. Ich habe alles geliebt. Niemals hätte ich gedacht, dass mir ein Job gefallen würde, für den ich so viel reisen und so viele hektische Events besuchen muss. Ich habe mir immer ausgemalt, eines Tages in einem riesigen Marketingunternehmen für eine Sportmannschaft zu arbeiten, an einem Schreibtisch zu sitzen und Mausklicks zu vollführen. Etwas Ruhiges und Sicheres. Mit einer einzigen Person eng zusammenzuarbeiten, hat sich zunächst angefühlt wie ein Rückschritt; aber jetzt könnte ich mir nicht mehr vorstellen, den ganzen Tag in einem Büro zu hocken, ohne jemals die Sportlerinnen und Sportler zu treffen, die ich repräsentiere. Die Zeiten, in denen ich darauf hingearbeitet habe, fühlen sich an wie aus einem anderen Leben.

»Was machst du, wenn ich nicht mehr für dich arbeite?« Ich bemühe mich, mit fester Stimme zu sprechen, obwohl mir das Herz bis zum Hals schlägt.

»Ich werde ein PR-Unternehmen engagieren, so wie es mir Howard ursprünglich vorgeschlagen hat.« Seine Antwort kommt ihm so leicht über die Lippen, dass er eindeutig schon zuvor darüber nachgedacht haben muss. »Du hast mich auf den richtigen Pfad zurückgeführt, nun muss ich nur noch dort weitermachen, wo wir aufgehört haben. Und wenn ich erst mal bei Mascort bin …«

»Beschrei's nicht!«

»Wenn ich eines Tages *hoffentlich* bei Mascort bin, werden sie wahrscheinlich eine ganze Reihe von fähigen Leuten haben, von denen ich mir jemanden aussuchen kann. Sie sind richtig gut im Geschäft und unterstützen ihre Fahrer in allen Bereichen. Im Gegensatz zu Argonaut, die mir quasi zu verstehen gegeben haben, dass ich mich selbst einarbeiten soll.« Er verdreht die Augen.

Ich muss mich beherrschen, um nicht herauszuposaunen, dass ich bei ihm bleiben will. Dass ich weiterhin das tun möchte, was ich im Moment tue, selbst wenn er meine Hilfe nicht mehr benötigt. Doch ich halte mich zurück, denn das geht nicht, wenn wir eine öffentliche Beziehung führen wollen. Besonders wenn ich Gerüchte darüber vermeiden will, dass ich mich hochgeschlafen habe.

»Ich drücke dir die Daumen, dass du einen Vertrag bei Mascort unterzeichnen wirst«, sage ich stattdessen.

Dev stößt die Luft aus, ohne meinen inneren Aufruhr zu bemerken. »Ich mir auch. Mir ist klar, dass es nicht über Nacht geschehen wird, aber ich kann keine weitere Saison bei Argonaut durchhalten.«

Und Argonaut will ihn wahrscheinlich auch keine weitere Saison behalten.

»Kann ich dich was fragen?« Ich weiß, dass die Frage unnötig ist, denn er wird immer offen und ehrlich zu mir sein, aber es gibt etwas, worüber ich schon seit langer Zeit nachdenke. »Gibt es einen Grund, warum du Nathaniel so hasst? Abgesehen davon, dass Argonaut ihn schon immer dir vorgezogen hat und er ein Arschloch ist?«

Dev lacht und isst den letzten Bissen seines Sandwiches. Dann wischt er sich die Hände an einer Serviette ab und macht den Mund auf, um zu antworten, schließt ihn aber sofort wieder und schaut für ein paar Sekunden zu Boden. »Als Buck den Rennstall gekauft hat«, setzt er schließlich an, »hat er eine Party geschmissen, damit wir ihn besser kennenlernen. Alle bei Argonaut haben sich gefreut, ihn und

Nathaniel willkommen zu heißen – wahrscheinlich, weil wir dringend mehr Geld brauchten. Aber das Team brauchte außerdem frischen Wind. Auch ich hab mich gefreut. Mehr Geld bedeutete schließlich, dass wir vielleicht endlich konkurrenzfähig sein würden. Außerdem hatte sich Nathaniel in der Saison zuvor bei der Formel 2 einen Namen gemacht. Und da ich nicht derjenige war, der aus dem Team gedrängt wurde, war ich froh, ihn bei uns zu haben.« Dev lacht bitter auf. »Ich hätte es besser wissen müssen.«

Um ihn im Stillen zu unterstützen, ergreife ich seine Hand. Er drückt meine Finger, doch blickt zu den Wellen, als er weiterspricht.

»Ich habe mich ihm und Buck vorgestellt, aber er ... er hat mich einfach ignoriert.« Dev schüttelt leicht den Kopf, als könne er es immer noch nicht glauben. »Er hat so getan, als wäre ich nicht da. Buck war der Einzige, der mit mir gesprochen hat, aber auch nur kurz. Nathaniel habe ich später an diesem Abend allein erwischt und gefragt, ob es ein Problem gäbe. Ich weiß nicht mehr genau, was er gesagt hat, aber er hat deutlich zum Ausdruck gebracht, dass er kein Interesse daran hat, eine Freundschaft mit mir zu schließen oder auch nur gut mit mir zusammenzuarbeiten. Er hat mit mir gesprochen, als hätte ich seine Aufmerksamkeit nicht verdient.« Dev stößt die Luft aus und schaut mich endlich an. »Deshalb sind wir nur sehr selten zusammen auf Videos oder Events zu sehen. Und wenn doch, dann gibt es immer noch eine weitere Person, die es uns ermöglicht, Abstand zueinander zu halten. Ich schwöre, wir waren seit jener Party nicht mehr allein zusammen in einem Raum. Was in Ordnung ist. Ich habe kein Interesse daran, Zeit mit Leuten zu verbringen, die so mit mir umgehen.«

Mein Magen zieht sich zusammen, als ich seine Hand drücke. Niemand hat es verdient, auf diese Weise behandelt zu werden, besonders nicht Dev. Er ist der reinste Sonnenschein.

»Tut mir leid, dass das passiert ist«, sage ich leise, fest entschlossen, ihn aufzuheitern. »Okay, dann ist er also der Fahrer, den du am wenigsten respektierst. Wen respektierst du am meisten?«

Er setzt sich ein wenig aufrechter hin, und seine Miene hellt sich auf. »Zaid. Eindeutig. Er hat Typen wie mir den Weg geebnet. Hat mir gezeigt, dass auch kleine Jungen, die nicht Weiß sind, eine Chance im Motorsport haben. Ich weiß nicht, ob ich in harten Zeiten weitergemacht hätte, wenn es ihn nicht gäbe.«

»Und nun bist du kurz davor, sein Teamkollege zu werden. Wie toll!«

Er wirft mir einen Seitenblick zu. »Hast du mich nicht gerade gewarnt, es nicht zu beschreien?«

»Das wird schon.« Grinsend winke ich ab. »Ich bin so was von stolz auf dich. Du musst mir dringend Pässe fürs Fahrerlager besorgen. Ich will dich unbedingt in deinem Wagen sehen. Hoffentlich finde ich einen Job, in dem ich mir sofort Urlaub nehmen kann.«

Sein Lächeln gerät ein wenig ins Wanken, ehe es vollständig zurückkehrt, aber seine Augen haben etwas von ihrem Glanz verloren. Die Erinnerung daran, dass ich ihm nicht mehr länger um die Welt folgen werde, missfällt auch mir, aber *er* hat wenigstens einen Plan für die Zukunft. Vielleicht hat er sich noch nicht richtig vor Augen geführt, dass ich schon in zwei Wochen in mein altes Leben in New York zurückkehren werde. Möglicherweise ist es an der Zeit, das Thema zur Sprache zu bringen, auch wenn ich mich noch so sehr vor der Traurigkeit fürchte, die es mit sich bringen wird.

»Ich schätze, wir sollten uns darüber unterhalten, wie unsere Fernbeziehung funktionieren soll. Wenn es das ist, was wir wollen«, füge ich eilig hinzu.

»Von wollen kann keine Rede sein«, erwidert er in gemessenem Tonfall. »Aber das ist die einzige Möglichkeit, zusammen zu sein, also müssen wir uns damit abfinden.« Er stößt ein ironisches Lachen aus und betrachtet mein Profil. »Kann ich dir etwas gestehen? Es ist ziemlich lange her, seit ich zuletzt eine Freundin hatte.«

Mein Herz gerät ein wenig ins Stolpern. Will er etwa ... Hat er unsere Beziehung gerade tatsächlich definiert? Ich meine, es gefällt mir, aber es fühlt sich ... wie eine große Sache an. Größer als einander unsere Liebe zu gestehen.

Ich beschließe, die Bemerkung zu ignorieren, denn ich bin noch nicht bereit, darüber zu sprechen, was wir füreinander sind. »Ach ja?«, frage ich mit gezwungen unbekümmerter Stimme. »Wann zuletzt?«

»Ich ...« Er runzelt konzentriert die Stirn. »Verdammt, in meinem Freshman-Jahr an der Highschool? Priya. Ihre Mom hat mich abgrundtief gehasst.«

Mit offenem Mund starre ich ihn an. »Ernsthaft?«

»Ja, die Frau hielt mich für den ...«

»Nein, ich meine, hast du wirklich seit der Highschool keine Freundin mehr gehabt?«

In den letzten Jahren habe ich mich bemüht, mich nicht auf dem Laufenden zu halten, was ihn betrifft, habe keine Schlagzeilen über sein Liebesleben gelesen, denn ich wollte nichts sehen, was ich nicht mehr aus dem Kopf bekommen würde. Doch er hatte wirklich keine Freundin mehr, seit er … fünfzehn gewesen ist? Ich habe ihn immer für einen Romantiker gehalten – wie dieses Date wieder einmal zeigt –, also habe ich angenommen, dass er eine Reihe von Beziehungen geführt hat. Doch da habe ich mich wohl getäuscht.

Dev zuckt mit den Schultern. »Bei meinem Lebensstil ist es nicht einfach, eine Partnerin zu haben. Ich muss schon richtig von einer Beziehung überzeugt sein, um dafür zu arbeiten. Damit will ich nicht sagen, dass es keine Frauen gegeben hat. Ich möchte ehrlich sein: Es gab … viele.« Er wirkt ein wenig beschämt.

»Hm«, mache ich. Dieses Geständnis stört mich nicht sonderlich. Er ist heiß, reich, erfolgreich und überaus charmant. Und wie es aussieht, hat er seinen Charme ordentlich spielen lassen. Ich habe aber kein Recht, deshalb über ihn zu urteilen. Außerdem bin ich diejenige, für die er gerade ein ganzes Haus gemietet hat, nur damit wir ein Date zusammen genießen können. Die Frauen aus seiner Vergangenheit kümmern mich nicht.

»Kein Wunder, dass dich die Sache mit der Geschlechtskrankheit so hart getroffen hat – es hätte wahr sein können.«

Er stößt ein überraschtes Lachen aus. »Okay, *autsch*. Ich war immer vorsichtig, nur damit du Bescheid weißt.« Er stößt mir sanft seinen Ellbogen in die Rippen. »Aber ja, ich habe mich wirklich ein wenig ertappt gefühlt. Das Fahrerlager ist der reinste Keimfänger, also ist es wichtig, auf der sicheren Seite zu sein.«

Mir kommt eine Erinnerung in den Sinn – wir beide letzte Nacht Haut an Haut –, und auf einmal brennt mein Körper von Kopf bis Fuß, was nicht daran liegt, dass wir über Geschlechtskrankheiten reden. Sein Skandal hat dafür gesorgt, dass er in den ersten Monaten nach dem verhängnisvollen Post mit keiner anderen zusammen war. Wenn man bedenkt, dass wir die Gerüchte vor einer gefühlten Ewigkeit aus der Welt geschafft haben, hätte er aber mühelos mit irgendeiner beliebigen Frau ins Bett springen können. Dennoch hat er es nicht getan. Wegen mir. Er hat sich für mich entschieden.

»Alles in Ordnung?«, höre ich ihn fragen. Die Sorge in seiner Stimme holt mich zurück in die Realität. »Ist es zu warm hier draußen? Wir können wieder reingehen, wenn du willst.«

Ich schüttelte den Kopf, sowohl um sein Angebot abzulehnen als auch, um die Gedanken zu vertreiben, die mich verführen wollen, jegliche Vorsicht zu vergessen und sofort aller Welt zu verkünden, dass wir zusammen sind.

»Nein, ich fühle mich gut.« Dann schmiege ich mich so eng an ihn, wie ich kann. »Ich habe sogar gerade darüber nachgedacht, dass ich am liebsten niemals wieder von hier weggehen würde. Müssen wir nach Hause zurückkehren?«

Lachend zieht er mich in seinen Arm und lässt das Kinn auf meinem Kopf ruhen. »Wenn du nicht willst, dass meine Mom uns suchen kommt, sollten wir uns wahrscheinlich innerhalb der nächsten paar Stunden dort blicken lassen.

Aber bis dahin …«, mit der anderen Hand greift er nach meinem Knie und lässt sie langsam höher unter mein Kleid wandern, »habe ich ein paar Ideen, wie wir uns die Zeit hier vertreiben könnten.«

Kapitel 27

Dev

Ich fürchte mich mehr davor, ein Haus voller Tanten zu betreten, als vor einem Rennen in meinen Wagen zu steigen.

Alishas Hochzeit wird in Malibu stattfinden – eine dreistündige Fahrt von San Diego entfernt. Also habe ich optimistischerweise angenommen, das würde uns davor bewahren, dass uns die Verwandten in den Wochen vor dem großen Tag zu Hause belagern. Leider haben scheinbar alle beschlossen, uns zu besuchen, und ich kann nicht entkommen. Jedes Mal, wenn ich es versuche, werde ich eingekesselt und darüber ausgefragt, wo ich hinmöchte, was ich mit meinem Leben anfangen will und wann ich endlich sesshaft werde. Würde ich nicht so viel Geld verdienen, würden sie mir auch noch Vorwürfe wegen meiner wenig traditionellen Karriere machen – auch bekannt als »alles andere als Arzt, Anwalt oder Ingenieur«. Nichtsdestotrotz machen sie abschätzige Bemerkungen darüber, dass Dad mich dazu ermutigt hat, meinem Traum zu folgen und Rennfahrer zu werden.

Zum Glück eilt mir Mom zu Hilfe, wenn sie es mitbekommt. Sie ist gut darin, ihnen in Erinnerung zu rufen, dass ich erfolgreicher als der Großteil unserer Verwandtschaft bin. Und auch ein wenig bescheidene Prahlerei kann sie sich nicht verkneifen – zum Beispiel darüber, dass wenigstens eins ihrer Kinder in ihre Fußstapfen tritt und Ärztin wird.

Das geht nun schon seit einer Woche so. Ständig werde ich von kleinen Cousinen und Cousins verfolgt und von Onkels begrüßt, die Renntickets von mir haben möchten. Ständig muss ich bei den Hochzeitsvorbereitungen helfen und meine Kreditkarte zücken, um für weitere Dinge zu zahlen, die in letzter Minute noch dringend gebraucht werden. Ständig bin ich von Willow getrennt.

Ich wusste, dass es eine große Umstellung werden würde, sie nicht mehr jeden Tag zu sehen, aber es ist die reinste Qual, besonders, weil ich weiß, dass sie direkt nebenan ist. Oakley dagegen habe ich häufig gesehen. Auch er wurde dazu gezwungen, bei den Hochzeitsvorbereitungen zu helfen, während Willow eher gebeten wird, meine Mom zum Shopping zu begleiten oder Zeit mit Alisha zu verbringen, während diese tut, was immer Bräute tun, bevor sie heiraten.

So dankbar ich auch für die Zeit mit Oak bin, bringt es mich fast um, dass ich nicht in der Lage bin herauszuposaunen: »Hey, Alter, ich bin in deine Schwester verliebt, und aus irgendeinem unbegreiflichen Grund erwidert sie meine Gefühle. Bitte brich mir nicht die Rippen.«

Jepp. Ich leide.

»Ich kann nicht glauben, dass du Chava und mich dazu

überredet hast, am Garba-Abend zu tanzen«, murrt Oakley zum millionsten Mal, während wir kleine Dinge in Stoffbeutel mit den Initialen von Alisha und ihrem Verlobten füllen. Wir sitzen im Wohnzimmer meiner Eltern und müssen laut sprechen, um die gackernden Tanten und schreienden Kinder zu übertönen. »Warum zwingst du Mark nicht dazu?«

»Weil er ein bisschen zu«, ich deute auf meine Handfläche, »dafür ist.«

»Du und ich sind selbst beide zur Hälfte Weiß.« Oakley schnaubt. »Woher willst du wissen, ob ich nicht das mangelnde Rhythmusgefühl meines Vaters und seine Liebe zu Steely Dan geerbt habe?«

»Du drehst jedes Mal durch, wenn ein Song von Panjabi MC läuft. Hör auf, so zu tun, als würdest du dich nicht darauf freuen.« Ich schiebe eine kleine Box mit fürchterlich teuren Trüffeln in einen Stoffbeutel. »Und willst du dir echt anschauen, wie Mark mit den Schultern wackelt?«

Oakley schneidet eine Grimasse, vermutlich, weil er sich gerade unseren extrem langgliedrigen Freund beim Tanzen vorstellt. »Okay, vergiss es. Das muss niemand sehen.«

Nein, da hat er recht. Und um ehrlich zu sein, möchte ich auch nicht, dass mich jemand beim Tanzen sieht. Die Gästeliste ist endlos lang, und ich befürchte, dass schon wenige Minuten nach unserer Performance Videos von mir im Internet landen. Bei meinem Glück wird es wahrscheinlich sogar live gestreamt werden. Vielleicht kann ich ja stattdessen Willow dazu überreden.

Zum gefühlt tausendsten Mal heute taucht sie in meinen Gedanken auf. Es kommt mir vor, als wäre unser Date letzte

Woche eine Ewigkeit her, und wenn ich nicht innerhalb der nächsten vierundzwanzig Stunden allein mit ihr sein kann, explodiere ich vielleicht. Doch das wird nur funktionieren, wenn ich mich heute Abend von hier wegschleiche. Und sich aus einem Haus voller neugieriger Tanten herauszuschleichen, ist fast unmöglich.

Während Oakley weiterhin murrend die Beutel befüllt, hole ich mein Handy hervor und schreibe Willow.

Dev: Ich komme später vorbei. Lass das Flurfenster offen.

Sie antwortet innerhalb von Sekunden.

Willow: Wann genau ist später?

Dev: Geh einfach nicht früh schlafen.

Obwohl sie mir daraufhin eine Reihe von Fragezeichen schickt, antworte ich nicht, denn heute Abend wird sie sehen, was ich meine.

»Wegen wem grinst du dein Handy so an?«

Abrupt hebe ich den Kopf.

Oakley mustert mich aus schmalen Augen, die Oberlippe nachdenklich hochgezogen, und wirkt überaus neugierig.

Mist.

Ich räuspere mich, sperre das Handy und schiebe es zurück in meine Tasche. »Nur der Fahrer-Gruppenchat. Thomas macht wieder seine blöden Witze.«

Oakley ächzt, was mir nicht verrät, ob er mir glaubt oder nicht. Zum Glück kommt in dem Moment Alisha herein, die unter dem Gewicht unzähliger Kleidersäcke fast zusammenzubrechen scheint.

»Will mir einer von euch Wichsern vielleicht helfen?« Sie funkelt erst uns und dann die anderen Typen an, die am Tisch sitzen.

»Was ist denn das für eine Ausdrucksweise?« Mom betritt hinter Alisha den Raum, und im nächsten Moment fällt ihr erwartungsvoller Blick auf mich. »Und? Helft ihr jetzt, oder wollt ihr weiter faul rumsitzen?«

Oakley ist der Erste, der sich aufrafft. Er murmelt eine Entschuldigung und macht sich daran, Alisha etwas abzunehmen. Mir entgeht nicht der Seitenblick, mit dem er sie bedenkt und der ein wenig zu lange auf ihr ruht. Früher hat er sich offensichtlicher verhalten, als er noch dachte, dass es mir nicht auffällt. Aber es ist mir jedes Mal aufgefallen.

Er stand schon immer auf meine Schwester, auch wenn er das niemals zugeben würde, und ich habe ihn nie darauf angesprochen. Für Alisha wäre er ohnehin nicht infrage gekommen. Da sie fünf Jahre älter ist als wir und (leider) auch viel cooler war als wir damals, lag sie für ihn stets außer Reichweite. Vermutlich ist das der Grund, warum ich es immer ignoriert habe.

Allerdings kann ich es gut als Argument anbringen, wenn Willow und ich unsere Beziehung öffentlich machen. Er kann mir keinen Vorwurf daraus machen, dass ich auf seine Schwester stehe, wenn er auch auf meine steht. Sie heiratet in einer Woche, und er starrt sie nach wie vor an.

Okay, das werde ich ihm nur vorhalten, wenn es unbedingt sein muss.

Ich hoffe einfach, dass es nicht so weit kommen wird.

Um Mitternacht ist es still im Haus. In den letzten Tagen sind meine Tanten bis zwei oder drei Uhr morgens wach geblieben, aber vielleicht werden auch sie langsam der Hochzeitsvorbereitungen überdrüssig.

Umso besser für mich. Wenigstens muss Willow nicht die halbe Nacht auf mich warten.

Nachdem ich mich nach unten und durch die dunkle Küche geschlichen habe, spähe ich durch die Hintertür in den Garten. In Willows Schlafzimmer brennt noch Licht, während der Rest des Hauses der Williams' dunkel ist. Hoffentlich bedeutet das, dass ich niemandem begegnen werde.

Mit einem letzten Blick über die Schulter trete ich nach draußen. Dann husche ich um die Seite des Hauses, halte mich nahe am Zaun, der unsere Grundstücke voneinander trennt, und betrete Willows Garten. Das habe ich schon so oft getan, dass es mir selbst im Schlaf gelingen würde – bisher allerdings nur, um mit Oakley spät am Abend heimlich Videospiele zu spielen. Niemals um etwas Verbotenes mit seiner Schwester zu tun.

Als ich es bis zum Haus geschafft habe, ohne den Bewegungsmelder für das Flutlicht ausgelöst zu haben, trete ich vor das mit Blauregen bewachsene Gitter. Es befindet sich direkt unter dem Fenster des Flures in der ersten Etage – das Willow hoffentlich für mich offen gelassen hat.

Ich beginne zu klettern, hake mich mit den Fingern fest und grabe meine Sneakers in die Löcher des Gitters, die mir mittlerweile viel kleiner vorkommen als beim letzten Mal. Damals war ich allerdings wahrscheinlich auch fünfzehn. Verdammt, ich bin zu alt für diesen Mist. Dennoch gelingt es mir, mich zum Fenster hochzuarbeiten, ohne dass mir der Schweiß ausbricht. Dann schiebe ich mit angehaltenem Atem das Fenster hoch, das sich geräuschlos bewegen lässt.

Wahrscheinlich wirke ich nicht sonderlich elegant, als ich mich durch die Öffnung quetsche und mit einer Art Purzelbaum auf dem weichen Teppich lande, der zum Glück meinen Aufprall dämpft. Ich bin drinnen. Und wie es aussieht, ist die Luft rein, denn alle Lichter sind aus, und niemand ist …

Oh, fuck! Ich habe tatsächlich ein Familienmitglied vergessen – das schlimmste von allen.

Ich habe nicht an Herman gedacht.

Der Bernhardiner steht mit gesenktem Kopf zwei Meter von mir entfernt und beobachtet mich eingehend mit langsam wedelndem Schwanz.

Ich raffe mich hoch und hebe die Hände, um mich für den Angriff aus nassen Hundeküssen zu wappnen. Der riesige Rüde würde mich nie beißen, aber wenn er sich freut, wird er *laut*.

»Herman«, flüstere ich und trete langsam näher an die Wand heran, während sein Schwanz beginnt, sich schneller zu bewegen. »Hey, mein Junge.« Stück für Stück arbeite ich mich in Richtung Willows Tür vor. »Tu mir einen Gefallen und ruinier das nicht für mich, alles klar?«

Der Hund kommt näher und wedelt mittlerweile so enthusiastisch mit dem Schwanz, dass sich sein ganzer Körper bewegt.

»Herman«, warne ich und trete vorsichtig zur Seite. *»Herman.«*

Die Götter müssen mir heute Abend wohlgesonnen sein, denn gerade als er sich auf mich stürzen will, bekomme ich Willows Türknauf zu fassen und husche in ihr Zimmer.

Ich bin drinnen, er ist draußen, und alles ist an seinem Platz auf dieser Welt.

»Dev? Was machst du da?«

Als ich Willows überraschte Frage höre, drehe ich mich um und presse den Rücken gegen die Tür.

Sie sieht so verdammt süß aus mit ihrem losen Dutt und in dem blauen Leinen-Pyjama mit den kleinen Zitronen. Er erinnert mich an die Amalfi-Küste, und ich nehme mir vor, sie bald auf einen Urlaub dorthin einzuladen. Wie ich ihr bereits erklärt habe: Ich bin reich. Und ich werde ihr die Welt zeigen, sobald ich die Chance dazu habe.

»Was ich mache?«, flüstere ich, in der Hoffnung, dass Herman mich nicht hören kann. Ich möchte nicht riskieren, dass er anfängt zu bellen. »Ich vollführe eine große romantische Geste, indem ich mich nach Mitternacht in euer Haus schleiche und dabei versuche, dem Sabber zu entkommen, in dem euer Hund mich baden will. Ich finde, ich habe eine nettere Begrüßung verdient.«

Willow verdreht die Augen, aber muss ein Schmunzeln unterdrücken. »Falls du gekommen bist, um Sex mit mir zu haben, kannst du ebenso gut wieder umkehren, denn das wird auf keinen Fall passieren, wenn mein Bruder und meine Eltern am anderen Ende des Flures schlafen.«

»Dafür bin ich nicht gekommen.« Na ja, ehrlich gesagt schon. »Ich wollte dich einfach sehen. Und Ellie.« Mit dem Kinn deute ich zu dem Stoffelefanten, der auf ihrem Nachttisch sitzt. »Ich wollte euch zudecken und Gute Nacht sagen.«

Ihre Mundwinkel heben sich ein wenig mehr. »Wie nett von dir.«

»Ich würde es nicht für jeden auf mich nehmen, an einem Gitter hochzuklettern und Gefahr zu laufen, mich von einem Hund ablecken zu lassen. Das ist viel zu gefährlich.«

»Sagt der Rennfahrer.«

Nun kann ich mir ein Grinsen nicht verkneifen, das so breit ist, dass es fast wehtut. Ich bin einfach unglaublich glücklich, sie endlich wieder allein sehen zu können. »Komm her, Wills.«

Trotz ihrer sarkastischen Bemerkung zögert sie keine Sekunde, sich in meine Arme zu werfen.

Ich umschlinge ihren Körper und drücke sie an mich, um ihren süßen Duft einzuatmen. Mit jedem Atemzug fällt ein wenig mehr von dem Stress der letzten sieben Tage von mir ab.

»Ich hab dich vermisst«, murmelt sie an meiner Brust. »Obwohl du direkt nebenan warst, hat es sich angefühlt, als wären wir Kilometer voneinander entfernt.«

»Dir ist schon klar, dass du einfach hättest rüberkommen können, oder?« Ich streiche über ihren Rücken, spüre die Erhebungen und Vertiefungen ihrer Wirbelsäule. Am liebsten würde ich mir jeden Zentimeter von ihr einprägen. »Du hättest dir eine Ausrede einfallen lassen können, um mich von dort wegzuholen. Es gab sicherlich irgendeinen

Social-Media-Kram zu erledigen. Ich bin enttäuscht, dass du nicht mehr Kreativität und Mühe an den Tag gelegt hast.«

Sie schnaubt an meinem Shirt. »Ist klar. Damit mich deine Tanten belagern? Wohl kaum. Außerdem ...« Sie löst ihre Hände von mir und weicht so weit zurück, wie ich es zulasse. »Außerdem wollte ich, dass du Zeit mit Oakley verbringen kannst.«

Es ist typisch für sie, mir diese Möglichkeit zu geben, aber dabei vergisst sie, dass ich bald ohnehin lernen muss, mir meine Zeit mit ihr und ihrem Bruder einzuteilen. Ich hoffe, dass bedeutet nicht, dass sie Zweifel an unserer Beziehung hat.

»Willst du das mit uns immer noch?« Ich senke den Kopf, um ihren Blick aufzufangen. »Keine Zweifel?«

Sie schaut mich fest an. Im schwachen Licht wirken ihre Augen beinahe schwarz. »Keine Zweifel«, erwidert sie entschlossen. »Nach der Hochzeit möchte ich es Oakley erzählen. Ich will nicht riskieren, Alishas großen Tag – oder eher gesagt große Tage – zu ruinieren, falls er es nicht gut aufnimmt.«

»Ja, denn wenn er mich verprügelt, kann ich nicht mehr tanzen«, scherze ich.

Willow scheint das weniger lustig zu finden. »Ich hoffe inständig, dass es nicht so weit kommen wird.« Sie beißt sich auf die Unterlippe und wendet den Blick ab. »Und das glaube ich auch nicht. Auf Jeremy war er nur wütend, weil er mich so schlecht behandelt hat.«

»Solange ich mich nicht wie ein Arschloch aufführe, bin ich auf der sicheren Seite. Kapiert.«

Sie stößt die Luft aus und lässt die Schultern hängen. »Dev …«

»Sorry«, entschuldige ich mich eilig und umfasse ihr Gesicht, damit sie mich wieder ansieht. »Du weißt doch, dass ich blöde Witze reiße, wenn ich nervös bin.«

Nun will ich unbedingt das Thema wechseln, um nicht mehr über Dinge zu reden, die ihr die Laune verderben. Ich schaue mich im Zimmer um und entdecke die Desi-Kleidung, die an ihrer Schranktür hängt. »Sind das deine Outfits für die Hochzeit?«

Als sie lächelt, seufze ich erleichtert auf.

»Ja, ich muss sie nur noch einpacken. Gefallen dir die Farben? Neha Aunty hat mir beim Aussuchen geholfen.«

Ich betrachte die Chaniya Cholis, Lehengas und Saris, wobei mich irgendetwas verwirrt, das ich jedoch nicht benennen kann. »Hast du alles beisammen? Und für die richtigen Tage?«

»Jepp.« Sie zeigt auf jedes Outfit und zählt auf. »Pithi, Mehndi, Garba, Hochzeitszeremonie und Hochzeitsfeier.« Gelb, rosa, grün, orange und lila.

In dem Moment fällt es mir wie Schuppen von den Augen. »Diese Frau ist unverbesserlich.«

»Was ist denn?«

Ich lasse von Willow ab und fahre mir mit einer Hand durch die Haare, wobei ich spüre, dass mir Röte am Hals heraufkriecht. »Ich hoffe, es macht dir nichts aus, dass wir an allen Tagen im Partnerlook aufkreuzen werden, denn meine Outfits haben die gleichen Farben – und meine Mom hat auch mir beim Aussuchen geholfen.«

»O mein Gott«, flüstert Willow fassungslos. »Nein. So was würde sie niemals tun.«

»Sie hat es längst getan.«

»Aber sie weiß doch gar nichts von uns«, schreit sie förmlich. Dann reißt sie erschrocken die Augen auf und senkt eilig die Stimme. »Warte, warte, warte. An dem Morgen, an dem wir bei euch gefrühstückt haben, kurz nachdem ich angefangen hatte, für dich zu arbeiten, hast du etwas auf Gujarati zu ihr gesagt, und sie ist vor Lachen fast vom Stuhl gefallen. Warum?«

Ich hätte wissen müssen, dass Willow das nicht vergessen würde, und jetzt muss ich ein beschämendes Geständnis ablegen. »Weil ich … Weil ich behauptet habe, dass niemals etwas zwischen uns passieren wird.«

Einen Moment lang schaut Willow blinzelnd zu mir auf, ehe sie in leises Gelächter ausbricht. »Das glaube ich nicht«, stößt sie hervor, während ihr Körper bebt. »Du hast mir eine Minute später erzählt, wie sehr du auf mich stehst.«

»Ja, schon gut«, gebe ich zu, dankbar, dass es so dunkel ist, denn so kann sie mein rotes Gesicht nicht sehen. »Vielleicht habe ich das. Aber ich …«

»Versuch nicht, es abzustreiten.« Ihr Grinsen ist dermaßen breit, und ihre Grübchen sind so tief, dass ich nicht anders kann, als benommen zurückzulächeln. »Dann hatte sie wohl allen Grund zu lachen.«

»In der Tat.« Ich schüttele den Kopf. »Mütter sind die besten Wahrsagerinnen. Und jetzt komm – ich muss dich und Ellie ins Bett bringen.«

Sie nimmt meine Hand und führt mich zum Bett.

Ich halte die Decke hoch, damit sie reinklettern kann,

ehe ich Ellie neben ihr platziere und mich auf den Rand der Matratze setze. »Träum was Schönes, Jaanu«, murmele ich und streichele mit dem Daumen ihre Wange. Sie sieht so friedlich aus, dass ich es nicht wage, den Moment zu ruinieren, indem ich mich neben sie lege, ganz egal, wie sehr ich es mir auch wünsche. »Wir sehen uns morgen aus der Ferne.«

Kapitel 28

Dev

Endlich ist das Wochenende gekommen, und ich schwöre, ich bin schon den halben Tag damit beschäftigt, die Haldi-Flecken von meinem Gesicht zu wischen.

»Das Zeug ist ein Albtraum«, zische ich, immer noch wütend darüber, dass ich als Bruder der Braut im Rahmen der Pithi-Zeremonie mit Kurkuma-Paste eingerieben werden musste. »Alisha würde sich niemals so etwas gefallen lassen. Sie hat ja schon als Kind einen Anfall bekommen, wenn ich sie nur aus Versehen mit einem abwaschbaren Filzstift bemalt habe.«

Chava bedenkt mich mit einem desinteressierten Blick, während er faul auf meinem Bett liegt und auf seinem Handy herumscrollt. Mark und Oakley tun neben ihm das Gleiche. Zwar haben alle in dem riesigen Strandhaus in Malibu, das meine Familie gemietet hat, ihr eigenes Schlafzimmer, aber natürlich haben sie sich trotzdem hier versammelt. Auch wenn es mir nicht passt, sind wir derzeit miteinander verbunden wie siamesische Vierlinge.

Unten werden die hämmernden Trommelschläge lauter, aufgeregte Rufe und Gelächter begleiten die Musik. Es ist der erste Abend der Hochzeit, was bedeutet, dass die Männer von beiden Seiten hier sind, um zu feiern, während die Frauen auf ihrer eigenen Party nebenan ihr Mehndi bekommen.

Ich weiß nicht, wie Alisha drei schicke Ferienhäuser in der gleichen Straße gefunden hat, aber mein Kontoauszug bestätigt, *dass* sie es geschafft hat. Alle sind so schön, dass ich nicht einmal wütend darüber sein kann. In dem Haus am anderen Ende der Straße mit dem üppigen grünen Garten wird morgen Abend die Garba stattfinden und am Sonntag die Hochzeit; diese Villa und die nebenan werden für die übrigen Events und Zeremonien genutzt. Außerdem haben wir unsere enge Verwandtschaft sowie Freundinnen und Freunde hier untergebracht. So ist es am einfachsten, rund um die Uhr zu feiern.

»Ich hab sie gesehen«, erwähnt Chava gelassen, ohne von seinem Smartphone aufzublicken. »Sie sieht super aus. Strahlt förmlich. Und du siehst …«

»… aus, als hättest du Gelbsucht«, beendet Mark den Satz für ihn.

Ich werfe den mittlerweile gelb verfärbten Waschlappen ins Waschbecken. »Halt die Klappe.«

»Du siehst gut aus«, ruft Oakley, als ich aus dem angrenzenden Badezimmer marschiere. »Außerdem musst du ohnehin niemanden beeindrucken. Heute Abend sind wir Männer unter uns.«

Ich verkneife mir eine Erwiderung, denn ich habe nicht vor, den ganzen Abend hierzubleiben. Nein, ich werde mich nach nebenan stehlen, sobald ich die Chance dazu bekomme, dies unbemerkt zu tun.

Es fühlt sich jetzt schon an, als würden Willow und ich eine Fernbeziehung führen. Lange Nachrichten, Telefonate in ungestörten Momenten und alberne Bilder, die wir einander schicken. Heute Morgen habe ich mehrere Minuten lang einen Berg Pancakes angestarrt und mir dabei vorgestellt, ich würde neben Willow am Tisch sitzen. Mittlerweile bin ich vollkommen armselig.

Ich bin in sie verliebt, was ich schon eine ganze Weile weiß und ihr auch gestanden habe, aber ich habe nicht damit gerechnet, dass Liebe derart wehtun kann. Es ist ein Schmerz, der tief in mein Inneres kriecht und mich förmlich zu ihr hinzieht. Sie ist ein Teil von mir, der jeden Nerv, Muskel und Knochen einhüllt. Von ihr getrennt zu sein, fühlt sich an, als würde ein Stück von mir fehlen.

Dabei befindet sie sich gerade gleich nebenan. Wie schlecht werde ich mich erst fühlen, wenn sie am anderen Ende der Welt ist?

Verdammt. Im Moment muss ich der fröhliche Bruder der Braut sein, nicht der liebeskranke Welpe, der sich gerade die Realität vor Augen geführt hat.

»Bist du echt wegen dem bisschen Kurkuma so wütend?«, fragt Oakley und betrachtet mich eingehend. »Ich hab dich noch nie mit so einer finsteren Miene gesehen. Ich wusste nicht mal, dass du dazu fähig bist.«

Ich bemühe mich, meine Gesichtszüge unter Kontrolle zu bringen, wende mich dem Spiegel zu und richte den Kragen meines dunkelblauen Button-down-Hemdes. Ab morgen werde ich wieder indische Kleidung tragen – in der gleichen Farbe wie Willow, obwohl das hoffentlich niemandem außer meiner listigen Mutter auffallen wird.

»Ich bin nur ein bisschen angespannt«, gebe ich zu, als es mir nicht gelingt, eine gelassene Miene aufzusetzen. »Ich hab immer noch nichts von Howard gehört. Meine Zukunft ist also ungewiss, und gerade haben wir Sommerpause, also …« Ich zucke mit den Schultern.

Oakley seufzt schwer, erhebt sich vom Bett und tritt an meine Seite, um mir auf die Schulter zu klopfen. Im Spiegel begegnet er meinem Blick. »Du könntest dich einfach zur Ruhe setzen.« Er schmunzelt. »Das Leben auf der anderen Seite ist ziemlich gut.«

Das bringt auch mich zum Lachen, trotzdem schüttele ich den Kopf. »Nein, danke, ich mag meinen Job.«

»Schade.« Er löst seine Hand von meiner Schulter und versetzt mir einen Schlag in den Nacken. »Und jetzt hör auf zu jammern und betrink dich mit uns. Dieses Wochenende musst du nicht fahren.«

Da hat er recht, und ich habe vor, das auszunutzen – wenn auch nicht auf die Art, die er vorschlägt.

»Na schön.« Es gelingt mir, zu lächeln. »Wollen wir wetten, wie lange es dauert, bis mich einer der Onkels dort unten um einen VIP-Pass bittet?«

Oakley schnaubt und schiebt mich in Richtung Tür. »Ich gebe der Sache nicht mehr als zehn Sekunden.«

Falls es mit dem Rennsport nicht klappen sollte, habe ich vielleicht die Chance, eine Karriere als Spion zu machen.

Nachdem ich die Jungs mit Drinks versorgt und sie dazu gebracht habe, vollkommen unverständliche Liedtexte beim Bollywood-Karaoke zu grölen, ist mir die Flucht gelungen.

Es ist schon nach zehn, was für eine Party nicht sonderlich spät ist, aber ich kann keine Sekunde länger warten. Willow habe ich schon vor zwanzig Minuten geschrieben und vorgeschlagen, dass sie sich hier mit mir trifft – im Waschraum des Hauses, in dem die Frauen heute feiern. Es ist der einzige Ort, an dem wir voraussichtlich nicht gestört werden, denn wer kümmert sich schon auf einer Party um die Wäsche? Besonders nicht, wenn das Mehndi auf ihren Händen noch feucht ist. Und all die glitzernden Outfits müssen ohnehin in die Reinigung gebracht werden.

Das Fest findet im Garten statt, sodass ich mich unbemerkt ins Haus schleichen konnte. Mein Magen zieht sich zusammen, als ich den kleinen Raum neben der Küche betrete und erkenne, dass Willow noch nicht da ist. Sie hat mir als Antwort zwar ein Kuss-Emoji geschickt, aber jetzt, wo ich darüber nachdenke, musste das nicht unbedingt *Ja, ich treffe mich mit dir* heißen.

Vielleicht hätte ich nachhaken sollen. Ich könnte noch mal schreiben oder sie sogar anrufen …

Die Tür, die ich einen Spaltbreit offen gelassen habe, wird plötzlich aufgestoßen und kollidiert beinahe mit meiner Nase.

»Oh, Scheiße!« Willow schnappt nach Luft und schlurft unter dem Gewicht der bestickten Chaniya Choli in den Raum, wobei sie mit ihrer Hüfte die Tür schließt. »Alles in Ordnung? Habe ich dir wehgetan?«

Ich bin überraschter darüber, dass Willow flucht, als von der Tatsache, dass ich fast von einer Tür ausgeknockt worden wäre. »Alles in Ordnung.« Ich blinzele schnell, um den Schrecken zu vertreiben.

Und als ich wieder klar sehe ... Verdammt, sie ist eine Vision aus Hellrosa und Gold. Willow in traditioneller Kleidung meiner Kultur zu sehen, haut mich um. Es ist schon das zweite Mal heute, dass mir bei ihrem Anblick die Luft wegbleibt. Das erste Mal war bei der Pithi-Zeremonie, zu der sie ihr ringelblumengelbes Outfit getragen und gewirkt hat wie ein warmer Lichtstrahl. Es ist der Beweis dafür, wie gut sie in mein Leben passt, wie einfach sie sich an diesen Teil meiner Welt anpassen und ihn wertschätzen kann. Alles daran steht ihr, und damit meine ich nicht nur die Farben und die Kleidung.

»Okay, gut.« Sie stößt die Luft aus und kichert dann. »Ich freue mich total, dich zu sehen, aber ich kann nicht lange bleiben.« Ihre Wangen sind gerötet, und sie streckt ihre Hände unbeholfen vor sich aus.

Das lenkt meine Aufmerksamkeit auf die verschlungenen Mehndi-Zeichnungen, die sich bis zu ihren Ellbogen hinaufschlängeln. Wie es scheint, hat sie sich prächtig mit meiner Verwandtschaft amüsiert.

»Ich verspreche dir, dass uns niemand bemerken wird. Bald wird es hier ohnehin ziemlich abgefahren.«

Sie blinzelt ein paarmal, was den Glitzer auf ihren Augenlidern funkeln lässt. »Ernsthaft?«

»Ernsthaft.« Ich lehne mich an die Waschmaschine und schmunzele. »Bald werden sie Alisha erklären, wie sie ihre ehelichen Pflichten erfüllen kann.«

Willow sieht mich mit offenem Mund an. »Du meinst doch nicht etwa …«

»Oh, doch, genau das meine ich. Hast du da draußen irgendjemanden gesehen, der eine Aubergine mit sich herumträgt?«

Ihre Augen werden groß.

»Das heißt also Ja.«

»Ich dachte, sie unterhalten sich übers Kochen. Ich sollte wirklich Gujarati lernen. Kein Wunder, dass alle gackern. So witzig ist Curry bestimmt nicht.«

Angesichts ihrer Unschuld unterdrücke ich ein Lachen, lege meine Hände um ihre Taille und ziehe sie zu mir heran. »Keine Sorge. Eines Tages werde ich es dir beibringen. Und du darfst mit mir für deine ehelichen Pflichten üben.«

Sie schmiegt sich bereitwillig an mich, obwohl sie sich nicht traut, mich auch zu berühren. »Ach ja? Wann sollen wir denn mit dem Unterricht beginnen?«

»Am besten jetzt gleich.«

Willow quietscht, als ich sie hochhebe und auf der Waschmaschine absetze. »Dev.« Sie hebt warnend eine Hand. »Mein Mehndi ist noch nicht getrocknet.«

Ich beuge mich zu ihren Knöcheln runter und finde den Saum ihres langen Rockes. »Dann, schätze ich, kannst du wohl nur dasitzen und hübsch aussehen, während ich schmutzige Dinge mit dir anstelle.«

»Dev!«

Ich mustere sie forschend, während ich den Stoff bis zu ihrem Schienbein hebe. »Darf ich?«

»Das sollten wir nicht tun«, flüstert sie, spreizt aber dennoch ihre Beine.

»Stimmt.« Ich schiebe den Rock bis zu ihren Oberschenkeln hoch. »Aber ich würde gerne. Du auch?«

Ein angespannter Moment der Stille verstreicht, während sie jede meiner Bewegungen aufmerksam verfolgt. Dann nickt sie.

»Ich muss es hören, Willow.«

»Ja«, haucht sie und bewegt sich bis zur Kante der Waschmaschine vor, sodass ihr Rock noch höher rutscht. »Ja, ich will es auch.«

»Dann haben wir ja alles geklärt. Und jetzt spreiz die Beine für mich, Baby.«

Als sie gehorcht, hebe ich meine Hände an ihre Hüfte und lege meine Finger an ihren Baumwollslip. Ich will sie schmecken, so wie ich es mir schon lange ausmale. Dann ziehe ich den durchnässten Stoff an ihren Beinen hinab. »Du bist schon so feucht.« Mein Schwanz schmerzt, aber jetzt geht es nur um sie. Das ist alles, was ich will.

»Das liegt nur an dir«, stößt sie hervor und rutscht noch näher zu mir heran. »Berühr mich. Bitte.«

Wie könnte ich da widerstehen?

Ich gehe in die Knie und schiebe den glitzernden Rock über ihre Hüften, sodass sie entblößt ist. Dann umfasse ich ihren Hintern und lasse meine Zunge zwischen ihren Beinen entlanggleiten. Sie schmeckt unglaublich gut.

Das Stöhnen, das ihr entfährt, ist das Erotischste, was ich je gehört habe. Es klingt, als hätte sie die ganze Zeit, in der wir getrennt waren, nur darauf gewartet, dass ich sie berühre. Und demnach zu urteilen, wie sie mir ihre Hüften entgegenschiebt, kann sie sich nun nicht mehr länger gedulden.

Ich schließe meine Lippen um ihre Klitoris und sauge, was mir ein weiteres Stöhnen einbringt.

Willow drückt den Rücken durch und lässt ihre Hände über meinem Kopf schweben. Sie will mich berühren, in mein Haar greifen, kann dem Drang kaum widerstehen, obwohl sie weiß, dass die Farbe auf ihrer Haut noch nicht getrocknet ist.

Ich möchte nicht, dass sie verschmiert, sondern dass sie sich in ein tiefes Braun verwandelt, damit ich die Linien, Kreise und Blumen in den nächsten Wochen nachfahren kann. Ihre Haut ist jetzt schon die schönste Leinwand, und sie verdient unbeschadete Kunst. Mit dem Rest ihres Körpers dagegen stelle ich gern unanständige Dinge an.

Mit den Fingerspitzen fahre ich ihre Spalte entlang, während ich sie gierig verzehre. Ihre Haut ist feucht und heiß, und ich nehme mir, was ich will. Als Erstes dringe ich mit einem Finger in sie ein und genieße die Art, wie ihre Wände vibrieren. Dann nehme ich einen zweiten Finger hinzu, was ihr einen himmlischen Laut entlockt.

Sie singt fast meinen Namen, bettelt um mehr und drückt sich an mein Gesicht wie eine Besessene. »Dev, bitte«, fleht sie.

Ich schaue auf und genieße ihren Anblick. Sie hat den Kopf nach hinten gelegt und ihre Hände gehoben, als würde sie beten. Ich stelle mir gern vor, dass sie mich anbetet.

»Ich … Ich …«

Ich ziehe mich ein Stück zurück. »Lass dich gehen, Baby.« Dann ist meine Zunge wieder an ihrer Klitoris, und ich krümme meine Finger in ihr, um sie in neue Höhen zu treiben.

Sie kommt mit einem lauten Stöhnen zum Orgasmus, und ich halte meinen Mund auf sie gepresst, während sie sich an mir windet. Dann verlangsame ich meine Bewegungen, bis ihr Körper schlaff wird. Während ich die Innenseiten ihrer Oberschenkel mit sanften Küssen bedecke, ziehe ich langsam meine Finger aus ihr heraus und stelle zufrieden fest, dass sie in dem schwachen Licht glänzen.

»Das wollte ich schon seit Tagen tun.« Ich ziehe den Handrücken an meinem Mund entlang. Dabei grinse ich sie an. »Schade, dass du mich nicht gelassen hast, als ich mich in euer Haus geschlichen habe.«

Sie betrachtet mich mit einer Mischung aus Verzauberung und Wut, als wüsste sie nicht, ob sie mir sagen soll, dass sie mich liebt, oder mich treten soll. »Wenn du das getan hättest«, stößt sie hervor, wobei sich ihre Brust unter den angestrengten Atemzügen immer noch schnell hebt und senkt, »wäre unsere Beziehung jetzt auf keinen Fall mehr ein Geheimnis.«

Sie hat recht – wenn sie sich erst einmal fallen lässt, ist sie laut und wild, und ich will nicht, dass sie sich jemals zurückhalten muss.

Plötzlich werden ihre Augen groß. »O Gott, du glaubst doch nicht, dass uns jemand gehört hat, oder?«

Ich schüttele den Kopf. »Bei dieser lauten Musik? Ich wäre überrascht, wenn sich überhaupt jemand dort draußen selbst denken hört.«

Willow lässt die Schultern sinken und atmet erleichtert aus.

Ich drücke ihr einen Kuss auf die Innenseite des Knies, schiebe ihren Rock runter und lasse ihn zu ihren Knöcheln hinabfallen. Nun sieht sie, abgesehen von dem fehlenden Slip und ihren geröteten Wangen, wieder aus wie zuvor.

»Bald müssen wir es nicht mehr geheim halten«, verspreche ich. »Noch zwei Tage.«

»Noch zwei Tage«, wiederholt sie atemlos.

Es werden die längsten zwei Tage meines Lebens werden.

Kapitel 29

Willow

Dev hat mein Mehndi verschmiert.

Es ist zwar nicht sonderlich auffällig, aber ich weiß, warum die Linien an meinen Fingerspitzen nicht ganz so scharf sind, wie sie sein könnten, und warum die Blume an meinem Handgelenk eher aussieht wie Unkraut. Es ist unser kleines Geheimnis – genauso wie es unsere Beziehung für einen weiteren Tag sein wird.

Seit gestern Abend habe ich ihn nicht mehr gesehen, denn er ist beschäftigt mit religiösen Zeremonien und einem Mittagessen mit seinen Großeltern, das sich über den ganzen Morgen und Nachmittag erstreckt. Ich zähle die Minuten bis zur Garba. Laut der Uhr auf meinem Nachttisch dauert es nur noch eine Stunde, und ich bin so aufgeregt, dass ich schreien könnte.

Um mich abzulenken, habe ich Grace und Chantal angerufen und sie auf den neuesten Stand gebracht. Ich habe meine Lehenga und die meiner Mom für heute Abend mit dem Steamer bearbeitet. Ich habe mein Haar gewaschen, eine Kur gemacht, es geglättet und gestylt. Ich habe meine Nägel neu lackiert, damit sie zu dem smaragdgrünen Outfit passen. Ich habe sogar einen langen Strandspaziergang gemacht, was ich selbst äußerst klischeehaft finde. Und jetzt bin ich so was von bereit, Dev zu sehen.

Nachdem ich meiner Mom in ihrem Schlafzimmer geholfen habe, sich fertig zu machen, gehe ich nach unten in mein Zimmer. Die Andersons haben sich für die Hochzeit wahrlich ins Zeug gelegt. Dieses Haus und die beiden anderen Villen sind unglaublich edel. Wahrscheinlich wird es einige Zeit dauern, bis ich mich wieder an unsere kleine Wohnung in New York gewöhnt habe, die so groß ist wie das Wohnzimmer hier.

Da ich mir gerade nicht ausmalen will, wie es sich anfühlen wird, in die Stadt zurückzukehren, verdränge ich den Gedanken. Ich liebe New York, und daran wird sich nie etwas ändern, aber ich bin nicht bereit, das Leben wiederaufzunehmen, das ich dort geführt habe. Dieses Abenteuer aufzugeben, das mir in den letzten Monaten so viel Spaß bereitet hat, wird hart werden. Und an *einem* Ort zu wohnen, statt fast jede Woche in eine neue Stadt und ein neues Land zu fliegen, kommt mir so … langweilig vor. Grau. Mit Dev um die Welt zu fliegen, hat Farbe in mein Leben gebracht. Farbe, die ich nicht mehr missen möchte.

Niemals hätte ich gedacht, dass ich meine Leidenschaft für die Welt des Motorsports entdecken würde. Zwar war er immer Teil meines Lebens, aber ich habe aus unzähligen Gründen immer geglaubt, dass er nichts für mich sei. Doch ich habe mich getäuscht, und nun will ich dieses Leben nicht hinter mir lassen. Und ganz gewiss will ich Dev nicht hinter mir lassen.

Das Universum muss wissen, dass ich unbedingt mit ihm zusammenbleiben oder zumindest so viel Zeit wie möglich mit ihm verbringen will, bis wir uns offiziell trennen müssen, denn in diesem Moment erscheint er vor der Tür meines Schlafzimmers.

Mit seinem Smartphone in der Hand lehnt er sich gegen den Türrahmen. Er trägt eine grüne Kurta, die dem Farbton meiner Lehenga so ähnlich ist, als wäre sie aus dem gleichen Stoff genäht.

Meine Füße setzen sich in Bewegung, ehe ich weiß, was ich tue.

Als könnte er es spüren, schaut er von seinem Handy auf, dann lächelt er.

Nein. Ich kann diesen Mann auf keinen Fall zurücklassen.

Eine Sekunde später stehe ich neben ihm und betrachte ihn von Kopf bis Fuß. »Wow, du siehst …«

Er strafft die Schultern, und ich könnte sogar schwören, dass seine Brust vor Stolz ein wenig anschwillt.

»Umwerfend aus?«, schlägt er vor. »Grandios? Verdammt heiß?«

»Falsch«, lüge ich. »Ich wollte sagen: wie ein Kobold.«

»Das ist aus so vielen Gründen unhöflich, dass ich gerade keine Zeit habe, darauf einzugehen.«

So gern ich ihn auch weiter bewundern und aufziehen würde, überkommt mich auf einmal ein Anflug von Nervosität. Er steht vor mir, wartet vor meinem Schlafzimmer auf mich, wo uns alle sehen könnten. Zum Glück übernachtet

Oakley im Haus nebenan, so wie die anderen Jungs, aber auch in dieser Villa laufen genügend Leute rum.

»Was tust du hier?«, frage ich mit gesenkter Stimme und spähe über seine Schulter, um sicherzugehen, dass wir allein sind.

Dev scheint sich keine Sorgen zu machen, denn er hat sein typisches Grinsen aufgesetzt und eine entspannte Haltung eingenommen. »Ich wurde geschickt, um dich und deine Eltern über die Straße zur Feier zu geleiten.«

»Ich bin mir ziemlich sicher, wir hätten den Weg auch alleine gefunden.« Nun entspanne auch ich mich ein wenig, denn wenigstens hat er einen guten Grund, hier zu sein.

»Besser, wir sind auf der sicheren Seite. Mir wurde gesagt, dass sich ein paar ziemlich angsteinflößende indische Menschen in der Gegend rumtreiben.«

Ich schnaube angesichts seines fürchterlichen Witzes und schüttele den Kopf. Mit einem Mal mutig, ziehe ich ihn zu mir ins Zimmer. »Du wirst dich gedulden müssen, ehe du uns zur Party bringen kannst. Wie du siehst, bin ich nämlich noch nicht angezogen.«

Er betrachtet mich von oben bis unten, lässt seinen Blick über jede Kurve meines Körpers wandern, obwohl ich nur ein einfaches pinkes Sommerkleid trage, in dem er mich schon oft gesehen hat. Dennoch schaut er mich an, als wäre es das erste Mal.

Als ich erröte, wende ich mich rasch ab. Wenn ich mich jetzt darauf einlasse, werden wir nicht pünktlich kommen. Eilig greife ich nach der Lehenga Choli, die am Schrank hängt, und mache Anstalten, ins Bad zu gehen. »Bin gleich wieder da.«

Doch Dev hält mich am Handgelenk fest. »Du musst dich doch nicht verstecken, Baby. Ich bin mir ziemlich sicher, ich hab dich schon ein paarmal nackt gesehen. Außerdem kann ich dir dabei helfen, deine Lehenga zu binden.«

Ich kann nicht leugnen, dass er gute Argumente anführt, also … was soll's. Ich drücke ihm das Outfit in die Hand und ziehe mir das Sommerkleid über den Kopf.

Obwohl er selbst vorgeschlagen hat, dass ich mich vor ihm umziehe, starrt er mich mit offenem Mund an, als ich in meiner dünnen Spitzenunterwäsche vor ihm stehe. Gestern Abend, als ich nicht damit gerechnet hatte, dass mich irgendjemand entkleidet zu Gesicht bekommen würde, hatte ich mich für einfache Baumwolle entschieden. Diesen Fehler wollte ich heute nicht noch mal begehen.

»Wie ich sehe, bist du kein Fan von BHs«, murmelt Dev, als er seine Aufmerksamkeit wieder auf mein Gesicht lenkt.

Ich zucke mit den Schultern und freue mich insgeheim darüber, wie sehr er sich beherrschen muss, nicht meine Nippel anzustarren. »Die bringen ohnehin nicht viel bei meiner kleinen Oberweite.«

»Oh, du hast genug«, erwidert er mit heiserer Stimme.

Grinsend deute ich mit dem Kopf zu der Choli. »Hilfst du mir?«

Es dauert ein paar Sekunden, bis er sich so weit gesammelt hat, dass er die Bluse vom Bügel nimmt und mir bedeutet, die Arme zu heben. Als ich gehorche, macht er einen Schritt auf mich zu und zieht mir das Kleidungsstück vorsichtig über den Kopf.

Mit geschlossenen Augen genieße ich seine Wärme.

»Dein Mehndi sieht fantastisch aus«, murmelt er und tritt selbst dann nicht zurück, als meine Choli sitzt. »Sehr dunkel. Das bedeutet, dass dich jemand sehr liebt.«

Ich öffne meine Augen wieder. »Du hast alles verschmiert.«

Herausfordernd hebt er eine Braue. »Ich meine, mich zu erinnern, dass ich dir gesagt habe, du sollst einfach nur dasitzen und hübsch aussehen. Du bist diejenige, die wild geworden ist.«

»Aber das war deine Schuld«, flüstere ich.

»Pass auf, Willow.« Er streift meine Nase mit seiner, sodass seine Lippen nur wenige Millimeter von meinen entfernt sind. »Wenn du so weitermachst, gehen wir heute Abend nirgendwohin.«

Ich bin versucht, ihn beim Wort zu nehmen. Die Bluse und mein Slip könnten innerhalb von Sekunden auf dem Boden und ich auf der Matratze liegen. Wir könnten schnell sein. Wir könnten …

Mit einem Räuspern trete ich nach hinten, doch mein Herz hämmert, weil es mich so große Mühe kostet, zu widerstehen. »Du musst doch tanzen«, erinnere ich ihn atemlos. »Und ich muss es für die ganze Welt filmen.«

Dev zögert und beißt sich auf die Unterlippe, aber tritt schließlich zurück. »Ich kann es kaum erwarten, mich wieder mal im Internet zum Affen zu machen.« Dann geht er in die Hocke und hält den Rock so, dass ich hineintreten kann. »Feuerst du mich an, Jaanu?«

»Für das Video muss ich leise sein.« Ich grinse, erleichtert darüber, wie schnell wir die Anspannung hinter uns lassen und zu einer lockeren Unterhaltung zurückkehren können. »Aber ich werde dich gedanklich anfeuern. Du wirst klasse sein.«

Er schnaubt, während er den Rock hebt, ihn an meiner Taille zurechtrückt und wie ein Experte an der Seite bindet – nicht zu eng und nicht zu locker. »Ja, ich werde meinen inneren Shah Rukh Khan rauslassen.« Als sein Blick zu mir huscht, zieht er einen Mundwinkel zu einem dieser wunderschönen intimen Lächeln hoch. »Für dich würde ich sogar auf einem Zug tanzen.«

Das ist fast noch besser als eine Liebeserklärung. Ich kann *Chaiyya Chaiyya* bereits in meinem Kopf hören. »Das würde ich gern sehen.«

Er legt beide Hände an meine Taille, um mich festzuhalten, und beugt sich vor, um mir einen sanften Kuss auf die Wange zu drücken. »Überleg es dir bloß nicht anders, nachdem du mich heute Abend tanzen gesehen hast.«

Was ihn betrifft, könnte mich nichts dazu bringen, es mir anders zu überlegen. »Das würde mir im Traum nicht einfallen.«

So viel Spaß hatte ich schon seit einer Ewigkeit nicht mehr. Klar, um die Welt zu reisen und schnelle Wagen an mir vorbeisausen zu sehen, ist toll, aber Tanzen und Feiern und ungefähr zehntausend Jalebi zu essen, ist nicht zu überbieten.

Dev, Oakley, Chava und ein paar Cousins von der Seite der Braut sollen bald auftreten, was mir nur recht ist, denn meine Füße schmerzen bereits in den hohen Schuhen. Wenn ich mich nicht bald hinsetze und ausruhe, werden mir all die süßen Leckereien, die ich bisher verschlungen habe, wieder hochkommen. Aber auf diese Weise schlage ich zwei Fliegen mit einer Klappe – ich kann mich ausruhen, damit ich später wieder tanzen kann, und Dev dabei filmen, wie er sich lächerlich macht. Win-Win.

Ich nehme gerade auf meinem Stuhl in der Nähe der niedrigen Bühne im Garten Platz, als Dev auftaucht. Eigentlich sollte er irgendwo im Hintergrund sein und sich auf seinen großen Auftritt vorbereiten, stattdessen geht er vor mir in die Hocke und gibt mir sein Handy. »Kannst du für mich darauf aufpassen?«, bittet er und sieht mich aus seinen braunen Augen mit den dichten Wimpern an, auf die ich unglaublich neidisch bin. »Ich will nicht, dass es aus meiner Tasche fällt, wenn ich auf der Bühne stehe.«

Nickend nehme ich ihm das Smartphone ab, wobei sich unsere Finger streifen. Die Berührung sendet einen elektrischen Schlag an meinem Arm hinauf, und wieder einmal wünsche ich mir, ich könnte allein mit ihm sein. Ich könnte unser Geheimnis in die Welt hinausschreien.

»Kein Thema.« Ich lege das Handy auf meinen Schoß, sodass sich das rote und goldene Licht um uns herum im Display spiegelt. »Viel Glück. Fall bloß nicht hin.«

Er verdreht die Augen, strafft die Schultern und legt die Hände an seine Hüften wie ein Bollywood-Held. »Niemals. Ich bin ein Profi.«

»Ist klar.«

Mit einem Zwinkern schlendert er davon, um die anderen Jungs zu finden.

Derweil mache ich ein paar Fotos von den Gästen und der Dekoration, denn Dev und Alisha haben mir die Erlaubnis erteilt, etwas über die Hochzeit zu posten. Aus Sicherheitsgründen werde ich allerdings nichts teilen, ehe wir am Montag alle abgereist sind, obwohl mein Vertrag mit Dev dann offiziell endet. Das spielt aber keine Rolle, denn solange er mich nicht aus seinen Accounts verbannt, würde ich ihm gern auch weiterhin helfen.

Mein Blick wandert wieder zur Bühne, als die Musik, die aus den Lautsprechern dringt, lauter wird. Die Lichter gehen aus und tauchen die Bühne in vollkommene Dunkelheit, doch kurz darauf flammt ein Scheinwerfer auf, und der Beat des Songs setzt ein. Ich habe das Lied noch nie gehört, die Desi-Gäste scheinen es allerdings zu kennen. Eilig klicke ich auf den Video-Button.

Als Erstes erscheint mein Bruder, der überraschend gut in seiner knallpinken Kurta aussieht, dann Chava, bevor Devs vier Cousins einer nach dem anderen die Bühne betreten. Und schließlich kommt Dev – die Arme ausgebreitet, während er zur Mitte der Bühne schlendert. In jedem anderen Szenario würde ich mich nun fremdschämen, aber es ist nun mal eine *Big Fat Indian Wedding*. Genau so muss es sein.

Ich beobachte Dev beim Playback zum Song und beim Tanzen abwechselnd auf dem Display und über das Handy hinweg, wobei ich mir bereits jetzt Gedanken mache, wie ich den Clip schneiden werde. Es fühlt sich an, als würde er mich direkt ansingen, und obwohl ich den Text nicht verstehe, weiß ich, dass er übertrieben romantisch ist, denn immerhin handelt es sich um einen Song aus einem Bollywood-Film.

Bei einem Beinahe-Zusammenstoß von Oakley und

Chava muss ich lachen, werde jedoch schon in der nächsten Sekunde abgelenkt, als Devs Handy auf meinem Schoß vibriert. Ohne mein eigenes Telefon sinken zu lassen, werfe ich einen Blick nach unten.

Auf dem Display leuchtet Howards Name.

Plötzlich schlägt mir das Herz bis zum Hals. Ich schaue auf mein Handy, ohne die Aufnahme zu unterbrechen, dann wieder auf Devs. Mist. Howard würde nicht anrufen, wenn er keine wichtigen Neuigkeiten hätte, aber Dev hat erst die Hälfte der Choreografie hinter sich gebracht. Es ist spät und Wochenende, wenn ich also die Mailbox anspringen lasse und Dev später zurückruft, geht Howard vielleicht nicht mehr dran. Dann müsste Dev möglicherweise quälend lange warten, besonders, weil die Hochzeitsfeierlichkeiten morgen fortgesetzt werden. Ihm wird keine Zeit bleiben, zu telefonieren. Ich muss eine Entscheidung treffen, und zwar sofort.

Ich beiße mir auf die Lippe, tippe auf das Display meines Handys und stoppe die Aufnahme. Dann greife ich nach Devs Smartphone, atme tief durch und melde mich.

»Hi, Howard, hier ist Willow.« Ich hoffe, dass er mich trotz der lauten Musik hören kann.

Die darauffolgende Pause dauert so lange an, dass ich das Handy vom Ohr nehme und nachsehe, ob die Verbindung noch besteht.

»Willow?«, fragt er schließlich in abfälligem Tonfall.

Erleichtert stoße ich die Luft aus, trotz seiner Unhöflichkeit. »Ja, ich bin Devs Social-Medi…«

»Ich weiß, wer Sie sind«, unterbricht er mich. »Gibt es einen Grund dafür, dass er nicht an sein eigenes Handy geht?«

»Er ist ...« Ich breche ab und beobachte Dev auf der Bühne, bin kurz abgelenkt von seinem Grinsen und seinen tatsächlich ziemlich guten Moves. »Er ist gerade beschäftigt. Kann ich ihm etwas ausrichten?«

»Nein.« Howard klingt, als würde er nicht mit sich diskutieren lassen. »Ich rufe morgen früh wieder an.«

»Warten Sie!«, rufe ich so laut, dass mich die Leute in meiner Nähe anstarren. »Darf ich wenigstens erfahren, ob es gute Neuigkeiten sind?«

Er macht eine Pause, wieder so lange, dass ich mich frage, ob er aufgelegt hat.

»Ja, es sind gute Neuigkeiten.«

O mein Gott, das ist wirklich der Anruf, den Dev nicht verpassen wollte.

»Okay«, hauche ich. »Bitte ... warten Sie einfach eine Sekunde, okay?« Ich springe auf, winke den Jungs auf der Bühne zu und hoffe, dass ich wenigstens die Aufmerksamkeit von einem von ihnen erregen kann. »Das wird er unbedingt hören wollen.«

»Ich hab nicht den ganzen Abend Zeit«, murrt Howard, doch ich höre ihm kaum noch zu.

Dev ist derjenige, der mich als Erstes bemerkt.

Noch in der Sekunde, in der er mich anschaut, deute ich auf das Handy und rufe: »Es ist Howard!«

Das genügt. In der nächsten Sekunde springt Dev von der Bühne, wobei er landet wie ein richtiger Actionheld, sprintet mir entgegen, nimmt mir das Handy ab und kommt erst dann schlitternd zum Stehen.

»Howard?« Die Musik dröhnt immer noch, und die anderen beenden die Choreografie ein wenig halbherzig.

Mein Blick ruht jetzt auf Dev, denn ich will unbedingt seine Reaktion sehen.

»Ist es offiziell?«, fragt er und presst die Lippen zusammen, während er mit nicht zu deutender Miene zuhört. »Alles klar. Ja. Danke, Howard. Danke für den Anruf.«

Mein Herz hämmert so intensiv, dass ich den Eindruck habe, es könnte mir jeden Moment aus der Brust springen. Ich bin so angespannt, dass ich kaum noch atmen kann. »Und?«, frage ich. »Was ist los? Was sind die Neuigkeiten?«

Wieder vergeht ein Moment. Die Musik erreicht ihren ohrenbetäubenden Höhepunkt.

Und dann lächelt Dev, breit und strahlend und schön. »Ich wechsele zu Mascort.«

Kapitel 30

Dev

Nach fünf zermürbenden Stunden der Verhandlungen in einem Videocall gestern Abend schickt mir Howard am heutigen Morgen endlich den Mascort-Vertrag.

Während ich unterzeichne, stehen meine Eltern hinter mir. Meine Mutter übersät mich mit Küssen und Lob, während mein Dad mir die Schulter drückt und Tränen in seinen Augen schimmern.

Auch Alisha wäre hier, wenn sie nicht gerade beschäftigt mit ihrem Make-up wäre. Aus irgendeinem Grund war sie tatsächlich nicht wütend darüber, dass ich ihr für einen Moment die Show gestohlen habe. Dennoch bin ich fest entschlossen, dafür zu sorgen, dass alle Aufmerksamkeit heute ihr gebührt.

Der restliche Morgen vergeht wie in einem Nebel. Alisha versteckt sich, als die Baraat beginnt. Die Musik der Prozession ist so laut, dass man sie über die ganze Straße hören kann. Und dann kann der Tag der Hochzeit endlich beginnen.

Ich verlasse das Haus, um mich neben die anderen Gäste zu setzen, die bereits ihre Plätze eingenommen haben, und begrüße die Verwandtschaft des Bräutigams, die nach und nach eintrudelt.

Als der Bräutigam selbst eintrifft, begrüßt meine Mutter ihn zuerst, wobei sie sich auf ein paar Traditionen beruft, die ich niemals verstehen werde – zum Beispiel berührt sie ihn an der Nase –, ehe sie ihn zum Mandap führt.

Das Podium mit den vier Säulen ist mit roten, weißen und rosa Rosen dekoriert, und auch die cremefarbene Seide, die darüber gehängt wurde, ist mit den Blumen geschmückt. Davor stehen sechs verzierte Stühle – zwei, die den Gästen zugewandt sind, und zwei weitere auf jeder Seite. Sie sind so platziert, dass sie mehrere Gegenstände einrahmen, die auf dem rot-goldenen Teppich platziert wurden. Es sieht wunderschön aus, wie alles an diesem Wochenende.

Ich betrachte die größer werdende Menge, die aus zweihundert Menschen bestehen wird, wenn die Zeremonie beginnt, und halte nach einem vertrauten Gesicht Ausschau.

Als mich jemand an der Schulter antippt, drehe ich mich um.

Willow trägt einen tief orangefarbenen Sari, den ich bereits an dem Abend, an dem ich mich in ihr Zimmer geschlichen habe, gesehen habe. Die Farbe bringt den warmen Braunton ihrer Haut zur Geltung. Sie steht neben ihren Eltern und Oakley, sodass ich nicht die Dinge aussprechen kann, die ich ihr unbedingt sagen will, und auch meine Miene muss neutral bleiben. Egal wie schwer es ist, ich darf uns nicht verraten. Noch nicht.

Mir wird nachgesagt, ich sei romantisch. Schnulzig. Aber wie sollte es auch anders sein? Ich bin mit Bollywood-Filmen aufgewachsen, in denen Männer auf Blumenfeldern herumwirbeln und davon singen, dass die Frau, die sie lieben, schöner ist als jede Margerite, Rose und Tulpe der Welt. Wie soll ich Willow da nicht sagen, dass sie heller strahlt als alle Sterne am Himmel? Wie kann ich sie anschauen und sagen »*Du siehst hübsch aus*«, wenn ich eigentlich von einem schneebedeckten Berggipfel hinabrufen möchte, dass mich der Klang ihrer Stimme aus dem Grab auferstehen lassen könnte?

Dennoch reiße ich mich zusammen und räuspere mich. »Du siehst hübsch aus.«

Sie wirkt so glücklich, dass es mich fast blendet und sich anfühlt, als würde ich in die Sonne schauen. Ich möchte den Blick nicht abwenden, sondern zulassen, dass sie mir die Sicht raubt und den Atem. Ich würde sie die schlimmsten Dinge tun lassen und wäre ihr dennoch auf ewig dankbar.

»Du siehst ganz okay aus«, scherzt sie, ehe ihr Blick zu ihrer Familie huscht, als würde sie sich erst in dem Moment wieder erinnern, dass wir Publikum haben. »Ich kann es kaum erwarten, Alisha zu sehen.«

Ich lache. »Ich glaube, ihr großer Auftritt wird dir gefallen. Die Jungs und ich werden sie reintragen wie eine Prinzessin.« Nun zwinge ich mich dazu, Dr. und Mr Williams zu begrüßen. »Danke, dass ihr dieses Wochenende kommen konntet. Ich weiß, es ist ganz schön viel los.«

Dr. Williams strahlt mich an, und auf ihren Wangen werden die Grübchen sichtbar, die sie ihrer Tochter vererbt hat.

»Neha hat mich vorgewarnt, aber mit all dem hätte ich nicht gerechnet. Ich liebe jede Sekunde. Ich kann es kaum erwarten, dass du heiratest.«

Die letzte Bemerkung war ein Scherz, dennoch stelle ich mir bereits vor, wie ich mit Willow unter dem Mandap stehe.

Eins nach dem anderen, Dev.

Aus dem Augenwinkel sehe ich, dass eine von Alishas Brautjungfern durch die Hintertür des Hauses späht und winkt, um meine Aufmerksamkeit zu erregen.

»Ich muss los«, verkünde ich den Williams' und nicke Oakley zu. Da er praktisch zur Familie gehört, hat auch er eine Aufgabe. »Es ist fast an der Zeit, die Braut hereinzubegleiten. Wir sehen uns später.«

Dr. Williams umarmt mich kurz, ehe sie uns wegscheucht.

Doch bevor ich mich umdrehe, um zu gehen, fange ich Willows Blick auf.

Heute Abend werden wir es endlich Oakley erzählen.

Meine Schwester ist offiziell eine verheiratete Frau, was bedeutet, dass all meine Tanten von nun an ihre Aufmerksamkeit auf mich richten können, wenn es um ihre Verkupplungsversuche geht.

»Beta, meine Freundin Sonali hat eine Enkelin, die Unfallchirurgin ist«, flötet eine der älteren Damen. »Sie wäre eine hervorragende Ehefrau und könnte dich nach Unfällen auf der Rennstrecke sogar wieder zusammenflicken.«

Die Frauen, die mich umzingelt haben, gackern, wobei

Armreifen und Juwelen klimpern, da sie in die Hände klatschen, als sei es das Lustigste, was sie jemals gehört haben. Die Feier ist seit einer halben Stunde in vollem Gange, und ich habe bereits mehr Angebote dieser Art erhalten, als ich zählen kann. Wenn es so weitergeht, wird es ein langer Abend für mich werden.

So höflich ich kann, verabschiede ich mich von der Gruppe aus Tanten und bahne mir einen Weg durch die essende, tanzende Menge, wobei ich bete, dass ich keiner weiteren Frau begegne, die mich verkuppeln will. Ein paar Leute begrüßen mich, aber zum Glück lassen sie zu, dass ich das riesige Zelt verlasse.

Draußen an der frischen Luft atme ich tief ein, erleichtert darüber, nach diesem ereignisreichen Tag dem Lärm zu entkommen. Zum Glück ist alles glattgelaufen, vom Ehegelübde über den Cocktailempfang bis hin zum großen Einzug des Brautpaares auf der Feier. Doch nun brauche ich eine Pause.

Ein paarmal konnte ich einen Blick auf Willow erhaschen, doch immer, wenn ich versucht habe, mich ihr zu nähern, wurde ich von jemandem abgefangen, der oder die über meine Zukunft und meine Aussichten auf eine baldige Eheschließung sprechen wollte. Ich werde sie später finden müssen. Wie viel später, bleibt abzuwarten.

»Langer Tag, was?«, fragt jemand hinter mir.

Als ich mich über die Schulter umblicke, stelle ich fest, dass Reid in meine Richtung geschlendert kommt. Ich versuche, zu lachen, doch der Laut, der mir entfährt, klingt eher nach einem gequälten Ächzen. »Und er ist noch lange nicht vorbei.«

Reid hat dank meiner Mutter eine Einladung zur Hochzeit bekommen, denn sie hat ihn praktisch adoptiert, als er und ich zusammen in Monaco gewohnt haben. Jedes Mal, wenn meine Eltern zu Besuch kamen, betrachtete sie es als ihre Pflicht, sich um ihn zu kümmern, besonders nachdem sie erfahren hatte, dass seine Mutter schon vor Jahren verstorben und seine Großmutter seine einzige noch lebende Verwandte war. Seitdem wird er zu jedem Familienurlaub und zu jeder Familienfeier eingeladen, obwohl er bisher immer höflich abgelehnt hat. Doch diese Einladung konnte er nicht ausschlagen.

»Ich muss schon zugeben«, sagt Reid, der sich nun neben mich stellt und zu den Lichterketten hochblickt, die wie ein Dach über unseren Köpfen hängen, »das ist wahrscheinlich die beste Party, auf der ich je war. Ihr wisst wirklich, wie man eine Hochzeit feiert.«

»Das stimmt.« Ich hebe mein Champagnerglas und stoße mit ihm an.

Er lacht und trinkt, wobei er mich nachdenklich beobachtet. »Ich habe gesehen, dass Willow heute Fotos gemacht hat. Kümmert sie sich immer noch um deine sozialen Medien?«

Ich nicke, doch halte dann inne. »Genau genommen ist laut Vertrag heute ihr letzter Arbeitstag.«

»Echt jetzt?« Er blinzelt und zieht eine Augenbraue hoch. »Ich bin überrascht, dass du sie gehen lässt. Immerhin hat sie dich vor dem Absturz bewahrt.«

Das hat sie in der Tat, und wenn ich könnte, würde ich darauf bestehen, dass sie weiterhin für mich arbeitet. *Mit* mir arbeitet. Aber ihr Ruf ist zu wertvoll, als dass ich ihn zerstören möchte, und ich will, dass sie im Leben die größten Erfolge feiert.

»Ich hatte schon vor, sie zu bestechen, um sie von dir wegzulocken«, fährt Reid fort. »Ich brauche eine wie sie, die sich um meinen Social-Media-Content kümmert.«

»Ich will ehrlich zu dir sein, dein Image ist ziemlich … langweilig«, pflichte ich ihm möglichst diplomatisch bei.

Er seufzt resigniert. »Ich weiß. Manchmal wundere ich mich, dass sich die Leute überhaupt noch an meinen Namen erinnern. Ich hole zwar mehr Punkte als Lorenzo, aber er übertrumpft mich auf andere Weise.« Reid bedenkt mich mit einem Seitenblick. »Sucht Willow zufällig einen neuen Job?«

Die Frage überrascht mich. Wir haben bisher nicht wirklich darüber gesprochen, was sie als Nächstes tun will, aber ich bin davon ausgegangen, dass sie nach New York zurückkehren wird. Wenn Reid ihr allerdings das anbieten will, was ich denke … Verdammt, könnte das die Lösung für unser Fernbeziehungsproblem sein?

»Ist möglich.« In Gedanken male ich mir bereits aus, wie es funktionieren könnte. »Ich kann mit ihr sprechen, dann gebe ich dir Bescheid.«

Reids Miene erhellt sich, als er seinen typischen Charme anknipst. »Sag Willow, dass ich sie unbedingt will. Wenn sie an dem Job interessiert ist, hat sie ihn sicher. Sie kann sofort anfangen. Ich kann noch heute Abend meinen Anwalt und D'Ambrosi anrufen, damit der Vertrag bis morgen früh aufgesetzt ist.«

»Du verlierst keine Zeit, was?«

Er hebt scherzhaft sein Champagnerglas. »Ich hab gesehen, was sie für dich getan hat, und das will ich auch. Nicht, dass sie mich zu einem liebeskranken Trottel machen soll, aber das andere Zeug.«

Ich verziehe das Gesicht und stoße die Luft aus. »Das ist dir aufgefallen?«

Reids Lächeln ist matt, aber freundlich. »Du schaust sie an, als hätte sie den Mond in den Himmel gehängt. Es ist kaum zu übersehen.«

Genau das ist der Grund, weshalb Willow und ich dringend mit Oakley sprechen müssen – es lässt sich nicht mehr länger verbergen.

»Ich kann gerne mit ihr reden.« Ich leere mein Champagnerglas.

Er klopft mir auf die Schulter. »Sei überzeugend, ich will sie unbedingt im Team haben. Im Gewinnerteam.«

»Jaja, ich gebe mein Bestes, du Arsch.«

Reids Lachen folgt mir, bis ich mich wieder unter die Gäste gemischt habe. Mein einziges Ziel ist es, Willow zu finden. Jetzt wo ich weiß, dass es eine Chance für uns gibt, richtig und ohne räumliche Trennung zusammen zu sein, will ich unbedingt mit ihr sprechen. Aber wird sie das Angebot annehmen? Es ist viel verlangt, denn schließlich hat sie ein Leben, in das sie zurückkehren könnte. Als wir begonnen haben, zusammenzuarbeiten, war es ihr Ziel, eine Stelle in einem sehr viel größeren Marketingteam zu bekommen. Wäre sie bereit, noch ein wenig länger so weiterzumachen wie bisher? Besonders mit jemandem, den sie nicht gut kennt?

Endlich entdecke ich sie am Rand des Zeltes. Sie hat ein

frisches Jalebi in den Händen, doch als ich sie erreiche, ist es verschwunden, und sie presst die Finger an die Lippen, um ihre gefüllten Wangen zu verbergen.

»Hey.« Verdammt, ich klinge gehetzt, als sei das, was mir auf dem Herzen liegt, dringlich. Aber das ist es wohl auch. »Kann ich mit dir reden? Im Haus?«

Sie schluckt und zieht besorgt die Augenbrauen zusammen. »Alles in Ordnung?«

Ich nicke und wende mich bereits zum Gehen. »Alles super, keine Sorge. Komm mit.«

Ohne mir weitere Fragen zu stellen, folgt sie mir durch die Menge nach draußen.

Alle paar Sekunden schaue ich über die Schulter, um mich zu vergewissern, dass sie mitkommt. Als wir die Wiese betreten, halte ich ihr meinen Arm hin, damit sie sich einhaken kann und in ihren High Heels auf dem weichen Gras nicht umknickt.

Sie nimmt mein Angebot ohne zu zögern an und lässt sich von mir ins Haus führen. Als wir allein im dunklen Flur stehen, legt sie ihre Hand in meine. Kaum dass sich unsere Finger verschränken, krümme ich meine, um sie festzuhalten. Wir passen perfekt zusammen.

Zwischen der Tür des Badezimmers und der beeindruckenden Bibliothek des Hauses bleibe ich stehen, denn ich kann keinen weiteren Schritt mehr gehen, ehe ich sie gefragt habe.

»Dev, was ist los?« Sie schaut mir in die Augen. Ihre Miene ist so offen und voller Liebe, dass sich meine Kehle für eine Sekunde verengt.

»Ich … Ich habe eine verrückte Frage an dich.«

Sie legt den Kopf schief, und ihre rot geschminkten Lippen biegen sich zu einem Lächeln. »Okay, schieß los.«

Ich atme durch und hoffe, dass ich mein Anliegen ruhig und deutlich vorbringen kann. »Wenn du weiterhin in der Formel 1 arbeiten könntest, würdest du es tun?«

Zwischen ihren Augenbrauen entsteht eine Falte. »Das ist es, was so wichtig war?« Als ich nicke, kaut sie auf ihrer Unterlippe herum und wendet den Blick ab, als würde sie nachdenken, ehe sie antwortet. »Ganz ehrlich? Ich hätte nie gedacht, dass ich das einmal sagen würde, aber ... ja. Mir gefällt es wirklich. Es fühlt sich ... richtig an.«

Erleichterung durchströmt mich, und mein Herzschlag gerät aus dem Takt. Sie will bleiben. Aber ich brauche mehr Bestätigung, ehe ich ihr von Reids Angebot erzähle. »Und das liegt nicht nur daran, dass du mich liebst, richtig?«

»Ein bisschen schon.« Sie lacht leichtherzig auf. »Aber es ist eine faszinierende Branche, also würde ich gern mehr davon sehen.« Als ich schweige, verschwindet ihre Belustigung, und sie schaut mich forschend an, wobei erneut die Falte zwischen ihren Augenbrauen auftaucht. »Worauf willst du hinaus, Dev?«

Ich streiche mit dem Daumen über ihre Stirn, um ihre Sorge zu vertreiben. »Ich hab mich nur gerade mit Reid unterhalten, und er hat mir erzählt, dass er jemanden braucht, der ihn für die Öffentlichkeit sichtbarer macht.« Ich lege ihr meine Hand an die Wange. »Er hat mitbekommen, was du für mich getan hast, und wünscht sich nun das Gleiche. Und ich muss ihm zustimmen, dass du die perfekte Person für den Job wärst.«

Sie lässt die Schultern sinken. »Du willst mich auf den Arm nehmen.«

»Ganz und gar nicht.«

Sie mustert mich immer noch, als würde sie nicht verstehen, was vor sich geht, doch dann atmet sie leise aus. »Er will wirklich, dass ich für ihn arbeite?«

»Ja. Er meinte, er kann noch heute Abend D'Ambrosi anrufen, um die Sache auf den Weg zu bringen.«

Der Puls an ihrem Hals flattert an meinem Handgelenk, oder vielleicht ist es auch mein eigener. Denn wenn sie zu dem Schluss kommt, dass es nicht funktionieren wird, weiß ich nicht, was ich tun soll. Ich kann sie nicht gehen lassen, jetzt wo ich weiß, wie es sich anfühlt, sie zu halten, zu küssen und zu berühren. Wie es sich anfühlt, sie zu lieben. Und von ihr geliebt zu werden. Ich brauche sie an meiner Seite. Immer. So nahe wie möglich.

»Denk darüber nach.« Ich trete näher an sie heran, denn ich brauche den Körperkontakt – besonders, wenn sie beschließt, dass sie ihr Leben in New York nicht aufgeben will. »Du musst die Entscheidung nicht jetzt …«

»Ich brauche nicht darüber nachzudenken«, platzt sie heraus und bedeckt meine Hand mit ihrer, um die Worte zu untermauern. »Ich will es tun, zumindest für den Rest der Saison, denn ich bin noch nicht bereit, den Job aufzugeben. Und ich bin …« Sie atmet zittrig ein. »Ich bin nicht bereit, dich zu verlassen.«

Ein Lachen entfährt mir, obwohl nichts daran lustig ist, aber ich bin so verdammt erleichtert, dass mein Körper keine andere Reaktion zeigen kann, als die Anspannung mit einem Mal von mir abfällt.

»Wir müssen dennoch vorsichtig sein«, fügt sie hinzu. Ihr Grinsen an meiner Handfläche nimmt den Worten das Gewicht, aber sie hat recht. »Trotzdem glaube ich, es könnte für uns funktionieren, und wir müssten nicht voneinander getrennt sein.«

Nein, das müssten wir nicht. Ich würde meinen Sonnenschein nicht aufgeben müssen. Meinen Stern. Mein Herz und meine Seele. »Ich würde dich jetzt wahnsinnig gerne küssen«, hauche ich. Unseren Beschluss möchte ich mit unseren Lippen besiegeln, mit ihrem Körper an meinem.

Sie grinst neckisch. »Dann verwischst du aber meinen Lippenstift.«

»Den kannst du neu auftragen.«

»Na schön«, flüstert sie, als ich auch meine andere Hand an ihr Gesicht lege. »Küss mich, Dev.«

»Das lasse ich mir nicht zweimal sagen.« Ich senke den Kopf und schließe meine Augen. Ich muss nichts sehen, um ihre Lippen zu finden, denn wir sind wie Magneten, die einander anziehen. Als seien wir füreinander bestimmt. Es ist Schicksal.

Doch ich reiße die Augen abrupt wieder auf, als die Badezimmertür neben uns auffliegt und gegen die Wand schlägt. Obwohl wir beide zusammenzucken, löse ich mich nicht von Willow, sondern lasse die Hände an ihrem Gesicht ruhen.

Und dann tritt Oakley in den Flur hinaus.

Kapitel 31
Willow

Oakley weiß es. Das sehe ich in seinen Augen.

Mein Lippenstift mag zwar nicht verschmiert sein, dennoch können wir es nicht leugnen wie noch vor einem knappen Jahr. Diesmal wurden wir erwischt.

»Was zur Hölle ist hier los?«

Erst jetzt löst Dev seine Hände von meinem Gesicht, zu meiner Überraschung verschränkt er jedoch seine Finger mit meinen. Der Zeitpunkt ist also gekommen. Es ist zwar nicht so, wie ich es mir ausgemalt habe, aber da wir nun auf frischer Tat ertappt wurden, bringt es nichts, die Sache abzustreiten.

Gott, ich glaube, ich muss mich übergeben.

»Nun, Oak«, setzt Dev an, nachdem er tief eingeatmet hat. »Ich wollte gerade deine Schwester küssen.«

Ich verziehe das Gesicht. Diese Antwort wird meinem Bruder ganz und gar nicht gefallen.

Die vielen unterschiedlichen Emotionen, die über Oakleys Miene huschen, beginnen bei Empörung, verwandeln sich in Überraschung und schließlich in Wut, was meine Einschätzung bestätigt. »Du verfluchtes Arschloch«, zischt er und kommt auf uns zu, ist jedoch gezwungen, stehen zu bleiben, als ich zwischen die beiden trete und einen Arm ausstrecke. »Ich hätte wissen müssen, dass was im Busch ist.«

»Oakley, bitte«, platze ich heraus, aber ich weiß jetzt schon, dass ich seine schreienden Gedanken nicht übertönen kann. »Lass uns einfach …«

»Und *das*.« Er wedelt mit der Hand in der Luft herum und deutet zwischen Dev und mir hin und her. »Das ist eindeutig nicht neu.«

Mit nur einem Blick hat er alles richtig gedeutet. Er kennt uns beide so gut – zu gut –, dass er weiß, wie nahe wir uns stehen. Unter anderen Umständen würde ich das zu schätzen wissen, aber in diesem Moment bohren sich seine Worte wie ein Dolch in mein Herz.

Während ich herumstammele, um eine Erklärung zu finden, unterbricht mich Dev. »Du hast recht«, erwidert er gelassen. »Es ist nicht neu. Nicht wirklich.«

Ich werfe ihm einen flehenden Blick über die Schulter zu, während mein Bruder ihn mit offenem Mund anstarrt. Wahrscheinlich hat Oakley damit gerechnet, dass wir versuchen würden, es abzustreiten, und eine schuldbewusste Miene aufsetzen, aber Dev stellt sich der Sache, auch wenn ich mich am liebsten verkriechen würde.

»Wie lange?«, presst mein Bruder schließlich hervor. »Wie lange geht das schon?«

Ich öffne den Mund, bereit, diesmal zu antworten, aber Dev drückt meine Hand, als wollte er mir versichern, dass er die Sache im Griff hat.

»Na ja, Willow steht schon fast ihr ganzes Leben auf mich«, erwidert er mit leiser und ruhiger Stimme. »Und ich bin seit deinem Geburtstagswochenende im letzten Jahr verrückt nach ihr, als sie mir aus Versehen ihre Gefühle gestanden hat. Es ist allerdings in dem Sinne neu, dass wir unseren Gefühlen erst seit ein paar Wochen nachgeben.«

»Wochen«, wiederholt Oakley, wobei er nun mich mit hartem Blick anschaut. »Seit du begonnen hast, für ihn zu arbeiten?«

Meine Kehle verengt sich, Tränen brennen in meinen Augenwinkeln. »Nein«, erwidere ich mit bebender Stimme und schüttele den Kopf. »Nein, nicht so lange.« Das ist die Wahrheit, aber wenn Dev mutig genug ist, die ganze Geschichte zu erzählen, dann bin ich es ihm schuldig, das Gleiche zu tun. »Eine ganze Weile haben wir darauf geachtet, die Sache professionell – und freundschaftlich – zu halten. Aber ich wollte nicht länger ignorieren, was zwischen uns ist.«

»*Wir* wollten es nicht länger ignorieren«, korrigiert mich Dev und drückt meine Hand ein wenig fester, als wollte er seine Kraft in mich hineinfließen lassen. »Uns ist bewusst geworden, dass wir zusammen sein wollen.«

Oakley schluckt sichtlich, wobei er nach wie vor mit schmalen Augen zwischen Dev und mir hin und her schaut. Ich kann ihm nicht verdenken, dass er schockiert und aufgebracht ist, und mein Herz schmerzt, weil es auf diese Weise ans Tageslicht gekommen ist.

»Wenn ich dich also nicht für ihn hätte arbeiten lassen«, stößt er heiser und voller Enttäuschung hervor, »wäre das nicht passiert.«

Ich will es abstreiten, doch er hat recht. Ohne Devs Idee und Oakleys Zustimmung wären wir uns nicht nähergekommen. Es waren die perfekten Voraussetzungen. Und mein Bruder hatte keine Ahnung, was er damit anrichten würde.

»Verdammt«, stößt er aus, als ich nicht antworte. Seine Stimme klingt leicht verzweifelt, und er schüttelt den Kopf. »Ich kann es einfach nicht glauben. Ich kann nicht glauben, dass ihr … dass ihr mich so angelogen habt.« Nun schaut er wieder Dev an. »Ihr beide.«

Mein Herz hämmert wie wild, setzt dann plötzlich einen Schlag aus, ehe es beginnt, in einem schweren, dramatischen Rhythmus weiterzuklopfen. Denn mit einem Mal wird mir bewusst, *was* er mir vorwirft. Er ist wütend, weil wir … gelogen haben?

»Die ganze Zeit habt ihr es vor mir verheimlicht«, fährt er fort. »Es gab so viele Gelegenheiten, es mir zu erzählen, stattdessen habt ihr gelogen. Begreift ihr, wie krank das ist?«

Ich schaue zu Dev, der Oakley anstarrt, als würde er versuchen, seine Worte zu verarbeiten.

»Es … tut mir leid?«, stammelt er und zeigt zum ersten Mal, seitdem mein Bruder aus dem Badezimmer gekommen ist, Schwäche.

Oakley verdreht die Augen und reibt sich mit einer Hand das Gesicht. »Es geht nicht darum, dass ihr *zusammen* seid«, stellt er klar. »Du bist erwachsen, und meine Schwester ist erwachsen. Ich kann nicht über euer Leben bestimmen. Was mich verletzt, ist, dass ihr mich angelogen habt.«

O Gott. Wir haben uns solche Sorgen darüber gemacht,

dass Oakley mit unserer Beziehung nicht einverstanden sein könnte, dass wir nicht einmal darüber nachgedacht haben, wie er sich fühlen würde, wenn er herausfindet, dass wir ihn hintergangen haben.

»Wir waren uns nicht sicher, wie du reagieren würdest«, erklärt Dev mit leiser und sanfter Stimme. »Du hast mir wortwörtlich gesagt, dass ich es niemals bei ihr versuchen sollte, nachdem die Sache mit Jeremy passiert war …«

»Jeremy war ein total armseliger Typ, dem wir schon Jahre zuvor die Freundschaft hätten kündigen sollen«, spuckt Oakley aus. »Benutze nicht ihn, um deinen Bullshit zu rechtfertigen. Er hat meiner Schwester etwas Fürchterliches angetan.«

»Okay«, erwidert Dev und hebt seine freie Hand. »Aber du weißt ganz genau, dass du niemals damit einverstanden gewesen wärst, dass etwas zwischen Willow und mir läuft. Punkt. Das kannst du nicht einfach leugnen.«

Oakleys Kiefer malmt, als würde er seine Wut zurückhalten, bis er sie deutlicher zum Ausdruck bringen kann. »Na schön«, gibt er zu. »Der Gedanke, dass ihr zusammen seid, gefällt mir nicht. Ganz und gar nicht. Mir widerstrebt es, dass noch ein Freund von mir meine Schwester datet.«

Hinter mir kann ich spüren, dass Dev sich bereit macht, uns zu verteidigen, denn seine Brust hebt sich unter einem tiefen Atemzug. Bevor er etwas sagen kann, kommt ihm Oakley allerdings zuvor.

»Doch was ich denke, spielt keine Rolle, denn das ist *mein* Problem, nicht eures. Also hört auf mit der Geheimniskrämerei. Ich bin kein Idiot, der mit der Wahrheit nicht klarkommt.«

Wir haben uns wirklich getäuscht, und mit einem Mal verstehe ich nicht, wie wir das vorher nicht begreifen konnten.

»Es tut mir leid«, flüstere ich und strecke meine freie Hand aus, um seinen Arm zu berühren. Zum Glück schüttelt er mich nicht sofort ab. »Ich wollte nicht …«

»Wenn ihr es mir einfach erzählt hättet«, unterbricht er mich, »wäre ich wahrscheinlich überrascht gewesen, ja. Und definitiv nicht glücklich. Aber ich wäre schneller darüber hinweggekommen als auf diese Art.« Oakley atmet tief durch und mustert uns beide. Ein wenig von seiner Wut verebbt, wird jedoch von Schmerz ersetzt, bei dem mir noch unbehaglicher zumute wird. »Pass auf«, sagt er zu Dev, »ich werde Willow immer beschützen wollen, aber ich möchte auch, dass sie glücklich ist. Und du bist mein bester Freund, natürlich wünsche ich mir, dass du ebenfalls glücklich bist.«

»Selbst wenn unser Glück daher rührt, dass wir zusammen sind?«, fragt Dev.

Ich kann nur hoffen, dass wir hier endlich weiterkommen.

»Meinst du es ernst mit ihr?«, fragt Oakley.

»Ja«, antwortet Dev, ohne zu zögern.

Der Blick meines Bruders huscht wieder zu mir. »Und du? Willst du wirklich mit ihm zusammen sein?«

»Ja.« Meine Kehle schnürt sich zusammen. »Das will ich wirklich.«

Oakley zieht die Luft ein und nickt, als hätte er einen Entschluss gefasst. Dann tritt er schnell einen Schritt zurück und hebt die Hände. »Damit wäre ja alles geklärt. In Ordnung. Ich muss es einfach akzeptieren. Es ist meine Sache, damit klarzukommen.«

Vor Erleichterung breche ich fast zusammen. Meine Knie werden weich, und ich muss mich bei Dev anlehnen, um aufrecht stehen zu bleiben.

Als Oakley es bemerkt, beißt er die Zähne zusammen. »Aber wenn du ihr wehtust«, warnt er Dev, »breche ich dir beide Hände, sodass du nie wieder fahren kannst.«

Dev nickt ernst. Er hat offenbar keine Zweifel daran, dass Oakley seine Drohung wahr machen würde. »Verstanden. Aber das habe ich ohnehin nicht vor.«

»Und du«, wendet er sich mit schmalen Augen an mich. »Wenn du ihm wehtust …«

»Das werde ich nicht«, unterbreche ich ihn. »Versprochen.«

Mehrere Sekunden lang starrt uns Oakley an, sodass sich mein Magen vor Angst verknotet. Dann versetzt er Dev abrupt einen Schlag in den Nacken und mir gegen die Schulter, jedoch nicht so fest, dass es schmerzt. »Mann, fickt euch.« Er zieht uns in eine Umarmung. »Ihr seid echt ziemlich beschissene Menschen«, murmelt er an meinem Kopf und drückt mich an seine Brust, während er Dev im Schwitzkasten hält. »Ich hoffe, ihr seid glücklich zusammen, ihr Loser.«

Ich stoße ein schockiertes Lachen aus, ehe mir die Tränen, die ich die ganze Zeit zurückgehalten habe, über die Wangen laufen. »Das sind wir.«

»Gut. Irgendwer muss es ja sein, denn ich bin es definitiv nicht.« Er drückt uns ein letztes Mal an sich, ehe er uns loslässt. »Ich bin noch nicht über die Sache hinweg«, schiebt er hinterher und zeigt auf Dev und mich. »Aber da wir heute die Liebe feiern, werde ich mich zusammenreißen. In Ordnung?«

»Verstanden«, quietsche ich. »Danke, Oak.«

Er verdreht die Augen und marschiert davon.

Ich brauche ein paar Sekunden, um mich umzudrehen und Dev schockiert anzublinzeln. »Ist das …« Ich breche ab. »Ist das gerade wirklich passiert?«

Dev befeuchtet die Lippen und hat Mühe, seine Stimme wiederzufinden. »Ich glaube schon.«

»Er weiß es. Er weiß es und hat uns nicht umgebracht.«

»M-hm.«

»Es ist kein Geheimnis mehr.«

»Nein, ist es nicht«, erwidert Dev ungläubig. »Wir müssen es nicht mehr vor ihm verheimlichen.«

»Das Versteckspiel hat ein Ende.« Ich betupfe meine Augen. Mein Make-up ist mit Sicherheit ruiniert, aber das ist mir in diesem Moment vollkommen egal. »Ich kann es nicht glauben.«

Dev stößt ein Lachen aus. »Ich auch nicht. Aber es hätte nicht besser laufen können.« Er legt einen Arm um mich und zieht mich zu sich heran.

Ich schmiege mich an ihn, schlinge die Arme um seinen Körper und lehne mich an seine harte Brust. Es fühlt sich an, als hätten wir eine Schlacht überlebt.

»Ich will nicht mehr da rausgehen«, murmele ich an seiner violetten Seidenkurta. »Ich brauche einen Moment, um einfach … durchzuatmen.«

»Wir müssen nicht auf die Party zurück. Aber ich würde

gern woanders mit dir hin.« Er verschränkt unsere Finger miteinander und zieht mich durch den Flur.

Wir biegen erst um eine, dann um eine weitere Ecke, ehe wir an einer Schiebetür aus Glas ankommen, die auf die Veranda an der Seite des Hauses hinausführt. Dev lässt meine Hand los, um die Tür zu öffnen, und führt mich dann nach draußen.

Von hier aus kann ich die Musik aus dem Zelt hören, aber wir sind durch ein Rankengitter mit Kletterrosen vor Blicken geschützt. Der Duft der Blumen erfüllt die Luft, und die Blütenblätter bewegen sich in der sanften Abendbrise. Es ist der romantischste Ort, an dem ich je gewesen bin. Ich drehe mich sogar einmal im Kreis, um alles zu sehen, wobei mir mein Sari um die Beine weht.

»Es ist wunderschön hier«, hauche ich und lege den Kopf in den Nacken, um die hellen Sterne und die schmale Sichel des Mondes zu betrachten.

Als ich den Blick wieder senke, hält mir Dev seine Hand hin. »Komm her. Tanz mit mir.«

Mir entfährt ein gelöstes Lachen, das die Spannung von unserer Begegnung mit Oakley vertreibt. Ich fühle mich immer noch nicht gut, aber der Schmerz wird schwächer.

»Du weißt doch, dass ich nicht tanzen kann«, erinnere ich ihn, obwohl ich bereits meine hohen Schuhe abstreife. »Weißt du noch, was auf der Party zum Hochzeitstag meiner Eltern passiert ist?«

»Ich werde niemals vergessen, wie Jeremy aufgeheult hat, als du ihm mit deinen Stilettos auf die Zehen getreten bist.« Lachend bedeutet er mir, näher zu kommen. »Stell dich auf meine Füße. Ich mache die Tanzschritte für uns beide.«

»Dev, ich will dir nicht wehtun …« Ich breche ab, als er einen Arm um meine Taille legt und mich hochhebt. Im nächsten Moment stehe ich auf seinen Füßen.

»Halt dich an mir fest.«

Ich gehorche, und er beginnt, kleine Tanzschritte zu vollführen.

»Das kann unmöglich bequem für dich sein.« Kichernd betrachte ich meine nackten Füße auf seinen sehr teuren Designerschuhen.

»Für mich ist es immer bequem, dich in meinen Armen zu halten.«

»Du bist so ein Charmeur.«

»Das weißt du doch.«

Ich lege den Kopf an seine Brust und lasse mich von ihm führen. Im nächsten Moment setzt ein langsames, romantisches Lied ein, als sei es ein Zeichen des Universums. Sein Herz klopft ruhig und gleichmäßig an meiner Wange, eine Erinnerung daran, was für ein gut trainierter Sportler er ist.

Als es ein wenig schneller zu schlagen beginnt, hebe ich den Kopf und schaue ihn an. »Was ist los?«

»Du wirst mich für verrückt halten, aber du machst mich nervös, Willow Williams.«

»Ich? Warum?«

»Weil ich so in dich verliebt bin, dass es wehtut.«

Mir stockt der Atem, und mein eigener Herzschlag gerät ins Stolpern. Angesichts der Aufrichtigkeit, die in seiner Miene liegt, fange ich beinahe erneut an, zu weinen, denn ich weiß genau, wovon er spricht. Schließlich kenne ich diesen tiefen Seelenschmerz selbst.

»Das geht mir auch so«, flüstere ich.

Er legt mir eine Hand an den Hinterkopf und drückt mich sanft zurück an seine Brust, wo sein Herz wieder gleichmäßig schlägt.

So verharren wir noch für ein paar weitere Songs, bis der Rhythmus sich verändert und das Brüllen der Menge im Zelt den Zauber bricht.

»Ich hab mich gefragt«, beginne ich mit rasendem Herzen, als ich meine Füße wieder auf den glatten Steinboden der Terrasse setze, »ob wir ... ob wir der Sache einen Namen geben sollten. Ich meine, streng genommen hast du mich schon als deine Freundin bezeichnet, aber trotzdem ...«

Und da ist es, das berühmte Grinsen, über das Internet-Poetinnen ganze Gedichte geschrieben haben. »Willow.« Er reißt gespielt schockiert die Augen auf. »Fragst du mich etwa, ob ich dein Freund sein will?«

Da ich sein Grinsen nicht erwidern will, presse ich die Lippen zusammen, doch ich kann ohnehin nicht verbergen, was ich empfinde – nicht vor ihm. »Vielleicht.«

»Dann sage ich voller Begeisterung Ja.« Damit drückt Dev seine Lippen auf meine und verschmiert endlich meinen Lippenstift.

Kapitel 32
Dev

Mein Herz wird schwer, als Willows Gesicht nicht das Erste ist, was ich am nächsten Morgen sehe.

Ich liege allein im Bett, während sie in der Nachbarvilla untergebracht ist. Es fühlt sich an, als wären wir wieder zu Hause und nicht in Malibu. Um mich herum ist es so still, dass ich in der Ferne das Rauschen der Wellen hören kann, aber in ungefähr einer Stunde werden die anderen Gäste erwachen und herumwuseln. Andererseits, wenn man bedenkt, wie lange die meisten gestern Nacht noch gefeiert haben, besteht die Möglichkeit, dass viele erst gegen Mittag aufstehen werden.

Unglücklich darüber, dass ich so früh wach bin, liege ich auf dem Rücken und starre an die Decke, wobei ich an den vergangenen Abend zurückdenke.

Willow und ich müssen unsere Beziehung nicht länger vor Freunden und Familie geheim halten, und allein dieser Gedanke weckt ein noch größeres Glücksgefühl in mir als mein neuer Vertrag mit Mascort. Trotzdem möchte ich unsere Beziehung noch nicht allzu öffentlich machen – das halte ich erst dann für ratsam, wenn sie schon eine Weile für Reid gearbeitet hat. So laufen wir nicht Gefahr, dass ihr Ruf geschädigt wird, denn ich möchte nicht, dass ihre Karriere von irgendetwas überschattet wird. Natürlich wird es irgendwann ans Tageslicht kommen, und dann werde ich aller Welt verkünden, wie sehr ich diese Frau vergöttere.

Ich bin nach wie vor verblüfft über das unerwartete Gespräch mit Oakley. Es war nicht richtig von uns, dass wir es vor ihm verheimlicht haben, das erkenne ich nun. Doch da es sich nicht mehr ungeschehen machen lässt, kann ich nur darauf hoffen, dass er uns verzeihen wird. Ich hoffe, dass dies eher früher als später geschieht, doch dafür muss ich mich anstrengen. Da er Ende der Woche nach Chicago zurückkehren wird, ist meine Zeit begrenzt, aber ich darf ihn auf keinen Fall abreisen lassen, ohne einen letzten Versuch zu unternehmen, unsere Freundschaft wieder auf den richtigen Pfad zu lenken. Und damit kann ich genauso gut gleich anfangen. Also schlage ich die Decke zurück und erhebe mich entschlossen aus dem Bett.

Rasch ziehe ich mir eine Surfshorts an, klemme mir meinen Neoprenanzug unter den Arm und trete in den Flur hinaus. Ich bin bereit, in Oakleys Zimmer zu platzen und zu fordern, dass er mich zum Strand begleitet, bleibe jedoch abrupt stehen, als ich seine offene Tür erreiche. Das Schlafzimmer ist leer, das Bett ist gemacht, und von ihm fehlt jede Spur.

Eine Welle der Enttäuschung erfasst mich, dicht gefolgt von Panik. Ist er bereits abgereist? Zumindest bin ich mir sicher, dass er gestern Nacht ins Bett gegangen ist, denn ich habe gesehen, wie er in seinem Zimmer verschwunden ist, als ich die Treppe hochgekommen bin. Vielleicht ist er noch früher aufgestanden als ich, hat seine Sachen gepackt und ist schleunigst von hier verschwunden. Das könnte ich ihm nicht verdenken.

Seufzend wende ich mich von der Tür ab und steuere die Treppe an. Ich kann mir ebenso gut allein die Angst von den Wellen austreiben lassen, auch wenn ich auf Gesellschaft gehofft hatte. Oakley ist fort, und wenn er Abstand braucht, muss ich das respektieren. Ich werde ihn auf keinen Fall mit Anrufen bombardieren – zumindest noch nicht. Stattdessen werde ich ihm einen Tag Zeit geben. Aber dann wird er mir nicht mehr entkommen.

Der Pfad, der nach unten zum Strand führt, ist menschenleer. Fast bereue ich es, Chava und Mark nicht aufgeweckt und gezwungen zu haben, mit mir zu surfen, denn die Wellen sind perfekt. Doch sobald ich erkenne, wer am Wasser sitzt, weiß ich, dass ich die richtige Entscheidung getroffen habe.

Bei Oakley angekommen, werfe ich mein Surfboard hin und lasse mich neben ihm in den Sand plumpsen – so nahe, dass wir reden können, aber dennoch mit genug Abstand, dass ich ihm ausweichen kann, falls er vorhat, mich zu schlagen. Nur weil er gestern Abend davon abgesehen hat, heißt das noch lange nicht, dass er auch darauf verzichten wird, wenn Willow nicht dabei ist, um mich zu beschützen.

Wir schweigen. Ich weiß nicht, was ich sagen soll. Eine Entschuldigung fühlt sich sinnlos an, denn sie würde das, was ich getan habe, nicht rückgängig machen. Sie könnte den Schmerz nicht auslöschen. Außerdem bereue ich nichts, was mich an den Punkt gebracht hat, an dem ich mich jetzt mit Willow befinde – warum sollte ich also leere Worte aussprechen?

Oakley sieht mich ebenso wenig an wie ich ihn. Stattdessen beobachten wir beide die Wellen, doch keiner nähert sich dem Wasser. Vielleicht werden wir den ganzen Tag hier sitzen, aber selbst dann hätte es etwas zu bedeuten, dass er zumindest nicht aufgestanden ist und sich von mir entfernt hat.

»Ich bin immer noch angepisst«, verkündet er schließlich.

Es ist eine simple Aussage, doch sie entfacht erneut Schuldgefühle in mir. »Ich weiß.«

Eine weitere lange Pause entsteht, bevor er erneut das Wort ergreift. »Je länger ich darüber nachgedacht habe, desto wütender bin ich geworden. Ihr hattet so viele Gelegenheiten, mir zu erzählen, was ihr füreinander empfindet. Und dennoch … habt ihr es einfach nicht getan. Dann habe ich auch noch herausgefunden, dass Mark und Chava vor mir Bescheid wussten.« Er schüttelt den Kopf, als könnte er es nicht glauben. »Ich hasse es, wenn man mich bewusst im Dunklen tappen lässt. Wenn du mir von Anfang an gesagt hättest, dass du an ihr interessiert bist …«

»Was hättest du dann getan?«, unterbreche ich ihn, darauf bedacht, nicht vorwurfsvoll zu klingen. Oakley muss klar sein, dass er mich gewarnt hätte, nichts mit Willow anzufangen, genau wie letztes Jahr an seinem Geburtstag. »Was hättest du getan, wenn ich zu dir gekommen wäre und gesagt hätte: ›Hey Alter, ich steh auf deine Schwester. Kann ich sie daten?‹«

Die Art, auf die Oakley das Gesicht verzieht, verrät mir alles, was ich wissen muss. Ebenso wie die Tatsache, dass er den Kopf senkt und sich mit einer Hand in den Nacken fährt, als wollte er einen sich ankündigenden Kopfschmerz vertreiben.

»Warum hätte ich dir verraten sollen, dass ich an ihr interessiert bin, nachdem du mir klipp und klar gesagt hast, dass ich es niemals bei ihr versuchen soll? Du hast mir damals deutlich zu verstehen gegeben, dass du mich nicht in ihrer Nähe willst.«

»Ich hatte kein Problem damit, dass sie für dich arbeitet, oder?«

»Weil du gedacht hast, es sei ein rein professionelles Arbeitsverhältnis. Und das war es ja auch, zumindest am Anfang.«

Er lässt die Schultern noch mehr hängen, denn er weiß, dass ich recht habe, und erkennt wahrscheinlich, dass er keine guten Gegenargumente hat.

»Ich habe nicht damit gerechnet, dass irgendetwas von alledem passieren wird, Oak.« Ich spreche so leise, dass er mich über die sich brechenden Wellen hinweg vermutlich kaum hören kann. »Und Willow hat auch nicht damit gerechnet. Wir haben versucht, Freunde zu sein, aber wir konnten nicht ignorieren, was wir füreinander empfinden.«

Er atmet tief durch die Nase ein und beißt die Zähne zusammen. »Liebst du sie?«

»Ja.« In meiner Antwort liegt kein Anflug von Zweifel. »Das tue ich.«

Auf mein Geständnis folgt erneut Stille. Oakley scheint mit sich zu kämpfen, denn er ist offenbar zerrissen zwischen Wut und dem Wunsch, das loszulassen, was er ohnehin nicht ändern kann. Nichts, was er sagen könnte, würde mich dazu bringen, mit Willow Schluss zu machen. Auch wenn seine frühere Warnung ausreichte, damit ich mich von Willow fernhielt, soll er nun wissen, dass keine einzige Drohung mehr funktionieren würde.

»Verdammt«, murmelt er schließlich, lässt von seinem Nacken ab und die Hände in den Sand sinken. »Es ist total verfahren, Dev, das weißt du.«

Natürlich tue ich das, aber ich habe gelernt, dass ein wenig Chaos das Leben häufig besser macht – besonders, wenn dieses Chaos die wärmsten Sonnenstrahlen mit sich bringt.

Ich ertrage die Stille und gebe Oakley Zeit und Raum, sich alles von der Seele zu reden.

»Ich schätze, ich kann dir keinen allzu großen Vorwurf machen«, setzt er leicht beschämt an. »Ich war früher total in Alisha verknallt.«

Früher. Alles klar. Es ist offensichtlich, dass er immer noch Gefühle für sie hat, und das, nachdem er gestern zugesehen hat, wie sie einen anderen Mann geheiratet hat. Aber ich werde seine Wortwahl nicht korrigieren. In gewisser Weise tut er mir leid, denn ich weiß, wie schwer es ist, eine Person zu wollen, die man nicht haben kann – oder die die eigenen Gefühle nicht erwidert. Er wird jedoch darüber hinwegkommen und eines Tages den Menschen finden, der für ihn bestimmt ist.

»Ja, Alter.« Ich lache leise. »Das wusste ich.«

»Das wussten wir *alle*«, meldet sich eine weitere Stimme hinter uns zu Wort.

Ich drehe mich um und sehe, dass sich Mark nähert, das Surfbrett unter seinen Arm geklemmt. Wie es ausschaut, hatten wir heute Morgen alle die gleiche Idee. Außer Chava, der vermutlich mit seinem Kater kämpft.

»Es war schlau, dass du es nie bei ihr versucht hast«, fährt Mark fort, während er sich an Oakleys anderer Seite niederlässt. »Alisha hätte dir nie Beachtung geschenkt.«

Oakley macht eine finstere Miene und tritt Sand in Marks Richtung. »Du kannst mich mal«, murrt er. Doch dann hebt er bestätigend einen Mundwinkel. »Aber ja, du hast recht. Es wäre Zeitverschwendung gewesen.«

»Allerdings eine witzige Zeitverschwendung«, füge ich hinzu und ramme ihm meinen Ellbogen in die Rippen. »Sie hätte dich fertiggemacht.«

Das entlockt ihm ein heiseres Lachen, das jedoch nur von sehr kurzer Dauer ist, als wollte er nicht zugeben, dass er eine Bemerkung von mir lustig fand. Aber es ist ein Fortschritt.

»Ich schätze, ich habe ein Gespräch darüber unterbrochen, dass ihr jeweils auf die Schwester des anderen steht«, stellt Mark nach einem angespannten Moment der Stille fest. »Darf ich an dieser Stelle kurz anmerken, dass ich noch nie an Alisha oder Willow interessiert war? Und auch nicht an einer von Chavas *fünf* Schwestern?«

Ich verdrehe die Augen, und obwohl Oakley seinen Blick weiterhin auf die Wellen richtet, weiß ich, dass er es ebenfalls tut. Wenigstens sind wir uns immer noch einig, was Marks nervtötenden Gerechtigkeitssinn angeht.

»Wie dem auch sei«, fährt er fort. »Oak, ich weiß, dass du wütend bist. Willow und Dev haben sich nicht richtig verhalten, aber was hätten sie sonst tun sollen? Wills musste sich Sorgen um ihren Ruf machen, *und* sie hatte Angst, dass es uns alle auseinanderbringen würde. Ist dir bewusst, dass sie sich nach wie vor die Schuld daran gibt, dass unsere Gruppe zerbrochen ist, nachdem sie sich auf Jeremy eingelassen hatte?«

Bei der Erinnerung daran verspanne ich mich unwillkürlich, und so, wie Oakley die Hände zu Fäusten ballt, scheint es ihm ähnlich zu gehen.

»Ich habe ein langes Gespräch mit ihr darüber geführt.« Mark stößt die Luft aus und schaut aufs Wasser hinaus, ehe er sich wieder uns zuwendet. »Es war offensichtlich, wie sehr sie mit ihren Gefühlen zu kämpfen hatte.«

Sie hat mit Mark über ihre Gefühle gesprochen? Wann ist das passiert? Und was hat er zu ihr gesagt, das sie dazu bewegt hat, in meine Arme statt davonzulaufen? Er stand der Situation von Anfang an kritisch gegenüber, doch demnach zu urteilen, was er jetzt darlegt, sieht er die Sache mittlerweile offenbar anders.

»Sie hat die Entscheidung, eine Beziehung mit Dev einzugehen, nicht auf die leichte Schulter genommen«, fährt Mark fort, seine Stimme so fest, dass es keinen Raum für Zweifel gibt. »Und ich hab gesehen, wie sie zusammen sind. Beide motivieren den anderen dazu, die beste Version von sich selbst zu zeigen. Du müsstest schon ein egoistisches Arschloch sein, um ihnen das zu verwehren.«

Wow, das war deutlich.

Oakleys zusammengezogene Augenbrauen verraten, dass er den Wink mit dem Zaunpfahl verstanden hat. »Ja, alles klar«, murrt er. »Können wir jetzt über was anderes reden?«

»Klar. Darüber, wie scheiße du gestern Abend getanzt hast?«, schlägt Mark vor.

»*Wie* bitte? Wenigstens hab ich Rhythmusgefühl.«

»Du bist doch derjenige, der fast eine Gruppe von Tanten mit dem Ellbogen ausgeknockt hätte.«

Oakley schnaubt. »Ach ja? Soll ich dir zeigen, wie viel Schaden ich mit meinen Ellbogen anrichten kann? Komm her, du Wichs…«

»Okay, nein!«, unterbreche ich und packe Oakley am Arm, doch die beiden rangeln bereits miteinander. Kopfschüttelnd ziehe ich die Hand zurück. Wenigstens geht Oakley nicht auf mich los. Ich würde Mark zutrauen, dass er ihn mit Absicht provoziert hat. Später werde ich ihm dafür danken, dass er an meiner Stelle eingesteckt hat.

Als sie sich endlich voneinander lösen, klebt eine Muschel an Oakleys Stirn, und Marks Schulter ziert ein roter Streifen, wo Oakley ihn mit einem Stück Treibholz erwischt hat. Ansonsten sind sie unverletzt. Auch ihre Wut scheint zum größten Teil verflogen zu sein.

»Wie in alten Zeiten«, bemerkt Mark, lehnt sich nach hinten auf die Ellbogen und betrachtet Oakley und mich. »Wir kämpfen am Strand, und Chava schläft, sodass er den ganzen Spaß verpasst.«

»Aber bis wir zurück sind, hat er bestimmt das Frühstück fertig«, erinnert uns Oakley und entfernt die Muschel aus seinem Gesicht. »Es kommt uns nur zugute, dass er die Kochschule abgebrochen hat.«

Mark schaut an Oakley vorbei, um mich anzugrinsen. »Und da wir Sommerpause haben, lasse ich dich sogar French Toast essen.«

»Oh, was für ein Glück«, ächze ich erleichtert.

Die Spannung zwischen uns ist verflogen, und mit einem Mal sind wir wieder alte Freunde. Was nicht bedeutet, dass Oakley mir verziehen hat oder über meine Fehlentscheidungen hinwegsieht, aber es beweist, dass wir darüber hinwegkommen können.

»Na los, bewegt eure Hintern«, fordert Mark und rafft sich auf. »Die Wellen sind zu gut, um nur dazusitzen und sie anzustarren.«

Auch ich stemme mich hoch und stelle mein Glück auf die Probe, indem ich Oakley eine Hand entgegenstrecke. Während er sie betrachtet, halte ich die Luft an. Wir wissen beide, dass es mehr als nur ein Angebot ist, ihm aufzuhelfen. Es ist ein Friedensangebot. Eine Frage: *Wird alles wieder in Ordnung kommen?*

Als eine weitere Sekunde vergeht und er sich immer noch nicht rührt, bricht mir fast der Schweiß aus, doch dann ergreift er meine Hand.

»Ich hasse dich immer noch«, stellt er klar, nachdem ich ihn auf die Füße gezogen habe. »Aber ich verstehe es. Es muss mir nicht gefallen, aber ich verstehe es. Es ändert nichts zwischen uns, alles klar?«

»Außer dass du mich hasst.« Ich grinse.

»Das ist ja nichts Neues, Alter.« Er klopft mir auf die Schulter und geht an mir vorbei. »Ich werde darüber hinwegkommen. So wie immer.«

Da bin ich mir ganz sicher. Bleibt nur abzuwarten, wie lange es dauern wird.

Später auf dem Rückweg zu den Villen schmerzen meine Muskeln, und ich habe blaue Flecken am ganzen Körper.

Als ich den Pfad hinaufgehe, entdecke ich meine Mom auf der Veranda, wo sie eine Tasse Kaffee trinkt. Sie hebt die Hand, um mich heranzuwinken, und ich traue mich nicht, es zu ignorieren.

Wie ein erschöpftes Kind lasse ich mich vor ihr auf den Boden plumpsen und lehne mich an ihre Schienbeine. Mein nasses, sandiges Haar fällt auf ihren Schoß, worüber sie sich jedoch nicht beschwert. Nein, wie die wunderbare Mutter, die sie ist, fährt sie mit den Fingern durch die feuchten Strähnen.

»Du siehst aus, als hättest du eine Schlacht verloren«, merkt sie voller Wärme an. »Ich nehme an, das Meer hat gewonnen?«

Mit einem Schnauben schließe ich die Augen und lasse mir von ihr den Kopf massieren. Ich fühle mich tatsächlich wieder wie ein Kind. »Ja, ich habe es gewinnen lassen.«

»Schlauer Junge«, murmelt sie, und ich höre, wie sie die Kaffeetasse auf dem Tisch absetzt, ehe sie fortfährt: »Ist zwischen dir und Oakley wieder alles okay?«

Ich erstarre unter ihrer Hand. Die Frage klang viel zu unschuldig. Als wollte sie nicht zugeben, dass sie weiß, was los ist. Doch das tut sie. Das tut sie *immer.*

Ich drehe den Kopf, um sie anzusehen, doch ihre Miene verrät nichts. »Ist das deine Art, zu fragen, ob es ihm nichts ausmacht, dass Willow und ich zusammen sind?«

Ihr Mundwinkel hebt sich leicht, aber es ist das Funkeln in ihren Augen, das sie verrät. »Vielleicht.«

Mit einem Stöhnen setze ich mich auf und weiche ein

Stück zurück, um sie anzufunkeln. Im Grunde kann ich ihr aber nicht böse sein. »Dann weißt du es also?«

»Ach, Beta.« Nun breitet sich ein Grinsen auf ihrem Gesicht aus. »Ich hatte einen Verdacht, aber ganz sicher war ich mir, als ich gesehen habe, wie du letzte Woche in ihr Haus geschlichen bist. Du hattest Glück, dass du nicht von diesem Gitter abgerutscht bist, du böser Junge.«

Mir bleibt der Mund offen stehen. »Das hast du gesehen?«

Sie schnaubt und lässt ihr Handgelenk kreisen. »Ich sehe alles.«

Ach was.

»Ich freue mich für dich«, sagt sie sanft und berührt meine Wange. »Ich mochte sie schon immer. Und sie mochte dich schon immer. Schön, dass es dir endlich aufgefallen ist.«

Ich stoße ein Lachen aus, immer noch beschämt darüber, wie ignorant ich war.

»Wie wollt ihr eure Beziehung führen? Geht Willow zurück nach New York? Ich weiß, dass ihr Vertrag mit dir beendet ist.«

Angesichts ihrer Frage wird mein Herz ein wenig leichter, denn Willow wird nicht fortgehen. Ich werde sie in meiner Nähe behalten, und sie kann ihren Träumen folgen.

Ich nehme einen tiefen Atemzug. »Was das betrifft …«

Kapitel 33
Willow

Nachdem ich sechs Stunden lang arbeitslos war, habe ich wieder einen Job. Die Verträge mit Reid und Scuderia D'Ambrosi sind alle offiziell unterzeichnet, und ich bin mir sicher, dass es Chantal und Grace schon jetzt leid sind, mich von der neuen Chance und der Beziehung mit Dev schwärmen zu hören. Dennoch freuen sie sich für mich – besonders Chantal, da sie die Wette gewonnen hat, wie lange es dauern würde, bis Dev und ich zusammenkommen. Und ich bin so aufgeregt wegen der neuen Situation, dass ich nicht mal wütend auf die beiden sein kann.

»Meinst du, du kommst jemals wieder zurück nach New York?«, fragt Grace, deren Gesicht oben auf meinem Handydisplay zu sehen ist. »Oder sollen wir deine Sachen zusammenpacken und nach Europa verschiffen?«

Ich lache. »Im Dezember komme ich fürs Erste zurück, dann sehen wir weiter.« Ich habe mich bereit erklärt, den Rest der Saison für Reid zu arbeiten, aber wer weiß, was danach passieren wird.

Ich bin schon jetzt gespannt. Die Aussicht darauf, noch länger Teil der Formel-1-Welt zu sein, weckt Freude in mir, selbst wenn es nur für ein paar Monate ist. Genau hier möchte ich sein, und die Tatsache, dass Dev in meiner Nähe ist, schadet gewiss auch nicht.

»Dann suchen wir also keine Untermieterin für dein Zimmer«, neckt mich Chantal, die ich unten auf dem Display sehe. »Und wir werden auch nicht deine Sachen wegräumen.«

»Oh, wow, ihr seid zu gü...«

Ich werde von einem Klopfen an der Tür unterbrochen.

Doch es ist nicht irgendein Klopfen, sondern Oakleys. *Unser* Klopfen.

»Mist, ich muss auflegen«, zische ich den Mädels zu, wobei mich Panik durchfährt. »Oakley ist hier.«

Grace und Chantal verabschieden sich eilig und wünschen mir Glück, ehe wir den Anruf beenden.

Ich werfe das Handy auf mein Kissen und raffe mich vom Bett hoch, doch halte vor der Tür noch einmal inne und atme tief durch. Ich habe nicht direkt *Angst* davor, meinem Bruder gegenüberzutreten, aber ich will nicht wieder Schuldgefühle und Reue empfinden. Besonders nicht an einem Tag, an dem ich eigentlich nur feiern möchte.

Ein Gespräch bin ich ihm dennoch schuldig. Ihm alles zu verheimlichen, war nicht richtig, und die Art, wie er es herausgefunden hat, hat die Situation nur noch schmerzhafter gemacht. Er verdient eine Entschuldigung. Aber mich den Konsequenzen meiner eigenen Handlungen zu stellen? Das ist nicht gerade meine Definition von Spaß.

Nachdem ich einen weiteren tiefen Atemzug genommen

habe, reiße ich die Tür auf und schenke meinem Bruder ein Lächeln, das hoffentlich strahlend ist. Leider fühlt es sich eher an wie eine Grimasse. »Hey, sorry, ich war im Bad«, entschuldige ich mich.

Oakley verdreht die Augen. »Ich hab dich gerade mit deinen Freundinnen sprechen gehört. Du musst mich nicht anlügen. Nicht schon wieder.«

Verdammt, das hat gesessen.

»Okay, in Ordnung«, gebe ich zu und spüre, dass mein Gesicht heiß wird. »Ich hatte Angst, die Tür zu öffnen.«

»Das ist lächerlich.« Er schiebt sich an mir vorbei, lässt sich aufs Bett fallen und fährt mit den Fingern über seinen Bauch, während er zur Decke hochstarrt.

Ich verharre wie angewurzelt auf der Stelle und warte voller Anspannung. Er benimmt sich, als wäre alles in Ordnung, doch er ist ein wenig ernster, als ich erwartet habe. An seiner Stirn befindet sich ein Kratzer, der gestern Abend definitiv noch nicht da war und der vielleicht etwas damit zu tun hat, dass er so ruhig ist. O Gott, hat er sich etwa mit Dev angelegt? Ist er hier, um mir zu erzählen, dass er meinen Freund ermordet und ins Meer geworfen hat?

»Ich habe mit Dev gesprochen«, verkündet Oakley.

Ich bin mir nicht sicher, ob mir das Mut oder Angst machen soll. Verstohlen lasse ich meinen Blick über seinen Körper wandern und suche nach Blutflecken, doch es wirkt, als hätte er erst kürzlich geduscht. Damit ist jegliche Chance, Beweise zu finden, dahin.

Ich schlucke schwer. »Wie ist es gelaufen?«

Er fährt sich mit den Händen über das kurz geschnittene Haar und legt sie dann in seinen Nacken. Okay, vielleicht hat doch kein Mord stattgefunden, denn ich kann mir nicht vorstellen, dass er so entspannt wäre, wenn er gerade einen Mann getötet hätte.

»Mir gefällt es immer noch nicht, dass ihr zwei ... zusammen seid.« Die letzten beiden Worte presst er widerwillig hervor. »Aber daran kann ich nichts ändern. Und daran *werde* ich auch nichts ändern.«

Ein kleiner Teil der Anspannung fällt von meinen Schultern ab. »Dann willst du mich nicht dazu bewegen, mit ihm Schluss zu machen?« Ich versuche, gelassen zu klingen, aber mein Tonfall ist viel ernster als beabsichtigt.

»Du bist erwachsen, Wills, und kannst tun, was du willst.« Endlich wendet er mir seinen Blick zu, der eindringlich wirkt. »Es widerstrebt mir einfach, weil ich Angst habe, dass du verletzt wirst. Mir ist egal, wie alt du bist, ich werde dich immer beschützen wollen. Bei der Sache mit Jeremy habe ich dich im Stich gelassen, und ich will nicht, dass das noch einmal passiert. Auch wenn ich weiß, dass Dev ganz anders ist, hatte ich mir überlegt, dass es besser sei, wenn ich dich in Zukunft vor jeglichen Risiken bewahre.« Er stößt ein kurzes, humorloses Lachen aus. »Und auch damit bin ich offenbar gescheitert.«

Mein Herz schmerzt angesichts seiner Worte. Er versucht mich schon seit meiner Geburt zu beschützen, aber er kann mich nicht vor allem bewahren, was ihm eindeutig zusetzt. Dennoch hat er sein Bestes gegeben, und das ist mehr, als ich von ihm erwarten könnte.

»Du kannst mich nicht vor allem beschützen, Oak«, sage ich leise und gehe zum Bett, um mich neben ihn zu setzen. Wir berühren uns nicht, sind uns aber nahe. »Manchmal muss man Schmerz ertragen, so ist das nun mal im Leben. Besonders in meinem Leben. Ich glaube aber nicht, dass Dev mich verletzen wird, und ich will ihm auch niemals wehtun.«

Die ganze Zeit hatte ich Schuldgefühle, weil ich Oakleys Freundeskreis auseinandergerissen habe, und nun erfahre ich, dass er ein schlechtes Gewissen hat, weil er mich nicht beschützt hat. Mittlerweile ist mir allerdings klar, dass es nicht meine Schuld war, und will, dass auch er erkennt, dass es nicht seine war.

»Ich weiß«, sagt er ein paar Sekunden später. Es klingt mürrisch, doch es ist ein Fortschritt. »Das wird mich trotzdem nicht davon abhalten, auch weiterhin zu versuchen, dich zu beschützen.«

Ich versetze ihm mit dem Ellbogen einen Stoß gegen das Knie. »Aber schalt mal einen Gang runter.«

Er hebt den Kopf, um mich aus verengten Augen anzusehen, aber seine Oberlippe zuckt, als würde er probieren, ein Schmunzeln zu unterdrücken. »Pass einfach auf dich auf.«

»Ich werde mich bemühen.«

Am anderen Ende des Zimmers verrät der Signalton meines Laptops, dass eine neue E-Mail eingegangen ist. Die Vorschau auf dem Bildschirm lässt vermuten, dass sie von D'Ambrosi ist, vermutlich das Willkommenspaket, von dem Reid erzählt hat.

»Hey, hat Dev dir von meinem neuen Job erzählt?«

»Neuer Job?« Oakley setzt sich auf. »Ist dein Vertrag nicht gerade erst ausgelaufen?«

»Jepp. Aber er hat mir geholfen, direkt einen neuen an Land zu ziehen. Ich werde für Reid Coleman und D'Ambrosi arbeiten – nach der Sommerpause geht es los. Die Verträge habe ich heute unterschrieben.«

Oakley blinzelt mehrmals, bevor sich ein Grinsen auf seinem Gesicht abzeichnet. »Heilige Scheiße, Wills. Herzlichen Glückwunsch.«

»Danke.« Ich grinse zurück. »Das wäre nicht passiert, wenn du mich nicht dazu gedrängt hättest, für Dev zu arbeiten.«

»Dann wärst du jetzt aber auch nicht mit ihm zusammen«, murrt Oakley, doch sein Grinsen verschwindet nicht. »Auch wenn ich gerade wütend auf dich bin – gleichzeitig bin ich fürchterlich stolz auf dich. Das, was du für Dev getan hast, war nicht einfach, und wie es scheint, hat es nicht nur auf *ihn* Eindruck gemacht. Dazu braucht man echtes Talent.«

Ich vollführe eine scherzhafte Verbeugung. »Ich habe mein Bestes gegeben.«

Mein Bruder verdreht die Augen, ehe er sich vom Bett hochstemmt und die Tür ansteuert. »Na los, beweg deinen Hintern«, ruft er über die Schulter zurück. »Chava hat Frühstück gemacht. Wenn du French Toast haben willst, solltest du runterkommen, bevor Dev die Chance hat, alles aufzufuttern.«

Chava hat eine Auszeichnung dafür verdient, dass er mir die letzte Scheibe French Toast gesichert hat, denn Oakley hatte recht – Dev liebt Kohlehydrate, wenn er unbeaufsichtigt ist.

»Komm schon, du weißt, dass du nicht alles davon essen möchtest«, bettelt er von der anderen Seite des Tisches, wobei er seine Gabel über meinem Teller schweben lässt. »Du solltest ohnehin mehr Proteine zu dir nehmen. Iss doch stattdessen das Omelette.«

Ich schlage seine Gabel mit meiner weg. »Wage es bloß nicht.« Dann funkele ich Mark an. »Es ist deine Schuld, dass er so geworden ist.«

Mark hebt verteidigend die Hände, sieht jedoch kein bisschen so aus, als würde es ihm leidtun. »Es ist die einzige Woche, in der er essen kann, was er will. Bis Freitag werde ich ihn nicht aufhalten, also wirst du dich entweder daran gewöhnen oder dich verziehen müssen.«

In dem Fall …

Ich schiebe meinen Stuhl zurück und greife nach meinem Teller, wobei mir weder Devs enttäuschte Miene noch das leise Lachen meines Bruders entgehen. »Ich werde Chava in der Küche Gesellschaft leisten. Iss jemand anderem das Frühstück weg.«

»Aber du bist doch meine Freundin«, ruft Dev mir hinterher. »Du musst mit mir teilen!«

Zum Glück habe ich ihm bereits den Rücken zugekehrt, sodass er mein verstohlenes Schmunzeln nicht sehen kann. Ich bin froh und erleichtert darüber, dass er und mein Bruder sich trotz der neuen Situation so gut verstehen. Oakley wird Zeit brauchen, um sich daran zu gewöhnen, dennoch sitzt er neben Dev und lacht.

In der Küche nehme ich an der Frühstücksbar Platz, von wo aus ich Chava am Herd beobachten und ganz in Ruhe meinen French Toast essen kann. Er bedenkt mich mit einem wissenden Blick über die Schulter, als sei er nicht überrascht, dass ich mich zu ihm gesellt habe. Ehe ich jedoch etwas sagen kann, legen sich zwei Arme um meine Schultern.

»Ich kaufe dir so viele Macarons, wie du willst, wenn du mir das da überlässt«, haucht Dev an meinem Ohr.

Obwohl ich abgelenkt bin, entgeht mir nicht, dass sich seine Gabel schon wieder meinem Teller nähert. Ein verlockendes Angebot, denn so köstlich Chavas French Toast auch ist, würde ich im Moment viel lieber Macarons essen.

Ich schiebe ihm meinen Teller hin. »Na schön, aber wir kaufen sie, sobald du mit dem Frühstück fertig bist.«

»Abgemacht«, sagt er, bereits das erste Stück French Toast auf der Gabel. »Und ich führe dich zu einem weiteren Date aus.«

»Ach ja?« Mein Herz macht einen Satz. »Was schwebt dir diesmal vor? Hast du wieder ein Haus für mich gemietet?«

»Genau genommen ... hab ich drei Häuser gemietet.«

Lachend boxe ich ihn gegen den Arm, während er sich einen weiteren Bissen in den Mund schiebt. »Das zählt nicht, weil du es nicht speziell für mich getan hast.«

»Verdammt, okay. Du bist ganz schön anspruchsvoll.« Als der Teller leer ist, gleitet er auf den Hocker neben meinem. »Da wir unsere Beziehung immer noch nicht öffentlich gemacht haben, können wir uns nicht allzu oft draußen zusammen blicken lassen. Ist das okay für dich?«

Für den Moment ist es das. Es macht mir nichts aus, dass unsere Beziehung privat bleibt, denn alle Menschen, die uns wichtig sind, wissen nun Bescheid. Irgendwann werde ich mir jedoch mehr wünschen. Ich werde mich mit ihm in der Öffentlichkeit zeigen und der ganzen Welt von ihm vorschwärmen wollen. Doch solange alles noch frisch ist, können wir uns in unserer kleinen Welt umherbewegen.

»Klar«, antworte ich und beuge mich vor, um ihm ein wenig Sirup von der Unterlippe zu küssen, der genauso süß ist wie Dev. »Es macht mir nichts aus, dass du mein kleines Geheimnis bist.«

Er bedenkt mich mit einem verwegenen Grinsen, als er einen Arm um meine Taille legt, um mich und meinen Barhocker näher zu sich heranzuziehen. »Kann ich dein *schmutziges* kleines Geheimnis sein?«

»Du kannst sein, was immer du …«

»Nun kommt schon, verdammt«, ächzt Chava auf der anderen Seite der Kücheninsel und wirft seinen Pfannenschieber in die Spüle. »Ich freue mich für euch zwei, versteht mich nicht falsch, aber ich bin zu verkatert, um mir heute Morgen so was anzuhören. Geht woanders hin.«

Devs Augen funkeln. »Wir könnten nach oben verschwinden«, murmelt er.

»Aber nur kurz«, erwidere ich und kralle mich an seinem T-Shirt fest. »Du schuldest mir Macarons.«

Als seine Lippen auf meine treffen, flucht Chava im Hintergrund, doch ich habe mich jetzt schon derart in dem Kuss verloren, dass es mir gleichgültig ist. Dieser Moment ist zu perfekt, um ihn mir von irgendetwas kaputtmachen zu lassen.

»Was immer du willst, Jaanu.« Als Dev sich von mir löst, lese ich in seinen Augen nichts als Liebe. »Ich gebe dir alles.«

Epilog

Ein Monat später, September – Singapur

Dev

An sich liebe ich Singapur, aber das Wetter kann fürchterlich sein.

»Leider ist es unerträglich heiß hier«, hechelt Chava, während wir von der Hospitality-Suite zur Werkstatt gehen. »Ich glaub, ich hab überall Schweißflecken. Scheiße, hab ich *echt* überall Schweißflecken?« Er verdreht seinen Körper, um erst einen Blick auf seinen Rücken und anschließend auf die blaue Argonaut-Shorts zu erhaschen.

»Solange du nicht derjenige bist, der den feuerfesten Anzug tragen muss und stundenlang im Wagen sitzt, brauchst du dich gar nicht erst zu beschweren. Und du hast keine Schweißflecken am Hintern.«

Er strahlt. »Danke, dass du mir auf den Arsch gestarrt hast.«

»Bitte sag das nie wieder.«

Als wir in der Werkstatt ankommen, klopft er mir auf den Rücken und wünscht mir viel Glück für das Rennen, ehe er sich an seinen Platz im hinteren Teil des Raumes neben den anderen Teammitgliedern zurückzieht, die ebenfalls keine Ingenieure sind. Aus Gewohnheit verweilt mein Blick einen Moment lang dort, obwohl Willow nicht da ist. Mittlerweile hält sie sich in der Werkstatt von Scuderia D'Ambrosi auf.

Obwohl sie auch schon die letzten beiden Rennen für das andere Team gearbeitet hat, ist es immer noch merkwürdig, sie von Kopf bis Fuß in der roten Kleidung von D'Ambrosi zu sehen. Die letzte Woche der Sommerpause hat sie in der Zentrale des Rennstalls in Italien verbracht, um sich einzuarbeiten, damit sie zu Beginn der Saison direkt loslegen konnte. Während wir getrennt waren, hat sie mich mehrmals am Tag angerufen, um mir irgendein neues Detail zu erzählen, das sie spannend fand. Und ich war mehr als glücklich, so regelmäßig von ihr zu hören. *Das* ist die Art von Fernbeziehung, mit der ich zurechtkomme.

Nun sind wir wieder vereint und einander so nahe, dass wir unsere Nächte zusammen verbringen können, ebenso wie unsere freien Tage. Wenn ich sie schon nicht direkt an meiner Seite haben kann, ist es ein guter Kompromiss, sie am anderen Ende des Fahrerlagers zu wissen. Der Gedanke daran, dass sie nur ein paar Meter entfernt ist, verschafft mir innere Ruhe in all dem Wahnsinn.

Besagter Wahnsinn beginnt in der Sekunde, in der ich in den Wagen steige. Dank ein paar wirklich lächerlicher Penaltys, die sich mehrere Fahrer während des Qualifying eingehandelt haben, und weil einige Boliden aufgrund von notwendigen Modifikationen von der Boxengasse aus starten, beginne ich das heutige Rennen als Sechster im Grid.

Es ist immer noch verrückt, in der dritten Reihe zu stehen, aber im nächsten Jahr wird es nichts Neues mehr für mich sein. Wenn Mascort nicht seine Boliden während der Entwicklungsphase im Winter in den Sand setzt, wird es nur noch selten vorkommen, dass ich weiter hinten starte als heute. Es ist ein absoluter Traum, der schon sehr bald wahr werden wird.

Ich öffne und schließe die Finger um das Lenkrad, während ich darauf warte, dass die Fahrer hinter mir ihre Startpositionen einnehmen.

Auf der Poleposition steht Zaid, neben ihm Axel – die klassische Kombination. Otto und Lorenzo befinden sich direkt vor mir. Neben mir sitzt Thomas in seinem McMorris, und hinter mir hat sich Reid eingeordnet. Er hat sich eine Penalty eingehandelt, weil er einen anderen Fahrer in einer fliegenden Runde behindert hat, obwohl er auf der Strecke keine Möglichkeit hatte, rechtzeitig auszuweichen. Doch alles, was jetzt zählt, ist, ihn nicht überholen zu lassen.

Als die Lichter eines nach dem anderen angehen, atme ich konzentriert ein. Und warte. Mache mich bereit. Und dann erlöschen die Lichter.

Ohne zu zögern, gebe ich Gas, bin Otto dicht auf den Fersen, aber Thomas bedrängt mich. Mit zusammengebissenen Zähnen umklammere ich das Lenkrad, während ich durch die ersten Kurven fahre. Kaum dass die Strecke wieder gerade ist, überhole ich Thomas und halte Ausschau nach einer nächsten Lücke. Als sich eine auftut, zögere ich nicht, sondern schiebe mich hinein, nur wenige Zentimeter von Thomas' Vorderrad entfernt. Das ist nicht fair von mir, da er so gezwungen ist, zu bremsen, um eine Kollision in der nächsten Kurve zu vermeiden, aber es ist nicht verboten.

Meine Aktion ist jedoch nichts gegen das Drama, das sich vor uns abspielt. Zaid, Axel und Lorenzo scheinen sich einen Dreierkampf zu liefern. Ich bin zwar noch ein ganzes Stück hinter ihnen, weiß aber, dass ich schnell reagieren muss, wenn ich eine Kollision vermeiden will. Und aus diesem Kampf möchte ich mich definitiv heraushalten, weil Lorenzo auf der Rennstrecke keine Gnade kennt und es so aussieht, als ob …

Verdammt.

Ich blinzele. Mehr braucht es nicht. Der Bruchteil einer Sekunde. Ein gestreifter Hinterreifen. Eine Dreihundertsechzig-Grad-Drehung. Schlittern. Eine Reaktion, die nur knapp zu langsam ist.

Eine Flamme.

Ein Feuer.

All das sehe ich, bevor ich die Wand ramme. Es klingelt in meinen Ohren. Mein Nacken schmerzt, als wäre mir fast der Kopf abgerissen worden. Meine Hände umfassen immer noch das Lenkrad, zitternd, denn Adrenalin rauscht durch meine Adern, damit ich meinen Schmerz vergesse.

Wieder blinzele ich, diesmal langsamer, denn mein Bewusstsein hat Mühe, mit den Handlungen mitzuhalten, die ich unterbewusst ausführe. Der beißende Geruch von Rauch bringt mich dazu, einen Blick in meinen intakten Rückspiegel zu werfen. Eigentlich muss ich nicht einmal hinsehen, denn ich kann die Hitze des Feuers spüren. Dennoch zwinge ich mich, mich zu vergewissern. Zu zählen.

Eins. Zwei. Drei.

Drei Wagen. Eine Massenkarambolage. Ein Symbol für das Risiko, das wir bei jedem Rennen eingehen.

»Dev!«

Eine Stimme in meinem Ohr ruft meinen Namen.

Ich brauche einen Moment, um zu erkennen, dass die Person nicht neben mir sitzt.

»Dev, bist du okay?«, fragt Branny eindringlich, als hätte er die Frage bereits mehrfach gestellt. Es ist jedoch das erste Mal, dass ich sie höre. In seiner Stimme schwingt Panik mit – und in Brannys Stimme schwingt *niemals* Panik mit. Er ist ruhig und gelassen. Er ist mein Kapitän in der stürmischen See. »Dev, sprich mit mir«, fleht er. »Ich muss wissen, ob es dir gut geht.«

Ich schlucke, wobei ich den Rauch in der Luft schmecke, und versuche, mich daran zu erinnern, wie man Worte formt.

»Mir geht es gut«, presse ich schließlich hervor. »Alles okay.« Und das stimmt auch – ich bin nur geschockt und habe durch den Aufprall die Orientierung verloren. Meine Gedanken sind wirr, als ich versuche, sie durch meinen Mund nach draußen zu befördern. »Aber Zaid. Und … und Axel. *Lorenzo.* Sind sie … Was ist passiert?«

Die Welt um mich herum dreht sich. Ein Streckenposten beugt sich über mich, ruft mir etwas zu, will wissen, ob ich verletzt bin. Ich kann nicht mehr hören, was mein Renningenieur sagt. Dem Streckenposten versichere ich aber, dass es mir gut geht, und bitte ihn, den anderen zu helfen.

Das Feuer in meinem Spiegel brennt jetzt heller.

»Branny, sag mir, was los ist«, fordere ich noch einmal, während ich Galle schmecke und mit zitternden Händen versuche, meinen Anschnallgurt zu öffnen. »Sind alle …

Geht es ihnen gut?« Meine Stimme bricht. »Branny, du musst es mir sagen. Bitte.«

Mehr Stille breitet sich aus, zusammen mit dem Rauch.

Kalte Angst setzt sich in mir fest.

»Es sieht nicht gut aus, Dev«, antwortet er schließlich. »Es sieht nicht gut aus.«

Willow

Ich muss mich gleich übergeben. Ich *will* mich übergeben. Will die Galle ausspucken, die in meinem Magen brodelt, während sich vor meinen Augen die Hölle abspielt. Ich sehe nichts als Flammen, verrutschte Absperrungen und Trümmerteile. Ich will, dass all das verschwindet. Ich will mich nicht für den Rest meines Lebens daran erinnern.

Der Rauch hat uns schon wenige Sekunden nach dem Unfall in der Boxengasse erreicht. Die Lichter der Notfallfahrzeuge sind durch die dunklen Schwaden kaum zu erkennen, doch die Sirenen sind ohrenbetäubend. Eine Person nach der anderen rennt dem Chaos entgegen, um den Fahrern zu helfen.

Ich wünschte, ich könnte etwas tun – irgendetwas –, aber genau wie die meisten anderen Leute in der Werkstatt von D'Ambrosi stehe ich wie erstarrt da, denn ich weiß, dass das Schlimmste eingetreten ist.

Und Dev ist irgendwo da draußen.

Ich dachte immer, ich würde in Notfallsituationen schneller reagieren, niemals hätte ich damit gerechnet, dass sich kalter Schock in meine Knochen legen und mich fast in die Knie zwingen würde. Ich dachte, ich würde rennen und schreien und mich an allen vorbeidrängen, die versuchen, mich zurückzuhalten. Stattdessen bin ich einfach nur … benommen. Obwohl ich von hier aus nichts sehen kann, verharre ich reglos und höre in meinem Kopf lediglich ein lautes, quälendes Rauschen.

Ich weigere mich, es zu glauben. Der Mann, den ich liebe, darf nicht in diesen Unfall involviert sein. Ich kann ihn nicht auf diese Weise verlieren. Ich kann ihn *überhaupt* nicht verlieren.

Erst als mein Handy vibriert, fällt mir auf, dass ich es so fest umklammere, dass meine Fingerknöchel weiß hervortreten. Ich schaue auf das Display, doch muss ein paarmal blinzeln, bis ich klar sehe.

Eine Nachricht von Chava. In Großbuchstaben.

ES GEHT IHM GUT. DEV GEHT ES GUT.

Dev geht es gut. Anders als Zaid, Axel und Lorenzo. Der Unfall liegt mittlerweile mehrere Stunden zurück, doch ich weiß nur, dass sie auf der Intensivstation liegen. Dass sie leben.

In der Werkstatt von D'Ambrosi war es still, und es herrschte gedrückte Stimmung, bevor ich ging. Ich bin hinausgehuscht, sobald ich Nachricht erhalten hatte, dass Dev aus dem Krankenhaus entlassen wurde, wo er vorsichtshalber untersucht worden war. Niemand im Team wusste, was er sagen sollte, während wir auf Neuigkeiten über Lorenzos Zustand warteten. Alles, was wir hörten, war Geflüster darüber, wie schlimm es sei. Von den Fahrern, die in den Unfall verwickelt waren, war sein Zustand der kritischste, als der Hubschrauber ihn abholte. Und das scheint nach wie vor der Fall zu sein.

»Ich habe ein paar Updates«, verkündet Dev, der ausgestreckt auf seinem Hotelbett liegt. Mit einer Hand drückt er sich ein Kühlpack in den Nacken, in der anderen hält er sein Handy. Er ist mit Blutergüssen und einem Schleudertrauma davongekommen. »Zaid hat sich beide Handgelenke gebrochen. Axel hat ziemlich schwere Verbrennungen. Und Lorenzo ist ... Es heißt, er könnte von den Hüften abwärts gelähmt sein.«

Mir fehlen die Worte. Als wir wieder vereint waren, habe ich Dev gesagt, wie sehr ich ihn liebe und wie froh ich bin, dass es ihm gut geht – dass er rechtzeitig ausweichen konnte –, habe seitdem aber kaum ein Wort zu ihm gesagt. Denn es hätte auch ihn treffen können. Es war so unglaublich knapp.

Nun, allein mit ihm im Hotelzimmer, bin ich erneut benommen und sprachlos. Ich sitze im Sessel in der Ecke, die Knie an meine Brust gezogen, die Arme darum geschlungen, und versuche, nicht die Fassung zu verlieren.

Ich habe schon früher Unfälle miterlebt. Schlimmere sogar. Auch welche, die zu noch schwereren Verletzungen geführt haben. Ich war bei dem letzten F3-Rennen, an dem Oakley teilgenommen hat, dabei. An dem Tag wäre ein Junge fast ums Leben gekommen. Dieser Vorfall hat für Oakley das Fass zum Überlaufen gebracht; anschließend hat er sich aus dem Sport zurückgezogen. Damals glaubte ich, seine Entscheidung zu verstehen, gleichzeitig hegte ich einen gewissen Groll, weil er sich entschied, eine so aussichtsreiche Zukunft aufzugeben. Eine, die mir nie vergönnt war.

Nun wünsche ich mir, ich hätte diesen Groll nicht empfunden, denn niemand sollte sich dafür schämen müssen, dass er nicht sein Leben aufs Spiel setzen möchte, um andere zu unterhalten. Obwohl ich ihm niemals davon erzählt habe, wie ich damals empfand, habe ich mich entschuldigt, als er vorhin angerufen hat, um sich nach Dev zu erkundigen – ohne dass er eine Ahnung hatte, wovon ich überhaupt sprach.

Im Gegensatz zu meinem Bruder wird Dev jedoch mit wachsender Angst noch ehrgeiziger. Er steigt nicht aus. Er gibt nicht auf. Er macht weiter.

Was heute passiert ist, wird ihn nicht aufhalten.

»Wir alle kennen das Risiko, wenn ich in den Wagen steige«, merkt er an, als hätte er meine Gedanken gelesen.

Ich löse meinen Blick von dem Punkt auf dem Teppich, den ich Gott weiß wie lange geistesabwesend angestarrt habe, und richte ihn auf Dev.

Seine Miene wirkt ernst und entschlossen, als sei er bereit, mich davon zu überzeugen, dass seine Entscheidung, weiterhin Rennen zu fahren, unumstößlich ist. Denkt er ebenfalls an Oakley und daran, dass er seine Karriere aufgegeben hat? Glaubt er, ich würde ihn auch dazu drängen? Ist es falsch, dass ich ihn nicht dazu bewegen möchte, seine Träume aufzugeben, ganz egal, wie gefährlich es für ihn und mein Herz ist?

Stille macht sich zwischen uns breit, während wir uns

forschend ansehen, als wollten wir einander herausfordern. Aber wir müssen einander zu nichts herausfordern. Es gibt nichts zu diskutieren. Wir sind uns einig.

»Ich werde dir nicht sagen, dass du aufhören sollst, Rennen zu fahren, falls du darauf wartest.« Meine Stimme klingt tränenerstickt. »Und das liegt nicht daran, dass du mir nicht wichtig bist. Gott, Dev, ich habe jedes Mal Angst, wenn du in den Wagen steigst, aber das ist es nun mal, wozu du dich entschieden hast. Und was du liebst.« Ich schlucke den Kloß in meiner Kehle herunter, aber meine Stimme bricht trotzdem, als ich weiterspreche. »Ich kann dich nur darum bitten, jedes Mal zu mir zurückzukehren.«

Sofort werden seine Züge weicher, und die Anspannung um seinen Kiefer herum verschwindet. »Ich werde immer mein Bestes geben, das verspreche ich.« Er setzt sich langsam auf, um Kühlpack und Handy auf den Nachttisch zu legen. Dann streckt er eine Hand nach mir aus. »Komm her, Willow.«

Ich zögere kurz, ehe ich mich aus dem Sessel erhebe, was meine Knie, Hüften und Schultern bei jeder Bewegung protestieren lässt. Schmerz durchfährt mich, als ich mich an Dev schmiege, doch ich zwinge mich dazu, mich auf seine feste Brust, seine starken Arme und das kühle Gefühl seiner Hände zu fokussieren. Seine Nase streift meine, sodass ich den Kopf hebe und mir von ihm die Tränen wegküssen lasse, die mir an den Wangen hinablaufen.

Diese Geste drückt alles aus, was wichtig ist. Er versteht und respektiert meine Ängste, obwohl es keine Garantie dafür gibt, dass er jedes Rennen lebendig und unverletzt überstehen wird. Und ich nehme hin, dass er so lange weitermachen wird, bis er nicht mehr kann oder nicht mehr will.

Als er mich an sich drückt, löst sich die Anspannung aus meinen Schultern, und das Adrenalin, das seit Stunden durch meinen Körper rauscht, zieht sich langsam zurück. Hier in Devs Armen bin ich sicher, und er ist in meinen sicher. Das ist alles, worum ich bitten kann, auch wenn es vielleicht nicht immer so bleiben wird.

Dev

»Was soll das heißen, das Rennen wird nicht abgesagt?«

Ich beobachte jede von Willows Bewegungen, doch mir kommen keine Worte über die Lippen. Sie ist wütend, weil das Rennen am nächsten Wochenende in Suzuka wie geplant stattfinden wird. Die FIA hat es vor ein paar Minuten bekannt gegeben, und ich dachte, es ihr bei unserem morgendlichen Kaffee im Bett zu erzählen, wäre eine gute Idee. Gewiss habe ich nicht damit gerechnet, diesen Montagmorgen damit zu beginnen, ihr zuzusehen, wie sie in ihrem Pyjama mit dem Erdbeermuster im Zimmer auf und ab geht.

Ihre Locken fliegen in alle Richtungen, als sie ungläubig den Kopf schüttelt. »Drei Fahrer liegen immer noch im Krankenhaus«, ereifert sie sich. »Ja, sie sind am Leben, aber vielleicht können sie nie wieder fahren! Was denken die sich dabei, das Rennen nicht abzusagen?«

»The show must go on«, erwidere ich, obwohl ich weiß, dass es ein schwaches Argument ist.

Diese Bemerkung bringt Willow dazu, herumzuwirbeln und die Hände an ihren Seiten zu Fäusten zu ballen, als wäre sie kurz davor, loszuschreien.

Ehe sie das tun kann, hebe ich abwehrend die Hände. »Ich weiß, es ist scheiße, aber das ist der Grund, aus dem alle Rennställe Ersatzfahrer haben. In anderen Sportarten gibt es die auch. Sie werden eingesetzt, wenn sich ein Spieler verletzt hat. Das ist ganz normal.«

»Es ist absurd, verdammt noch mal.«

Sie ist wütend, strahlt dabei jedoch unglaublich viel Leidenschaft aus – und die gilt mir. Gestern Abend hat sie mir gesagt, dass ich meine Rennträume niemals aufgeben sollte; der Preis dafür ist allerdings ihre konstante Sorge, die sich heute in Form von Zorn zeigt. Sie würde mir wahrscheinlich in den Hintern treten, wenn ich das laut aussprechen würde, aber sie sieht so verdammt sexy aus, als sie schnaubt und zum Balkon stampft, um die Türen aufzureißen. Dort bleibt sie stehen und nimmt einen tiefen Atemzug, obwohl es das Feuer, das immer noch in ihr lodert, garantiert nicht eindämmen kann.

»Was, wenn ihr euch alle weigert, anzutreten?«, schlägt sie vor und wirbelt wieder zu mir herum. »Wenn alle Fahrer in diesem Punkt zusammenhalten, wird das Rennen vielleicht doch abgesagt.«

Ich muss mich bemühen, nicht zu schnauben. »Das wird niemals geschehen, denn in der WhatsApp-Gruppe hat es seit der Bekanntgabe kein Einziger von uns zur Sprache gebracht. Ganz im Ernst, ich glaube, dass die meisten von uns fahren wollen.«

»*Die meisten von euch* sind ignorante Kerle, die auf der

Suche nach Nervenkitzel sind ...« Sie bricht ab und nimmt einen weiteren zittrigen Atemzug. »Tut mir leid. Ich bin einfach ...«

»Die heißeste Frau, die ich je gesehen habe?« Ich schenke ihr ein schiefes Grinsen, das ihr ein Lachen entlockt. »Schrei nur weiter, Baby, das törnt mich an.«

»Sei nicht albern.« Obwohl sie mich beschimpft, ist sie in erster Linie wütend auf sich selbst, da sie einen Anflug von Belustigung gezeigt hat.

Ich bin drauf und dran, sie zu überreden, zurück ins Bett zu kommen und sich zu beruhigen – na gut, ein bisschen mehr als das –, als mein Handy auf dem Nachttisch vibriert. Beim Anblick des Namens auf dem Display erstarre ich.

Es ist Howard.

Mein Blick huscht zurück zu Willow, deren Augen groß werden, ehe sie wie wild in Richtung meines Smartphones gestikuliert. »Du musst drangehen«, zischt sie, als mache sie sich Sorgen, dass Howard sie hören könnte. »Es könnte wichtig sein.«

Sie hat recht, aber was, wenn es schlechte Nachrichten sind? Das Letzte, was ich nach dem Unfall gestern gebrauchen kann.

Dennoch greife ich nach meinem Telefon und stelle es auf laut, als ich drangehe. »Hallo?«

»Mascort hat mich kontaktiert«, verkündet Howard, ohne mich zu begrüßen.

Mein Herz rutscht mir in die Hose. Verflucht. Da sein Tonfall nicht zu deuten ist, befürchte ich das Schlimmste.

»Zaid wird für den Rest der Saison ausfallen«, fährt er fort.

Obwohl ich damit schon gerechnet habe, höre ich es nicht gern. »Scheiße.« Ich ziehe die Luft ein und will gerade fragen, ob er etwas über Axels oder Lorenzos Zustand gehört hat, aber er kommt mir zuvor.

»Mascort will, dass du für den Rest der Saison seinen Platz einnimmst.«

Mein Herz macht einen Satz, als ich Willows Blick begegne. Habe ich richtig gehört?

Da sie *O mein Gott* mit den Lippen formt, weiß ich, dass ich nicht halluziniere.

»Das kann nicht wahr sein«, platze ich heraus.

Wie üblich geht Howard nicht auf meine Bemerkung ein. »Du wirst die Saison neben Kivinen beenden«, erklärt er, »und dessen Platz einnehmen, wenn Zaid nächstes Jahr zurückkehrt.«

Das tröstet mich ein wenig, denn immerhin geht man davon aus, dass er in der nächsten Saison wieder antreten kann. Willows leisem Seufzen nach zu urteilen, hat sie den gleichen Gedankengang, doch das tut meinem Schock keinen Abbruch.

»Und Argonaut erlaubt es?«

»Argonaut erhält eine stolze Summe dafür, dass sie dich frühzeitig gehen lassen. Sie haben einen regelrechten Krieg um dich geführt, denn D'Ambrosi wollte, dass du Lorenzo ersetzt – sie haben behauptet, dass sie ein Anrecht auf dich hätten, da Argonaut mit ihnen einen Motorenvertrag hat. Am Ende hat Mascort aber den höheren Betrag geboten.«

Ich würde mich geschmeichelt fühlen, wenn ich nicht wütend darüber wäre, dass Howard all das hinter meinem Rücken ausgehandelt hat. »Und dir ist keine Sekunde in den Sinn gekommen, mich zu fragen oder mich in diese Gespräche miteinzubeziehen?«

»Sie haben stattgefunden, als du noch durchgecheckt wurdest, um sicherzustellen, dass dein Gehirn noch funktioniert.«

Verdammt.

»Jetzt erfährst du ja alles«, fügt Howard hinzu. »Natürlich liegt die Entscheidung bei dir, aber nun hast du die Möglichkeit, früher zu Mascort zu gehen als geplant.«

Ich stoße die Luft aus und beobachte Willow, die ihre Lippen zu einem dünnen Strich zusammengepresst hat. Sie ist eindeutig ebenso schockiert über die neuen Entwicklungen.

»Dann haben sie also keine Zeit verschwendet, was?«

»Wenn Millionen im Spiel sind, ist Mitleid fehl am Platz, das weißt du doch.«

Er hat nicht unrecht, auch wenn mir noch so unwohl bei dem Gedanken ist. »Heißt das, dass mein Wechsel zu Mascort in der nächsten Saison auch bald öffentlich gemacht wird? Das können sie nicht lange geheim halten, wenn sie erwarten, dass ich schon am Freitag in ihrem Wagen sitze.«

»Ich würde vermuten, innerhalb der nächsten Stunde, wenn die Nachricht nicht ohnehin schon raus ist. Ich gehe davon aus, du nimmst das Angebot an?«

Ich schaue zu Willow und versuche, ihre wachsame Miene zu deuten. Natürlich muss ich den abgewandelten Vertrag gründlich lesen und mir von Howard und meinen Anwälten alles erklären lassen, aber ... Ich will es. Ich will es wirklich. Und als ich einen Anflug von Willows Grübchen sehe, weiß ich, dass sie es mir auch wünscht.

»Ja«, sage ich zu Howard, verwundert darüber, wie fest meine Stimme klingt, denn ich zittere mittlerweile fast. »Schick die neuen Verträge rüber.«

»Sie befinden sich bereits in deinem Postfach.« Er macht eine Pause, damit ich die Neuigkeiten verdauen kann. »Mach dich bereit. Dein Leben wird sich verändern.«

Willow

In Krankenhäusern fühle ich mich fast wie zu Hause, was keine große Überraschung ist. Das Gleiche gilt für Notaufnahmen und Arztpraxen. Es liegt daran, dass ich als Kind so viel Zeit an diesen Orten verbracht habe, an denen man mich untersuchte und meine Gelenke wieder einrenkte.

»Mir gefällt es hier nicht«, murrt Dev und hält sich dicht an meiner Seite, als wir den Gang in Richtung der Zimmer entlanggehen. »Warum muss Desinfektionsmittel so riechen? Es ist abartig.«

»Alles wird gut werden«, beruhige ich ihn. Angesichts seines Jammerns muss ich ein Schmunzeln unterdrücken, denn er ist wirklich nervös. »Zaid will dich sehen, und niemand sagt Nein zu Zaid Yousef.«

Da unser Flug nach Japan in zwei Stunden geht, können wir nicht lange bleiben, aber wenn Dev von einem siebenmaligen Weltmeister und zukünftigen Teamkollegen herbeizitiert wird, kann er nicht ablehnen.

Dev strafft die Schultern und sammelt sich. »Das stimmt.«

Zu wissen, dass es Zaid so gut geht, dass er um Besucher bitten kann, erleichtert mich. Über Axels und Lorenzos Zustand weiß ich immer noch nicht viel – ich kann nur hoffen, dass sie ebenfalls auf dem Wege der Besserung sind.

Dev hatte allerdings recht. Das hier ist die Welt der Formel 1, und ich werde die Umstände akzeptieren müssen. Es ist ein Sport, der mit hohem Risiko und hohen Summen einhergeht, und daran kann ich nichts ändern. Ich kann nur die Fahrer unterstützen, die mir nahestehen, und mich bemühen, stark zu bleiben.

Und das werde ich, denn für Dev würde ich alles tun. Alles, um in seiner Welt zu bleiben. In unserer Welt.

Als wir Zaids Zimmer erreichen, bleibt Dev vor der Tür stehen und drückt mit fragendem Blick meine Hand. »Kommst du mit rein?«

Ich bin mir ziemlich sicher, dass es ein Gespräch werden sollte, das nur für sie beide bestimmt ist, aber wenn er mich dabeihaben will und Zaid nichts dagegen hat, bleibe ich gern an seiner Seite. »Natürlich.«

Er nimmt ein paar tiefe Atemzüge, lässt seine Schultern kreisen und nickt mir zu, ehe er an die Tür klopft und sie aufdrückt, als Zaid uns hereinbittet. Noch immer hält er meine Hand ganz fest, als er mich hineinzieht.

Ich halte mich ein Stück hinter Dev und spähe an seiner Schulter vorbei.

Maschinen, Kabel und Schläuche sind das Erste, was ich sehe, dann lasse ich meinen Blick zum Bett wandern, in dem Zaid liegt. Bisher habe ich in ihm niemals einen knapp Vierzigjährigen gesehen – was wahrscheinlich an guten Genen und einer noch besseren Hautpflegeroutine liegt –, aber in seinem Krankenhaushemd und mit den dunklen Ringen unter den Augen wirkt er älter. Bei Devs Anblick beginnt er jedoch zu lächeln, und sofort fällt ein Jahrzehnt von ihm ab. Dev ist der attraktivste Fahrer der Formel 1, aber Zaid sieht beinahe genauso gut aus.

»Anderson«, begrüßt er ihn mit überraschend fester Stimme. »Danke, dass du gekommen bist.«

Dev nickt und zieht mich sanft an seine Seite. »Aber klar doch. Ist es okay, dass meine Freundin auch mitgekommen ist?«

»Natürlich.« Zaid sieht mich an, und mit einem Mal bin ich dem intensivsten – aber überraschenderweise auch gütigsten – Blick ausgesetzt. »Schön, dich endlich kennenzulernen, Willow.«

Er kennt meinen Namen?

Meine Miene muss schockiert wirken, denn er lacht leise. »Ich hab dich schon oft im Fahrerlager gesehen«, erklärt er. »Ich würde dir ja die Hand schütteln, aber ...« Mit einem ironischen Schmunzeln schaut er auf seine eingegipsten Arme hinab, die in seinem Schoß auf einem Kissen ruhen. »Das könnte im Moment schwierig werden.«

»Wir sparen es uns einfach für ein andermal auf«, erwidere ich und entspanne mich, als er ein Lachen ausstößt. »Wie fühlst du dich?«

»Als wäre ich von einem Wagen gerammt worden, der mit zweihundert Stundenkilometern unterwegs war und dann explodiert ist.«

Als mir angesichts seiner trockenen Antwort ein überraschtes Grunzen entfährt, schlage ich mir beschämt eine Hand vor den Mund, doch durch Zaids fröhliches Grinsen fühle ich mich sofort ein wenig besser.

»Ich komme wieder auf die Beine«, versichert er und betrachtet mich aufmerksam aus seinen dunklen Augen, ehe er Dev anschaut. »Und Axel auch. Wir werden zurückkehren.«

Lorenzo erwähnt er nicht, und mir entgeht nicht der Anflug von Erschöpfung in seinen Augen, als er von seiner Rückkehr spricht.

»Aber nicht vor nächster Saison«, fügt Dev hinzu und kehrt damit zu dem Thema zurück, das vermutlich in diesem Treffen besprochen werden sollte. Dev wird Zaids Platz bei Mascort einnehmen; die Verträge hat er unterschrieben, bevor wir zum Krankenhaus aufgebrochen sind.

Zaid nickt, wobei ihm das schwarze Haar in die Stirn fällt. »Zuallererst möchte ich dich im Team willkommen heißen. Meinen Platz einzunehmen, ist natürlich nicht der Start bei Mascort, den du dir ausgemalt hast, aber ich bin froh, dass du derjenige bist, der meinen Sitz warmhält.«

Dev senkt den Kopf, und ich muss ein Schmunzeln unterdrücken, als ich sehe, dass sich seine Wangen leicht rosa färben.

Einfach zu süß.

»Du hast den Platz verdient.« Zaid macht eine Pause und wartet darauf, dass Dev wieder aufschaut. Nun ist seine Miene ernst. »Ich habe dich über die Jahre fahren sehen und glaube, dass du im richtigen Wagen gut sein kannst. Sehr gut.«

Ich halte meinen Blick auf Dev gerichtet, während er sich das Lob von seinem Idol anhört. Die Worte von Zaid bedeuten Dev mehr als alles, was jeder aus der Branche bisher zu ihm gesagt hat, und Zaid scheint es aufrichtig zu meinen.

»Danke«, sagt Dev nach einem Moment. »Ich werde mein Bestes geben.«

Zaids Lächeln bekommt etwas Verschmitztes, als er sich in die Kissen zurücksinken lässt. »Das will ich auch hoffen, denn wenn Mascort dieses Jahr wegen dir die Konstrukteurs-Weltmeisterschaft an Specter Energy verliert, werde ich dafür sorgen, dass sie deinen Vertrag in der Luft zerreißen. Hast du verstanden?«

Auch wenn ich mir sicher bin, dass Zaid scherzt, hat er vermutlich genügend Macht, um seine Drohung wahr zu machen, und ich würde es ihm durchaus zutrauen. Zwar ist er eindeutig ein guter Mensch, aber so viele Titel lassen sich nicht ausschließlich mit Freundlichkeit gewinnen.

Dev räuspert sich und nickt, wobei er sich kaum merklich ein wenig aufrechter hinstellt. »Ja, verstanden.«

»Gut.« Zaid mustert ihn forschend von oben bis unten. »Dann haben wir das ja geklärt. Du hast meinen Segen, dieses Wochenende in meinem Wagen anzutreten, aber fahr ihn nicht zu Schrott, okay? Er hat schon genug durchgemacht.«

»Ich werde mich bemühen.«

Wir wünschen Zaid gute Besserung und treten wieder in den Flur hinaus, den wir schweigend entlanggehen, weil wir beide dieses einzigartige Gespräch verarbeiten müssen. Ein bisschen fühle ich mich wie ein Fangirl und habe zugegebenermaßen vielleicht sogar einen winzigen Crush, von dem ich Dev *niemals* erzählen werde.

Schließlich legt mir mein Freund den Arm um die Schulter und zieht mich zu sich heran, um mir einen Kuss auf die Schläfe zu geben. »Ich werde dieses Wochenende für Mascort fahren«, murmelt er ungläubig, als sei ihm diese Tatsache erst jetzt bewusst geworden.

In meinem Bauch beginnt es zu kribbeln, denn ich bin so stolz auf ihn, dass ich schreien könnte. »In der Tat.«

»Ich werde Zaids Platz einnehmen, bis es ihm besser geht.«

»Das ist richtig.«

»Ich muss in Zaid Yousefs Fußstapfen treten, verdammt noch mal.«

Es ist definitiv eine große Sache, aber so, wie er die Worte ausspricht, spüre ich mit einem Mal den ganzen Druck, der damit einhergeht. Ich kann Dev keinen Vorwurf daraus machen, sich ein wenig zu fürchten.

»Ich bin mir sicher, du wirst …«

»Ich freue mich so sehr.«

Überrascht ziehe ich die Luft ein und studiere sein Gesicht. »Wirklich? Du bist nicht nervös?«

Er zuckt mit den Schultern. »Ich meine, wenn die Tatsache, dass meine Hose ein wenig spannt, ein Indikator ist …«

»Wie bitte?«, platze ich heraus und bleibe abrupt stehen. »Willst du etwa sagen, dass dich Zaid Yousef erregt?«

Er schenkt mir ein freches Grinsen.

»O Mann, Dev.«

Als wir um die nächste Ecke gebogen sind und uns vom Hauptflur aus niemand mehr sehen kann, drückt er mich gegen die Wand. Und jepp, ich kann spüren, wie sehr er sich *freut*.

»Aber der Hauptgrund dafür ist das Wissen darum, dass ich dich die ganze Zeit an meiner Seite haben werde«, murmelt er und senkt seinen Kopf so weit, dass seine Lippen meine streifen. »Ich könnte nichts von alledem ohne dich tun, Willow. Nicht, nachdem ich nun weiß, wie es sich anfühlt, dich zu lieben und von dir geliebt zu werden. Das ist es, was mir Stärke gibt. Du bist meine Stärke.«

Ein Kloß bildet sich in meinem Hals, und hinter meinen Augenlidern prickeln Freudentränen. Gestern war einer der schlimmsten Tage meines Lebens, denn an der Angst und den Qualen, die ich durchgestanden habe, als ich nicht wusste, ob es Dev gut ging, bin ich fast zerbrochen. Doch die Tatsache, dass er unversehrt aus dem Unfall rausgekommen ist, hat mich wieder aufgebaut, meine Knochen gehärtet und jeden Muskel und jede Sehne in meinem Körper gefestigt. Es hat mich stärker gemacht, als ich jemals geglaubt habe, sein zu können, und ich habe das Gleiche für ihn bewirkt.

Ohne diese Kraft möchte ich nie wieder leben. Ich will ihn an meiner Seite haben. Immer.

Ich komme allerdings nicht dazu, ihm das mitzuteilen, weil Devs Grinsen nun breiter wird. »Im Ernst«, fährt er fort, »womit habe ich das Glück verdient, nicht nur um die Welt zu reisen und schnelle Autos zu fahren, sondern auch die Frau an meiner Seite zu haben, die ich liebe?«

»Vielleicht ist es kein Glück.« Ich lege meine Hand auf sein rasendes Herz, das genauso schnell schlägt wie meins. »Ich glaube, es könnte Schicksal sein.«

»Es stand also in den Sternen, was?«

Ich hebe einladend mein Kinn. »Glaubst du, es steht auch in den Sternen, dass du mich innerhalb der nächsten fünf Sekunden küssen wirst?«

»Ich glaube, das lässt sich einrichten.«

Und siehe da – die Sterne geben mir genau das, was ich will. Das tun sie immer.

Bonus
Willow

Ein Jahr später – New York City

»Kann ich bitte die Augenbinde abnehmen?«

Mir kommt es vor, als würde der Seidenschal schon mindestens eine halbe Stunde lang meine Augen bedecken, sodass ich den Lärm von New York viel intensiver wahrnehme als sonst. Alles ist so laut, und ich habe Angst, zu stolpern, während Dev mich über den Bürgersteig führt. Wahrscheinlich werden die Spuren meiner Nägel, die ich ihm tief in den Unterarm grabe, für immer zu sehen sein.

»Noch nicht«, erwidert er kryptisch. Auf diese Weise spricht er schon mit mir, seitdem er überraschend meinen Besuch bei Chantal und Grace unterbrochen hat, um mich in einen wartenden SUV zu lotsen. »Wir sind fast da.«

Das will ich auch hoffen, denn sonst pfeife ich auf die Überraschung und lege den Schal selbst ab.

Es ist das Letzte, womit ich heute gerechnet habe, besonders, da ich nicht einmal wusste, dass Dev in der Stadt ist. Wir haben uns darauf geeinigt, die zweiwöchige Pause zwischen den Rennen getrennt zu verbringen – nicht weil wir eine Pause voneinander brauchten, sondern weil es sich nicht anders einrichten ließ. Ich musste mit Reid für eine Mini-Pressetour nach New York reisen, während Dev in die Zentrale von Mascort in England musste, um die neuen Upgrades des Wagens am Simulator auszutesten. Dass er aufgetaucht ist, war also an sich schon Überraschung genug, aber als er Anstalten machte, mich auf ein Date zu entführen, war ich noch schockierter.

»Noch fünf Schritte«, verkündet er. »Und … stopp.«

Es klingelt über meinem Kopf, als eine Tür geöffnet wird, im nächsten Moment schlägt mir die kühle Luft einer Klimaanlage entgegen. Ich muss nur einen Schritt ins Innere machen, um zu wissen, wo ich mich befinde, denn der Duft ist unverkennbar.

»Wir sind bei Stella Margaux?« Ich lache. »Dafür hättest du mir keine Augenbinde anlegen müssen.«

»Vielleicht nicht.« Dev löst den Knoten an meinem Hinterkopf. »Aber ich wollte, dass dieser Teil eine Überraschung wird.«

Noch ehe er mir die Seide von den Augen zieht, wird mir bewusst, wie leise es um uns herum ist, was sonst nie der Fall ist. Und ich muss es wissen, denn ich war jeden Nachmittag hier, seit ich vor drei Tagen angekommen bin. Jedes Mal standen die Leute bis draußen um die Ecke Schlange.

Mein Verdacht bestätigt sich, als der Schal abfällt und ich erkenne, dass sich nur Dev, ich und ein Mann in weißer Kochkleidung im Laden befinden.

Mit großen Augen und rasendem Herzen drehe ich

mich zu Dev um. »Hast du das gesamte Geschäft gemietet?«

»In der Tat.« Er grinst selbstzufrieden und wiegt sich auf seinen Fersen zurück. »Ich hab mir gedacht, du hast vielleicht lieber keine Zeugen, wenn du einen weiteren Versuch unternimmst, Macarons zu backen.«

Ich verdrehe die Augen, bin jedoch mit einem Mal aufgeregt. Dass er ein Macaron-Date geplant hat, zeigt, wie gut er mich kennt. »Ich hätte dir niemals von meinen missglückten Versuchen erzählen sollen.«

»Wir stellen sicher, dass es diesmal funktioniert«, erklärt der Mann.

»Überschätzen Sie sie nicht«, erwidert Dev, woraufhin ich ihm meinen Ellbogen in den Magen ramme, doch sein Grinsen wird nur noch breiter.

Der Mann kommt nun mit ausgestreckter Hand auf mich zu. »Ich bin Antoine. Stella tut es leid, dass sie heute nicht hier sein kann, aber ich soll Ihnen ausrichten, dass Sie sich nächste Woche im Fahrerlager sehen werden. Sind Sie bereit, mit dem Backen loszulegen?«

Ich nicke und schüttele seine Hand. »Bitte bringen Sie es mir bei, denn ich versuche schon seit Jahren, Ihre Macarons nachzubacken.«

Ich kann nicht glauben, dass ich mich mehr auf die Macarons freue als auf die Tatsache, dass ich Stella nächste Woche persönlich treffen werde. Das Praktische daran, einen Freund bei der Formel 1 zu haben, ist, dass ich berühmte Leute kennenlerne, die ich schon immer kennenlernen wollte.

Antoine bedeutet uns, ihm nach hinten in die Küche zu

folgen. »Kommen Sie, ich zeige Ihnen all unsere Geheimnisse.«

Eine Stunde später habe ich das Unmögliche erreicht und ein perfektes Macaron gebacken. Genau genommen sogar mehrere. Vor mir liegt eine ganze Reihe von Vanille-Pfirsich-Meisterwerken, auf die ich vielleicht stolzer bin als auf alles, was ich zuvor erreicht habe.

Da Antoine ein äußerst fähiger Lehrer ist, hat es selbst Dev geschafft, ein ganzes Blech wunderschöner, gleichförmiger Macarons zu kreieren. Er kann zwar gut kochen, aber ich wusste nicht, dass auch Backen zu seinen Talenten gehört. Es gibt offenbar nichts, was er nicht kann. Ein weiterer Grund, aus dem ich ihn von ganzem Herzen liebe.

»Hier.« Dev reicht mir eine der klassischen Boxen von Stella Margaux. »Leg deine Kreationen zu meinen.«

Ich nehme ihm den Karton ab und achte darauf, dass ich die Macarons auswähle, die mir am besten gelungen sind. Nachdem ich die zehn ansehnlichsten ausgewählt habe, löse ich den tieforangenen Deckel von der Box und greife nach dem ersten Macaron, um es vorsichtig neben seine zu legen.

Und dann erstarre ich. Das Gebäckstück gleitet mir aus den Fingern und fällt zu Boden. Zwischen zwei wunderschönen Erdbeer-Macarons liegt ein Ring. Ein Diamantring. Der größte, funkelndste, schönste Diamantring, den ich je gesehen habe.

Als ich wieder aufschaue, schlägt mir das Herz bis zum Hals, und meine Lippen sind vor Überraschung geteilt.

Dev steht nicht mehr vor mir, sondern hat sich hingekniet und sieht zu mir hoch. »Willow Williams«, beginnt er, sichtlich bemüht um eine ernste Miene, dabei kämpft er gegen das breiteste Grinsen der Welt an. »Mein Sonnenscheinmädchen. Meine Macaron liebende Chaotin. Liebe meines Lebens. Willst du mich heiraten?«

Heilige Scheiße, es passiert. Es passiert *tatsächlich.* Wir sind zwar schon seit mehr als einem Jahr zusammen, und ich könnte mir ein Leben ohne ihn nicht mehr vorstellen, dennoch bin ich vollkommen schockiert.

»O mein Gott«, stoße ich hervor, während mein Blick zwischen seiner erwartungsvollen Miene und dem riesigen Diamanten hin- und herhuscht. »O mein Gott, Dev, *ja*. Ja, ja, ja!«

Die Box fällt auf die Edelstahlarbeitsplatte, und Devs Lachen dient als Soundtrack zu dem Moment, in dem ich mich auf ihn stürze.

»Ist das der Grund, warum mir Chantal gesagt hat, meine Fingernägel würden schrecklich aussehen und dass ich unbedingt noch heute zur Maniküre gehen soll?« Schluchzend klammere ich mich an ihm fest. Ich bin so glücklich, dass ich platzen könnte. »Wusste sie davon?«

Er hält mich an sich gedrückt, seine Arme stark und warm. »Ja, ich habe sie und Grace eingeweiht. Schließlich musste ich doch ohnehin ihr Einverständnis einholen.«

»Und ist das auch der Grund, warum Oakley heute Morgen angerufen hat?« Mit einem Mal setzen sich alle Puzzleteile zusammen. Gott, wie konnte mir das nur entgehen?

»Er war total emotional und nett. Und ich habe geglaubt, er will sich nur bei mir einschleimen, um Pässe für die Werkstatt von D'Ambrosi zu bekommen.«

»Es ist ein Wunder, dass er es dir nicht verraten hat«, erwidert Dev. »Ich habe es ihm schon vor Wochen erzählt und ihn versprechen lassen, die Überraschung nicht zu verderben. Ich hab noch nie einen Mann erlebt, den es so sehr stresst, ein Geheimnis für sich zu behalten.«

Es ist erstaunlich, wie sehr sich die Dinge seit dem Tag verändert haben, an dem Oakley herausgefunden hat, dass Dev und ich ein Paar sind. Ich habe mir Sorgen gemacht, dass er niemals darüber hinwegkommen würde, doch stattdessen unterstützt er uns, wo er nur kann. Dev und er sind wieder die besten Freunde – der einzige Unterschied ist, dass ich nicht mehr das fünfte Rad am Wagen, sondern Teil der Gruppe bin, womit ich niemals gerechnet hätte.

Ich drücke mein Gesicht an Devs Brust, wobei ich mich nicht darum schere, dass die Tränen mein Make-up verschmieren und sein Hemd schmutzig wird. »Ich kann nicht glauben, dass du das getan hast.«

»Ich dachte mir, es wird Zeit«, murmelt er an meinem Haar. »Ich hätte es schon früher getan, aber wir sind immer so beschäftigt.«

Ich weiche ein Stück zurück, denn nun dämmert mir noch etwas anderes. »Moment mal, wusste Reid auch davon? Ist das der Grund, aus dem du wolltest, dass ich mir heute freinehme? Wer wusste denn bitte *nicht* Bescheid?«

Devs Grinsen ist verschlagen. »Lass mich nur so viel sagen – es waren einige Leute involviert.« Dann senkt er erneut den Kopf, um mir ins Ohr zu flüstern: »Übrigens erwartet Reid auch nicht, dass du morgen arbeitest. Erst wenn wir weiterreisen. Für den Moment gehörst du ganz mir, Willow.«

Ich schaue zu ihm hoch, wobei mein Herz vor Glück fast zerspringt. Er hat recht: Ich gehöre ganz ihm, ebenso wie er mir gehört.

Das ist es wohl, was man Schicksal nennt.

Danksagung

Es ist unfassbar, wie viele Leute es braucht, um ein Buch zum Leben zu erwecken, aber ohne all diese Menschen hätte ich es nicht geschafft.

Meine wunderbare Agentin Silé Edwards, die an einem Samstagabend nach nur einer halben Stunde meine erste panische E-Mail beantwortet und wach geblieben ist, um auch meine panischen Anrufe entgegenzunehmen: Du hast meine (sehr verschwitzte) Hand während dieser gesamten spannenden Reise gehalten, wofür ich nicht dankbarer sein könnte.

Danke an Kinza Azira, meine Lektorin bei Pan Macmillan, dass du an diese Geschichte geglaubt und mir geholfen hast, sie so viel stärker zu machen. Ich liebe die Tatsache, dass wir die gleichen Visionen für diesen Roman hatten. Mit dir zusammenzuarbeiten, war ein absoluter Traum.

An Mary Baker, meine Lektorin bei Berkley – seit unserem ersten Gespräch über Danny Ric wusste ich, dass ich in guten Händen war.

Danke, Beth Lawton, dass du dich des ersten Entwurfs dieses Romans angenommen hast und ihn mit deinem grandiosen Lektorat in etwas Zusammenhängendes verwandelt hast.

Leni Kauffman, danke für das beste Cover aller Zeiten. Du hast meine Ideen besser umgesetzt, als ich es mir jemals hätte träumen lassen.

Soraya und Mahbuba, danke für die Vorarbeit, dank derer dieses Buch mehr Leute erreichen konnte. Ihr zwei habt so viel dazu beigetragen, dass meine Träume einer eigenen Veröffentlichung wahr geworden sind. Eure Güte bedeutet mir unendlich viel, und ich werde euch niemals genug dafür danken können.

Danke an die Leser*innen, die mir durch alle Pseudonyme, Plattformen und Genres gefolgt sind. Danke, dass ihr an meiner Seite bleibt und gemeinsam mit mir wachst. Wir haben eine Menge geschafft.

Danke an all meine Testleser*innen, die sich die Zeit genommen haben, mir dabei zu helfen, diese Geschichte weiter auszuarbeiten. Euer Feedback war unbezahlbar!

Jenna, Deidre, Norgan, Ruqi, Bei, Noarès, Moon, Ann, Tiyasa, Vivian, Nat, Teigan, Chloe, Aaliyah und Zarin – danke, dass ihr die besten Cheerleader*innen für dieses Buch wart. Ihr alle seid Superstars.

Danke an das A-Team, dafür, dass ihr mich beim Karaoke ertragen und mir durch die schwersten Momente geholfen habt. Diesmal werde ich nicht fragen, ob es euch gefallen hat.

Kate, ohne dich hätte ich es wirklich nicht durchstehen können. Danke, dass du dich so gut um unsere gemeinsame

Gehirnzelle gekümmert hast, als ich es nicht konnte, dass du dir all meine verrückten Ideen so geduldig angehört hast und dass du in Palm Springs neben mir gesessen hast, während ich mich über das beklagt habe, was ich damals für die letzte Version des Romans hielt. Ich hoffe, dass wir noch jahrzehntelang zufällig zeitgleich Bücher schreiben werden.

Kell, ich bin so froh, dass wir es geschafft haben, von Du-weißt-schon-wo zu fliehen, aber dich dort zu treffen, war das Beste, was passieren konnte. Danke, dass du mir Mut gemacht hast, weiterzuschreiben, und dass du der coolste Typ aller Zeiten bist. Es wird Zeit, unseren nächsten Trip nach Vancouver zu planen.

Marlene, danke, dass du meine dritte Mom bist und mich stets dazu antreibst, meinen Träumen zu folgen, selbst als ich mich fühlte, als würde ich von etwas zurückgehalten werden. Du hast mir in den schlimmsten Minuten, Stunden und Tagen meines Lebens beigestanden, und das werde ich niemals vergessen.

Sammy, danke, dass du die Schwester bist, um die ich nie gebeten habe, die aber trotzdem an meiner Seite geblieben ist. Mit niemandem würde ich mir lieber ein gruseliges Zimmer in einem Motel teilen.

Danke an meine Großmutter, die mir Chai gebracht, mich angerufen hat, um mich zu frühen Formel-1-Rennen zu wecken, und auf meine Hunde aufgepasst hat, damit ich ein wenig Arbeit schaffe.

Mom D, wenn du das liest, bedeutet das, dass ich dich endlich eins meiner Bücher habe lesen lassen. Herzlichen Glückwunsch! Lass uns nie wieder darüber sprechen! Aber danke, dass du während meiner gesamten Kindheit und Teenagerzeit meine Privatsphäre respektiert hast, weil ich so zu der Schriftstellerin werden konnte, die ich heute bin. Danke, dass du meine Köchin, meine Chauffeurin und meine Therapeutin bist. Ich liebe dich mehr, als Worte zum Ausdruck bringen können.

Und Mom J. Ich weiß, du mochtest keine Liebesromane, aber ich glaube, dieser hätte dir gefallen (weil ich ihn geschrieben habe). Ich vermisse dich. Danke, dass du mich hierhergebracht hast.